Südfrankreich, 1201: Der Troubadour Brian de Martial erklärt sich bereit, die junge Reisende Gaelle de Vidars in ihre Heimatstadt Beziers begleiten. Doch der Weg durch das schöne Land der Occitanie ist gefahrvoll: die beiden werden in die Fehde zweier Grundherren verstrickt, und das Land ist voller Unruhe über die religiöse Bewegung der Katharer. Da ruft Königin Eleonore von Aquitanien Brian zu sich: er soll dafür kämpfen, dass die Occitanie ein eigenes Reich werden kann, ein sonniges, tolerantes Reich am Mittelmeer. Für Brian ist dieser Auftrag Ritterpflicht und Lebenstraum zugleich, und so entschließt er sich schweren Herzens, Gaelle zu verlassen.
Erst auf einem Kreuzzug, dann wieder in Südfrankreich kämpft Brian für sein Ideal. Aber seine Feinde haben mächtige Verbündete: der Papst ruft gegen die ketzerischen Katharer zum Kreuzzug auf. In diesem Krieg von Christen gegen Christen zerbricht Brians Hoffnung auf ein Mittelmeerreich der Toleranz. Er erkennt, wo das eigentliche Ziel seiner Suche liegt: das immerwährende Lied der Troubadoure, die Sehnsucht nach der Liebe führt ihn zu Gaelle.
»Löwingers Held erlebt zwischen Kreuzzügen und höfischer Liebe alles, was das Mittelalter auszeichnet.« *Format*

Paul Löwinger (Jahrgang 1949) stammt aus einer bekannten Wiener Theaterdynastie. Nach einer französischen Lycée-Ausbildung studierte er Publizistik an der Universität Wien, arbeitete als Regieassistent beim Film und ist seit 1971 Co-Direktor der Löwinger-Bühne in Wien. Neben der Neufassung und Bearbeitung von Theaterstücken inszenierte er eigene Bühnenwerke und führte bei zahlreichen Fernsehproduktionen Regie, besonders für ORF und ZDF.

Unsere Adresse im Internet: www.fischer-tb.de

Paul Löwinger
Das Lied des Troubadours
Roman

Fischer Taschenbuch Verlag

3. Auflage: Oktober 2001

Veröffentlicht im Fischer Taschenbuch Verlag GmbH,
Frankfurt am Main, Juli 2001

Lizenzausgabe mit Genehmigung des
Wolfgang Krüger Verlags, Frankfurt am Main

Satz: Fotosatz Otto Gutfreund, Darmstadt
Druck und Bindung: Clausen & Bosse, Leck
Printed in Germany
ISBN 3-596-15063-9

Für Irma
In Liebe

I

Die Gärten des Lichts

1. Kapitel

RODEZ, VIZEGRAFSCHAFT BÉZIERS
März bis Mai 1201

22. März 1201

An diesem Abend wollte Brian de Martial glücklich sein.
Der Troubadour blickte lächelnd um sich. Es mochten wohl Hunderte von Gästen sein, die in ihrer Buntheit, mit ihrer Freude diesen mächtigen Saal belebten. Die Damen hatten ihre besten, ihre prächtigsten Kleider angelegt und plauderten, scherzten mit ihren Tischnachbarn, die, wie sie, auf mit Kissen belegten Bänken um die hufeisenförmig gruppierten Holztische herumsaßen. Einer der Männer, ein kleiner, drahtiger Ritter in einem rotgelben Wams versuchte mit aller Kraft, die Aufmerksamkeit seiner Freunde zu erregen. Der Mann setzte zum Sprechen an, gestikulierte, daß seine weiten Ärmelsäume wie leuchtende Vögel herumflatterten, wurde unterbrochen und klopfte dann mit seiner Faust beharrlich so lange auf den Tisch, bis eine Gruppe von Leuten bereit war, ihm zuzuhören. Es war eine muntere, eine heitere Geschichte, die er erzählte, und die beiden Frauen, die neben ihm saßen, eine rötlichblonde mit einem Kirschmund und eine dunkelhaarige im scharlachroten Kleid, lachten und feuerten ihn mit Zwischenrufen an, während ihm die übrigen Männer mit Gewieher und Eselsschreien zuprosteten. Lauter Beifall erklang, als die Geschichte ihr Ende gefunden hatte.
Farbenfroh gekleidete Pagen eilten durch den Saal, traten zu den

Gästen und füllten von neuem die leeren Becher. Zurufe und Scherze flogen von Tisch zu Tisch, gefolgt von Lachen und lärmender Zustimmung.

Es war ein unbeschwerter Tag, dachte Brian. Es war der Tag der Zusammenkunft des Vizegrafen von Rodez mit all den Rittern, die von ihm lehensabhängig waren.

Es hatte einen Kampf, eine Bouhourte gegeben, in der die Ritter waffenlos und ohne Panzer in Scharen geradlinig und mit voller Wucht Mann gegen Mann angerannt waren. Es war die unblutigste Form der Mêlée, des Turniers, aber die Köpfe, Arme und Beine mancher Männer waren dennoch mit Bandagen umwickelt, und einige der Gesichter wurden von einer gebrochenen Nase und von geschwollenen, malerisch leuchtenden Augen geziert.

Der Schein der Fackeln tauchte den Saal in ein rußiges, aber helles Licht, während Hunde auf dem mit Blumen bestreuten Steinboden nach Essensresten suchten. Die Wände des Raumes waren mit Vorhängen bedeckt, die Decke holzgetäfelt. Fahnen und Wimpel hingen von ihr herab und bildeten ein lichtes, ein fröhliches Bild von Zeichen und Mustern.

Große, silberne Leuchter mit Wachskerzen warfen ihr Licht auf die Schalen mit nun fleckigem, fettigem Wasser. Handtücher wurden herumgereicht, während Diener begannen, die Schalen abzuräumen und die Tische zu säubern.

Der Troubadour wußte, daß man bald nach ihm verlangen würde, und im Geiste ging er die Lieder durch, die er vortragen wollte. Flêche, sein Joglar, blickte ihn fragend an. Brian schüttelte den Kopf. Zu früh, dachte er. Noch mehr Wein und Lachen.

Die Frau mit dem Kirschmund hatte sich an einen Mann mit lockigem Haar geschmiegt. Seine Hand bewegte sich auf ihrem Schenkel, tastend wie ein beharrliches kleines Tier. Die Schwarzhaarige im scharlachroten Kleid lachte laut auf und legte ihren Arm um die Schulter ihres Begleiters. Sie flüsterte ihm etwas zu. Der Mann nickte zustimmend, lächelte und betrachtete sie voll Zuneigung und Zärtlichkeit.

Warte, dachte der Troubadour. Warte noch.

Erst mußten sie das meiste von ihren Heldentaten und der Mühsal des Winters erzählt haben. Erst wenn die Gespräche noch freier und offener geworden waren, wenn man die Plätze zur Genüge getauscht hatte, ausgiebig über Frau und Kinder, Ernte und Vieh erzählt hatte, erst dann würde die Hitze des Animalischen, die diesen Raum erfüllte, auch in ihre Körper gedrungen sein, jener sonderbare Augenblick des Schwebenden, in dem die Seelen sich einen Spalt öffneten, bereit für das Wissen, bereit für die Freude, bereit für die Erkenntnis.

»Brian de Martial!« Jordas de Gedevan war aufgesprungen und trank ihm zu. »Dem Meister des Gesangs und dem König der gebrochenen Arme!«

Unter Johlen und Rufen ging Brian zu dem jungen Mann, der ihm mit Fröhlichkeit und Begeisterung einen zweiten Becher entgegenstreckte.

Das Mädchen, das neben dem jungen Mann saß, ließ Brian kurz innehalten. Ein reiner gezeichnetes Gesicht habe ich selten gesehen, dachte der Troubadour.

Lichtvoll und klar, voll eines schuldlosen Wissens um das Leben. Das Gesicht einer Madonna. Rotbraunes Haar ergoß sich in fallenden Locken über die halbnackten Schultern. Die Augen waren braun, groß, offen und fragend, die Brüste klein und voll, der Hals von schlanker Zierlichkeit, die Haut schimmerte seidenglatt, Duft und zarte Liebkosungen versprechend. Ein Reh, wie geschaffen zum Jagen. Ein Reh, dem es Lust bereiten würde, gejagt zu werden.

Jordas wandte sich dem Mädchen zu. »Das ist Brian, Aude. Ein ebenso guter Sänger wie Kämpfer. Ein Mann mit dem Herzen eines Löwen und dem Empfinden eines Dichters.«

Der Troubadour verneigte sich vor dem Mädchen.

»Sollte ich in diesem Augenblick sterben, so werde ich es in Frieden tun. Ich habe die reinste Vollkommenheit erblickt, die einem Mann auf dieser Welt zu sehen vergönnt ist. Amen.«

Das Mädchen lächelte.

»Er ist meist so«, sagte Jordas. Sein Tonfall war beinahe verlegen. »Er berauscht sich an seinen Worten.«

»Ich bin Aude de Parzié«, sagte das Mädchen.

»Ich kenne Euren Vater. Ein bedeutender Mann.«

»Er hat mich mitgenommen. Ich bin das erste Mal in Rodez.«

Brian sah den Blick, den Jordas dem Mädchen zuwarf. Hier könnte ich vielleicht den Kuppler spielen, dachte er. Die beiden sind jung und schön und anständig. Könnten sie nicht eine Welt des fin amors erschaffen? Eine Welt, die ganz war und ungebrochen. Er spürte einen Hauch von Neid, als er daran dachte.
»Und dein Vater, Jordas?«
»Mußte erkrankt zu Hause bleiben.« Jordas packte ihn am Arm. »Du mußt ihn kennenlernen, Brian. Er würde dir gefallen. Er dichtet, so wie du. Liebeslieder, Kanzones. Er ist ein großartiger Mann.«
»Davon bin ich überzeugt, Jordas.«
»Du mußt uns auf Gedevan besuchen, Brian. Bald.«
»Es wäre mir eine große Ehre. Woran leidet dein Vater?«
»Am Fieber.«
Brian hatte Unterschiedliches über Peire de Gedevan gehört. Vielleicht war es ein diplomatisches Fieber, das ihn erfaßt hatte. Vor dem farbigen Hintergrund einer fröhlichen Feier wurden auch Machtkämpfe ausgetragen, Bündnisse geschlossen, handfest um Land, Besitz und Rechte anderer gefeilscht, die noch nicht ahnten, welcher Sturm ihnen aus diesem heiteren Tag erwachsen würde. Vielleicht hatte Peire de Gedevan seine Allianzen schon geschlossen. Vielleicht wußte er längst, was dieses Jahr ihm bringen würde.
Der Troubadour hatte sich von Jordas und dem Mädchen verabschiedet und war durch den Saal geschlendert. Jetzt stand er bei einer der Fensternischen und betrachtete beinahe schläfrig das laute, wilde Treiben. Sonderbar, daß ich früher zu ihnen gehört habe, dachte er. Sonderbar, daß ich einer der Ihren war. Es ist vergangen, als wäre es nie gewesen. Eine lose Erinnerung, ein matter Traum, ein flüchtiges Empfinden. Sie sind mir so fremd geworden wie die meisten Menschen.
Ein Geck mit langem, gewelltem Haar stand auf und kniete sich mit großer Geste neben einer hübschen Frau nieder. In gespieltem Überschwang reichte er ihr einen rotgelbgefleckten Apfel. Ein Hund drängte sich zwischen den Mann und seine Angebetete, schnappte nach dem Apfel und rannte, den Schwanz ängstlich eingezogen, quer durch den Saal.

Der Troubadour lächelte. Ich sollte mit diesem Hund ein ernsthaftes Gespräch führen. Vielleicht könnte er mir nützliche Ratschläge geben. Auch ich schnappe gierig nach dem, was sie mir zuwerfen. Ich verkaufe ihnen meine Liebe, meine Hoffnung und meine Verzweiflung. Ich muß nehmen, was sie mir für meine Seele bieten. Auch ein Brian de Martial muß leben. Dennoch fühle ich mich jetzt freier als zu jener Zeit, da ich einer der ihren war. Ich kann gehen. Ich kann sie verlassen, wann immer ich es will.

Der Riese mit dem kurzgeschorenen Haar lehnte sich neben Brian mit dem Rücken an die steinerne Wand. Er trank seinen Becher Wein in einem Zug leer. Dann warf er ihn unvermittelt einem der Pagen hin, der ihn geschickt mit der linken Hand auffing. Der Riese grinste dem Pagen anerkennend zu. Der Page lächelte geschmeichelt. Dann ging er wieder zu dem Tisch, an dem er Dienst tat.

»Du bist zu jung, um dir einen Bart stehenzulassen, Brian.«

Der Riese sprach in der langue d'oil, dem Französischen.

»Du schlägst damit der Höfischkeit ins Gesicht. Bedauerlich für einen Troubadour.«

Brian lächelte. »Ich hatte mich schon gefragt, wann du mich ansprechen würdest, Robert.«

»Zu spät wahrscheinlich. Schließlich verdanke ich dir alles.«

»Ja«, sagte Brian, »das tust du.«

»Brauchst du Hilfe?« Der Riese sah ihn schräg von der Seite her an. »Was ich besitze, ist auch dein.«

»Nein. Ich brauche keine Hilfe, Robert.«

Der Riese blickte auf die Menschen um ihn.

»Ich hätte gute Lust, ihnen zu sagen, wer du bist. Ich hätte gute Lust, ihre Gesichter zu sehen, wenn sie es begreifen.«

»Du willst mich nur um den Erfolg meiner Lieder bringen, Robert.«

»Möglich. Ich bin unmusikalisch.« Der Riese kaute kurz an seiner Unterlippe. »Wie ist Richard Löwenherz gestorben?«

»Es ist zwei Jahre her. Jedermann weiß es inzwischen.«

»Brian, ich alleine habe zwanzig Versionen darüber gehört.« Robert lachte. »In einer von ihnen hat ihn der Heilige Martin in den Himmel entrückt.«

»Wir waren zu dritt, unterhalb des Turms. Die Mauern waren schon genommen.«
»Die Burg von Chalus?«
»Ja.«
»Und dann?«
»Traf Richard ein Armbrustpfeil in die Schulter. Der Arzt war ein Stümper. Die Wunde wurde brandig.«
»Wann starb er?«
»Zwei Wochen später. In den Armen Eleonores von Aquitanien. In den Armen seiner Mutter.«
»Wie er es sich wohl gewünscht hatte.«
»Er hat nie jemand anderen geliebt.«
Flêche deutete Brian an, daß zuerst noch die Akrobaten kommen würden. Die Gaukler, dachte Brian. Unverzichtbar bei einem Fest wie diesem. Sonderbar, daß ich sie vergessen hatte.
»Wer war der Schütze?« fragte der Riese.
»Der Schütze war ein kleiner Söldner. Er wollte seinen Vater und seine Brüder rächen. Sie sind im Kampf gegen Richard gefallen.«
Die Musikanten begannen eine lebhafte Melodie, als drei Joglare in die Halle liefen. Ein Akrobat, ein Marionettenspieler und ein Tänzer, der graziös einen vollen Becher balancierte. Der Riese schüttelte den Kopf. »Welch ein kleiner Tod für diesen König. Unseren König.«
Der Marionettenspieler hatte großen Erfolg. Er ließ seine Puppen behende auf- und abwärts tanzen und sprach in verschiedenen Tonlagen, mit unbewegtem Gesicht den Text der buntbemalten Figuren. Die Puppe, die den Papst darstellte, riß die Männer und Frauen zu Lachsalven hin. Auch der König von Frankreich schien großen Anklang zu finden.
»Weshalb wollte Richard, daß du ihn nach Chalus begleitest?«
»Aus demselben Grund, weshalb er mich gebeten hat, an seinem Kreuzzug teilzunehmen. Seiner Crozada. Er dachte, ich brächte ihm Glück.«
»Diesmal hast du ihm kein Glück gebracht, Brian.«
»Nein. Diesmal nicht.«
Robert winkte einem der Pagen. Der Junge riß seinen Blick von dem Akrobaten los, der seine Überschläge beendet hatte und jetzt

mit grünen und roten Bällen jonglierte. Der Page füllte hastig einen Becher und brachte ihn Robert mit gesenktem Kopf.
Brian lächelte. »Du bist ein bedeutender Mann geworden, Robert de Bantrac.«
»Ich bin ein bedeutender Mann geworden, weil du mich dazu gemacht hast, Brian. Du warst es, der mich zum Ritter geschlagen hat. Du warst es, der mir die Heirat mit einer der reichsten Erbinnen des Lauraguais ermöglicht hat. Du warst es, der mich in Messina zu König Richard gebracht hat.«
»Das ist lange her.«
»Gestern.« Der Riese nahm einen Schluck aus seinem Becher. »Ich werde mich dem Kreuzzug Bonifaz de Montferrats anschließen. Ich habe dreißig Ritter ausgerüstet, allesamt heilige Pilger, jung, zotig und besonnen wie ein Konzil sizilianischer Bischöfe.«
»Ich nehme an, du hast mit unser beider Freund gesprochen?«
»Ich habe Jaufre bei meiner Ehre versichert, daß die Mädchen des Orients in Liebesdingen noch raffinierter sind als unsere occitanischen.«
»Du hast deine Ehre verloren.« Brian beobachtete aus den Augenwinkeln den Joglar. »Kommt Jaufre mit?«
»Wenn er sich noch rechtzeitig aus den Armen seiner Geliebten losreißen kann, dann ja.«
Der Marionettenspieler zeigte die Puppe des Grafen von Toulouse, die sich mit der zwergenhaften eines Kardinals stritt. Der Kardinal fiel immer dann kreischend um, wenn die Figur des Grafen von Toulouse beruhigend auf ihn einsprach. »Ketzer!« kreischte der hölzerne Kardinal, sich aufrichtend und wieder umfallend. »Ketzer!«
»Begleitet dich deine Frau?« fragte Brian.
»Nein«, erwiderte der Riese. »Sie ist eine Gesana. Ich habe mit ihr zwei Söhne gezeugt, die nur eines, nämlich Gesanas sind, auch wenn sie tausendmal meinen normannischen Namen tragen. Sie werden von einer Amme betreut, die von den Gesanas kommt, von Edeldamen herumgetragen, die den Gesanas verpflichtet sind, und von allen Gesanas, die das ganze verdammte Lauraguais hervorgebracht hat, bewundert, gehegt und gepflegt. Der Latrinenausleerer ist mittlerweile wichtiger geworden als ich. Sollte ich im Burghof

mit einem einsamen Ochsen ein Verhältnis anfangen, niemand würde es bemerken.«
»Du bist reich, Robert.«
»Deshalb habe ich den verfluchten Clan der Gesanas auch geheiratet.«
Der Riese strich sich kurz über die Stirn. Es war heiß geworden in der Halle. »Der Kreuzzug geht nach Ägypten. Ich für meinen Teil werde ins Heilige Land segeln. Nach Outremer.«
»Warum?«
»Wenn es eine Antwort gibt, dann nur dort.«
»Suchst du denn noch eine Antwort, Robert?«
»Dringender denn je, Brian.« Der Großgewachsene sah Brian ins Gesicht. »Ich breche im September auf, Brian. Ich will, daß du mich begleitest.«
»Wie Richard.«
»Wie er. Als Freund.«
Brian schüttelte den Kopf. »Nein. Ich gehe nie mehr nach Outremer.«
Robert lächelte mit einem Male. »Al-Tustari erwartet uns in Venedig.«
Brian blickte überrascht hoch. »Al-Tustari?«
»Er läßt dir ausrichten, daß er diesmal den Kelch mit dir leeren wird.«
»Sage ihm, daß ich dessen nicht würdig bin.«
»Überlasse das ihm. Ich erwarte dich spätestens im Winter in Venedig, Brian.« Robert schlug dem Troubadour freundschaftlich auf die Schulter. »Bis dahin beschütze dich Gott. Oder Allah. Oder wer auch immer.«
Der Riese winkte ihm noch kurz zu und ging zu seinem Platz, weit oben, nahe dem Vizegrafen.
Der hölzerne Kardinal des Marionettenspielers geiferte noch immer. »Sei verdammt«, schrie er. »Sei verdammt!«

Die Akrobaten verbeugten sich unter Applaus und Zurufen, während ein kleiner Junge mit einer Schellenkappe die Münzen aufhob, die ihnen von den Tischen aus zugeworfen wurden. Als die Joglare den Saal verließen, standen einige der Männer und Frauen auf,

bildeten Paare und Gruppen oder gingen zu ihren Freunden an den anderen Tischen.
Prachtvolle Domnas, in seidenen oder damastenen Kleidern, die ihre Brüste und Hüften betonten, schritten durch den Raum, schöne, junge Frauen, die lachten und plauderten, umschwärmt von mächtigen Senhers, die, stolz wie Pfaue, in ihren enganliegenden Hosen und hermelinbesetzten Tuniken um sie kreisten. Ein farbenfrohes, bewegtes Bild von Kleidern und Stoffen, die ein sich ständig veränderndes Meer der Buntheit formten. Ein graziöses Kommen und Gehen, das an einen kunstvollen Tanz der Verführung gemahnte, eitel und fordernd und doch schön und bestrickend.
Schließlich erhob sich der Vizegraf von Rodez von seinem Sessel und bat um Ruhe.
Langsam verklang das Gelächter, die Wortfetzen, das laute Prahlen und das leise Zischen geflüsterter Geheimnisse. Nur das Knistern der Fackeln war noch zu vernehmen, die aufmerksam blickenden Gesichter der Gäste beleuchtend, die erwartungsvoll zum Kopf der Tafel sahen.
»Wir haben gekämpft, gegessen und getrunken. Morgen werden wir beginnen, all jene Streitfälle zu behandeln, die ihr mir vortragen werdet. Aber heute, an diesem Abend und in dieser Nacht werden wir der wahren Wirklichkeit huldigen. Der Liebe.«
Hundertstimmige Zustimmung folgte diesen Worten. Der Herr von Rodez gab ein Zeichen, und ein kostbar gekleideter Joglar trat vor. Er sang ein Liebesgedicht des Grafen, das von einer unbekannten, ersehnten Geliebten handelte und von der Erwartung, sie zu finden, sie wiederzufinden, so wie sie sich in seinen Träumen gezeigt hatte, eines Tages im Frühling, eines Tages an einem klaren Maienmorgen.
Dann nahm ein zweiter Spielmann seinen Platz ein und sang eine Pastourelle aus der Île de France. Es folgten Liebeslieder der Trouvères, Lieder in französischer Sprache, zu Ehren der Gräfin, die aus dem Norden, aus Orléans stammte. Als der Jubel und das Klatschen immer heftiger wurden, gab Brian Flêche ein Zeichen. Es war soweit. Der richtige Zeitpunkt. Sein Joglar nahm die Fiedel in die Hand und begann einige von Brians Gedichten vorzutragen. Es waren

erprobte und konventionelle Lieder, drei Rondeaus, die die Fröhlichkeit und die Lebensfreude von Natur und Mensch besangen.
»Brian de Martial!« Es war Guillem de Parzié, der aufgesprungen war und in den Beifall mit so lauter Stimme hineinrief, als wollte er einer ganzen Reiterschar das Signal zum Angriff geben. »Du bist bekannt dafür, Lieder aus dem Nichts zu formen. Sing uns etwas, das dir gerade jetzt einfällt, hier und an diesem Ort.«
Lachen und Zustimmung erklangen. Brian ging zu Flêche und nahm ihm die Fiedel aus der Hand. Dann blickte er zu Aude, die ihn mit ihren großen, braunen Augen ansah. Er setzte die Fiedel an die Schulter, verbeugte sich vor der Domna von Rodez und begann mit geschlossenen Augen zu spielen.

»Wäre doch immer Frühling
Würde doch niemals
Die Kälte des Winters
Die Herzen ergreifen
Wäre doch immer die Liebe
Das Geschenk, das ich Dir bringen könnte
Aus reinem Herzen
Aus reiner Seele
Ohne Unterlaß
Dame de mon cœur
Dame de ma vie...
Könnte ich doch immer
Meinen Kopf in Deinen Schoß betten
Dich niemals verlassen
Dich niemals betrügen...
Laß Dich begehren, Geliebte
Gib Dich mir hin
Nicht schöner Reden wegen
Nicht, um meine Pein zu verkürzen...
Schenke mir Deine Liebe
Weil es sonst keine Rettung gibt
In dieser Welt von Kummer und Qual...
Dame de mon cœur
Dame de ma vie

Wäre doch immer Frühling
Würde doch niemals
Die Kälte des Winters
Die Herzen ergreifen...

Er hatte dieses Lied mit einer fordernden, aufbegehrenden Melodie gespielt, einer Melodie, die nichts mit diesem Ort, nichts mit diesen Menschen hier zu tun hatte. Es war eine Melodie, die er seit langem in sich trug, seit jenem Tag in der Guyenne, als alles anders geworden war, eine Melodie, die sich in immer neuen Rhythmen in ihm formte, die er suchte, die er fand und der er niemals so Ausdruck zu geben vermochte, wie er es ersehnte.

Als er sein Nachspiel, das nur mehr eine zornige, wilde, wütende Klage war, beendet hatte, herrschte einen Moment Schweigen. Dann brach der Beifall los, Schreien, Stampfen, und selbst der Vizegraf von Rodez erhob sich, um zu applaudieren, während seine Frau Brian lächelnd und beifällig zunickte.

Nach dem Lied des Troubadours gab man das Zeichen zum Tanz.

Die Kerzenleuchter müssen ihnen wie kleine, bewegte Sonnen erscheinen, dachte der Troubadour, als er sich durch die Tanzenden seinen Weg suchte.

»Ich habe eine solche Melodie noch nie gehört«, sagte Aude zu Brian, als er sich zu dem jungen Paar setzte.

»Ich sagte dir doch, er ist Löwe und Dichter in einem.« Jordas de Gedevan strahlte ihn an. Einen Augenblick lang beneidete ihn Brian um seine jugendliche Begeisterung.

»Die Worte sind es nicht. Es ist die Melodie.«

»Es ist Jordas' Melodie, die ich gespielt habe. Der Klang seiner Seele.«

Aude schüttelte den Kopf.

»Nein. Jordas ist...« Sie unterbrach sich und blickte zu dem jungen Mann, als wollte sie deutlich erkennen, wer und was er war.

Brian beendete ihren Satz. »Ist reiner. Klarer.«

»Ja«, sagte Aude.

»So soll es auch sein«, sagte Brian. »So soll es immer bleiben.«

Bestens, dachte er. Das Reh will gejagt werden. Ich hoffe nur, Jordas begreift es. Und wenn nicht, dann werde ich es ihn lehren.

Es wurde eine lange Nacht.
Irgendwann, als die Musikanten ermüdet waren, kam ein Page zu Brian gelaufen und bat ihn, dem Vizegrafen die Ehre eines Gesprächs zu erweisen.
Brian verbeugte sich vor der Gräfin und ihrem Mann. Er schätzte die Frau auf etwa achtzehn Jahre, eine rötlichblonde Schönheit, behangen mit Schmuck aus feingearbeitetem Gold und einer Kette aus dunkelroten Granatsteinen, die sich um Hals, Busen und Taille schlang.
»Domna«, sagte der Troubadour. Die Gräfin lächelte ihm zu.
»Nehmt Platz, Martial.« Der Vizegraf mochte Ende der Zwanzig sein, ein Mann mit dunklem Haar, einem sensiblen Mund und hartem, scharf gezeichnetem Kinn.
Der Troubadour bemerkte, daß der neben Rodez sitzende Baron aufstand, um sich zu einer lebhaft gestikulierenden Runde von Männern zu gesellen, die beim Kamin standen und sich sichtlich über die Jagd und ihre nimmer endenden Freuden unterhielten. Der Mann warf Brian einen abschätzenden und interessierten Blick zu, als er an ihm vorbeiging.
Ein Knappe hatte für Brian einen Stuhl herbeigeholt. »Ich danke Euch, Senher«, sagte der Troubadour, zu dem Vizegrafen gewandt.
»Wie gefällt Euch mein Fest?« fragte Rodez.
»Es ist der Pracht und Stärke Eures Hauses mehr als würdig.«
Er blickte in den Saal und hörte das helle Lachen der Gräfin.
Eine ganze Menge von Rodez' Rittern lagen mittlerweile betrunken zwischen zertretenen Blumen auf dem Boden, andere hatten ihren Kopf auf die Tischplatten gebettet, vom Wein und guten Essen kurzfristig dahingerafft.
»Es war es, meintet Ihr wohl.«
»Alles hat seine Zeit, Domna. Das Lachen, die Lieder...«
»Und die Mattigkeit«, sagte die junge Frau, noch immer lächelnd und auf die Menschen in die Halle blickend.
»Nennen wir es Mattigkeit«, sagte ihr Mann. »Der Wein war sehr süß, sehr stark und voller wilder Kraft.«
»Stark wie eure Lieder«, sagte die Gräfin zu dem Troubadour.
Rodez nickte. Er beugte sich leicht vor. »Ihr seid vielen ein Rätsel,

Martial. Es ist noch kein Jahr her, daß Ihr in die Occitanie gekommen seid, und schon habt Ihr Euch einen Namen als Dichter und Sänger gemacht.«

»Ein Mann ohne Vergangenheit«, ergänzte die Gräfin. »Ein Mann, der seinen eigenen Liedern entsprungen zu sein scheint.«

Brian bewegte kaum merklich seinen Kopf, um in den Saal zu blicken.

»Robert de Bantrac ist bereits gegangen«, sagte der Vizegraf.

»Ein treuer Freund«, sagte die Domna de Rodez. »Er hat uns kaum etwas über Euch erzählt.«

»Kaum?« fragte der Troubadour. Sein Mund fühlte sich plötzlich trocken an.

»Nur daß die Herzogin von Aquitanien Euch schätzt.«

»Sehr schätzt«, sagte die Gräfin.

»Wir kennen die näheren Gründe dafür nicht und wollen sie auch nicht erfahren. Dies nur zu Eurer Beruhigung.«

»Wir mögen Männer, die ihren eigenen Träumen entspringen.«

Die schmale Hand der Gräfin glitt über die Steine ihrer blutroten Kette und verfing sich dann darin.

Rodez nickte. »Und wir lieben unser Occitanien, reich, fröhlich und wohlhabend.«

»Was wünscht Ihr von mir, Senher?« fragte der Troubadour.

Rodez holte ein wenig aus. »Nun, wie Ihr wißt, ist unser schönes Frankien dreigeteilt. Den Norden und den Westen beherrscht der König von England, den Osten der König von Frankreich und den Süden mein Lehnsherr, der Graf von Toulouse.«

»Das ist mir bekannt«, erwiderte der Troubadour.

Rodez fuhr fort: »England, das bedeutet noch immer die Wünsche der Herzogin von Aquitanien.«

»Eleonore mag eine alte Frau sein, aber sie besitzt den Willen von hundert Männern. Das stimmt doch, Brian de Martial?«

Die Augen der jungen Gräfin blitzten belustigt, als sie ihn ansah. Das Gespräch schien ihr Vergnügen zu bereiten.

»Das stimmt, Domna.«

»Wir haben einen neuen Papst«, sagte Rodez.

»Innozenz den Dritten.«

»Ein Mann, der von sich behauptet, zwar weniger als Gott, aber

mehr als jeder Mensch zu sein. Ein Mann, der sich große Sorgen um unsere katharischen Freunde macht.«
»Er bezeichnet sie als Ketzer. Häretiker.«
»Er soll«, sagte der Vizegraf, »beim König von Frankreich angefragt haben, ob der gegen den Unglauben in der Occitanie etwas unternehmen könne.«
»Könnte er nicht auch der Herzogin von Aquitanien eine Botschaft gesandt haben?« Die Gräfin ließ mit einem kleinen Ruck ihre Kette los. »Eine, von der wir nichts wissen? Eine Botschaft, wie aus einem Traum entsprungen?«
Der Troubadour schwieg einen Augenblick lang. Der Vizegraf betrachtete ihn forschend, die Gräfin unverhohlen neugierig.
»Es wird bald Krieg zwischen England und Frankreich geben«, sagte Brian dann. »Ein Zangenangriff vom Westen und Norden her kann und wird nicht stattfinden. Die Besitzungen der Grafen von Toulouse sind sicher.«
»Und es gibt auch keine Interessen der Herzogin von Aquitanien, unseren Frieden hier im Süden zu stören?«
»Keine, Graf.«
Rodez betrachtete ihn nachdenklich. »Robert de Bantrac verbürgt sich für Euch. Ich schätze sein Urteil über alle Maßen.«
»Wenn es Gefahr für die Occitanie gibt, dann nicht von England aus.«
Der Vizegraf nickte. Mit einem Blick über den Saal sagte er: »Wir leben hier recht zufrieden, im Süden. Wir haben Freude am Tanz, an der Musik und der Lebendigkeit der Worte. Wir lieben die Unbeschwertheit und auch ein wenig den Kampf, wenn er uns nicht allzuviel Zeit von unseren Zerstreuungen raubt. Wir lassen die Menschen glauben, was sie wollen, und sind doch gute Katholiken. Wir verfolgen keine Juden, und getaufte Sarazenen sind uns hochwillkommen. Wir lassen unsere Bauern frei ihr Leben führen, und siehe da, sie machen uns reicher als jene, die sie auspressen oder wie sprechendes Vieh behandeln. Wir leben unter einer anderen Sonne als jene im Norden. Wir fühlen hier anders als jener tiaragekrönte Kleriker in Rom.«
Die Domna de Rodez sah Brian an. »Denen, die uns treu sind, halten auch wir die Treue.«

»Und jene, die uns verraten...« Der Vizegraf hielt einen Moment lang inne.
»Werden vernichtet?« fragte Brian.
»Verstoßen wir«, sagte Rodez schließlich.
Einen Augenblick lang herrschte Schweigen. Vom Kamin her erklang lauter Beifall. Ein Mann gab ein Lied zum Besten, in dem er eine Fülle von Tierstimmen imitierte. Ein Musikant mit langem, gekräuseltem Haar begleitete ihn, während die Runde der Zuhörer den Sänger anfeuerte.
Der Vizegraf wechselte unvermittelt das Thema. »Wenn Ihr Rodez verlaßt, solltet Ihr nach Toulouse gehen, Martial. Ich könnte Euch unserem Grafen ankündigen. Er ist reich und schätzt die Kunst der Troubadoure.«
Brian schüttelte den Kopf. »Ich gehe dorthin, wo man meine Lieder braucht. Dorthin, wo man die Schönheit und auch ein wenig die Reinheit sucht. Dorthin, wo man für einen kurzen Augenblick lang wünscht, daß das Leben anders wäre, als es ist.«
Die Haltung des Vizegrafen von Rodez versteifte sich kurz. Die Gräfin betrachtete Brian mit ihren grünen, ruhig blickenden Augen.
»Ist das wirklich die Welt, in der Ihr lebt, de Martial?«
»Ja, Domna. Das ist meine Welt.«
Die Gräfin blickte kurz auf ihre Kette mit den leicht im Kerzenlicht aufleuchtenden Granatsteinen. Sie berührte sie mit den Fingern und hob dann unvermittelt den Kopf.
»Wie schön«, sagte sie dann lächelnd. »Sie umfaßt die Erde. Die ganze, große, endlose Erde.«

»Es scheint, als hättest du das Vertrauen des Vizegrafen und seiner Frau gefunden«, sagte Jordas gut gelaunt, als Brian sich zu ihm und Aude setzte.
»Ja«, erwiderte der Troubadour, »alle Welt vertraut mir.«
»Die Gräfin ist eine wunderschöne Frau.« Aude sah zu ihr hin.
Jordas blickte unvermittelt das junge Mädchen an. »Nicht so schön wie du, Aude. Nicht halb so schön wie du«, sagte er plötzlich. Seine Stimme schwankte kaum merklich.
Aude sah ihn an. Dann senkte sie den Kopf. Das Haar fiel ihr über

die linke Wange und bedeckte ihren roten Mund und den schlanken Hals. Mit einer leichten Geste strich sie sich die Strähne aus dem Gesicht.
»Wäre doch immer Frühling...«, sagte sie leise.
Als sie aufsah, blickte sie von neuem Jordas an. Große Augen, die verletzlich, zärtlich und fragend blickten.
Brian betrachtete die beiden. Ich glaube, sie hat sich in ihn verliebt. Ich glaube, sie weiß es jetzt. Du hast einiges für die Familien der Gedevan und der Parziés getan. Sie werden es dir lohnen, dachte er zufrieden. Sie werden es dir lohnen, Brian de Martial. Kurz blitzte das Bild des Hundes in ihm auf, wie er nach dem Apfel geschnappt hatte. Brian verscheuchte das Bild und blickte blinzelnd in das Licht der herabgebrannten Kerzen, erfüllt von behaglicher Zufriedenheit.

12.Mai 1201

Die Balken der Schenke waren schwarz verfärbt vom rußigen Feuer, und die Luft war stickig und schwer. Der Mann mit dem schwarzen Bart stand singend auf dem breiten Holztisch. Er war nur mit einer bis zu den Knöcheln reichenden Hose bekleidet, sein Oberkörper nackt und mit Schweiß bedeckt. Ein Joglar, dachte Gaelle. Ein Joglar oder vielleicht auch ein Troubadour.
Die Musik war wild, eine aufpeitschende Melodie, getragen vom Schlagen einer Trommel, der Anfeuerung einer Sackpfeife, den wilden Klängen einer Fiedel. Die Spielleute, junge und alte Joglare, umstanden den Bärtigen und sangen mit, grölten den Refrain, stampften im Takt mit Knotenstöcken auf den Boden.
Der Mann tanzte auf dem Tisch, als die Spielleute den Refrain sangen, sprang wie ein Akrobat einen Überschlag und lachte, ballte die Fäuste im Triumph, daß die Sehnen und Muskeln an seinen Armen hervortraten, brüllte wieder vor Lachen, als er von neuem zum Singen ansetzte.
»Das ist er«, sagte der Kastellan.
»Ein sonderbarer Troubadour.« Gaelle betrachtete ihn, das Gesicht

unbewegt, mit einem kaum erkennbaren, forschenden Ausdruck in ihren Augen.
Als der Refrain wieder einsetzte, sprang einer der Joglare auf die Bank und dann zu dem Mann auf den Tisch. Der Troubadour ergriff seine Hand und machte mit ihm einige Schritte, einen höfischen Tanz travestierend. Dann stieß er den Joglar von sich, der das Gleichgewicht verlor, und einige der anderen Spielleute mit sich riß. Die Männer johlten, warfen ihn in die Luft und ließen ihn schließlich unter Flüchen fallen. Eines der Schankmädchen lief zu dem sich mühsam aufrichtenden Spielmann. Der Joglar umfaßte sie und riß sie auf den festgestampften Lehmboden, während ihnen der Troubadour lautstark Gottes Segen und eine reichhaltige Kinderschar wünschte.
»Und du bürgst für diesen Mann, Kastellan?«
»Ich bürge für ihn.«
»Du besitzt Mut.«
Der Kastellan grinste. »Er ist nicht immer so.«
Gaelle betrachtete den Troubadour ohne Unterlaß, studierte sein Verhalten. Einen Mann zu beurteilen, war nichts Neues für sie. Sie hatte Normannen, Franzosen, Griechen, Engländer kennengelernt, hatte gesehen, wie sie lachten, scherzten und tranken, hatte erlebt, wie sie ihr, dem Kind, aus Spaß den Hof machten, unbeholfen meist und manchmal gewandt, damals, als ihr Vater begonnen hatte, sie auf seinen Reisen mitzunehmen, damals, als ihre Mutter unvermittelt, über Nacht, gestorben war. Jetzt war auch ihr Vater tot. Ein paar hingeworfene Zeilen auf einem Pergament. Ein Leben war ausgelöscht. Die Zeit treibt uns vor sich her, raubt uns Tag um Tag. Die meisten bemerken es nicht. Die meisten übersehen es. Ich nicht, dachte Gaelle. Ich weiß um den Preis eines Tages.
»Er ist ausdauernd und tapfer«, sagte der Kastellan. »Er hat Proeza.«
»Ja, er hat Mut«, sagte Gaelle.
Der Kastellan ist ein Tölpel. Er preist mir diesen Sänger an, als wäre er ein Pferd, das ich erstehen sollte. Aber dieser Troubadour könnte mich beschützen, dachte sie. Er hat genügend Kraft und Wut, um mich zu verteidigen, falls es nötig sein sollte. Wenn ich ihn von der

Flasche fernhalte. Aber das werde ich. Das konnte ich schon als Kind. Mein Vater hat es erlebt.
»Wie alt ist er?« fragte Gaelle.
»Anfang der Dreißig.«
»Er sieht jünger aus.«
»Er ist jünger. Er ist ein Mann des Joven. Ein Mann der Jugend.«
Einen anderen bekomme ich hier nicht, dachte die Frau, den Blick unverwandt auf den Sänger gerichtet. Er ist der einzige, der in Frage kommt. Ich habe keine Wahl. Keine.
Der Troubadour auf dem Tisch hatte sie bemerkt. Er hob die Hand, um den Joglaren Einhalt zu gebieten. »Wir haben hier einen Gast. Unseren geliebten Kastellan.«
Die Joglare brüllten und johlten, aber der Kastellan blieb unbewegt.
»Begleitet von einer Frau, die der schaumgeborenen Venus gleicht.«
Ein kurzer Trommelwirbel ertönte, während der Fiedler einige Akkorde spielte.
»Unseren Gästen zu Ehren werde ich das Sirven vortragen, das ich euch vorhin gelehrt habe, meine liebliche und erlauchte Gesellschaft von Hurenböcklein.«
Die Spielleute schrien ihre Zustimmung. Gaelle war erstaunt, als die Melodie einsetzte, spöttisch, höhnisch, karikierend. Ein Sirven war meist ein Schmähgedicht, aber hier war bereits die Musik Schmähung, Lästerung, Blasphemie.

»Wie sehr liebe ich den Kreuzzug«, begann der Troubadour,
»Wenn er mir den Gatten rüstet
Zum heiligen Krieg
Wie sehr liebe ich den Kreuzzug
Wenn er mir die Gattin überläßt
Zum heiligsten der Spiele...
Zieht der Ritter sein Schwert
So zücke ich meines
Stößt er es in die Scheide
So tue ich es ihm gleich...
O sanftes Singen des Wüstenwindes
O sanftes Singen erhitzter Leidenschaft...

So mancher heftige Ritt
Sei gewagt
In ferner Ödnis
Und in buschiger Heimat...
O sanftes Singen des Wüstenwindes
O sanftes Singen erhitzter Leidenschaft
Wie sehr liebe ich den Kreuzzug
Wie sehr liebe ich den heiligen Krieg...«

Die Musik brach abrupt in einem Wimmern, Jammern und Stöhnen ab. Ein gutes Sirven für die Städte und das flache Land, dachte Gaelle, als der Troubadour unter dem Beifall der Joglare vom Tisch heruntersprang. Es würde den Spielleuten Geld bringen. Der Kreuzzug war nicht beliebt bei Bürgern und Bauern.

Brian de Martial bahnte sich seinen Weg zu Gaelle und ihrem Begleiter.

»Wie gefällt es dir?« fragte er den Kastellan.

»Leute sind schon für weit bessere Lieder gehenkt worden.«

Der Troubadour grinste. »Ein Geschenk an deinen Burgherren.«

Gaelle lächelte zart und liebenswürdig. »Dieser Mann ohne Ritterlichkeit. Dieser sodomitische Affe«, sagte sie mit weicher Stimme, drehte sich um und verließ die Gaststube.

»Das ist die Dame Gaelle de Vidars.« Der Kastellan rieb sich sein stoppeliges Kinn.

»Eine Bereicherung jeder Joglarschenke.«

»Sie ist nur zornig und voller Wut. Mein Herr hat sie beleidigt. Er verweigert ihr seine Hilfe.« Er legte dem Troubadour seine Hand auf die Schulter. »Komm. Sie will deine Bekanntschaft machen.«

Gaelle stand mit dem Rücken zum Schenkeneingang und blickte zur Burg empor, die den kleinen Ort überragte.

»Er will mir keinen Begleitschutz stellen«, sagte sie, als die beiden Männer zu ihr traten. »Keinen Soldaten, keinen Knappen, nicht einmal einen Pagen.«

»Er braucht jeden seiner Männer. Der Herr bricht bald zum Kreuzzug auf.«

»Ich weiß, wofür er seine Männer braucht.«

Der Kastellan blickte bedrückt zur Seite.

»So dürft Ihr nicht von ihm sprechen.«
»Ihr habt keine Ahnung, wie ich erst von ihm sprechen werde, wenn ich diesen Ort hinter mir gelassen habe. Kein Wort wird mir zu teuer sein, sein Wesen zu beschreiben.«
Sie strich sich über ihr goldenes Stirnband. Eine ledige Frau, dachte Brian. Eine ledige, junge und reiche Frau.
Der Troubadour schlug dem Kastellan mit einer freundschaftlichen Geste auf die Schulter.
»Joscelin ist anders. Er ist ein ganzer Mann. Er ist ein Freund.«
»Joscelin ist eine Perle in diesem erbärmlichen Misthaufen.« Gaelle blickte den Troubadour an. »Er hält viel von dir. Wie heißt du?«
Brian sah erstaunt zu dem Kastellan hin.
»Sie wollte nichts von dir wissen. Nicht einmal deinen Namen. Sie wollte dich zuerst sehen.«
»Ich heiße Brian de Martial. Manche der Joglare nennen mich auch Brian, den Verrückten. Andere, Brian, den Narren.«
»Du scheinst dennoch sehr beliebt bei ihnen zu sein.«
»Ich schenke ihnen ab und zu ein Lied. Das stimmt sie freundlich.«
»Wenn ein Spielmann einen Troubadour als verrückten Narren bezeichnet, so drückt er damit nur seine Hochachtung aus«, erklärte der Kastellan. »Sie sind allesamt selbst verrückt.«
»Narren der Schönheit«, sagte der Troubadour. »Narren der Sehnsucht.«
Gaelles Gesichtsausdruck blieb leer, unbewegt und abschätzend. Es ist besser so, dachte sie. Es ist besser, er hält mich für seelenlos und berechnend. Es wird ein weiter Weg bis Béziers werden.
»Ist Martial dein Geburtsname?«
»Nein.«
»Wie ist dein wirklicher Name?«
»Brian.«
»Und sonst?«
»Der Narr.«
»Er sagt niemandem seinen Namen.« Der Kastellan zuckte mit den Schultern. »Nicht einmal mir.«
»Warum hast du ihn abgelegt?«

»Es war an einem Frühlingsmorgen«, sagte der Troubadour. »Der Weg, den ich entlangritt, war steinig und steil. Mein Mantel lastete wie meine Vergangenheit auf meinem Rücken, schwer und drückend, die Sinne lähmend. Da kam mir mit einem Male der Gedanke zu einem Gedicht. Ich habe es in die Landschaft gesprochen. Dann laut geschrien.«
»Und?«
»Mein Mantel liegt noch immer auf diesem Weg. Und mit ihm meine Vergangenheit.«
Gaelle sah ihn an.
»Es ist immer Frühling, wenn sich solche Geschichten ereignen.«
Brian lächelte. »Immer.«
»Du kannst gut mit Waffen umgehen?«
»Er beherrscht das Schwert wie ein Normanne«, sagte der Kastellan. »Und den Dolch wie ein Katalane.«
»Seltsam für einen Troubadour.«
»Ich bin oft alleine.« Brian lächelte von neuem.
Gaelle blinzelte, als sie kurz zur Burg emporsah, über der jetzt weiß und glänzend die Sonne stand.
»Du sollst mich nach Béziers begleiten. Ich muß mein Erbe antreten. Mein Vater ist gestorben.«
»Wann?« fragte Brian.
Gaelle zögerte. »Vor sechs Monaten«, sagte sie dann.
»Das ist lange her.«
»Ich war in London. Es ist schwer, im Spätherbst das Meer zu überqueren.«
»Was habt Ihr in England getan?«
»Sein Comptoir geleitet.«
Brian blickte sie überrascht an. Es war nicht ungewöhnlich, daß eine Frau die Herrschaft über eine Burg ausübte, wenn ihr Mann im Krieg oder sie verwitwet war. Aber es war mehr als außergewöhnlich, wenn ein Vater seiner Tochter eine Handelsniederlassung in einem fernen Land überließ.
»Ihr seid eine bemerkenswerte Frau, Gaelle de Vidars.«
Gaelle antwortete nicht. Sie blickte kurz zum Kastellan und dann zu Brian.
»Schwörst du bei deiner Ehre als Troubadour, mich für die Dauer

der Reise als deine Dame anzuerkennen und mir deine Cortezia zu erweisen?«

Das ist geschickt, dachte Brian. Wenn ich ihr in irgendeiner Weise nahetrete, würde sie es Joscelin wissen lassen. Die Cortezia war ein Eid, eine Unterwerfung. Verletzte er seiner Dame gegenüber die Höflichkeit, so war er verloren. Die Nachricht darüber würde sich schneller als ein Heuschreckenschwarm über das Land verbreiten, und alle Troubadours und Joglare würden ihn meiden. Sie würden vor ihm ausspucken und vor ihm zurückweichen wie vor einem Pestkranken.

»Ich schwöre es.«

»Gut«, sagte Gaelle. »Wir brechen in einer Stunde auf.«

»Die Reise wird beschwerlich werden.«

»Du bekommst ein halbes Pfund Silber, wenn ich Béziers sicher erreiche.«

»Deshalb habe ich es nicht gesagt.«

»Doch«, sagte Gaelle. »Deshalb hast du es gesagt.«

Sie ritt wie eine Skythin, die Röcke hochgerafft, so daß man ihre Beine sehen konnte, trieb oft aus Spaß und unter einem hellen Lachen ihr Pferd zum Galopp an, nahm Hindernisse im Sprung, während ihr unverschleiertes Gesicht in der Sonne dieser heißen Maientage Farbe bekam und von Stunde zu Stunde fröhlicher wurde. Die starre, maskenhafte Selbstbeherrschung, die sie Brian bei ihrer ersten Begegnung gezeigt hatte, zerfiel im lichten Flirren dieser Frühlingslandschaft, löste sich auf und ließ das Gesicht einer sehr jungen, sehr reizvollen und sehr sanften Frau hervortreten, einer Frau, die der Erde ebenso nahe zu sein schien wie dem blauen, weitgespannten Himmel, unter dem sie ihren Weg suchten.

Der Troubadour zügelte sein Pferd. Er deutete vom Hügelkamm nach unten, wo sich eine staubige Straße durch das satte Grün der Wiesen schlängelte.

»Wenn wir diese Straße nehmen, kommen wir schneller nach Nevers.«

Gaelle schüttelte den Kopf. »Der Weg über die Hügel gefällt mir besser.«

Der Troubadour blickte sie an. »Es gibt Herbergen an dieser Straße. Ihr würdet es bequemer haben.«
»Du sollst mich auf deinen Wegen nach Béziers führen, Sänger. Nicht auf jenen Pfaden, die jeder begeht.«
»Meine Wege sind oft sehr einsam, Domna.«
»So wie du.«
Brian de Martial lächelte. »So wie ich.«
Gaelle blickte über die bunte und weite Frühlingslandschaft. »Wir reiten über die Hügel, Troubadour.« Sie sagte es mit Entschiedenheit. »Dort«, sagte sie. »Dort, durch den Frühling geht unser Weg.«
War er einsam? fragte sich der Troubadour, als sie durch die weitgezogene, helle Landschaft ritten. Er war sich nicht schlüssig. Er war gerne alleine. Ein Einzelgänger, der sich kaum jemandem mehr anschloß. Seine Bedürfnisse waren gering. Er benötigte wenig. Menschen, dachte er, Menschen sind oft eine Enttäuschung. Er hatte gelernt, sich von ihnen fernzuhalten, wenn die Fragen über ihn kamen. Er ging seine eigenen Wege, wenn die Furcht vor dem Nichts ihn packte, wenn er unvermutet den Kreislauf des Lebens nicht mehr begriff.
Und Frauen? Seit Jahren hatte er keine feste Bindung mehr gekannt. Er mochte Frauen. Er mochte sie, aber er fürchtete ihre Beharrlichkeit, ihre Lust an der Gegenwart, ihren Wunsch nach Beständigkeit. Er glaubte nicht, sie glücklich machen zu können. Es war leichter, in flüchtigen Beziehungen zu leben, die keine Last einer lebenslangen Verantwortung in sich bargen.
Er blickte zu Gaelle, die an seiner Seite ritt.
Diese Frau glich wenigen, die er gekannt hatte. Keiner, dachte er dann. Keiner einzigen gleicht sie, Brian de Martial.
Ich muß vorsichtig sein. Meine Gedanken beginnen um sie zu kreisen. Der Frühling, diese Sonne und sie. Welch eine Verführung, wenn ich ihr nachgeben könnte!
Diese Frau ist schön. Weich und zärtlich wahrscheinlich, aber mit einem scharfen Verstand, einer stolzen Seele und einem ungebändigten Willen. Sie verdient einen guten Mann. Den besten. Ich werde nicht mehr an sie, die Sonne und den Frühling denken. Nur an mein Lied. Dieses vollkommene Lied, das ich zu finden hoffe.

Brian de Martial lächelte zufrieden, als er daran dachte. Er gab seinem Pferd die Sporen und verfiel in einen leichten Galopp.

In Nevers hatten sie Quartier in einer Herberge genommen. Sie verbrachten den Abend mit Reisenden, die sich auf der Pilgerfahrt nach der Kirche Sainte-Foy de Conques befanden. Es war eine durchaus diesseitige Pilgerschar gewesen, und sie hatten vergnügliche und unbeschwerte Stunden mit ihr verbracht. Der Troubadour mochte es, wenn Gaelle lachte. Er liebte es, sie so zu sehen.
Als sie am nächsten Morgen die Stadt verließen, ritten sie wieder von der Straße weg, quer über die Wiesen. Bei ihrer ersten Rast half Brian de Martial der Domna Gaelle de Vidars wie immer vom Pferd. Gaelle verharrte kurz, nur einen Augenblick lang, in seinem Arm, bis sie sich schnell und beinahe ärgerlich von ihm löste.
Sie hatten das Fleisch der Kaninchen verzehrt, sie damenhaft, den kleinen Finger ihrer linken Hand geziert weggespreizt, er mit Gier und unverhülltem Genuß.
Zur Hölle, dachte Brian, sie muß hungrig wie ein Panther sein. Wie bringt sie es nur fertig zu essen, als befände sie sich an der Tafel der Herzogin von Blois? Als Brian das Brot brach und es ihr reichte, wischte sie sich die Hände an einem mitgebrachten Stofftuch ab. Jetzt fehlt nur noch die Wasserschale, dachte der Troubadour. Die Wasserschale und zerstäubtes Ambra.
Sie betrachtete ihn, als er nach dem Weinschlauch griff und in gierigen Zügen trank.
»Du solltest mich auch trinken lassen, Brian de Martial.« Ihre Stimme war klein und mädchenhaft.
»Ein Gascogner«, sagte er, als er ihr den prallgefüllten Schlauch reichte. »Vollmundig und doch von herber Frische.«
»Wie wunderbar«, sagte Gaelle, als sie den Schlauch umdrehte und den Wein ins Gras rinnen ließ. Er versickerte im Schein des Feuers, aufgesogen von einem rötlichgrünen Boden.
»Dafür werdet Ihr im Fegefeuer landen«, sagte Brian. »Kleine, bösartige Teufel aus den Weinbergen werden Euch mit spitzen Stöcken stechen.«
»Ich will dich nüchtern, Troubadour. Ich will Béziers ohne Schaden erreichen.«

»Das ist kein Spaß, Gaelle de Vidars.« Er betrachtete fassungslos die feuchte Erde, in die der Wein versickert war.
»Denke an deine Ehre als Troubadour, Martial. Denke an deine Cortezia.«
Brian ließ sich zurückfallen und verschränkte die Arme hinter dem Kopf. Ich werde Mönch, dachte er. Ich werde Mönch werden, Wein trinken und auf ewig dem Anblick der Frauen entsagen.
»Warst du je verheiratet, Brian de Martial?« fragte Gaelle unvermittelt.
»Nein«, sagte Brian und betrachtete den von Sternen übersäten Himmel. Lichter, die von der Ewigkeit zu Ehren Gottes angezündet wurden. Oder brennende, leblose Sonnen, die einer dunklen Unendlichkeit ein silberkaltes Licht spendeten. Man konnte es sich aussuchen. Wie so vieles.
»Hast du nie eine Frau gekannt, die du so geliebt hast, daß du sie nie mehr in deinem Leben verlassen wolltest?«
»Doch. Aber ich habe sie verwundet. Beinahe getötet.«
»Körperlich?«
»Nein. Nicht körperlich.« Er schwieg.
»Das ist schade«, sagte Gaelle. »Ich bedaure dich. Ich bedaure die Frau.«
»Je älter ich werde, um so mehr hoffe ich, daß sie mir verziehen hat. Oder es eines Tages doch noch tut.« Brian rollte sich zur Seite und blickte ins Feuer. »Aber wahrscheinlich ist sie nur alt und häßlich geworden und verflucht mich jeden Morgen, wenn sie sich in ihrem Spiegel erblickt.«
»Vielleicht hat sie dich längst vergessen, Brian de Martial.«
»Das wäre das beste.«
Gaelle zog ihren Umhang fester über ihre Schultern.
»War es das, das dich dazu brachte, deinen alten Mantel auf diesem staubigen Weg zurückzulassen?«
»Nur ein Grund dafür. Ein Grund unter vielen anderen.«
Gaelle blickte ihn über das Feuer hinweg an.
»Weshalb hast du den Namen Martial gewählt?«
»Als ich den Mantel weggeworfen hatte, als meine Vergangenheit auf dem steinigen Kamm dieses Hügels der Guyenne in allen Ehren begraben wurde, bin ich zum Kloster von Saint-Martial geritten.

Die Mönche dort lehren die Troubadoure. Sie haben viel Sinn für das Wahre.«

»Und dann bist du von Ort zu Ort gezogen und hast von Schönheit, Sehnsucht und Liebe gesungen.«

»Ja.«

»Zu Menschen, die dich nicht verstanden haben.«

»Manche doch.«

»Wie lange geht das schon so?«

»Zehn Jahre.«

»Weshalb, Brian de Martial?«

»Weil ich das vollkommene Lied finden will.«

Gaelle schwieg und nickte dann. Sie schlang die Decke um sich und legte sich, die Beine angezogen, neben das Feuer. Brian stand auf und kundschaftete die Gegend aus. Kein Anzeichen von Menschen. Kein Anzeichen von Hirten, Rittern, Soldaten, Mönchen, Priestern, Kaufleuten, Huren, Strauchdieben und Wegelagerern. Alles war still, bis auf den Gesang der Zikaden. Gut, dachte Brian, gut. So sollte die Welt immer sein.

Dann hatte er sich in seinen Mantel gehüllt, neben dem erlöschenden Feuer Wache gehalten, bis der Morgen graute. Er weckte Gaelle und wickelte sich in die Decke, die noch voll von ihrer Wärme und ihrem Duft war. Er fiel in einen tiefen, traumlosen Schlaf.

Als Brian sich im Wasser des Flusses den Oberkörper wusch, trat unversehens Gaelle an ihn heran und schob den Ast des Gebüsches beiseite. Das Gesträuch schimmerte zart und hellgrün im Licht der Sonne.

»Woher hast du diese Wunde?« fragte sie und deutete auf eine Narbe, die sich von seinem Unterbauch bis zur Hüfte zog.

»Eine sarazenische Lanze. Von der Seite angeritten.«

Gaelle strich ihre Haare aus der Stirne. In ihrem Blick lag Überraschung. »Du hast mir nicht erzählt, daß du ein Ritter bist.«

»Ich hatte es vergessen. Es ist nicht wichtig.«

»Dann bist du ein Senher«, stellte die Frau mit Verblüffung fest.

Brian zog sich das Hemd über den Kopf. »Ein Senher ohne Land, ohne Besitz und ohne Geld. Ein Senher, den man mieten kann.« Er

lächelte, bevor er weitersprach. »Für ein kurzes Lied ebenso wie für eine lange Reise.«
»Warst du auch in Outremer?«
»Ja«, bestätigte Brian. »Ich war im Heiligen Land.«
Gaelle nickte. Sie sah ihn von der Seite an. »Ich wollte dich nicht verletzen.«
»Weil Ihr mir ein halbes Pfund Silber geboten habt?«
»Ja.«
Der Troubadour lachte. »Ich brauche es dringend, Domna. Ihr habt mich nicht verletzt. Ihr habt mir damit eine große Freude bereitet.«
»Du bist ein sonderbarer Mann, Brian de Martial.«
»Weil ich andere Wege begehe als die meisten Menschen?«
Einen Moment lang betrachteten sie einander stumm.
»Sieh mich nicht so an, Ritter«, sagte Gaelle nach einem Augenblick.
»Ich finde Euch schön, Domna. Das ist keine Beleidigung.«
»Nein. Das ist es nicht. Aber wir haben noch einen weiten Weg vor uns.«

Die nächsten beiden Tage über ritten sie in einer sonderbaren, immer enger, immer stärker werdenden Vertrautheit miteinander, wechselten aber nur mehr unverbindliche Worte, sprachen jetzt distanzierter zueinander, als wollten sie diese innere Spannung, die sie von Stunde zu Stunde stärker aneinanderband, durch die Förmlichkeit der Worte entkräften und auflösen.
Erst am Abend des sechstenTages ihrer Reise, als Brian das Feuer entzündet und sie schweigend gegessen hatten, brach Gaelle ihre offene, nie ausgesprochene Übereinkunft.
»Ich fühle mich geborgen«, sagte sie. »Seit langer Zeit fühle ich mich wieder geborgen.«
Der Troubadour hob die Decke vom Boden auf und legte sie der jungen Frau um die Schultern. Ihr prachtvolles, langes Haar schimmerte rötlichblond im Licht des Feuers. Einen Augenblick lang kniete er neben ihr.
»Auch ich bin verändert, Domna«, sagte er. »Es ist, als wäre ich unvermutet aus der Dunkelheit ins Licht getreten.«

Gaelle schwieg. Sie legte einen Ast ins Feuer. Das Holz knisterte, als es sich entzündete.
»Woher kommt Ihr? Wie habt Ihr gelebt?« fragte Brian schließlich, als er sich erhob und zu seinem Platz zurückging.
Gaelle erzählte von dem Nomadenleben, das sie geführt hatte, von den fernen Orten, die sie als Kind gesehen hatte und die sie über alle Maßen beeindruckt hatten, damals, in jenen Tagen, als ihre Mutter gestorben war, damals, als ihr Vater sie auf seinen Reisen mitnahm.
Sie erzählte ihm von Trapezunt und Konstantinopel, von Neapel und Florenz, von Paris und London. Sie erzählte von der Einsamkeit, die sie oft verspürt hatte, in dieser Männerwelt von Kaufleuten, Rittern und Schiffskapitänen, in der ihr Vater sich bewegt hatte, manchmal und für kurze Zeit begleitet von namenslosen Geliebten, deren Gesichter ihr ebenso entfallen waren wie die flüchtigen Liebkosungen, die sie von ihnen erfahren hatte.
»Und welchen Weg geht Ihr nun, Gaelle de Vidars?«
»Ich weiß es noch nicht. Alles steht mir mit einem Male offen. Es ist ein ungewohntes Gefühl, Ritter.«
»Ihr seid frei, Domna.«
»Ich bin frei.« Sie hob ihren Kopf. »Nur frei wofür, Troubadour?«
»Frei für Eure Wünsche. Frei für Eure Sehnsüchte.«
»Vielleicht werde ich sie erkennen, wenn ich in Béziers angelangt bin.« Sie zog die Decke fest um sich. »Vielleicht dann.«
Brian nickte.
Ich habe ihm bereits zuviel gesagt, dachte Gaelle. Ich war deutlicher, als ich es sein wollte. Er verwirrt mich, dieser Mann. Seine Ruhe und seine Sanftheit zerschlagen diese Mauern, die ich seit Jahren um mich aufgebaut habe.
Er umfängt mich mit seinen Bildern und Träumen, und ich spüre, wie ich staunend wie ein Kind zu seinem Himmel von Sehnsüchten aufsehe. Du bist eine Kaufmannstochter, Gaelle de Vidars. Du solltest vernünftiger sein.
»Was ist Glück, Troubadour?« fragte sie unvermittelt.
»Die Wunschlosigkeit, Domna.«
»Und wie erlangt man sie?«

»Indem man die Erfüllung lebt.«
»Ist dir das jemals gelungen?«
Brian schüttelte den Kopf. »Selten. Beinahe niemals.«
Der Troubadour sah sie durch das Feuer hindurch an. Sie erwiderte seinen Blick.
»Aber du sehnst dich danach?«
»Wie nach der Seligkeit.«
Gaelle betrachtete ihn nachdenklich. »Welch ein Traum«, sagte sie dann.
»Auf Euren Reisen müßt Ihr vielen Träumen begegnet sein.«
»Unzähligen. Sie waren so zahlreich wie die Menschen, die ich getroffen habe.«
»Und jetzt kehrt Ihr heim«, sagte Brian.
Gaelle lag auf der Decke, den Kopf leicht in den Arm gestützt.
»Ja. Jetzt kehre ich endlich heim.«
»Wie heißt er?«
Sie zögerte einen Augenblick lang.
»Bernartz«, sagte sie dann. »Bernartz de Couerlas.«
»Ein Ritter?«
Sie lächelte. »Mit Kastell und Knechten und allem, was dazugehört. Ich kenne ihn seit meiner Kindheit. Wir wurden einander versprochen, als meine Mutter noch lebte.«
Brian schwieg. »Wollt Ihr wirklich jemanden zum Mann nehmen, den Ihr nicht kennt?« fragte er dann.
»Das werde ich erst wissen, wenn ich ihn getroffen habe, Troubadour.«
»Das ist nichts für Euch, Domna. Ihr seid ein Mensch der wahren Liebe. Der fin amors.«
»Bist du dir sicher, Ritter?«
»Ganz sicher, Domna.«
Brian sah flüchtig zum Himmel auf, sah undeutlich die ins Dunkel zurückgewichene Landschaft, bis sein Blick wieder an Gaelles Gesicht haftenblieb.
»Wie müßte der Mann sein, den Ihr wahrhaft lieben könntet?«
Gaelle blickte ihn an. »Ich weiß es nicht, Troubadour.«
»Es war die falsche Frage.«
»Ja. Das war sie.«

»Ich bin nicht berechtigt, sie zu stellen. Ich bin durch einen Schwur gefesselt.«
»Ja«, sagte Gaelle. »Du bist hoffnungslos gefesselt.«

Diese Nacht ließ er die junge Frau schlafen, ohne sie beim Morgengrauen zu wecken. Er saß die ganze Zeit hindurch in seinen Mantel gehüllt und suchte nach Worten für das Lied, das vollkommene, dieses Lied, das er finden würde, eines Tages, irgendwann.
Noch erfüllt von dieser Suche brach er bei Sonnenaufgang mit Gaelle auf, bis sie jenen Hügel erreichten, von dem aus man das Dorf sehen konnte. Ein steinernes Gebäude lag im Norden des Weilers. Das Haus eines Großbauern, wie es schien. Nahe dem Obstgarten stand eine Windmühle, deren Flügel sich träge im lauen Wind drehten. Der Windmühle gegenüber lag eine langgezogene Schmiede, aus deren Innerem helles Licht drang. Ein breiter Pfad schlängelte sich zur Mitte des Weilers, in der eine kleine, steinerne, von einem Gatter umschlossene Kirche stand. Ställe und Holzhäuser zogen sich entlang der schmalen Dorfstraße. Die Gemeindewiese grenzte an einen Wald, der sich nach Süden hin erstreckte. Ein Ochsengespann folgte einem Seitenpfad, der an einer Wiese entlangführte. Kinder liefen dem Karren nach, lachten und riefen Worte, die Brian aus der Ferne nicht verstand.
Das Dorf stand weißlich im Tageslicht, mit einem Bach wie ein silbernes Band zwischen dem Braun der Felder und dem Grün der Wiesen, ein Dorf, in dem der Rauch der Schornsteine kaum sichtbar war in der Helligkeit der Mittagshitze.
Wir werden die Nacht hier verbringen, dachte Brian. Sie brauchten Ruhe. Die letzten Tage hatten sie kaum gerastet.
Das Dorf, dachte er, das Dorf würde ihnen guttun.

Aus dem Diarium des Herrn von Guzman

Ich, der ich nur ein bescheidener Diener Gottes bin, ein Nichts, ein Staubkorn vor Seiner Herrlichkeit, habe mich dennoch entschlossen, ein Tagebuch zu führen, um die Unwägbarkeiten des

Lebens und die Tiefe der menschlichen Seele zu beschreiben, soweit mein bescheidener Verstand es vermag.
Ich habe diese Länder, die ganz Südfrankreich umfassen und die man die Occitanie nennt, jenes weite, fruchtbare Gebiet, das von Bordeaux bis zu den Alpen reicht, erst vor kurzem betreten.
Ausgeschickt von meinem König, dem erhabenen Alfons von Kastilien, um gemeinsam mit meinem Bischof Diego d'Osma eine Prinzessin aus dem fernen Lande Dänemark für seinen Sohn heimzuholen, habe ich die vereisten, schneeweißen Berge der Pyrenäen überquert, die grünen Ebenen der Gascogne durchritten und die Blütenlandschaft des Languedoc erlebt. Jetzt, auf dem Rückweg nach Spanien, bekleidet mit der weißen Kutte eines Zisterziensermönches, voll von den Eindrücken ihrer Gefilde, voll von den widersprüchlichen Empfindungen ihrer Menschen, kann ich dieses Land, diese Occitanie nicht verlassen.
Es ist, als wäre ich in eine Traumwelt gefallen, voll von goldenen, trügerischen Spiegeln, eine Welt der tausend unsichtbaren und gefährlichen Abgründe.
Nichts in diesem Land ist so, wie es sein sollte. Es ist, als würde hier eine neue Welt gelebt, die sich von allem, das ich bisher kannte, unterscheidet und es in Frage stellt. Die Heilige Katholische Kirche besitzt in diesem fremden Land kaum noch Macht. Sekten, die sich hier als Katharer, dort als Waldenser bezeichnen, halten die Seelen der Gläubigen gefangen. Die Priester der katholischen Kirche sind meist von Gott verworfene Diener, ihrer Ämter unwürdig.
Verwirrung und Heidnisches herrschen über die Geister und Gemüter der Menschen. Und dennoch ist dieses Land ein Land der umfassenden göttlichen und menschlichen Liebe. Nirgendwo habe ich es so deutlich gespürt wie hier, inmitten dieser lichten Täler, Hügel und weitgezogenen Ebenen.
Mögen auch Grausamkeiten geschehen, die einem vor Mitleid das Herz brechen lassen, so ist die Liebe trotzdem offenbar, wie das Heilige selbst. Wer vermag das zu verstehen? Ich nicht.
Auch meinen Herrn, den Bischof von Osma, verwirrt es, und beide haben wir beschlossen, ungeachtet unseres Auftrages, in die-

sem Land zu verweilen. Vielleicht gelingt es uns, diesen glänzenden Kreis, der uns umschließt, zu überschreiten und zu begreifen, was Gott uns hier zu verstehen geben will.
Verzeihe mir der Herr mein Unverständnis.
Verzeihe mir der Herr.
Verzeihe er mir.

Geschrieben in Demut und
in Vertrauen auf die Güte Gottes
von dem Mönch Guzman, genannt
DOMINIKUS

18. Mai 1201

Der großgewachsene Mann mit dem eisgrauen Bart und den weißen Haaren trug ein Kettenhemd, in dem sich das Licht des Mondes fing. Seine Schultern bedeckte ein dunkler Umhang, bestickt mit einem Wappen, in dem ein roter Greif auf grünem Untergrund mit aufgerichteten Pranken einen Feind bedrohte. Die silberne Schnalle des Gürtels, der das Kettenhemd des Mannes umschloß, war von ausgezeichneter Arbeit, stellte eine Rose dar, zarte, aus Metall gehämmerte Blütenblätter, die sich leicht nach außen bogen.
Der Mann mit den weißen Haaren strich mit einer kaum wahrnehmbaren Bewegung über die silberne Rose, als er den Kopf hob und zum Himmel aufblickte. Der Morgen wird bald kommen, dachte er. Wir haben nicht mehr viel Zeit.
Die vier Männer, die bei den Pferden standen, waren leichter bewaffnet als der Ritter. Ein graues Wams, von ledernen Schienen durchbrochen, bedeckte den Brustkorb. Die Hemden waren aus Leinen und nicht aus hartem, im Mondlicht aufleuchtendem Metall.
Eine wunderbare Stille, dachte Peire de Gedevan.Er mochte diese Zeit vor dem anbrechenden Morgen, in der kaum etwas anderes zu vernehmen war als das Geräusch der Blätter der Bäume, wenn der leichte Südwind sie bewegte.

Eine Nacht zum Lieben, dachte Peire. Wäre Galarda hier, er würde ihre Lippen berühren. Er dachte kurz an ihr schwarzes Haar, die dunklen Augen und den schmiegsamen Körper, der ihn trotz seines Alters noch alle Freuden der Lust erleben ließ.

Dieser Südwind ähnelte ihr. Man konnte ihn schmecken wie ihre Haut.

Peire verschränkte seine Arme und blickte auf das Dorf mit seinen zwölf Hütten und den beiden steinernen Gebäuden. Er schätzte die Entfernung ab. Ein malerischer kleiner Ort inmitten des schönsten Landes, das Gott je geschaffen hatte. Der Weißhaarige stand still und betrachtete ruhig und unbewegt das Dorf. Er liebte dieses Land. Er liebte diese golddurchwirkte Occitanie.

Einer der Männer trat von den Pferden weg auf ihn zu.

»Es wird bald soweit sein, Herr.«

»Ich weiß«, sagte Gedevan und riß sich nur widerstrebend vom Anblick des Dorfes und der mondbeschienenen Landschaft los.

»Sollen wir sie alle töten?«

»Alle«, sagte Peire. Er nahm den Helm, den ihm der Soldat gereicht hatte, setzte ihn auf und schnallte sich dann mit präzisen, beinahe mechanischen Bewegungen den Schwertgürtel um.

»Auch die Kinder?«

»Alle.« Gedevan zog das Schwert und prüfte die Schärfe der Schneide. Er warf einen Blick in Richtung des Dorfes.

»Aber laßt sie nicht leiden. Sie sollen schnell sterben.«

Brian de Martial konnte keine Bewegung machen. Das Schwert Peires lag an seiner Kehle und ritzte leicht seine Haut. Er war gezwungen, in die hellen, forschenden Augen dieses Mannes zu blicken, der ihn mit hochgeklapptem Visier betrachtete. Wenn Martial seinen Blick zur Seite wandte, konnte er nur die abgehackte Frauenhand erblicken, der vor dem Eingang der Hütte lag, in der sie sich befanden.

»Du bist kein Bauer.«

»Nein.«

»Söldner?«

»Auch kein Söldner.«

Peire drückte das Schwert fester an Brians Kehle.

»Wer bist du dann?«
»Ein Troubadour.« Brian deutete auf das blonde Mädchen, das neben ihm stand. »Wir haben hier übernachtet. Wir sind auf dem Weg nach Béziers.«
Der Mann mit dem von Falten zerschnittenen Gesicht blickte zu der jungen Frau. Ihre Augen waren wie blank gescheuert vor Entsetzen.
»Wie heißt du?«
»Gaelle«, sagte die junge Frau. Ihre Stimme klang ruhig. Sie wirkte gelassen und beherrscht. Nur Brian spürte ihre Angst. »Ist er dein Mann?«
»Nein.«
»Bist du seine Hure?«
»Sie hat mich angeheuert.« Es war Brian, der antwortete. »Sie ist die Tochter Pierre de Vidars, eines Kaufherren von Béziers. Auf dem Weg nach Hause, um ihr Erbe anzutreten.«
Das Schwert bewegte sich kaum merklich nach vorne. Brians Kopf zuckte leicht zurück. Der Mann lächelte.
»Ein Troubadour und eine reiche Erbin. Es ist beinahe schade, euch umbringen zu müssen.«
Der Troubadour blickte kurz zu der abgehackten Hand.
»Ebenso schade wie unklug. Nimm sie mit. Sie wird dir ein gutes Lösegeld bringen.«
Peire löste sein Schwert von Brians Kehle und hob damit leicht das Kleid des Mädchens an. Das Schwert hob den Saum und wanderte nach oben. Gaelles Schenkel lagen frei, dann ihre Hüften, dann ihre Taille. Der Mann zog sein Schwert abrupt zurück, das Kleid fiel nach unten und bedeckte von neuem den Körper des Mädchens.
»Es gibt noch andere Möglichkeiten«, sagte der Mann.
»Das Gold wird dir mehr nützen«, antwortete Brian. »Das, was sie besitzt, hat jedes Bauernmädchen.«
Peire lächelte. »Sonderbar, das aus dem Mund eines Troubadours zu hören.«
Er hob sein Schwert und stieß kurz mit der Spitze auf Brians Brustkorb, dort, wo das Herz lag.
»Wenn du einer bist. Wie heißt du?«
»Jacques. Jacques des Moriats«, log Brian.

»Und woher kommst du?«
»Aus der Guyenne.«
»Eine wunderbare Landschaft.« Peire nickte bedächtig. »Sprich mir die vierte Strophe des ›Temps novel‹, Troubadour.«
Der Troubadour wandte den Blick von der abgehackten Hand ab. Das Blut, in dem sie lag, stockte bereits.
»Enquer me membra d'un mati
Que nos fezem de guerra fi ...
Noch immer erinnere ich mich an einen Morgen
Als wir dem Krieg ein Ende machten ...«
»Als wir dem Krieg ein Ende machten ...«, wiederholte Gedevan. Dann sah er zu Gaelle.
»Du kommst mit mir, Domna de Vidars.«
»Nein«, sagte Gaelle.
»Warum nicht?« Peire legte den Kopf zur Seite und lächelte sie an.
»Weil du ein Mörder bist. Ein Mann ohne Ehre. Ein Mann des Malvestatz.« Ihre Stimme wurde zu einem heiseren Flüstern, als sie diese Beschimpfung hervorstieß.
Gedevan lächelte immer noch, als er ihr mit einer blitzschnellen Bewegung ins Gesicht schlug. Die junge Frau wurde zur Seite geworfen, prallte gegen die Wand der Hütte. Sie führte die Hand zur Wange, deren Haut aufgeplatzt war. Brian bewegte sich nicht. Er sah teilnahmslos zu der blonden Frau hin, die ihn mit großen Augen anblickte.
»Kommt sie mit mir, Troubadour?«
»Sie ist eine Wildkatze. Sie wird sich sträuben und dir dann mit einem scheuen Augenaufschlag folgen. Erspare ihr deine Knechte, und ihre Familie wird für sie bezahlen.«
»Eine gefällige Form, sie als adelige Dirne zu bezeichnen. Ich beginne zu glauben, daß du doch ein klein wenig von einem Troubadour in dir hast.«
Peire rief ein knappes Wort. Einer seiner Soldaten betrat die Hütte.
»Wie viele Pferde habt ihr gefunden?«
»Nur eines.«
»Was ist mit den Satteltaschen?«

»Eine Laute. Ein Messer. Kleidung für beide. Frauenzeug.«
Gedevan hob den Kopf und musterte die Gesichter des Troubadours und der Frau.
»Wo habt ihr euer zweites Pferd gelassen?«
»Es hat sich den Fuß gebrochen. An einer Wurzel, als wir einen Abhang hinuntergeritten sind. Ich mußte es töten.«
Peire nickte von neuem.
»Nimm sie«, sagte er und deutete auf Gaelle. »Sie bekommt das Pferd. Sie reitet mit uns.«
Der Soldat packte Gaelle am Handgelenk und zog sie mit sich. Peire hielt sie leicht an der Schulter zurück, als sie an ihm vorbeikam. Die junge Frau blickte zu ihm hoch.
»Ich habe eine Geliebte mit herrlichem dunklem Haar. Dein blondes würde sich wunderbar mit dem ihren vermischen.«
Gaelle schwieg. Sie wandte den Kopf und betrachtete kurz, nur einen Augenblick lang, Brian. Der Troubadour wandte den Blick ab und sah zu der abgehackten Hand hin. Ein Schwarm von Fliegen kreiste über ihr, setzte sich fest, leckte Blut.
»Ja«, sagte die junge Frau. Sie schüttelte zornig die Hand des Soldaten ab, der fragend zu seinem Herrn hinblickte. Peire nickte und lächelte. Der Soldat zog seine Hand zurück. Sanft strich Gedevan über die kleine Blutspur, die sein Schlag auf Gaelles Gesicht hinterlassen hatte.
»Eine Wildkatze. Du hast recht, Troubadour.« Er sah ihr nach, als sie mit dem Soldaten die Hütte verließ, schätzte die Form ihres Rückens, die Biegsamkeit ihres Körpers ab.
»Wie willst du sterben, Troubadour?« fragte er dann, als er sich Brian zuwandte.
»Ergraut, in Frieden und im Bett.«
Peire schüttelte verwundert den Kopf. »Wie kommst du auf den Gedanken, daß ich gerade dich am Leben lassen werde?«
»Weil ich längst tot wäre, wenn Ihr nicht eine Verwendung für mich hättet.«
Gedevan trat Brian zwischen die Beine. Der Troubadour krümmte sich mit einem Aufschrei zusammen und fiel vor dem Mann im Kettenhemd zu Boden.
»Du bist Dreck, Troubadour. Mèrda.«

Brian stöhnte. »Ja, das bin ich.« Er keuchte vor Schmerzen, als er es sagte.
»Du hättest sie verteidigen sollen.«
»Ja, das hätte ich.«
Peire kniete sich neben Brian auf den Boden. Er faßte den Kopf des Troubadours und drückte ihn in die lehmige, festgestampfte Erde der Hütte. Schmutz und Stroh drangen ihm in Augen und Mund.
»Hör zu, du Haufen Mist. Ich habe dieses Dorf ausgerottet, weil es Guillem de Parzié gehört.«
Der Mann im Kettenhemd drückte Brians Kopf noch stärker gegen den Boden.
»Hast du das verstanden, du mein Sänger des Schönen?«
»Ja«, stöhnte Brian. Unvermittelt ließ Peire ihn los und erhob sich. Brian wälzte sich auf den Rücken und wischte sich mit dem Handrücken das Blut von Nase und Mund.
»Du wirst Parzié aufsuchen und ihm deutlich und ausführlich schildern, was ich hier angerichtet habe. Du wirst dir mit mir die zerhackten Leichen, die aufgeschlitzten Weiber und die zertrümmerten Schädel der Kinder ansehen. Und dann erst wirst du ihm berichten. Du wirst ihm berichten, was Peire de Gedevan mit einem seiner Dörfer angestellt hat.«
»Das werde ich tun«, sagte Brian. Er stand mühsam auf, während Gedevan ihn beinahe amüsiert beobachtete.
»Dann komm, Troubadour. Der Anblick ist bemerkenswert.«
Peire lächelte abermals.
»Bereite dich auf ein neues Lied vor, mein Freund. Und bete zu Gott, daß du seine Melodie erträgst.«

Brian war in den Wald gelaufen, als Gedevan ihn freigelassen hatte. Er war gelaufen wie nie zuvor in seinem Leben. Er kannte den Wald und wußte, wonach er zu suchen hatte.
Jetzt fühlte er, wie sein Herz hämmernd und heftig schlug, während er auf dem Hügelkamm lag, den Körper an die Erde gepreßt, den Bogen gespannt und die Pfeile vor sich aufgereiht. Er hatte eines ihrer Pferde im Wald zurückgelassen. Das Dorf hatte friedlich gewirkt, aber er hatte gelernt, die Begehrlichkeit der Menschen nicht zu reizen. Es war ein guter Einfall gewesen.

Er war um den Wald herumgeritten, dann den Hügeln gefolgt, quer über die von der flach einfallenden Morgensonne beleuchteten Wiesen, voll von unter den Hufen des Pferdes aufplatzenden Blumensamen und dem Duft des Lavendels; dann den grünen, von blühenden Obstbäumen durchbrochenen steilen Kamm hinunter, bis er schließlich die Böschung erreichte, die die staubige Straße entlangführte.

Ich muß sie überholt haben, dachte Brian. Ich bin die Abkürzung geritten. Ich muß es geschafft haben. Gott gebe es. Gott gebe es.

Er lag auf dem Boden und schätzte die Entfernung zur Straße ab. Er versuchte, seine Nackenmuskulatur entspannt zu halten und das Gewicht der Schultern und Unterarme auf die Ellbogen zu verlagern. Nur die Ellbogen tragen die Last, hatte Al-Tustari gesagt, als sie in dem Hohlweg bei Nablus unter der brennenden Sonne dieses verdammten Landes gelegen hatten, das man das Gelobte nannte; unter jener Sonne, die ihnen die Haut wegfraß und Blut an den Rändern der großen, roten Flecken austreten ließ, die sich auf ihren Armen und ihren Rücken wie Geschwüre ausbreiteten. Der Pfeil ist das Herz, der Bogen die Seele. Vergiß, daß es um dein Leben geht, hatte Al-Tustari ihm erklärt. Das ist nichts Besonderes. Jeden Tag kannst du es verlieren. Aber den Pfeil mit deinem Herzen und den Bogen mit deiner Seele zu verbinden, das ist in deiner Macht.

Brian atmete tief durch, als er Gedevan an der Spitze des kleinen Trupps auftauchen sah. Zwei seiner Soldaten ritten knapp hinter ihm, einer weiterer vor Gaelle, ein vierter hinter ihr.

Die Sonne fiel auf die Reitenden, blitzte in Gedevans Helm auf, ließ den roten Greif auf seinem Mantel wie eine Blutlache hervortreten und das Geschirr der Pferde silbern erscheinen. Sie fing sich in Gaelles weißem Gewand, wurde zurückgeworfen in kleinen Schimmern, verband sich mit dem hellen, aufgewirbelten Staub der Straße.

Brian schloß für einen Herzschlag die Augen, blickte dann auf Gaelles lichtes, blondes Haar und ließ den ersten Pfeil abschnellen, gemeinsam mit all der Stärke seines Herzens und all der Kraft seiner Seele.

Der Soldat, der hinter Gaelle ritt, stieß einen erstickten Schrei aus, griff sich an die Kehle, aus der der gefiederte Pfeil herausragte, ver-

suchte noch kraftlos den zweiten Arm zu heben und fiel, Blut spuckend, vornüber, rollte auf die Seite der Straße und blieb liegen.
Der Soldat, der vor der blonden Frau ritt, wandte sich um, die Augen verblüfft aufgerissen, als der Pfeil ihm durch die Stirn in den Kopf drang, ein weinfarbenes, von Blut gezeichnetes Mal hinterlassend, das sich ausbreitete, als er fiel.
Gedevan, der vorausgeritten war, zügelte sein Pferd, riß es herum, flankiert von den beiden Soldaten, die ihre Schwerter gezogen hatten und zur Böschung hinaufblickten.
Schade, dachte Brian, sie sind bereits zu weit entfernt. Meine Pfeile würden wie sterbende Vögel vor ihnen zu Boden stürzen und wie trockenes Holz zerbrechen. Ich kann sie nicht treffen, diese Hurensöhne. Ich kann sie nicht töten.
Aus dem Augenwinkel sah er, daß Gaelle ihr Pferd zum Stehen gebracht hatte, daß sie zurückritt und wartete, hundert Schritte von Gedevan und seinen beiden Leuten entfernt, die Augen auf die Böschung gerichtet, auf der Brian lag und die Straße beobachtete.
Gedevan blickte auf seine beiden toten Soldaten. Dann hob er den Kopf und suchte Brian hinter seiner Deckung aus Gras und Blumen ausfindig zu machen.
»Wer immer du bist, ich werde dich dafür schinden lassen.«
»Komm herangeritten, Gedevan. Sei ein Mann. Mein Herz wartet auf dich. Meine Seele will dich empfangen, unbefleckt, wie die eines Kindes, dem du dann ungehemmt die Schädeldecke zerschlagen kannst!« Brian schrie es zur Straße hinunter, und seine Fingerspitzen befühlten das Holz des Pfeiles, der auf seinem gespannten Bogen lag.
Komm, du dreckiges Schwein. Komm. Ich warte.
Das Pferd Gedevans tänzelte nervös auf und ab. Der Mann im Kettenhemd riß mit einer ärgerlichen Geste am Zügel. Er schwieg einen Augenblick lang, als dächte er darüber nach, was zu tun wäre, was er tun konnte.
»Troubadour, keine Frau der Welt ist das wert, was du dir mit dieser Tat aufgehalst hast.«
»Gedevan, du reitest jetzt mit deinen Leuten los. Von der Böschung

aus kann ich die Straße meilenweit im Auge behalten. Ich will dich und diese Dreckskerle, die dich begleiten, immer nur auf dieser Straße sehen. Von hier wegreitend und im Galopp.«
Gedevan nahm seinen Helm ab und reichte ihn einem der beiden Soldaten. Sein weißes, langes Haar reflektierte das Licht, war wie ein Schein, der seinen Kopf zu umgeben schien.
»Siehst du mich,Troubadour?«
»Ja«, sagte Brian, »ich sehe dich.«
Gedevan lächelte. »So sieht der Tod aus, Troubadour. Dein Tod.«
Dann riß er sein Pferd herum. Er zögerte noch einen Augenblick.
»Wo hast du so mit Pfeil und Bogen umzugehen gelernt?«
»In der Hölle.«
Gedevan nickte. »Du wirst sie wiedersehen.«
Dann gab er seinem Pferd die Sporen und ritt, gefolgt von seinen beiden Soldaten, nach Süden davon.
Brian wischte sich den Schweiß von den Augenbrauen, stand auf und lief die Böschung hinunter. Gaelle saß neben dem Pferd im Staub der Straße, die Schultern von lautlosem Weinen geschüttelt.
»Gaelle«, sagte er, als er sich neben sie kniete und ihr leicht und sanft über das Haar strich. »Gaelle, seid Ihr unverletzt?«
Die junge Frau hob den Kopf.
»Ja«, sagte sie. Ihre Augen waren gerötet und blickten starr.
»Haben sie Euch etwas getan?«
»Nein.«
»Gaelle, es ist vorbei. Die Gefahr ist vorbei.«
»Es ist niemals vorbei.«
»Was meint Ihr damit, Gaelle?«
»Ich weiß es nicht genau.« Ihre Stimme klang flach und monoton.
Brian küßte die Frau auf die Stirne. Er küßte die salzigen Tränen der Lautlosigkeit, die ihre Wangen hinunterliefen. Sie senkte den Kopf. Die Haare fielen ihr nach vorne, das Gesicht bedeckend.
»Gaelle ...«, sagte der Troubadour.
Gaelle hob langsam den Kopf und strich sich die Haare aus dem Gesicht. Sie sah ihn an. Dann stürzte sie sich plötzlich auf ihn, unvermutet, wie ein kleines, zupackendes Tier, daß er das Gleich-

gewicht verlor und auf den Rücken fiel. Die junge Frau lag auf ihm und trommelte mit ihren kleinen Fäusten auf seine Brust.
»Wie kannst du dann nur behaupten, daß ich einem Bauernmädchen gleiche? Wie kannst du das nur behaupten?«
Er lag still und wehrte sich nur leicht, wenn sie auf seinen Kopf zielte. So unvermutet, wie sie begonnen hatte, hielt sie mit ihren Faustschlägen inne. Ihr Blick fiel auf den toten Soldaten, der zusammengekrümmt vor ihnen im Staub lag. Ihr Gesicht erstarrte. Dann öffnete sie den Mund zu einem stummen Schrei und barg ihren Kopf an seiner Schulter, wieder vom Weinen gepackt.
Er hielt sie eng an sich gepreßt und sprach beruhigend auf sie ein. Er hielt sie eng an sich gepreßt und sah über ihre Schulter hinweg, daß die Sonne höher gestiegen war, langsam und für Menschen kaum wahrnehmbar ihrem Zenit entgegenstrebend.

2. *Kapitel*

PARZIÉ
Mai 1201

Der Mann schrie.
Er schrie den Haß, die Wut und den Zorn aus sich heraus, ballte die Fäuste und schrie von neuem, ein gefährliches und ein mörderisches Tier.
»Senher...«, sagte einer der Männer, die ihn umstanden.
Der Mann zerriß das Oberteil seiner Tunika. »Ich blute«, brüllte er, bis seine Stimme zu einem lauten und gepreßten Zischen abfiel. »Ich blute aus Dutzenden Wunden. Seht ihr sie? Erkennt ihr sie?«
»Ja, Senher«, sagte der Troubadour. »Wir erkennen sie.«
»Sie waren meine Leute. Sie haben mir ihren Eid geschworen. Sie sind Blut von meinem Blut. Fleisch von meinem Fleisch.«
Der Mann zog unvermittelt den Dolch aus dem Gürtel seiner Tunika und schleuderte ihn voller Erbitterung auf den Tisch, der sich in der Mitte des Saales befand. Die Klinge blieb zitternd und zur Seite federnd im Holz stecken.
»Dieses Schwein hat sie abgeschlachtet. Wie Vieh abgeschlachtet.«
»Es war die Zeit vor der Morgendämmerung«, sagte der Troubadour. »Er hat uns überrascht. Niemand hat sich gewehrt. Niemand konnte sich wehren.«
»Peire de Gedevan...«, sagte der Mann leise, als würde es etwas erklären. »Ging es schnell?« fragte er dann.
»Sehr schnell«, antwortete Brian. »Es kann nur einige Minuten gedauert haben.«
Der Mann atmete tief durch und trat zu dem Fenster, das in den

Garten hinausführte. Das Sonnenlicht fiel schräg durch das mit einer Säule verzierte Bogenfenster und zeichnete drei ungleich helle Streifen auf den Steinboden des Saales.
»Dafür wird er mir bezahlen«, flüsterte der Mann.
»Senher de Parzié«, sagte der Troubadour. Einen Augenblick lang sah er die abgehackte Frauenhand vor sich. Geronnenes Blut, über dem ein kleiner Schwarm von Fliegen kreiste.
Guillem de Parzié wandte sich um. Sein Gesicht war verschwitzt und kalkweiß.
»Ja?«
»Warum hat er das getan?«
Guillem de Parzié zuckte ratlos mit den Schultern und blickte erneut stumm zum Fenster hinaus. Der Bayle, ein vierschrötiger Mann mit grauem Haar und kurzgeschnittenem Bart, antwortete an Parziés Stelle.
»Weil sie des Senher Lehnsleute waren. Weil sie hilflos waren. Weil...«
»Peire ist ein Mann der Dunkelheit«, sagte Guillem. Er hatte sich ihnen wieder zugewandt. »Ein Diener der Leere, Uc.«
»Wie Ihr meint, Senher«, sagte der Verwalter. Nichts in seiner Stimme klang liebedienerisch, nichts unterwürfig, nichts schmeichelnd. Der Mann erschien Brian wie ein Felsblock, den man in einem Stück aus einem Pog gehauen hatte, einem jener harten Steinfelsen, die Occitanien bedeckten.
»Und Peire hat Euch entkommen lassen?« fragte die schlanke Frau in dem roten Kleid, die zwischen Gaelle und Aude stand. Ungläubigkeit schwang in ihrer Stimme.
»Der Gedanke, einen Troubadour als Boten für ein Massaker zu schicken, muß Gedevan gefallen haben, Domna.«
Brian sah, daß Aude sich auf die Tischplatte stützte. Ihre Augen blickten verwirrt und entsetzt. Es ist nicht das Massaker, dachte der Troubadour. Es ist Jordas. Peire ist sein Vater. Sie liebt den Sohn. Sie liebt den Sohn dieses Schlächters.
Die Frau im roten Kleid wandte sich ihrem Mann zu. »Was wirst du tun, Guillem?«
»Gedevan besitzt den Vorsprung eines Vormittags. Das ist zuviel, um ihn jetzt noch einzuholen.«

»In spätestens einer halben Stunde könnten wir bewaffnet sein und die Pferde gesattelt haben«, sagte einer der drei Männer, die neben Parzié am Ende des Tisches standen. Es waren junge Männer, offenbar landlose Ritter, die sich bei jenen verdingten, die Güter und Besitz besaßen. Parzié mußte vermögend sein. Allein der große, blankpolierte Tisch sprach vom Reichtum des Hauses.
Die beiden Knappen, die etwas abseits standen, nickten zustimmend. Ihre Gesichter waren sehr jung und voller Kampfeslust.
»Du sagst es. In einer halben Stunde.« Parzié schüttelte den Kopf. »Nein, das ist zu spät für eine Verfolgung. Das genügt mir nicht. Mir geht es um Rache. Die will ich aus ganzem Herzen. Geplant und wohldurchdacht.«
Der dickliche Mann, der beim Tisch saß, räusperte sich. Seine Frau, die neben ihm stand, hatte eine Hand auf seine Schulter gelegt und beobachtete aufmerksam den Verlauf des Gesprächs. Ihre Augen waren von blaßblauer Farbe, kalt und hell blickend. Wie polierte Kiesel eines Gebirgsbaches, dachte der Troubadour. Seltsam gefühllose, ausdrucksarme Augen.
Der junge Mann, der ihnen gegenüberstand, war wohl ihr Sohn. Die Züge der beiden vermischten sich in seinem Gesicht. Weichlichkeit und Härte in einem, ein unsicherer Blick, der Mund brutal, das Kinn glatt und fliehend.
Der Dickliche räusperte sich von neuem.
»Sprich endlich, Gui«, sagte Guillem de Parzié. »Wir warten.«
»Peire de Gedevan ist ein mächtiger Mann, Bruder. Man sagt ihm gute Beziehungen zum König von Frankreich nach.«
Parzié machte einen Schritt zum Tisch hin.
»Und?« fragte er.
»Man müßte mit ihm sprechen. Eine angemessene Tributzahlung seinerseits könnte manches vergessen machen.«
Parzié trat zum Tisch. Sein Gesicht wirkte nachdenklich. Er zog den Dolch aus dem Holz des Tisches und betrachtete seine Klinge. Dann stieß er den Dolch blitzartig neben Guis Finger in die Tischplatte. Der dicke Mann zog entsetzt seine Hand zurück.
»Wieviel kostete deine Hand, Bruder? Viel, nehme ich an?«
Gui nickte und bedeckte die eine Hand schutzsuchend mit der anderen. Seine Frau lächelte kaum merklich und sah über ihren

Mann hinweg, scheinbar unbewegt, mit einem leichten Anflug von Spott in ihren Augen.
»Was, Bruder, kostet dann erst ein ganzes Menschenleben?« fragte Parzié.
»Es waren Bauern, Guillem«, erwiderte die Frau.
Parzié trat zu ihrem Sohn und legte ihm den Arm um die Schulter. Der junge Mann blickte schutzsuchend zu seiner Mutter. Die Frau mit den hellen Augen betrachtete ausdruckslos Guillem. Parzié legte die Spitze des Dolches am Unterarm des jungen Mannes an.
»Wenn ich hier entlangschneide, Alpais, ist dann das Blut, das aus Miquels Fleisch quillt, nicht ebenso rot wie das eines verstümmelten Bauern?«
»Es ist dein eigenes Blut«, sagte Alpais. Ihre Stimme war schneidend. »Das Blut deines Neffen.«
»Das hätte ich beinahe vergessen«, sagte Parzié. »Sonderbarerweise vergesse ich das immer wieder.« Er zog abrupt seinen Arm von der Schulter Miquels zurück und warf den Dolch achtlos auf den Tisch.
»Gui hat recht«, sagte Alpais. »Peire de Gedevan ist oft bei König Philipp in Paris zu Gast. Niemand weiß, wie sich die Lage entwickeln wird, Guillem. Wir Parziés haben darauf zu achten, daß unser Einfluß auch in Zukunft ungeschmälert bleibt. Vielleicht kommt der Tag, an dem wir französische Seigneurs als Nachbarn haben werden.« Sie blickte in die Runde. »Mit Peire de Gedevan als ihrem Führer.«
Die Stimme Parziés klang seltsam ruhig. »Du hast nichts von dem verstanden, was ich gesagt habe, Alpais.«
»Ach nein?« Die Frau lächelte wieder. »Du bist der Senher von Parzié, Guillem. Niemand bestreitet das. Aber die Familie ist wichtiger als jedes ihrer Mitglieder. Wichtiger selbst, als du es bist. Du bist verpflichtet, dafür zu sorgen, daß sich die Macht der Familie auch in Zukunft vermehrt. Deshalb, Guillem, bist du unser Senher. Nur deshalb.«
»Alpais«, sagte Parzié, »ich will meine Rache.«
Die Frau blickte ihn an. »Wie du befiehlst«, sagte sie dann.
»Aber der König von Frankreich, Bruder...«
Der Mann ist ein Dummkopf, dachte Brian. Seine Frau hat Parzié

in die Enge getrieben, und er zerstört den Vorteil, den sie sich verschafft hat.
»Der König von Frankreich bedeutet hier ungefähr soviel wie der Furz eines zahnlosen Esels, Gui. Wir alle sind Vasallen des Grafen von Toulouse.«
»Der König ist unser aller Lehnsherr, Bruder ...«
»Der König ist unser aller Lehnsherr, solange es uns gefällt, Gui. Wenn sich der Süden morgen entschließt, sich dem Haremseunuchen des Emirs von Cordoba zu unterstellen, so ist es unsere verdammte, verfluchte und ureigenste Entscheidung. Die Entscheidung Occitaniens und nicht jene der Barone der Île de France.«
Gui blickte zu seiner Frau hoch, unsicher und ratlos.
»Soll ich gehen und die Toten begraben?« fragte Uc. Sein Gesicht wirkte ausdruckslos.
Parzié wischte sich über die Stirne. »Enricx soll es tun. Er soll zwei seiner Söldner als Begleitung mitnehmen. Informiert die Perfecta. Sie soll zu dem Dorf kommen.«
»Für das Consolamentum ist es zu spät, Senher.«
»Die Perfecta wird wissen, ob noch etwas zu tun ist. Sie sollen nicht ohne Sorge für ihre Seelen begraben werden.«
Uc nickte und ging zu der spitzbogigen Tür.
»Du bleibst, Uc«, rief Guillem de Parzié. Er sah Brian an. »Du auch, Troubadour. Miquel, du informierst Enricx und reitest dann zu der Perfecta. Gui, du inspizierst das Waffenlager. Sieh zu, daß alles in Bereitschaft ist.« Er drehte sich zu den Rittern um. »Ihr werdet die Gegend in Augenschein nehmen. Ich will, daß ihr alles in Erfahrung bringt. Welcher Kaufmann, Heuwagen, Schweinehirt oder Pilger die Straße benutzt hat. Befragt die Hirten, oben auf dem Kamm. Sie haben gute Augen.«
»Wie Ihr wünscht, Senher.« Es war der junge Mann mit der Narbe auf dem Kinn, der antwortete. Er schien der Anführer der kleinen Gruppe von Rittern und Knappen zu sein.
»Reitet auch durch den Wald und über die Hügel. Ich will wissen, welcher verdammte Ast neu abgebrochen und welcher Grashalm frisch niedergetrampelt wurde. Alles. Ihr habt mich verstanden?«
»Ja, Senher.«

»Du, Arnautz, übernimmst die Führung. Die Knappen begleiten euch.«
Die jungen Männer grüßten kurz mit einem Kopfnicken und verließen dann den Saal. Gui und sein Sohn folgten ihnen schweigend. Sie vermieden es, Parzié anzublicken.
»Seid uns willkommen als Gast, Dame de Vidars«, sagte nun die Domna. »Ihr müßt erschöpft sein nach all den Ereignissen, die Ihr durchlebt habt. Es ist Zeit, daß endlich für Eure Bequemlichkeit gesorgt wird.«
»Ich danke Euch, Domna.« Gaelle verbeugte sich vor der Herrin von Parzié.
»Ich heiße Arnaude«, sagte diese. Sie lächelte. Ein Lächeln voll Herzlichkeit.
»Ich bin Euch für Eure Liebenswürdigkeit mehr als verbunden, Domna Arnaude.«
Arnaude sah zu dem Troubadour hin. »Ich werde für Euch die Badestube anheizen lassen, Brian de Martial. Falls Euch mein Mann heute noch aus seinen Fängen entläßt.«
»Ich danke Euch, Domna.«
Parziés Frau legte den Arm um die Schulter Gaelles. »Erzählt mir von Euch, Gaelle de Vidars. Welche von Gott gesegnete Gegend bringt eine so schöne Frau wie Euch hervor ... « Sie sprach freundlich auf Gaelle ein, während sie den Saal verließen, Aude schweigend hinter ihnen.
Die Frau mit den hellen, harten Augen blieb zurück.
»Du darfst gehen, Alpais«, sagte Parzié.
»Was immer du unternimmst, Guillem, du wirst es mit mir besprechen.«
»Wenn ich den Wunsch dazu verspüre, Alpais, tue ich es.«
Die Frau nahm den Dolch und schleuderte ihn den Tisch entlang. Er fiel, den Griff voran, zu Boden.
»Vergiß ihn nicht«, sagte Alpais. »Du brauchst ihn, um deine Gespräche damit zu untermalen.«
»Narren, Alpais, verstehen es nicht anders.«
»Narren, Guillem, sind nur jene, die die Vorsicht mit Füßen treten.«
Sie raffte ihr Kleid und verließ grußlos den Raum.

Uc bückte sich und reichte Parzié die Waffe. »Soll ich bleiben?« fragte er.
»Warte im Vorraum.«
Uc nickte. Als er nach draußen ging, bewunderte der Troubadour die ebenso entspannte wie stets wachsame Haltung, über die dieser Mann verfügte. Der geborene Soldat, dachte der Troubadour. Einer jener seltenen Kämpfer, die aus scheinbarer Gelassenheit blitzschnell in jede beliebige Angriffsposition überwechseln konnten. Ein sehr beherrschter und ein sehr gefährlicher Mann.
Parzié setzte sich an das Kopfende des Tisches. Er bedeutete Brian, an seiner Seite Platz zu nehmen.
»Nun, Brian de Martial?«
»Weshalb ist Gedevan in Euer Gebiet eingefallen?«
»Ja, weshalb?« Parzié schlug mit der Hand auf den Tisch. »Ich bin Katharer, Martial.«
Mein Gott, dachte Brian, ich kann es nicht mehr hören. Katharer und Katholiken.
»Sind Euer Bruder und seine Frau Katharer?«
»Die beiden würden den Hintern eines Esels anbeten, wenn ich es täte. Jedenfalls solange ich lebe«, setzte Parzié hinzu.
»Also geben sie zumindest vor, es zu sein?«
Parzié lachte ein kurzes, trockenes Lachen. »Sie behaupten sehr viel, Martial. Daß sie mich schätzen und bewundern. Lautere Menschen, die nur lautere Gedanken denken.«
»Gedevan ist Katholik?«
»Wenn es ihm paßt, nehme ich an, daß er Katholik ist. Ein päpstlicher Legat hat im Winter unser Gebiet bereist. Er ist jetzt beim König von Frankreich.«
»Ein päpstlicher Legat, der auch Peire de Gedevan besucht hat?«
»Ein päpstlicher Legat, der viel Geld verteilt hat. Und der Peire eine Andeutung gemacht haben könnte.«
»Etwa, daß es an der Zeit wäre, Ketzer wie Euch zu unüberlegten Handlungen zu bewegen? Handlungen, die ein Eingreifen der katholischen Christenheit notwendig machen würden?«
»So ist es.«
Der Troubadour schwieg einen Augenblick lang. »Stellt ihm eine Falle, Guillem de Parzié«, sagte er dann.

»Welche?«
»Nehmt Peire lebendig gefangen. Bringt ihn vor ein Gericht der Pairs.«
»Ein Gericht, das aus katharischen Rittern zusammengesetzt ist?«
»Ein Gericht, das Mord verurteilt.«
Guillem de Parzié stand auf. Er begann im Raum auf und ab zu gehen.
»Wie könnte ein solches Urteil aussehen?«
Der Troubadour folgte Parzié mit seinen Blicken. »Kein Todesurteil, Senher. Ein solcher Richtspruch würde wie ein Racheakt aussehen.«
»Was also käme in Frage?«
»Aberkennung seines Lehens.«
»Wer sollte es bekommen?«
»Sein Sohn. Jordas.«
»Peires Halbschwester, Ana de Ciornac, erhebt Ansprüche auf Gedevans Besitztümer. Sie führt seit Jahren einen Prozeß beim Grafschaftsgericht von Toulouse.«
»Sprecht mit dem Grafen. Wenn Jordas ihm glaubhaft den Lehnseid leistet, wird Ana de Ciornac ihren Prozeß verlieren.«
Parzié blieb stehen. Er blickte den Troubadour überrascht an. »Was verstehst du unter einem glaubhaften Lehnseid, Martial?«
»Jordas könnte dem Grafen ein Viertel seines Besitzes zur unmittelbaren Nutzung überlassen.«
»Würde Jordas das tun?«
»Ja, Senher.«
»Weshalb?«
»Er liebt Eure Tochter.«
Parzié sah ihn starr an. »Sprich weiter. Sprich ruhig weiter.«
»Aude müßte die Besitzungen von Parzié nicht verlassen. Jordas könnte Gedevan durch einen Beauftragten, einen Bayle verwalten lassen. Die Macht der Parziés wäre erweitert, und Euer Neffe Miquel könnte sich zu jenem Teufel scheren, zu dem Ihr ihn so eilig hinwünscht.«
»Ich würde ihn abfinden, Martial. Er hat ein Recht darauf.«
»Ich zweifle nicht an Eurem Großmut, Guillem de Parzié.«

Parzié griff nach der nach obenhin scharf zugespitzten Lehne seines Stuhls und umfaßte sie mit beiden Händen. »Ich liebe Aude. Sie ist wie der Fluß, nach dem ich sie benannt habe. Schön wie seine Farben, hell wie sein Wasser und lebendig wie sein Fließen.« Er schwieg einen Moment. »Ich habe mir immer Söhne gewünscht. Aber meine Ehe mit Arnaude blieb unfruchtbar, nachdem Aude geboren war. Meine Enkel, Troubadour, müßten wie diese Söhne sein, die ich nie gehabt habe. Jordas ist der Sohn eines Viehs.«
»Jordas ist anders.«
»Woher weiß du das?«
»Ich spüre es.«
»Das ist mir zuwenig, Troubadour.«
»Dann laßt ihn prüfen.«
»Wie?«
»In diesem Land gibt es die sonderbarsten Formen, die Seele eines Menschen sichtbar zu machen. Fragt Eure Frau. Sie wird einen Weg kennen.«
Es gab, bei Gott, genügend magische Riten in diesem Gebiet, geboren aus einem fernen Wissen, das bereits alt war, als die Druiden hierher gezogen waren. Wer, zum Teufel, hatte je den Mut gehabt, Occitanien als ein rein christliches Land zu bezeichnen?
Parzié ließ die Lehne seines Stuhles los. »Wir brauchen Ana de Ciornac, um die Falle zuschnappen zu lassen.«
»Schickt jemanden zu ihr, der ihr Hoffnungen auf Gedevans Besitztümer macht.«
Parzié setzte sich auf die Kante des Tisches. »Würdest du zu ihr gehen, Troubadour?« Seine Stimme klang leise und scharf.
»Ja.«
»Weshalb?«
»Der Liebe wegen. Der Liebe Eurer Tochter wegen. Der Liebe Jordas' wegen.«
Parzié sah ihn an. »Würde Robert de Bantrac uns unterstützen?«
»Ja.«
»Er ist ein Freund von dir, wie ich gehört habe.«
»Wir waren gemeinsam in Palästina. Im Kreuzfahrerheer von Richard Löwenherz. Robert würde sein möglichstes für mich tun.«

»Wen könntest du sonst noch auf unsere Seite ziehen?«
»Jaufre de Sarvas.«
»Noch jemanden?«
»Nein.«
Parzié rieb sich den Nasenrücken. »Das sind wenig genug. Aber gemeinsam mit meinen Leuten könnte es gehen.«
»Warum wendet Ihr Euch nicht an Eure Freunde um weitere Hilfe?«
Parzié lächelte. »Die brauche ich für einen anderen Zweck, Troubadour.«
»Wofür?«
»Für das Pairsgericht, das Peire aburteilen wird.«
Der Troubadour musterte ihn, als würde er ihn ein zweites Mal erkennen, deutlicher diesmal, klarer diesmal.
»Ihr seid ein Fuchs, Parzié.«
»Nur ein Mann, der seine Rache will.«
»Ihr werdet sie bekommen.«
»Ja, Troubadour. Ich werde sie bekommen.« Seine Hand strich wie beiläufig über den Griff seines Dolches. »Wen wirst du als ersten aufsuchen?«
»Jaufre de Sarvas.«
»Gut«, sagte Parzié. »Ich will, daß du die Perfecta triffst. Ich will, daß dieses Vorhaben ihre Billigung hat.«
Der Troubadour nickte. »Ich werde mit Fays sprechen.«
Parzié sah ihn verblüfft an. »Woher kennst du sie?«
»Sie hatte Lieder von mir gehört.« Brian lächelte. »Im entschwindenden Herbst des vergangenen Jahres, als das Laub von den Bäumen fiel und Feuchtigkeit naßkalt das Braun der Erde überzog.« Er hob den Kopf und blickte Parzié an. »Sie wollte mich kennenlernen.«
»Du bist ein erstaunlicher Mann, Martial«, sagte Parzié.
»Nein«, antwortete der Troubadour. »Ich bin ein Niemand.«
»Nicht in den Augen der Perfecta«, sagte Parzié. In seiner Stimme schwang Anerkennung mit. Er ging zu dem Türbogen und rief nach Uc. Der Bayle erschien nach einem kurzen Augenblick. Der Troubadour fragte sich, ob er das Gespräch mit angehört hatte. Vielleicht sollte er es hören.

»Brian de Martial ist mein Gast«, sagte Parzié. »Mein Besitz ist der seine.«
Der Troubadour stand auf. Der Bayle ging ihm in seiner lässigen, selbstbewußten Art voran.
»Brian!« rief Parzié.
Der Troubadour blieb stehen und drehte sich um.
»Wie war es in Outremer?«
»Heiß, verwirrend und blutig.«
»In den Augen der Katharer ist ein Kreuzzug ein Aufruf zum Mord.«
»So einfach ist es nicht. Nicht in Outremer.«
Parzié stand vor dem Tisch, die Beine leicht gespreizt, die Hand am Dolchgriff.
»Eine letzte Frage noch...«
»Ja?«
»Warum nimmt die Liebe der Menschen nur solche Umwege, Troubadour?«
»Ein weiteres katharisches Rätsel, Senher?«
Aude. Parziés Gedanken waren bei Aude. Bei dem Mädchen, das ihm seine Söhne ersetzte. Oder bei der Frau, die ihm jene Enkel schenken würde, die diesen Söhnen glichen. Gedanken, die Kettenglieder einer Hoffnung waren.
»Vielleicht.« Parzié zögerte einen Augenblick lang. Schließlich nickte er. Dann wandte er sich ab.

Die Burg der Parziés glich mehr einer mit Mauern umschlossenen Siedlung als einer Festung. Der Palas, in dem Guillem de Parzié mit seiner Familie wohnte, war durch Bogenfenster unterbrochen, die reichlich Licht und Sonne in die Zimmer und Säle ließen. Er schloß sich unmittelbar an den Garten an, der mit Hecken und Lauben verziert war. Ein kleiner, luftig gestalteter Bau, in dem sein Bruder lebte, lag am anderen Ende des Gartens. Das Haus der Ritter, abweisender als das Herrenhaus, nahm die zentrale Stelle des Geländes ein. Ein Kampfplatz war ihm vorgelagert. Strohpuppen, Zielscheiben, in den Boden gespießte Turnierpfähle begrenzten seine Ausdehnung.
Das Gesindehaus war groß und weitläufig, weitläufig wie der

Gemüsegarten, der neben ihm lag. Eine Schmiede, Ställe, Lagerschuppen und ein Vorratshaus umgaben den Fluchtturm, der als einziger die Doppelmauern überragte. Das Gästehaus, zu dem Uc Brian führte, lag an der Westseite, unmittelbar neben einer Reihe von Obstbäumen, deren Äste bereits die ersten, unreifen Früchte trugen. Weit ausladende Äste, die angenehmen, kühlen Schatten spendeten.

Brian wies auf einen Bau, der die ersten Anzeichen eines unabänderlichen Verfalls trug. Brüchiges Mauerwerk, eine Tür, die schief in den Angeln hing, ein Dach, dessen Schindeln man zum großen Teil abgedeckt und anderweitig verwendet hatte.

»Ist das die Kapelle?« fragte Brian.

»Sie war es.«

Brian drückte mit einiger Anstrengung die Tür auf. Eine erschreckte Turteltaube flog hoch und berührte beinahe Brians Nacken, als sie mit spitzen, angstvollen Schreien aus dem Gebäude floh. Die Kapelle stank nach Moder. Der Troubadour sah sich kurz um. Dann ging er hinaus, pflückte eine Blume, die neben dem Mauerwerk wuchs, und legte sie auf den Altar. Er schlug ein Kreuz und verließ die Kapelle, die Hände voll zerrissener Spinnennetze.

»Warum habt Ihr das getan?« fragte Uc.

»Das ist ein Tempel. Ich ehre jeden.«

»Gott braucht keine Tempel.«

»Ich hätte es auch bei einer entweihten Moschee oder Synagoge getan.«

»Dieser Ort war nie Gott geweiht. Nur einem lamentierenden Priester.«

Brian reinigte seine Hände im Gras.

»Du bist Katharer, Uc?«

»Halb Occitanien ist katharisch.«

Brian richtete sich auf und versuchte seine Stiefel an der Kante eines Steines zu reinigen.

»Als ich hierher ritt, sah ich die Abtei von Parzié. Sie schien verlassen.«

Ucs Augen waren schmal geworden, als er Brian beobachtete.

»Niemand hat mehr den Zehnten entrichtet. Kein Herr und kein Bauer. Wovon sollten die Mönche denn leben?«

Brian betrachtete seine Stiefel. Sie schienen wieder halbwegs sauber. »Und ihre Weinberge? Ihre Felder?«
»Wurden aufgeteilt.«
»Der Senher von Parzié hat seinen Anteil bekommen?«
»Jedermann hat seinen Anteil bekommen.«
Brian nickte. Er ging zu einem Mädchen, das den Gartenrand mit Wasser besprengte. Brian sprach es an. Das Mädchen lächelte und ließ Wasser aus ihrem Kübel über Brians Hände laufen. Mit einem Dank kehrte der Troubadour zu Uc zurück.
»Wo sind die Söldner untergebracht«, fragte der Troubadour.
»Im Turm.«
Uc warf wie beiläufig einen Blick auf die Mauern. Jedermann schien an seinem Posten zu sein. Der Bayle wirkte zufrieden, als er sich wieder Brian zuwandte.
»Bist du der Leibwächter des Senher?«
»Ich bin der Leibwächter der Domna Aude.«
»Dann ist sie in sicheren Händen.«
Uc lächelte. »Woher wißt Ihr das?«
»Ich war in meinem Leben in genügend Kämpfe verwickelt. Man bekommt einen Blick dafür.«
»Söldner?« fragte Uc.
Brian zögerte unmerklich.
»Ja. Söldner«, sagte er dann.
Die Sonne stand jetzt im Westen, schräg über dem Dach des Gästehauses und warf einen Schatten, der die Hitze des späten Nachmittags milderte.
»Hier gibt es auch eine Badestube«, sagte Uc und wies auf das Gebäude. »Ich nehme an, daß alles vorbereitet ist.«
»Danke«, sagte Brian. »Ein schöner Besitz«, fügte er hinzu, als er sich umblickte, »aber gegen einen Feind nur schwer zu halten.«
»Wir haben Doppelmauern. Und den Turm. Die Knechte eingerechnet sind hier an die dreißig bis vierzig wehrfähige Männer. Das sollte reichen.«
Er hat recht, dachte Brian. Als er in Outremer war, hatte man ihm eine Geschichte über die Königin Isabella von Jerusalem erzählt. Als vierzehnjähriges Mädchen hielt sie eine Burg, deren Mauern einen Umfang von eineinhalb Meilen hatten, mit achtzehn Rittern

gegen den Ansturm von fünfzehnhundert Sarazenen. Erst nach fünf Tagen ergab sie sich, nach fünf Tagen und schlaflosen Nächten, als die eine Hälfte ihrer achtzehn Ritter tot und die andere verwundet war. Die Sarazenen hatten sich vor Bewunderung vor ihr niedergekniet, als sie die Burg mit ihren Leuten verließ.
»Und wenn ihr eingeschlossen werdet?« fragte Brian.
»Dann gibt es noch andere Möglichkeiten«, sagte Uc.
Unterirdische Laufgräben wahrscheinlich, gerade breit genug für zwei Mann, durch die man in der Nacht hinter die Linien der Belagerer kommen konnte. Ein lautloser Überfall in der Dunkelheit, plötzliches Feuer, wilde, entsetzte und angstvolle Schreie unter einem mondlosen Sternenhimmel, ein Lager, das unvermittelt brannte, Panik, und Tiere und Menschen, die in den Flammen umkamen.
»Ja«, sagte Brian. »Ihr scheint gut abgesichert.«
»Das sind wir, Senher.«
»Was ist deine Waffe, Uc? Die Axt?«
»Die Axt und der Bogen, Senher. Vor allem aber das hier.«
Uc zog den Dolch, den er an seinem Gürtel trug, aus seiner Scheide. Dann warf er ihn beinahe ansatzlos aus dem Handgelenk. Der Dolch traf, kaum sichtbar in der Geschwindigkeit seines Wurfs, einen über zehn Meter entfernten Baum. Ein Pfeil konnte nicht schneller fliegen.
»Die Klinge steckt neben einer längslaufenden Baumnarbe. Ihr könnt es Euch ansehen, wenn Ihr wollt.«
Brian ging mit Uc zu dem Baum. Der Troubadour zog den Dolch aus dem Stamm. Er saß fest im Holz, knapp neben der längslaufenden Verformung der Rinde.
»Das habe ich noch nie gesehen. Bei Gott, das habe ich noch nicht gesehen«, sagte der Troubadour.
»Ich habe es Domna Aude beigebracht. Sie beherrscht es recht gut.«
Uc säuberte die Spitze der Klinge und steckte den Dolch in seine Hülle zurück.
»Das Essen wird Euch im Gästehaus serviert. Der Senher de Parzié wird heute zu keinem Gastmahl bitten.«
»Das ist verständlich.«

»Kann ich Euch sonst noch behilflich sein, de Martial?«
»Du kennst Guillem de Parzié gut, Uc?«
»Recht gut, Herr.«
»Was hältst du von meinem Plan?«
Uc sah ihn an. »Was liegt Euch daran, ob ich damit einverstanden bin oder nicht?«
Er machte keinen Versuch zu leugnen, daß er das Gespräch zwischen Brian und Parzié mit angehört hatte.
Brian lächelte. »Ich habe so ein Gefühl, Uc...«
»Gefühle können täuschen, Senher.«
»Ich habe so ein Gefühl, als ob nichts hier ohne deine Zustimmung geschieht.«
Uc sah kurz an Brians Schulter vorbei zum Haus hin. Er blinzelte leicht in das schräg einfallende Licht der Sonne. Ein Vogel flog steil das Dach des Gästehauses an, schwenkte ab, flatterte und landete dann sanft auf dem Giebel.
»Was immer vernünftig ist und immer die Domna Aude glücklich machen könnte, werde ich unterstützen, Senher. Wer immer ihr zu ihrem Glück verhilft, kann auf mich zählen.«
»Und wer es nicht tut?«
»Ich kann mir nicht vorstellen, daß jemand so unvorsichtig sein könnte, Senher.«
Uc nickte dem Troubadour freundlich zu und ging dann über den Sand des Platzes fort, in Richtung des Hauses, das jetzt, scharf abgezirkelt in seinen Formen, bereits im Schatten der Burgmauer lag.

Die beiden Mädchen, die ihn beim Bad bedient hatten, waren fröhlich und ausgelassen gewesen. Die eine von ihnen, die ihm Schultern und Nacken massiert hatte, war eine Metissa von ungewöhnlicher Schönheit. Die Tochter einer Sarazenin, mit schwarzblauem Haar und einem vollen Mund. Er hatte sie gefragt, ob sie verheiratet sei, und die Mestizin hatte lächelnd geantwortet, daß ihre Quelle zwar klein und schmal sei, aber doch viel zu stark, als daß nur ein Mann das Recht hätte, aus ihr zu trinken.
Das andere Mädchen, eine hochgewachsene, breithüftige Brünette mit schlanker Taille, hatte ihm einen Becher mit gewürztem Wein gereicht, an dem er mit Genuß genippt hatte. Sie wusch ihm den

Oberkörper und fragte ihn mit spöttischen Augen, ob er nicht vielleicht Wünsche hätte, die tiefer verborgen wären. Brian hatte den Mädchen höflich gedankt und ihnen statt dessen die Frage vorgelegt, wie viele Männer wohl nötig wären, um die Begierde einer jungen Frau zu stillen.
Ein von Kichern und Prusten unterbrochenes Wortgefecht hatte sich zwischen den Mädchen entzündet, während Brian den gewürzten Wein trank und spürte, wie sein Körper sich entspannte. Er war müder, als er geglaubt hatte. Schließlich, als sie ihn abtrockneten und ihm dabei versicherten, alles an ihm entspräche der Mezura eines stets siegreichen cavaliers, waren die Mädchen letztendlich zu einem Ergebnis ihres Disputs gekommen. Ein Mann genüge, wenn die Liebe zu ihm voller Stärke und von echtem Verlangen sei. Und als letzten Ausweg gäbe es immer noch die Phantasie, wenn die Kraft eines einzelnen Mannes ihren Ansprüchen auf Dauer nicht gewachsen sei.
Brian hatte den Schiedsspruch als würdig der Weisheit einer Eleonore von Aquitanien oder einer Marie de France gepriesen, während sich die Mädchen von ihm verabschiedeten und dabei die Ehre beanspruchten, daß nur sie alleine ihm in Zukunft beim Bad zur Hand gehen dürften und sonst niemand, denn die Welt sei voll von liederlichen Mädchen, die nichts anderes wollten, als nur schamlos den Körper eines nackten Troubadours zu betrachten. Brian nahm ihr Angebot mit der gebührenden Dankbarkeit, dem notwendigen Respekt und formvollendeter Höflichkeit an.

Als er schließlich in dem breiten Bett lag, das gut vier Personen Platz bieten mochte, und dabei die Kühle und den Geruch der frischen Laken genoß, dachte er an all die wirren Ereignisse der letzten Stunden.
Er glitt in eine Art Halbschlaf, als seine Gedanken an dem Wort Outremer hängenblieben und seinen Geist wieder wach werden ließen.
Outremer, kreiste es in seinem Kopf. Outremer. Vergangene, aus den Tiefen des Bewußtseins auftauchende Zeit, jene Zeit, als er noch der Senher Brans de Sislay war, ein junger Ritter aus der Guyenne, ein Ritter, den Richard Löwenherz seinen Cousin nannte.

Bilder tauchten auf, verschwammen, zerissen wieder, formten sich von neuem. Wie lange war es her? Zehn Jahre beinahe. Akkon, im August des Jahres 1191 nach der Geburt des Herrn.
Akkon, die lichte Stadt. Damals, als ihn die Fragen nach einem Sinn, einem Bild, einem Ganzen noch nicht gequält hatten, damals, als die Tage noch einfach schienen.
Outremer.
Ein Name wie aus einem Gedicht aus alter Zeit. Der Troubadour schlug die Augen auf. Welcher Gott hatte dieses Gedicht nur geschrieben? Er lächelte freudlos, als er daran dachte und seine Augen Mühe hatten, sich im Dunkel des Raumes zurechtzufinden.

Akkon. Die weißen Türme von Akkon. Akkon, die Strahlende. Akkon, an dem lichten, sonnenhellen Meer, dieser sandglitzernden Küste des Heiligen Landes.
Nach dem Massaker an den dreitausend gefangenen Moslems waren sie alle euphorisch gewesen, Ritter wie Söldner, sogar jene, die es abgelehnt hatten, sich daran zu beteiligen, oder jene, die vor Ekel kotzend an den Seiten der Richtstätte gesessen hatten. Es war, als wollten sie sich nun um den Preis des Vergessens reinigen, mit Wein und Spiel und Huren. Die ganze Stadt brütete unter der Hitze, wie toll werdend, wenn die Sonne sank und die ersten Schatten sich über ihre Mauern senkten.
Vom frühen Abend bis morgens torkelten Soldaten mit Handwerkerstöchtern, saufenden und das Heil predigenden Mönchen, Prostituierten und Flüchtlingen durch die Straßen, schrien, tobten, brüllten und schlugen sich für die Ehre des Königs von England oder jener des Königs von Frankreich, während die Einheimischen ängstlich die Türen vor dem vorbeitreibenden Spuk verbarrikadierten.
Brian bahnte sich seinen Weg durch diese Welle von Menschen, säuerlichem Geruch und lautem Geschrei. Vor dem Palast stieß er zwei Soldaten zur Seite, die ihm mit ihren Huren den Weg versperrten. Der eine von ihnen, ein Poiteviner, stürzte gegen eine Hausmauer. Er sackte langsam, die Wand entlanggleitend, zu Boden und blickte mit leeren Augen auf Brian, unverständliche Flüche auf den Lippen. Das Mädchen lachte, warf einen Seitenblick

auf Brian und beugte sich dann über den Mann, um ihm seine Börse zu stehlen. Dann zerrten sie und ihre Freundin ihren Galan mit sich, der im Vorbeigehen dem Betrunkenen einen Tritt versetzte. Der reagierte nicht mehr.

Richard saß auf einem Stuhl, als Brian den Saal betrat. Sein Bart schimmerte in hellem Rot und seine mächtigen Arme waren über der breiten Brust verschränkt.
Niemand bemerkte Brian, niemand beachtete ihn. Der Saal war kühl und angenehm und von lautem Stimmengewirr erfüllt.
»Wir können jetzt nicht aufbrechen, Sire«, sagte der Herzog der Bourgogne, ein bartloser, schöner Mann mittleren Alters, der seine Haare lang und gelockt trug. »Der Sommer ist zu weit fortgeschritten. Die Hitze würde uns umbringen.«
»Die Franzosen vielleicht«, knurrte Richard. Er trug ein langes, luftiges Leinenhemd, mit einem goldenen Gürtel um die Taille. »Der Inhalt ihrer Parfümfläschchen könnte in der Sonne verdunsten.«
Einige der Engländer lachten. Zwei französische Ritter wandten sich um und verließen wortlos den Raum.
»So dürft Ihr nicht sprechen, Sire«, sagte der Herzog der Bourgogne.
»Darf ich nicht?« Richard sprang auf. Der Sessel fiel klappernd zu Boden. Der König von England ging mit schnellen Schritten zum Fenster.
»Verflucht noch einmal, Bourgogne, seht Euch doch diese Truppen an! Die Armee zerfällt. Noch einen Monat und ich habe keine Soldaten mehr, sondern nur mehr einen Haufen hirnloser und stammelnder Säufer!«
»Das Massaker hat ihre Moral unterhöhlt, Sire.«
»Meint Ihr?«
»Ja, Sire. Als König Philipp noch hier war, gab es keinen Anlaß zur Klage«, sagte Bourgogne giftig.
»Euer König säße noch immer in Tyros auf seinem Hintern, wenn ich nicht gekommen wäre!« Richard brüllte es in den Saal.
»Ihr erlaubt, daß ich gehe, Sire«, sagte der Herzog der Bourgogne. Sein Gesicht war blaß und seine Stimme flach und gepreßt.

»Ihr bleibt, Burgund!« schrie Richard. »Ihr seid von Philipp meinem Kommando unterstellt worden. Ihr werdet bei allen Teufeln und bei allen Heerscharen der Heiligen Eure gottverdammte Pflicht erfüllen!«
Der Herzog der Bourgogne zögerte. Henri de Troyes sprach leise auf ihn ein. Der Herzog von Burgund entspannte sich kaum merklich.
»Sire«, sagte Bourgogne. »Es ist August. Die Zeit der größten Hitze. Ein Mann zu Fuß trägt einen Koller aus Leder, einen Helm aus Metall, dazu eine schwere Lanze, eine Streitaxt, das kurze Schwert nicht zu vergessen.«
»Ich weiß, wie meine Leute ausgerüstet sind«, antwortete Richard.
»Ein Ritter«, fuhr Bourgogne fort, als hielte er seinem fünfjährigen Sohn einen Vortrag, »trägt ein Lederwams, darüber einen schweren Kettenpanzer, Helm, eine Lanze, ein Langschwert, eine Streitaxt und einen Schild. Und das Pferd trägt den Mann, die Waffen und muß sich noch über einen glühendheißen, sandigen Boden quälen.«
»Wollt Ihr wohl aufhören, Bourgogne!«
Richard fegte mit der Hand über den Tisch. Krug und Becher flogen, Wein verspritzend, auf den Steinboden und zerbrachen in Stücke. Der Wein breitete sich rot auf den Mosaiken aus.
»Sire, es geht nicht. Die Männer brauchen für eine Meile einen halben Liter Wasser, nur um marschfähig zu sein. Von ihrer Kampfbereitschaft will ich gar nicht sprechen.«
»Bourgogne, ich habe hier Engländer. Streiter Christi ...«
Ein Franzose lachte auf. Richard ignorierte es.
»Wir werden einen Troß mitführen, der die Armee ausreichend versorgen wird. Ohne italienische Wucherer und französische Huren.«
»Ein Troß, der ständig sarazenischen Angriffen ausgesetzt sein wird.«
»Wozu habe ich Euch, Burgund? Ihr werdet die Nachhut bilden und den Troß schützen.«
»Es ist Wahnsinn, Sire.«
»Das hier ist jetzt mein Land, Bourgogne!«

»Das Land Gottes, Sire.«
»Das Land Gottes, meinetwegen.« Richard verzog angewidert den Mund.
»Eure Entscheidung ist unwiderruflich?«
»Ich lasse mir nicht meine Armee zerstören«, begann Richard leise, beinahe flüsternd. Dann schwoll seine Stimme an, wurde zornig, laut und den Saal füllend. »Ich bin hierhergekommen, um Saladin bis nach Damaskus zu jagen, und ich werde es tun. Und niemand, auch kein Franzose wird mich daran hindern. De Breteuil!« schrie er.
Ein hochgewachsener Ritter löste sich aus der Schar der Engländer und trat zu Richard. »Sire?«
Richard deutete, mit der Hand zum Fenster weisend, vage in Richtung des Platzes vor dem Palast. »Du sammelst mir diesen Haufen von Hurenböcken und formst sie wieder zu einem Trupp! Triff alle Vorbereitungen für einen Abmarsch. Wir ziehen nach Jerusalem.«
Einen Moment herrschte Schweigen.
»Jerusalem!« schrien dann die Engländer. »Jerusalem und Richard!«
Der Saal erdröhnte unter ihren Rufen. Sie schienen kein Ende nehmen zu wollen.
Der Herzog der Bourgogne schwieg mit verkniffenem Mund. Er schüttelte den Kopf, als Henri de Troyes neuerlich begütigend auf ihn einsprach.
Ein Franzose, der neben Brian stand, murmelte leise vor sich hin. »Sanctum sepulcrum adiuva...«
Heiliges Grab, hilf uns. Ja, dachte Brian, das könnte leicht zu unserem Schlachtruf werden.
Als alle gegangen waren, stand Brian noch immer schweigend am Eingang des Saales.
»Was willst du?« fragte Richard, als er ihn bemerkte. Seine kräftige Stimme hallte jetzt laut in der Leere des Saales wider, erzeugte ein kaum wahrnehmbares Echo, als sie sich an den steinernen Wänden brach.
»Nichts. Ich dachte, du könntest Hilfe brauchen.«
Richard betrachtete Brian, als der junge Mann zu ihm ging. Schrit-

te, die hart auf dem Boden aufschlugen, Schritte, die metallen den verzierten Stein aufklingen ließen.

»Du hältst meine Entscheidung für falsch?«, fragte er schließlich.

»Wenn du es schaffst, die Armee durch die Wüste zu bringen, wird dir Outremer zu Füßen liegen. Wenn nicht, hast du die letzten Trümpfe des christlichen Palästinas auf immer und ewig verspielt.«

»Ich werde es schaffen, Brans.«

»Vielleicht, Richard. Wenn du sehr viel Glück hast.« Ironie schwang in Brians Stimme mit.

»Du bist wie alle anderen. Warum gehst du nicht zu deinem Mädchen, besäufst dich und vögelst sie gemächlich? Warum läßt du mich nicht in Ruhe?«

»Das ist nicht meine Aufgabe, mein allergnädigster und königlicher Cousin. Ich bin dein Gewissen, Richard. Du hast mich in Messina in aller Form dazu bestellt.«

Richard lachte. »Welch ein verrückter Einfall, dich hierherzuschleppen.«

»Ja«, sagte Brian. »Welch ein verrückter Einfall.«

»Dieser Armleuchter Bourgogne nannte es ein Massaker...« Richard zögerte. »Das, was vor Akkon geschah...« Er warf Brian einen Seitenblick zu. »Siehst du es auch so?«

»Nein, Richard. Für mich war es ein Abschlachten.«

Richard schloß kurz die Augen. Dann öffnete er sie. Schmale Schlitze, die kaum das Blau seiner Pupillen zeigten. »Du hast Glück, Brans. Du hast Glück, daß du ...« Richard brach ab.

»Daß ich mit dir verwandt bin?«

»Daß ich dich als meinen Freund betrachte.« Richard wandte sich um und drehte ihm den Rücken zu, seine Hände auf das Fenstersims aufstützend. »Ich nehme an, du wirst das Heer verlassen?« sagte er.

»Nein.«

»Weshalb nicht?« Der König von England drehte sich um und betrachtete Brian.

»Ich habe eine Aufgabe.«

»Welche?«

»Dir Glück zu bringen.«
»Du kommst mit?«
»Ja.«
»Es könnte dein Tod sein.«
»Ich weiß.«
»Und wirst du mir Glück bringen, Brans de Sislay?«
»Ja, Richard, ich werde dir Glück bringen.«
»Das ist gut«, sagte Richard. »Ich kann es gebrauchen. Bei Gott und allen Heiligen, ich kann es jetzt gebrauchen.«
Eine Woche später verließen sie Akkon. Die Sonne ließ die Armee in der Ferne wie ein aus Silber gehämmertes, wunderbar blitzendes, gleißendes Band erscheinen. Es war ein prachtvoller Anblick für jene, die sie von den weißen Türmen Akkons aus betrachteten und ihnen zujubelten, und die Soldaten winkten stolz zu den Mauern hinauf und riefen Abschiedsgrüße, bis ihnen nach wenigen Schritten der Sand die Lippen verklebte und das Licht der Sonne sie halb blind vorwärtstaumeln ließ.

Es war ein heller Morgen, als Brian Gaelle in dem Garten nahe dem Palas fand. Sie trug ein schlichtes blaues Kleid, dessen Ärmelenden mit rotem Leinen gesäumt waren. Ihr Kopf war unbedeckt, und ihr langes blondes Haar glitt weich über ihre Schultern.
»Habt Ihr Befehle für mich, Domna?« fragte der Troubadour die junge Frau, die in einer Laube nahe dem Springbrunnen saß und still die erblühten Blumen und Bäume betrachtete.
Gaelle hob den Kopf, als Brian sie ansprach. Ihr Gesicht war klar, fein gezeichnet und schön.
»Befehle? Dieser Morgen würde keine Befehle ertragen. Er ist zu heiter und zu friedlich.«
Der Troubadour lächelte. »Dann habt Ihr vielleicht Anweisungen für mich, Domna?«
»Auch keine Anweisungen, Brian de Martial.« Sie klopfte leicht auf das Holz der Bank. »Setz dich zu mir, Troubadour.«
»Ich danke Euch, Domna«, sagte Brian, als er neben ihr Platz nahm.
»Ich bin glücklich, daß wir in Sicherheit sind.«
»So wirkt Ihr jetzt auch, Domna. Fröhlich und glücklich.«

»Peire de Gedevan. Das Dorf.« Sie hielt kurz inne. »Das war ein Abgrund. Ein Tor zur Hölle.«
»Es ist vorbei, Domna. Ihr lebt.«
Gaelle betrachtete ihn. »Ich liebe das Leben, Troubadour. Und ich verachte alles, das sich ihm entgegenstellt.«
»So wie auch ein Troubadour fühlen sollte.«
»So wie jeder Mensch es sollte.« Sie wandte den Kopf und betrachtete kurz den Himmel, der sich blau und weit gestreckt über den Burgmauern abzeichnete. »Domna Arnaude sagte, daß du ein Mann der Parage bist. Sie wollte mir diesen Ausdruck nicht erklären.«
»Es ist ein großes Kompliment«, antwortete der Troubadour.
»Was bedeutet es?«
»Ehre, Geradlinigkeit, Aufrichtigkeit. Die Verachtung des Rechts des Stärkeren. Den Respekt anderen gegenüber. Den Respekt sich selbst gegenüber.«
»Und du bist so ein Mann?«
»Ich weiß es nicht. Ich versuche es.«
»In dem Dorf...« Sie zögerte weiterzusprechen.
»Ja?«
»Da gab es einen Augenblick, in dem ich fürchtete, du würdest mich in Stich lassen.« Sie wandte den Kopf und blickte ihn an. »Es war ein häßlicher Moment.«
»Ich hätte Euch nie im Stich lassen können, Domna.«
»Weshalb? Weshalb hättest du das nicht gekonnt?«
»Es war eine Frage der Ehre, Domna.«
»Nur der Ehre?« Ein Hauch von Enttäuschung war in ihrer Stimme wahrnehmbar.
»Und der Cortezia, Domna.«
Gaelle stand auf. »Ich frage mich, ob du wirklich nur ein Gefangener bist, Brian de Martial?« Sie sprach beiläufig und betrachtete die Blumen an der Seite des Weges.
»Ein Gefangener, Domna?« fragte der Troubadour, der ihr folgte.
»Ein Gefangener deiner Ehrbegriffe.«
»Jeder Mensch sucht sich die Ziele seiner Welt selbst, Domna. Die Ehre ist ein solches Ziel.«
»Und welche Ziele kennt deine Welt noch, Troubadour?«

»Das Wort. Die Musik.«
»Und die Suche nach der Vollkommenheit.«
»Auch dies, Domna.«
Gaelle blieb kurz bei der Hecke stehen und strich nachdenklich über die halboffenen Knospen einer Rose.
»Wenn du es dir wünschen könntest, wie sollte dann dein Leben sein, Troubadour?«
»Weit und wunderbar. Offen und ohne jegliche Grenzen.«
»Wie die Wahrheit.«
Brian schüttelte den Kopf. »Nein, Domna. Wie die Dichtung.«
»Manchmal denke ich, daß du mehrere Seelen besitzt, Troubadour.«
»Wie meint Ihr das?«
»Wer ist der wahre Brian de Martial? Der Mann in der Joglarenschenke, der Mann, der mich befreite, oder der Mann, der jetzt mit mir gelassen und plaudernd durch diesen Garten spaziert?«
Brian lächelte neuerlich. »Ich weiß es nicht, Domna.«
»Ich auch nicht, Troubadour. Und das überrascht mich.«
»Ich hoffe, ich enttäusche Euch nicht.«
»Wir waren einander sehr nahe, als ich in deinen Armen weinte.«
»Ihr hattet Angst, Domna. Ihr wart verwirrt.«
Gaelle blieb für einen kurzen Augenblick stehen. »Wovor fürchtest du dich nur, Troubadour?«
»Vor mir selbst. Vor meinen Hoffnungen.«
»Diese Frau, die du beinahe getötet hast... Wie hieß sie?«
»Isabella.«
»Was hast du ihr angetan?«
»Ich habe ihre Liebe verworfen.«
»Und seither fürchtest du die Frauen?«
»Nein. Seither fürchte ich die Liebe.«
Gaelle betrachtete ihn. Es schien Brian, als lächelte sie kaum wahrnehmbar.
»Es ist sonderbar, mit einer Frau zu reisen, die man bewundert«, sagte der Troubadour schließlich.
»Weshalb?«
»Weil man versucht ist, ihr etwas zu beweisen.«

»Und was wäre das, Brian de Martial?«
»Daß man ihrer würdig ist.«
Gaelle wandte sich von ihm ab und ging weiter, den Weg entlang.
»Sei vorsichtig, Troubadour, sonst vergibst du dir noch etwas. Was würde dann aus deiner Welt der Grenzenlosigkeit und der sehnsüchtigen Träume? Was aus deinem Panzer, mit dem du dein Selbst und deine Wünsche bedeckst?« Ihr Lächeln war offen und klar. »Sei vorsichtig, Troubadour, daß du nicht verletzbar wirst.«
»Laßt mich Euch meine Welt zeigen«, sagte der Troubadour eindringlich.
»Mehr noch als bisher?«
»Soweit sie Euch gefällt.«
»Warum, Troubadour?«
»Manchmal habe auch ich Sehnsucht zu teilen, Domna.«
Gaelle blickte über das Grün des Gartens. »Welch ein schöner Morgen, Brian de Martial.«
»Ja«, sagte der Troubadour und sah sie dabei an. »Welch ein wunderbarer Morgen.«

3. Kapitel

GEDEVAN, PARZIÉ
Mai 1201

Die Gesichter der beiden Männer waren schweiß- und schmutzverschmiert, und ihre Kettenpanzer warfen jähe Lichtblitze, wenn der Schein der Sonne sie traf.
Die Männer schlugen mit gezielten Hieben aufeinander ein, wankten, wenn das Schwert des anderen hart den eigenen Schild traf, parierten, wichen aus, stachen zu, wenn sich in der Deckung des anderen unvermutet eine Lücke zeigte. Der ältere der beiden schien noch unverwundet, während am Oberarm des jüngeren an zerrissenen Kettengliedern entlang ein dünnes Rinnsal von Blut floß.
Die Frauen und Männer, die das Seilgeviert in dem Burghof umstanden, in dem die beiden Männer miteinander kämpften, schienen bar jener kirmesartigen Freude, die sonst die Zurschaustellung von Kampf und Blut begleiteten. Keine Anfeuerungsrufe ertönten, keine lauten Schreie der Begeisterung begleiteten einen gelungenen Hieb, ein geschicktes Ausweichmanöver. Auch der Söldnerhauptmann, der den Zweikampf leitete, wirkte blaß in seiner gespannten Aufmerksamkeit.
Der Ältere wich aus, drehte sich schnell seitwärts und schlug mit einem gezielten Flachhieb dem Jüngeren das Schwert aus der Hand. Es fiel mit Wucht auf den staubigen Burghof, und sein Klirren hallte in die Stille hinein.
»Bück dich«, sagte Peire de Gedevan. »Mach deinen Kniefall, und hebe es auf.«
»Und wenn ich es nicht tue?« fragte Jordas.

»Bist du ein toter Mann.« Peire wandte sich dem Hauptmann zu und hob sein Schwert. »Ist er ein toter Mann, Ramon?«
»So gut wie tot«, antwortete der Hauptmann.
Eine Frau lachte nervös auf, schwieg dann unvermittelt und bedeckte erschreckt den Mund mit ihrer Hand.
Jordas stürzte sich, auf dem Pflaster des Burghofs beinahe ausrutschend, auf sein Schwert, ergriff es und stach, noch halb gebückt, von unten zielend auf Peire ein. Peire hob seinen Schild, und die Klinge des Jüngeren riß Holz und Lederhaut von der Bespannung, während Peire nach den rechten Fuß des Jüngeren schlug, dabei den eisernen Beinschutz Jordas treffend, um dann nachsetzend nach oben zu stechen. Die Klinge des Älteren streifte mit Kraft Jordas Helm, riß ihn ihm vom Kopf, während der Jüngere unter der Wucht des Schlages taumelte und sich, halb besinnungslos, an dem Hauptmann festhielt, um nicht zu stürzen. Blut floß ihm von der Stirne und rann ihm über das rechte Auge, tropfte über sein Kinn. Einige der umstehenden Männer lachten. Der Hauptmann gab Jordas einen Stoß. Der junge Mann stürzte auf die Knie.
»Gib ihm einen anderen Helm, Ramon«, sagte Peire.
»Nein.« Jordas hob seinen von Schweiß und Blut verdreckten Kopf. »Niemals.«
Peire lächelte. Seine Zähne wirkten unnatürlich hell in seinem staubverkrusteten Gesicht. »Ist er tot, Ramon?«
»Nein«, sagte der Hauptmann.
Peire nickte zufrieden. Die Leute, die um das Seilgeviert standen, schwiegen betreten. Peire hob den Kopf. Die Sonne näherte sich bereits ihrem Zenit, stand hell und steil über den Zinnen. Ein plötzlicher Windstoß zerrte an der Fahne am großen Turm.
»Du kannst ihn nicht ohne Helm kämpfen lassen«, sagte die braunhäutige Frau mit den blauschwarzen Haaren und dem Seidenkleid. »Du wirst ihn töten, amor.«
»Ja«, sagte Peire, und sein Lächeln erstarb. »Vielleicht werde ich ihn töten.«
Jordas griff nach seinem Schwert, das ihm der Hauptmann reichte und schüttelte den Kopf, als wollte er seine Benommenheit abstreifen. Dann stand er mühsam auf, schwankend, seinen Vater im Blick. Als er mit einem Schrei auf ihn losstürzte, wirkte Peire für

den Bruchteil eines Augenblicks überrascht, unsicher und unvorbereitet, während sein Sohn mit aller Kraft das Sarazenenkreuz einsetzte, Hiebe, links und rechts mit voller Wucht geschlagen, Stiche, die schnell nach oben und unten geführt wurden, eine Folge von stählernem Auf und Ab, der letzte Ausweg der Ritter in Outremer, wenn sie umzingelt waren und sie nur mehr den Tod vor Augen hatten. Peire wankte unter den Schlägen, duckte sich, stolperte, fiel auf den Rücken, deckte sich rechts mit seinem nach oben stechenden Schwert, während der junge Mann auf ihn einschlug und sein Schild in Stücke hieb. Das Holz über der Armschlinge barst, und Jordas Klinge riß Peires Kettenhemd an der Schildhand auf, eine längliche, tiefe Wunde hinterlassend, aus der das Blut tiefrötlich aufspritzte.
Jordas trat keuchend zurück, nach Atem ringend. »Tot?« fragte er schließlich.
Der Hauptmann blickte zu Peire, der verblüfft seine Wunde an der linken Hand betrachtete.
»Tot?« fragte Ramon.
»Nein«, sagte Peire, als er sich mit der unverletzten Hand hochstemmte. Er starrte seinen Sohn durch halbverklebte Augenlider an.
»Wer hat dir das beigebracht?«
»Ein Troubadour.«
»Weiß Gott, ein hübsches Lied«, sagte Peire, bevor er sein Schwert über den Kopf hob und auf Jordas losschlug, unentwegt, brüllend, unaufhaltsam. Jordas deckte den unbehelmten Kopf, sein Schwert nur mehr als Stichwaffe benutzend, während sein Vater, in jenem kurzen Augenblick, da Jordas sich eine Blöße gab, ihm zwischen die Beine trat und den Schild gegen die Stirne schlug.
Jordas fiel auf den Rücken, versuchte sich, mit den Füßen auf dem Boden zuckend, aus der Reichweite von Peires Waffe zu bringen, der sich über ihm auf die Knie niederließ, das Schwert dabei langsam hochhebend, um es seinem Sohn in die Kehle zu treiben.
»Nein«, schrie das braunhäutige Mädchen. »Nein, mieu amor!«
Peires Schwert stieß nach unten, prallte mit aller Wucht knapp neben Jordas Hals auf den Boden, wurde durch die Kraft des Stoßes aus Peires Hand gerissen und fiel mit dem rubinenbesetzten Knauf voran zu Boden.

»Tot?« fragte Ramon in das Schweigen.
»Tot«, sagte Peire, als er sich, mit der unverletzten Hand auf dem Boden abstützend, mühsam aufrichtete.
Das Mädchen kam auf ihn zugelaufen, riß sich den kostbaren Seidenärmel vom Kleid und verband ihm, zärtliche Worte flüsternd, den blutüberströmten Arm.
Peire deutete auf Jordas, der den Kopf zur Seite drehte und zum Schwert seines Vaters hinblickte.
»Verbindet ihn, und tragt ihn in den Keller des Nordturms.«
»Dort gibt es Ratten, Senher«, sagte Ramon.
»Dann soll er sie schulmeistern, so wie er es bei mir versucht hat.«
Peire lächelte dem Mädchen zu. Dann wandte er kurz den Kopf.
»Ein Mann soll ihn bewachen«, sagte er zu Ramon.
»Wie Ihr wünscht, Senher«, erwiderte der Hauptmann. Er winkte zwei seiner Leute herbei und gab ihnen Anweisungen.
»Ramon«, sagte Peire.
»Ja?«
»Du hättest früher abbrechen können, Ramon.«
Der Hauptmann grinste. »Nein, Senher. Ihr hättet mich zum Teufel gejagt.«
Peire bewegte vorsichtig die Finger seiner verletzten Hand. »Ja, das hätte ich wohl«, sagte er schließlich.

Der junge Mann hinkte noch, als er das Zimmer Peires betrat. Gedevan saß in einem bequemen Stuhl mit Armlehnen, während das Mädchen auf einem Teppich zu seinen Füßen saß, den Kopf entspannt an seinen Oberschenkel gelehnt.
»Nimm Platz«, sagte Peire und deutete auf eine Truhe an der Wand.
»Wie waren die Ratten?«
»Nicht allzu unfreundlich.«
Peire lachte kurz auf. »Was machen deine Wunden?«
»Sie schmerzen, verdammt noch einmal.«
»Ramon, gib ihm von dem Zeug zu trinken.« Der Hauptmann, der beim Eingang gewartet hatte, ging zum Fenster und reichte Jordas den dort abgestellten Krug.
»Galarda hat es gemischt. Es schmeckt wie Hundepisse, aber es hilft.«

Jordas trank aus dem Krug und gab ihn Ramon zurück.
»Drei Söhne habe ich gehabt«, sagte Peire. »Der erste war ein Mann und starb im Heiligen Land wie ein Hund an der Ruhr. Der zweite war ein Junge und hat es fertiggebracht, sich bei einem Turnier das Genick zu brechen.« Er deutete auf Jordas. »Jetzt bleibt mir nur mehr dieser Säugling dort.« Er blickte den jungen Mann an. »Aber ich habe noch Kinder im Sack, mein Freund, und Galarda könnte mir Söhne schenken. Wie würde dir das gefallen, Jordas?«
»Es wäre mir gleich.«
»Keine Gier nach dem ganzen Besitz? Kein Wunsch, daß dein gütiger, alter Vater endlich abkratzt?«
»Nein.«
»Ein Heiliger. Ich habe einen Heiligen als Sohn.«
»Er hat Parage«, sagte das braunhäutige Mädchen, das Galarda genannt wurde.
»Jeder Straßenköter in der Occitanie glaubt Parage zu haben.« Peire beugte sich zu Jordas. »Jedermann wird dir erzählen, daß es bei uns im Süden um Fragen des Gewissens oder der Überzeugung geht. Glaube ihnen nicht. Guillem de Parzié ist Katharer, ich Katholik und Galarda Muselmanin, obwohl ihr irgend jemand Weihwasser ins Gesicht gespritzt und sie damit feierlich zur Christin erklärt hat. Und wir alle, ob Katharer, Katholik oder Muselmane, wir alle miteinander wollen nur eines: Unseren Besitz vermehren, im Namen des Glaubens und auf Kosten der anderen.«
»Und deshalb hast du ein Dorf ausgerottet. Menschen wie Vieh abgeschlachtet.«
»Ja«, sagte Peire. »Auch deshalb.«
Jordas schwieg. Er richtete die Schlinge zurecht, in der sein verbundener Arm lag.
»Kein Schreiduell diesmal?« fragte Peire. »Kein Wehklagen über unschuldig vergossenes Menschenblut? Keine Tränen des Zorns, die einer zwölfjährigen Kuhhirtin gut angestanden hätten?«
»Wir haben uns bereits geschlagen.«
»Und du hast verloren.«
»Ja«, sagte Jordas, »ich habe viel verloren.«
Galarda setzte sich auf und verschränkte die Arme vor den Knien.

»Hör deinen Vater an«, sagte das Mädchen. »Er ist ein erfahrener Mann. Er kennt die Welt besser als du.«
»Wie meine zukünftige Mutter es mir befiehlt«, antwortete Jordas. Seine Stimme klang freundlich und höhnisch zugleich.
Das Mädchen errötete. Peire blickte ihn kurz wortlos an.
»Ramon«, sagte er dann, »schlag diese bissige Ratte in Eisen, bis er sich wieder daran erinnert, daß er Cortezia besitzt und daß ich sein Vater bin.«
»Nein«, sagte das Mädchen mit lauter Stimme. »Er wird dich anhören, und du wirst mit ihm sprechen! Seid ihr Männer oder Kinder? Keifende Schankdirnen oder provençalische Ritter?«
»Bitte sie um Verzeihung«, sagte Peire. »Du hast eine Frau beleidigt. Gleichviel, was du von ihr halten magst, du hast mit deinen dreckigen Händen die Ehre einer Frau angegriffen.«
»Es tut mir leid«, sagte Jordas. Es klang aufrichtig, als er es sagte.
»Genügt dir das?«, fragte Peire das Mädchen. Seine Stimme war flach und scharf.
Galarda nickte. »Es genügt mir.«
»Du bist sehr großzügig.«
»Nein«, antwortete das Mädchen. »Du schuldest mir ein neues Seidenkleid. Meerblau und mit Goldfäden durchwirkt.«
Peire lachte von neuem. »Bei allen Heiligen, ich werde dich heiraten! Kein Mann darf sich eine Frau wie dich entgehen lassen.«
Das Mädchen lächelte ihn an und warf Jordas einen raschen Seitenblick zu.
Der Mann mit den hellen, weißen Haaren zog mit der unverletzten Hand Galarda zu sich empor und küßte sie. Seine Hand löste die Schließe von ihrem Kleid und glitt über ihren Busen. Der junge Mann blickte zu Boden, als habe er in den groben Mustern der Steine etwas Neues und Ungewöhnliches entdeckt.
»Jordas«, sagte Peire, als er das Mädchen losließ, »ich habe nichts gegen deine Liebe zu Aude. Sie ist hübsch, kultiviert und mit ihren sechzehn Jahren längst im heiratsfähigen Alter. Ich hätte nichts dagegen, wenn du sie nach Gedevan brächtest.«
»Ihr Vater wird mich mit offenen Armen aufnehmen. Er wird mir die Gräber der Ermordeten zeigen und mir dann aus ganzem Herzen seinen Segen erteilen.«

»Guillem wird fallen, Jordas.«
»Du bist verrückt. Du bist es, der fallen wird.«
Peire kniff die Augen zusammen. »Meinst du?«
»Diese Gegend ist katharisch bis ins Mark. Sie werden dich jagen wie einen Hund, Peire de Gedevan.«
»Ja«, sagte Peire. »Sie werden es versuchen. Sie fühlen sich sehr stark und mächtig. Jetzt. Und sie denken, daß es ewig so bleiben wird.«
Peire rieb sich mit dem Handrücken über die Augen. Das Licht, das durch die beiden Fenster fiel, war hell und blendend.
»Ich aber«, setzte Peire fort, »ich denke weiter. Die Occitanie ist reich. Reichtum erzeugt Neid und den urmenschlichen Wunsch, sich diesen Reichtum schnellstens anzueignen. Der Norden gehört Philipp von Frankreich, Lehnsherr der Champagne, des Artois, der Picardie, Flanderns und Herr der Île der France. Philipp hat nur einen diplomatischen Gegenspieler von Rang. Eleonore von Aquitanien. Eine Achtzigjährige. Eine Frau, die nicht ewig leben wird. Verstehst du mich soweit, Jordas?«
»Spar dir deinen Spott, Vater.«
»Dann weißt du auch, wie diese kleine Pastourelle weitergehen wird, nicht wahr?«
»Philipp wird die englischen Besitzungen in Frankreich erobern. Er wird John von England mit Haut und Haaren verspeisen.«
Peire lächelte zufrieden. »Ich scheine doch keinen Vollidioten in die Welt gesetzt zu haben. Wie erfreulich.«
Er wandte sich Galarda zu, die wieder zu seinen Füßen Platz genommen hatte. »Findest du nicht, daß das erfreulich ist, Galarda?«
»Sehr erfreulich«, bestätigte das Mädchen. Sie sah Jordas jetzt unverwandt an. Große braune Augen, deren Blick nicht zu enträtseln war.
»Es wird Jahre brauchen, bis Philipp alle englischen Festungen in der Normandie und im Poitou erobert hat«, meinte Jordas.
Peire sah zu Ramon hin.
»Was denkst du? Wie lange wird er dazu brauchen, unser König des Nordens?«
Ramon grinste »Die Dauer einer Schlacht, Senher.«

»Ja, das denke ich auch«, sagte Peire. »Die Festungen werden von alleine fallen, wie Steine in einem Damespiel, wenn unser guter John von England seine große Schlacht erst verloren hat. Und was, Ramon, bleibt der Krone von Frankreich dann noch zu erobern?«
Ramon zeigte auf die Fenster.
»Die sonnige Occitanie. Unsere Besitzungen.«
Peire nickte. »Ja, nur mehr unsere schöne Occitanie steht dann Philipp im Weg, um vom Atlantik bis zum Mittelmeer ein Reich voll von katholischen, folgsamen und der Krone treu ergebenen Franzosen aufzurichten. Und wir, Jordas, werden dann solche treu ergebenen Franzosen sein.«
»Du träumst, Peire. Der Graf von Toulouse...«
»Der Graf von Toulouse, Raimond der Sechste«, unterbrach ihn Peire, »Herzog der Narbonne, Markgraf der Provence, ist ein Mann höchster Kultur, mit dem es ein reines Vergnügen ist, über Gesang und Dichtung zu plaudern. Vorausgesetzt, er bringt irgendwann die Kraft auf, seinen Hintern in die Höhe zu heben und aus dem Bett seiner Geliebten zu steigen. Meinst du Ramon, daß er es mit Philipp aufnehmen könnte?«
Der aragonesische Söldnerhauptmann zögerte.
»Wenn er es fertigbrächte, Senher, rechtzeitig aufzustehen, dann vielleicht schon.«
Peire nickte. »In der Tat, Jordas. Raimond de Toulouse hat keine allzu schlechte Ausgangsposition. Der König von Aragon, Pedro II., dieser Löwe Spaniens, dieser edle Ritter und Maurenschlächter, ist sein Freund. Die großen Familien, die von Trencavel, Foix und Comminges würden sich für Raimond in Stücke schlagen lassen. Die Juden von Narbonne und Montpellier würden ihm jeden Betrag vorschießen, weil er sie begünstigt, als wäre ein jeder von ihnen Moses persönlich. Die Flotten der Genueser und Pisaner würden ihn vom Meer her unterstützen, um ihre Herrschaft über das westliche Mittelmeer aufrechtzuerhalten. Raimond ist Katholik, aber auch Katharer genug, damit unsere häretischen Brüder sich wohl verpflichtet fühlten, ihm bis zum letzten die Treue zu halten. Toulouse ist die drittgrößte Stadt des Abendlandes. Béziers und Narbonne sind reich genug, um ihn mit Miliztruppen und schönen, fetten, schweren Goldsäcken zu unterstützen. Auch die

Lombardei würde wohl nicht abseits stehen, wenn einer ihrer größten Handelspartner in Bedrängnis käme.«
Peire lächelte. »Von Barcelona bis Genua, von Rodez bis Mailand hätte er alle hinter sich. Ja, Jordas, er hat eine gute Ausgangsposition.«
Jordas beugte sich vor.
»Dann werden sie dich jagen, Peire. Dann werden sie dich schlachten«, sagte er mit sanfter Stimme.
»Nicht so eilig, mein Sohn. Wie sieht es denn mit unserer occitanischen Geistlichkeit aus?«
Galarda lachte kurz auf. Peire strich ihr leicht über den Kopf.
»Wie Galarda soeben ausführte, steht es um die occitanische Geistlichkeit nicht allzu gut. Unsere Bischöfe sind korrupt, feige und träge. Es sind Bischöfe, die nichts mit ihren fanatischen Amtsbrüdern im Norden gemein haben. Es sind Bischöfe des Südens, die keine Freude an brennenden Scheiterhaufen haben, Bischöfe, wie die Occitanie sie immer liebte.«
Peire sah betrübt zu seinem Hauptmann hin.
»Ja, Ramon, es sieht nicht gut aus für den alten Peire. Was meinst du, Jordas, habe ich noch eine Chance?«
»Nein«, sagte Jordas, »du hast nicht den Funken einer Chance.«
»So denken sie alle, die Parziés, seine Freunde und meine verehrte Schwester Ana de Ciornac. Es ist betrüblich.«
»Nur übersehen sie jemanden«, sagte Ramon.
»Allerdings tun sie das, Jordas. Sie übersehen den Papst. Selbst wenn Philipp von Frankreich es nicht schaffen wird, den Süden kurz und klein zu schlagen, dem Papst wird es gelingen. Er haßt die Katharer. In seinen Augen sind sie nicht nur Häretiker, sondern die Vertreter einer neuen Kirche, einer jungen, gefährlichen Rivalin Roms. Gibt es nicht bereits einen katharischen Papst in Konstantinopel, katharische Bischöfe in Albi und Toulouse und Moissac? Ist nicht bereits halb Occitanien vom Katholizismus abgefallen, wird nicht längst kein Zehnter mehr bezahlt, werden nicht Priester und Äbte verhöhnt und vertrieben?«
»Der Papst ist mit seinem Kreuzzug nach Ägypten beschäftigt.«
»Der Papst, kleiner Gedevan, ruft seit drei Jahren alle Seigneurs in Frankreich und Deutschland zum Kampf gegen die Ketzerei in der

Occitanie auf. Und eines Tages, mein Sohn, werden sie kommen, nicht ihres Glaubens wegen, sondern weil es hier Reichtümer und Besitz zu erbeuten gibt, von dem sie in ihren Schweineställen, die sie dort Schlösser nennen, nie zu träumen wagten. Und alle, alle, die jetzt bei uns den Kopf hoch tragen, werden dann verdreckt, verarmt und staubbedeckt in jede nur mögliche Richtung flüchten, sofern sie nicht schon vorher aufgeschlitzt und ausgeweidet dem Getier zum Fraß überlassen wurden.«

»Die Occitanie ...«, sagte Jordas.

»Die Occitanie träumt einen wunderbaren, bunten und schönen Traum. Die Kirche nicht.«

»Ich ziehe es vor, weiterzuträumen«, sagte Jordas nach einem kurzen Augenblick des Schweigens.

»Und ich ziehe es vor, in nicht allzu ferner Zukunft auf der richtigen Seite zu stehen, Jordas.«

»Und Gedevan zu behalten?«

»Ja. Es ist bitter und sehr kalt in dieser Welt ohne Besitz und Macht.«

»Deshalb mußten die Bauern dieses Dorfes sterben?«

»Ja. Deshalb habe ich sie getötet. Es ging um das hübsche Bild, Jordas. Peire de Gedevan. Ein fanatischer Katholik, der zur rechten Zeit am rechten Ort ein Fanal für den rechten Glauben entzünden wollte.« Peire lachte kurz auf. »Oder ein Turm, der einen Bauern schlägt. Man wird es nicht vergessen, Jordas. Nicht in Rom. Vielleicht werde ich die erste Runde dieses Spiels verlieren, aber am Ende werde ich sie alle schachmatt setzen. Parzié wird mir gehören, Ciornac und vieles mehr.«

»In einer toten Occitanie?«

»Sie wird leben, Jordas, nur anders. Die Lieder werden sterben und die Gedichte und unser lächerliches Ehrgefühl, auf das wir so stolz sind. Aber manches wird bleiben. Anders. Das Leben geht weiter.«

Peire schwieg kurz. »Du hast dich gut geschlagen, heute mittag. Es ist lange her, daß mich jemand zu Fall gebracht hat. Ich wäre nicht sechsundvierzig Jahre alt geworden, wenn es oft geschehen wäre.«

Er sah zu Galarda hin. »Glaubst du, daß er mich eines Tages verstehen wird?«

»Eines Tages vielleicht. Jetzt nicht. Er ist zu jung.« Sie lächelte. »Er ist verliebt.«
»Hat sie recht? Wirst du mich eines Tages verstehen, Jordas?«
Jordas sah zu dem lichterfüllten Fenster und schwieg. Schließlich wandte er den Kopf und suchte Peires Augen. Ein nicht erkennbarer Blick im Halbschatten des Raumes.
»Hättest du mir das Schwert in die Kehle getrieben? Wenn Galarda nicht gewesen wäre?«
»Ich war verrückt vor Zorn. Ich weiß es nicht,« antwortete Peire.
Jordas nickte. »Ich habe dich geliebt, Vater«, sagte er dann.
»Ich liebe dich noch immer, Jordas«, antwortete Peire.
Niemand sprach.
Schließlich stand Peire auf und unterbrach das Schweigen.
»Lege dich nieder«, sagte er. »Betrink dich. Es hilft manchmal. Ramon wird auf dich achtgeben.«
Dann verließ er, von Galarda begleitet, das Zimmer.
Zwei Tage später flüchtete Jordas de Gedevan aus der Burg. Es wurde nie festgestellt, wer ihm dabei geholfen hatte, vielleicht auch deshalb, weil Peire die Nachforschungen ohne besonderen Nachdruck betrieb. Jordas trug kaum etwas bei sich, als er Gedevan verließ. Aber in seiner Hemdtasche befand sich ein Stück Rinde, in die Galarda drei Worte geritzt hatte: Ich liebe dich.

Wie schwer muß es für ihn sein, dachte Gaelle, als sie hinter Brian den schattigen Waldweg entlangritt. Er will vollkommen sein und vergißt, daß nichts vollkommen ist in dieser Welt von Wunden und Narben. Dieser Wunsch, der ihn besitzt, das unübertreffbare Lied zu finden, diesen Schlüssel zu seiner Seele, dieser Klang, von dem er glaubt, daß er ihm die Welt erklären könne. Dieser lächerliche, großartige Wunsch, mit dem er seine Angst zu überdecken versucht. Alle Männer haben Angst. Manche brauchen den Wein, um sie zu überwinden, andere Frauen, andere den Kampf, und er sucht wie ein Blinder nach einer Schönheit, die ihn befreien, die ihn erlösen könnte. Schönheit, die vor seinen Augen liegt, Schönheit, nach der er nur zu greifen brauchte, wenn er nur sehen wollte.
Gott allein weiß, warum ich mich gerade für ihn interessiere. Ich bin jetzt zwanzig Jahre alt, alt genug, um es besser zu wissen. Son-

derbar. Sonderbar, daß ich plötzlich in Brians Welt gestürzt bin. Eine Welt der scheinbaren Vernunft und des verschwiegenen Hasses, eine Welt der Poesie und des kalten Zorns, eine Welt unbeholfener Zärtlichkeit und voll der Brutalität.
Eine egoistische Welt. Auch ich bin egoistisch, aber es ist die Selbstsucht der Erde und eines uralten Wissens um die Flüchtigkeit der Dinge.
Brian weiß um den Tod, aber glaubt nicht an ihn. Er wird alt werden. Jedes Mädchen kennt bereits die Gefahr der Jahre, die dahinziehen und auf immer vergehen. Er nicht. Im Innersten seiner Seele meint er, ewig zu leben. Ich spreche mit ihm darüber in meinen Gedanken, in der Nacht, wenn ich wach liege. Ich erzähle ihm von dem alles beherrschenden Anspruch der Gegenwart und daß man das Leben nicht vergeuden darf, in der Suche nach einem Sinnbild, einem Gespinst von nebelhaften Träumen.
Er wird alt werden, eines Tages, und sein Traum mit ihm.
Er beschäftigt mich mehr als jeder andere, dieser Mann. Wenn ich ihn liebte, würde er mich leiden lassen. Nicht weil er böse wäre, sondern weil er hoffnungslos in seinen Sehnsüchten gefangen ist. Wenn ich ihn liebte, würde er mich Welten der Vollkommenheit berühren lassen. Nicht weil er allwissend wäre, sondern weil er hoffnungsvoll und lauter ist. Wo immer ich mich hinwende, ich würde gewinnen, und ich würde verlieren. Mich. Oder meine Welt.
Vielleicht könnte er mich an seiner Seite finden, wenn er nur wollte. Vielleicht.
Das Leben schlägt wie mein Herz. Er sollte die Hand auf mein Herz legen und das Leben begreifen. Brian. Um deinetwillen solltest du mich suchen.

»Ihr kennt tatsächlich den Weg«, rief Uc, der hinter Gaelle ritt.
»Hast du daran gezweifelt?« fragte der Troubadour.
»Er ist nicht leicht zu finden.«
»Das ist mein Talent«, sagte Brian lachend. »Wege zu beschreiten, die nicht leicht zu finden sind.«
»Ist es dort?« fragte Gaelle. Sie deutete auf eine Lichtung, die vom Pfad des Waldes aus sichtbar wurde.

»Ja«, antwortete Brian. »Seid still jetzt«, fügte er hinzu.
Sie ritten so leise, wie es ihnen möglich war, an den Rand des Waldes, von dem aus sie die knapp unter ihnen liegende Lichtung überblicken konnten. Gaelle rückte zu Brian auf, während Uc ein Stück hinter ihnen zurückblieb. Auf der Lichtung stand ein geräumiges Bauernhaus aus Holz, mit Wohnhaus, Stall und Garten. Die schwarzgekleidete Bauersfrau stand aufrecht vor der Türe des Hauses, während ein Ritter vor ihr kniete. Die Frau legte dem Ritter die Hand auf den Kopf und sprach einige Worte, unhörbar für sie in der Ferne.
»Warum kniet ein Ritter vor einer Bäuerin?« flüsterte Gaelle Brian zu.
»Sie ist eine Vollkommene. Eine Perfecta.«
Gaelle sah ihn fragend an.
»Eine katharische Priesterin«, antwortete Brian leise.
Der Ritter stand auf, beugte den Kopf und küßte die Frau ehrerbietig auf die Schulter. Dann ging er zu seinem Pferd und schwang sich in den Sattel. Er gab dem Pferd die Sporen und ritt im Galopp dem dunklen Grün des Waldes zu.
»Du kann jetzt kommen, Brian«, rief die Frau, mit dem Rücken zu ihnen stehend. »Und vergiß nicht, das Mädchen mitzubringen. Und meinen Freund Uc.«
Als Brian und Gaelle den Hügelkamm hinunterritten, überholte sie Uc. Er zügelte sein Pferd einige Meter vor der schwarzgekleideten Frau, stieg eilig ab, kniete sich vor der Frau nieder und faltete die Hände. Dann beugte er den Oberkörper.
»Benedicte. Segnet mich«, sagte Uc.
»Gott segne dich«, antwortete die Frau.
»Benedicte«, sagte Uc ein zweites Mal und beugte seinen Oberkörper nach vorne.
»Gott segne dich.«
»Benedicte«, bat er ein weiteres Mal, als er sich erneut vorbeugte.
»Gott segne dich«, antwortete die Frau von neuem. Dann legte sie ihm die Hand auf den Kopf. »Ich bete zu Gott, daß er dich zu einem guten Christen werden läßt. Ich bete zu Gott, daß er dein Leben zu einem guten Ende führt.«

Uc stand auf und küßte sie auf die Schulter. Dann trat er einige Schritte zurück.
»Sie wollten Euch sehen, Perfecta«, sagte er.
»Es ist gut«, antwortete die Vollkommene mit einem Blick auf Brian und Gaelle.
Als Brian sich niederknien wollte, hielt ihn die Frau an den Schultern fest.
»Nicht du«, sagte sie lächelnd. »Du glaubst nicht.«
»Ich glaube an sehr vieles,« antwortete Brian.
Auch er lächelte jetzt, freundlich und voller Sympathie.
»Gott soll es entscheiden«, meinte die Frau. »Gott soll entscheiden, welches Gewicht dein Glauben besitzt.« Sie wandte sich Gaelle zu, die mit interessiertem Blick neben Brian stand.
»Und wer bist du?«
»Gaelle de Vidars, Perfecta.«
Gaelle hatte sich entschlossen, sie mit derselben Bezeichnung anzusprechen, die Brian verwendet hatte.
»Keine Provençalin. Keine Frau des Südens.«
»Mein Vater war Normanne. Meine Mutter stammte aus Burgund. Geboren bin ich in Béziers, gelebt habe ich in allen großen Städten an den Küsten beider Meere.«
»Wie wunderbar«, sagte die Frau. »Ich habe die Occitanie nie verlassen. Du mußt mir eines Tages von deinen Reisen erzählen.«
Die Frau setzte sich auf einen Baumstumpf und bedeutete Gaelle und Brian, sich vor ihr im Gras niederzulassen.
»Ich weiß sehr wenig von den Katharern«, sagte Gaelle. »Ich war ein Kind, als ich Béziers verließ.«
Die Frau sah Brian an. »Hast du ihr denn nichts von uns erzählt?«
»Nein«, sagte Brian. »Nichts.«
»Weshalb nicht?«
»Ich wollte, daß sie dich kennenlernt, Fays. Ich wollte, daß sie sich selbst ein Bild formt.«
Die rundliche, schwarzgekleidete Frau mit dem um die Taille gebundenen Strick lächelte Gaelle zu.
»Wie mutig er doch ist«, sagte sie. »Und doch so vorsichtig.«
»Er ist der König der Vorsicht. Wenn es um Frauen geht.«

»Sie sind gefährlich, in seinen Augen.« Die stämmige Frau zwinkerte Gaelle zu.
»Reißende Wölfinnen in schmiegsamen Körpern«, sagte Gaelle. Beide Frauen lachten. Brian seufzte und blickte kurz zum Himmel auf. Aus den Augenwinkeln heraus bemerkte er Uc, der ihn voller Vergnügen angrinste.
»Dann stelle deine unvermeidlichen Fragen, mein Kind«, sagte Fays. »Ich werde es kurz machen.«
»Woran glaubt ihr?«
»Daß sich bei der Schöpfung Licht und Dunkel vermischt haben. Gutes und Böses. Daß wir beides in uns tragen. Daß es unsere Aufgabe ist, das Gute in uns und anderen zu wecken. Daß alles von Nutzen ist, was das Licht in dieser Welt stärkt.«
Fays blickte freundlich auf Gaelle herab. »Genügt dir das?«
»Nicht ganz«, antwortete Gaelle zögernd.
»Diese Welt ist nur eine Brücke zu einer anderen. Eine Brücke, die wir überschreiten müssen. Jeder Mensch ist sündig, deshalb werden die Sünden der Vergangenheit bedeutungslos, wenn wir sie nicht mehr begehen. Alle Menschen sind vor Gott gleich, gleichgültig welcher Konfession sie angehören. Jeder Mensch muß danach trachten, das Gute in sich zu festigen und rein zu werden. Die Reinen werden es sein, die im Tod schließlich das vollständige und vollkommene Licht erblicken.«
»Und jene, die nicht rein sind?« fragte Gaelle.
»Können von einem Vollkommenen gerettet werden.«
»Wie?«
»Durch das Consolamentum. Es wird zumeist auf dem Sterbebett erteilt, außer jemand entschließt sich, noch zu seinen Lebzeiten ein Vollkommener zu werden.«
»So wie ihr«, sagte Gaelle.
»So wie ich«, bestätigte die Frau.
»Was geschieht mit jenen, die nicht gerettet werden können?«
»Sie müssen wiederkehren, so lange, bis das Licht sie läutert.«
Gaelle nickte. »Habt ihr eine Kirche?«
»Nicht, wie die Katholiken sie kennen. Aber es gibt eine Hierarchie unter den Gläubigen. Verschiedene Aufgaben. Ich bin nicht nur eine Perfecta, sondern auch eine Recepta.«

»Was bedeutet das?«
»Ich muß jedem reisenden Gläubigen, der es wünscht, Aufnahme in meinem Haus gewähren.«
»Wo sind eure Kirchen, eure Kathedralen?«
Fays breitete kurz die Arme aus und wies auf die Frühlingslandschaft um sie herum.
»Ich finde, diese Kirche ist schön genug. Sie hat Platz für viele. Wir brauchen keine andere.«
Die Frau lächelte Gaelle zu. »Hast du fürs erste genug gehört?«
»Fürs erste, ja«, sagte Gaelle. Sie wirkte nachdenklich. Verwirrung zeichnete sich in ihrem Gesicht ab. »Es klingt ähnlich und doch ganz anders, als das, was meine Religion mir sagt.«
»Es ist ganz anders«, sagte die schwarzgekleidete Frau.
»Weshalb seid Ihr mit Brian so vertraut? Er ist doch keiner der Euren?«
Fays blickte zu Brian, der gedankenverloren einen Grashalm umbog und scheinbar fasziniert beobachtete, wie er sich von selbst wieder aufrichtete.
»Brian gehört zu niemandem. Er sucht die Schönheit. Und Schönheit ist eine Form des Lichts.«
Brian ließ den Grashalm zurückschnellen und hob den Kopf.
»Und auch sie verläßt mich beizeiten«, sagte er.
»Sei kein Junge, Brian«, antwortete die Frau. »Wir müssen täglich um alles von neuem kämpfen. Immer wieder. Haben dir das deine Mönche von Saint-Martial nicht erklärt?«
»Doch«, sagte Brian, »das haben sie.«
»Dann vertraue ihnen. Sie sind keine reißenden Wölfe.«
»So wie wir«, sagte Gaelle mit einem belustigten Blick zu Fays.
»Frauen, die arme Troubadoure von ihrer Kunst abhalten wollen«, fuhr die Schwarzgekleidete fort. »Selbstsüchtig. ...«
»... und gierig«, ergänzte Gaelle.
»Armer Brian«, sagte Fays.
»Sehr armer Brian«, meinte Gaelle. »Unglaublich armer Brian.«
Brian lächelte jetzt. »Du hast eine Verwandte im Geist gefunden, Fays.«
»Vielleicht nicht im Geist. Aber in der Seele, Brian.«
Sie lächelte Gaelle noch einmal freundlich zu. Die Schwarzge-

kleidete winkte dann Uc zu sich, der langsam herangeschritten kam.
»Setz dich, Uc. Ich nehme an, ihr wollt mich alle etwas fragen. Nicht nur dieses helle Mädchen und dieser dunkle Troubadour hier.«
»Es geht um Peire de Gedevan«, sagte Brian. »Er hat ein Dorf ausgerottet.«
»Ich habe die Leichen gesehen, bevor sie bestattet wurden, Brian.«
»Guillem de Parzié will Rache.«
»Rache ist töricht. Notwehr nicht.«
»Was soll Parzié tun?«
Die Perfecta faltete die Hände in ihren Schoß. »Gedevan wird erwarten, daß Parzié eine Gruppe von katharischen Rittern zusammenbringt und ihn in seiner Burg belagert. Ritter, die von Söldnern begleitet werden. Gedevans Land liegt nahe zweier großer Abteien. Söldner haben die unliebsame Gewohnheit zu plündern. Die Abteien könnten in Flammen aufgehen. Mönche, die umgebracht, Nonnen, die vergewaltigt werden. Ein gefährliches Bild.«
»Es könnte großen Haß erzeugen«, sagte Uc.
Fays nickte. »Vielleicht gibt es bereits katholische Seigneurs in Limousin oder in der Champagne, die nur auf ein solches Zeichen warten. Auf einen Hilferuf Peires, die Rechte der Heiligen Katholischen Kirche zu schützen. Mächtige Seigneurs, die noch mehr Land wollen, für sich oder für ihre Söhne.«
»Robert de Bantrac und Jaufre de Sarvas könnte ich auf Parziés Seite ziehen«, meinte Brian.
»Das wird auch nötig sein«, sagte die Perfecta. »Aber keine Belagerung. Keine Rache an Katholiken. Keine Toten.«
»Wie sollen wir vorgehen?« fragte Uc.
»Lockt den Fuchs aus seinem Bau. Findet seine schwache Stelle. Trefft ihn dort, wo er am verwundbarsten ist.«
»Und dann?« Brian blickte die Frau nachdenklich an.
»Bringt ihr ihn nach Toulouse. Vor die Gerichtsbarkeit des Grafen. Stellt ihn vor kein Pairsgericht aus dieser Gegend. Das Urteil würde von den Katholiken als befangen abgelehnt werden. Den Richterspruch des Grafen werden sie annehmen.«

»Ja«, sagte Brian.« Ich dachte ähnliches. So könnte es gehen.«
»Laßt kein Blut fließen. Um keinen Preis. Zerstört die Gärten des Lichts nicht.«
Fays hob ihr Gesicht der Sonne entgegen und schloß die Augen. Eine alternde Frau, mit tiefliegenden Falten, die begannen, sich wie Kerben in Stirn und Wangen einzuschneiden. Sie atmete tief die bereits hitzegetränkte Frühlingsluft der Occitanie ein, während sich die Linien in ihrem Gesicht entspannten und die Züge um ihren Mund weicher wurden. »Ich liebe dieses Gespinst aus Träumen, das sich Erde und Welt nennt.«
»Träume mit dem herben Geschmack von Wirklichkeit«, sagte der Troubadour.
»Es gibt viele Wege, die Wahrheit zu finden«, sagte die Perfecta mit geschlossenen Augen. »Aber nur einen, sie zu leben. Nur ein Weg führt zur letzten Erkenntnis.«
»Welcher Weg, Fays?« fragte Brian.
»Als Katharer sage ich dir: Liebe das Böse gut, Brian.«
»Wer kann das? Wer kann das schon, Fays?« Brians Stimme hatte einen Anflug von Zorn, als er es sagte.
»Wir Katharer versuchen es. Und in ein oder zwei deiner Lieder hast du es bereits getan, Troubadour.«
»In welchen?«
»Spiel sie dir vor. Innerlich. Vielleicht erkennst du sie. Vielleicht findest du sie wieder, Brian, mein Freund. Und jetzt, meine Freunde, müßt ihr gehen. Meine Hühner warten auf mich, etliche Schweine und eine einsame Kuh, die sich sehr verlassen vorkommt in einer Welt, in der gefühlvolle Stiere rar geworden sind.«
Sie standen auf. Uc und die schwarzgekleidete Frau umarmten einander zum Abschied und jeder küßte die Schulter des anderen. Fays drückte Gaelle kurz und herzlich an sich und reichte Brian die Hand.
»Wenn du ihr etwas antust, werde ich dir in deinen Träumen erscheinen, mein kleiner Sänger.«
»Ich schlafe traumlos und tief, Fays«, sagte der Troubadour.
»Ich meine es ernst, Brian.«
»Ich werde sie sicher nach Béziers bringen, Fays.«
»Das allein ist es nicht, Troubadour.«

»Nein«, sagte Brian, »das alleine ist es nicht.«
Als sie aufgesessen waren, drehte sich Gaelle noch einmal zu der schwarzgekleideten Frau um.
»Gebt mir einen Rat, Perfecta«, rief sie Fays zu. »Einen Rat für meine Reise.«
Die rundliche, kleine Frau blickte zu der schlanken, blonden Frau auf dem Pferd hoch. »Folge einfach deinem Wesen. Frag nicht nach einem Lohn.«
Gaelle lächelte, kaum merklich irritiert. »Ich meinte, einen Rat für meine Reise nach Béziers, Perfecta.«
Die Frau hob die Hand und legte sie an die Stirne, um ihre Augen gegen das blendende Licht der jetzt hochstehenden Sonne zu schützen. Ihr Gesicht lag im Halbschatten und ihr Blick war nicht zu erkennen.
»Das ist mein Rat für deine Reise nach Béziers«, sagte sie. »Deine lange Reise nach Béziers.«

Sie ritten schweigend durch den Wald, ein dunkles Kirchenschiff in dieser Landschaft, Säulen aus jahrhundertaltem Holz, ein Dach aus grünem Gebälk, das sich nur öffnete, wenn ein Windstoß die Blätter des schweren Geästs auseinanderschob und das Licht plötzlich flüchtige Zeichnungen auf den Lehmboden warf. Die Luft war in der Hitze des Tages stickig geworden.
Gaelle atmete auf, als sie den Wald hinter sich ließen und der Weg nach Parzié sichtbar wurde.
»Was meinte die Perfecta mit meiner Reise nach Béziers? Damit, daß sie sehr lange dauern würde?«
»Ich weiß es nicht«, sagte Brian.
Uc ritt außer Hörweite hinter ihnen, mit aufmerksamem Blick.
Es war gut, dachte Brian, daß ich darauf bestanden habe, daß Uc uns begleitet. Er kennt jeden Baum in dieser Gegend hier. Ich fühle mich sicherer, wenn er uns den Rücken deckt.
»Sind alle katharische Priester Frauen?« fragte Gaelle.
»Nein. Ich glaube die Anzahl der Männer und Frauen, die Perfecti sind, hält sich annähernd die Waage. Sie kommen aus allen Ständen. Ritter, Bauern, Kaufleute, Handwerker, Fischer. Wenn sich jemand für würdig hält, ein Vollkommener zu werden, wird er auf

seine Eignung geprüft. Dann muß er drei Jahre lang nach den Regeln der Katharer leben. Wenn er auch die besteht, erhält er das Consolamentum. Die Weihe.«

»Und Fays?« Gaelle zügelte kurz ihr Pferd, das unruhig tänzelte.

»War verheiratet und hatte vier Kinder, bevor sie sich zu diesem Schritt entschloß. Als ihr Mann gestorben und ihre Kinder erwachsen waren, ging sie ihren Weg in die Vollkommenheit. Von einem Tag zum anderen.«

»Sie ist eine bemerkenswerte Frau«, sagte Gaelle.

»Das ist sie. Bei Gott, das ist sie,« bestätigte Brian.

»Was sind die Pflichten einer Perfecta?«

Brian lachte. »Habt Ihr die Absicht, eine von ihnen zu werden?«

»Ich bin nur neugierig.«

»Oder gebannt von einer kleinen Bäuerin auf einer abgelegenen Waldeslichtung, die inmitten von Hühnern und Schweinen von der letzten Wahrheit spricht?«

»Vielleicht.«

Gaelle sah nicht zu ihm hin, als sie es sagte.

»Die Pflichten eines Perfectus und einer Perfecta sind einfach und hart zugleich«, sagte Brian, als er sich kurz und wie beiläufig umsah. Keine verdächtigen Anzeichen. Fays hatte wahrscheinlich recht. Peire saß in seiner Burg und wartete, daß sie ihm ins offene Messer liefen.

Du täuschst dich, Peire, dachte er. Ich werde dich fangen. Du hättest dich nicht in die Gärten des Lichts verirren sollen.

»Ein Vollkommener muß geloben, Eltern, Gatten, Kinder zu verlassen und sich Gott und dem Evangelium zu weihen. Er darf keine geschlechtliche Beziehung mehr führen, kein Tier töten, darf nie mehr Fleisch, Eier oder Milch zu sich nehmen. Er muß von seiner Hände Arbeit leben oder von jenen Spenden, die ihm die Gläubigen bringen. Er muß die Gesetze der Bergpredigt befolgen. Seine Feinde lieben. Für die Kranken und Armen sorgen. Er darf nie lügen. Nie fluchen.«

»Das klingt zu schön, um wahr zu sein«, sagte Gaelle.

»Die Perfecti kommen diesem Ideal sehr nahe. Deshalb haßt die Kirche sie so sehr.« Brian lächelte freudlos.

»Und die einfachen Gläubigen?«

»Sollen nach dem Guten streben. Für sie ist es sehr viel leichter, da jede Sünde durch das Consulamentum getilgt wird.«
»Was ist Sünde, Troubadour?«
Brian schwieg einen Augenblick lang.
»Alles, was sich dem Licht entgegensetzt. Alles, was diese Erde weiter verdunkelt.«
Es schien, als wollte er das Gespräch damit abschließen. Gaelle bemerkte es. Sie spürte, daß sie etwas in ihm berührte, das er in seiner Seele verschlossen halten wollte. Versteckt und verborgen, verborgen vor ihr, verborgen vor aller Welt.
»Ähneln die katharischen Gläubigen ihren Perfecti?« fragte sie weiter.
»Nein«, antwortete Brian schließlich. »Es ist die gleiche Anzahl von Gesindel unter ihnen wie bei den Katholiken. Niemand ändert sich, nur weil er dreimal Benedicte ruft und einem außergewöhnlichen Menschen die Schulter küßt.«
»Du wärst selbst gerne ein Vollkommener, Brian, nicht wahr? Du bewunderst sie.«
»Euer Pferd ist unruhig«, antwortete der Troubadour. Ihr solltet ihm mehr Auslauf geben.«
Er fiel in einen scharfen Galopp. Gaelle gab ihrem Pferd die Sporen und bemühte sich, mit Brian Schritt zu halten.
»Welchen Weg willst du nehmen Brian?« rief sie ihm zu, während der Wind an ihren Haaren riß. »Den katharischen oder den katholischen?«
Brian lachte. Brian lachte so sehr, daß es Uc veranlaßte, zu ihnen aufzuschließen.
»Meinen eigenen Weg«, rief der Troubadour fröhlich. »Ob gesegnet oder verdammt. Meinen eigenen.«

Der Weg, den sie einschlugen, als sie Akkon an diesem 23. August des Jahres 1191 verließen, hatte sie die Küste entlanggeführt, nach Süden hin, die Flanke des Heeres durch das Meer und Richards Flotte geschützt.
Ihre Gesichter waren staubbedeckt, die Haut ausgedörrt und rissig wie dünnes Pergament. Unter den Lederkollern rann der Schweiß herab und hinterließ salzige Krusten auf Schultern und Brust. Ihre

Augen waren vom heißen Westwind entzündet, geschwollen, und bei einigen hatten sie sich geschlossen, zeigten nur mehr kleine Schlitze, hinter denen man in der flirrenden Luft keine Regung mehr entdecken konnte.
Manchmal fiel einer der Männer lautlos vom Pferd und wurde am Straßenrand liegengelassen. Wenn man die Kraft aufbrachte, sich umzuwenden, konnte man in der Ferne Sarazenen erkennen, die ihm die Kehle durchschnitten, ihn bis auf die Haut entkleideten und seine Rüstung und sein Pferd fortschleppten.
Sie zogen an Haifa vorbei, das Saladin hatte schleifen lassen, um ihnen keinen Schutz zu bieten, und von dort um die vorspringende Flanke des Berges Karmel herum. Von Zeit zu Zeit fegte die sarazenische leichte Reiterei von den Anhöhen herab, brach in die äußeren Marschreihen ein und tötete schnell, wahllos, um sich dann in keilförmiger Formation zurückzuziehen, so rasch und so unvermutet, daß die englischen und französischen Offiziere kaum Zeit fanden, sich die Mundtücher vom Gesicht zu reißen und heiser Befehle herauszuschreien.
Richard ritt beinahe unentwegt die Armee ab, und Brian, der vor Hitze, Müdigkeit und Erschöpfung im Sattel schwankte, fragte sich, woher er die Stärke dazu nahm, unter diesem vom Staub der Marschierenden schmutzigen, gelbbraunen Sonnenlicht, diesem Licht, das ihnen die Kraft wegfraß und ihre Körper und Seelen verbrannte.
Der Herzog der Bourgogne, der hinter dem Troß zurückgeblieben war, wurde wie aus dem Nichts heraus von schwerer Kavallerie angegriffen. Mit Kettenhemden gutgepanzerte Sarazenen warfen mit Lanzen, an deren Ende bunte Wimpel flatterten, die überraschten Franzosen zu Dutzenden aus ihren Sätteln und ritten sie nieder. Gesichter wurden von stampfenden Hufen zu Brei getrampelt, und inmitten von Todesschreien und Befehlen tönte das Triumphgeheul der maurischen Reiter, die mittlerweile in den aufgewirbelten Staubwolken ihre Säbel gezogen hatten und auf die halbverdursteten Leute Burgunds einhieben.
»Hurensohn«, schrie Richard aus der Ferne dem Herzog von Bourgogne zu, »ewig verfluchter und zur Hölle verdammter Hurensohn«, als er Teile seiner Kavallerie zurückführte, um die

Sarazenen von der Seite her anzugreifen. Bourgogne kämpfte sich und seine Leute frei und ritt dann Richard entgegen, das blutbefleckte Schwert zum Zeichen des Sieges erhoben. Der König von England wandte sich ab und spuckte in den Staub.

Einige Tage später, nach einem Weg durch kümmerliche Dörfer, über verbrannte Erde und sandigen Boden, während Ritter, die hundert Kämpfe gesehen hatten, Tränen der Erschöpfung weinten, meldeten Späher, daß Saladin seine Armee formierte, daß der große Herr des Islam, der Eroberer Jerusalems, nun doch beschlossen hatte, dem fränkischen Helden, dem königlichen Ritter mit dem Löwenherzen, den letzten und endgültigen Stoß zu versetzen, den Todesstoß, hier, auf der heiligen Erde des Heiligen Landes, in dem der Prophet Jesus gelebt hatte, den die Christen fälschlicherweise als ihren Gott verehrten.

Brian stand neben Richard, als sie in der Ferne die Lagerfeuer der sarazenischen Armee erkennen konnten und die Luft sich abkühlte, von Stunde zu Stunde mehr, bis die Feuchtigkeit der Nacht sie packen würde, wie ein Schlag gegen ihre gepeinigten Körper, wenn sie sich voll gerüstet in Decken hüllten, dann, wenn sich die Bogenschützen mit ihren Lederkollern am Feuer aneinanderpreßten, in diesem verrückten Land, in dem die Nacht den Tag in sein Spiegelbild verkehrte.

»Keinen Augenblick zu früh, Brans«, sagte Richard. »Die Leute sind beinahe am Ende.«

»Die Leute sind längst am Ende, Richard. Ich wäre überrascht, wenn sie es morgen noch fertigbringen, auf ihre Pferde zu steigen.«

Richard betrachtete gedankenverloren den Widerschein, den die Lagerfeuer von Saladins Truppen auf den von der Hitze verbrannten Boden warfen.

»Wie nahe sie scheinen«, sagte Richard. »Die Luft dieses Landes verzerrt alle Entfernungen.«

»Warum kämpfst du hier? Was haben Orte mit dem Glauben zu tun?«

Richard lächelte. »Du bist kein guter Christ, Brans.«

»Du hast die Armee beinahe umgebracht. Wofür?«

»Ich habe einen Marsch durchgeführt, den niemand für möglich hielt. Einen Marsch, der mich unsterblich machen wird.«
»Außer Saladin schlägt uns und kürzt deine Unsterblichkeit unvermittelt ab.«
»Ich werde siegen, Brans.«
»Woher nimmst du nur deine Zuversicht, Richard?«
Richard schlug Brian grinsend auf die Schulter. »Du hast mir Glück gebracht, Brans. Du wirst es auch weiterhin tun.«

Noch vor Tagesanbruch formierte sich die christliche Armee. Hauptleute liefen, Befehle brüllend, durch die Reihen der Bogenschützen, meist Waliser, kleine, schwarzhaarige Kerle mit dunklen Augen, behende und wortkarg. Pferde, die von Knappen oder Knechten an den Zügeln gehalten wurden, schnaubten in der Dunkelheit, zeitweise erhellt von Fackeln, die in immer größerer Anzahl entzündet wurden. Hufe scharrten, und der dumpfe Klang von auf Leder schlagendem Metall wurde hörbar.
Brian verfluchte den Augenblick, da es Richard eingefallen war, ihn zu einem seiner Meldereiter zu ernennen. Er bahnte sich seinen Weg zwischen Karren, in Stellung gehende, schlaftrunkene Infanteristen und Rittern, die leise ihr »Sanctum sepulcrum adiuva – Hilf uns, Heiliges Grab« murmelten. Er umritt den Fackelzug des Trosses, der sich schwerfällig zur Küste hinunterbewegte, angetrieben von Henri de Champagnes Leuten, hartgesichtigen Franzosen und Deutschen, die ohne zu zögern auf jene einschlugen, die sich zu langsam oder umständlich gebärdeten.
Die Tempelritter waren bereits formiert und standen an der südlichen Flanke des Heeres, ruhig und zum Angriff bereit, Berufssoldaten im Namen Gottes, eine Elitetruppe, tollkühn und tapfer.
Die Bretonen und die Leute aus Anjou nahmen, langsam die Pferde vorantreibend, ihre Aufstellung neben den Rittern des Tempels. Kompakt und massig standen sie da, abwartend in ihren weißen Umhängen mit dem länglichen roten Kreuz auf der Brust.
»Sire Gottfried«, sagte Brian, »der König läßt fragen, ob die Männer der Guyenne für den Kampf bereit sind?«
Gottfried de Lusignan zuckte mit den Schultern. »Was glaubt Ihr, was wir hier tun? Pferde striegeln oder einen Choral proben?«

»Wann werdet ihr in Position sein?«
»In wenigen Augenblicken.«
»Der König dankt Euch und wünscht Euch Gottes Segen.«
Beim Himmel, dachte Brian, warum hat Richard mir diesen verdammten Posten anvertraut? Ein steifärschiger Diakon könnte es nicht schlechter machen.
»Diesen Segen werden wir auch dringend brauchen«, sagte Lusignan und wandte sich seinem Bruder Guido zu. Die Ritter aus der Guyenne rückten exakt auf, und Brian wendete sein Pferd, zurück zur englischen und normannischen Kavallerie, die in Formation hinter der leichten Infanterie und den Bogenschützen wartete.
Den Hauptleuten war es inzwischen gelungen, das Wirrwarr bei den Infanteristen zu ordnen. Brian bemerkte einige mohammedanische Hilfskorps, Stämme, die mit den Ayubiten in Blutfehde lebten. Die Muslime knieten am Boden und verrichteten ihr Gebet, während ein langaufgeschossener Engländer neben ihnen stand und zwischen den Zähnen leise Flüche herauszischte.

Langsam begann der Morgen zu grauen. Wenn Brian den Kopf wandte, konnte er, nun in der Ferne, den Zug des Trosses sehen, der in einer weitgezogenen, kaum vorwärtskommenden Schlangenlinie der Sicherheit der Meeresküste zukroch.
Die Fackeln, die ihm den Weg gewiesen hatten, verloschen jetzt langsam, matt gewordene Punkte in werdender Helligkeit.
»Die Flamen und die Deutschen sind bereit«, sagte Richard, als Brian ihm Bericht erstattete. »Verläßliche Burschen.« Er schien bester Laune, und sein Bart zeichnete sich jetzt im matten Licht des Tages deutlicher ab, rot und schmutzig und sorgfältig geschnitten.
»Reite zu Bourgogne und sieh zu, daß dieses Arschloch endlich aus seinem Feldbett kriecht. Meine allerbesten Grüße und er soll das Einölen seiner Locken oder was sonst auch immer auf morgen verschieben.«
»Soll ich ihm das wortgetreu ausrichten?« fragte Brian.
»Hau ab«, erwiderte Richard. »Ich habe eine Schlacht zu gewinnen.«

Brian ritt an den flämischen Rittern und den Baronen Outremers vorüber, die leise Befehle ausgaben und ihre Truppen routiniert in Kampfstellung brachten.
Der Herzog von Burgund trug einen goldfarbenen Helm und einen Überwurf mit dem Wappen seines Landes. Die Franzosen hatten bereits geschlossen Position bezogen, eine schweigende und weitgezogene Reihe von Reitern, die Lanzen noch halb in der Halterung, die Schwerter griffbereit an der Seite.
»Ist Richard schon soweit?« fragte Bourgogne, als Brian sich bei ihm meldete.
»Der König ist bereit, Sire.«
»Meine besten Wünsche an ihn«, sagte Bourgogne kühl. Er weigerte sich offenbar standhaft, Richard mit seinem Königstitel anzusprechen.
Der Ordensmarschall der Johanniter, die den linken Flügel bildeten, verzog den Mund, als er von Richards Order hörte.
»Das wird meinen Rittern nicht gefallen«, sagte der Mann mit dem schwarzen Überwurf, auf den das weiße Kreuz mit dem gespaltenen Balken genäht war.
»Der König befiehlt euch, Angriffe nur abzuwehren. Geht in keinem Fall zur Attacke über, bevor ihr nicht den Auftrag dazu bekommt.«
»Die Johanniter sind Gottes Speerspitze, mein Sohn.«
Das sagen die Tempelritter auch, dachte Brian. Rivalen des Todes, im Namen Christi. Erschlug ein Templer zwei Sarazenen, so versuchte ein Johanniter drei hinzumähen. Kriegermönche. Jünger des Herrn, die mit dem Schwert beteten.
»Die Order, Herr, lautet so. Ich kann nichts dafür.«
»Es wird meinen Rittern nicht gefallen«, wiederholte der Ordensmarschall und segnete Brian mit einem weitausholenden Kreuzzeichen.
Brian ritt die Armee ab, die nun abwartend und wachsam wie ein sprungbereites Tier vor ihm stand. Hunger und Durst waren vergessen. Die Tage des Wartens und der Qual wichen nun endlich dem Kampf.
Keine Befehle ertönten mehr. Keine gebrüllten Anweisungen zerissen die Ruhe des Morgens. Nur das Knistern der Wimpel im leich-

ten Wind und das Schnauben der Pferde zerschnitten leicht und sacht die Stille.

»Wir sind soweit«, sagte er zu Richard.

»Dann komm, Saladin«, murmelte Richard. »Komm, du unschlagbarer Held. Komm. Ich warte auf dich. Komm.«

Er kam um die Mitte des Morgens.

Schreiend warf sich leichtbewaffnete Beduineninfanterie gegen die am Boden kniende Phalanx der Bogenschützen. Welle auf Welle von Soldaten stürmte auf sie ein, drang vor, wich zurück, formierte sich, um neuerlich anzugreifen, immer wieder, stieß endlich vor, drängte die Bogenschützen zurück und zerbrach schließlich an der gepanzerten Kavallerie, die ihre Schwerter gezogen hatte und auf sie einhieb.

Wieviel Infanterie hat Saladin noch, dachte Brian, während er im Stab Richards wartete. Irgendwann wird es ihnen gelingen, an die Pferde heranzukommen und sie umzubringen. Dann sind wir verloren. Dann hat uns dieses Gelobte Land endgültig verschlungen.

Unvermutet und wie auf ein Kommando hin zog sich die sarazenische Infanterie zurück und öffnete präzise ihre Reihen.

Mein Gott, dachte Brian, als er nach vorne blickte. Das halten wir nicht aus. Das nicht.

Eine unübersehbare Masse türkischer Reiterei zog langsam durch die Linien der sarazenischen Formation. An der Spitze der Kavallerie ritt ein sicher zwei Meter großer Türke auf schwerem Schlachtroß, hinter ihm ein schimmernder, bewegter Strom flüssigen Eisens, der sich langsam vor die Beduinentruppen schob, unaufhaltsam, mächtig und scheinbar unerschöpflich.

Das sind dreimal so viele, wie wir haben, dachte Brian. Sie werden uns niederreiten. Dieser Anprall wird uns werfen.

»Attacke?« fragte de Breteuil.

»Wir warten«, sagte Richard. Er blickte kurz und teilnahmslos zu einigen Bogenschützen hin, die ihre Dolche gezogen hatten und sie in die Kehlen verwundeter und stöhnender, bei den Angriffen zurückgelassener Sarazenen stießen.

»Bringt die verdammte Infanterie in Formation«, brüllte Richard dann, während einige Sergeanten die Bogenschützen von ihren

Opfern losrissen und mit ausgestreckten Armen auf die nun die Ebene bedeckendende türkische Reitertruppe deuteten.
Dann ritt die sarazenische Kavallerie an.
Kaum wahrnehmbar zuerst vibrierte der Boden, dann stärker, dann fühlbar werdend. Pferdehufe trommelten auf den harten Untergrund, eine kalte, harte Melodie des Todes, die unaufhaltsam anschwoll und schließlich die Rufe der christlichen Ritter erstickte.
Eine halbe Meile vor der Armee schwenkte die türkische Reiterei, Säbel und Streitäxte schwingend, in einer Seitwärtsbewegung nach links und traf mit voller Wucht die Flamen, die Deutschen und die Johanniter. Staub hüllt die linke Flanke ein, von der man nur entsetzte Schreie, Röcheln und den hellen Lärm aufeinanderschlagender Waffen vernahm, während die übrige christliche Armee unbewegt und in Waffen starrend bereitstand.
»Schwenken?« fragte de Breteuil. Seine Stimme war heiser vor Entsetzen. »Schwenken?«
»Wir warten«, sagte Richard und hob den Kopf, um den Sonnenstand zu prüfen.
Meldereiter der Tempelritter, Franzosen und Poiteviner kamen angeritten und richteten atemlos die Bitte ihrer Kommandeure aus, endlich eingreifen zu dürfen, um Christi und der heiligen Heerscharen willen.
»Sagt euren Herren, daß die Armee so lange wartet, bis ich das Zeichen zum Angriff gebe«, schrie Richard. »Sagt ihnen das, und sorgt dafür, daß sie es endlich begreifen!« Die Adern an Richards Hals traten wie Stränge hervor. »Komm, mein Freund. Komm, Saladin, komm«, flüsterte er kaum hörbar. Seine Lippen waren leicht geöffnet, die Augen zusammengekniffen.
Ebenso plötzlich, wie sie seitwärts geschwenkt waren, zogen sich die Türken wieder zurück, während der Ordensmarschall, den Brian in der Ferne erkannte, versuchte, zwischen sterbenden, zuckenden Menschen und Pferden seine Ritter neu zu formieren. Einige Schreie hallten schrill, endlos langgezogen in ihrer Pein über das nun stille Schlachtfeld, herübergetragen von der Brise des sonnigen Morgens.
Der Johanniter, der von der linken Flanke herangaloppiert kam,

trug eine frische Säbelwunde auf der Stirne. Blut rann ihm über das Gesicht, Blut, das er vergeblich mit dem Handrücken seines eisernen Handschuhes wegzuwischen versuchte.
»Der Ordensmarschall bittet angreifen zu dürfen, Sire. Er weiß nicht, ob er eine zweite Attacke abwehren kann.« Eine abgehackte, ausgedörrte Stimme, gefärbt vom Staub und von blutverklebtem Sand.
»Wie heißt Ihr?« fragte Richard.
»Balduin Carew, Sire.«
»Sagt dem Ordensmarschall, daß wir warten. Kein Angriff ohne meinen Befehl, Sir Carew.«
»Es sieht schlimm bei uns aus, Sire«, sagte der Johanniter.
»Kein Angriff ohne meinen Befehl«, wiederholte Richard.
Der Johanniter sah kurz an Richard vorbei, nickte und sprengte zu den Ordensrittern, Flamen und Deutschen zurück.
»Der Herzog von Bourgogne ersucht, eingreifen zu dürfen«, sagte de Breteuil, als er im scharfen Galopp zu Richard herangeritten kam.
»Laß ihm ausrichten, daß er mich am Arsch lecken soll!« schrie Richard. Er sah an de Breteuil vorbei, zur Ebene hin.
De Breteuil blickte ihn starr an, wendete dann sein Pferd und sprach beruhigend auf den französischen Boten ein, der mit gezogenem Schwert aufgeregt auf Richard deutete.
Die türkische Kavallerie wartete, wartete geduldig, bis sie von Tausenden sarazenischen Reitern weiter verstärkt wurde, die über die Hügel herabgeritten kamen, die Lanzen eingelegt und die Säbel griffbereit. Die Ebene war jetzt schwarz von ihnen, auf dem glasfarbenen Boden sich bewegende Punkte, die schließlich alles bedeckten, was nach Erde aussah.
»Braver Saladin. Guter Saladin«, flüsterte Richard. »Ich wußte, du würdest kommen. Ich wußte es.«
Einen kurzen Augenblick lang hing ein Schweigen über der Ebene, dann stürmte die türkisch-sarazenische Reiterei ins Licht des Morgens, farbenprächtig jetzt, mit buntbewimpelten Lanzen, gleißenden Schwertern, stürmte von neuem auf den linken Flügel zu, dessen Reihen bereits stark gelichtet waren und aus dem dünn der Ruf nach dem Heiligen Grab erscholl.

Das ist Mord, Richard, dachte Brian. Das ist ein weiterer Massenmord auf deinem Konto.
Die türkische Reiterei prallte mit voller Wucht auf die Johanniter, die kampfbereit warteten, bis es nichts mehr abzuwarten gab, außer Schmerz, Tod und das Ende für sie alle.
Weiß Gott, wie sie standhalten. Weiß Gott, wie sie und die Flamen und die Deutschen das aushalten.
Carew kam im Sattel schwankend angeritten und zügelte sein Pferd vor Richard. »Wenn Ihr nicht bald etwas unternehmt, Sire, sind wir alle tot und aufgeschlitzt«, schrie er, das Gesicht rot vor Zorn, während Schweiß und Blut ihm in die Augen drangen. »Gott wird Euch für die Gefallenen zur Verantwortung ziehen! Ihr werdet zur Hölle fahren, Sire, und das mit meinen besten ...«
»Ja«, sagte Richard. »Natürlich. Genau jene Wünsche, wie ich sie nur von einem Gottesmann erwarten konnte.«
Er blickte angestrengt auf die Ebene, das Blutbad an der linken Flanke ignorierend.
»Da«, rief er plötzlich und wies mit dem Arm auf das Feld. Weitere Truppenmassen sarazenischer Infanterie und Reiterei strömten über die Hügel.
»Seine Reserve«, flüsterte Richard. »Seine Reserve, die er hinter den Hügeln versteckt hatte. Seine Reserve, die uns im Rücken fassen sollte.« Sein Blick suchte den Horizont ab, schätzte die Anzahl der immer noch schwellenden Menge von sarazenischen Soldaten ab.
»Guter Saladin. Freundlicher Saladin«, flüsterte er. »Ich wußte, du würdest mich nicht im Stich lassen. Ich wußte es.«
Er wandte sich zur Seite.
»Reitet zu Eurem Ordensmarschall«, sagte er zu Carew, »und sagt ihm, daß ich jetzt die Attacke befehle.«
»Ja, Sire«, sagte Carew und blickte verwundert und bestürzt auf die Masse der Feinde, die sie in der Ebene erwartete.
Es waren die Johanniter, die das Signal zum Angriff gaben. Der Rest der Armee folgte ihnen, mit Richard an der Spitze, im Galopp auf den Feind zu, endlich, ein großes, herrlich in der Sonne blitzendes, farbenprächtiges Heer, erfüllt von der Macht des Todes, dunkel und schön zugleich, prachtvoll und unaufhaltsam, ein

Strom der Vernichtung. Entsetzt wandten sich die Sarazenen zur Flucht, ohne jegliche Ordnung, von panischen Schrecken erfaßt.
Sanctum sepulcrum adiuva.
Das Heilige Grab hatte geholfen.

Als Richard am Abend das Schlachtfeld abritt, trank er aus einem Schlauch, durstig und gierig zugleich. Der rote Wein rann ihm aus den Mundwinkeln und verfing sich in seinem Bart, tropfte auf sein Überhemd, auf dem der kampfbereite Leopardlöwe der Plantagenets eingestickt war.
Brian sah ihm entgegen.
»Wir ziehen nach Jaffa, Brans«, rief Richard. »Saladin ist besiegt, aber nicht vernichtet. Wir brauchen Ruhe. Wir müssen wieder Kraft schöpfen.« Richard trank aus dem Schlauch. »Aber es war trotzdem ein schöner Sieg, nicht wahr?«
»Wunderschön«, antwortete Brian.
»Ich habe die Armee durch die mörderischste Hitze des ganzen Jahres geführt. Ich habe den ersten Erfolg in Palästina seit Jahren errungen. Ich glaube, Brans, ich kann mit mir zufrieden sein.«
»Das kannst du«, sagte Brian und blickte vor sich auf den Boden.
»Was ist dort, Brans?« fragte Richard.
»Komm her, und sieh es dir an, mein König«, sagte Brian.
Richard ritt an seine Seite.
Das Gesicht des Ritters war durchtrennt. Blut, Hirn und Knochensplitter bedeckten die Löcher, die einstmals Augen gewesen waren. Eine Gruppe toter Sarazenen lag um ihn herum.
»Jakob von Avesnes«, sagte de Breteuil und deutete auf das Wappen auf der Brust des Toten. »Bei Gott, er hat fünfzehn Sarazenen erschlagen«, fügte er hinzu.
»Ein wahrer Ritter des Herrn«, sagte Richard. Er warf Brian einen Seitenblick zu.
»Das ist es nicht, was du jetzt denkst, Brans, nicht wahr?«
»Kein Ort und keine Stadt der Welt ist das wert. Auch nicht Jerusalem.«
»Ich sagte es dir schon«, meinte Richard und nahm einen weiteren Schluck aus seinem Weinschlauch. »Du bist kein guter Christ, Brans. Du bist kein guter Christ.«

In Jaffa nahmen sie das gewohnte Leben wieder auf. Die Soldaten pflegten ihre Wunden, tranken und warteten auf das Schiff mit den Huren, das schließlich unter allgemeinem Gejohle im Hafen vor Anker ging.

Auch Brian ließ sich treiben, wie der Tag es mit sich brachte. Vergessen. Vergessen war ein Elixier, aus dem er Kraft und eine beruhigende Gleichgültigkeit schöpfte.

Es war ein Dienstag des Monats September, als er zu Richard gerufen wurde.

»Brans«, sagte Richard, neben einem mit Pergamentrollen und Papier übersäten Tisch stehend, an dem zwei Schreiber konzentriert und mit gesenktem Kopf Dokumente kopierten.

»Schön, dich zu sehen, Brans. Ich verhandle gerade mit El-Adil, Saladins Bruder. Der gerissenste Fuchs unter der Sonne. Ein Dschinn soll ihn holen.«

»Was kann ich für dich tun?«

»Nichts. Diesmal nichts. Gar nichts, Brans.«

Richard wandte sich einem der Schreiber zu. »Wie lange soll ich noch auf die Übersetzung warten, Gérard? Bis mir mein Bart bis zu meinem Schwanz reicht?«

»Es geht nicht so schnell, Sire«, antwortete der Schreiber. »Wir müssen auch das beachten, was zwischen den Zeilen steht.«

»Diplomatie«, fluchte Richard. »Ich bin nicht für sie gemacht.« Er wandte sich von neuem Brian zu.

»Nein, du kannst diesmal nichts für mich tun, Brans. Aber vielleicht ich für dich.« Er grinste Brian mit seinem jungenhaften Lächeln an. »Mit den Gesandten El-Adils ist auch eine Eskorte für dich gekommen.«

»Eine Eskorte?« Brian blickte Richard fragend an.

»Vom Emir von Dscherasch.« Richard hob eine der Pergamentrollen in die Höhe, warf einen Blick darauf und legte sie wieder auf den Tisch zurück. »Eine sonderbare Geschichte. Es gibt dort einen fränkischen Ritter, der sein Oberbefehlshaber ist. Ein Christ, der sich zwar standhaft weigert, gegen Christen zu kämpfen, aber unter den sarazenischen Feinden des Emirs aufräumt wie Roland bei Roncevalles. Sein Name ist Courtrain d'Erbil. Der Emir von Dscherasch hält große Stücke auf ihn.«

»Ich verstehe nicht...«, sagte Brian.
»Dieser Courtrain d'Erbil behauptet, daß er der beste Freund deines Vaters war.«
»War?« fragte Brian.
Er hatte immer damit gerechnet. Er hatte gedacht, daß es ihn treffen würde. Er verspürte nichts.
»Dein Vater ist tot, Brans.« Richard blickte kurz auf die ausgestreckten Finger seiner Hände. Dann hob er wieder den Kopf und sah Brian in die Augen. »Courtrain d'Erbil ist bereit, dir alles über das Leben deines Vaters zu erzählen, wenn du es wünschst.«
»Ja«, sagte Brian. »Ich will es hören.«
Richard nickte. »Die Eskorte wartet noch etwa zwei Stunden. Zeit genug, dich reisefertig zu machen.« Richard sah ihn jetzt sehr freundlich und verständnisvoll an. »Ich gebe dir dein Glück zurück, Brans. Dieses Glück, das du mir geliehen hast.«
»Ich werde es vielleicht brauchen, Richard.«
»Ich hoffe nicht«, sagte der König von England. Dann wandte er sich um und begann mit sichtlichem Genuß von neuem seine Schreiber anzubrüllen.

Der Mann, der die Eskorte anführte, hatte ein scharfgeschnittenes Raubvogelgesicht. Sein Lächeln war von entwaffnender Fröhlichkeit und zeigte eine Reihe weißer, makelloser Zähne, als er Brian und dessen Knappen, Robert de Bantrac, begrüßte.
»Ich bin bereit«, sagte Brian, als er auf sein Pferd stieg.
»Der Franke wird sich freuen, daß du kommst.«
»Ich hoffe es.« Brian ergriff die Zügel und gab seinem Pferd leicht die Sporen. »Wie heißt du?« fragte er seinen Begleiter.
»Al-Tustari«, sagte der Mann mit dem entwaffnenden Lächeln.

Als Parzié in Sicht kam, ritt Uc zur Burg voraus, während Gaelle und Brian im Schatten einer Birke rasteten.
»Warum wolltest du, daß ich Fays kennenlerne?« fragte Gaelle den Troubadour.
»Weil sie zu meiner Welt gehört«, sagte Brian zu der vor ihm sitzenden Frau. »Weil sie eine Vollkommene ist. Beinahe ebenso makellos wie das Wunderbare selbst.«

»Ist Vollkommenheit denn so erstrebenswert, Brian de Martial?«
»Weshalb nicht? Auf eine gewisse Weise besitzt Ihr sie auch.«
»Nur auf eine gewisse Weise, Troubadour?« Gaelle lachte fröhlich, als sie es fragte.
»Auf eine gewisse Weise, die mich meiner Suche gegenüber beinahe treulos werden läßt.«
»Erkläre mir das«, sagte die blonde Frau.
»Ihr seid nicht nur meine Domna, Gaelle...«
»Ja?«
Der Troubadour lächelte sie an. »Ihr seid auch zu meiner Liebe geworden.«
Gaelle schwieg kurz und sah ihn an. »Das ist ein großes Kompliment, Brian de Martial.«
»Ich verlange deshalb nichts von Euch«, fuhr der Troubadour fort. »Nicht mehr, als Ihr mir selbst geben wollt. Und selbst wenn dies nichts wäre, es würde mein Gefühl für Euch nicht verletzen.«
»Ich weiß nicht, ob ich dir etwas geben kann, Troubadour.«
Brian lächelte von neuem. »Irgendwann werdet Ihr es wissen. Eines Tages.«
»Und bis dahin?«
»Werde ich Euch so verehren, wie die Liebe und die Cortezia es mir gebieten.«
Gaelle sah kurz zur Sonne auf und schloß dann die Augen im Licht. Als sie sich Brian zuwandte, lächelte sie.
»Was würde bloß Fays sagen, wenn sie dich hörte?«
»Sie würde mich beglückwünschen.«
»Du bist voller Wunden«, sagte Gaelle leise und unvermittelt.
»Wäre es leichter, wenn ich sie nicht hätte?«
»Ja. Dann wäre es leichter.«
»Mag sein«, sagte der Troubadour. »Aber wichtig ist nur...« Er zögerte.
»Ja?«
»Wichtig ist nur, daß Ihr jetzt wißt, daß ich Euch liebe, Domna.«
»Ja«, sagte Gaelle, und ihr Blick war klar und sanft. »Jetzt weiß ich es endlich.«

4. Kapitel

SARVAS, PARZIÉ

Mai/Juni 1201

Der Mann hielt das Mädchen an den Oberarmen fest, beugte dann den Kopf und küßte ihren Hals, biß leicht und dann fester in die Rundungen ihrer Schulter, während das Mädchen ihn amüsiert betrachtete, lächelte und dann ihre Hände auf seinen Rücken legte, um ihn an sich zu ziehen und zu umarmen.

Die Männer und Frauen, die um den Klapptisch herumsaßen, johlten auf, als das Mädchen ihre Lippen an die des dunkelhaarigen Mannes preßte. Selbst die Knappen, die nebenan mit ihren Holzschlägern Bälle hin- und herschlugen, unterbrachen ihr Spiel, blickten auf und lächelten.

»Jaufre«, schrie einer der jungen Männer und hob triumphierend seinen Becher in die Höhe. »Sie hat verloren! Bei Gott, sie hat ihre Wette verloren!«

Der Mann mit den schwarzen Augen löste sich von dem dunkelblonden Mädchen, dessen Hände sanft von seiner Schulter glitten.

»Vielleicht wollte sie verlieren«, sagte Jaufre, ohne das Mädchen aus den Augen zu lassen.

»Vielleicht«, antwortete sie.

Es ist schwer zu sagen, wer von ihnen beiden schöner ist, dachte der Troubadour. Jaufre ist sicher der bestaussehende Mann, der mir je begegnet ist, aber diese junge Frau ist bemerkenswert: makellos, graziös und voll sanfter Tiefe.

Brian blickte von dem Paar weg in den Garten, bunt in den Farben seiner Blumen, und genoß den Wein, dem er jetzt ausgiebig zusprach. Jaufre de Sarvas hatte sich bereit erklärt, Parzié zu unterstützen. Sie würden Peire in die Enge treiben, er und Jaufre und Robert de Bantrac. Er zweifelte nicht daran. Sie würden ihn jagen wie einen Hund.

»Der Preis«, rief jemand. »Welchen Preis hat Flamena zu bezahlen?«

Verschiedene Vorschläge wurden rasch vorgebracht. Ein Mädchen mit goldenem Stirnband flüsterte ihrem Nachbarn etwas ins Ohr. Der Mann lächelte, wandte den Kopf und betrachtete Flamena amüsiert und voller Spott.

Jaufre legte der Dunkelblonden den Arm um die Schulter.

»Flamena hat mir einen Wunsch zu erfüllen. Einen ausgefallenen Wunsch.«

»Als ob sie das nicht schon Nacht für Nacht täte«, sagte das Mädchen mit dem Stirnband, während ihr Begleiter auflachte und sie an sich preßte.

»Welchen Wunsch?« schrie ein Mann, der mit einem bunten Bliaut, einem tunikaähnlichen Gewand bekleidet war.

»Ein Geheimnis, Pons«, sagte Jaufre. »Es wird ein Geheimnis bleiben. Selbst für ein verfluchtes Lästermaul wie dich.«

Jaufre trat unter das aus Leinen gespannte Segeldach, das den Tisch von der Sonne abschirmte, führte Flamena an ihren Platz und setzte sich neben sie. »Flamena hatte von Anfang an verloren«, sagte ein rothaariges Mädchen. Ihre gekräuselten, kupferfarbenen Locken bedeckten die Schultern. »Der Liebe widersteht man nicht.«

»Liebst du mich?« fragte Jaufre die Dunkelblonde.

Flamena lächelte. Sie hob ihren Becher. »Auf diese Frage«, sagte sie.

Die jungen Männer und Frauen lehnten sich zurück und tranken ihren gewürzten Wein im matthellen Schatten des Segeldachs.

»Weshalb hast du dich geweigert, Jaufre vor unseren Augen zu umarmen?« fragte die Rothaarige. »Etwas Harmloseres gibt es doch kaum.«

Flamena betrachtete kurz den Wein in ihrem Becher. »Nichts zwischen Mann und Frau ist harmlos«, sagte sie, als sie aufblickte.

»Sie hat sich geschämt«, sagte Pons, der sich im Gras ausgestreckt hatte.

»Vor deinen Augen würde ich mich schämen, meine eigene Mutter zu küssen«, erwiderte ein breitschultriger Mann mit dunklem Haar.
Pons grinste. »Das kommt ganz darauf an, welches Verhältnis du zu deiner Mutter hast, Marti.«
Der Breitschultrige seufzte. »Eines Tages werde ich dich über ein Feuer hängen und rösten, Pons. Und ich werde dabei ein Paternoster nach dem anderen beten.«
»Um meine Seele zu retten?«
»Um Gott zu bitten, daß er das Feuer nicht erlöschen läßt.«
Pons wandte sich Jaufre zu. Seine Augen blickten traurig. »Wer sagt, daß ich hier das Lästermaul bin?«
»Jeder, Pons, jeder.«
Die Versammlung trank lebhaft und voller Anteilnahme auf Pons unausweichliches Schicksal. Ein Bursche mit einer Hasenscharte grölte falsch singend die ersten Verse eines bekannten Klageliedes.
»Ich danke euch«, sagte Pons. »Aber was versteht Marti schon von den geistigen Nöten eines Mannes von Welt? Was von dem unstillbaren Verlangen, Wort und Witz des eigenen Geistes leuchten zu sehen? Marti ist in seinem ganzen Leben noch keine zwanzig Meilen über die Grenzen seines Gutes hinausgeritten. Ich dagegen habe die Champagne und die Picardie bereist. Ich habe Menschen von anderer Art gesehen.«
»Franzosen«, knurrte Marti. »Wilde.«
»Menschen, mit denen ich mich amüsieren konnte...«
»Huren. Huren müssen sich bemühen, amüsant zu sein.«
Pons drehte sich zur Seite, Marti zu. »Menschen von erlesener Kultur, mein Freund. Nicht jedermann genügt meinen Ansprüchen.«
»Eine alte, lahmende Ziege würde dir genügen, Pons«, sagte der Breitschultrige.
»Was sind die Franzosen für ein Volk?« fragte der Mann mit der Hasenscharte.
»Ein bigottes. Ein bigottes und ein lebensfrohes. Ein fanatisches und eines von fröhlicher Unverfrorenheit.«
»Hast du neue Gedichte von Jean Bodel gehört?« fragte der Troubadour.

Pons nickte. »Man singt sie überall. Ich habe Bodels Liedern in prachtvollen Burgsälen und auf stinkenden Marktplätzen gelauscht. Man entkommt ihnen kaum. Liebeslieder, Sirventes.«
»Wie geht es Bodel?« fragte der Troubadour.
»Er ist krank. Man spricht davon, daß er von der Lepra befallen ist.«
»Mein Gott«, sagte der Troubadour. »Mein Gott.«
»Er schreibt, erzählt man, Tag und Nacht. Marienlieder von reinster Klarheit.«
»Gott schütze ihn.« Der Troubadour blickte Pons verstört an. »Kaum einer konnte die Liebe so erfassen wie er. Burlesk und innig, sarkastisch und doch mit großer Tiefe. Wenn er wollte, konnte er die Träume mit seinen Worten berühren.«
»Jetzt zerfrißt ihn die Lepra«, sagte Pons.
»Wie sind die französischen Frauen?« fragte das Mädchen mit dem Stirnband.
»Anmutig bis schön. Sehr selbstbewußt und sehr direkt. Oft witzig. Sie folgen mit Hingabe allen Lehren der Kirche und sündigen mit Begeisterung, als gäbe es keine Verbote.«
»Sonderbare Menschen«, meinte Jaufre. »Menschen, die den Genuß mit der Buße verbinden.«
»Vielleicht ist die Buße nur eine Spielart der Lust«, sagte Flamena.
Jaufre schüttelte den Kopf. Eine schwarze Locke fiel ihm in die Stirn. »Muß ich wirklich vor einem Altar in die Knie sinken, nur weil ich eine Nacht gefeiert, getrunken und gut gegessen habe? Muß ich Gebete zum Himmel schreien, nur weil ich die Köstlichkeit der Liebe in den Armen einer schönen Frau gefunden habe? Nein, Flamena, der Genuß ist die Freiheit zum Wunderbaren, und die Lust ist ohne Qual.«
»Wie unschuldig du bist«, sagte Flamena. Ein liebevoller Blick stand in ihren Augen.
»Eines Tages hatte ich ein sonderbares Erlebnis«, fuhr Pons fort. »Ich war bei einem Turnier eingeladen und befand mich inmitten einer Runde von vornehmen picardischen Damen, die darüber diskutierten, warum wir Ritter so höflich und aufmerksam sind. Warum schätzen sie Turniere? Warum hüten sie sich davor, Böses zu

tun? Warum lieben sie es, uns zu hofieren, zu scherzen und uns zu umarmen?«
Pons machte eine Pause und drehte scheinbar gedankenverloren an dem goldenen Siegelring an seiner rechten Hand.
»Was meinten die picardischen Damen?« fragte Jaufre.
»Die picardischen Damen meinten, dies geschieht alles auf Grund der Spalten zwischen ihren Beinen.«
Flamena senkte den Becher, den sie zum Mund führen wollte. »Das hast du erfunden«, sagte sie.
»Es ist die lautere Wahrheit«, beharrte Pons.
»Ich glaube, ich sollte in die Picardie reisen«, sagte der mit der Hasenscharte.
Die Rothaarige lachte kurz auf, während ihre Finger über die Locken ihres Haares strichen.
»Was meinst du dazu, Brian?« fragte Jaufre. »Ist all unsere Parage nur im Schoß der Frauen verborgen?«
»Ein Narr, der die Schönheit des Körpers verleugnet. Aber der Körper folgt dem Geist und der Geist der Poesie. Eine Frau, die nicht geliebt wird, verdurstet von Tag zu Tag mehr. Ein Mann, der nicht liebt, wird nie geboren. Aber nicht der Körper wird in ihnen die Liebe erwecken, sondern die Sehnsucht nach Erfüllung.« Der Troubadour blickte in die Runde. »In einem haben Pons' picardische Damen recht: Es ist die Macht der Frauen, ihr Geschmack für die Verfeinerung und ihr Sinn für das Zarte, die aus herumspringenden Kampfhähnen Männer und aus dumpfen Schlägern Dichter formt.« Brian hob den Becher und prostete Pons zu. »Im übrigen kenne ich diese Geschichte auch. Sie steht im ›Lai du lecheor‹. Ein guter Text.«
»Du hast gesagt, daß es die Wahrheit wäre«, sagte das Mädchen mit dem Stirnband.
»Es tut mir leid, wenn ich deine innigsten Wünsche enttäuschen muß«, antwortete Pons.
Das Mädchen stand von der Bank auf. »Ich zerkratze dir das Gesicht«, rief sie, »ich zerkratze dir das Gesicht.« Sie stürzte sich auf ihn, während Pons mit einer abwehrenden Geste blitzschnell ihre Handgelenke ergriff und zur Seite drückte. Mit einem Ruck lag er auf ihr, und das Mädchen, das zuerst verwundert zu ihm auf-

blickte, begann zu lachen, während der junge Mann sich über sie beugte und ihr Gesicht mit Küssen bedeckte.
»Zum Teufel«, sagte Marti, der Pons an den Haaren riß, »du bist hier nicht bei deinen verdammten Franzosen.«
Pons ließ das Mädchen los und drehte sich auf den Rücken. »Es lebe der Süden«, sagte er.
Sie sind jung, dachte der Troubadour. Alles ist für sie noch ein Spiel. Sie glauben, daß die Welt ihnen gehört. Sie denken nicht an Jean Bodel. Einen Dichter, der die Schönheit verehrte. Jetzt zerfrißt ihn die Lepra.
»Auf den Süden!« rief Jaufre, mit all der Begeisterung seines Wesens. Er stand auf und hob seinen Pokal. »Auf seine tausend Ritter, die alle meinen, Herren zu sein und doch nur Zaunkönige sind! Auf die tausend Völkerschaften, die ihn geboren haben, auf die Stämme der Kelten, der Basken, der Griechen, der Römer, der Goten, der Franken, der Sarazenen, der Kastilier und der Katalanen! Auf seine bunte Verrücktheit und sein Lachen, auf die Leidenschaft seiner Frauen, der Erde verhaftet und dem Himmel zugewandt! Auf seinen unbeugsamen Stolz und sein übersteigertes Ehrgefühl! Auf sein Wissen um die Vergänglichkeit der Dinge und sein Verständnis für die Ewigkeit aller Liebe! Auf den Süden!«
Er wandte sich der Dunkelblonden zu. »Auf den Süden und Flamena!«
»Auf den Süden und Flamena!« riefen die jungen Männer und Frauen, während die Dunkelblonde den Mann mit den schwarzen Augen betrachtete, Zärtlichkeit und Spott in ihrem Blick.

Aus dem Diarium des Mönches Guzman genannt DOMINIKUS

Die Menschen der Occitanie stehen ratlos diesem Wunder gegenüber, das sie sich selbst geschaffen haben. In einer Welt der Helligkeit haben sie sich im Licht ihrer geistigen Liebe verloren,

das zu verstehen ihre Kräfte zu übersteigen scheint. Wie trunken von einem Übermaß an Schönheit, wie besessen von einer Sehnsucht nach dem Unerfüllbaren, sprengen sie den Rahmen des Althergebrachten, betreten fröhlich, Gauklern gleich, ein zu schmales Seil, das sich über die Dunkelheit und die Abgründe eines unbekannten Chaos spannt.
Im Namen der Toleranz ergreift sie Gleichgültigkeit, im Namen einer neu empfundenen Freiheit begehen sie Taten der Barbarei. Sie bauen Kirchen von unvergleichlicher Schönheit und schmähen das Kreuz. Sie dichten Gesänge der sanftesten und reinsten Liebe und verachten das Gebot der Keuschheit, als wären Treue und Fürsorge nur Belanglosigkeiten, denen sich jeder entziehen kann, wie es ihm beliebt oder gefällt. Sie spüren, daß sich eine neue Welt erschafft, großartig und erschreckend, eine Welt, die den Himmel zu stürmen scheint, voll von Türmen aus neuen Fragen und neuen Antworten, und vermeinen nun, ihrer menschlichen Schwächen und Gebrechlichkeiten nicht mehr gewärtig sein zu müssen, sie abstreifen zu können, als wären sie das Leben selbst bestimmende Wesen, Fabelwesen, Halbgötter aus antiker Zeit.
Sie schaffen sich mit erschreckender Unbekümmertheit neue Religionen, neue Werte und neue Formen des Lebenssinns, als könnten sie sie kraft des eigenen Willens aus der Schuldhaftigkeit ihrer Seelen herausmeißeln, Bildhauern gleich, die mit ungenügendem Werkzeug und mit brüchigen Steinen arbeiten.
Sie spotten dem Gesetz der Kirche, das die Weisheit von tausend Jahren des Suchens birgt, ein mühsam gewachsenes Gesetz, das in jahrhundertelangen Kämpfen die Schwäche alles Menschlichen ausgelotet und die Fragwürdigkeit des Wissens erkannt hat. Sie spotten den Taten der Kirche, haben aber nichts entworfen, das sie ersetzen könnte. Würden sie denn die Armen speisen, diese neuen Herren des Lichts? Würden sie die Kranken pflegen, als Mönche Sümpfe und Urwald in Ackerland verwandeln, ihr Leben unter Aussätzigen verbringen, den Schwachen Trost spenden und sie gegen die Anmaßung der Starken beschützen? Ist ihr Glaube denn tröstend und erhebend?
Würden sie, diese neuen goldenen Menschen, inmitten der

Umbarmherzigkeit der Welt das Verzeihen lehren? Würden sie Schulen errichten, die Könige zähmen, den Gottesfrieden bewahren und den mit Sorgen Beladenen die Gewißheit der Erlösung schenken? Würden denn nicht vielmehr diese Helligkeiten ihrer scheinbaren Freiheit kleinliche Egoismen gebären, die Pest der Gier und die Rechtfertigung jeglichen Krieges? Werden sie je wieder erkennen, wenn die Richtschnur der Kirche endgültig aus ihren Händen geglitten ist, daß diese Welt keine Frage von Genuß und Macht, sondern eine der reinen und geläuterten Erkenntnis ist?
Ich fürchte die Liebe dieser neuen Menschen. Sie trägt nicht das strahlende Weiß des Mitleids in sich, sondern das Scharlachrot des Zornes und das tiefe Schwarz der Verzweiflung.

Der Garten des Jaufre de Sarvas war angelegt als ein Gebilde der Harmonie, ein Symbol des Friedens und ein Ausdruck der Anmut und der Grazie. Weite Wiesen mit bunten, wildwachsenden Blumen wurden von Baumgruppen unterbrochen, die wohlüberlegt um einen künstlich angelegten Weiher gepflanzt waren. Ein Labyrinth, geformt aus Rosenbeeten, zog nahe einer mit Blumenranken überwachsenen Mauer seine Irrwege in blutroten, elliptischen Kreisen. Steinerne Tische, Bänke und achteckige Brunnen schienen scheinbar wahllos über den Rasen verteilt, bis man erkannte, daß auch sie Fünf- und Sechsecke ergaben.
Pfaue, sachte ihr Gefieder spreizend, schritten auf dem Mosaikboden vor einem Wasserspeier auf und ab. Eingerahmt wurde der Garten von Birken und Eschen, deren Blätterrauschen, zusammen mit dem Klang des Wassers und dem Gesang der Vögel, alle Sinne befriedigte – ein Symbol für die Harmonie des Himmels.
Wenn man den Blick hob, sah man den schroffen Felsen, auf dem die Burg stand, hochstrebende Zinnen, die alles überragten. Doch selbst der Felsen schien schwerelos, Teil dieser von Menschen geschaffenen Utopie.
Brian de Martial, der mit dem Rücken an einen Baumstamm gelehnt saß, erkannte Flamena erst, als sie sich zu ihm setzte. Ihr hochgeschlossenes, enganliegendes Kleid breitete sich wie ein Strom von Seide auf dem Gras aus.

»Zeigt sie mir«, sagte sie und griff nach der Schachfigur, die Brian zwischen den Fingern gehalten hatte. »Sie ist wunderschön. Eine arabische Arbeit?«

»Persisch, glaube ich«, antwortete Brian.

»Aus Outremer?«

»Ja. Aus Outremer.«

»Seid Ihr oft in Gedanken dort?«

»Manchmal«, sagte Brian. »Manchmal schon.«

»Ein Weg durch das Gestern?«

Brian nickte.

»Dann will ich Euch nicht stören, Brian de Martial«, sagte sie, als sie aufstand. »Ein solcher Weg ist wichtig. Geht Ihn, sooft Ihr könnt.«

»Weshalb?« fragte Brian überrascht.

Flamena lächelte. »Damit Ihr eines Tages vergessen könnt.«

Sie wandte sich ab, und Brians Blick folgte ihr, wie sie zum Labyrinth ging und das Rot ihres Kleides mit dem der Blumen verschmolz. Er sah ihr nach, bis sein Blick wieder auf die Figur fiel, die er in der Hand hielt, jenen aus Elfenbein geschnitzten König, den er in Outremer geschenkt bekommen hatte. Damals, vor zehn Jahren, als er noch geglaubt hatte, daß Labyrinthe nur dem Vergnügen dienten, der Zerstreuung, so wie hier in diesem Garten.

»Wohin reiten wir?« fragte Brian, als sie Jaffa verließen.

»In die Nähe von Nablus«, antwortete Al-Tustari, einer aufgedunsenen Leiche ausweichend, die quer über den Weg lag.

»Einer aus Anjou«, sagte Brian, der an dem Toten vorüberritt, zu ihm zurückblickte und dann wieder den Kopf nach vorne wandte, der Sonne zu.

»Woran erkennst du das?« fragte der Sarazene.

»An seinem Wams. An seinen Farben.«

»Du siehst bedrückt aus, Brans de Sislay«, meinte der Sarazene. Er blickte Brian von der Seite an, ein von einem schwarzen Tuch kaum verhülltes Gesicht mit brauner Stirn und dunklen Augen.

»Er hätte die milde Sonne Anjous genießen, ein Mädchen umarmen oder einen guten Becher Wein trinken können, statt hier im Sand zu liegen, tot und namenlos.«

»Warum hat er es nicht getan?« fragte Al-Tustari. »Warum hat er die weite Reise unternommen, in ein Land, dessen Gesetze er nicht kannte und das voll von Menschen wie mir ist, denen es eine ausgesprochene Freude bereitet, ihn zur Hölle zu schicken?«

Brian hob die Schultern. »Vielleicht hat er daran geglaubt, hier die Wahrheit zu finden. Vielleicht wurde er auch nur dafür bezahlt, für die Könige oder einen der großen Barone zu kämpfen. Es gibt tausend Gründe, die ihn dazu veranlaßt haben könnten, nach Palästina zu ziehen.«

»Er hätte nicht kommen sollen«, sagte Al-Tustari.

»Vielleicht mußte er«, meinte Brian. »Vielleicht hatte er keine andere Wahl.«

Der Sarazene lachte. »Mein liebenswürdiger Freund, du scheinst mit der berückenden Unschuld einer zehnjährigen, erblühenden Jungfrau geschlagen. Niemand in dieser Welt muß etwas gegen seinen Willen tun. Jedermann blickt immer und überall in den Spiegel seiner Freiheit, jedermann ist zu jeder Zeit Herr seiner Entscheidungen, ganz so, wie er es wünscht und ganz so, wie es ihm gefällt.«

»Das bezweifle ich«, sagte Brian.

»Wenn ich dich jetzt töten würde, mein junger Franke, dann wäre es meine Entscheidung, die ich aus meiner Freiheit heraus treffen würde. Stimmst du mir zu?«

»Ja«, sagte Brian mit leichtem Unbehagen in der Stimme.

»Nur müßte ich auch die Folgen meiner Handlung tragen. Ich müßte die Verantwortung dafür übernehmen, daß dein Freund Courtrain d'Erbil mich jagen würde, wie man einen tollgewordenen Hund jagt.« Der Sarazene lächelte. »Das ist das ganze Geheimnis, Brans de Sislay. Die Freiheit erfordert den Mut, sich der Verantwortung für seine eigenen Taten nicht zu entziehen.«

»Und wenn ich die Folgen meiner Handlungen nicht erkennen kann? Wenn alles noch verborgen und unerkannt im Dunkel des Zukünftigen liegt? Was dann, Al-Tustari?«

»Wozu hat Gott dir einen Verstand gegeben, Sislay? Du mußt einfach die Risken deines Tuns berechnen und dann danach abwägen.«

»Und wenn selbst das versagt?« fragte Brian.

»Dann spring in das Dunkel, Franke, und bete.«
Des Abends, als sie beim Feuer saßen und das gepökelte Fleisch aßen, das Al-Tustari in seinem Proviant mitführte, wischte sich der Sarazene den Mund mit dem Handrücken ab und bat Brian um Wein. Sein Provençalisch war beinahe akzentfrei. Courtrain d'Erbil mußte ein guter Lehrmeister sein.
»Ich dachte, Wein ist einem Muslim verboten?« fragte Brian.
»Vieles ist verboten. Aber Gebote, Verbote, Moscheen, Gebetsteppiche, Kirchen und Kreuze sind nur Symbole dessen, was sein sollte. Wer die Symbole durchschaut hat, bedarf ihrer nicht mehr, Brans.«
»Und du hast sie durchschaut?«
»Wenn ich Wein trinken will, dann rede ich mir mit ganzer Kraft ein, daß ich es hätte.«
Brian winkte de Bantrac.
»Bring uns bitte Wein, Robert«, sagte er.
Der großgewachsene Normanne ging zu den Pferden, vorbei an der Gruppe von sarazenischen Soldaten, die um ein zweites Feuer herumsaßen. Zwei Mann fehlten. Sie mußten als Wachen abgezogen worden sein, aber Brian konnte sie in der Dunkelheit nicht entdecken.
»Dein Knappe?« fragte Al-Tustari und deutete auf de Bantrac.
»Ja.«
»Ein reichlich großgewachsener Knappe. Ein Atlas unter den Knappen.«
»Er weigert sich, den Ritterschlag zu empfangen. Er wartet auf ein Zeichen.«
De Bantrac brachte ihnen den Wein und hölzerne Becher.
Der Sarazene trank mit sichtlichem Behagen.
»Man verspricht uns nach dem Tod Mädchen und Wein in Hülle und Fülle in den duftenden Gärten des Paradieses«, sagte er. »Ich frage dich, Brans de Sislay, gibt es einen triftigen Grund dafür, den Himmel nicht schon auf Erden zu erleben?«
»Vielleicht schmeckt der himmlische Wein weniger nach einem säuerlichen Apulier«, antwortete Brian.
Al-Tustari lächelte.
»Vielleicht. Aber wissen wir es mit Bestimmtheit?« Er stützte sich

auf seinen Ellbogen. Die Flammen waren mattrote Punkte in seinen Augen.

»Wie alt bist du, Al-Tustari?« fragte Brian.

»Mitte der Vierzig. Etwa so alt wie dein Freund Courtrain d'Erbil.«

»Er ist nicht mein Freund«, sagte Brian.

»Vielleicht wird er es.«

Brian schwieg einen Augenblick lang.

»Weißt du, wie mein Vater starb?« fragte er unvermittelt.

Der Sarazene nickte.

»Er starb nach der Schlacht am Litani-Fluß. Er gehörte zu jenen, die die Festung von Beaufort halten sollten, um dem um sein Leben reitenden König von Jerusalem Zeit zur Flucht zu verschaffen. Sie hielten sie eine Woche, nicht mehr als ein paar Mann stark. Dein Vater war der letzte von ihnen, der fiel.«

»Woher weißt du das?«

»Ich war dabei«, sagte Al-Tustari. »Ich war dabei, als Saladin die Besatzung niedermachte.«

»Wann? Wann war das?«

»Nach Eurer Zeitrechnung am Ende des Monats August des Jahres 1179.«

Brian trank seinen Becher leer.

»Dann war er von Beginn an verloren?«

»Ja. Wahrscheinlich«, sagte Al-Tustari.

Brian schleuderte mit einer jähen Bewegung den Becher von sich.

»Warum hat er das getan? Warum?« fragte er leise, zornig und verwirrt.

»Ich weiß es nicht«, antwortete der Sarazene.

Brian wandte jäh den Kopf. »Warst du unter jenen, die ihn getötet haben?«

»Nein«, sagte Al-Tustari. »Ich glaube nicht, daß ich dir in die Augen blicken könnte, mein Freund, wenn ich einer von ihnen gewesen wäre.«

»Und Courtrain d'Erbil? Warum war er nicht bei ihm?«

Robert de Bantrac war aufgestanden und brachte Brian den Becher zurück. »Ist alles in Ordnung, Senher?« fragte er.

»Ich war unbedacht«, sagte Brian. »Ich habe die Gewalt über mich verloren.«
»Braucht Ihr mich?«
Der riesige Normanne betrachtete abschätzend Al-Tustari. Die Gespräche der Sarazenen waren verstummt. Sie sahen aufmerksam zu ihnen her. Al-Tustari machte eine begütigende Geste. Dann sagte er etwas auf arabisch, und ihre Mienen und ihre Haltung entspannten sich.
Brian blickte zu de Bantrac auf. »Es ist alles in Ordnung, Robert.«
Der Normanne nickte, setzte sich abseits von ihnen nieder, ließ sie aber nicht aus den Augen.
»Was weißt du von deinem Vater?« fragte Al-Tustari.
»Wenig genug. Ich war zwei Jahre alt, als er Sislay verließ, um nach Outremer zu ziehen.«
Al-Tustari setzte sich auf. Er nahm ein Stück halbverkohltes Holz, das von dem Stoß heruntergeglitten war, und warf es ins Feuer zurück.
»Hast du Geschwister?«
»Einen Bruder. Meine Mutter war schwanger, als mein Vater sie verließ. Er wußte es nicht. Sie hat es ihm verschwiegen.«
Al-Tustari streckte seinen Nacken und sah kurz zum Himmel auf. Ein dunkles Blauschwarz, von hellen Punkten übersät.
»Sie muß ihn geliebt haben«, sagte er.
»Ich weiß es nicht. Als drei Jahre um waren und er nicht zurückgekehrt war, legte sie ihr Witwengewand an.«
»Das hat dir weh getan. Es hat dich geschmerzt.« Al-Tustaris tiefe Stimme sprach die provençalischen Worte langsam aus, als suchte er sorgfältig nach den richtigen Begriffen.
»Ich wußte, er war nicht tot. Ich wußte, er war noch in Outremer.«
»Outremer«, sagte Al-Tustari. »Jenseits des Meeres.«
»Ja. Jenseits des Meeres.«
»Junger Freund«, sagte der Sarazene. »Ein Teil von uns ist immer in Outremer. Man sollte die nicht verdammen, die jenseits des Meeres bleiben. Man sollte die nicht verdammen, die ihr Outremer nicht verlassen können.« Er blickte Brian freundlich an. »Wo immer es auch liegen mag, Franke.«

Der Mann mit den dunklen Locken und dem grauen Bart reichte Brian ein Glas mit gesüßtem Zitronensaft.

»Outremer ist trügerisch. Wie ein guter, fester Boden, der sich dann als Treibsand entpuppt. Niemand kann jene zählen, die darin versunken sind.«

»Wie mein Vater.«

Courtrain d'Erbil lehnte sich in seine Kissen zurück.

»Nein«, sagte er. »Dein Vater war ein Flüchtling. Ein Mann, der sich nicht eingestehen wollte, daß er davonlief. Die Sonne Outremers hat die Lügen seines Lebens verbrannt und ihn zur Wahrheit gezwungen. Es ist ein sonderbares Land. Hell und ohne Erbarmen.«

Courtrain d'Erbil war ein großgewachsener Mann, zumindest ebenso groß wie Brian. Seine Stimme war volltönend und sanft, seine Hände zeugten von überraschender Sensibilität. Die Bewegungen waren gemessen, so wie jetzt, als er den Saum des blauseidenen Burnus, den er trug, über seinen Füßen zurechtrückte. Ein kräftiger, breitschultriger Mann mit wachem Blick und Augen von einem tiefen Blau. Mit unbewegtem Gesicht lauschte er Brian, als dieser zögernd über sein Leben zu erzählen begann.

»Was waren die Lügen meines Vaters?« fragte Brian zögernd.

»Er konnte nicht damit fertig werden, daß er mit dem englischen und französischen Herrscherhaus verwandt war, mit Königen und Prinzen und Fürsten, und daß er doch dazu verdammt schien, sein Leben lang nur ein bedeutungsloser Senher in der Aquitaine zu bleiben. Bastard nannte er sich. Bastard und Hurensohn. Hier in Outremer hat er sich diesen Konflikt eingestanden. Es hat ihn befreit, Brans. Seine Welt schien plötzlich grenzenlos und ohne Fesseln.«

Die Sonne mußte jetzt ihren Höchststand erreicht haben, und ihr Licht tauchte das hellgrüne, weite Zelt in die abgestuften Farben eines klaren, ungetrübten Meeres. Ein Meer aus Damast, ausgelegt mit bunten Teppichen und seidenen Kissen. Ein Meer inmitten einer Wüste, dachte Brian.

»Hast du dich damit abgefunden?« fragte Courtrain.

»Der Sohne eines Bastards zu sein?«

Der Mann mit den langen, gewellten Haaren lachte. »Ja«, sagte er. »Der Sohn eines Bastards zu sein.«

»Richard Plantagenet ist mein Freund. Seine Mutter, Eleonore von Aquitanien, hat mich immer beschützt.«

»Sie ist eine Frau mit umfassendem Familiensinn.«

»Ich schätze sie«, antwortete Brian. »Sie ist mehr wert als hundert Männer.«

»Das ist sie«, sagte Courtrain d'Erbil. »Dein Vater wußte das auch. Er wußte es, als er seine Familie verließ. Er wünschte Euch in Sicherheit, was immer auch passieren würde. Er glaubte, ohne Sorgen davonreiten zu können.«

»Meine Mutter war schwanger, als er nach Outremer ging.«

»Das hat sie ihm verschwiegen, Brans. Du kannst ihm keinen Vorwurf daraus machen.«

»Ich mache ihm keine Vorwürfe. Er ist tot.«

»Ja«, sagte Courtrain d'Erbil. Er nahm einen Schluck aus seinem Glas. »Er ist tot. Genauso wie dein Großvater, Wilhelm X., Herzog von Aquitanien. Der Freund der Troubadoure. Und der Vater Eleonores.«

»Er war ein bedeutender Herrscher, sagt man.«

»Vielleicht trug dein Vater zu schwer daran, der Bastard eines großen Mannes zu sein.«

Courtrain rief etwas auf arabisch. Sie schwiegen, bis ein junges, bildhübsches Mädchen den Zeltvorhang öffnete und eine dünne, hauchzarte Schale mit Obst brachte.

Das Mädchen verbeugte sich und verließ rückwärtsschreitend das Zelt.

»Ihr habt Sklavinnen in einem Feldlager?« fragte Brian.

»Beleidige mich nicht, Brans. Das ist keine Sklavin. Meine sarazenischen Freunde würden dieses Mädchen als ein Gleichnis der Erwartung, ein Kleinod des Schönen, ein Abbild des Erträumten bezeichnen. Ein vollkommenes Geschöpf der Liebe, makellos und voll des Geistes. Eine meiner Frauen, Brans.«

Der Mann schälte eine Orange und legte die duftenden Schalen auf einen Teller an seiner Seite.

»Ein Teil meines Harems begleitet mich immer. Selbst dann, wenn ich nur eine kleine Jagd auf marodierende Schafhirten unternehme, so wie jetzt.«

»Ich dachte, Ihr seid Christ?«

»Natürlich bin ich ein Christ, Brans. Ich bin ein Christ in Outremer. Hier sind die Dinge anders, haben ihr eigenes Zentrum. Indien ist von hier aus nah, die Ebenen Mesopotamiens und die Berge Mediens in Griffweite. Selbst das Land der Serer scheint nicht fern.«
Er reichte Brian die Schale. »Sieh sie dir an«, sagte er.
»Das Licht schimmert durch sie hindurch«, sagte Brian, die Schale betrachtend. »Es ist, als würde nur ein Hauch sie binden.«
»Sie kommt aus einem Land von kleinen, gelbhäutigen Menschen, von denen manchmal einige in Bagdad auftauchen. Die Sarazenen sagen, sie würden am Rande der Welt leben.«
»Vielleicht tun sie es«, sagte Brian.
»Wir leben alle am Rande der Welt, Brans. Und wir alle führen ein Leben lang unsere eigenen, sehr persönlichen Kreuzzüge durch, crozadas unserer Seelen. Wir alle müssen erkennen, daß wir nichts sind, um nur annähernd das zu werden, wozu uns das Schicksal bestimmt hat.«
»Wie meint Ihr das?«
»Von Beginn an, Brans, sind wir nur ein Entwurf, eine Möglichkeit.«
»Das Evangelium lehrt uns anderes.«
»Wirklich? Ich bezweifle das, Brans. Unser ganzes Leben lang nehmen unsere crozadas kein Ende, immer und in jedem Augenblick können wir aus der Bahn des Alltäglichen geworfen werden, unter uns das Bodenlose und über uns unser Spiegelbild, nach dem wir plötzlich und verzweifelt greifen.«
»Warum erzählt Ihr mir das alles?«
»Weil du der Sohn meines besten Freundes bist, Brans. Weil ich dich liebe, wie ich ihn geliebt habe. Weil ich möchte, daß du den Vorhang der Täuschungen zerreißt und zum Grund deines Wesens vorstößt. Laß dich nicht blenden, laß dich nicht verformen, lebe hin zu diesem Augenblick der Wahrheit, der uns erwartet, irgendwann und irgendwo, jenseits der Grenzen, jenseits des Meeres.«
Brian deutete um sich. »Auf die gleiche Art wie Ihr?«
Der Mann im Burnus lehnte sich in den Kissen zurück.
»Ich glaube, ich bin ein außerordentlich schlechter Gastgeber,

Brans de Sislay. Ich langweile dich mit den Phantasien eines von Outremer verwirrten Mannes.«

Er deutete nach draußen, irgendwo jenseits der damastenen Zeltwand.

»Ein Zelt ist für dich bereitgestellt. Das Bad wird mittlerweile längst vorbereitet sein. Wenn du Wünsche hast, so äußere sie einfach, und sie werden erfüllt werden.«

Brian erhob sich, während Courtrain d'Erbil ihn betrachtete.

»Du ähnelst deinem Vater, als er jung war«, sagte der Mann im Burnus anerkennend.

»Wer ist Al-Tustari?« fragte Brian.

»Mein Hauptmann.«

»Und sonst?«

»Ein ungewöhnlicher Mensch. Vielleicht erzählt er dir eines Tages etwas über sich.«

»Und Ihr? Wer seid Ihr?«

»Der christliche Feldherr eines muslimischen Emirs.« Courtrain lächelte.

»Ich durchschaue Euch nicht«, sagte Brian.

»Ich durchschaue mich selbst nicht«, sagte Courtrain d'Erbil. Sein Blick streifte Brian mit einer beinahe zärtlichen Ironie.

»Wo wart Ihr, als mein Vater fiel?«

»Dein Vater?« Courtrain lächelte plötzlich von neuem.

»Ja«, sagte Brian. »Mein Vater.«

»Ich war fern von ihm. Weit weg von ihm.«

»Was habt Ihr getan, als er so fröhlich lachend in einer dieser verdammten Burgen dieses verfluchten Outremers starb?«

»Ich schlief«, sagte Courtrain d'Erbil. »Ich schlief tief und fest.«

Brian und Courtrain d'Erbil waren von ihren Pferden abgestiegen, als sie die Spitze des Hügels erreicht hatten. Der Mann im Burnus deutete nach Süden.

»Dort liegt Jerusalem«, sagter er. »Die Stadt der Städte. Der Grund unendlicher Entbehrungen, die ewige Hoffnung aller Gläubigen und die nie endende Sehnsucht aller Sünder. Der Mittelpunkt der Wahrheit. Siehst du ihn, Brans?«

»Nein«, sagte Brian.

»Du solltest ihn sehen, Brans.« Courtrain d'Erbil griff nach seinem Schwert.
»Zieh«, sagte er unvermittelt. Seine Stimme klang leise, flach und tödlich.
»Ihr seid verrückt«, anwortete Brian.
»Zieh«, wiederholte Courtrain d'Erbil.
Sie kämpften in der Hitze des Tages, zwei Männer inmitten dieser unfruchtbaren Einöde, auf der Kuppe des sandigen Hügels, allein unter dem weitgespannten, weißlichen Himmel und einer Sonne, die sengend auf sie herabbrannte, schmale, über den Boden zuckende Schatten werfend, wenn sie einander auswichen und ihre Schwerter wieder mit einem harten Klirren aufeinanderschlugen.
Sie kämpften einen Kampf auf Leben und Tod, und Brian erkannte, daß er hier sein Ende finden würde, hier, in diesem Sand dieses Hügels, hinter dem sich das tanzende Zerrbild jener Landschaft zeigte, die den Mittelpunkt der Wahrheit barg. Er empfand eine namenlose, endlose, ihn unendlich tief erfüllende Traurigkeit darüber, nun sterben zu müssen, jetzt, da er wußte, daß es noch tausend Wege geben könnte.
Dieses Licht, dachte er, dieses blendende, tödliche Licht. Es hindert mich zu sehen, es hindert mich, mich zu verteidigen, wo es mir doch helfen sollte, mein Leben zu retten, wo es mir doch den Weg zeigen sollte, dem Ende zu entrinnen. Herr des Himmels, warum muß ich sterben? Warum gerade jetzt, mein Gott, dachte er, den tödlichen Schlag durch seine offene Deckung erwartend, als Courtrain d'Erbil unvermutet und mit voller Kraft statt auf seinen Kopf auf sein Schwert hieb, das ihm durch die Wucht des Schlages aus der Hand gerissen wurde, während Brian taumelnd, in dem vergeblichen Versuch, sich abzustützen, zu Boden fiel.
Er schmeckte den Sand auf seinen Lippen, fühlte ihn brennend auf seinen aufgeschundenen Händen, als der Bärtige sich, verschwitzt und leise keuchend, über ihn beugte.
»Hast du ihn gesehen?« fragte er. »Hast du den Mittelpunkt der Wahrheit gesehen?«
»Ja«, antwortete Brian, stoßweise atmend und mit sandverklebter Stimme. »Ich habe Euer Jerusalem gesehen. Einen flüchtigen Augenblick lang habe ich es gesehen.«

5. Kapitel

PARZIÉ
Mai, Juni 1201

Die beiden Söldner ließen Jordas de Gedevan nicht aus den Augen, als er im Licht des anbrechenden Tages über die Zugbrücke in den Hof der Burg Parzié einritt.
Die Pfeile in ihrer Armbrust waren gespannt, zielten auf seinen Kopf und seine Brust. Die Söldner warteten, die Augen leicht zusammengekniffen und die Waffen an die Schultern gepreßt. Sie warteten auf ein Zeichen von Guillem de Parzié, der den Reiter mit ausdruckslosem Gesicht betrachtete, das Schwert in der Hand, die Spitze der Klinge zu Boden gerichtet.
»Was willst du?« fragte Parzié, als der junge Mann vom Pferd gestiegen war und den Kopf vor ihm beugte.
»Euch Sühne anbieten für das, was mein Vater getan hat.«
»Welche Art der Sühne?«
»Jede, die Ihr befehlt.«
»Ich will deinen Vater in meinen Gewahrsam bringen«, sagte Parzié. »Ihn vor einem Pairsgericht anklagen.«
Jordas zögerte einen Augenblick lang. »Wie Ihr wünscht«, sagte er dann.
Parzié stützte sich mit beiden Händen auf den Knauf seines Langschwertes. »Ich glaube, du liebst meine Tochter wirklich.«
»Mehr als mein Leben.«
»Ja«, sagte Parzié. Er musterte den jungen Mann. Jordas verwundete Hand hing an seiner Seite herab, und beim Stehen verlagerte er kaum merklich das Gewicht auf das unverletzte Bein.
»Ein Duell?« fragte Parzié.

»Ein Duell mit meinem Vater«, antwortete Jordas. »Ich habe ihn am Oberarm getroffen.«

»Die erste gute Nachricht, die ich seit Tagen höre«, meinte Parzié. Er blickte dem jungen Mann forschend in die Augen. Dann blickte er rasch nach oben, zum Wehrgang über dem Tor. Er schüttelte verneinend den Kopf. Die beiden Söldner senkten ihre Armbrust.

»Jordas«, fragte Parzié. »Bist du bereit, gegen deinen Vater als Zeuge aufzutreten?«

»Ja«, sagte der junge Mann.

»Der Ermordeten wegen?«

»Audes wegen.«

Parzié nickte. Er steckte sein Schwert in die Scheide, ging zu dem jungen Mann und legte den Arm um dessen Schulter.

»Willkommen auf Parzié«, sagte er und geleitete Jordas zum Haupthaus.

Die beiden Söldner über dem Burgtor legten ihre Armbrust zur Seite.

»Ich hätte ihn nicht gerne umgebracht«, sagte der mit den abgebrochenen Zähnen. »Er scheint noch recht jung zu sein.«

»Mir ist es gleich, wen ich töte«, sagte der andere und zuckte mit seinen Schultern. »Vollkommen gleich.«

»Ein Wolf?« fragte Peire de Gedevan.

Ramon nickte. »Ich habe es zuerst selbst nicht geglaubt. Aber er wurde gesehen. Ein junger Wolf, der sich in die Hügel oberhalb Gedevans verirrt hat.«

Peire gab die Anweisung, die Treiber zusammenzurufen, und ritt mit Ramon und zwei Bogenschützen los.

Es dauerte Stunden, bis sie die Spur des Wolfes aufgenommen hatten, und weitere Stunden, bis die Jäger und die Hunde ihn Peire zugetrieben hatten.

Es war auf der Lichtung eines Waldes, als Peire ihn sah. Der Wolf war jung, außer Atem, schmutzig und verwildert. Er blickte Peire an, die Augen grau und entschlossen, die Ohren gespitzt, während sich die Flanken seines Körpers im Auf und Ab seines Herzens bewegten. Peire kniete sich einige Meter von ihm entfernt nieder, ihn starr und ungläubig betrachtend.

»Was, bei Gott, tust du hier?« murmelte Peire, während es ihm schien, als lauschte der Wolf nicht ihm, nicht seinen Worten, sondern etwas Ungreifbarem, das aus den tiefsten Tiefen von Peires Seele kommen mochte.
»Tu es nicht«, sagte Peire leise, während er ganz sacht seine linke Hand herabsinken ließ. Die beiden Söldner senkten ihre Bogen, ratlos zu Ramon hinblickend.
»Tu es nicht«, murmelte Peire kaum hörbar. »Ich lasse dich entkommen, Wolf. Ich lasse dich fliehen, wenn du es nicht tust.«
Der junge Wolf drehte den Kopf, um den Klang von Peires Stimme besser aufnehmen zu können. Er schien zu zögern, unsicher jetzt, verwirrt, Gefangener einer kurzfristigen Ratlosigkeit.
»Geh in die Berge zurück«, flüsterte Peire. »Geh dorthin zurück, wo du zu Hause bist.«
Als das Tier die Zähne fletschte, hob Peire unmerklich die Hand. Ramon nickte, und die beiden Söldner brachten ihre Bogen wieder in Anschlag, richteten die Pfeile an den Sehnen und spannten diese von neuem.
»Tu es nicht«, wiederholte Peire eindringlich. »Nichts auf dieser Welt ist es wert. Nichts.«
Einen Augenlick lang herrschte beinahe vollkommene Stille, und der Wolf machte zwei Schritte zur Seite, die Ohren noch immer gespitzt, voll der gespannten Aufmerksamkeit.
Glaube mir und nicht ihnen, dachte der weißhaarige Mann und schrie dann vor Wut und Verzweiflung, als der Wolf ihn ansprang, schnell, kraftvoll, das Maul aufgerissen, bereit, ihn zu zerfleischen, bevor zwei Pfeile das Tier in der linken, unter dem Herzschlag pulsierenden Seite trafen und der Wolf aufbrüllend in Peires hoch aufgerichtetes Schwert fiel.

Es war mehr als eine Stunde vergangen, und Peire hatte sich noch immer nicht gerührt. Er saß noch immer neben dem toten Tier, bewegungslos, das Schwert über seine Knie gelegt.
»Ich habe noch nie einen Mann gesehen«, sagte der eine der beiden Söldner, »der um einen Wolf trauert.« Er stocherte mit seinen Fingern zwischen seinen Zähnen herum, nickte dann befriedigt und spuckte zu Boden.

»Er trauert nicht um den Wolf«, meinte Ramon. »Er trauert um Jordas.«
»Er hätte den Troubadour töten sollen. Der hat Jordas verhext.«
»Als er Martial in seinen Händen hatte, wußte er nicht, wer er war, Piaras.«
»Der Senher hätte ihn töten sollen«, beharrte der Söldner. »Ich erkenne einen gefährlichen Mann schon auf hundert Schritt.«
»Ja«, bestätigte der zweite Söldner. »Piaras hat recht. Ich war im Dorf dabei. Der Troubadour hat die Augen eines Soldaten. Ein guter Kämpfer. Ein gefährlicher Mann.«
»Das allein ist es nicht«, sagte Ramon.
»Was dann?«
»De Martial kommt aus einer Welt der Ehre. Das ist eine andere Welt.«
Piaras verzog kurz den Mund, saugte an seinen Zähnen und spuckte dann lächelnd und zufrieden ein zweites Mal aus.
»Und wo liegt diese Welt?«
Ramon sah den Söldner und dann Peire an. »In der Vergangenheit.«

»Niemand kann Courtrain d'Erbil im Kampf widerstehen«, sagte Al-Tustari. »Er würde sogar mich in Stücke hacken, und ich bin, bei Gott, kein schlechter Soldat.«
Er betrachtete Brian. »Hast du auch nur einen Kratzer aus diesem Kampf davongetragen?«
»Nein«, antwortete Brian.
»Dann denke darüber nach, welche Kunst es erfordert, einen Mann so zu bedrängen, daß er glaubt, sterben zu müssen, und ihn dabei doch unverletzt zu lassen.«
»Wer oder was ist er, Al-Tustari?«
»Ein Franke«, sagte der Sarazene und grinste. »Ein Franke, der dir auf seine Art ein wenig von unserer Landschaft gezeigt hat.«

Al-Tustari war es, der sich um Brian und Robert de Bantrac kümmerte, wenn Courtrain d'Erbil zu seinen Streifzügen gegen plündernde Räuberbanden oder auf eigene Faust operierende Stammesfürsten auszog.

Al-Tustari brachte ihnen das Bogenschießen bei, das richtige, wie er sagte, jenes, das Herz und Seele mit dem Pfeil verband. Er unterwies sie in Feinheiten des Nahkampfes und in Schwerttechniken, die älter waren als die Erkenntnisse christlicher oder sarazenischer Krieger.
Er war der geborene Waffenmeister, der auf den ersten Blick erkannte, wo die Stärken oder Schwächen seiner Schüler lagen. Nachdem er drei Dolchangriffe Brians mit den bloßen Händen abgewehrt hatte, ließ er sich lachend auf den Rücken fallen.
»Genug, Brans«, sagte er. »Genug für jetzt. Deine Seele tanzt nicht, und dein Körper hat die Beweglichkeit einer trächtigen Eselin.«
Brian ließ sich neben ihm zu Boden sinken.
»Deine Seele muß tanzen, Franke, mit der Luft und mit dem Licht herumwirbeln. Sie muß tanzen, wenn du eine Frau umfaßt, und sie muß tanzen, wenn du mit einem gebrechlichen und lahmen Greis wie mir kämpfst.«
»Wunderbar«, sagte Brian. »Ich werde in Zukunft Tanzunterricht nehmen. Ich werde der Tanzmeister der Guyenne werden.«
»Brans, du Cousin der Könige«, sagte Al-Tustari. »Deine Seele ist träge und beladen wie ein genuesischer Schnapsfrachter, der dazu bestimmt ist, einen Haufen neubekehrter, schwedischer Pilger zu erfrischen.« Er klopfte Brian auf die Brust. »Laß dein Ich los. Verschmilz mit dieser Welt.«
»Wie? Indem ich in den Wind spucke?«
»Gut«, sagte der Sarazene. »Ich werde versuchen, es dich zu lehren.« Er seufzte. »Mögen mir auch dabei meine Zähne aus Ärger und Verzweiflung ausfallen und mein Schamhaar darüber endgültig ergrauen. Ich werde versuchen, es dich zu lehren, o du Henker der tanzenden Seele.«

Das Schweigen zwischen ihnen hatte lange gedauert. Unausgesprochenes schwang zwischen ihnen, daß Brian meinte, es greifen zu können.
»Also muß es sein«, sagte Courtrain d'Erbil schließlich.
»Ich muß gehen. Richard erwartet mich.«
»Nein«, sagte Courtrain. »Dein Zuhause erwartet dich. Sislay. Die Heimat. Das gewohnte Leben.«

»Wahrscheinlich«, sagte Brian. »Wahrscheinlich ist es so.«
»Du hast mittlerweile einiges über den Orden erfahren, dem Al-Tustari und ich angehören.«
»Wenig genug. Oberflächliches.«
Courtrain d'Erbil nickte. »Dennoch. Wir haben eine Sitte, Brans. Wenn sich jemand entschließt, den Weg weiterzugehen, so wie er es vermag, so wie er es versteht, dann trinkt er einen Becher voll Wein mit einem, der bereits weiter fortgeschritten ist. Wir nennen es: den Kelch leeren. Es ist wie ein Schwur, Brans. Ein Schwur, nie voneinander zu lassen.
»Ich kenne diese Sitte nicht.«
»Was macht es aus, ob du sie kennst oder nicht? Es bedeutet weiterzuschreiten, wo immer man auch ist. Auf jene mit aller Unbedingtheit, die diese Welt nur kennt, zählen zu können, die eines Geistes mit einem sind, immer und für alle Zeit.« Courtrain d'Erbil schwieg. »Es ist ein Schwur der Liebe«, sagte er dann.
»Ich verstehe zu wenig von Euren Regeln«, sagte Brian. »Ich kann Eures Ordens unmöglich würdig sein.«
»Selbst wenn du es nicht weißt, Brans«, sagte Courtrain leise, beinahe sanft, »du hast bereits begonnen den Weg zu beschreiten.«
Brian schüttelte den Kopf.
»Es ist eine große Auszeichnung. Sie überfordert mich. Ich kann den Kelch nicht leeren.«
»Eines Tages wirst du es müssen«, sagte Courtrain. »Eines Tages wirst du den Kelch bis zur Neige leeren müssen.«
Brian schüttelte von neuem den Kopf.
»Ich bitte Euch, mich zu verstehen«, sagte er.
Die angespannte Haltung des Graubärtigen wich seiner gewohnten, lockeren Pose. »Schade«, meinte er.
»Ich bedaure es für mich«, sagte Brian.
»Und ich, Brans«, antwortete Courtrain, »bedaure es meinetwegen.«
Er nahm eine der elfenbeinernen Schachfiguren von dem Brett, das neben ihm stand.
»Dieser König, Brans, gehört dir. Vielleicht begegnet dir eines Tages jemand von uns. Zeige ihm diesen König, und er wird bereit sein, alles für dich zu tun.«

»Wie erkenne ich einen solchen Menschen?«
»Versuch dich an Al-Tustari und mich zu erinnern. An eine Haltung. Eine Geste. Beobachte. Beobachte ohne Unterlaß.«
»Welchen Namen hat euer Orden?«
»Keinen.« Courtrain lächelte und sah zu Boden, Sandstein, bedeckt mit kostbaren Teppichen, Teppichen, verziert mit verschlungenen Ornamenten.
»Ich hoffe, du begreifst nun deinen Vater etwas besser. Ich habe alles getan, um dir seine Seele zu zeigen.«
»Ich verstehe nicht ganz, was Ihr damit meint«, antwortete Brian.
Courtrain nahm eine zweite Figur von dem Schachbrett und betrachtete sie.
»Alles, vom Beginn deiner Reise bis zum jetzigen Augenblick, war nur darauf angelegt, dir das Denken und Fühlen Roger de Sislays begreiflich zu machen.«
Brian richtete sich auf.
»Ihr meint, daß alles hier ein Schauspiel war? Ein Schauspiel, das Ihr für mich gestaltet habt?«
Courtrain stellte die Schachfigur wieder an ihren Platz.
»Ja«, sagte er. »So könnte man es nennen.«
»Was davon war Wahrheit?« Brians Stimme war unvermittelt laut geworden.
»Das mußt du selbst erkennen, Brian.« Courtrain d'Erbil setzte sich auf. »Ich danke dir, daß du gekommen bist, Brans, und ich wünsche dir eine gute und gesunde Heimreise. Möge Gott dich auch weiterhin behüten.«
Brian stand auf. Er fühlte sich verwirrt und unsicher. Er kämpfte gegen dieses Gefühl an, aber es hatte sich in ihm festgesetzt, hatte ihn gepackt, erschreckte ihn.
»Gott schütze Euch, Courtrain«, sagte er. »Und Dank für alles.«
»Es war nichts.«
Beim Eingang des Zeltes wandte sich Brian ein letztes Mal um.
»Werdet Ihr in Outremer bleiben?«
Courtrain d'Erbil schüttelte den Kopf.
»Nein. Ich bin ein Wanderer. Wir sind alle Wanderer. Die Welt ist nur eine Brücke, die wir zu überqueren haben. Nicht mehr.«

»Das hat unser Herr, Jesus von Nazareth, gesagt.«
»Ja«, sagte Courtrain d'Erbil und lächelte von neuem sein gewinnendes Lächeln. »Es ist ein göttliches Gesetz, Brans de Sislay.«

Sie hatten gebadet, die Mägde sie sachkundig von Kopf bis Fuß massiert und ihre Körper mit einer Paste, die angeblich aus dem fernen Bagdad kam, enthaart, so wie jede gepflegte Frau es tat, wenn sie nicht gerade auf Reisen war oder sich in einem der barbarischen Länder des europäischen Nordens oder Ostens aufhalten mußte.
Die Bademädchen hatten Gaelle und Aude mit wohlriechenden Essenzen eingerieben, und die beiden Frauen genossen die Ruhe und Kühle des Raumes, während draußen, über Parzié und seiner Landschaft, die Hitze des späten Vormittags die Hast und Geschäftigkeit des Morgens langsam zum Erliegen brachte.
»Fehlt dir Brian?« fragte Aude die blonde junge Frau, die neben ihr lag und die Augen geschlossen hatte.
»Ich empfinde Sehnsucht«, sagte Gaelle. »Sehnsucht nach ihm und nach der Vertrautheit, die er zwischen uns erschafft.«
»Habt ihr euch schon geliebt?« Aude setzte sich auf und blickte Gaelle erwartungsvoll an.
»Nein.«
»Willst du es?«
»Manchmal. Manchmal wünsche ich es mir.« Gaelle schwieg kurz. »Und dann wieder...«
»Ja?«
»Erschreckt mich seine Welt der Wunden und der endlosen Kämpfe. Er ist voller Narben, bei denen ich befürchten muß, daß sie zu bluten beginnen, wenn ich sie nur mit den Kuppen meiner Finger berühre.«
»Und doch hat er dich aus den Händen Peires de Gedevan befreit.«
»Er ist ein sonderbarer Mann, Aude. Dann, wenn ich seine Verzweiflung beinahe mit den Händen zu greifen glaube, taucht er plötzlich aus seiner Welt von Abgründen und Schmerzen wieder auf, hell, stark und fähig, die ganze Welt zu Boden zu zwingen.«
»Er ist der Mann, den du liebst«, sagte Aude mit Bestimmtheit.

»Vielleicht«, meinte Gaelle lächelnd. »Vielleicht wird er es.«
Aude lehnte sich zurück und streckte sich auf der hölzernen Liege.
»Wie schön wäre es, jetzt von Jordas berührt zu werden. Ich sehne mich Tag und Nacht nach seiner Sanftheit und nach seiner Zärtlichkeit.« Aude drehte sich zur Seite, Gaelle zu. »Du hältst ihn doch für sanft und zärtlich?« fragte sie unvermittelt.
»Er ist ein guter Mann«, sagte Gaelle. »Er verachtet die Frauen nicht. Er muß sich nicht seine Männlichkeit beweisen, indem er sie demütigt. Jordas ist wie das helle Licht des Morgens. Du bist zu beneiden, Aude.«
»Wird er niemals seinem Vater gleichen?«
»Niemals.«
»Es wäre schrecklich, wenn eines Tages das Böse aus ihm erwachsen würde.«
»Das wird nie geschehen.«
Aude legte sich wieder zurück. »Ja«, meinte sie, »du hast recht. Es ist unmöglich. Es ist undenkbar.« Sie schwieg kurz. »Ich liebe Jordas, Gaelle. Ich liebe ihn mehr als mein Leben«, sagte sie schließlich.
»Ich weiß.«
»Meinst du«, fragte das Mädchen dann, »meinst du, daß die Liebe immerwährend ist?«
»Alles verändert sich wahrscheinlich. Aber ich glaube, daß dort, wo wahrhaftig geliebt wurde, zeitlebens eine Kraft bleibt, die alle Widerstände überwinden kann. Eine Kraft, die aus dem Miteinander erwächst.«
»Aber du weißt es nicht?«
Gaelle lächelte. »Ich bin noch nicht alt genug, um es zu wissen.«
»Ich möchte, daß meine Liebe ewig bleibt. Daß alles ewig bleibt. Daß nichts in dieser Welt vergeht, das gut und schön ist.«
»Dann mußt du darum kämpfen. Tag für Tag und Stunde für Stunde.«
»Das werde ich.« Sie nahm das Laken, auf dem sie lag, und schlang die eine Seite über ihre Brust. »Wünschst du dir einen seßhaften Mann, Gaelle?«
»Ich bin seit Jahren unterwegs. Ich habe stets alleine für mich

gesorgt. Ja, ich glaube, ich wünsche mir die Seßhaftigkeit. Ich wünsche mir einen Mann, der auch mich zu beschützen vermag.«
»Und weshalb bist du noch alleine?«
»Weil ein Mann, der mich liebt, auch meine Unabhängigkeit respektieren müßte. Weil ich bislang keine Möglichkeit hatte, ganz für mich alleine zu sein. Weil ich erst jetzt nach Béziers zurückkehre.«
»Ich wünsche mir, daß Jordas bei mir bleibt. Zwischen uns beiden sollte es keine Trennung geben. Wohin er auch ginge, ich würde ihm ohne zu zögern folgen.«
»Auf jedem Weg?«
»Immer. Immer und überallhin.«
»Das ist ein wunderbarer Gedanke.«
»Bei mir ist es nicht nur ein Gedanke, Gaelle.«
»Ich weiß.« Gaelle stand auf und griff nach dem Hemd, das auf einer Truhe lag.
»Wie schön du bist«, sagte Aude, als sie sie betrachtete.
»Nicht schöner als du«, antwortete die blonde Frau.
Aude schüttelte den Kopf. »Wie glücklich der Troubadour sein müßte, wenn er dich besäße«, sagte sie dann.
»Niemand wird mich je ganz besitzen, Aude.«
»Eines Tages wird Brian dein bel companho sein, Gaelle.«
»Vielleicht. Eines Tages.«
»Jordas und er haben uns die Gärten des Lichts finden lassen. Jetzt müssen wir sie nur betreten.«
»Ja«, sagte Gaelle lächelnd. »Das müssen wir.«

6. Kapitel

SARVAS
Mai, Juni 1201

Die beiden Männer kämpften miteinander, die Oberkörper entblößt, während Flamena vor dem Feuer des Kamins auf dem mit Teppichen bedeckten Boden des Saales saß und sie wachsam beobachtete. In dem leeren, weitgestreckten Raum hallten die Schreie der beiden Männer wider, vom Stein der Mauern zurückgeworfen, vom Holz der getäfelten Decke gemildert. Das Licht des großen Kamins warf Schattenrisse an die Wände, im bizarren Rhythmus des Kampfes, des schweren Atmens.
Jaufre de Sarvas Körper war muskulös und wohlproportioniert, von athletischem Reiz. Brian erschien durch seine Größe hagerer und sehniger, voll kontrollierter Spannung.
Jaufre ähnelte der Sonne, fand Flamena, makellos und vollkommen, während der Troubadour dem Wind glich, mit seinen schnellen Bewegungen, die wie aus dem Nichts kamen, kaum sichtbar und plötzlich zupackend.
Jaufre prallte mit der Schulter hart auf dem Boden auf, als Brian, der ihm scheinbar aus Unaufmerksamkeit den Rücken zugekehrt hatte, herumgeschnellt war, seinen Oberarm ergriff, ihn mit einem Beinstoß aushebelte und mit dem ganzen Schwung seines Oberkörpers nach vorne warf. Er lachte, als er sich, auf den bunten Teppichen liegend, an die Schulter faßte und zu Brian aufsah.
»Wo hast du das nur gelernt, companho?« fragte Jaufre.
»Jenseits des Meeres.«
»Ein guter Platz für Kämpfer«, sagte Jaufre, der sich auf dem Rücken abrollte und in einer Bewegung federnd nach oben schnell-

te, den unerwartet gezogenen Dolch in der rechten Hand. Er stieß nach Brians Seite, der nach rückwärts auswich, sich nach vorne warf und Jaufre mit geballter Kraft in der Höhe der Brust traf. Jaufre fiel mit einem Schrei zu Boden, während ihm der Dolch aus der Hand geschleudert wurde und kaum hörbar auf den übereinandergeworfenen Teppichen aufprallte.

Jaufres Brustkorb hob und senkte sich, als er nach Luft rang, während Brian aufstand, den Dolch aufhob und ihn neben seinen Kampfpartner legte.

»Der beste Platz für Kämpfer«, sagte der Troubadour.

»Dann ist es Zeit, daß ich ihn aufsuche«, sagte Jaufre, lächelte kurz Flamena zu, bevor er sich zur Seite warf, Brians Beine umfaßte und den Troubadour zu Fall brachte. Die beiden halbnackten Männer hielten sich umklammert und rollten über die Teppiche, keuchend und fluchend, die Arme ineinander verschlungen, die Körper aneinandergepreßt, während jeder versuchte, sich von dem anderen zu befreien. Es war Jaufre, der mit der rechten Hand Brians Arm schließlich zur Seite bog, den Troubadour mit der linken beim Nacken umfaßte und ihn dabei mit seinem ganzen Gewicht zu Boden preßte.

»Diesmal gibst du auf, companho«, sagte Jaufre, schwer atmend und lächelnd. Flamena sah, wie der Troubadour, halb auf der Seite liegend, alle Muskeln anspannte und unvermutet und ruckartig Arme und Beine zur Seite stieß.

Jaufre, der über ihm gekniet hatte, wurde unversehens aus dem Gleichgewicht gebracht, verlor den Halt, während Brians Ellbogen Jaufre mit aller Kraft in der Magengegend trafen. Der Dunkelhaarige führte seine Hände schutzsuchend zu seinem Körper, als sich der Troubadour über ihn warf und ihn, auf seinen Schultern kniend, an den Boden fesselte.

»Gut«, sagte Jaufre, nach einem vergeblichen Versuch, sich zu befreien. »Ich glaube dir.«

»Du brauchst zumindest ein Schwert, um mich zu bezwingen, mein Freund.«

»Er hat gewonnen, mieu amor«, sagte Flamena.

»Du hast gewonnen, companho«, sagte Jaufre beinahe vergnügt. »Du hast es gehört. Du hast gewonnen.«

Brian stand auf und reichte Jaufre die Hand, um ihn zu sich nach oben zu ziehen. Der Dunkelhaarige ging zu der Truhe, auf der Wein bereitstand, und schenkte sich und Brian einen Becher voll.
»Robert de Bantrac hat mir einiges von Al-Tustari erzählt«, sagte er. »Ich hätte nicht geglaubt, daß er dich so gut ausgebildet hat.«
»Er ist ein bemerkenswerter Mann«, antwortete Brian. »Ich hätte keine Chance gegen ihn.«
»Dann freue ich mich um so mehr, ihn kennenzulernen«, sagte Jaufre. »Er muß der Krieger der Krieger sein.«
»Beinahe«, sagte Brian. »Ja. Beinahe.«
»Wer übertrifft ihn?«
»Ein Toter.«
»Tote sind tot, companho«, sagte Jaufre und nahm einen Schluck von seinem Wein.
»Ja«, sagte Brian beiläufig, ging zu dem bereitgestellten Zuber und wusch sich den Oberkörper. Jaufre, der zu ihm getreten war, reichte ihm ein Tuch und seinen Überwurf.
»Du bist fest entschlossen, an diesem Kreuzzug teilzunehmen, mieu amor?« fragte Flamena.
»Entschlossen, wie nur ein wahrer Streiter Christi es sein kann«, sagte Jaufre und tauchte seinen Kopf in dem Zuber unter. Das Wasser rann an ihm hinab, als er sich lächelnd Flamena zuwandte.
»Du bist kein Streiter Christi«, sagte das Mädchen. »Du bist ein Streiter des Nichts.«
»Dann werde ich mich von der Mehrzahl der Ritter nicht unterscheiden.«
»Ein Kreuzzug ist ein Aufruf zum Mord, Jaufre«, sagte Flamena.
»Ein Kreuzzug ist ein Abenteuer«, sagte der Dunkelhaarige, als er sich einen seidenen Bliaut überstreifte, der an seinem nassen Körper klebte. »Ein Weg in das Unbekannte. Ein Schritt in das Beseligende des Lichts und in die Erkenntnis der verborgenen Träume. Ein Kreuzzug ist...«
»Gewinn für die Pisaner«, setzte das Mädchen fort. »Profit für die Genuesen.«
»Sie ist Katharerin«, sagte Jaufre, zu Brian gewandt.
»Ich weiß«, sagte der Troubadour, der sich neben dem Mädchen auf die Kissen niederließ.

»Wirst du mich begleiten, Flamena?« fragte der Dunkelhaarige.
»Ja«, sagte das Mädchen.
»Obwohl ich zum Mörder werde?« fragte Jaufre belustigt.
»Obwohl du zum Mörder wirst«, antwortete Flamena.
»Weshalb, meine Schöne?« Jaufre setzte sich vor sie hin, die Beine übereinandergeschlagen.
Das Mädchen sah ihn kurz an.
»Weil ich dich liebe«, sagte es dann.
»Wie gut, daß du zu mir gefunden hast«, meinte er. »Wie gut, daß ich meinen Platz in dieser Welt gefunden habe. Zuerst jage und fange ich Peire de Gedevan. Und dann ziehe ich in den Krieg gegen die Heiden. Welch ein hübsches Spiel.«
»Ist für dich alles nur Spiel?« fragte Flamena.
Jaufre setzte sich auf. Er lachte.
»Ist das Leben nicht das einzige, das es wert ist, darum zu spielen? Ist die ganze Existenz nicht ein Gewebe aus Zufällen und Willkürlichem? Alles ist unendlich und unfertig, formt sich aus dem Nichts heraus, im Nichts vergehend. Was sind wir denn? Nur eine Spur der Vergänglichkeit, die mit der Ewigkeit um einen Hauch von Zukunft würfelt. Mein Einsatz ist das Leben, Flamena, blind hineingeworfen in eine unendliche Anzahl von Möglichkeiten, die das Sein uns tagtäglich entgegenschleudert.« Er grinste. »Siehst du das nicht auch so, mein Freund?«
»Ich verstehe zu wenig von der Kunst der Philosophie, companho«, antwortete Brian. »Ich bin nur ein unbedeutender fahrender Sänger.«
»Dann fahr zur Hölle, Troubadour«, sagte Jaufre lachend. »Aber bring mir vorher deine Tricks im Nahkampf bei, damit ich Al-Tustari in Venedig gewachsen bin.«
»Es gibt keine Hölle«, sagte Flamena unvermittelt mit ihrer leisen, wachen Stimme.
»Seid Ihr sicher?« fragte Brian. »Ich hatte manchmal den Eindruck, am Rande einiger sehr tiefer zu stehen.«
»Jeder Seele steht die Seligkeit bevor«, sagte das Mädchen.
»Und was ist mit Menschen wie mir, die keine besitzen?« Jaufre stand auf und holte den Weinkrug und die Becher. »Was ist mit ihnen, kleine Katharerin?«

»Auch du wirst erlöst werden, Jaufre. Trotz deiner Angst davor.«
»Dann laßt uns darauf trinken«, sagte Jaufre und reichte die Becher reihum.
»Ihr wärt ein guter Priester der Kirche geworden, Domna«, sagte Brian.
»Die katholische Kirche ist nicht die Kirche Christi.«
»Laß das nicht den Papst wissen«, meinte Jaufre.
»Für uns Katharer gibt es keinen Papst«, sagte das Mädchen mit den dunkelblonden Haaren. »Petrus ist nie nach Rom gekommen. Er hat nie ein Papsttum begründet. Wenn die Päpste etwas sind, dann bestenfalls die Nachkommen der römischen Kaiser.«
»Letzteres würde Innozenz vielleicht gar nicht so ungern hören«, meinte Brian und trank von dem roten, kraftvollen Wein.
»Hat Christus einen Ort gehabt, sein Haupt zu betten? Der Papst wohnt in einem Palast. Er ist der Antichrist, Troubadour.«
»Und die Bischöfe?« fragte Brian.
»Die Bischöfe sind nichts. Zum Leben erwachte Pharisäer vergangener Zeiten. Die Kirche ist die Hure Babylon. Die Geistlichkeit eine Synagoge des Bösen.«
»Du wärst die Freude eines jeden Konzils, Flamena«, sagte Jaufre.
»Wir haben nicht die Aufgabe, große Predigten zu halten, Jaufre, sondern etwas zu tun. Jeder Akt des Guten läutert, verdrängt das Dunkle. Jede Tat der Liebe mindert das Böse.«
»Jede?« fragte Brian.
»Jede«, antwortete das Mädchen lächelnd. »Wir verwerfen die Ehe, weil sie meist nur eine Fessel ist und keine freie Entscheidung der unbedingten Liebe zweier Menschen. Wir verwerfen den ganzen Mummenschanz von Beichte, Reliquien, Sakramenten und Heiligenverehrung, weil er von der Wahrheit des alltäglich Machbaren ablenkt, weil er uns von der Nächstenliebe zum Götzendienst hinlenkt.«
»Flamena bedeutet ›die Leuchtende‹«, warf Jaufre ein. »Leuchtet sie nicht in ihrer Erkenntnis all der Dinge, über die kein Mensch etwas wissen kann?«
Das dunkelblonde Mädchen lächelte. »Der Name Flamena hat auch noch andere Bedeutungen.«
»Welche?« fragte Brian.

»Die Lichte. Die Helle. Die Flammende.«
»Seid Ihr das? Eine hell Flammende?«
Das Mädchen sah den Troubadour an und schwieg.
»Jedenfalls lehnst du nicht den Kampf ab, mieu amor.« Jaufre betrachtete das Mädchen und den Troubadour, als er aus seinem Becher trank. »Es hat dir Spaß gemacht, Brian und mir zuzusehen, wie wir versucht haben, uns gegenseitig das Genick zu brechen.«
»Ihr wart schön. Eure Körper waren schön. Voller Stärke und Lust.«
»Also ist Lust nicht verwerflich?« fragte Brian.
»Sie ist ein machtvolles Geschenk, wenn sie der Liebe dient.«
»Habe ich nicht Ähnliches in meinem Garten gesagt?« fragte Jaufre.
Das Mädchen wandte den Kopf zu Jaufre hin, und ihr langes Haar fiel über ihre Arme, seidige Helle, die sich mit dem Grün ihres Kleides verband.
»Es ist leicht, so etwas in einem Garten voll von Licht und Frühling zu sagen. Ich war sechs Jahre alt, als ich eine Frau gesehen habe, die von einer Gruppe von Söldnern vergewaltigt wurde. Ihre Schreie gellen mir jetzt noch im Ohr. Die Lust kann dem Entsetzen dienen, mieu amor. Außerhalb von Gärten wie dem deinen.«
»Und dennoch gefällt er dir«, sagte Jaufre.
»Besser als dir, Jaufre. Ich habe die Möglichkeit, das Häßliche mit dem Schönen zu vergleichen.«
»So seid Ihr auch eine Dienerin des Schönen«, sagte Brian lächelnd.
»So wie Ihr«, sagte die Dunkelblonde.
»So wie jeder Troubadour.« Jaufre stellte seinen Becher auf die Truhe. »So wie jeder von deiner Art.«
»Bist du eifersüchtig auf ihn?« fragte Flamena. Sie blickte zu Brian hin und lächelte ihm zu.
»Nein«, sagte der Mann mit dem dunklen Haar. »Mir ist nur der Gedanke zu einem Spiel gekommen.«
»Mit dem Schicksal?«
»Mit den Möglichkeiten«, antwortete Jaufre.
Flamena lehnte sich in den Kissen zurück.
»Warum glaubt Ihr, Brian de Martial, daß die Katharer die Trouba-

doure fördern? Weil sie den gleichen Werten dienen, denen auch wir uns unterwerfen. Ihr predigt die Liebe. Wir suchen sie. Ihr sprecht von Schönheit, Reinheit, Lauterkeit. Wir versuchen, sie zu leben. Ihr tretet für die Würde ein und für die Tapferkeit und für die Gerechtigkeit. Wir wollen ihnen folgen. Ihr verherrlicht die Lust und die Freude. Wir wollen sie uns dienstbar machen. Wir gehen verschiedene Wege, aber unser Ziel ist das gleiche: das Licht zu vermehren, wo immer wir können, wo immer wir es dürfen.«

»Du bist ein tapferer Mann, Brian«, sagte Jaufre unvermittelt, als hätte er für sich einen Entschluß gefaßt.

»Manchmal. Selten«, antwortete der Troubadour.

»Und du liebst«, fuhr der Dunkelhaarige fort. »Du liebst eine Frau von Schönheit und großer Anmut, die in Parzié auf dich wartet.«

Das Mädchen warf Brian einen Seitenblick zu und blickte dann wieder zu Jaufre hoch.

Jaufre sah in den Becher, den er in der Hand hielt, bewegte ihn kurz, so daß der Wein in ihm kreiste, eine dunkle Flüssigkeit, in der sich Feuer und Kerzenschein schwingend widerspiegelten.

»Ich werde Gaelle die Treue halten«, sagte der Troubadour. »Woran immer du jetzt denken magst.«

»Was spricht dafür, daß du ihr untreu werden sollst?«

»Deine Vorliebe für Möglichkeiten.«

»Das ist kein Spiel, Brian.«

»Was dann?«

»Die Wahrheit eines Frühlingsabends. Ein Kreis von leuchtenden Bildern.«

»Würdest du es tun? Für ihn und für mich?«

Das dunkelblonde Mädchen senkte den Kopf. »Ja«, sagte es schließlich.

Jaufre legte dem Troubadour die Hand auf die Schulter. »Du bist der erste außer mir, der es erleben wird. Es ist ein großes Geschenk.«

»Wovon sprecht Ihr?« fragte Brian, zu dem Mädchen gewandt.

»Ihr preist die Frauen, Brian de Martial. Ich schenke Euch Wahrheiten, an denen Ihr sie erkennen könnt. Es gleicht der Reise durch einen lichten Traum. Dem Nachhall eines Liedes.«

»Ich verletze die Liebe zu meiner Domna nicht?« fragte der Troubadour.

»Nein«, antwortete das dunkelblonde Mädchen. »Ihr lernt, sie zu entdecken. Ihr lernt, sie zu sehen.«
»Durch Euch?«
»Nein. Durch das Licht, Troubadour. Durch das Licht.«

Als das Mädchen sich entkleidete, bewunderte Brian im Kerzenschein des Schlafraumes ihren schlanken und biegsamen, ihren zarten und geschmeidigen Körper, die feste, getönte Haut, hell im Schatten, beinahe bronzen im Licht wirkend, bewunderte ihre schlank verlaufenden Hüften und ihre glatte, in ihrer Nacktheit fast kindlich wirkende Scham, während das lange, dunkelblonde Haar über ihre Schultern geglitten war und die Spitzen ihrer Brustwarzen berührte. Als auch er sich entkleidet hatte, legten sie sich auf das Bett, einander zugewandt, nur durch eine Bewegung von einer Umarmung entfernt, aber doch durch ein beiderseitiges Versprechen so voneinander getrennt, daß nichts sie dazu bringen würde, den Körper des anderen zu berühren.
Es war das Mädchen, das zu sprechen begann, langsam, flüsternd, mit leiser, weicher Stimme. Sie sprach von Brian, seinem Wesen, seinem Gesicht, seinem Körper, sprach von der Art, wie er sich bewegte, und welche Träume sie in ihm erspürte und begriff. Ihre Stimme tauchte in die Bilder seines Bewußtseins ein, schuf eine neue, ungeahnte und ungewollte, herrliche, beunruhigende und erregende Welt voll von Wünschen und Verlangen, legte langsam, behutsam Schicht um Schicht seiner Seele bloß, zeigte einen hellen und dunklen Kreis von Begierden auf, Bitten des Geistigen und Neigungen des Tierischen.
Brian sah den nackten Körper des Mädchens neben sich, sah ihre braunen Augen, die ihn betrachteten, sah ihr madonnenhaft rein wirkendes Gesicht und die Lippen, die sich leicht bewegten, als sie auf ihn einsprach. Schließlich schloß er die Augen und trieb in diesem Sein von Vorstellungen, die diese sanfte Stimme erzeugte, tauchte in sie ein, wie in einen tiefen, verlockenden See, dessen Grund mit einer zerborstenen Welt von Gestirnen bedeckt zu sein schien, spürte sich als Wesen, das sich auflöste, zerbrach, sich neu formte, zeitlos, Vergangenheit und Gegenwart im Jetzt vereint. Er glitt immer tiefer dem Grund seines Seins zu, verlor sich

in sich selbst und nun auch in dem Mädchen, dessen Gedanken in ihn einzudringen schienen, ein Kosmos, der ihn überwältigte, Welle um Welle von Sehnsucht, Blumenduft, Körper, Verlangen, Kraft und der Geschmack von Lippen und Haut, die er in seinen Gedanken stärker und heftiger erfühlte, als sein Körper es vielleicht je gekonnt hätte. Es schien ihm, als triebe er unaufhaltsam einer tollgewordenen Landschaft von Schönheit und Unwirklichkeit entgegen, einer Landschaft voll von blühenden Bäumen und Sträuchern, an die ein Meer anbrandete, bevölkert von Wesen, leuchtend, berückend, erschreckend und formlos. Er fiel, und Angst vor dem Sturz in dieses Nichts vermengte sich mit einer träumerisch gleitenden Lust, als ein kleiner, kaum hörbarer Schrei des Mädchens ihn nach oben zog und er auftauchte, verwirrt und leicht und auf eine seltsame Art glücklich und unbeschwert.

Nun begann auch er zu sprechen, er wußte nicht, weshalb, er wußte nicht, wozu, ließ Empfindungen erstehen, die wie ein verängstigtes Tier in ihm gekauert haben mußten, bislang, bis zu diesem Abend, schuf nun Welten von Hoffnungen und Gleichnissen, trunkenen Schiffen gleich, die in einem ruhigen, die in einem wilden Meer dahintrieben, formte Labyrinthe des Sehnens, Gärten der Lüste, Seen des Vergessens. Er sprach, bis alles, was dieses Mädchen in ihm geschaffen hatte, wie die Bilder eines Spiegels, aus der Tiefe seines Empfindens emporgetragen wurde, Begehren zuerst, dann Verstehen, ungetrübte Sehnsucht schließlich, vom Gleichklang eines inneren Friedens getragen, der alles umfaßte.

Nur sehr langsam verlor sich diese Welt des schwebenden Gleitens, in der er ruhte.

Als er die Augen aufschlug, blickte er in jene des Mädchens, die ihn weich und tief und sanft anblickten.

Der Troubadour lächelte und betrachtete sie wortlos.

»Was ist nur mit uns geschehen?« fragte er schließlich.

»Ist etwas geschehen?«

»Träume sind geboren worden«, sagte er. »Ein Feuer im Schoß einer Nacht.«

»Nichts ist geschehen«, sagte Flamena, und Brian glaubte, in ihren Augen einen Hauch von Belustigung zu erkennen. »Wir haben nur das Licht berührt, Troubadour. Wir haben das Licht berührt, und es hat uns nicht verbrannt.«

Als das Mädchen gegangen war, lag Brian noch geraume Zeit wach, auch dann, als das Licht der Kerzen längst verloschen war. Er lag in einer Art von Halbschlaf, bis Gedanken und Erinnerungen sich an den Rand seines Bewußtseins drängten, sich in seinem Geist festsetzten.
Das Licht hat uns berührt, aber es hat uns nicht verbrannt, dachte er. Wir haben Glück gehabt. Mehr Glück, als ich es hatte, damals, vor zehn Jahren, eines Abends, im Licht der Dämmerung, in einer Ebene, von der aus man deutlich die Silhouette der Stadtmauern von Jaffa erkennen konnte.
Damals, in Outremer.

»Wenn du nur einen Schritt näher kommst, Meister aller Knappen«, sagte Al-Tustari, Robert de Bantrac nicht aus den Augen lassend, »dann wird das königliche Blut deines Senhers eine höchst malerische Lache auf diesem von Schafen vollgekoteten Boden abgeben.«
Al-Tustari hatte die Spitze seines Dolches auf die Halsschlagader Brians gerichtet, ein schmales Lächeln in seinem Gesicht, während seine Augen aufmerksam alles erfaßten, was ihn umgab.
Sie hatten keine zwei Meilen vor Jaffa gelagert, als Al-Tustari es ihm sagte. Nach einem Augenblick der Fassungslosigkeit hatte Brian ihn mit einem langgezogenen Schrei von Wut und Zorn angesprungen, aber der Sarazene hatte sich nur zur Seite gewandt, mit dem einen Arm seinen Nacken umfaßt und mit der anderen Hand den Dolch gegen seinen Hals gepreßt.
»Hör zu, Brans. Du hättest den Kelch mit ihm leeren sollen. Warum, verdammter Narr, hast du es denn nicht getan? Warum nicht?«
»Was hat der Kelch damit zu tun, du Schwein von einem Muslim?«
Seine Frage war ein einziger Schrei, von dem harten Griff Al-Tustaris gebrochen und erstickt.
»Es war ein Schwur der Liebe, den er dir angeboten hat. Du hättest

nur Vertrauen zu ihm haben müssen. Du hättest ihm nur dein Vertrauen zeigen sollen. Nicht mehr. Was wäre schon dabei gewesen, Brans? Was hätte es dich schon gekostet, einmal, einmal in deinem Leben, Vertrauen zu zeigen?«

»Er hätte es mir sagen müssen! Er hätte mir sagen müssen, daß er mein Vater ist! Mein Gott, woher sollte ich wissen, daß Courtrain d'Erbil und Roger de Sislay derselbe Mann sind? Woher? Du selbst hast mir erzählt, daß er in Beaufort gestorben ist!«

Der Sarazene lockerte den Griff um den Nacken des jungen Mannes, warf ihn unvermittelt zu Boden und kniete sich blitzschnell neben ihm nieder, den Dolch auf sein Herz gerichtet.

»Wirst du mir zuhören, Brans de Sislay?«

Brian nickte, den Blick voller Haß und Unverständnis.

»Roger de Sislay wollte sterben. Er hatte sich in Outremer zurechtgefunden, seine ihn belastende Vergangenheit abgestreift, sich kunstvoll ein neues Leben aufgebaut, behaglich in einer scheinbaren Freiheit eingebettet, wohlig eingeschläfert von dem Bewußtsein, daß eine Heimat nahtlos gegen die andere austauschbar wäre. Dann aber, als die Armee des Königs von Jerusalem am Litani-Fluß zusammengeschlagen wurde, gehörte er zu den Flüchtenden, die auf das Entsatzheer Roberts von Sidon trafen. Es war Roger de Sislay, der den Baron von Sidon überzeugte, daß die Niederlage vollkommen und Hilfe unmöglich sei. Sislay war in Panik. Sein Outremer, das er sich geschaffen hatte, schien mit einem Schlag zusammengebrochen. In seiner Phantasie nahm alles Formen des Unglaublichen, des Übertriebenen, des Unfaßlichen an. Er hatte Aquitanien verlassen, weil er es nicht mehr ertrug, nun lag Outremer im Sterben, der einzige und letzte Halt, den er noch besaß. Verstehst du mich soweit, Brans?«

Brian blickte auf den Dolch, blickte in Al-Tustaris Gesicht, suchte die Augen Robert de Bantracs. Sein Blick irrte umher.

»Als er sich wieder gefaßt hatte«, fuhr Al-Tustari fort, »ritt er zum Litani-Fluß zurück. Den ganzen Weg über lagen Leichen von Geflüchteten, Männer, die Robert de Sidon mit Leichtigkeit hätte retten können. Male dir das Bild aus, Brans. Du reitest Meile um Meile entlang, und überall liegen die aufgeschlitzten Leichen von Menschen, die du auf dem Gewissen hast, die du zum Tod ver-

dammt hast, nur weil du in panischer Furcht um dein kleines Leben die Wahrheit verzerrt hast. Es war ein Ritt durch die Hölle, Brans. Es war ein Ritt durch die Hölle, die er, Roger de Sislay geschaffen hatte. Langsam begriff dein Vater, was er angerichtet hatte.«

Al-Tustari sah Brian einen Augenblick lang stumm an.

»Brauche ich den Dolch noch?« fragte er.

»Nein«, sagte Brian mit tonloser Stimme.

Der Sarazene steckte den Dolch in seine Scheide zurück und setzte sich mit gekreuzten Beinen neben Brian.

»Roger de Sislay erfuhr, daß die Festung von Beaufort noch gehalten wurde. Er kannte diese Burg. Durch einen verfallenen Schacht, von dem er wußte, gelang es ihm, kriechend, so wie es ihm angemessen schien, in ihre Mauern zu gelangen. Beaufort war verloren. Es war nur eine Frage von Tagen. Roger de Sislay wußte es. Und plötzlich, Brans, begriff er auch, wer er wirklich war.

Ein Feigling, der es nicht ertragen hatte, in Aquitanien nur ein kleiner Mann unter vielen zu sein, ein Feigling, der auch in Outremer bei der ersten großen Schwierigkeit nur an eines gedacht hatte, nämlich um sein Leben zu laufen.«

Al-Tustari schwieg einen Moment lang.

»Er sehnte sich nach dem Tod. Er vollbrachte Unglaubliches bei der Verteidigung von Beaufort, aber er wurde nicht einmal verwundet. Es war ihm, als sei er selbst dem Schicksal zu unrein geworden. Als wir die Festung stürmten, lebte nur noch er. Er stand vor dem Hauptturm, mit dem Rücken zum offenen Fallgitter, das ihm die Flucht ermöglicht hätte. Er stand dort, tötete unsere tapfersten Krieger und schrie und lachte, wie ein von einem Dämon Besessener. Wir hielten ihn für wahnsinnig. Saladins Blick war schärfer. Er erkannte, daß etwas Ungeheuerliches vor sich ging. Die zweite Geburt eines Menschen. Mit jedem Schlag starb Roger de Sislay ein Stück mehr, mit jedem Hieb wuchs jemand heran, der sich später Courtrain d'Erbil nennen sollte. Und dieser neue Mensch, der aus dem alten entstand, dieser neue Mensch, Brans, hatte eine Sehnsucht zum Leben in sich, an die er nie geglaubt, die er nie für möglich gehalten hätte.«

Al-Tustari sah Brian an.

»Dort, auf der Spitze des Hügels, als er dich zum Kampf zwang, versuchte er dir etwas davon begreiflich zu machen.«
Brian schwieg, während Robert de Bantrac ihn betrachtete und in seinen Augen zu lesen versuchte.
»Saladin begnadigte deinen Vater. Er gebot dem Kampf Einhalt und schenkte ihm das Leben. Seiner Tapferkeit wegen, wie er sagte. Das war nicht der Grund für sein Verhalten, Brans. Saladin begriff, daß, weshalb auch immer, für deinen Vater der Augenblick noch nicht gekommen war. Der Sultan beugte sein Haupt vor dem Unerklärbaren. Er wollte sich nicht gegen Gott versündigen.«
Al-Tustari wandte sich Robert zu.
»Gib mir Wein, Robert. Ich bin durstig geworden. Durstig von all dem Staub der Vergangenheit.«
De Bantrac reichte ihm den Weinschlauch, und der Sarazene trank in vollen Zügen.
»Was wurde aus Courtrain d'Erbil?« fragte Brian.
»Courtrain d'Erbil wurde mein Freund. Er begleitete mich auf meiner Wanderschaft und schließlich ich ihn.«
»Ich will nach Nablus zurück«, sagte Brian.
»Es ist zu spät, mein Freund. Er hat sein Lager längst abgebrochen. Du hättest den Kelch mit ihm trinken sollen.«
»Ich habe nichts verstanden«, sagte Brian, und die Hoffnungslosigkeit in seiner Stimme entsetzte de Bantrac.
»Er ist stolz auf dich, Brans. Es war ein Geschenk für ihn, daß er dich kennenlernen durfte.«
Al-Tustari stand auf. »Er wollte nicht, daß ich dir die Wahrheit sage. Aber du bist es wert aufzuwachen, Brans.«
Der Sarazene griff nach den Zügeln seines Pferdes.
»Die meisten Menschen schlafen ihr Leben lang. Sie träumen ihre Wahrheit. Du bist stark genug, sie zu erleben, Franke.«
Der Sarazene schwang sich in den Sattel.
»Wir sehen einander wieder, Brans«, sagte er.
»Woher willst du das wissen?«
Al-Tustari lächelte. »Manchmal befrage ich die Sterne. Ein altes persisches Laster, das ich nicht ablegen kann.«
»Werde ich auch Courtrain d'Erbil wiedersehen, Sarazene?« frag-

te Brian, der zusammengekauert auf dem Boden saß. »Was sagen deine Sterne dazu?«
»Die Gärten des Lichts sind weit und endlos, Franke. Alles hat in ihnen Platz.«
»Das ist keine Antwort, Al-Tustari«, sagte de Bantrac.
»Die beste«, erwiderte der Sarazene lachend. »Die beste, die es auf Erden gibt.«
Dann gab er seinem Pferd die Sporen und ritt davon.

Noch am selben Tag bat Robert de Bantrac Brian um den Ritterschlag, ein Ritterschlag ohne Messe, Beichte und Kommunion, wie er sonst nur im Angesicht des Todes erlaubt war.
Brian ließ ihn niederknien, sprach die vorgeschriebenen Formeln, aber als er seine Schwertfläche auf die Schultern de Bantracs legte, ergriff ihn ein Lachen, das er nicht unterdrücken konnte. Er lachte, als er Robert zum Ritter schlug, lachte laut und unkontrolliert und ohne Ende, während der große Normanne mit gesenktem Kopf das Ritual über sich ergehen ließ. Dann stand der Riese auf und schlug Brian zu Boden.

Es war de Bantrac, der bei Brian blieb, als er sinnlos, wunderbar heldenhaft und brüllend vor Wut gegen eine sarazenische Patrouille anritt und dabei an der Seite verwundet wurde; es war de Bantrac, der sich um Brian kümmerte, die Wochen, die sie noch in Jaffa verbrachten, und dann auf dem Schiff, das sie nach Narbonne brachte. Es war de Bantrac, der ihm Saft von Mohnblumen bereitete, wenn Brian die Nächte über wach lag, und er war es auch, der ihn nötigte zu essen.
Es war de Bantrac, der ihn von Narbonne nach Sislay begleitete.
Als Brian Sislay erreicht hatte, löste er seine Verlobung mit Isabella, einer der reichsten Erbinnen der Umgebung, und verwundete ihren Bruder, der ihre Ehre dadurch beschmutzt sah. Es war de Bantrac, der ihm bei diesem Zweikampf sekundierte und Brian dann vor die Füße spuckte, angewidert von dessen trunkenem Selbstmitleid und seinem glühenden Haß. Es war de Bantrac, der bei ihm war, als Brian eines Tages aus seinem torkelnden Traum erwachte und erfaßte, was er angerichtet hatte.

Brans de Sislay stand vor dem zerschlagenen Bild seiner Welt. Schließlich erkannte er, was er zu tun hatte. Schließlich wußte er es.

Es war kalt in der Kirche, und Brian spürte den eisigen Boden wie einen Schlag gegen seinen nackten und blutigen Oberkörper, als er sich vor dem Altar zu Boden warf.

Die Stimme des Bischofs in der Kirche klang hell und scharf. Sie erfaßte den ganzen Raum, trotz der Hunderte von Menschen, die ihn füllten. Sie waren alle hier, die Senhers des Landstrichs und ihre Domnas, ihre Diener und Mägde und all die Schaulustigen des kleinen Ortes, die sich dieses Ereignis nicht entgehen lassen wollten.

»Bereust du, Brans de Sislay, das Versprechen der Ehe gebrochen zu haben?« fragte die Stimme, die hallend und ohne Wärme von der mit Bildern der Erlösung bemalten Decke der Kirche zu ihm heruntergeworfen wurde.

»Ich bereue«, sagte Brian, die Wange auf die Steinplatten des Bodens gepreßt.

»Bereust du, Brans de Sislay, den Bruder deiner ehemaligen Verlobten verletzt zu haben, obwohl er sich im Recht befand und du diesem Recht keine Genugtuung zuteil werden lassen wolltest?«

»Ich bereue.«

»Dann wird dir vergeben, Brans de Sislay.« Die kalte, hart und metallisch klingende Stimme vor ihm, über ihm, schwieg kurz, ein Schweigen des Eises, ein Schweigen ohne lichtes Erbarmen.

»Es wird dir vergeben, weil du selbst um die Aberkennung deines Lehens gebeten hast. Es wird dir vergeben, weil dein Bruder, der neue Senher von Sislay, um Milde für dich gebeten hat. Es wird dir vergeben, weil du aus eigenem Entschluß bereit bist, die Bezeichnung Sislay für alle Zukunft abzulegen und fortan als Namenloser in dieser Welt zu leben. Danke Gott dafür, Brans.«

»Ich danke Gott dafür.«

»Danke Gott für die Geißelung, die einen Bruchteil deiner Schuld vor deinen Nächsten und Jesus Christus, unserem Herrn, abgegolten hat.«

»Ich danke Gott dafür.«

»Dann steh auf, Brans, und verlaß uns für immer.«
Brian erhob sich mühsam, während ihm noch das Blut über Rücken und Brust rann. Ein roter, verwischter Fleck zeichnete Bilder in den Boden der Kirche. »Ich segne dich nicht, Brans«, sagte der kleine, harte Mann im Bischofsornat, der vor dem Altar in einem mit Samt ausgeschlagenen Stuhl saß. »Finde du von selbst einen Weg, der dich eines Segens würdig macht. Wenn Gott dir diese Gnade zuteil werden läßt.«
»Ja, Pater«, sagte Brian. Einen Augenblick lang drehte sich die Kirche vor seinen Augen, verschwammen Menschen, Pfeiler und Altar zu einem Kreis von Farben, Bildern, wirren Punkten aus Kerzenlicht und weichem, schimmerndem Gold, bis abrupt alles wieder seinen Platz hatte, Konturen, Linien und das blaurote Licht, das durch die Fenster des Seitenschiffs auf die wartenden Menschen fiel.
Brian warf einen letzten Blick um sich. Dann schritt er durch das Spalier der Leute, die ihn neugierig betrachteten, ihm leise alles Gute wünschten oder ihn verfluchten. Vor der Kirche wartete de Bantrac auf ihn. Er warf ihm einen Mantel über die blutigen Schultern und half ihm, das Pferd zu besteigen.
»Alles Gute, Brans«, sagte er.
»Brans ist tot«, antwortete Brian und ritt langsam die Straße des Ortes entlang, während die Leute zur Seite wichen, wenn er an ihnen vorüberkam, und vor sich auf den Boden spuckten.
Brian ritt Stunden über Stunden, ohne zu wissen, wohin der Weg ihn führte. Schließlich erreichte er einen steinigen Pfad, der einen Hügel hinanführte. Als Brian die Spitze des Hügels erreicht hatte, warf er den Mantel von sich, hinunter in die Tiefe. Er schrie seinen Haß und seine Verzweiflung aus sich heraus, hinunter in das Tal, hinunter zu jenen, die nicht begriffen, die nicht verstanden, und zu seiner Verwunderung drängten sich plötzlich Worte der Liebe in ihm empor. Er schrie seine Liebe der Weite und dem Horizont zu, Verse des Schönen, Verse der Sehnsucht, Worte des Beglückenden, Worte des Unerfüllbaren, während das Blut auf seinem Körper trocknete und er seine Arme ausbreitete, wie um die Welt zu umfassen.

7. Kapitel

CIORNAC, PARZIÉ
Juni 1201

Der Weg zur Burg war schmal und steil, führte einen Felsrücken entlang, der schroff zu beiden Seiten hin abstürzte, begrenzt von Steinblöcken und kümmerlichem Strauchwerk, das der Wind zur Seite bog.
Der Reiter, der ihnen entgegenkam, trug Waffen, und die beiden berittenen Sergeanten, die ihm folgten, hatten ihre Armbrust schußbereit auf sie gerichtet.
»Was willst du, Jaufre?« fragte der Reiter, als er sein Pferd vor ihnen zügelte.
»Mit der Loba sprechen.«
Loba, dachte der Troubadour. Die Wölfin. Ein guter Name für Ana de Ciornac. »Vielleicht will sie dich nicht sehen, Jaufre.«
»Fragen wir sie«, sagte der Dunkelhaarige. Sein Blick glitt vom Gesicht des Reiters ab und folgte dem Flug eines Habichts, der flach segelnd über dem Bergrücken kreiste, sich schräg zur Seite fallen ließ und der Ebene entgegentauchte.
»Wer ist der Mann?« Der Reiter deutete auf Brian.
»Ein Freund, Gonzalgo.«
»Hat er auch einen Namen?«
»Brian de Martial. Ein Troubadour.«
»Wir brauchen hier keine Gaukler, Tänzer oder Bärenführer, Jaufre. Soll er sich zum Teufel scheren und dem sein Lied singen.«
Jaufre beugte sich vor und legte seine Hand auf den eisenbesetzten Handschuh Gonzalgos.

»Du wirkst gereizt, mein Freund«, sagte er. »Unausgeglichen. Hast du heute noch niemanden geohrfeigt, niedergeschlagen oder mit den Füßen getreten?«
Der Reiter grinste. »Du könntest der erste sein, Jaufre.«
»Wunderbar«, entgegnete de Sarvas. »Ich sehne mich bereits danach. Aber bevor wir beginnen, hier auf diesem Berg endgültig Wurzeln zu schlagen, solltest du uns zu deiner Mutter führen. Wir haben der Loba etwas vorzuschlagen. Ein Geschäft. Ein Geschäft, das Peire de Gedevan seinen Besitz kosten könnte.«
Der Reiter pfiff durch die Zähne. »Peire, sagtest du?«
Jaufre nickte. »Deinen geliebten Onkel, Gonzalgo.«
Der Reiter lächelte sie mit einem Male fröhlich an.
»Warum hast du das nicht gleich gesagt, Jaufre? Seid willkommen, Freunde!« rief er. »Seid herzlich willkommen auf Ciornac!«
»Ich wußte es«, sagte Jaufre. »Ich wußte es, daß ich den Schlüssel zu deinem Herzen finden würde, Gonzalgo.«

Ana de Ciornac erwartete sie im Hauptturm. Die große, schmale Frau saß in dem einzigen Stuhl, der sich im Raum befand, seitwärts, mit dem Rücken zum Fenster, von dem aus die Sonne sie beschien. Während der blaue Samt ihres Kleides aufleuchtete, lag ihr Gesicht im Schatten.
Zwei kräftige Männer standen neben der Frau, Männer mit harten, abweisenden Gesichtern. Ihre jüngeren Söhne, wie Brian vermutete. Gonzalgo hatte sich an eine Truhe an der Seite des Raumes gelehnt, die Arme über der Brust verschränkt.
»Ich hatte schon gehört, daß du im Lande bist, Namenloser«, sagte Ana mit heller, melodiöser Stimme.
»Es ist lange her, daß mich jemand so genannt hat.« Brian hatte Schwierigkeiten, ihr Gesicht zu erkennen. Das Licht, das durch das Fenster fiel, blendete ihn.
»Ich war dabei«, antwortete Ana. »Ich habe dich gesehen, damals in jener Kirche.«
»Das ist alles Vergangenheit.«
»Mein Mann war mit dem Mädchen verwandt. Mit diesem Mädchen, das du in den Dreck gestoßen hast.«
Brians Augen gewöhnten sich allmählich an das Licht im Raum.

Die Schatten des Antlitzes der Frau nahmen Form an. Sie mußte einstmals schön gewesen sein, fand er, mit ihrem ovalen Gesichtsschnitt, den großen Augen und dem vollen Mund.
»Ich habe dafür gebüßt«, sagte Brian, während Jaufre ihn von der Seite her musterte.
Ana de Ciornac schüttelte den Kopf.
»Nein. Du hast dich davongestohlen, Namenloser. Freigekauft mit der Hilfe eines Bischofs, der sich deiner Familie verpflichtet hatte. Du bist ein Feigling. Derselbe Feigling, wie es dein Vater war.«
Der Troubadour lachte kurz auf. »Sie sind beide tot. Brans und Roger. Tot und von der Zeit verscharrt.«
»Hast du dich je nach dem Mädchen erkundigt?« fragte die Frau im Schatten. Ihre Stimme klang freundlich.
»Es geht ihr gut.«
»Sie hatte dich geliebt. Hast du vergessen, daß sie versucht hat, sich zu töten, als du sie verlassen hast?«
»Nein.«
Ana de Ciornac bewegte die Hand mit einer anmutigen Geste.
»Nun, du Sänger der Freude, sie konnte danach keinen Mann mehr berühren. Sie konnte keine Kinder bekommen. Du hast sie auf zweifache Weise getötet, Namenloser.«
Die Frau beugte sich vor, und Brian konnte ihr von feinen Falten überzogenes Gesicht nun deutlich erkennen.
»Ich verfluche dich im Namen aller Frauen. Ich wünsche dir Krankheit, Verderbnis und Tod.«
»Sie kommen wegen Peire, Loba.« Gonzalgo betrachtete Brian abschätzend.
Die Frau lehnte sich zurück und legte ihre Arme auf die Armlehnen des Stuhls.
»Was wollt ihr von mir?«
»Guillem de Parzié hat einen Plan, wie man Peire aus seiner Burg locken könnte.« Brian hielt dem Blick der Frau stand, der nicht von ihm ließ.
»Welchen?«
»Er will ihn Euch selbst erklären.«
»Wo?«
»Ihr bestimmt den Ort.«

»Hier.« Die Frau deutete mit dem Finger zu Boden. »Hier, Namenloser.«
»Wenn Ihr es wünscht.«
»Woraus besteht sein Plan?«
»Ich kenne ihn nicht.«
Die Frau schwieg einen Augenblick lang. »Was soll ich tun?«
»Wenn Peire seine Burg verlassen hat, sollt Ihr den Weg nach Parzié blockieren. Sein Söldnerhauptmann Ramon ist ein guter Soldat. Er wird uns schnell nachsetzen, wenn er spürt, daß an der Sache etwas nicht in Ordnung ist.«
»Welcher Sache?« Ana betrachtete ihn voller Mißtrauen.
»Ich sagte Euch bereits, daß ich den Plan nicht kenne«, wiederholte Brian.
»Wir sollen also die Straße nach Béziers absichern?« fragte einer der Söhne, die neben Ana de Ciornac standen.
»Die Straße und alle Wege, die nach Parzié führen.«
»Weshalb wir? Weshalb nicht Parziés Freunde?«
Jaufre lächelte. »Sie sind Katharer, Loba. Ihr nicht. Ihr seid hier allesamt rechtgläubige Katholiken.«
»Ein politisches Spiel?« Die Frau in dem blauen Kleid musterte nun auch Jaufre eingehend.
»Ein Spiel der Macht, Loba.«
»Was war Peires Einsatz?«
»Ein zerstörtes Dorf.«
Die Frau nickte. »Ich habe davon gehört.«
»Guillem will Rache.«
»Und weshalb soll ich ihm dabei helfen?«
»Weil auch Ihr Peire zur Hölle wünscht.«
Ana schwieg für einen kurzen Moment. »Guillem soll seine Rache bekommen«, sagte sie dann.
»Das wird ihn freuen«, sagte Jaufre.
Ana verschränkte die Finger ineinander. »Und ich? Was habe ich davon? Hat Guillem sich auch darüber den Kopf zerbrochen?«
»Ihr führt einen Prozeß vor dem Grafschaftsgericht von Toulouse, Domna. Einen Prozeß um die Besitzungen von Gedevan.«
»Sie gehören mir. Ich bin die Erstgeborene. Die Tochter aus einer rechtmäßigen Ehe. Peire ist nur der Sohn einer Konkubine.«

»Euer Vater hat anders entschieden.«
»Diese Hure, die Peire geboren hat, hat meinem Vater den Verstand geraubt. Jedermann weiß das.« Ana beugte sich unvermittelt vor. Eine Strähne ihres hennagefärbten Haares fiel ihr in die Stirne. »Gedevan gehört mir, Jaufre«, sagte sie mit harter Stimme. »Verstehst du?«
Jaufre nickte, freundlich lächelnd.
»Sicherlich, Loba, sicherlich. Guillem will Peire dem Grafen von Toulouse überantworten. Wenn es ihm gelingt, verliert Euer geschätzter Bruder mit großer Sicherheit sein Lehen. Es ist an dem Grafen, zu entscheiden, wer es dann bekommt.«
»Und Jordas?«
»Wie soll der Sohn ein Anrecht auf etwas besitzen, das nicht einmal dem Vater gehört?«
Die Frau lächelte mit einem Male. »Fahr zur Hölle, Jaufre«, sagte sie.
»Eines Tages sicher«, antwortete der Dunkelhaarige freundlich.
»Ist es nicht so, daß wir beide eine Karte in der Hand halten, Guillem und ich? Dann, wenn Peire in unserer Gewalt ist? Ich mit meinem gerechten Anspruch und Guillem mit diesem Bastard von Jordas?«
»Eure Karte ist nicht schlecht, Loba. Ihr seid Witwe und habt Söhne.«
Die Frau in dem blauen Kleid blickte zu Gonzalgo hin. »Was meinst du?«
Gonzalgo zuckte mit den Achseln. »Wer garantiert uns, daß Peire seine Burg verläßt? Hinter den Mauern von Gedevan ist er unangreifbar.«
Jaufre lächelte Anas Sohn an. »Guillem weiß, wie er ihn aus seinem Fuchsbau herauslocken kann.«
»Dann wird es Zeit, daß Parzié uns seinen Plan erklärt.«
»Das wird er, wenn ihr euch trefft.«
»Ich hätte Peire gerne in meiner Gewalt«, sagte Ana. Sie blickte kurz auf ihre faltigen Hände. »Ohne Verluste auf unserer Seite.«
»Guillem ist sich dessen sicher, daß wir ihn alleine fangen werden.«

»Die Frage ist«, meinte Gonzalgo, »was wir verlieren, wenn Parziés Plan von Wert ist.«
»Nichts«, sagte Jaufre. »Aber vielleicht gewinnt ihr Gedevan.«
»Ja«, sagte die Frau. »Wahrscheinlich. Wahrscheinlich hast du recht.«
Sie blickte kurz zu Boden und hob dann den Kopf. »Wer ist sonst noch dabei?«
»Robert de Bantrac«, antwortete Jaufre. »Und ich.«
»Weshalb?«
Jaufre lächelte sein gewinnendstes Lächeln. Dann deutete er auf Brian.
»Weil wir seine Freunde sind. Nur deshalb, Loba. Nur deshalb sind wir dabei.«
»Und du?« fragte Ana. »Welche Rolle spielst du in dieser Geschichte, Namenloser?«
»Peire ist ein Mann des Malvestatz. Des Bösen. Ein Henker.«
»Wie du.«
Brian blickte in die leuchtenden, kalten Augen der Frau. »Die Seele des Menschen klingt wie ein Lied. Ihr könnt das meine noch nicht zur Gänze hören.«
»Besser, als du glaubst. Besser, als du es selbst je verstehen wirst.«
Die Frau in dem blauen Kleid setzte sich noch aufrechter.
»In fünf Tagen will ich euch alle hier sehen. Guillem, dich, Jaufre und auch diesen hier.« Nur mit den Fingerspitzen deutete sie auf Brian. »Wenn mir Parziés Plan gefällt, werde ich euch unterstützen.«
»Ich danke Euch, Loba.« Jaufre verbeugte sich leicht. »Mit Eurer Erlaubnis werden wir Euch nun verlassen.«
»In fünf Tagen, Jaufre«, sagte die Frau.
Die beiden Männer wandten sich ab, um zu gehen. Plötzlich aber blieb Jaufre stehen.
»Da fällt mir gerade noch ein, Loba ... Sollte mein Freund hier auf Euren Besitzungen einen Unfall erleiden, einen zufälligen, meine ich, wie etwa von einem versteckt abgeschossenen Pfeil ...« Jaufre beendete seinen Satz nicht.
Die Domna von Ciornac machte eine ungeduldige Geste. »Was wäre dann?«

»Dann würde Ciornac brennen.« Jaufres Stimme war sanft und gewinnend.
»Du wirst doch kein widernatürliches Verhältnis mit ihm haben, bel companho?«
»Es ist mehr eine Frage der Ehre, Loba.«
»Dieser Mann ist keinen brennenden Heuhaufen wert.«
»Laßt mich das entscheiden.« Jaufres Freundlichkeit war ungebrochen. »Er hat auch einen Namen, Loba. Er heißt Brian de Martial.«
»Er ist ein Namenloser«, sagte die Frau mit einer wegwerfenden Handbewegung. »Und er wird ein Namenloser bleiben.«

Als Brian aus Sarvas zurückgekehrt war, hatte Gaelle ihn freudig begrüßt. Er hatte ihre Hände ergriffen und die Spitzen ihrer Finger geküßt, und plötzlich war sie erstarrt, war zurückgewichen, hatte sich von ihm gelöst, unsicher und mißtrauisch.
Guillem hatte ein consilium, wie er es nannte, einberufen. Entschlossen und mit aller Härte legte er Jordas seinen Plan dar. Er zwang den jungen Mann und Brian, ihm zuzustimmen. Der Troubadour hatte die ganze Zeit über Gaelles Blick auf sich ruhen gefühlt, forschend und zweifelnd. Sie war sich nicht schlüssig gewesen. Sie war sich nicht schlüssig gewesen, ob er sie und seine Cortezia verraten hatte.
»Du hast mich betrogen«, sagte Gaelle zornig, als er ihr in ihrer Kammer alleine gegenüberstand.
»Woher willst du das wissen?« fragte Brian. Unvermittelt und zum ersten Male duzte er sie.
»Das spüre ich, Troubadour.« Gaelle schritt in der Kammer erregt auf und ab. »Mein Gott, warum konntest du nicht warten, bis ich mich entschieden hatte? Warum mußtest du mir das Märchen erzählen, daß du mich liebtest und daß ich deine Domna wäre? Warum mußtest du mich hintergehen?«
»Ich schwöre dir...«
»Tu es nicht! Eine Lüge genügt bereits, um alles Vertrauen vergessen zu machen. Ist es nicht das Erbärmlichste, mit der Liebe seinen Spott zu treiben? Ist es nicht das Schlimmste auf Erden, zu betrügen und zu hintergehen?« Gaelle schlug vor Zorn mit ihren Fäu-

sten auf seine Brust ein. »Warum hast du mich nur betrogen? Jetzt, da ich...«
»Es war nichts«, sagte Brian, der ihre Handgelenke faßte. »Nichts, das von Bedeutung gewesen wäre.«
»Hast du dir nicht vorstellen können, daß ich es spüren würde?«
Gaelle drehte den Kopf zur Seite. Brian betrachtete ihr blondes Haar, das ihr über den Rücken fiel. Er wollte es anfassen, leicht darüberstreichen. Zärtlichkeit erfaßte, umklammerte ihn, ließ seine Stimme weich und heiser zugleich werden.
»Es war nichts«, wiederholte Brian. »Nichts, das sich zwischen uns drängen könnte.«
»Hör zu, Troubadour«, sagte die Frau, als sie ihn neuerlich ansah. »Ich bin kein Kind mehr. Ich habe keine besonderen Illusionen über Männer. Sage es mir, wenn du mich betrogen hast. Das kann ich leichter begreifen als Andeutungen, die alles offenlassen. Sag mir die Wahrheit.«
»Ich habe Worte gehört. Worte, nicht mehr.«
»Worte, die ich dir zugedacht hätte?«
»Worte, die allen Liebenden zugedacht sind.«
Gaelle schwieg.
»Diese Worte waren nicht die meinen«, sagte sie dann.
»Ich liebe nur dich«, antwortete Brian.
Die Frau schwieg.
»Gaelle, ich liebe dich wie das Leben selbst«, sagte der Troubadour. Er legte die Hand auf die ihre. »Lies in meinen Augen, wenn du mir nicht glaubst. Prüfe mich, wenn du mir mißtraust.«
Gaelle zog ihre Hand mit einer zögernden Bewegung zurück. »Hätte ich diese Worte sprechen können?«
»Du hast sie gesprochen.« Einen Augenblick lang erfaßte ihn Ärger über seine Verwirrung. »Es war, als hätte man mir unsere Seelen in einem Spiegel gezeigt.«
»Es hätten meine Worte sein müssen«, sagte Gaelle.
Der Troubadour beugte sich vor, ihr zu.
»Gaelle, ich liebe dich«, sagte er, während seine Hände ihre Schultern ergriffen.
Die blonde Frau betrachtete ihn eindringlich. »Ich weiß es nicht«, sagte sie dann. »Ich weiß es wirklich nicht.«

»Bitte, glaube mir.« Er ergriff sie und nahm sie in seine Arme. Es dauerte lange, bis sich ihr Körper lockerte, weicher wurde.
»Gaelle, es war ein Spiel.«
»Betrug ist kein Spiel, Troubadour.«
»Mein Gott«, sagte Brian und ließ sie los. »Ich habe dich nicht betrogen. Ich habe meine Ehre nicht betrogen. Ich habe mich nicht betrogen. Ich kenne nur eine Frau, der ich alles zu Füßen legen würde. Und diese Frau bist du, Gaelle.«
»Was hast du mit ihr gemacht?«
»Ich habe sie nicht berührt, so wie sie mich nicht berührt hat.« Er ergriff Gaelle an den Schultern. »Es war nicht mehr als ein Spiel.«
»Ein Spiel des Südens.«
»Ein Spiel mit dem Licht.«
»Es hätte uns verbrennen können.«
»Worte«, sagte der Troubadour. »Worte.«
Die Frau schwieg von neuem, und der Troubadour preßte seinen Kopf an ihre Schulter. »Gaelle«, sagte er, als wollte er die Reste dieser Wand niederreißen, die er noch zwischen ihnen fühlte. »Gaelle«, wiederholte er, »so glaube mir doch, mieu amor.«
Die Frau strich ihm leicht, kaum spürbar über seinen Kopf.
»Es hätten meine Worte sein müssen«, sagte sie, bevor ihre Lippen seinen Mund suchten.

Am nächsten Morgen bestand sie darauf, mit den anderen nach Ciornac zu reiten. Guillems Proteste versandeten im Nichts, als Domna Arnaude Gaelles Partei ergriff, und so bereitete Uc, vor sich hin lächelnd, ihren Zelter vor. Den ganzen ersten Teil des Ritts über hielt sie sich von Brian fern, blieb vorne bei Jordas, und als sie Sarvas erreichten, betrachtete sie lange und eindringlich die junge Frau, die zur Begrüßung neben Jaufre am Eingang der Burg stand.
Auch bei dem Essen, das Jaufre für sie ausgerichtet hatte, hielt sie sich an Flamenas Seite, angeregt mit dem Mädchen plaudernd, während der Dunkelhaarige Brian ab und zu mit einem breiten Grinsen bedachte. Als sie sich niederlegten, überraschte Gaelle ihn mit der Nachricht, daß sie in Flamenas Zimmer übernachten wür-

de, während Jaufre ihn mit ernster Miene fragte, ob es ihm wohl recht wäre, den Damen den bequemsten der Räume zu überlassen. Brian gab leise fluchend seine Zustimmung und fluchte schließlich ungehemmt, als ihm eröffnet wurde, daß er mit Uc eine enge Schlafkammer teilen würde. Er fluchte die ganze Zeit über, bis der Katharer resignierend auf seinen Schlaf verzichtete und sich mit rotgeränderten Augen bereit erklärte, den Troubadour in die Geheimnisse seines Messerwurfs einzuweihen.

Als Gaelle am nächsten Morgen mit Flamena erschien, ließ ihr Gesicht keine Gemütsbewegung erkennen. Sie übersah geflissentlich den Troubadour, der den immer einsilbiger werdenden Uc ohne Unterlaß mit weiteren Fragen nach dem richtigen Schwerpunkt des Dolchs in der Wurfhand und über die Seitwärtsdrehung beim Wurf selbst aushorchte.

Als sie weiterritten, hielt sie sich in Jaufres Nähe, der ihr mit Verve den Hof machte. Brian hörte ihr helles Lachen, wenn der Dunkelhaarige eine seiner spöttischen Bemerkungen von sich gab, knirschte mit den Zähnen und dachte an sein vollkommenes Lied, den einzigen, wahren Wert in seinem Leben, und daran, daß eine Frau ihn nur behindern würde, es zu finden, eines Tages, irgendwann.

Es war wenige Meilen vor Ciornac, als Gaelle sich in der Reitergruppe zurückfallen ließ.

»Ich hoffe, du hattest eine angenehme Nacht«, sagte der Troubadour, als die junge Frau an seiner Seite war.

»Angenehm und lehrreich«, erwiderte Gaelle.

Sie warf Brian einen Blick zu. »Du wirkst unausgeschlafen, Troubadour.«

»Ich habe die Nacht mit einem Dolch verbracht.«

»Mein armer Brian«, sagte Gaelle.

Sie ritten einen Augenblick schweigend, bis Gaelle leise auflachte.

»Troubadour, was bist du doch für ein Narr.«

»Das scheint das Schicksal meines Lebens zu sein«, sagte Brian.

»Ihr habt interessante Gebräuche hier, in der Occitanie.«

»Ich nehme an, Flamena hat dir einiges darüber erzählt.«

»Sie ist ein außergewöhnliches Mädchen. Selbst ich muß zugeben, daß ich von ihr noch lernen könnte.«

»Ich sehe eurer Freundschaft mit Beglückung entgegen«, sagte der

Troubadour und wollte seinem Pferd die Sporen geben, als Gaelle ihm in die Zügel griff.
»Nicht so schnell, mein Freund. Du brauchst mich nicht zu meiden.«
»Wie wunderbar.«
»Narr«, sagte die blonde Frau. »Narr, ich liebe dich.«
Brian sah sie an. »Was hat sie mit dir gemacht?« fragte er.
»Worte. Ich habe Worte gehört.«
»Es hätten meine Worte sein müssen.«
»Vielleicht«, meinte sie. »Aber es waren die ihren.«
»Die Worte einer Frau.«
»Richtig, Troubadour«, sagte Gaelle belustigt. »Die Worte einer Frau.«
»Es hätten meine Worte sein müssen«, beharrte der Troubadour, während die junge Frau leise vor sich hin lachte.
Ihre Stimmung schlug erst um, als hinter dem Waldrücken die Burg Ciornac auftauchte. Dunkle Steinmauern erhoben sich auf einem Felsrücken, die massig und bedrohlich in den Himmel ragten.
»Ciornac«, sagte Brian.
Gaelle hielt ihr Pferd kurz an. »Es macht mir angst.«
Sie ließ die Burg nicht mehr aus den Augen, während sie an Brians Seite ritt. Eine düstere Stimmung schien sie zu ergreifen, die sich immer mehr steigerte, als sie den Weg zum Felsen hinaufritten, diesen Weg, der schroff zu beiden Seiten hin abstürzte, begrenzt von Steinblöcken und kümmerlichem Strauchwerk, das der Wind zur Seite bog.

»Kein Gesetz höfischer Liebe wiegt sechzig Tote auf!« schrie Guillem de Parzié, der zornig in dem Saal auf und ab ging, während Ana de Ciornac ihn mit unbeweglicher Miene beobachtete.
Parzié betrachtete die Runde, die ihn umgab. Sein Gesicht war gerötet und sein Oberkörper gespannt, leicht nach vorne geneigt, wie bei einem Tier, das bereit war anzugreifen.
»Jordas wird dieser Hündin, mit der Peire sein Bett teilt, eine Botschaft zukommen lassen. Eine Nachricht, in der er ihr mitteilt, daß er sie liebt und nur den einen und einzigen Wunsch hat, mit ihr zu fliehen.«

»Sie ist keine Hündin«, sagte Jordas ruhig. »Sie ist eine schöne, eine großmütige Frau.«
Parzié blieb stehen. Er sah den jungen Mann voller Erbitterung an.
»Vielleicht ist sie ein Engel, Jordas. Ein uns allen gesandter kleiner sarazenischer Engel.« Anas Stimme klang sanft und spöttisch zugleich. »Guillem ist nur im Innersten seines Herzens überzeugt, daß alle seine Feinde selbstverständlich Kreaturen des Satans sind.«
»Willst du etwa unseren Plan zerstören?« fragte Guillem Jordas. Seine rechte Hand hatte sich zur Faust geballt.
»Nein, Senher«, sagte Jordas. »Es geht mir nur darum, die Ehre einer Frau, die wir bewußt mißbrauchen werden, nicht noch weiter herabzusetzen.«
»Bist du sicher, daß du diese kleine Sarazenin nicht doch ein wenig liebst, mein guter Jordas?«
Ana sah den jungen Mann mit provozierendem Spott an. Ihr abschätzender Seitenblick auf Guillem war kaum zu bemerken.
Jordas errötete, machte dann aber einen Schritt auf den kunstvoll geschnitzten Sessel Anas zu.
»Ich liebe Aude de Parzié, Domna«, sagte er. »Aude, die mein Licht und mein Leben ist.« Jordas verneigte sich leicht. »Wenn Ihr gestattet, Domna.«
»Wer könnte sich einer so reinen, einer so frühlingshaften Liebe widersetzen?« antwortete Ana in schwebendem Tonfall. »Wer wohl, frage ich, Guillem?«
Anas Reaktion überraschte Parzié offenbar. Er blieb abrupt stehen, warf einen Blick in die Runde und begann dann wieder sein rastloses Umherschreiten. Keiner sprach ein Wort.
Sein Plan ist falsch, dachte Gaelle, die etwas abseits in einer Fensternische saß. Er ist falsch, weil er das Ehrgefühl, weil er die Cortezia verletzt. Es ist ein Spiel mit der Liebe, berechnend und schmutzig. Ana de Ciornac scheint das nicht zu berühren. Aber Jordas und Aude werden Wunden von ihm davontragen. Und Guillem. Er ahnt gar nicht, was er da tut. Aber es ist gefährlich, sich selbst zu verraten. Es ist ein Fehler.
Guillem hatte sich gefaßt. »Es wird so gemacht, wie ich es beschlos-

sen habe«, sagte er langsam. »Jordas wird zum Schein mit dieser Sarazenin, dieser Galarda flüchten. Wir werden Peire über Umwege eine Nachricht zukommen lassen, wo sich beide befinden. Peire wird alles daransetzen, vor seinen Leuten nicht als Hahnrei seines Sohnes dazustehen. Er wird sich alleine zu diesem Versteck begeben.« Er stellte sich dicht vor Ana hin. »Und dort werden wir ihn fangen. Wie einen Hasen in der Falle.«
Ana strich leicht mit den Fingern über ihr Kinn. Obwohl Guillems massige Gestalt sie bedrängte, wirkte sie völlig ungerührt. »Woher willst du wissen, daß Galarda Jordas folgen wird?«
»Sie wird kommen«, sagte Guillem.
»Warum, Parzié?«
»Weil sie ihn liebt.«
»Eine gefährliche Krankheit.«
»Gefährlich für Peire.«
Ana nickte. Dann blickte sie zu den anderen Männern hin. »Wurde sonst noch eine Möglichkeit erwogen, Peire aus seiner Burg zu zwingen?«
»Brian de Martial hatte sich angeboten, als Lockvogel zu dienen.« Jaufre sah Ana betont freundlich an, als er es sagte.
»Welches Interesse sollte Peire an ihm haben?«
»Brian hat zwei seiner Leute getötet.«
»Weshalb?«
Jaufre wandte sich kurz in Richtung Gaelles. »Die Dame de Vidars befand sich in Peires Händen. De Martial hat sie befreit.«
Zum ersten Male betrachtete Ana Brian mit Interesse. »Warum hast du das getan, Namenloser?«
Brian sah sie lächelnd an. »Aus dem gleichen Grund, weshalb ich mich einmal auf den schmutzigen Boden einer eisigkalten Kirche geworfen habe.«
Ana schüttelte den Kopf. »Dein Traum«, sagte sie.
»Ein Traum der Wahrheit, den Ihr einstmals mit mir geträumt habt, Domna. Ihr entrinnt ihm ebensowenig, wie ich es tue.«
»Träume sind nichts«, sagte Ana de Ciornac.
»Träume sind alles«, antwortete Brian de Martial.
Guillem unterbrach abrupt. »Wird mein Plan nun akzeptiert?«
»Warum nicht?« sagte Ana. »Wenn er die Billigung der anderen

findet?« Sie wandte sich Jordas zu. »Bist du bereit, dieses Spiel zu spielen?«
»Ja«, sagte Jordas.
»Warum?«
»Seinetwegen«, antwortete der junge Mann mit einer Kopfbewegung zu Parzié hin. »Des Senhers wegen. Audes wegen.«
»Und du, Jaufre?«
»Ich bin dafür, weil Brian ihn akzeptiert hat.«
»So wie Robert de Bantrac, nehme ich an?«
»Das ist richtig, Domna.«
»Und weshalb hast du diesen Vorschlag akzeptiert, Troubadour?«
Brian sah zu Guillem und zu Jordas hin. Der junge Mann wich seinem Blick aus.
»Weil Jordas kein anderer Weg offenbleibt. Weil kein anderer Weg zu seiner Liebe hinführt.«
Die Adern an Anas Händen traten wie Stränge hervor, als sie sich an den Lehnen des Stuhls abstützte und aufstand.
»Die Liebe ist ein ständiger Verrat, Jordas. Zuerst ein Verrat an sich selbst und dann an den anderen.« Sie deutete auf Brian. »Banale, lächerliche Triebe, die von Leuten wie ihm zu einem Heiligtum emporgehoben werden.«
»Was ist dann das Gesetz dieser Welt?« fragte der Troubadour.
»Der Schmerz. Der Schmerz, den man zufügt, und der Schmerz, der einen trifft.«
Ana wandte sich an Parzié. »Du hast meine Unterstützung, Guillem. Du hast meine volle Unterstützung für deinen kleinen, gerissenen Plan. Die Liebe als Lockvogel für einen Peire de Gedevan zu verwenden gefällt mir überaus. Sag mir, wann es soweit ist, und Gonzalgo wird alle Wege nach Gedevan blockieren. Ich selbst werde mit dir kommen.«
»Ich wußte, daß du mit uns sein würdest«, sagte Parzié.
»Guillem«, sagte die Frau. »Soll ich es mir entgehen lassen, Peire am Boden liegen zu sehen?«
»Es wäre jammerschade«, meinte Jaufre.
»Jaufre«, sagte Ana, als sie den Kopf leicht anhob und kühl zu de Sarvas emporsah. »Jaufre, du bist eine Spur zu schön für einen Mann und einen Hauch zu dumm für eine Frau...«

»Eure Komplimente überwältigen mich, Loba«, unterbrach Jaufre sie. »Sie überschütten mich wie duftende Blumen aus einem Füllhorn der Lieblichkeit.«
»Jaufre«, fuhr die Frau fort. »Ich bin die Domna von Gedevan.«
»Das Euch Peire genommen hat.«
»Peire...«, sagte die Frau beinahe lächelnd. »Peire. Der Nachgeborene. Der Sohn. Er hat mir meine Jugend gestohlen. Er hat mir meine Eltern gestohlen und Gedevan.« Sie blickte einen Augenblick vor sich hin. »Er soll verrecken.«
»Amen«, sagte Jaufre.
»Ja. So sei es.« Sie lachte kurz auf. »Wir werden den Wolf in einen Käfig sperren. Wir werden ihn in seinem Schmutz verkommen lassen, damit ein zarter Jüngling sein kleines Mädchen bekommt. Geht die Liebe in dieser Welt nicht sonderbare Wege, Troubadour?«
Ihre Hand deutete auf Brian, mit einer leichten, graziösen Bewegung, die die breiten Enden ihres Ärmelsaums zum Schwingen brachte. »Jordas Liebe? Alle Liebe?«
»Ich beginne zu glauben, daß Ihr Euren Bruder einmal geliebt habt, Domna. Daß Eure Eifersucht sich in Haß verwandelt hat.«
Ana blieb stehen. »Eines Tages bekomme ich dich in meine Hände, Namenloser. Es wird ein Fest werden. Du wirst dein Lied nicht singen. Du wirst es von dir schreien.«
»Wir leben in verschiedenen Welten. Ihr habt die Gärten des Lichts längst verlassen.«
»Es gibt keine Gärten des Lichts«, sagte Ana.
Unvermittelt wandte sie sich Gaelle zu. »Was immer Ihr Euch von diesem Gaukler erwartet, Ihr werdet es nicht bekommen.«
Gaelle wich Anas Blick nicht aus. Die Domna de Ciornac erinnerte sie an ein Raubtier, das schnell und unvermittelt zuschlug. Loba. Die Wölfin.
Es gab Gerüchte, daß sie die Geliebte ihres Vaters, Peires Mutter, umgebracht hatte. Gaelle hatte es bislang für unmöglich gehalten. Jetzt nicht mehr.
»Nichts werdet Ihr von ihm bekommen«, wiederholte die Frau, bevor ihr Blick auf Uc fiel.
»Und du, braver Uc, du stehst treu zu deinem Herrn, nicht wahr? Was immer er dir befiehlt, ist dein Gesetz.«

Uc sah sie teilnahmslos an. Er antwortete nicht.
»So soll es auch sein in dieser Welt. Sei treu, Uc.« Ihre Stimme war scharf vor Spott.
»Es ist genug, Ana!« rief Guillem.
Die Domna de Ciornac wirbelte herum. »Wir sehen uns vor dem Grafschaftsgericht, Guillem!«
»Ja«, sagte Parzié ungeduldig. »Später.«
»Glaube nicht, daß du mich täuschst«, sagte Ana. »Du wirst Gedevan nie in deinen Besitz bringen.«
»Zuerst brauchen wir Peire.«
»Wir werden ihn bekommen.« Sie blickte um sich. »Jetzt, da ich euch alle gesehen habe, bin ich mir sicher.«
Sie schwieg, und einen Moment lang herrschte Stille. Nur vom Burghof her hörte man gedämpft den Lärm von Menschen und Tieren, unterbrochen von einzelnen Rufen. Gonzalgos Stimme, dachte der Troubadour, und eine zweite, die ich nicht einordnen kann.
Ana lächelte für einen Augenblick. »Guillem ... Deine katharischen Vollkommenen ... Was wissen sie über diesen Plan?«
»Nichts.«
»Sie würden ihn nicht billigen.«
»Nein.«
Ana legte ihm die Hand auf die Schulter. »Du bist ein Sünder, Guillem. Ein für Gott verlorener Sünder.«
»Wir alle können eines Tages gerettet werden, Ana.«
»Aber nicht jetzt. Nicht bevor Peire in unseren Händen ist.«
»Nicht, bevor wir ihn in Ketten haben.«
Ana lachte und zog ihre Hand zurück. »Guillem, ich schätze dich mehr, als du glaubst.«
»Weshalb?«
»Weil du zu hassen verstehst.«
»So wie du.«
»Beinahe«, sagte Ana de Ciornac, und der Zug um ihre Lippen wurde wärmer und weicher. »Beinahe so wie ich.«

Es dauerte drei Tage, bis Galarda die Nachricht von Jordas zugespielt werden konnte, und weitere vier, bis es ihr gelang, Gedevan unbemerkt zu verlassen. Jordas flüchtete mit ihr in ein verlassenes Haus, das in einem Wald in der Nähe von Sarvas gelegen war. Als sich ihre Furcht und Aufregung gelegt hatte, umhalste sie Jordas in dem verfallenen Steingebäude, bedeckte sein Gesicht mit Küssen, sprach Zärtlichkeit um Zärtlichkeit, während der junge Mann seltsam unbeteiligt blieb.

»Mieu amor«, sagte sie, »ich bin endlich bei dir. Endlich in Sicherheit.«

»Ja«, antwortete Jordas. »Es hat lange gedauert.«

»Ich mußte erst Peire überlisten«, sagte Galarda. Ihre Stimme klang noch atemlos. »Du weißt, wie mißtrauisch er ist.« Sie lehnte ihren Kopf an seine Brust. »Endlich, mieu amor«, flüsterte sie. »Endlich.«

»Du mußt bei mir bleiben«, sagte Jordas.

Galarda hob den Kopf. »Was anderes sollte ich denn tun, bel companho?« fragte sie lächelnd.

»Du mußt bei mir bleiben, bis Guillem de Parzié uns abholt.« Jordas Stimme klang leise.

Das Mädchen sah ihn fassungslos an. »Guillem de Parzié?«

»Dir wird nichts geschehen.«

»Ich verstehe nicht...« Sie stockte.

»Man wird dich nachher freilassen.«

Ihr Gesicht zeigte einen Ausdruck ungläubigen Entsetzens, als sie in Jordas Augen die Wahrheit las und schließlich begriff. Einen Augenblick lang saß sie starr neben ihm. Dann sprang sie auf, riß die Holztüre zurück und lief. Sie lief zwischen den Bäumen durch, schürfte sich Hände und Füße im Unterholz auf, lief, während sie vor Anstrengung keuchte, während der salzige Geschmack der Tränen auf ihren Lippen brannte, lief, bis der junge Mann sie eingeholt und zu Boden geworfen hatte. Sie wehrte sich, als er ihr Hände und Füße fesselte, schrie vor Haß und Verzweiflung, bäumte sich auf und sah, wie der Himmel sich über ihr hob und auf sie herabsenkte, als sie mit dem Hinterkopf gegen eine Wurzel schlug.

Als sie wieder zu sich kam, spürte sie, daß sie an der Wand des Gewölbes gelehnt saß. Jordas betrachtete sie.

»Du hast dich nicht verletzt«, sagte er.

Sie lachte. Ihre Stimme klang wie trockenes Stroh. »Malvestatz«, sagte sie.
Jordas blickte an ihr vorbei, erhob sich von seinen Knien und holte Wasser von einem Krug. Sie trank gierig aus dem Becher, den er ihr hinhielt. Dann zog er sein Messer und durchschnitt die Fesseln an ihren Füßen.
»Es hat keinen Sinn davonzulaufen«, sagte er. »Ich würde dich immer finden.«
Galarda sah ihn an. »Wie ein Liebender, nicht wahr?«
Der junge Mann antwortete nicht. Er ging zum Herd und beobachtete das Feuer darin.
»Wir sind mit allem versorgt. Es wird uns an nichts mangeln.«
Galarda lachte wieder.
»Worauf warten wir?« fragte sie dann.
»Auf Peire.«
»Und die anderen.«
»Und die anderen.«
Galarda nickte beinahe zufrieden, als hätte sie jetzt endgültig begriffen.
»Sie werden ihn fangen.«
»Ja«, bestätigte Jordas.
»Er ist dein Vater. Wofür verkaufst du ihn?«
»Es geht um das Recht. Aber ich tue es für meine Liebe.«
»Nicht für mich«, sagte das Mädchen voller Hohn.
»Nein. Nicht für dich.«
Der junge Mann blickte kurz durch das Fenster nach draußen.
»Es ist zu früh. Er wird in der Morgendämmerung kommen«, sagte das Mädchen.
»Wie bei dem Dorf«, sagte Jordas.
»Ja«, sagte Galarda. »Wie bei dem Dorf.«
Der junge Mann ging zu dem Herd zurück und machte sich an den Töpfen zu schaffen, während Galarda ihn unausgesetzt betrachtete.
»Was siehst du mich so an!« schrie er plötzlich, als er sich mit einer abrupten Bewegung umwandte. »Ich konnte nicht anders!«
»Nein?«
»Nein, verflucht noch einmal! Nein!« Er drehte sich dem Licht zu,

das aus dem Fenster in den Raum fiel. Er strich sich kurz über seine Augen.
Das dunkelhäutige Mädchen setzte sich auf. »Also mußtest du mich mit Dreck besudeln? War das dein Wunsch?«
»Du bist der Preis.«
»Für deine Liebe?«
»Ja.«
»Ich und Peire?«
»Beide.«
Die Sarazenin lachte. »Du bist tot, Jordas. Du bist ein lebender Leichnam.«
»Nein«, sagte der junge Mann. »Du täuschst dich.«
Das Mädchen erhob sich und ging einige Schritte auf ihn zu. Die Finger ihrer gefesselten Hände deuteten auf ihn.
»Hör zu, Judas. Ein Mann besteht aus dem Gefühl für seine Cortezia und seine Parage. Aus all dem, was seine Ehre bestimmt. Du hast sie heute in dir getötet. Dieses Wissen wirst du nicht überleben. Du wirst es nicht ertragen.«
»Ich werde es ertragen, Galarda.«
»Ihretwegen?«
»Ja, ihretwegen.«
Die junge Frau schüttelte den Kopf. »Nein. Sie weiß doch, daß du Verrat geübt hast. Sie wird dir nie mehr glauben können, auch wenn sie es tausendfach versucht.«
Jordas stieß das Mädchen nieder. Die Sarazenin prallte erst gegen die rauhe Wand, dann auf den Steinboden, das Gesicht im Staub.
»Mieu cavalier«, sagte sie. Das kurze Schluchzen, das sie schüttelte, erstarb schnell.
Der junge Mann kniete sich neben sie nieder. Er strich ihr über die Stirne.
»Ich wollte das nicht«, sagte er.
»Mag sein. Wahrscheinlich wolltest du es wirklich nicht.«
Sie lag jetzt auf dem Rücken und sah zum Dach hoch, an dem sich Bruchstellen und Spuren der Nachmittagssonne zeigten, flimmernde Bänder in einem alten, feuergeschwärzten Gebälk.
Er zögerte einen Augenblick lang.
»Vergib mir, wenn du kannst«, sagte er dann.

»Vergeben?« Sie lächelte kaum merklich. »Ich wünsche dir den Tod, Jordas. Langsam und quälend.«
»Ich schätze dich aus ganzem Herzen, Galarda.«
»Ja? Ich liebte dich aus ganzem Herzen.« Sie drehte sich ihm zu. »Einmal. Irgendwann.«
»Ich wollte das nicht«, wiederholte er.
»Um verraten zu können, mein Jordas, muß man die Seele eines Verräters besitzen. Oder man stirbt.«
»Es ist nur eine List.«
Das Mädchen lachte und hob ihre gefesselten Hände.
»Eine List«, sagte sie. »Ja. Nur eine kleine List.«
Jordas schwieg, während die Sarazenin das Gesicht von ihm wegdrehte.
Er stand auf und blickte ziellos im Raum umher.
»Was wirst du jetzt bloß tun, Jordas?« fragte das Mädchen, sich halb aufrichtend.
»Warten.«
»Die ganze Nacht über?«
»Ja.«
»Meine Liebesnacht. Unsere Liebesnacht.«
Der Mann ging zu einem Sack, öffnete ihn und prüfte die Waffen, die sich darin befanden.
Galarda betrachtete ihn. »Es wird die längste Nacht deines Lebens werden, Jordas«, sagte sie dann.
»Nein«. Er schüttelte den Kopf. »Wir warten. Wir warten nur.«
»Auf Peire.«
»Ja.«
»Bis sie ihn gefangen haben?«
»Bis sie ihn gefangen haben.«
»Malvestatz«, sagte das Mädchen. »Malvestatz.«

Peire kam nicht alleine.
In dem Hohlweg des Waldes, auf dessen steil ansteigenden Seiten Parzié seine Leute postiert hatte, ritten zwei seiner Söldner, Späher, die das Gelände erkundeten.
Robert de Bantrac lag versteckt im hohen Gras, das vor dem Waldsaum an den Kämmen voll und satt sproß, eine langgezogene,

windbewegte Spur von Farn und Sträuchern, die sich hoch und dicht vor dem dunkleren Grün der Bäume abhob.
Robert hob kaum merklich den Arm.
Einer seiner Leute, der am Waldrand postiert war, verschwand lautlos zwischen den Bäumen und lief zur Lichtung, wo die Pferde standen.
Die Söldner blickten sich um, sahen jetzt in seine Richtung. Erfahrene Leute. Katalanen oder Franzosen. Harte, bärtige Gesichter, blaß und wächsern im Licht der Morgendämmerung.
Ich habe es gewußt, dachte Bantrac, daß Peire nicht alleine kommen würde. Ich habe es Guillem gesagt. Ich habe ihn gewarnt, und er hat mir nicht geglaubt. Sie sind großartig, diese Männer der Occitanie. Stolz, tapfer und stets zum Kampf gewappnet, wenn es um Cortezia und Parage geht. Voll der prachtvollen Gesten, immer bereit zu den unsinnigsten Mutproben und bar jeglicher Taktik. Richard Löwenherz hätte sie gehängt. Allesamt.
Der eine Späher kniff die Augen zusammen und blickte zu dem Höhenkamm empor. Er zügelte sein Pferd und betrachtete unbewegt das windgepeitschte Gras. Er senkte den Kopf, als würde er auf etwas horchen.
Es ist zu still, dachte de Bantrac. Das muß ihnen auffallen. Der Morgen graut und kein Vogelgesang ist zu hören.
Der Söldner wandte sich zu seinem Begleiter und schüttelte kaum merklich den Kopf. De Bantrac nickte den Männern neben ihm zu. Er sah, wie sie ihre Bogen spannten und die beiden Späher ins Visier nahmen.
Gut, dachte er, daß ich Jaufres Leute als Reserve hinter dem Hügel postiert habe. Silvain müßte schon bei ihnen sein. Jaufre wird Peire in den Rücken fallen, wenn er zu fliehen versucht. Wir werden ihn fassen. Letztlich wird Guillem ihn so bekommen, wie er es sich wünscht. An Händen und Füßen gebunden. Aber wir hätten es leichter haben können. Ohne die occitanische Kriegskunst.
Es mußte ein Austausch von Blicken gewesen sein. Auf einmal gaben die beiden Söldner ihren Pferden mit aller Macht die Sporen. Beinahe flach auf dem Rücken der Tiere liegend, versuchten sie, zum Ausgang des Hohlweges zu galoppieren.
»Jetzt«, schrie de Bantrac, und der eine der Söldner fiel, von Pfeilen

durchbohrt, nach rückwärts, wurde von dem Pferd, in dessen Steigbügel er hängenblieb, mitgeschleift, bis er leblos zu einem Ginsterbusch rollte, während sein Gefährte sich an den Hals griff, eine kurze, zuckende Geste und dann plötzlich seitlich zu Boden stürzte.
Als de Bantrac zur Lichtung lief, sah er noch, wie Guillem und Ana aus dem Wald herausritten, gefolgt von ihren Leuten, die sich zwischen den eng verwurzelten Baumstämmen des Waldes hindurchdrängten. Guillem schrie zornig und deutete aufgeregt zum Ende des Hohlweges.
Es wird Minuten dauern, bis sie sich formiert haben, dachte Robert. Minuten, die Peire zur Flucht benützen könnte, wenn wir die Reserve nicht hätten. Ich hoffe, Eleonore von Aquitanien hält unseren guten König Philipp noch lange in Atem. Weiß der Teufel, was diese Helden hier täten, wenn eine gut eingespielte Kavallerie sie angreifen würde. Wahrscheinlich nähmen sie ihre Helme ab, nur um ihre Tollkühnheit zu beweisen. Sie sind die besten Kämpfer der Welt und die schlechtesten Soldaten der Erde. Hol sie der Teufel, dachte de Bantrac.
Er spürte den Schweiß unter seinem Kettenhemd, als er zu seinem Pferd lief, ließ sich von einem Knappen in den Sattel helfen, zischte Anweisungen an seine Reiter, zog sein Schwert und verfluchte die Occitanie.

»Wie hoch sind unsere Verluste?« fragte Guillem de Parzié, als er sein Pferd neben dem Bantracs zügelte.
»Zwölf Mann«, antwortete der Normanne.
»Tote?«
»Zwei.«
»Ist ein Ritter darunter?«
De Bantrac nickte. »Arnautz.«
»Das bedaure ich«, sagte Guillem stockend. »Das bedaure ich aus ganzem Herzen.«
»Ihn oder alle zwölf?« fragte de Bantrac.
»Ihr seid unverschämt«, antwortete Guillem.
»Ich hätte nicht einen Mann verloren, Parzié. Nicht einen.«
»Ich danke Euch für Eure Hilfe, Senher de Bantrac. Aber ich bereue bereits, sie angenommen zu haben.«

Ohne ein weiteres Wort lenkte der Normanne sein schweres Streitroß zur Seite und ritt dann in leichtem Galopp zu Jaufre.
Guillem blickte einen Augenblick lang auf einen der toten Söldner Peires herab, der vor ihm im Gras lag, eine klaffende Wunde in der Brust und die Arme weit von sich gestreckt. Das Blut rann in einem breiten Rinnsal über die Wölbung seiner Brust herab und färbte die Spitzen des hellen Grases.
Verdammter Peire, dachte Guillem. Warum bist du nicht alleine gekommen, so wie ich es von dir erwartet habe. Dann löste er seinen Blick von dem Toten und ritt zu der Gruppe von Männern, die von Ana de Ciornac angeführt wurde.
Peire hielt, halb auf dem Boden liegend, sein Bein umklammert, das aus einer langgezogenen Wunde blutete. Einer von Parziés Leuten kniete neben ihm, band ihm den Oberschenkel über dem aufgerissenen Kettenpanzer ab und umwickelte die Wunde mit einem Tuch.
»Ich würde dich verbluten lassen, Peire«, sagte Ana de Ciornac. »Langsam. Es wäre eine Freude.«
Peire lächelte trotz seiner Schmerzen.
»Du würdest mir gerne das Herz herausschneiden, Schwester. Oder meine Hoden den Schweinen vorwerfen.«
»Die Schweine würden sie nicht mögen.«
Peire nickte. »Möglich. Wahrscheinlich sind sie nur die Gonzalgos gewöhnt.«
»Schlag«, sagte Ana.
Der Mann neben ihr hob die geknüpfte Peitsche und schlug Peire quer über die Wange. Die Haut sprang auf, und Blut quoll aus dem Riß. Der Mann, der Peires Oberschenkel verband, sprang zurück, ratlos den Blick Guillems suchend.
Ana klopfte beruhigend auf den Hals ihres Zelters, der, erschreckt vom Knall des Schlages, unruhig auf und ab tänzelte.
»Du wirst ab jetzt sehr höflich mit mir sprechen, Peire. Glaube mir.«
»Und wenn ich es nicht tue?« Peire griff sich an die Wange, betrachtete kurz seine blutige Hand und wischte sie dann achtlos an seinem Wams ab.
»Dann wird dir der nächste Schlag die Lippen zerreißen.«

»Und der übernächste?«
»Wird dich dein Augenlicht kosten.«
»Brave Ana. Du hast dich nicht geändert.«
Peire blickte zu dem Mann, der seine Wunde versorgt hatte.
»Du sollst mich verbinden, du gottverdammter Eselsschänder«, brüllte er. »Und nicht verzückt dem Liebesgeflüster zweier Geschwister lauschen.«
Der Mann trat einen Schritt nach vorne und machte sich wieder an Peires Wunde zu schaffen.
»Du bist erledigt, Peire«, sagte Ana. »Du hast alles verloren. Gedevan, deinen Sohn und deine kleine Hure. Es ist aus.«
»Nein, Ana. Das ist es noch lange nicht.«
Ana schüttelte den Kopf. »Diesmal bist du erledigt, Peire.«
Peire hob den Kopf.
»Parzié«, rief er. »Parzié, weißt du, wie meine Mutter gestorben ist? Sie fiel von einem Wehrgang in die Tiefe. Des Nachts. In einer milden, lieblichen Sommernacht. Alle schliefen. Der Wächter hatte nichts Besonderes bemerkt, außer einem schattenhaften Umriß, der einem jungen Burschen ähneln konnte oder auch einem heranreifenden Mädchen, einem Mädchen, das ...«
»Schlag!« schrie Ana de Ciornac.
Der Mann neben ihr hob die Peitsche, holte aus, bereit zuzuschlagen, als Parzié seinen Arm mit voller Wucht zur Seite riß.
»Es ist genug, Ana«, rief Guillem. Abrupt gab Ana ihrem Pferd die Sporen, um Peire niederzureiten, doch Parzié drängte sich mit seinem Schlachtroß an ihre Seite. Der Zelter hob erschreckt die Vorderhufe, während Ana zornig an seinem Zaumzeug riß.
»Dieses Schwein lügt«, schrie sie. »Er hat immer gelogen. Sein Leben lang.«
»Jeder weiß das«, sagte Parzié im Versuch, die unbeherrschte Wut Anas zu besänftigen.
»Töte ihn«, sagte Ana. Ihr Gesicht war blaß vor Erregung. »Töte ihn, oder wir alle werden für diesen Tag bezahlen.«
»Wir bringen ihn nach Toulouse«, erwiderte Parzié. »Er kommt vor das Grafschaftsgericht.«
Ana hatte sich wieder in der Gewalt. »Du machst einen Fehler«, sagte sie ruhig. »Ich weiß es.«

»Er kommt vor das Gericht. Hörst du? So wie wir es besprochen haben.«
»Geh zum Teufel, Parzié«, sagte die Frau und wandte sich ab.
Peire schüttelte den Kopf. Kleine Blutstropfen spritzten von seiner Wange. »Parzié«, rief er. »Ich finde, daß sie recht hat. Du solltest mich töten. Oder ich werde Euch eines Tages zur Hölle schicken.«
Er blickte nach vorn, zu den Hügeln, zu seinem Sohn und Galarda, die unter Bedeckung zu ihnen herangeritten kamen. Seine Stimme wurde leise und beinahe tonlos, als er weitersprach.
»Ich werde euch alle umbringen. Ohne Ausnahme.«
Der Kreis um Peire öffnete sich, als Brian, Jordas und die Sarazenin zu Ana und Guillem geritten kamen. Peire stützte sich mit den Armen auf dem Boden auf und versuchte sich so gerade zu setzen, wie ihm nur möglich war.
»Willkommen, Jordas. Willkommen, mein Sohn«, sagte er.
Der junge Mann schwieg.
»Warum hast du das getan, Jordas?«
»Das Dorf«, antwortete der junge Mann. »Du hättest das Dorf nicht vernichten dürfen.«
»Das ist der Grund?«
»Ja, Peire. Das ist er.«
»Dreckiger Heuchler«, sagte Peire. »Du selbstgerechter, kleiner Heuchler. Du bist nicht besser als ich. Nur jünger.«
Guillem sah Jordas an und ritt dann zu seinen Männern. Brian bemerkte, daß er in Richtung Parzié, seiner Burg deutete. Einer seiner Leute nickte bestätigend und schwang sich in den Sattel seines Pferdes.
Peire wandte den Kopf.
»War das dein Plan, Troubadour?«
»Nein. Ich war dagegen.«
»Und hast doch mitgemacht.«
»Ich wollte dich fangen, Gedevan.«
»Es hat viele Opfer gekostet.«
»Ja.«
»Du wirst kein Lied daraus machen können, Troubadour.« In seiner Stimme war ein Hauch von Bedauern. »Kein Lied, in dem das Licht zu spüren ist.«

»Schafft ihn endlich fort«, rief Ana ungeduldig.
»Hab Geduld, Loba. Die Trage wird bald fertig sein.« Jaufre deutete auf einige Männer, die an einer Bahre zimmerten, halb verdeckt von Robert de Bantrac, der, auf seinen Schwertgriff gestützt, die Umstehenden wie unbeteiligt beobachtete.
»Komm her«, sagte Gedevan zu dem Mädchen.
Als Galarda halb vom Pferd gestiegen war, stieß Ana sie zu Boden. Das Mädchen stürzte, fiel zur Seite, stützte sich auf den Händen auf, kniete nun, den Kopf vor Peire gesenkt.
»Sie haben dich in den Schmutz gestoßen«, sagte Peire.
»Ja«, sagte die Sarazenin.
»Nicht nur jetzt.«
»Nein. Nicht nur jetzt.«
Ihr schwarzes Haar war nach vorne gefallen und verdeckte ihr Gesicht.
»Hure«, sagte Ana. »Hure eines Viehs.«
»Laß sie sprechen.« Jaufres Lächeln in seinem verschwitzten Gesicht war breit und freundlich. »Es hat eine Spur von Romantik.«
»Ich werde das Mitetz sagen. Meinem Kastellan. Er hat heute seinen Schildarm verloren.«
Ana lenkte ihren Zelter zur Seite. Sie sah zu dem Wald hinauf, zu dem Hohlweg, in dem Guillems Plan zu nichts zerfallen war, zu dem Hohlweg, von dem aus der Kampf seinen Anfang genommen hatte, ein Kampf im milden, matten Licht des Morgens, erbittert und blutig.
»Du hast mich verraten«, sagte Peire.
Das Mädchen nickte.
»Nimm dir die Haare aus dem Gesicht. Ich will deine Augen sehen.«
Das Mädchen strich sich das glatte, schwere Haar zurück.
»Jordas ...«, sagte er.
»Es ist vorbei.«
»Du hättest es mir sagen müssen.«
»Wie? Ich glaubte, ich vertraute ihm.« Das Mädchen kroch auf ihren Knien zu Peire hin. »Räche uns, Peire«, sagte sie. »Ich bitte dich, räche uns.«

»Das werde ich tun. Bei Gott, das werde ich tun.«
»Ich gehöre nun dir, Peire.« Sie sprach schnell und abgehackt, eindringlich. »Was immer geschieht, ich gehöre nun dir.«
»Ich bin kein reicher Senher mehr, Galarda.«
»Dafür biete ich dir etwas, Peire«, sagte das Mädchen. »Eine Liebe ohne Schranken. Eine Liebe ohne Grenzen. Ich schenke mich dir, wie eine Frau sich einem Mann nur schenken kann.«
»Wenn ich es noch will«, sagte er.
»Ja. Wenn du es noch willst.« Ihre Worte klangen jetzt brüchig, ihr Gesicht wirkte grau und hoffnungslos.
»Komm zu mir«, sagte Peire schließlich. Seine Stimme war leise und rauh, als er sprach.
Das Mädchen sah ihn an. Dann wurde es plötzlich von einem lautlosen Schluchzen geschüttelt, legte ihre Arme um seinen Hals, als wollte sie ihn für immer und für alle Zeit ergreifen, und barg ihr Gesicht an seinem Gesicht, barg es an seiner blutenden Wange.
Ana sah kurz zu den Männern hin, die mit der Trage zu ihnen gelaufen kamen.
Sie wandte sich Jaufre zu.
»Nun«, fragte sie, »hat die Hündin ihren Hund wiedergefunden?«
»Wenn Ihr es so sehen wollt«, sagte Jaufre.
»Soll sie doch auch den Schmerz mit ihm teilen«, sagte die Frau. Dann schlug sie mit der Peitsche auf das Mädchen ein.

Aus dem Diarium des Herrn von Guzman genannt DOMINIKUS

Weshalb haben wir alle nicht den Mut, das Leben so zu leben, wie wir es leben sollten? Sind die Voraussetzungen der Leiblichkeit nicht überall dieselben? Nichts können wir mit unserem Verstand besitzen, das wir nicht vorher mit unseren Sinnen ganz erfahren haben. Wohl wurde der Mensch durch die Erbsünde des Bösen zugänglich, aber seine Seele wurde hiervon nicht zerstört oder gar vernichtet. Ungebrochen ist also unsere glänzende Macht, das Heilige zu erleben und zu verstehen. Ungebrochen unsere wunderbare Kraft, das Wahre, das Gute und das Schöne mit all unseren Sinnen in unseren geistigen Leib zu verwandeln.

Weshalb also leben wir nicht in der Gnade der Schönheit? Weshalb also leben wir nicht in der Wundertätigkeit des Wahren, in der Beseeligung des Guten? Weshalb ziehen wir uns in die Niederträchtigkeit der Habsucht, der Gier und des Neides zurück? Weshalb sind wir unmenschlich, grausam und mitleidlos, wo doch die ganze Natur uns von der Macht ihres Schöpfers spricht? Wo doch all unsere Sinne, wenn sie wach sind, uns von Welten des Wunderbaren und der Vollendung sprechen?

Laßt uns den Mut finden, der Schöpfung zu ihrem Recht zu verhelfen. Leben wir doch im Glanz des Wunders, das uns täglich begegnet und das uns immer, ohne Unterlaß, birgt und schützt. Laßt uns den Mut finden, dem Wahren, dem Guten und dem Schönen auch in unserem Alltag einen Platz zu bereiten. Laßt uns den Mut finden, unserer Sehnsucht nach Gnade, nach Geborgenheit und nach Liebe überall in unserem Leben Ausdruck zu geben.

Laßt uns den Mut finden.

Laßt uns den Mut finden, Menschen zu sein.

8. Kapitel

TOULOUSE
Juni 1201

Als sie vom Norden kommend das breite Tal der Garonne betreten hatten, fruchtbar und üppig, mit seinen langgezogenen ockerfarbenen Äckern, verstreut in der Buntheit des Frühlings, erblickten sie in der Ferne, verschwommen im Dunst der Mittagshitze, die weitgestreckte, rosafarbene Stadt, die das Ziel ihrer Reise war.
»Toulouse«, sagte Brian zu Gaelle.
»Tolosa«, sagte Jaufre, der neben ihnen ritt. »Tolosa, der Mittelpunkt des Südens, Königin der Occitanie, Seele und Herz aller Landstriche von Barcelona bis Genua.«
Sie durchritten die Dörfer, die sich den Fluß entlang erstreckten und atmeten den Duft von Rosmarin und Lavendel ein, wenn sie die breiten Wiesen berührten, Wiesen, auf denen die Räder der Windmühlen sich im leichten Wind bewegten. Kleine Blitze zuckten gegen den Himmel, wenn das Sonnenlicht stark und schräg auf die Metallvernietungen des Holzes fiel.
»Ich hatte vergessen, wie es ist«, sagte Gaelle. »Ich hätte früher zurückkehren sollen.«
»Ja«, sagte Brian. »Es ist schön.«
»Nein«, antwortete sie und sah sich lächelnd um. »Es ist vollkommen.«
Sie genoß den Frieden, der sie umgab, erfühlte ihn, ließ ihn in sich eindringen, tief und leicht, wie den Atem in ihren Körper, ungezwungen wie die Bilder, die ihre Augen widerspiegelten. Sie genoß den Frieden, genoß ihn doppelt, denn die letzten Tage in Parzié waren wirr, ungeordnet und wie von einem bizarren Schattenspiel

der Gefühle geprägt gewesen. Aude hatte Guillem voller Freude und Jordas voller Liebe begrüßt. Aber ihre Augen waren seltsam starr geworden, als man Peire und Galarda in die Burg brachte. Ihr Blick war nicht von der Sarazenin gewichen, die mit zerfetzter Kleidung und aufgelöstem Haar in der Hitze des Hofes stand, bis Uc sie schließlich fortführte und in einem Raum des Gesindehauses unterbrachte.

Es gab heftige Auseinandersetzungen zwischen Ana de Ciornac und Alpais. Immer wieder forderte Ana Peires Tod, während Alpais darauf beharrte, Gedevan mit größter Schonung zu behandeln. Die Auseinandersetzungen zwischen den beiden Frauen nahmen kein Ende, während Guillem geduldig, unter Aufbietung all seiner Selbstbeherrschung, auf seinem Standpunkt beharrte und Jaufre und Robert de Bantrac sich unterdessen sinnlos betranken.

Die Domna, Gaelle und Aude kümmerten sich um die Verletzten. Das junge Mädchen war zurückgeschreckt, als sie die Schwere mancher Wunde sah, während ihre Mutter schnell und entschieden Kräuter für die Verbände anforderte und schmerzstillende Getränke brauen ließ.

Aude hatte sie auch begleitet, als Gaelle und Brian Peire aufsuchten, der in einer kahlen Zelle des Fluchtturmes auf Stroh gebettet lag, während er, beinahe fröhlich, die Troubadoure im allgemeinen und die Parziés im speziellen verfluchte. Als er im Eingang Aude erblickte, schwieg er mit einem Male, betrachtete sie lange und schweigend, bis er schließlich nickte, als würde er verstehen. Dann drehte er wortlos den Kopf zur Seite und preßte sein Gesicht an den Stein des Gemäuers.

Es war Guillem, der schließlich dem Streit und der Unentschlossenheit ein Ende bereitete. Der Senher de Parzié verfügte, in einem Ausbruch von wildem Zorn, sich unverzüglich zum Aufbruch nach Toulouse zum Pairsgericht fertigzumachen. Der Haupttrupp mit ihm, Ana, Peire und den anderen ritt schon am nächsten Morgen los. Brian, Gaelle und Jaufre folgten ihnen zwei Tage später, während Uc und die Domna zurückblieben, um die Burg zu bewachen.

»Das Tor von Bazacle«, sagte Jaufre, als sie die hohen Stadtmauern von Toulouse erreicht hatten. Er ritt ihnen voran, die Brücke ent-

lang, die den Zufluß der Brienne zur Garonne überquerte. Händler und Bauern drängten sich auf dem Übergang, während Flußschiffer lärmend ihre Boote an den tiefergelegenen Quais entluden.
»Von hier ist es nicht mehr weit nach Béziers«, sagte Brian, als er und Gaelle, zwischen Karren eingezwängt, langsam Jaufre zu folgen versuchten.
»Den halben Weg hast du bereits hinter dich gebracht.« Er sah sie nicht an, als er es sagte.
»Die Perfecta sprach von einer sehr langen Reise nach Béziers«, antwortete Gaelle beinahe zögernd.
»Ich glaube nicht an diese lange Reise«, erwiderte der Troubadour, während Gaelle ihn von der Seite her nachdenklich betrachtete.

Raimbautz Decarra umarmte sie herzlich, als sie sein Haus betraten.
Es war ein geräumiges Steinhaus mit einer schlichten Fassade zur Straße hin und Innenräumen, die an Pracht und Luxus bei weitem jene übertrafen, über die der Senher de Parzié verfügte. Vom Erdgeschoß führte ein breiter, mit teuren Gobelins behängter Gang zu einem ummauerten Garten, der sich mit jenem Jaufres zwar nicht an Umfang, aber beinahe an Pracht vergleichen konnte.
Raimbautz Decarra war kein Senher. Er war Händler, Troubadour und Bürger von Toulouse.
»Willkommen, Brian«, sagte er, und die Herzlichkeit in seiner Stimme war echt. »Willkommen in meinem bescheidenen Heim.«
Jaufre lächelte, als der kleingewachsene Gastgeber ihn fest an sich drückte und sich ehrerbietig vor der Dame de Vidars verneigte.
»Natürlich finde ich es in keiner Weise bescheiden«, sagte Raimbautz, Gaelle zuzwinkernd. »Im Gegenteil. Ich finde es hinreißend und prahle bei jeder Gelegenheit damit.«
»Verletzt Ihr damit nicht die Cortezia?« fragte Jaufre amüsiert.
»Bezieht sich die Cortezia auch auf Gegenstände?« Raimbautz schien kurz und ernsthaft nachzudenken. »Welch ein interessanter Gesichtspunkt. Darüber müssen wir ausführlich diskutieren. Besitzen auch leblose Gegenstände an sich den Wert der Cortezia, oder werden sie erst als Symbole des Lebendigen zu Begriffen der Verehrung?«

»Eine Lösung werdet Ihr sicher heute nacht finden.« Eine schlanke, dunkelhaarige Frau erschien in der Türe und blickte lächelnd zu ihrem Mann hin.

»Meine Frau«, sagte Raimbautz. »Domna Galiana.«

Jaufre nannte seinen Namen, und er und Brian verneigten sich vor ihr, worauf die dunkelhaarige Frau ihnen freundlich zunickte und die Hände von Gaelle ergriff.

»Ich freue mich, Euch in meinem Haus begrüßen zu dürfen, Dame de Vidars. Mein Vater war mit dem Euren befreundet. Damals, als er noch in Béziers lebte.«

»Es ist lange her.«

»Er ist ein unvergeßlicher Teil meiner Kindheit. Ein großer, blonder Mann von beträchtlicher Schönheit. Meine erste Liebe.«

»Die du mir verschwiegen hast«, sagte Raimbautz.

Galiana lachte. »Mit um so größerer Freude begrüße ich nun seine Tochter bei uns.« Sie blickte sich um. »Seid nicht nur unsere Gäste, seid auch unsere Freunde.«

Gaelle verspürte ein sonderbares Gefühl des Wiedererkennens, als sie Raimbautz und seiner Frau gegenüberstand. Eine versunkene Erinnerung stieg in ihr auf, an eine Heimat, fern von unbekannten Küsten und pittoresken Städten, fern von den kleinen Reichen der Senhers und ihren Burgen. Eine vergangene Welt, damals, als ihre Mutter noch lebte, damals, als ihr Vater noch nicht rastlos von Land zu Land gezogen war.

»Wir leben in den goldenen Tagen«, sagte Raimbautz Decarra, als sie nach dem Abendessen um den Tisch saßen. »Es gibt immer weniger Grenzen. Weniger Grenzen des Glaubens, weniger Grenzen der Macht, weniger Grenzen des Empfindens.«

»Erklärt Euch«, sagte Jaufre.

»Nichts leichter als das«, sagte der kleine Mann lebhaft. »Nehmen wir als erstes den Glauben. Ich bin Katholik, meine Frau Waldenserin und mein Sohn Enricx ist Katharer.« Rambautz lachte. »So habt ihr die heilige Trinität der Glaubensbekenntnisse unter einem Dach versammelt, friedlich und in aller Eintracht.«

»Woraus besteht das Bekenntnis der Waldenser?« fragte Gaelle die Domna Galiana.

»Ich unterstütze sie nur«, sagte die Frau, leicht verlegen. »Es sind

Wanderprediger, Laien, die sich an alle wenden, auch an die Armen. Sie predigen nicht auf lateinisch, sondern in den Sprachen, die jeder versteht. Sie verlassen sich auf die Macht des Wortes und nicht auf die Macht und den Reichtum der Kirche. Sie verkünden die Barmherzigkeit, die Liebe und die Gerechtigkeit.«

»Ähneln sie den Katharern?«

Enrixc, ein junger Mann, der ebenso gemessen wirkte, wie sein Vater lebhaft war, lachte laut auf. »Nein, bei Gott, nein. Sie verachten die Katharer als die Verbündeten der Reichen, der Händler und der Senhers.«

»Und seid ihr das?« fragte Jaufre den jungen Mann.

»Was?«

»Verbündete der Macht?«

Enricx schüttelte den Kopf. »Nein. Aber wir verachten auch den Reichtum nicht. Es ist keine Schande, tüchtig zu sein.«

»Senher Decarra«, sagte Jaufre. »Mag sein, daß die Grenzen des Glaubens endgültig gefallen sind. Mag sein. Wie aber steht es mit jenen der Macht? Die scheinen mir doch recht unerschütterlich.«

Brian lehnte sich zurück und lächelte aufmunternd zu Decarra hin. Der kleine Mann schmunzelte und wandte sich dann Jaufre zu.

»Kennt Ihr Euren Bankier, Senher de Sarvas?«

»Nein«, sagte der Dunkelhaarige überrascht. »Das sind Angelegenheiten, die meine Verwalter erledigen.«

»Nun, Senher de Sarvas«, stellte Decarra amüsiert fest. »Euer Bankier, der bin ich. Ich bin es, der einen guten Teil Eures Geldes verwaltet.«

»Dann wachst Ihr mir doppelt ans Herz, Raimbautz Decarra. Ich hoffe, Eure Zinssätze sind die besten des Landes.«

»Gut genug, um Euren Reichtum weiter zu vermehren. Ich weiß auf den Sous genau, wieviel Ihr besitzt. Enrixc könnte es präzise auf den Dernier errechnen.«

»Worauf wollt Ihr hinaus, Decarra?« Jaufre lächelte ihn freundlich an.

»Daß in diesen goldenen Tagen ein Austausch stattgefunden hat. Ihr, die Senhers, habt uns Eure Cortezia und Parage gegeben. Und wir Euch unser Geld.«

»Ein guter Tausch«, meinte Jaufre.

»Für manche Senhers nicht unbedingt. Ich selbst besitze ein gutes Dutzend von ihnen.«
»Ihr besitzt sie?«
Raimbautz nahm neben Jaufre Platz. »In gewisser Weise könnte man es so ausdrücken. Sie sind finanziell zur Gänze von mir abhängig. Nominell mag ihr Land noch ihnen gehören, aber tatsächlich ist es zu meinem geworden.«
»Und Ihr rühmt Euch dessen?«
»In keiner Weise, Senher de Sarvas. Es ist nur so gekommen. Die Besitzer der Güter sind verarmt, und der Reichtum der Städte ist gewachsen.«
»Ihr werdet uns also unsere Inseln nehmen? Unsere Inseln der Spiegel?«
»Wenn Ihr Eure Burgen damit meint...«
Jaufre blickte ihn anerkennend an. »Ihr seid ein kluger Mann, Decarra.«
Raimbautz sah zu seiner Frau hin. »Werden wir sie ihnen nehmen, Galiana?«
Die Frau schüttelte den Kopf. »Nein. Das werden wir nicht.«
»Und weshalb nicht, Domna?«
»Weil ihr uns die Ehre geschenkt habt.«
»Den Frauen?« fragte Jaufre und lächelte sie in seiner jungenhaften und unwiderstehlichen Art an.
»Vor allem den Frauen der Occitanie«, sagte Galiana.
Gaelle lächelte vor sich hin. »Was versteht Ihr nur unter der Occitanie, Senher Decarra?« fragte sie dann, zu Brian blickend.
Raimbautz breitete seine Arme aus. »Alles Land von Barcelona bis Genua. Wir bilden eine große und mächtige Kultur.«
»Ich komme aus dem Norden«, sagte Gaelle.
Raimbautz zuckte mit der Schulter und beugte sich zugleich vor, die Hände ausstreckend und mit der Innenseite nach oben drehend.
»Verzeiht, Dame de Vidars, aber was soll uns der Norden? Der Norden denkt, und wir träumen. Wir träumen einen Traum von Ehre und Freiheit. Was soll uns Paris mit seiner haarspalterischen Theologie, was bedeutet uns seine blasse Kälte, seine dürre und herzlose Erkenntnis? Ein Katalane versteht mich, wenn ich ihm von der Wahrheit des Erträumten spreche. Er weiß, wovon ich rede.«

»Sind Träume denn Wirklichkeit, Senher Decarra?«
Raimbautz sprang auf, ging zu Brian und faßte ihn an den Schultern, ihm sich zuwendend. »Sag mir Bruder, was ist ein Traum?«
»Die letzte Wahrheit, Raimbautz«, sagte der Troubadour und umfaßte freundschaftlich Decarras Arm.
»Hört Ihr, Dame de Vidars, hört Ihr!« Raimbautz Gesicht hatte einen fröhlichen, triumphierenden Ausdruck, als er es sagte.

»Ben es mortz qui dámor no sen
al cor cal que doussa sabor;
E que val vivre ses valor
mais per enoi far lagen?

Der ist tot, der im Herzen
Nicht die Liebe verspürt;
Was bringt schon ein Leben ohne Wert.
Außer den anderen Verdruß zu bereiten?«

Brian hatte zu singen begonnen, angeregt vom Wein und der Sorglosigkeit dieses Abends.
»Ja«, schrie Raimbautz, »der ist tot, der die Liebe nicht verspürt. Der ist tot, der den Wert des Lebens nicht empfindet. Was geht uns die vertrocknete Moral gefühllos gewordener Seelen an, wenn sie uns den Weg zur Liebe verbaut? Nur in der Liebe zu einer Frau bildet sich die Zärtlichkeit, aus der die Freundschaft, das Mitleid und die Liebe erwächst! Über der Liebe zu einer Frau beginnen wir die ganze Welt zu lieben; über die Verehrung, die wir ihr entgegenbringen, erfahren wir die Sanftheit und die Köstlichkeit, die aller Schöpfung innewohnt! Poesie, Tapferkeit, Ehre und Schönheit! Wo sind denn ihre wahren Quellen, wo der Ursprung ihres Werdens? Nur dort, wo ein Mann und eine Frau sich in Liebe und Respekt begegnen, nur dort, wo Umarmungen und Küsse den Weg eines lichten Suchens besiegeln!«
»Trinken wir auf die Domna Galiana und die Dame Gaelle«, rief Jaufre. »Trinken wir auf sie und auf alle Frauen, die die Wahrheit in uns erwecken!«

Gaelle hatte ihren Kopf auf Brians nackte Brust gebettet.
Es war wunderbar gewesen. Ihre Hände strichen über seine Wange, sein Kinn, die Muskeln seiner Schultern.
»Ich bin glücklich«, sagte sie. »Ich bin froh und unbeschwert.«
»Du gehörst zu mir«, sagte Brian. Sein Finger glitt sanft über die Linien ihrer Lippen. »Du hast es vom ersten Moment an gewußt.«
Gaelle lächelte. »Ich habe mich in einen Troubadour verliebt. In einen Mann ohne Heimat und Namen.«
»Du bist meine Heimat«, sagte Brian. »Die einzige, die ich brauche.«
Gaelle sah auf das zu Boden geglittene Hemd, das vor dem Bett lag. »Ich wollte den Zeitpunkt selbst bestimmen. Ich wollte wissen, daß ich dich liebe.«
Brian beugte sich zu ihr und küßte sie auf den Mund. »Ich habe dich begehrt. Ich begehre dich. Ich werde dich immer begehren.«
»Und lieben? Wirst du mich auch lieben?«
»Mehr als alles andere auf dieser Welt.«
Gaelles Hand fuhr durch sein Haar. »Mehr als deine Kunst?«
Brians Zunge umspielte die Wölbungen ihres Busens. »Mehr als alles«, sagte er.
»Wirst du auch noch so reden, wenn das erste Licht des Tages uns berührt?«
»Immer. Ich werde immer so sprechen.«
Gaelle zog seinen Kopf zu sich herab und biß ihn sanft in die Lippen. »Ich meine es ernst, Troubadour. Ich bin verletzlicher, als ich scheine. Ich brauche Sicherheit. Ich brauche Geborgenheit. Ich brauche deine Liebe.«
Brian stützte sich auf und küßte ihre Stirn. »Ich liebe dich, Gaelle«, sagte er. Seine Stimme war leise und eindringlich.
»Ich würde es jetzt nicht mehr ertragen, wenn du mich verläßt.«
»Ich gehöre dir«, sagte der Troubadour. »Nur dir.«
Gaelle schmiegte sich an ihn. Ihre Hand berührte seinen Rücken, kaum merklich, Finger, die leicht seine Haut betasteten. Wie fallende Blätter, die deine Nacktheit streifen, flüchtig und schwerelos. Nein, dachte er. Weit mehr. Eine Berührung von ihr ließ ihn leicht werden, ließ jegliche Sorge von ihm abfallen.
»Und du«, fragte Brian, »wirst du bei mir bleiben? Auch dann,

wenn meine Suche mich wieder unruhig und rastlos werden läßt?«
»Du mußt immer wieder zu mir zurückkehren. Du darfst mich nicht von dir stoßen. Dann warte ich. Dann werde ich immer warten.«
Brian drehte sich zu ihr und nahm sie in seine Arme. Sie beruhigt meine Rastlosigkeit, stillt meine Sehnsucht. Es gibt viele Wege nach Béziers.
»Du hast viele Frauen gekannt, nicht wahr?« fragte Gaelle.
»Ja.«
»Es ist schwer, gegen Schatten zu bestehen«, meinte die blonde Frau.
»Es gibt nur mehr eine Frau«, sagte Brian und seine Lippen berührten ihre Lider. »Alles andere ist ausgelöscht. Alles andere ist unwirklich, vergangen und vergessen, Gaelle.«
»Schwörst du mir das, Troubadour?«
»Ich schwöre«, sagte Brian und führte ihre Hand an seine Lippen.
Sie schwieg einen Augenblick lang. Alles ist in Ordnung, dachte er. Wir sind durch Verlangen, Tod und Erkennen gegangen, und ich, Brian de Martial, spüre nur, daß die Welt in Ordnung ist. Die Zärtlichkeit und die Fröhlichkeit dieses Mädchens überfluten mich, reißen meine Seele auf wie eine vernarbte Wunde, und ich habe ihnen nichts entgegenzusetzen, nichts. Mein Panzer zerbricht.
»Du bist sehr müde, nicht wahr?«
»Sehr müde, Gaelle«, sagte Brian und lächelte. »Meine Augen brennen, meine Glieder schmerzen. Mein Banner hängt mehr als schlaff herab.«
»Schade«, sagte Gaelle. Sie rieb sich leicht an ihm.
Der Troubadour strich ihr zärtlich über ihre Haare, die sich wie ein Schattenriß im Dunklen über die Kissen ausbreiteten.
»Du lügst«, sagte sie dann.
»Tue ich das?«
Ihre Finger glitten nach unten.
»Deine Standarte hat sich erhoben«, stellte sie fest. »Siegreich.«
»Hat sie das?«
Gaelle schmiegte sich an ihn. Zarte Oberschenkel, samtene Haut. Eine geöffnete Blume, feucht vom Tau.

Ein Bild. Sie ist mehr als tausend Bilder.
»Komm, Troubadour«, sagte sie. Ein kaum hörbares, leicht heiseres Locken in schattiger Dunkelheit.
»Spiel mir von neuem dein Lied. Spiel mir dein Lied von der Liebe und der Ewigkeit.«
Er umfaßte die Frau, küßte sie, liebkoste ihren schlanken, mädchenhaften Hals, zog mit der Spitze seiner Zunge die Linie ihrer Schulter nach, berührte zart ihre Brüste.
»Laß dir Zeit«, flüsterte Gaelle, als er sie schließlich behutsam in die Arme nahm. »Das Lied muß für eine ganze, lange Nacht reichen.«

Raimond der Sechste, Graf von Toulouse und Herzog der Narbonne, saß auf einem erhöhten, mit Goldplättchen verkleideten Stuhl. Er trug einen grünen Seidenbliaut, auf dem das Kreuz von Toulouse eingestickt war. Seine Füße steckten in samtenen Schaftstiefeln, die mit unzähligen Bruchstücken von Edelsteinen bestickt waren, seine Hände waren mit seidenen Handschuhen bedeckt. An den Fingern trug er Ringe mit kostbaren Steinen, Rubine, Smaragde, Saphire. Um seinen Hals glänzte eine massive goldene Kette, und sein Gürtel war aus feinem Silber und Gold geflochten. Er war ein gutaussehender Mann Mitte der Vierzig, der einen guten Teil seiner Schatzkammer mit sich zu tragen schien.
»Er hat Grün angelegt«, sagte eine weiche, gebildete Stimme neben Brian. Eine junge Stimme, die nicht Provençalisch, sondern ein vorzügliches Französisch sprach. »Grün ist das Sinnbild der Auferstehung und des Neuen. Kein gutes Zeichen für Ana de Ciornac.«
Brian, der abseits von der Masse der Höflinge stand, warf einen Seitenblick auf den jungen Mann neben sich. Er trug ein enganliegendes, kostbares Gewand und kunstvoll gekräuseltes Haar, das ihm bis über die Schultern fiel. In seinem Gesichtausdruck lag ein Zug von Ironie und feinem Spott.
»Ich glaube nicht, daß ich Euch kenne«, sagte Brian.
Der junge Mann lächelte. »Ich Euch dafür um so mehr, de Martial. Ich weiß beinahe alles über Euch.«
»Woher, mein Freund?« Sie sprachen leise, für die anderen nicht hörbar.

»Wir haben eine gemeinsame Bekannte. In Aquitanien.«
»Das mag jeder behaupten. Beweist es mir.«
Der junge Mann lächelte belustigt. »Fragt mich«, sagte er.
»Was hat Eleonore mir geschenkt, als ich sie das letztemal traf?«
»Eine kostbare Sammlung. Eine Abschrift der Lieder von Bernatz Marti.«
Der Troubadour betrachtete den Agenten Eleonores von Aquitanien eingehender. Er schien ein Bursche von wachem Verstand zu sein, mit grauen, kühlen Augen und einem energischen Kinn.
»Wie steht es in Toulouse?« fragte Brian.
»Für die Plantagenets gut. Gut für England.«
»Und sonst?«
»Sie glauben, hier auf einem anderen Stern zu leben. Sterne aber haben die Eigenschaft, beizeiten zu verglühen.«
»Bald?«
»Vielleicht niemals.« Der junge Mann hatte die ganze Zeit über, die er gesprochen hatte, nach vorne geblickt. Für einen Augenblick schien er den Grafen noch aufmerksamer zu betrachten.
»Es hängt alles von ihm ab. Davon, wie er in Zukunft seine Karten ausspielt.«
»Ihr meint diesen unvergleichlichen Herrscher in Grün?«
Der junge Mann nickte. Unvermutet sah er zu Brian hoch.
»Wußtet Ihr, daß Hugues de Saint-Victor behauptet, die grüne Farbe sei deshalb die schönste von allen, weil sie sich genau in der Mitte befindet zwischen dem blendenden Weiß, das das Auge erweitert, und dem ermattenden Schwarz, das es zusammenzieht?«
»Nein«, antwortete der Troubadour leicht belustigt. »Das wußte ich nicht.«
»Ich finde die Farbe Grün sehr bezeichnend für die Occitanie«, sagte der junge Mann. »Es könnte kein besseres Symbol für sie geben.«
Der langgestreckte, rechteckige Saal, in dem sie sich befanden, war prachtvoll, ganz mit geschnitztem Holz ausgelegt, die mit Gold und Silber verzierten Wände mit farbenprächtigen Gobelins behängt. Sie stellten Szenen der Jagd, der Feste und der Liebe dar. Manche von ihnen müssen arabischen Ursprungs sein, dachte Brian. Es war nicht weiter verwunderlich. Allein durch ihre Mithilfe bei den

Kämpfen in Spanien hatten die Grafen von Toulouse Occitanien mit Beute und maurischen Mädchen überschwemmt, ganz zu schweigen von jener Grafschaft im Heiligen Land, die sie besessen hatten, nahe Antiochia, in Tripolis, aus der jahrzehntelang Kunstwerke und Kostbarkeiten in den Süden geflossen waren. Immer noch herrschte ein reger Handelsverkehr zwischen der Occitanie und den sarazenischen Gebieten. Metalle, Gewürze, Edelsteine, Bücher und Gedanken nahmen ihren Weg über Marseille und Narbonne in den Süden.

Ein Kanzler des Grafen verlas die Standpunkte der Streitparteien, aber der sonnengleiche Herrscher der Occitanie schien ihnen keine besondere Aufmerksamkeit zu schenken. Lachend unterhielt er sich mit einem großgewachsenen Mann, der auf einem ebenso prachtvollen Sessel wie dem seinen neben ihm saß. Er war noch jung, vielleicht Mitte der Zwanzig, beinahe ebenso schön wie Jaufre und kaum kleiner als Robert de Bantrac.

»Wer ist der Großgewachsene neben dem Grafen?« fragte Brian.

»Pedro d'Aragon. Der König Kataloniens, Herr der Provence, Beschützer Carcasonnes, Bruder der unvergleichlichen Eleonor d'Aragon, der zukünftigen Gattin von Raimond, dieses Lieblings aller schönen Frauen zwischen Pamplona und Avignon. Kurzum«, sagte der junge Mann, »Pedro wird in Bälde der Schwager des Grafen Raimond sein. Sein Freund ist er bereits«, setzte er verwundert hinzu. »Bei Gott und allen Heiligen, er ist ein König und dennoch ein Freund.«

»Was tut er in dieser Gerichtsversammlung?«

»Ein Ausklang. Sie haben ein Bündnis geschlossen, sich betrunken und gemeinsam gejagt. Hofdamen vornehmlich. Nun reist Pedro d'Aragon ab und hinterläßt uns als Ausgleich den Anblick eines würdevollen Salomo.«

Ana de Ciornac stand mit ihrem Sohn Gonzalgo auf der linken Seite des Raumes, während sich Guillem de Parzié und Jordas an der rechten aufhielten. Peire der Gedevan saß auf einer Truhe in der Mitte, den verletzten Fuß von sich gestreckt. Brian konnte Robert de Bantrac und Jaufre nirgendwo entdecken. Sie mußten ihre Aussage gemacht haben und gegangen sein, noch bevor er gekommen war.

»Da Ihr ein so kluger junger Mann seid«, sagte Brian zu seinem Nachbarn, »werdet Ihr mit Sicherheit sagen können, ob ich heute auch noch befragt werde?«
»Das werdet Ihr nicht, Brian de Martial. Jemand hat es verhindert.«
»Wer?«
»Ich«, sagte der junge Mann.
»Wie ist Euer Name, Mächtiger?« Brian blickte ihn mit wachsendem Respekt an.
»André de Dorbal.«
»Ist das Euer wahrer Name, mein Freund?«
»Was ist Wahrheit, de Martial?«
»Dasselbe hat auch Pilatus gesagt.«
Dorbal nickte. »Ein unendlich unterschätzter Mann.«
Hinter den Sesseln erblickte Brian zwei Perfecti in ihren schwarzen Gewändern mit dem geknoteten Gürtel. Nicht weit von ihnen standen drei Kaplane unterschiedlichen Alters, von denen die beiden jüngeren miteinander tuschelten. Der eine von ihnen lächelte und zeigte kurz auf Peire de Gedevan.
»Was machen diese beiden Vollkommenen hier?«
»Treue Begleiter des Grafen«, sagte Dorbal. »Er tut keinen Schritt ohne sie.«
»Weshalb?«
»Das Consolamentum, Martial. Wenn ihm etwas passieren sollte, dann will er unverzüglich seiner teilhaftig werden. Er ist ein sehr vorsichtiger Mann, unser von uns allen verehrter Graf.«
»Ist er Katharer?«
Dorbal lächelte. »Ich fürchte, die ehrwürdigen Kleriker an seiner Seite würden dies aus ganzem Herzen beanstanden.« Der junge Mann schüttelte den Kopf. »Nein, er ist kein Katharer. Er ist Katholik. Er ist ein Katholik des Südens, ein Katholik der Occitanie. Es würde mich nicht wundern, wenn er in seinen Privaträumen auch noch einen griechisch-orthodoxen Priester, einen Rabbiner und einen Imam versteckt hätte.« Dorbal blickte amüsiert zu ihm hoch. »Was ist schon Wahrheit, Martial?«
Der Kanzler verlas noch immer die Schrift des Grafschaftsgerichts. Seine Stimme war zu leise, als daß Brian dem Text hätte folgen

können. Brian betrachtete die Höflinge, die mit enganliegenden Hosen und teuren Übergewändern gelangweilt dem Prozeß folgten. Manche von ihnen trugen Obergewänder mit Bortenbesatz und Goldstickereien, andere kostbare Broschen und goldene Haarreifen. Einige hatten trotz der Hitze hermelinbesetzte Mäntel übergeworfen, andere hielten mit Pfauenfedern und Edelsteinen verzierte Hüte in der Hand. Der Troubadour hatte ähnliches am Hofe Richards und jenem Eleonores gesehen, aber niemals mit so viel Pracht und Reichtum versehen, niemals mit einer solchen Lust an Farbe, Prunk und Eitelkeit.
Sein Blick wanderte zu zwei Frauen, die erlesen gekleidet waren. Die eine trug ein beinahe durchsichtiges gelbes Seidengewand, das den Schimmer ihrer gepflegten, hellen Haut erahnen ließ. Ihr Busen zeichnete sich deutlich durch das Gewebe ab, und um ihre Hüften war ein mit Rubinen verzierter Gürtel geschlungen, dessen Ende, breiter und eng zulaufend, ihre Scham verdeckte. Ihre Haare waren zu Zöpfen geflochten, mit Blumenbändern umwunden, aus denen Smaragdsplitter grün und funkelnd aufblitzten, wenn sie ihren Kopf im Licht bewegte. Ihre Begleiterin war in Blau gekleidet, das enganliegende Kleid mit Bändern in Scharlach besetzt. Sie trug einen Teil ihres Haares zu einem Kranz geflochten, während rote Bänder mit Saphiren den restlichen Teil des Haares schmückten, der locker zu ihren Schultern herabfiel. Ihre Hand strich über eine mit Granaten besetzte Zierborte über ihrer vollen Brust, als sie der Frau in dem goldgelben Gewand etwas zuflüsterte.
»Wer sind diese beiden Königinnen?« fragte Brian lächelnd, mit einer Bewegung seines Kopfes auf die beiden Frauen weisend. »Töchter des Kaisers?«
»Diese beiden Königinnen«, sagte Dorbal, »sind Bettgenossinnen des Grafen. Einige unter vielen.«
»Jene in dem gelben Kleid erscheint besonders verlockend.«
Dorbal nickte. »Sie hat im Augenblick die Gunst des Grafen zur Gänze gewonnen. Deshalb trägt sie auch Gelb, die Farbe erfüllter Liebe.« Dorbal blickte nachdenklich vor sich hin. »Weiß der Himmel, was sie dazu tun mußte.«
»Und jene in Blau?«
»Wie Ihr wißt«, sagte der junge Mann, »sind Blau und Rot Zeichen

der Hoffnung.« Dorbal strich mit dem Zeigefinger geziert über den Nasenflügel. »Was wohl bedeutet, daß die junge Dame hofft, eines Tages auch in prunkendem Gelb erscheinen zu dürfen.«
»Sie sind von hinreißender Schönheit.«
»Und leiden an dem ›mal allemand‹. Der Graf schätzt das.«
Brian sah auf den jungen Mann herab. »Was bedeutet dieses ›mal allemand‹, Dorbal?«
»Bei Gott, daß sie es miteinander treiben, Martial. Was sonst?«
Der Kanzler hatte die Verlesung seiner Schrift beendet. Er trat mit einem Räuspern zur Seite, während der Graf von Toulouse aufstand, wobei er dem König von Aragon noch etwas zuflüsterte. Der großgewachsene junge Mann lachte auf, schwieg dann, blickte sich um und schien zum erstenmal an diesem Morgen die Menschen wahrzunehmen, die in dem Saal standen und ihn voll Ehrerbietung und Achtung betrachteten.
»Es ist mein Wille und der Wille des Grafschaftsgerichts«, sagte Raimond mit einer klaren, weichen Stimme, »daß heute der Gerechtigkeit Genüge getan wird. Peire de Gedevan, Ihr habt Euch eines Verbrechens gegen die Ehre und die Gebote eines Ritters zuschulden kommen lassen, das keine Entschuldigung duldet.«
Der weißhaarige Mann blickte auf, lächelte und massierte leicht sein verletztes Bein.
»Nur der Tatsache wegen, daß Eure Vorfahren dem Haus Toulouse große und dankenswerte Dienste erwiesen haben, verzichte ich darauf, Euch dem Gefängnis zu überantworten.«
»Dieser Mann ist ein Mörder«, flüsterte Brian Dorbal zu.
»Ein Mörder mit guten Beziehungen«, antwortete der junge Mann ebenso leise.
»Es wird Euch, Peire de Gedevan«, fuhr der Graf fort, »Euer Lehen auf alle Zeit aberkannt. Des weiteren habt Ihr innerhalb einer Woche den Bereich der Grafschaft Toulouse zu verlassen. Ich werde meinen Einfluß geltend machen, daß keiner meiner Lehnsherren, weder der Graf von Foix noch der Vizegraf von Béziers, noch die Grafen von Rodez oder Comminges Euch in ihren Gebieten aufnehmen.« Raimond nickte Pedro d'Aragon zu. »Die Gebiete Kataloniens und der Provence sind Euch durch eine Zusage meines königlichen Vetters ebenso und auf ewig verschlossen.«

»Das bedeutet Paris«, murmelte Brian.
»Oder Rom«, antwortete Dorbal.
»Schließlich wird Euch, Peire de Gedevan, Rang und Titel eines Senhers aberkannt. Mögt Ihr auf immer und als Gebrandmarkter die Occitanie verlassen.« Der Graf blickte Peire einen Augenblick lang forschend an. »Nehmt Ihr dieses Urteil an, Peire de Gedevan?«
»Ich nehme es an«, sagte Peire mit deutlicher, klarer Stimme.
»Bei allen Heiligen, dieser Blutsäufer gehört gehängt«, schrie Ana de Ciornac plötzlich. »Gehängt und aufs Rad geflochten.«
»Das freigewordene Lehen von Gedevan fällt an seinen Sohn, Jordas.« Die Stimme Raimonds war lauter und härter geworden.
»Weshalb? Weshalb nicht an mich?« Anas Gesicht war blaß vor Wut, als sie vortrat, ihr ganzer Körper wie eine Bogensehne gespannt.
»Nach langen Beratungen hat das Grafschaftsgericht erkannt, daß die Güter von Gedevan zu Recht von Eurem Vater an Peire übertragen wurden. Da dieses Recht nunmehr bestätigt wurde, ist die Nachfolgefrage nicht strittig. Der Sohn Peire de Gedevans ist der einzige dem Gesetz nach natürliche Erbe.«
»Wieviel hat Guillem dem Grafen zugesprochen?« fragte Brian.
»Ein Drittel von Gedevan«, antwortete Dorbal.
»Und was wollte Ana ihm überlassen?«
»Nichts.«
»Sie ist eine Törin«, sagte Brian. »Eine Törin, die nie im Glanz von Königen gelebt hat.«
»Das ist ein abgekartetes Spiel«, sagte Ana laut. Sie blickte zu Boden, die Hände zu Fäusten geballt.
Der Graf von Toulouse stockte kurz und schritt ihr dann lächelnd entgegen.
»Ich habe Euch nicht verstanden, Domna, und ich glaube, das ist gut so. Soll ich einen meiner Ritter fragen, was Ihr gesagt haben könntet?«
Ana hob den Kopf. Sie schwieg kurz. »Nein«, sagte sie dann.
»Ihr seid eine kluge Frau, Domna«, sagte der Graf, weiterhin lächelnd. »Und nun geht!« schrie er plötzlich. »Geht und besinnt Euch Eurer Pflichten mir gegenüber!« Er hob die Hände, als woll-

te er sie aus der Ferne schlagen. »Habt Ihr verstanden, Domna de Ciornac!«
»Ich habe verstanden, Euer Gnaden«, sagte sie kaum hörbar. »Und ich weiß, was ich zu tun habe.«
Ana de Ciornac nickte Gonzalgo zu und verließ mit ihm den Raum, während sich ihnen eine Gasse von betreten blickenden Höflingen öffnete. Ihr Gesichtsausdruck war steinern, als sie zwischen ihnen hindurchschritt. Brian sah, daß Schweißperlen auf ihrer Stirne schimmerten und ihre Zähne eine kleine Blutspur an ihrer schmalen Unterlippe hinterließen.
Später, als Soldaten Peire hinausgetragen hatten, kniete Jordas vor Raimond nieder, und der Graf von Toulouse, Herzog der Narbonne, Lehnsherr von Rodez, Béziers, Foix und Comminges, schlug ihn ein zweites Mal zum Ritter, ernannte ihn zum Herrn von Gedevan, ihm feierlich den Titel eines Senhers verleihend. Jordas Stimme schwankte leicht, als er den Vasalleneid ablegte, und sein Blick suchte jenen Guillems, der ihm beruhigend zunickte.
»Seid Ihr nun zufrieden?« fragte Dorbal Brian. »Er hat alles bekommen, was Ihr wolltet.«
»Nein«, antwortete Brian.
»Weshalb nicht?«
»Es hat ihn seine Jugend gekostet«, sagte der Troubadour, nickte Dorbal zu und schritt nach draußen.
Er ging die Treppen hinunter, dem Ausgang zu und dann ziellos vor dem Chateau Narbonnais auf und ab. Nichts war so gekommen, wie er es erhofft hatte. Die Wahrheit sollte ganz und glänzend sein. Sie hatten nur Teile bekommen, matt und voller Schmutz. Ein gekauftes Urteil. Ein Haß, der ungebrochen war. Selbstbetrug. Lüge. Er hätte Guillems Plan nicht zustimmen dürfen. Er hätte sich wehren und Jordas beschützen müssen. Er hatte versagt. Es schien zuerst so klar, dachte er, so klar und so einfach. Er schüttelte den Kopf. Nichts war klar und einfach in dieser Welt. Nichts. Er hätte es wissen müssen. Er hätte es endlich begreifen sollen.
Es mochten eine oder zwei Stunden vergangen sein, als er den Hof des Chateau Narbonnais von neuem betrat. Wachen versperrten ihm den Weg zum Haupttor. Als er zwischen den gekreuzten Lanzen hindurchblickte, sah er Pedro d'Aragon, der in Begleitung sei-

ner Ritter die Burg verließ. Brian schenkte diesem Aufbruch keine besondere Aufmerksamkeit, als er völlig unvermutet den Mann mit dem grauen Bart erblickte.
Mein Gott, dachte er, mein Gott. Es kann nicht sein.
Der Mann war in Harnisch, den Kopf mit einem silbernen Helm bedeckt, ein selbstbewußter, großer Senher auf einem schweren Schlachtroß.
»Courtrain d'Erbil!« Brians Schrei zerschnitt die Geräusche des Aufbruchs wie ein scharfes Messer, übertönte das Scharren der Pferdehufe, das Schlagen von Waffen auf Leder und das Hufgeklapper. Gesichter schnellten überrascht zu ihm herum.
Pedro d'Aragon blickte ihn neugierig an, verhielt einen Moment, als wollte er sich sein Gesicht einprägen, und gab dann seinem Pferd die Sporen. Gefolgt von seinen Rittern ritt er durch das offene Südtor hinaus.
»Courtrain!« schrie Brian ein zweites Mal, und der Mann mit dem silbernen Helm hob, in seine Richtung blickend, langsam die Hand, wie zum Gruß. Er lächelte Brian zu, und dem Troubadour schien es, als wären sie beide aus der Zeit gefallen, erstarrt in diesem Gruß und dem Klang seines Schreis.
Das Pferd des Graubärtigen tänzelte einen Augenblick lang, und dann war der Moment vorüber. Der Mann riß immer noch lächelnd an seinen Zügeln und galoppierte dem Troß des Grafen hinterher.
»Wer war das?« fragte Brian heiser den Wachsoldaten, der ihn verblüfft betrachtete.
»Ein Berater des Königs von Aragon.«
»Kennt Ihr seinen Namen?« fragte Brian und faßte nach dem Arm des Soldaten.
»Nein, Senher. Der König nennt ihn nur El Cavalier. Den Ritter.«
Brian lief die Reihe der Spalier stehenden Soldaten entlang, drängte sich zwischen Schaulustigen hindurch, stieß Männer und Frauen zur Seite, bis er endlich die Straße erreicht hatte, die nach Süden führte. Er lief den staubigen Weg entlang, immer weiter, lief ohne Pause, lief, bis die Kraft ihn verließ, bis er schwer atmend stehenblieb und sein Blick noch immer die Silhouetten von Reitern suchte, die längst im Licht der Ferne verschwunden waren.

Raimbautz Decarras Fest sollte noch lange das Tagesgespräch der Bürger von Toulouse bleiben. Es war ein Fest zu Ehren des neuen Senhers von Gedevan, ein Fest zu Ehren des jungen Jordas und seiner zarten, rehäugigen Aude. Der Bischof, die Konsuln von Toulouse, Vertreter des Grafen nahmen an ihm teil, lobten und priesen das junge Paar, feierten die beiden als Menschen, die wie geschaffen für die Fin d'amors waren, während Guillem de Parzié ihnen, stolz und mit sich zufrieden, zutrank. Es war eine ausgelassene Feier, bei der Jaufre sich mit dem Bischof in ein höchst fideles, theologisches Streitgespräch stürzte, Robert de Bantrac lautstark von den Wundern Outremers erzählte und die anwesenden Domnas als das vollkommenste und prachtvollste Wunder der Schöpfung gefeiert wurden. Diener servierten erlesene Speisen, Joglare trugen Lieder vor, und Gaukler zeigten ihre Fertigkeiten und ihre Kunststücke. Es war ein lauter, ein lebhafter Abend, ein Abend der Freude und ein Abend des Abschieds. Sie alle wußten es und versuchten es zu vergessen.

»Du kommst mit mir nach Outremer«, sagte Robert de Bantrac zu dem Troubadour, der als einziger seltsam still wirkte. »Brian, ich erwarte dich in Gesana. Ich zähle auf dich, companho.«

»Ich werde nicht kommen.«

Robert de Bantrac schlug ihm auf die Schulter. »Du wirst kommen, Brian. Ich weiß es.« Er setzte sich neben ihn, seine schweren Hände auf seine Schenkel aufstützend. »Jaufre wird dort sein und Pons und Marti. Wir reisen Anfang September. Zeit genug, um Venedig im Frühjahr zu erreichen. Zeit genug, um Al-Tustari zu treffen.«

»Ich werde nicht dort sein.«

»Du wirst dort sein, oder ich werde dich eines Tages in der Hölle heimsuchen«, sagte der Riese, lachte auf und ging zu einem der Ritter des Grafen von Toulouse, der wie sie in der Schlacht von Asnuf mitgekämpft hatte.

Es war ein Fest, das bis in den Morgen hinein dauerte, und Gaelle und Brian verabschiedeten sich irgendwann im Morgengrauen von ihnen allen, von Jaufre, von Robert, von Guillem, von Jordas und von Aude.

»Ich danke dir«, sagte Jordas, als er Brian umarmte. »Ich danke dir aus ganzem Herzen.«

»Es gibt nichts, wofür du mir zu danken hättest.«
Der junge Mann wirkte jetzt froh und unbeschwert. »Wir erwarten dich in einem Monat in Parzié, Aude und ich.«
»Ihr dürft uns nicht enttäuschen«, pflichtete ihm das Mädchen bei, als Brian sie auf beide Wangen küßte.
Brian lächelte voller Ironie. »Ich enttäusche nie jemanden«, sagte er.

9. Kapitel

NARBONNE, BÉZIERS
August 1201

Sie nahmen die Straße nach Narbonne, gemeinsam mit zwei Kaufleuten aus Cahors, einem Juden in einer bestickten, leinenen Weste, der von seiner verschleierten Tochter begleitet wurde, einem Clericus vagantus, der reich genug war, sich eine klapprige Schindmähre als Reittier zu leisten, und einem übermüdeten Joglar, den sie von Decarras Fest her kannten. Ein maistre, ein leichter Mistral, blies, wirkte kühlend und aufpeitschend in einem, trieb die Wolken segelnd durch das Blau des Himmels, zerrte an den hellen Überwürfen der Männer, bauschte sie auf, preßte sie an ihre Körper.

»Meinen ehrerbietigsten Gruß, Senher«, sagte der Clericus und zog schwungvoll seinen Hut vor Gaelle und Brian.

»Seid gegrüßt, Mann Gottes«, antwortete der Troubadour, während der Clericus auflachte und Gaelle einen bewundernden Seitenblick zuwarf.

»Bist du Goliarde?« fragte Brian.

»Euer Blick ist durchdringend wie der Pfeil einer Armbrust, scharf wie das Auge des Adlers und erhellend wie das Leuchten der reinen Erkenntnis.«

»Wie geht es den Söhnen des Golias?«

»Wie immer, Meister. Sie hungern nach Geld, das sie nie bekommen, verehren die Musen, die sie stets vergessen, lechzen nach Wein, den sie nicht bezahlen können, und küssen Mädchen, die sie in Schande bringen.«

Gaelle blickte ihn amüsiert an.

»Eurem letzten Satz mangelt es an Klarheit, Clericus. Bringt Ihr die Mädchen in Schande oder sie Euch?«
Der Clericus blickte mit einem entsagenden Augenaufschlag zum Himmel hin.
»Domna, ist das nicht eine Frage, die seit Adams und Evas Zeiten Mann und Frau ohne Unterlaß beschäftigt? Selbst Golias, unser Meister, dessen Name von bösartigen und häßlichen Menschen als Gleichnis für einen nicht nennbaren Teil des männlichen Körpers bedacht wurde, hätte bei all dem Born seiner Weisheit, bei all der Fülle seines Wissens keine wahrhaft befriedigende Antwort auf Eure Frage gewußt.«
»Versucht es«, sagte Gaelle.
Der Clericus runzelte die Stirne. »Seht, Domna, als Sohn eines Priesters ...«
»Ihr seid der Sohn eines Priesters?« Gaelle blickte zu Brian hoch, der vor sich hin lächelte.
Der Clericus sah traurig zu Boden. »Ich weiß, Domna, dies ist eine unverzeihliche Schande vor dem Angesicht der ehrwürdigen und unantastbaren Gebote unserer Kirche. Aber was hätte mein Vater denn sonst tun sollen, als Vater jener kleinen, bäuerlichen Gemeinde, die er nicht nur sorgsam und redlich auf den rechten Weg führte, sondern deren Bevölkerung er auch um drei weitere Erdenkinder vermehrte? Diese Bauern sind mißtrauische Menschen. Wenn sie einen alleinstehenden Priester vor sich sehen, so vermuten sie ein ungebändigtes Trachten in ihm, dessen einziges Ziel es ist, wie ein blutrünstiger Wolf in die Schar ihrer rosengleichen, jungfräulichen Töchter einzufallen. Von ihren Frauen ganz zu schweigen.«
Der Clericus zuckte mit den Achseln. »Mein Vater mußte sich eine Konkubine nehmen, sonst hätten sie ihn nicht die Messe zelebrieren lassen. Da er ein sendungsbewußter und gläubiger Mensch war, mußte er sein Brevier nun auf zwei Arten lesen. Ich, Domna, bin die Frucht der zweiten Lektüre.«
»Eine erstaunliche Geschichte«, sagte Gaelle.
Der Clericus schüttelte den Kopf.
»Nicht so erstaunlich, wie Ihr meint. So wie es meinem Vater ergangen ist, trifft es wohl die überwiegende Mehrzahl der Priester. Es ist wundervoll, erquickend und den Geist erhebend, wenn der

Papst die Notwendigkeit des Zölibats für den Priesterstand als verbindlich und für die Reinheit der Kirche als endgültig und unerläßlich erklärt. Ich bin überzeugt, daß die Worte seiner Heiligkeit den Lateran stets wie das Surren der Schwingen des Heiligen Geistes erfüllen. Die Bauern meines Dorfes allerdings hätten ihn mit Heugabeln und gezückten Dolchen über den Anger gejagt, wenn er es ihnen zu erklären versucht hätte.« Der Clericus sah bedauernd zu Brian hin.

»Dennoch besitzen die Geistlichen vielleicht nicht zu Unrecht einen großen Ruf als Kenner weiblicher Reize.«

»Senher«, sagte der Clericus, »ist es nicht eure Schuld, wenn sich die Frauen in ihrer Not einem Mönch oder Priester zuwenden? Es sind Männer, die schweigen können, seien die Köstlichkeiten, deren sie teilhaftig werden, noch so groß, während nicht wenige Ritter lautstark mit ihren Eroberungen prahlen und damit den guten Ruf ehrlicher Gattinnen auf ewige Zeiten gefährden.«

»Ihr seid, bei Gott, ein wahrer Sohn des Golias, mein Freund«, sagte Brian.

»Mag sein, mag sein«, sagte der Clericus. »Aber mindert das die Wahrheit meiner Worte? Verkleinert es das Ausmaß meines Verständnisses?«

»Wer ist Euer Golias?« fragte Gaelle.

»Eine Erfindung«, antwortete Brian. »Der symbolische Meister aller Vaganten. Ihr mythischer Heiliger.«

»Ihr seid ein Zweifler, Senher. Wer sagt, daß Golias nicht wirklich gelebt hat, trunken von Wein und von der Schönheit, erfüllt von Spott und von der Liebe zu Gott? Wer sagt Euch denn, ob die letzte Wahrheit nicht in Schenken und am Busen von abgerackerten Dirnen zu finden ist, irgendwo dort, inmitten einer Welt von Armut und von Begierde, von Kampf und von Verzweiflung? Wer, Senher, gibt Euch das Recht, sie nur in den Worten der Poesie und in einem Meer von Münzen zu suchen?«

»Niemand«, sagte Brian. Er griff in seine Tasche und zog eine Handvoll von Derniers heraus. »Hier«, sagte er, als er sie dem Clericus reichte. »Trinkt auf unser Wohl, und behaltet uns in guter Erinnerung.«

Der Clericus zog schwungvoll seinen Hut. »Golias dankt Euch, im

Namen seiner Brüder und seiner treuen Söhne.« Der Clericus blickte Gaelle und Brian an, und sein zerfurchtes Gesicht war plötzlich ohne Ironie und ohne jeglichem Spott.
»Ihr liebt euch«, sagte er.
»Woran erkennt Ihr das, Clericus?« fragte Gaelle überrascht.
»Ihr leuchtet. Ihr tragt das Licht in euch.« Der Clericus zügelte sein Pferd und ließ Gaelle und Brian an sich vorbeireiten.
»Laßt es nicht verlöschen«, sagte er.

Am frühen Abend, als sie in dem Gasthof an klobigen Holztischen ihr Essen einnahmen, trat der jüdische Kaufmann zu ihnen, sich höflich verbeugend, während Brian bemerkte, daß seine Tochter kurz, nur für einen Augenblick, mit den Fingerspitzen ihrer Hand ihren Schleier zur Seite geschoben hatte, um sie besser beobachten zu können. Ein feingeschnittenes Gesicht mit dunklen, leuchtenden Augen.
»Mein Name ist Jehuda ben Gaon«, sagte der Mann. »Verzeiht, wenn ich Euch störe.«
»Ihr stört nicht, Reb Jehuda. Nehmt Platz.«
Der Kaufmann dankte und setzte sich an ihren Tisch. Er lächelte Gaelle freundlich und beinahe entschuldigend zu, bevor er sich Brian zuwandte.
»Seid Ihr Brian de Martial, der Troubadour?«
Brian nickte.
»Welch ein Zufall, daß ich mit Euch gemeinsam geritten bin«, sagte Reb Jehuda. »Welch ein erstaunlicher Zufall!«
»Woher kennt Ihr meinen Namen?« fragte der Troubadour.
Reb Jehuda deutete auf den Joglar, der den Kopf auf die Tischplatte hatte sinken lassen und schlief. »Dieser junge Mann hat ihn mir genannt.«
»Und worin liegt der Reiz des Zufalls, daß Ihr mir begegnet seid, Reb Jehuda?«
Der Kaufmann lächelte. »Ich habe eine Nachricht von Reb Baruch aus Narbonne bekommen. Ihr kennt ihn doch?«
»Er ist ein Freund von mir.«
Jehuda lächelte zufrieden. »Reb Baruch bittet Euch, ihn aufzusuchen. Er verwahrt Briefe für Euch. Wichtige Briefe.«

Brian kniff die Augen zusammen. »Briefe von wem?«
»Briefe aus Aquitanien.«
»Ich war im Chateau Narbonnais. André de Dorbal hätte sie mir geben können.«
Reb Jehuda schüttelte den Kopf. »Der Senher de Dorbal ist ein junger Mann. In seinem Alter ist es Aufgabe genug, sich mit dem Grafen zu beschäftigen.«
»Ich habe die Dame de Vidars nach Béziers zu bringen, Reb Jehuda.«
»Narbonne liegt auf der Strecke. Es bedeutet für Euch keinen Umweg, Baruch aufzusuchen, Senher de Martial.«
Der Kaufmann wandte sich Gaelle zu. »Narbonne würde Euch gefallen, Domna. Es ist eine lebendige, eine bunte Stadt.«
»Was wißt Ihr von der Sache, Reb Jehuda?«
»Es ist nichts, was eilig wäre. Nichts, das von heute auf morgen erledigt werden müßte.«
»Ich will Zeit.«
»In dieser Sache habt Ihr sie.« Reb Jehuda lächelte Gaelle freundlich zu. »Domna, Ihr werdet ihn noch lange nicht vermissen müssen. Gott behüte, daß ich der Bote sei, der ihn Euch entführt.«
»Ich will mehr Einzelheiten wissen«, sagte Brian.
»Mehr weiß ich selbst nicht, Senher. Nur, daß Ihr Zeit habt.«
Brian griff nach seinem Becher und trank ihn leer. »Wart Ihr bei ihr?«
Reb Jehuda nickte. »Sie wird noch einige Jahre leben, wenn Gott es will.«
»Ist sie verändert?«
»Den Tod des Löwen hat sie nie verwunden. Sonst ist sie ungebrochen.«
Der Kaufmann griff in eine Tasche seines Umhanges und legte eine Figur auf den Tisch. Es war eine Schachfigur. Ein König, elfenbeinern und fein geschnitzt.
»Sie umarmt Euch und bittet Euch, dies anzunehmen.«
Brians Gesicht war blaß geworden, als er von der Figur zu Reb Jehuda hochblickte. »Was hat sie sonst noch gesagt?«
»Daß der Ritter zurückgekommen ist.«
»In ihre Dienste?«

Der Kaufmann griff nach der Schachfigur und drehte sie zwischen seinen Fingern. »El Cavalier läßt sich nicht einordnen.«
»Paßt auf, Reb Jehuda. Ich will jetzt alles wissen. Jedes verdammte Wort, das Ihr über diese Sache wißt.«
Der Kaufmann legte den geschnitzten König zurück auf den Tisch und machte eine leichte Verbeugung zu Gaelle hin.
»Die Domna auch?«
»Die Domna auch, Reb Jehuda.«
Der Kaufmann nickte. »Ihr tragt die Folgen Eures Handelns, Senher de Martial.«
»Ich habe sie ein Leben lang getragen, Reb Jehuda.«
»Gut«, sagte der Kaufmann. »Die Occitanie kann auf lange Sicht nur bestehen, wenn sie sich vereint. Peire de Gedevan war ein erstes, wenn auch nur sehr kleines Anzeichen dafür, was geschehen könnte, wenn es dem Papst gelänge, mit dem Norden ein Bündnis zu schließen.«
»Die Occitanie ist keine Frage der Kirche, Reb Jehuda.«
»Das Land vielleicht nicht, aber die Freiheit, die in ihr herrscht. Die Freiheit der Bürger, die Freiheit der Senhers und, Ihr gestattet«, sagte Jehuda und legte seine Hand auf die Brust, »auch die Freiheit der Juden.«
»Wie soll es vonstatten gehen?«
»Der Graf von Toulouse könnte Lehnsmann des Königs von Aragon werden. Was, Senher, wäre die Folge? Ein Königreich des Südens, das von Barcelona bis Genua reicht. Ein Königreich, das im Bündnis mit England ...«
»Das ist nicht durchführbar, Reb Jehuda!«
»Vielleicht nicht von heute auf morgen, Senher. Langfristig schon.«
Der Kaufmann hob die Schachfigur hoch, betrachtete sie und stellte sie dann mit einer jähen Bewegung vor Brian auf den Tisch. Hartes Elfenbein, das auf dem Holz einen harten Klang erzeugte.
»El Cavalier glaubt, es erreichen zu können. Wenn das Schicksal ihm die Zeit dazu läßt.«
Brian blickte den Kaufmann an. Seine Hand griff nach dem Unterarm Jehudas und krallte sich in ihm fest.

»Er hat Euch geschickt. Alles andere hätte mir auch Baruch mitteilen können. Ist es nicht so?«
Der Kaufmann blickte auf Brians Hand und hob dann den Kopf.
»Ihr habt lange gebraucht, um es zu begreifen, Senher«, sagte er, während Brians Griff sich langsam lockerte, rötliche Male auf der Haut Jehudas hinterlassend.
»Ich will hier nicht übernachten«, sagte Gaelle, als der Kaufmann von ihrem Tisch aufgestanden war. »Ich will nicht in diesem Gasthof bleiben.«
»Weshalb?«
»Was dieser Kaufmann gesagt hat, beunruhigt mich.«
»Im Freien müssen wir Nachtwache halten«, sagte Brian. »Es ist oft Gesindel unterwegs. Es wird unbequem für dich werden.«
Er suchte den Blick Reb Jehudas, der bei seiner Tochter Platz genommen hatte und ihn mit einem kaum merkbaren, ironischen Lächeln bedachte.
»Pack deine Sachen, Troubadour«, sagte die junge blonde Frau. »Oder ich reite alleine nach Béziers.«
Sie verließen den Gasthof, als es noch hell war, verließen die Straße, die nach Narbonne führte, ritten über die frisch gemähten Wiesen, schweigend, inmitten des abendlichen Gesanges der Vögel, inmitten des Geruchs von duftenden Kräutern und jenem von frischem Heu. Erst später, als sie gut fünf Meilen zwischen sich und die Schenke gebracht hatten, als sie in der Ferne das Dickicht eines Waldes erblickten, war Gaelle bereit, anzuhalten und vom Pferd zu steigen. Brian merkte, wie müde sie war, als sie sich ins Gras fallen ließ, zur Seite rollte und den Kopf auf ihren ausgestreckten Arm bettete.
Später, als die Nacht bereits hereingebrochen war und es dem Troubadour mit Mühe gelungen war, aus dürren Zweigen ein Feuer zu entfachen, begann sie zu sprechen, leise, mit einer beinahe unberührt und gleichgültig klingenden Stimme.
»Wer ist El Cavalier?« fragte sie.
»Mein Vater«, sagte Brian.
Gaelle nickte. »Wer ist die Frau in Aquitanien?«
»Eleonore von Aquitanien.«
Die junge Frau schüttelte den Kopf. »Und ich habe dich für einen

durch die Welt streunenden Troubadour gehalten. Für einen Wanderer zwischen den Träumen.«
Sie griff mit einer schnellen Bewegung neben sich und schleuderte ihm unvermutet Erde ins Gesicht.
»Warum hast du es mir nicht gesagt? Warum nicht?«
»Was? Was denn?«
Er faßte sie an der Schulter, daß sie aufschrie. Brian senkte beinahe erschreckt die Hände und betrachtete sie dabei erstaunt.
»Daß du zu ihnen gehörst.« Sie rieb sich mit der Hand ihre Schulter. »Zu den Großen und Mächtigen, zu denen, die befehlen.«
Der Troubadour schwieg.
»Ich bin ein Niemand, Gaelle«, sagte er dann. »Ein Niemand, den sie benutzen, wenn es ihrem Interesse entspricht. Wenn es ihnen gerade gefällt, sich gnädig an mich zu erinnern.«
»Dein Vater«, sagte die Frau. »Dieser El Cavalier. Welches Amt hatte er inne?«
Der Troubadour schüttelte verzweifelt den Kopf. »Es ist nicht so, wie du glaubst, Gaelle.«
»Welches Amt hatte er inne?«
»Er ist Berater des Königs von Aragon.«
»Dein Großvater. Wer war er?«
Der Troubadour schüttelte erneut den Kopf. »Gaelle ...«, sagte er.
»Wer war er?« fragte die junge Frau, bevor er noch weitersprechen konnte.
Der Troubadour nahm einen brennenden Zweig aus dem Holzstoß, beobachtete ihn und warf ihn dann ins Feuer zurück.
»Wilhelm, Graf von Poitiers, Herzog von Aquitanien.«
Gaelle sprang auf. Sie rannte zu den Pferden hin, während Brian ihr nachlief, sie um die Hüfte faßte und mit ihr ins Gras stürzte.
»Laß mich«, schrie sie und schlug nach ihm. »Laß mich gehen!«
Brian drückte ihre Hände zu Boden. »Ich bin ein Bastard, Gaelle! Sohn eines Bastards! Bastardcousin von Königen, denen ich ungefähr soviel bedeute wie einer jener Stallburschen, der ihre Packpferde striegelt!«
»Du lügst«, sagte die Frau.
»Eleonore ist eine Ausnahme. Sie und Richard waren meine Freunde.«

»Und El Cavalier?«
»Ich habe ihn zweimal in meinem Leben gesehen. Das letztemal vor zwei Tagen.«
»Und vorher?«
»Vor nicht ganz zehn Jahren. In Outremer.«
Er ließ ihre Hand los und rollte sich an ihre Seite. »Ich bin ein Bastard. Ein Ausgestoßener. Ein Mann ohne Namen.« Er lachte kurz auf. »Ich mußte mir erst einen suchen. Ich mußte erst einen finden.«
»Und doch schickt dir die mächtigste Frau des Abendlandes Geschenke.«
»Gaelle«, sagte der Troubadour. »Sie tut es, weil ich ein Freund ihres toten Sohnes war. Sie tut es, weil sie mich von Kindheit an kennt.«
Er stützte sich auf dem Ellbogen ab und betrachtete ihr Gesicht. »Mieu amor, ich bin niemand anderer als der, den du kennengelernt hast. Ein Narr. Ein torkelnder, irrender Narr, der sich an die Schönheit einer Welt verloren hat, die es vielleicht gar nicht gibt.«
»Mein Narr«, sagte die Frau nach einem Augenblick.
»Ja«, antwortete der Troubadour. »Dein Narr.«
Gaelles Gesicht war blaß im Licht des Mondes. »Du könntest in ihre Welt zurückkehren. In die Welt der bunten Höfe und der Macht.«
»Jetzt nicht mehr. Ich habe alle Brücken abgebrochen.«
Die junge Frau setzte sich in einer schnellen, katzenartigen Bewegung auf und faßte ihn mit ihren Händen an seinem Bliaut. »Schwöre mir, daß du nie in ihre Welt zurückkehrst, Brian. Schwöre es mir!«
»Weshalb nur?« fragte der Troubadour, überrascht durch die Heftigkeit ihrer Empfindung.
»Schwöre es mir«, sagte die junge Frau. »Schwöre es mir!«
»Ich schwöre es.«
Gaelle ließ ihn los, während ihr Kopf in das Gras zurücksank.
»In ihrer Welt wäre ich nichts für dich«, sagte sie. »In ihrer Welt würde ich nicht zählen.«
»Niemand zählt in ihrer Welt.«

»Mein Großvater war kein Herzog«, fuhr sie fort. »Er handelte mit Tuch aus Flandern. Er war oft unterwegs. Unterwegs zu den Messen in der Champagne oder in Deutschland. Er brauchte ein ganzes Leben, um zu Wohlstand zu gelangen. Mein Vater heiratete eine reiche Bürgerstochter aus Burgund und erkaufte sich den Titel eines Senhers, weil es ihm bei seinen Geschäften half. Ich habe keine Herzogin, die mich beschützt, und keinen Vater, der Könige berät.«
»Gaelle«, sagte der Troubadour. »Du brauchst keine Angst mehr zu haben.«
»Weshalb glaubst du, daß ich Angst hatte?«
»Ich habe es gespürt«, sagte Brian sanft.
Als sie zum Feuer zurückgegangen waren, legte Gaelle sich auf die Decke, die Brian ihr gebracht hatte. Sie rollte sich zusammen, als wären die Nacht und die Luft eine Hülle, die sie schützte.
»Was erwartet die Herzogin von dir in Narbonne?«
»Ich weiß es nicht.« Er lächelte. »Eleonore ist unberechenbar.«
»Welche Art von Aufträgen ist es, die du für sie ausführst?«
»Gespräche. Kontakte.«
»Mit Herzögen und Grafen?«
Er lächelte von neuem. »Selten.«
»Die Frauen ... Sind sie hübsch?«
»Welche Frauen?« fragte er.
Gaelle lachte jetzt, belustigt und erheitert.
»Troubadour«, sagte sie. »Troubadour ... Welch ein Komödiant du bist. Welch ein zur ewigen Hölle verdammter Heuchler. Ich meine die Frauen, mit denen sie sich umgeben. Ich meine die Frauen, die ihnen nachts Worte zuflüstern.«
»Ich habe sie nie betrachtet«, sagte Brian. »Mein Blick war scheu zu Boden gerichtet.«
»Wie ich es mir gedacht habe«, sagte die junge Frau.
»Ich bin ein schüchterner Mensch, Gaelle.«
»Ja«, sagte sie. »Schüchtern wie ein Herzog.« Sie legte ihre Arme um ihren Oberkörper und preßte sie eng an sich. »Diese Aufträge ... Führen sie dich weit von hier fort?«
»Nein. Die Occitanie ist zu meiner Heimat geworden. Ich will sie nicht mehr verlassen.«

»Gut«, sagte Gaelle. »Gut.«
»Was ist mit deinem Verlobten? Was ist mit Bernatz de Couerlas?«
»Du hast seinen Namen nicht vergessen«, sagte die blonde Frau und lächelte.
»Nein.«
»Ich denke nicht mehr an ihn«, sagte Gaelle und fuhr sich über ihr Haar. »Ich habe ihn vergessen.«
Sie schwiegen einen Augenblick lang.
Ich werde nie ein Lied über sie schreiben können, dachte Brian. Ich würde all die Worte nicht finden, die ich für sie erschaffen möchte.
»Ich liebe dich«, sagte die blonde Frau.
Brian umfaßte sie und strich ihr zart über Stirne und Hals. Die Frau schob seine Hand zur Seite, sanft und entschieden.
»Wir werden einige Zeit nicht miteinander schlafen«, sagte sie. »Nicht, bevor wir in Béziers sind.«
Der Troubadour nickte. »Ich glaube, ich verstehe.«
Der Blick der jungen Frau folgte ihm, als er sich zurücklehnte.
»Nein«, sagte sie. »Du verstehst es nicht. Du verstehst den Grund ganz und gar nicht.«

Esther, Baruchs Gattin, eine mollige, brünette Frau, kümmerte sich um Gaelle, als der Troubadour mit dem Kaufmann nach unten in dessen karg möbliertes Comptoir ging.
»Ich bin froh, dich wiederzusehen, Brian«, sagte Baruch, sich über seinen dichten schwarzen Bart streichend.
»Du wirst einem Propheten des Alten Testaments immer ähnlicher, Baruch.«
Der Kaufmann lachte. »Hiob werde ich immer ähnlicher, Troubadour, Hiob. Ich habe jetzt sechs Kinder und an die dreißig Verwandte, Brüder, Schwestern, Neffen, Nichten, Cousins, Onkel, Tanten und einige undefinierbare Sippenmitglieder, die genausogut die Vettern des Kalifen von Cordoba wie die meinen sein könnten. Und was wollen sie alle? Rat, Zuspruch und Geld von Baruch ben Gerson!«
Der Kaufmann senkte in gespielter Verzweiflung seinen Kopf. »Es

ist nicht leicht, das Oberhaupt einer verzweigten Familie zu sein.«
Brian lächelte. »Du bist glücklich, Baruch.«
Baruch hob den Kopf. »Ja«, sagte er und lächelte seinerseits, »das bin ich.«
Als Brian die Briefe Eleonore von Aquitaniens gelesen hatte, sah er an Baruch vorbei. Er schob Pergamente an den Rand des Tisches. Einige der Briefe, mit schweren Wachssiegeln versehen, fielen zu Boden.
»Sie möchte, daß ich nach Venedig reise«, sagte er.
»Das ist ihr Wunsch.«
Brian schüttelte seinen Kopf.
»Ich will nicht, Baruch. Diesmal will ich nicht.«
»Brian«, sagte der Kaufmann und stand verärgert auf. »Brian, es ist ihre letzte Bitte an dich. Sie ist achtzig Jahre alt. Es bleibt ihr nicht mehr viel Zeit, ihre Angelegenheiten zu ordnen.«
Der Troubadour schwieg und sah durch das Fenster hinter Baruchs Tisch hinaus. Schwalben segelten hoch und niedertauchend an den Mauern des Hofes entlang.
»Ich will nicht, Baruch.«
»Du bist undankbar, wie alle Gojim, Brian. Undankbar, selbstsüchtig und ohne Gnade.«
»Meinst du das wirklich, Baruch ben Gerson?«
»Ja«, sagte Baruch und blickte ihn an. »Das meine ich. Sie hat sich ein Leben lang um dich gekümmert. Sie war es, die dir die Treue gehalten hat, als die Welt deiner Senhers dich ausgespien hat. Sie war es, die dich immer und ohne zu fragen aus all den Schwierigkeiten herausgeholt hat, in die du dich durch deine eigene Torheit gebracht hast. Du bist ihr zu Dank verpflichtet, Brian de Martial. Tausendfach.«
»Gaelle ...«, sagte der Troubadour.
»Ist eine bemerkenswerte Frau, Brian. Schön und voller Tugend.«
»Sie braucht mich.«
»Hör zu, Brian. Diese Frau, die dich begleitet, ist jung und schön wie der Morgen selbst. Sie ist so makellos, daß selbst Esther von ihr begeistert ist. Aber wenn sie dich liebt, diese Frau aus Träumen und Sehnsucht, wenn sie dich wahrhaftig und ohne Hintergedanken

liebt, dann wird sie auf dich warten. Hat sie nicht alles vor sich, die ganze Fülle ihres Weges, ausgebreitet wie auf einem kostbar gewebten Teppich aus endlosen Tagen? Was zählt ein Jahr in einem Leben, das noch ohne Grenze scheint?«

»Das ist es nicht«, sagte der Troubadour.

»Was dann? Daß du eine andere Frau vergessen willst, der du alles verdankst? Deshalb, weil sie alt geworden ist, weil sie bald sterben wird?« Der Kaufmann, der in dem Raum auf und ab geschritten war, blieb stehen. »Es ist ihre letzte Bitte an dich. Du hast es gelesen.«

»Ja.«

»Du kannst es ihr nicht abschlagen, Brian.«

»Es gibt andere, die es an meiner Stelle tun könnten.«

»Nicht in ihren Augen.«

Der Troubadour schwieg.

»Was soll ich nun tun, Brian?« fragte Baruch. »Mich vor dir auf die Knie werfen und an Eleonores Stelle deine schmutzigen Stiefel küssen?«

Der Kaufmann fegte die restlichen Pergamentrollen vom Tisch.

»Es ist ihre letzte Bitte, Brian!«

Der Troubadour lehnte sich in seinem Stuhl zurück. »Erzähle mir die Hintergründe, Baruch. Erzähle mir, was in Wahrheit vor sich geht.«

Baruch atmete hörbar auf. »Gott sei gelobt«, sagte er. »Du hast dein Herz wiedergefunden.«

Gaelle bat Brian, am nächsten Morgen abreisen zu dürfen. Sie wolle das Haus vorbereiten, bis er komme, sagte sie. Sehnsucht. Sie habe Sehnsucht nach zu Hause. Eine Sehnsucht, die ihr beinahe die Luft nähme, eine Sehnsucht, die sie beinahe erwürge. Brian besorgte ihr eine Eskorte und umarmte sie lange, als sie vor Baruchs Haus standen.

»Komm bald«, sagte Gaelle. Er bemerkte, daß sie wieder ihr goldenes Stirnband trug, das Zeichen einer unverheirateten Frau.

»Ja«, antwortete Brian, und seine Finger berührten das Band auf ihrem Kopf, tastend und unsicher. »Ich komme zu dir, mieu amor. Ich komme, sobald ich es vermag.«

»Laß mich nicht warten«, sagte die blonde Frau. Sie deutete auf Baruchs Haus. »Es sind glückliche Menschen hier. Es ist schön, glücklich zu sein, Troubadour.«
Brian sah ihr nach, während sie die enge Gasse entlangritt, winkend und ihm zulächelnd. Er sah ihr nach, noch lange, als sie längst in eine der Seitenstraßen eingebogen war, die zum Stadttor hinführte, als längst nur mehr Esther neben ihm stand, die aus dem Schatten des Hofes zu ihm getreten war, ihn betrachtete und dann zum Essen ins Haus bat.

»Brian«, sagte Baruch später, als sie wieder alleine zusammensaßen. »Du kennst den Plan El Cavaliers?«
»Ja. Ich kenne ihn. Jehuda hat mir von ihm erzählt. Das Reich des Südens. Es ist möglich.«
»Wann ist El Cavalier in Aragon aufgetaucht?« fragte Brian.
»Vor knapp zwei Jahren. Er sagte, er käme aus Outremer.«
»Er kommt aus Outremer. Er kommt von jenseits des Meeres.«
Baruch neigte den Kopf zur Seite.
»Du kennst ihn?«
»Ich bin ihm einmal begegnet. Vor zehn Jahren. In Nablus.«
»Wie ist er?«
»Beeindruckend.«
Baruch nickte. »So muß er auch auf Pedro d'Aragon gewirkt haben. Er wurde in kürzester Zeit sein Vertrauter. Was sind seine Schwächen?« fragte der Kaufmann.
»Schöne Frauen. Söhne. Die Wahrheit.«
»Ich verstehe dich nicht, Brian.«
»Ich verstehe mich selbst nicht, Baruch.«
Der Kaufmann betrachtete ihn irritiert. »Er trägt keinen Namen. Pedro d'Aragon nannte ihn von Beginn an nur El Cavalier.«
»Den Ritter.« Brian nickte zustimmend.
»Weshalb?«
»Weil er es ist.« Der Troubadour lächelte.
»Was, Brian?«
»Ein Ritter. Einer der letzten Ritter dieser Erde.«
»Ein Mann von Ehre also.« Baruch blickte zu der weißgekalkten Decke auf. »Die Herzogin hält viel von ihm. Die jüdischen Gemein-

den der Occitanie haben sich entschlossen, ihn auf ihre Empfehlungen hin zu unterstützen.«

»Ihr konntet nichts Besseres tun. Wenn es jemand gelingt, dieses Reich zu errichten, dann nur ihm.«

Baruch beugte sich nach vorne. »Können wir ihm wirklich vertrauen, Brian?«

»Wie euren Vätern. Wie euren eigenen Vätern.«

Baruch lehnte sich zurück. »Gut«, sagte er. »Dann zu Venedig.«

»Ja«, sagte Brian. »Sprechen wir von Venedig.«

»Mit diesem Kreuzzug... Etwas stimmt nicht daran, Brian. Sein designierter Führer, Bonifaz de Montferrat, wird bald für längere Zeit Philipp von Schwaben aufsuchen, der sich mit Otto von Braunschweig um die deutsche Kaiserkrone streitet. Ein Mann, der den Wunsch hat, das oströmische Reich zu unterwerfen. Der Staufer ist mit Irena Angelina, der Tochter des abgesetzten byzantinischen Kaisers Isaak verheiratet. Und dazu will er den Dogen Dandolo in seine Kreuzzugspläne einbinden.«

»Ist nicht auch Dandolo bestrebt, das byzantinische Reich zu unterwerfen?«

Baruch nickte und stand auf. Er ging zum Fenster und blickte kurz hinaus. Dann drehte er sich wieder Brian zu. »Wenn wir mithelfen, ein Reich des Südens zu errichten, müssen wir mehr wissen. Wenn wir ein Reich von Barcelona bis Genua schaffen wollen, müssen wir klar sehen. Was wird aus dem Heiligen Römischen Reich, was aus Konstantinopel? In Venedig liegt der Schlüssel zu diesen Fragen.«

»Kann euch die dortige Judengemeinde nicht helfen?«

»Wir erfahren nur Gerüchte. Gerüchte sind zu wenig.«

»Und ich? Ich werde alle Antworten finden?«

»Einen besseren Kundschafter als dich gibt es nicht, Brian. Du kannst mit den Großen ebenso leicht sprechen wie mit dem einfachen Soldaten. Du kannst den Senher herauskehren oder den mittellosen Troubadour mimen. Du kannst jede Maske annehmen, so wie du es brauchst, so wie es dir gefällt.«

»Ja«, sagte Brian. »So wie es mir gefällt.«

Er blickte zu Baruch hoch. »Was sind Eleonores spezielle Wünsche?«

»Decke den Plan auf, den Dandolo und Bonifaz aushecken. Finde heraus, ob der Papst in ihn verwickelt ist.«

»Weshalb?«

Baruch lächelte. »Eleonore will noch schnell ein neues Abendland schmieden, bevor John von England die alleinige Macht in seinen Händen hat. Sie hält nicht viel von ihrem jüngsten Sohn.«

»Aus gutem Grund.«

»Es wird nicht mehr lange dauern, und Philipp von Frankreich wird sich auf die englischen Besitzungen in der Normandie stürzen. Unter den gegenwärtigen Umständen stünde der Sieger fest.«

»Wenn John sich weiterhin so verhält wie bisher, können sie in Paris bereits die Kerzen für die Dankgottesdienste entzünden.«

Baruch grinste. »Ja«, sagte er. »Wahrscheinlich. Ein Reich des Südens jedoch, das über Aquitanien England zu Hilfe kommen würde, ein deutsches Heer, das über Flandern die Champagne angriffe, könnte all diese Kerzen sehr schnell zum Verlöschen bringen.«

»Und Frankreich wäre das, was es früher schon war. Ein Anhängsel des Londoner Hofs.«

»In etwa, Brian. In etwa.« Baruch blickte Brian an. »Verstehst du jetzt, warum nur du für diese Mission in Frage kommst? Ein Fingerzeig an Philipp und er würde Eleonore keine Zeit mehr lassen. So bleiben ihr und John noch einige Jahre. Acht, vielleicht zehn. In einem Jahrzehnt läßt sich viel bewegen. Auch für die Occitanie.«

»Die Zeit sollte stillstehen in den Gärten des Lichts.«

»Wir glauben immer, daß sie es tut. Aber ein Windstoß treibt die Blüten von den Sträuchern, und ein Regen fegt die Bäume kahl, dürres Laub vor sich her treibend, das wir für ewig hielten. Glaube mir, Brian. Ich kenne mich in diesen Dingen aus.«

Baruch legte seine Hand auf Brians Schulter. »Reist du nach Venedig, Brian?«

»Ja«, sagte der Troubadour.

»Jeder Geldbetrag, den du anforderst, steht zu deiner Verfügung.«

»Ich werde Geld brauchen. Herzöge und Könige haben ihren Preis.«

Baruch setzte sich wieder Brian gegenüber.

»Ich danke dir in Eleonores Namen.«
»Ihr Sohn Richard hat die Juden aus England verjagen wollen«, sagte der Troubadour.
»Und Eleonore hat uns geschützt. Ihr Leben lang.«
»Für jede Dankbarkeit gibt es einmal ein Ende.«
»Nein«, antwortete Baruch und sah ihn an. »Für Dankbarkeit gibt es nie ein Ende. Nie, Brian.«

Nachdem Brian von Baruch und seiner Familie Abschied genommen hatte, war ihm auf dem Marktplatz von Narbonne ein arabischer Kaufmann aufgefallen, der sich ratlos, beinahe erstaunt umsah.
»Kann ich Euch helfen, Herr?« fragte der Troubadour, als er sein Pferd neben ihm zügelte.
»Ich suche die Moschee«, antwortete der Araber.
»Narbonne besitzt keine Moschee, Herr. Aber am Hafen könnt Ihr ein muslimisches Bethaus finden.«
Der Kaufmann dankte, ging einige Schritte, blieb dann stehen.
»Ihr solltet hier eine Moschee bauen. Narbonne ist eine große Stadt«, meinte er mit beinahe vorwurfsvoller Stimme.
»Wenn die Pläne zweier Namenloser in Erfüllung gehen, werdet Ihr in allen Städten der Occitanie einen Tempel für jegliches Bekenntnis finden.«
»Ich verstehe Euch nicht, Herr«, antwortete der Kaufmann.
»Betet für die Namenlosen«, sagte Brian, »betet für sie. Und möge der Alleinzige Euch behüten.« Er gab lächelnd seinem Pferd die Sporen und ritt dem Stadttor zu, während ihm der Araber verwirrt nachblickte.

Das Haus der Vidars lag an der Ecke der Straße der Tuchhändler, und Brian ritt im Schritt an den Ständen und Läden vorüber, vor denen sich, bunt gekleidet und gestikulierend, Käufer und Neugierige drängten, an denen Frauen und Männer Leinen aus Flandern, Wolle aus England und Seide aus Sizilien begutachteten, abschätzten, sich nach langem Feilschen schließlich zum Kauf entschlossen oder auch mit Bedauern und südländischer Lebhaftigkeit davon Abstand nahmen.

Brian ritt zum Eingang des Hauses; die Sonne, die auf die Mauern fiel, hellte ihre ockergelbe Farbe auf, während die olivfarbenen Fensterläden schon halb oder ganz geschlossen waren. Die Straße, die quer zu jener der Tuchhändler verlief, schien von wohlhabenden Bürgern bewohnt zu sein. Hohe, schattige Bäume, die die hellen Mauern überragten, ließen Gärten und Brunnen erahnen. Manche der flachen Dächer trugen Gärten, friedliche Orte jener Gelassenheit, die das Geld und die Macht begleiteten.
Als Brian an das massive Holztor des Hauses der Vidars geklopft hatte, öffnete ihm eine Frau mittleren Alters. Sie wirkte energisch und selbstbewußt, das graue Haar glatt zurückgekämmt und mit einem roten Band gebunden. Sie betrachtete ihn mißtrauisch, einen vom Ritt mit Staub bedeckten Mann im Lederkoller, mit herabhängendem, wirrem Haar, den Bart zerzaust, ein teures Pferd am Halfter haltend, an dessen Seite ein Schwert und mehrere Packen befestigt waren.
»Was wünscht Ihr, Senher?« fragte die Frau mit erstaunlich weicher, schwingender Stimme.
»Ich möchte die Domna de Vidars sprechen.« Der Troubadour lächelte sie an. »Mein Name ist Brian de Martial.«
Die Frau sah ihn einen Augenblick stumm an, drehte sich dann um und lief ins Haus, die Türe offenlassend. Sie rief etwas, das der Troubadour nicht verstehen konnte, während ihre Holzschuhe auf steinernem Boden aufschlugen.
Er band sein Pferd an einem Eisenring, der in der Mauer eingelassen war, fest, nahm die Packen und das Schwert in seine Arme und betrat durch das offene Haustor einen schattigen, geräumigen Innenhof, der von zwei ausgreifenden, mächtigen Kastanienbäumen gleichsam überdacht schien.
Als er die Packen an der Seitenmauer abgelegt hatte und aufsah, erblickte er Gaelle, die unter den Arkaden erschien und eilig ihr langes blondes Haar ordnete, während jene Frau, die ihn eingelassen hatte, neben ihr stand und mit ihrer Hand in seine Richtung wies.
Gaelle trat aus den Arkaden heraus, für einen Augenblick vom Sonnenlicht erfaßt, dann wieder vom Schatten der Bäume bedeckt. Brian strich sich mit der Hand über sein ungekämmtes Haar,

während die junge Frau ihn anblickte, unsicher, abwartend. Als er lächelte, entspannte sich ihre Haltung, und ihre Hand griff zu der goldenen Schließe ihres Kleides und strich darüber. Sie lächelte ihn voller Vertrauen an. Als er die ersten Schritte zu ihr hin machte, raffte sie das Kleid und lief ihm mit einem Male entgegen. Sie lief in seine offenen, ausgebreiteten Arme und küßte sein Gesicht, küßte ihn ohne Unterlaß, schnell und atemlos, murmelte abgehackte Worte der Liebe, während er sie umarmte und ihren Körper an den seinen preßte.

»Du hast mich warten lassen«, sagte sie schließlich.

»Es gab viel zu erledigen in Narbonne, Gaelle.«

»Du hast mich warten lassen«, erwiderte sie und strich ihm eine Haarsträhne aus seiner Stirne. Sie wandte sich unvermittelt der Frau mit dem grauen Haar zu.

»Wir müssen ihm das Haus zeigen, Saissa.« Ihre Stimme war voll unbeschwerter Freude.

»Der Senher wünscht sicher ein Bad. Er bedarf der Entspannung nach der Reise.«

Gaelle lachte. »Er muß es jetzt sehen. Sofort.« Sie zog ihn an der Hand mit sich fort, während die grauhaarige Frau ihnen kopfschüttelnd folgte.

Das Haus der Vidars war ein Stadtpalast, der sich an Weitläufigkeit und Pracht durchaus mit jenem der Decarras in Toulouse messen konnte. Er erstreckte sich über drei Stockwerke, mit geräumigen, luftigen Zimmern, zwei Speisesälen und Schlafgemächern, die an Gediegenheit der Ausstattung jene Jaufres in Sarvas übertrafen. Unbekannte Menschen verneigten sich vor ihm, als er neben Gaelle die Treppen emporstieg, fremde Gesichter betrachteten ihn neugierig von der Seite her, als sie um die Ecken der Gänge bogen, und als er das Comptoir betrat, erhoben sich die vier Herren, die an ihren Pulten saßen, und grüßten ihn ehrerbietig.

»Wie gefällt dir mein Haus?« fragte Gaelle.

»Es ist prachtvoll.«

»Saissa hat sich darum gekümmert. Sie war mehr als nur eine Verwalterin.«

Brian nickte der grauhaarigen Frau anerkennend zu, die lächelnd zu Gaelle hinsah.
»Alles ist noch beinahe so, wie ich es verlassen habe, Brian«, sagte sie und ihre Hände berührten seine Brust, während sie sich voller Freude umsah.
»Brian, ich bin heimgekehrt. Hier ist mein Zuhause.«
»Das ist wundervoll«, sagte der Troubadour.
»Hast du all die Blumen im Haus gesehen?«
»Ja«, sagte der Troubadour.
»Sie sind für dich. Ich habe sie jeden Tag für dich erneuern lassen. Ich wollte, daß du sie in ihrer Blüte siehst, wenn du kommst.«
»Ich bin gekommen.«
»Ja«, sagte sie. »Du bist gekommen.«
»Ihr wolltet dem Senher noch etwas zeigen«, sagte Saissa.
»Komm«, sagte Gaelle und ging den Gang entlang. Sie öffnete eine Türe und ließ ihn eintreten. Die Wände des Raumes, den Brian betrat, waren mit goldfarbenen Gobelins bedeckt. Ein kostbares Schreibpult stand in der einen Ecke, eine mit blauem Brokatüberzug bedeckte Liege in der anderen. Ein kleiner kunstfertig gedrechselter Tisch harmonierte mit dem Pult. An seinen Enden standen Sessel, in deren Rückenlehnen eine Blume und ein Löwe geschnitzt waren. Die beiden Fenster, deren Holzflügel offenstanden, gaben den Blick auf den Garten frei, Rosenbeete und Bäume, die den grünen, seefarbenen Zierteich umkränzten.
»Das ist wunderschön«, sagte der Troubadour.
»Es ist dein Raum. Dein Refugium.« Gaelle lächelte. »Mögen viele Lieder in ihm entstehen. Lieder der Sehnsucht. Lieder der Liebe.«
Der Troubadour sah in ihr erwartungsvoll blickendes Gesicht, in Augen, in denen Freude, Zaghaftigkeit und Hoffnung standen, sich unausgesprochene Fragen formten. Er trat zu ihr und berührte das goldene Band, das ihre Stirne umfaßte. »Danke«, sagte er. »Danke für alles.«
»Was bedeutet dieses alles?« Es schien ihm, als würde sie kaum merkbar zurückweichen, als sie es fragte.
»Du«, sagte er.
»Wir«, antwortete sie. »Wir beide.«

Sie gingen eine Treppe hinunter, zum Arbeitsraum ihres Vaters, den sie in den beiden Wochen, die sie getrennt gewesen waren, erneuert und umgestaltet hatte.
Der Troubadour wußte nach dem ersten Eindruck nicht, was das holzgetäfelte Zimmer so hell und fröhlich machte. Es mußte die Abstufung der Muster der Teppiche sein, das Farbenspiel der neuen Gobelins. Die Sonne fing sich in kupferglänzenden Pokalen, Blütenblättern und dem matten Glanz der Holzpaneele. Licht, dachte er. Sie birgt das Licht in diesem Raum.
»Wie war es in Narbonne?« Sie nahm in dem Sessel am Fenster Platz, während Brian sich ihr gegenübersetzte.
»Esther und Baruch schicken dir ihre besten Grüße. Sie lassen dich durch mich umarmen.«
»Dann wirst du mich noch oft umarmen müssen.«
»Ich werde ermattet sein.«
»Ermattet und ans Haus gefesselt.« Sie lächelte. »Mein armer Troubadour«, sagte sie.
»Mein Auftrag...«, sagte er.
Gaelle beugte sich vor.
»Hör mir zuerst zu, Brian. Hör mir zu, bevor du weitersprichst.«
»Gut«, sagte er und sah sie an.
»Ich bin eine reiche Frau.«
»Die mir ein halbes Pfund Silber schuldet«, sagte er lächelnd.
»Die bereit ist, ihren Reichtum mit dir zu teilen.«
»Das kann ich nicht annehmen«, antwortete er und sah sie direkt an.
»Doch«, sagte Gaelle. »Das kannst du.« Ihre Hand legte sich auf die seine. »Sind zehn Jahre Wanderschaft nicht genug? Die Zeit vergeht, Brian. Sand, der uns zwischen den Fingern zerrinnt.«
»Das ist nicht die Frage...«
Sie hob leicht die Stimme und blickte in seine Augen. »War Raimbautz Decarra in Toulouse nicht ein glücklicher Mann? Er hat Familie, besitzt Vermögen und ist doch ein Troubadour. Ein guter, wie du mir sagtest.«
»Raimbautz ist ein Dichter. Aber er ist anders als ich.«
»Weshalb hast du diesen Wunsch, heimatlos zu sein? Wozu soll das gut sein, Brian?«

»Ich weiß es nicht, Gaelle.«
Sie schüttelte den Kopf. »Doch. Du weißt es wohl. Du bist auf der Suche. Auf der Suche nach all den unsichtbaren Brücken, die dich mit einer Eleonore von Aquitanien oder einem Mann wie El Cavalier verbinden. Brian«, sagte sie und ergriff unvermittelt seine Hand. »Du bist zu alt, um Brücken aus Nebel und farbigen Regenbögen nachzulaufen.«
»Was sollte ich sonst tun?«
»Hierbleiben. Ein Bürger von Béziers werden. In der Wirklichkeit leben. Endlich. Jetzt. Für immer.« Ihre Hand löste sich von der seinen. »Es ist Zeit, Brian.«
»Ich will dich nicht verlassen, Gaelle.«
»Dann tue es nicht.«
Sie blickte kurz zum Fenster hinaus, und in ihren Augen lag ein Anflug von Unsicherheit und Angst. »Mein Gott, Troubadour, ich biete mich dir an. Ich biete dir alles an, was ich besitze. Meine Seele, meinen Körper, mein Wesen und meinen Besitz. Ist das nicht genug? Ist das nicht genug für jemanden, der mich zu lieben glaubt?«
»Ich liebe dich, Gaelle.«
»Bist du sicher, Brian?«
»Ja.«
Sie lehnte sich in ihrem Stuhl zurück, betrachtete ihn unruhig und voller Zweifel. »Dann erzähle mir von Eleonores Auftrag.«
»Ich muß nach Venedig.«
»Venedig«, wiederholte sie.
»Es dauert nur ein Jahr.«
»Ja«, sagte sie.
»In einem Jahr bin ich zurück. Für immer.«
»Ja. Natürlich.«
Sie blickte wieder in den Garten hinaus, und Brian erschrak, als er den Schmerz sah, der sich in ihrem Gesicht, in ihren Augen abzeichnete.
»Es ist ihre letzte Bitte an mich, Gaelle.«
»Ihre Bitte. Nicht meine.« Ihre Hände verschränkten sich über dem fließenden Stoff ihres Kleides.
»Ein Jahr ist nicht viel in einem Leben, Gaelle.«

»Manchmal doch.« Ihre Fingerknöchel waren jetzt weiß, so fest preßte sie die Hände ineinander.
»Ich komme zu dir zurück.«
»Zu spät. Dann ist es zu spät.«
»Gaelle«, sagte der Troubadour, und seine Stimme klang hölzern und spröde, als er sprach. »Nur mehr diese eine Reise. Dann gehöre ich zu dir. Das ist alles, Gaelle.«
»Dieses alles, das wären wir beide, sagtest du.«
»So ist es auch.«
»In einem Jahr.« Jetzt spürte sie, wie die Krämpfe sich verstärkten. Sie versuchte, tief zu atmen, sich dagegen zu wehren, aber ihr Körper fügte sich ihren Gedanken nicht. »In einem Jahr wird ein weiterer letzter Wunsch von Eleonore eintreffen. Oder von El Cavalier. Oder von wem auch immer. Und du wirst ihnen folgen, Brian. Du wirst ihnen folgen, weil du ihnen auf deinen unsichtbaren Brücken zu begegnen hoffst. Du wirst ihnen immer folgen und sie nie finden.«
»Es ist nur ein Jahr, Gaelle. Ein verdammtes, kurzes Jahr.«
»Brian, bleib bei mir«, flüsterte die blonde Frau jetzt.
Der Troubadour stand abrupt auf. »Ich kann Eleonores Bitte nicht abschlagen, Gaelle. Verstehst du denn das nicht?«
Die Schmerzen wurden immer stärker. Gott, gib, daß es vorbeigeht, dachte sie.
Heilige Jungfrau, laß es vergehen. Laß es vergehen. Ich bitte dich.
»Bleib bei mir, Troubadour«, sagte sie. »Bleib jetzt bei mir.«
»Es ist ihre letzte Bitte!« Brian schrie es beinahe, aber seine Stimme drang aus der Ferne zu ihr, dunkel und unwirklich.
»Du mußt dich entscheiden, Brian. Ich oder deine Träume.«
»Ich habe mich längst für dich entschieden.«
»Nur, wenn du bleibst. Nur dann.«
»Es geht um mehr, Gaelle. Es geht nicht nur um Eleonore, es geht auch um die Occitanie, um dich, um Béziers, um Narbonne, um Jordas, Esther und Baruch. Es geht um uns alle.«
»Und nur du kannst es bewerkstelligen. So wie nur du Peire fangen konntest.«
Sie versuchte ihre Schmerzen zu unterdrücken. Er durfte ihr nichts anmerken. Nicht jetzt.

»Du, Brian. Immer nur du«, sagte sie.
»Das ist nicht gerecht, Gaelle.«
»Diese Wünsche nach einer vollkommenen Welt. Sie sind eines deiner vielen Lieder. Einer deiner tausend Träume.«
»Ein Jahr, Gaelle.«
»Wenn du jetzt gehst, gehst du für immer, mieu amor. Ich weiß es.«
Die Finger ihrer Hände verkrampften sich in das Holz der Stuhllehnen, während sie sich bemühte, gerade zu sitzen und dem Schmerz nicht nachzugeben.
»Nein«, sagte er. »Nein.«
»Sie haben dich in ihren Klauen. Die Herzogin. El Cavalier. Ich wußte es. Schon seit Toulouse.«
»In welch ein Labyrinth hast du dich nur verrannt, Gaelle!«
»In das der Wahrheit.«
Mein Gesicht muß wächsern sein, und er bemerkt es nicht. Er ist nicht mehr in diesem Raum. Er ist längst in Venedig.
»Ein Jahr, Gaelle.«
»Nein«, sagte sie und schüttelte den Kopf.
Er trat zu ihr. »Hör zu, Gaelle. Ich weiß nicht, was mit dir passiert ist. Ich verstehe dich nicht. Es geht doch nur um einen Aufschub.«
Nein, Heilige Jungfrau, schrie sie innerlich auf. Diese Schmerzen. Nicht. Bitte nicht.
»Ich gehe jetzt, Gaelle. Ich warte in der Taverne bei der Kirche der Sainte Madeleine auf deine Antwort.«
Warum versteht sie das Einfachste nicht, dachte er. Warum, bei allen Geistern, versteht sie nicht, daß es hier um mehr geht als um ein Haus oder um die Behaglichkeit, wie sie ein Raimbautz Decarra empfinden mag.
»Bleib«, sagte Gaelle. »Bitte.«
»Ich warte in der Taverne auf deinen Bescheid.« Er ging zur Tür.
»Ich liebe dich, Gaelle«, sagte er mit einem Blick zu ihr.
»Geh nicht, Brian.« Ihre Stimme klang stockend.
Mein Gott, ich kann bald nicht mehr sprechen. Ich kann es bald nicht mehr. Sieht er es denn nicht? Warum sieht er es nicht?
»Bei allen Heiligen, verstehe mich doch!«
»Ja. Bitte bleib.«

»Ich warte in der Taverne auf deine Antwort«, sagte er, die Türe zur Seite stoßend.
»Geh nicht, Brian«, flüsterte sie, während die Tür zurückprallte und ins Schloß fiel. Sie stand schwankend auf. Warum bist du nur gegangen, dachte sie und dann nichts mehr. Der Schmerz, der sie plötzlich durchzuckte, schien ihren Körper in der Mitte zu zerreißen. Sie griff sich an den Bauch und spürte, daß sie das Kind nun doch verlieren würde. Tränen und Schweiß liefen ihr über das Gesicht, während sie sich zusammenkrümmte, vorwärtstaumelte, zu Boden schlug und vor Entsetzen und Schmerz laut aufschrie.

Brian schickte am nächsten Tag einen Boten zu Gaelles Haus.
Als der Junge zurückkehrte, berichtete er verstört, daß das Haus der Vidars von einigen Söldnern abgeschirmt sei. Er hätte mit niemandem sprechen können, außer mit dem Hauptmann der Soldaten, der ihn kurz angehört und dann ohne Antwort weggeschickt hatte.
Wirre Gedanken gingen Brian durch den Kopf, als er vom Dom über die engen Straßen zur Gasse der Tuchhändler ging. Er konnte Gaelle nicht verstehen. Zorn und Argwohn mischten sich mit namenlosen Befürchtungen. Er ging rasch und entschieden, schritt dann noch eiliger aus, lief, als er die Buden der Händler erblickte. Er spürte, daß Angst in ihm aufstieg, stieß jetzt achtlos Menschen zur Seite, hörte Worte, die er nicht verstand, bahnte sich seinen Weg mit Ellbogen und Händen, lief, weil er fürchtete, zu spät zu kommen, lief, weil er nun doch fürchtete, etwas verlieren zu können, das er nicht verlieren durfte, niemals und um keinen Preis.
Der lombardische Hauptmann sah ihm entgegen, so als hätte er schon längst auf ihn gewartet, als wäre er voller Interesse und Neugierde für diesen Mann, vor dem er ein ganzes Haus zu schützen hatte.
»Ich will die Domna de Vidars sprechen«, sagte Brian.
Der Lombarde, ein breitschultriger Mann mit kurzgeschnittenen, blonden Haaren, sah ihn abschätzend an, die Daumen seiner Hände im Gürtel eingehakt, an dem Schwert und Dolch hingen.
»Wir sind zu dritt, Bruder«, antwortete er.
»Ich bin in Outremer mit einer größeren Übermacht fertig geworden.«

Der Lombarde schnalzte anerkennend mit der Zunge. »Wir haben einen Helden vor uns. Einen Helden aus Outremer.«
Die beiden Söldner, die hinter ihm standen, lachten und legten die Hände an die Griffe ihrer Dolche, auffällig und für jedermann sichtbar.
»Gib den Weg frei«, sagte Brian.
Der Lombarde schüttelte den Kopf.
»Hör mir zu, Bruder. Dies ist eine enge Straße. Hier wiegen drei gegen einen das Doppelte. Hier fehlt dir die Weite Palästinas. Glaub mir, mein Freund, du hättest schneller einen Dolch in deinem Bauch, als du bis zwei zählen kannst.«
»Ich will mit ihr sprechen, Lombarde.«
»Sie will dich nicht sehen, Bruder. Wir werden dafür bezahlt, daß sie dich nicht sehen muß.«
»Ich will es von ihr hören, Lombarde.«
Der Hauptmann blickte skeptisch. »Ach ja?«
»Geh zur Seite, Lombarde.«
Der blonde Mann schien nachzudenken. »Natürlich könntest du verrückt genug sein und uns angreifen. Ich frage mich nur, welchen Eindruck das auf sie machen würde. Kämpfende, blutende Männer, die sich vor ihrem Haus im Staub wälzen? Wenn ich es so recht bedenke, meine ich, daß ihre Freude darüber gering sein würde. Außerordentlich gering.«
»Laß die Vertraute der Domna holen. Saissa.«
»Die Frau mit dem grauen Haar?«
»Ja.«
»Ich weiß nicht, ob ich das darf.«
»Willst du sterben, Lombarde?«
Der blonde Mann sah ihn an.
»Hol sie«, sagte Brian.
Der Hauptmann musterte ihn eingehend und zuckte schließlich mit den Achseln. »Holt die Frau mit dem grauen Haar«, sagte er zu einem seiner Kameraden, Brian dabei nicht aus den Augen lassend.
Der eine der beiden Söldner nickte, öffnete das Haustor und verschwand in dem schattigen Innenhof.
Im Gesicht des Lombarden zeigte sich ein mildes Interesse.
»Du liebst die Domna sehr, Bruder, nicht wahr?«, fragte er.

»Ja«, antwortete der Troubadour. »Das tue ich.«
Er blickte um sich und sah Neugierige vor den Häusern der Seitenstraße stehen. Sie blickten zu ihm und den Söldnern hin, tuschelten, flüsterten, während andere sie schweigsam beobachteten.
Der Lombarde war seinem Blick gefolgt. »Du wirst heute abend das Stadtgespräch von Béziers sein.«
»Du auch.«
»Nein«, sagte der Blonde. »Ich liebe sie nicht. Ich will nichts von ihr.«
Als Saissa im Bogen des Haustores erschien, trat der Blonde zurück und zog sein Schwert. Brian drehte die leeren Innenflächen seiner Hände nach oben.
»Trotzdem«, sagte der Lombarde und umfaßte den Griff seines Schwertes mit beiden Händen. »Man weiß es nie genau bei Männern, die in Outremer waren.«
»Ihr sollt gehen«, sagte Saissa. Ihre Augen waren schmal, als sie Brian betrachtete. Trotzdem hoffte der Troubadour in ihrem abweisenden Blick einen Hauch von Verständnis, eine Ahnung von Mitleid zu entdecken.
»Ich will sie sehen, Saissa.«
»Ihr sollt gehen, Senher.«
»Weshalb?«
»Es ist zu spät.«
»Sagt ihr, daß ich nicht nach Venedig reise. Sagt ihr das.«
»Es ist zu spät, Senher.«
»Weshalb?« schrie der Troubadour. »Weshalb bedeutet ein verdammter Streit das Ende von allem?«
Saissa schwieg. Sie senkte den Kopf und blickte zu Boden.
»Sagt mir, weshalb.«
Die Frau sah auf, sah ihn an. »Gaelle hat mir erzählt, daß ihr einmal geglaubt habt, eine Frau getötet zu haben.«
»Ja. Ich habe ihr das erzählt. Es war bildlich gemeint.«
»Diesmal wäre es auch beinahe gelungen.«
»Weshalb?« Er wollte Saissa an den Schultern fassen, aber das Schwert des Lombarden senkte sich wie eine Barriere zwischen ihn und die Frau.

»Sag mir weshalb?« Seine Stimme war laut und rauh geworden. Er spürte Schweiß auf seiner Stirne.
Die Frau schüttelte den Kopf. »Nein«, sagte sie und schickte sich an zu gehen.
»Bleibt!« schrie der Troubadour.
Die Frau wandte den Kopf und blickte ihn mit ausdrucklosen Augen an.
»Wann darf ich sie wiedersehen?«
»Niemals.«
Der Troubadour schwieg. »Das kann sie nicht tun«, sagte er dann leise.
»Doch. Das kann sie.« Die Frau nickte dem Lombarden zu und ging zum Eingangstor zurück.
»Weshalb?« schrie Brian von neuem. »Weshalb?«
»Ihr hättet gestern bleiben sollen, Senher. Einfach nur hierbleiben sollen.« Die grauhaarige Frau warf ihm noch einen letzten Blick zu und zog dann die Haustüre hinter sich zu.
Der Lombarde steckte sein Schwert in die Scheide zurück und legte Brian die Hand auf die Schulter. »Es ist besser, du gehst jetzt wirklich, Bruder.«
»Ich verstehe es nicht«, sagte Brian beinahe tonlos. »Ich verstehe es nicht.«
Der Lombarde blickte ihn nachdenklich an. »Hör zu, Bruder«, sagte er dann. »Ich weiß, daß ich es dir nicht sagen sollte...«
»Was?« fragte Brian und griff nach dem Oberarm des Blonden. »Was solltest du mir nicht sagen?«
»Sie hat gestern einen Blutsturz erlitten. Sie wäre beinahe gestorben.«
»Mein Gott«, sagte der Troubadour, und sein Blick suchte die Augen des Söldners.
»Sie hat überlebt. Sie wird wieder gesund werden, Bruder.«
»Ich wollte das nicht«, sagte Brian, und seine Hand, die den Oberarm des Blonden umklammert hatte, sank kraftlos zur Seite.
Der Lombarde warf ihm einen forschenden Blick zu. »Was hast du bloß mit ihr gemacht?«
»Brücken aus Nebel«, sagte der Troubadour. »Farbige Regenbögen.«

»Ich verstehe dich nicht, Bruder.«
»Sie hatte Angst.« Seine Stimme klang ausgebrannt und leer, als er dem Lombarden antwortete.
»Um dich?«
»Ja.«
»Das allein kann es nicht sein.«
»Warum?« fragte Brian und blickte an dem Lombarden vorbei, hin zu dem Tor und der ockerfarbenen Mauer. »Warum, mein Gott, warum?«
»Es ist einfach zu Ende. Wie so oft.«
Brian schüttelte den Kopf.
»Geh jetzt«, sagte der Blonde. »Ich will nicht gezwungen werden, dir weh zu tun.«
»Warum?« sagte der Troubadour. »Warum auf diese Weise?«
»Das kann ich dir nicht beantworten«, antwortete der Lombarde.

Er konnte sich nicht betrinken. Er versuchte es, schüttete Becher um Becher von billigem Wein in sich hinein, aber sein Kopf blieb klar und sein Verstand scharf. Dann blickte er um sich, sah die Zechenden, sah die Mädchen, sah die Betrunkenen und stieß den frischgefüllten Krug, den man vor ihn hingestellt hatte, um.
Der Wein ergoß sich über die schmutzige Tischplatte, während eine Frauenstimme schrill auflachte und der Wirt, ein Holzscheit in der Hand, auf ihn zugeschritten kam.
»Ich bezahle«, sagte Brian.
»Hau ab«, antwortete der Wirt. »Ich will keinen Streit.«
»Du bekommst keinen.«
»Das ist eine ruhige Schenke.«
»Ja«, sagte Brian und sah sich um. »Ruhig wie ein verdammtes Hurenhaus.«
Er warf das Geld in die Weinpfütze auf den Tisch und trat hinaus in die Nacht.
Er ging durch die Stille und die Dunkelheit der Stadt, vorbei an duftenden Gärten und stinkenden Latrinen, vorbei an ruhigen Häusern mit Fenstern wie schwarzen Löchern, vorbei an anderen, die hell erleuchtet waren und in denen gefeiert wurde, getanzt vielleicht, so wie er und Gaelle es getan hatten, damals in Toulouse,

damals, in einer anderen Welt, ging vorüber an der Siedlung der Aussätzigen, in der eine Glocke geläutet wurde, ein durch die Nacht schwingendes Klingen, engelsgleich, hörte in der Ferne das Bellen von Hunden, irrte umher, ziellos, planlos, während Worte sich in ihm formten, die er nicht wollte, die er nicht suchte und die dennoch von ihm Besitz ergriffen. Als er vor der Kirche der Sainte Madeleine angelangt war, zögerte er einen Augenblick. Er hatte vorgehabt, in die Taverne zurückzugehen, in der er nächtigte, aber das matte Leuchten, das aus den Kirchenfenstern drang, zog ihn an, ließ ihn quer über den kleinen Platz schreiten, der der Kirche vorgelagert war, hin zu dem geschwungenen Portal, das das Eingangstor umrahmte. Er zögerte nicht mehr, als er die Türe öffnete, und blieb nur einen Augenblick an der Schwelle des mächtigen Kirchenschiffes stehen, blinzelnd in dem rotgoldenen Zwielicht der Kerzen. Dann ging er weiter, vorbei an Bettlern, die in Lumpen eingehüllt am Boden lagen und schliefen, vorbei an den flackernden Totenlichtern, vorbei an einem Liebespaar, das sich eng umschlungen hielt, vorbei an einem Priester, der ihn kurz betrachtete und dann zu einem Seitenaltar schritt, vorbei an einer mageren, geschminkten Hure, die vor einem Marienbild betete, vorbei an einem reichgekleideten Mann, der auf den Knien lag und unter dessen geschlossenen Lidern Tränen hervortraten, kaum sichtbar, nicht mehr als ein feuchter Schimmer auf seinen weichen, gepflegten Wangen.

Es war das Relief des segnenden Christus an der Wand, das ihn anzog, und er ließ sich nun an der Mauer zu Boden sinken, müde, leer und hellwach, die Abbildung des Erlösers über sich und ein Bild des Heiligen Georgs an seiner Seite.

»Seid willkommen«, sagte leise ein graubärtiger Mann, der, in seinen Mantel gehüllt, zusammengerollt unter dem Bild des bunten Heiligen lag.

»Seid gegrüßt«, sagte der Troubadour.

Wie müde ich bin, dachte er. Und doch kann ich nicht schlafen, kann nicht träumen, nicht in die Dunkelheit eintauchen.

»Pilger?« fragte der Mann.

»Ja«, sagte Brian. »Pilger.«

Er blickte auf eine Kerze, die unter dem Bild entzündet war und

deren Flamme hell und aufrecht brannte, eine kleine, lichte Spitze, die in die Finsternis stieß.
»Ich wandere nach Compostella«, sagte der Graubärtige.
»Ich segle nach Outremer.«
»Geht Ihr nach Jerusalem?«
Brian schüttelte den Kopf. »Nur zu einem Hügel, von dem aus man die Stadt erblicken kann.«
»Ein heiliger Ort?«
»Ein Ort, an dem man die Wahrheit sieht. Manchmal. Für einen kurzen Augenblick.«
»Outremer muß wundervoll sein.«
»Nichts läßt sich damit vergleichen«, sagte Brian.
Der Graubärtige drehte sich auf den Rücken. »Meine Frau ist gestorben. Im Winter.«
Brian kauerte an die Wand gelehnt und blickte zu dem von der Kerze beleuchteten Gesicht des Mannes herab. »Meine Frau ist auch gestorben«, sagte er.
»Das tut mir leid«, sagte der Graubärtige. »Gott schenke Euch Trost.«
»Ja«, sagte Brian. »Gott schenke mir Trost.«
»Es ist nicht gut, alleine zu sein«, meinte der Mann. Er schwieg. »Sie fehlt mir sehr«, sagte er dann.
»Es ist, als hätte man seine Seele verloren.«
»Ja«, antwortete der Graubärtige, »so ist es. Es ist, als wäre es immer Herbst und Winter. Als käme niemals mehr ein Frühling.«
»Was seid Ihr von Beruf?« fragte Brian.
»Goldschmied. Goldschmied in Arles.«
»Ein schönes Handwerk.«
»Das war es«, sagte der Mann. »Das war es, solange sie lebte.« Er schwieg einen Augenblick lang. »Und Ihr? Was ist Euer Gewerbe?« fragte er.
»Ich bin Joglar«, sagte Brian. »Ein wandernder Joglar.«
»Kennt Ihr Lieder?«
»Eine Fülle.«
»Sprecht mir eines«, sagte der Graubärtige. »Ich bitte Euch darum.«
»Es wird Euch nicht gefallen.«
»Sprecht es dennoch.«

»Es ist mir eingefallen, als ich die Nacht durchstreifte. Es ist kein Lied des Lichts und des hellen Morgens.«
»Sprecht es«, sagte der Graubärtige.
Brian schloß die Augen und begann zu sprechen, leise zuerst und dann immer kraftvoller.

»Leise, glatt vergeht das Leben
In der Stille all der Zeit –
Wie viele Tode stirbt der Mensch?
Wie unbeteiligt an den Dingen
Die kurz, kaum sichtbar
Uns das Sein erhellen
Schließt sich ein Kreis
Von Dunkelheit zu Dunkelheit
Und Nichts wird Nichts
Wo wir Bedeutung dachten –
Wie viele Tode stirbt der Mensch?«

Brian schwieg, die Augen geschlossen. Es ist vorbei, dachte er. Ich habe sie verloren. Ich habe sie für immer verloren.
»Sprecht weiter«, sagte der Graubärtige, der sich zur Seite gedreht hatte und das Licht der Kerze betrachtete.

»Und Fragen kommen
Laut und schmerzend
Suchen gehetzt im Kreis des Tuns
Und keine Antwort ist zu hören
Und keine Antwort ist zu finden
In all der Narrenjagd
Von Schein und Trug –
Wie viele Tode stirbt der Mensch?
Die Dinge
Die wir taten
Sind nur ein Hauch
In diesem Lauf von Tag zu Tag,
Verschwundnes Sehnen
Und Vergessenheit

Und Ewigkeiten lachen leise
Bei dem Grimassenspiel
Der Eitelkeit –
Sehr sanft, sehr glatt vergeht das Leben –
Wie viele Tode stirbt der Mensch?«

Als er die Augen öffnete, sah er die Menschen um sich herum. Es waren junge Mädchen, Frauen und alte Männer, die um ihn herumsaßen, fragend, unsicher lächelnd und manchmal auch nur mit blankem Erstaunen in den Blicken. Es waren Heimatlose, Kranke, Dirnen und Ausgestoßene.

Freunde, die einem der Ihren lauschten.

»Kennt Ihr noch andere Lieder?« fragte ein unsagbar schmutziges Mädchen, das noch keine elf Jahre alt sein konnte. Er blickte sie an, sah Augen voll schimmernder, goldener Tiefe.

»Ja«, sagte er.

Ein Mann mit zitternden Händen und pendelndem Kopf öffnete den Mund, brachte lallende, stammelnde Laute hervor, bis Brian die Hand auf seine Schulter legte und beruhigend auf ihn einsprach.

»Ja, Bruder«, sagte er, »ich kenne noch andere Lieder. Fröhliche. Lieder der Freude.«

Der Priester trat aus dem Schatten heraus, in dem er gestanden hatte, und die Menschen, die gelauscht hatten, huschten zurück zu ihren Schlafplätzen, eilig, ertappten Dieben gleich. Brian blickte zu dem Priester hoch, der ihn forschend ansah. »Es ist ein weiter Weg zu unserem Herrn.«

»Ich bin ihn noch nicht zu Ende gegangen.«

Der Priester schlug ein Kreuz über ihn und den Graubärtigen. »Sprecht in Zukunft leiser.« Dann ging er nach vorne, zum Hauptaltar.

»Ihr habt recht gehabt«, sagte der Graubärtige, in den Schein der Kerze blickend. »Es war kein Lied des hellen Morgens.« Er lehnte sich zurück und schloß die Augen. »Aber es war Wahrheit in ihm. Meint Ihr nicht auch?«

»Ich weiß es nicht«, sagte Brian und sah zu dem Relief des segnenden Christus empor. »Ich bin nur ein kleiner Joglar eines großen Troubadours.«

10. Kapitel

PARZIÉ, ROM, GESANA
August 1201

Fays stand bei dem Herd und warf Kräuter in einen Topf, dessen Wasser bereits kochte.
»Willst du, daß ich dich von deiner Verantwortung freispreche? Das kann ich nicht.«
Der Troubadour saß auf der Truhe und sah vor sich hin. »Wie kann ein Streit einen Blutsturz auslösen, Fays?«
Fays betrachtete die Kräuter, beobachtete, wie sie aufwallten, nahm den Topf mit einem Tuch vom Herd und stellte ihn auf eine Holzplatte. »Wenn eine Frau schwanger und voller Angst ist, kann so etwas geschehen.«
Der Troubadour stand langsam auf. Sein Gesicht war mit einem Male aschfahl. »Du meinst. ...«
Die Frau legte ein Holzstück über den Topf und wandte sich ihm zu. »Wärst du nach Venedig gereist, wenn sie es dir gesagt hätte?«
»Nein«, sagte der Troubadour.
Die Frau in der schwarzen Kutte sah ihn an. »Sie hätte es dir sagen können, Brian. Es wäre nichts dabei gewesen.«
»Warum hat sie es nicht getan? Warum nur?«
»Weil sie dich nicht erpressen wollte. Weil sie wünschte, daß du ihretwegen bleiben würdest.«
»Ich hätte es wissen müssen«, sagte der Troubadour.
»Brian, wärst du geblieben, wenn es anders gewesen wäre? Hättest du ihretwegen auf deinen Auftrag verzichtet?«
Der Troubadour schwieg.

»Sag mir die Wahrheit, Brian.«
»Es ging nur um ein Jahr, Fays.«
»Du solltest mir die Wahrheit sagen, Troubadour.«
»Ich wäre nicht geblieben.«
Fays deutete auf die Truhe. »Setz dich, Brian. Du siehst blaß aus, mein Freund.«
Brian ließ sich auf der Truhe nieder. Er schlug mit dem Hinterkopf hart gegen die Wand. Einmal. Dann ein zweites Mal.
»Es schmerzt, nicht wahr?«, sagte Fays. »Deine Gedanken schmerzen.«
»Ja, verdammt noch einmal, es schmerzt!« brüllte Brian.
»Es ist, als würde einem die Seele zerrissen.«
»Es ist, als würde ich sterben, Fays!«
Die kleine Frau nickte und schlug ihm ins Gesicht. Sie schlug mit aller Kraft, die sie besaß, schlug zuerst mit der Innenhand zu, dann mit der Außenhand.
»Du sollst nicht um dich trauern, Brian«, schrie sie, »nicht um dich!«
»Warum hast du das getan?« fragte der Troubadour, der seine Wange betastete und verstört zu ihr aufblickte.
»Hör mir zu, Brian. Ich könnte dir jetzt wunderbare Geschichten darüber erzählen, daß alles in dieser Welt untrennbar miteinander verbunden ist. Daß nichts auf Erden geschieht, das dem großen Plan der Schöpfung widerspricht. Es wäre wahr, und es würde dir nicht einen Deut helfen.«
Sie sah ihn an. »Oder würde es dich ermuntern, wenn die Mönche von Saint-Martial dir jetzt von der unendlichen Güte Gottes predigten?«
»Nein«, sagte Brian.
»Deine Gaelle ist eine bemerkenswerte Frau. Zu stolz, vielleicht. Zu eitel, wahrscheinlich. Aber sie hat den Kern des Seins begriffen, hat den Lauf der Wahrheit erfaßt.«
Fays ging zu dem Topf und nahm das Holzbrett, das ihn bedeckte, weg.
»Es braucht noch«, sagte sie. »Geraume Zeit.« Sie deckte den Topf von neuem zu und deutete auf die Truhe. »Mach Platz«, sagte sie.
Brian rückte zur Seite, und die kleine Frau setzte sich neben ihn.

»Du hast sie verloren, Brian. Du mußt diese Tatsache annehmen, Troubadour.«
»Ich bin schuldig«, meinte Brian, der den Kopf an die Wand gelehnt hatte, ihn an sie preßte.
»Nein«, sagte Fays. »Ich an ihrer Stelle hätte dir gesagt, daß ich schwanger bin. Sie ist kein Kind von zwölf Jahren mehr. Sie muß wissen, daß sie mit der Welt eines Mannes wie der deinen zu rechnen hat. Sie trägt nicht weniger Schuld an dem, was passiert ist, als du.«
Brian schüttelte den Kopf. »Es war meine Torheit.« Er betrachtete seine Hände, die zitterten.
»Wie lange hast du nicht geschlafen, Brian?«
»Drei Tage und drei Nächte.«
Fays sah ihn von der Seite her an. »Brian, du bist ein Mann. Du besitzt echten Mut. Du besitzt wahre Güte. Das ist eine seltene Mischung.«
»Sie haben mich weit gebracht. Ich zerstöre, was ich berühre. Ich verliere, was ich begehre.«
Fays betrachtete ihn. Der Ausdruck ihres ovalen Gesichtes wirkte ruhig und verständnisvoll. »Männer brauchen Träume, Brian. Träume von Wahrheit und von Gerechtigkeit, Träume von Größe und Ruhm. Troubadour, jede Frau fürchtet die Träume ihres Mannes. Andere Frauen mögen Rivalinnen sein. Aber einzig dieser Traum ist es, der der Geborgenheit wirklich gefährlich werden kann. Du, mein Freund, bist voller Träume. Träume des Lichts. Gaelle hätte wissen müssen, daß du nicht Raimbautz Decarra gleichst.«
»Ich bin nicht besser als er.«
»Du bist um nichts besser als er. Nur anders.«
»Sie will mich nie wiedersehen.«
»Ja. Nimm es an. Begreife es.«
»Sie war ...« Brian stockte.
»Es war, Troubadour. Es ist vorbei.«
»Aber ich liebe sie!« schrie er. »Warum mußte das geschehen, Fays? Warum?« Er war von der Truhe aufgestanden, schwankte leicht und stützte sich kurz mit der Hand an der Mauer ab.
»Es gibt keine Antwort.«
»Ich liebe sie, Fays.«

»Wen interessiert das, außer dich selbst, Brian?«
Der Troubadour schwieg. »Was soll ich tun?« fragte er dann.
Die Frau zuckte mit den Achseln. »Leben.«
»Für wen?«
»Für andere.«
»Und ich?«
»Wer bist du schon, Troubadour?«
Der Troubadour sah zu Boden.
»Du bist kein Mensch, der einem Hoffnungen macht, Fays.«
»Ich höre noch immer dieses große Ich aus dir sprechen, Brian. Ich spüre noch nichts von Gaelles Schmerz. Nichts.«
»Wann werde ich endlich einmal ohne Schuld sein, Fays?«
»Du kennst die Antwort! Du kennst sie längst!«
»Ich suchte nach einer Welt der Schönheit, Fays!«
»O ja!« Jetzt schrie ihn auch die Frau an, das Gesicht gerötet und voller Zorn. »Und was ist daraus geworden?«
»Blut und Enttäuschung.«
»Weshalb? Weshalb, Brian?«
»Weil ich die Welt nach meinen Wünschen formen wollte.«
Die Frau lachte. »Und du glaubst, du kannst das, Brian?«
»Nein«, antwortete er. »Ich habe nichts erreicht.«
»Wo ist deine Gaelle in dieser Welt, Brian? Wo? Wo ist sie denn, deine große Liebe? Ich sehe sie nirgends!«
»Überall ist sie, verflucht noch einmal, Fays! Überall!«
»Ja? Dann zeige sie mir! Zeige sie mir in deinem Verhalten!«
»Ich habe sie verloren, Fays.« Seine Stimme schwankte, wie bei einem Betrunkenen, und der Troubadour stolperte, als er einen Schritt zu der Frau hin machte.
»Wenn du nicht begreifst, daß es um dein Handeln geht, dann hast du sie verloren. Und auf ewig, Troubadour!«
»Nein!« schrie der Troubadour. Sein Schrei erfüllte den kleinen, niederen Raum, zersplitterte die Ruhe, die über dem Haus und über der Lichtung lag.
»Auf ewig, Troubadour! Hörst du, auf ewig!«
»Wo ist die Schuld?« Der Troubadour versuchte die Schultern der Frau zu ergreifen, während Fays ärgerlich seine Hände zur Seite schlug.

»Sag es! Du weißt es! Sag es endlich!«
Der Troubadour öffnete den Mund, versuchte zu sprechen, vergeblich, beinahe hilflos, schloß kurz die Augen, öffnete sie wieder, bis mit einem Male der von Erschöpfung zerrissene, verstörte Ausdruck seines Gesichtes in sich zerfiel.
»Was bedeutet Schuld in deiner Welt, Brian?« fragte Fays leise.
»Daß wir uns immer wieder verraten! Für Dreck! Für Nichts! Daß wir elendiglich darin versagen, immer und immer wieder!«
Er blieb stehen, kreuzte die Hände über der Brust und faßte seine Schultern.
»Um wen willst du weinen, Troubadour?« fragte Fays.
Er sah sie an. Augen, die tränenleer waren, von Staub und Müdigkeit entzündet.
»Um Gaelle. Um das Kind.«
Die Frau nickte und ging zu dem Herd, legte das Brett, das den Topf bedeckt hatte, zur Seite, nahm das Gefäß und goß die Flüssigkeit in einen Becher.
»Es hat länger gedauert, als ich glaubte«, sagte Fays.
Dann reichte sie ihm den Becher. »Trink, Troubadour.«
»Was ist das?« fragte er mit spröder, kaum hörbarer Stimme.
»Kräuter. Kräuter für eine noch nicht ganz gereinigte Seele.«

Der Soldat hatte den Papst schon öfters des Nachts den von Bogenfenstern und Fackeln gesäumten Gang entlanggehen sehen. Er wußte, daß dieser kleine Mann mit der dunklen, beinahe olivfarbenen Hautfarbe, der Heilige Vater, das unbestrittene Oberhaupt und der Herr der gesamten Christenheit, zeitweise am Übel der Schlaflosigkeit litt. Es war nicht das erste Mal, daß der Soldat den Mann im seidenen Schlafrock und seinen roten Pantoffeln, mit aufrechter, kerzengerader Haltung an sich hatte vorübergehen sehen; aber es war unbestritten das erste Mal, daß der Heilige Vater vor ihm stehengeblieben war und ihn angesprochen hatte.
»Man hat mir erzählt, daß du Paolo heißt«, sagte der Papst mit seiner schönen, melodiösen Stimme.
Der Soldat nickte.
»Daß du aus Ravenna kommst?«
Der Soldat nickte wieder.

»Und daß du stumm bist?«
Der Soldat nickte neuerlich.
Innozenz der Dritte, der Stellvertreter Christi, die größte Autorität in allen irdischen und geistigen Dingen des Abendlandes, die größte Macht in allen Ländern und Erdteilen, in denen Christen den Worten des Erlösers lauschten, schüttelte verwundert den Kopf.
»Ein stummer Soldat«, sagte der Papst. »Es gibt nichts, das man im Lateran nicht fände.« Er betrachtete kurz den Soldaten. »Kannst du schreiben?«
Der Soldat verneinte mit einer Geste seines Kopfes.
Der Papst nickte. Dann ging er zu einer der steinernen Bänke, die zwischen den Fenstern des Ganges standen. Der Papst setzte sich und klopfte mit der flachen Hand auf den Platz neben sich.
»Setz dich, Paolo aus Ravenna.«
Der Soldat schüttelte erschreckt den Kopf.
»Nimm Platz«, sagte der Papst. »Ich, der Heilige Vater, befehle es dir.«
Der Soldat lehnte seine Lanze an die Wand, trat zu Innozenz dem Dritten, beugte das Knie, küßte seinen Ring und setzte sich neben den kleinen Mann mit der dunklen Gesichtsfarbe.
»Es gibt Nächte, Paolo aus Ravenna, in denen ich nicht schlafen kann«, sagte der Papst. »Nächte, in denen ich sprechen möchte und niemanden finde, dem ich meine Worte anvertrauen kann. Es sind lange, stumme Nächte.« Er blickte den Soldaten an. »Du weißt ja am besten, wie das ist.«
Der Soldat nickte.
»Und, Paolo, du kannst nicht schreiben. Niemand in diesem Palast kann dich zwingen, Dinge aufzuzeichnen, die der Heilige Vater nie gedacht oder gesagt hätte. Das ist gut für mich, und, Paolo, das ist auch gut für dich. Verstehst du?«
Der Soldat nickte wieder.
»Paolo aus Ravenna, es gibt Zeiten, in denen man sich fragt, wer man in Wirklichkeit ist. Ob das, was man tut, der Wahrheit entspricht. Es sind bösartige, beängstigende Zweifel, die an einem zu nagen beginnen. Gedanken tauchen aus dem Nichts auf, bedrängend und beunruhigend.« Er blickte zu dem Soldaten hin. »Ich ver-

suche mich sehr einfach auszudrücken, Paolo aus Ravenna. Ich glaube, du kannst dem folgen, was ich dir erzähle?«

Der Soldat nickte bestätigend.

»Ich wollte immer Papst werden, Paolo. Es schien der einzig gangbare Weg für mich. Ich, Lotario de Conti, Sohn des Grafen von Segni, war schon von Beginn an eine Ausnahme. Ich wollte es nicht, Paolo, aber es war so. In Paris studierte ich Philosophie und Theologie, in Bologna ziviles und kanonisches Recht. Mit Auszeichnung natürlich.« In seiner Stimme schwang Ironie mit. »Dann bin ich in den Dienst der Kirche getreten. Mit dreißig war ich Kardinaldiakon und mit siebenunddreißig wurde ich zum Nachfolger Petri gewählt.«

Er lachte.

»Ich war nicht einmal Priester. Man mußte mir auf schnellstem Weg die Weihe erteilen, damit ich mein Amt antreten konnte. Das war vor drei Jahren, Paolo. Vor drei Jahren. Manchmal kommt es mir vor, als sei es Ewigkeiten her.«

Er blickte den Soldaten an, der ihm aufmerksam zuhörte.

»Ja, ich mußte Papst werden. Es gab keinen besseren Mann als mich. Das klingt überheblich und fern jeder christlichen Demut, aber es war so. Mißgünstige Kardinäle meinen, daß ich mehr einem stoischen, römischen Kaiser ähnle als einem mit dem Schlüssel Petri bedachten Heiligen Vater. Glaubst du das auch, Paolo aus Ravenna?«

Der Soldat verneinte mit einer Bewegung seines Kopfes.

»Ich glaube es auch nicht«, meinte der kleingewachsene Mann in dem seidenen Schlafrock.

»Es ist nur so, daß wir in eigenartigen Zeiten leben, die besondere Maßnahmen verlangen. Welten bestehen nebeneinander, unterschiedliche Epochen, die fälschlicherweise vermeinen, eine einzige zu bilden. Da ist die Welt der Bauern, so alt und im Lauf der Zeiten verwurzelt, daß sie bis in die Anfänge aller Kultur zurückreicht. Dann die über tausendjährige Geschichte der Geistlichkeit. Dann die Welt der Seigneurs und die Welt der Bürger. Für alle hat die Kirche ein Sittengesetz aufgerichtet, das jedem begreiflich und verbindend war. Wir haben den heidnischen Tugenden der Weisheit, der Tapferkeit, der Gerechtigkeit, die lichten des Glaubens, der

Hoffnung und der Liebe hinzugefügt. Wir haben alles getan, um der Barbarei Einhalt zu gebieten, um den animalischen Trieben des Menschen Fesseln anzulegen. Wir haben den Menschen dieser Erde eine neue Achtung vor dem Leben, vor der Arbeit und vor dem Sein eingeflößt. Wir haben der Menschheit das Rätsel des Lebens entdeckt und sie vor der Ratlosigkeit der unbeantwortbaren und zerstörenden Fragen bewahrt. Wir haben sie Pflichten gelehrt, süße Pflichten, Pflichten sich selbst, den Mitmenschen, der Kirche und Gott gegenüber.«

Er sah den Soldaten von der Seite her an.

»Stimmst du mir soweit zu, Paolo aus Ravenna?«

Der Soldat nickte langsam und bedächtig.

»Aber jetzt, Paolo, sind neue Menschen aufgetaucht, Menschen, die sich diesen Gesetzen nicht mehr unterwerfen wollen, Menschen, die erkannt haben, daß der Kitt, der die Welten der Bauern, der Seigneurs, der Bürger aneinanderband, brüchig und alt geworden ist. Sie haben einen neuen, alles beherrschenden Gott gefunden, den Götzen aller Götzen. Den Gewinn, Paolo. Der Gewinn und seine Macht gilt ihnen alles. Des Geldes wegen würden sie, ohne zu fragen und ohne nachzudenken, jede Einsicht des Geistes über Bord werfen. Das Sittengesetz ebenso wie die Wahrheit und die Erkenntnis. Sie würden ihren Nächsten bedenkenlos als Sklaven verkaufen, wenn wir sie ließen. Es gibt kein Verbrechen, Paolo, das du dir ausdenken kannst, das sie nicht des Geldes wegen begehen würden. Sie erkennen die Seele des Menschen nicht mehr, brauchen sie nicht mehr, geschweige denn, daß sie ihr Heil bejahen. Solche Menschen mag es immer gegeben haben, aber niemals hatten sie den Geist der Zeit für sich.«

Der Papst schwieg kurz und sah vor sich hin.

»Es wird einen Kampf geben, Paolo, einen Kampf zwischen der alten und der neuen Welt. Noch scheinen sie nicht getrennt, aber der Tag wird kommen. Ich, Innozenz der Dritte, sehe die Zeichen deutlich an die Wand geschrieben. Dort«, sagte er und wies an die nackte gegenüberliegende Mauer, »dort kann ich es lesen. Als einziger im Lateran.«

»Ja«, sagte er und zuckte mit den Achseln, »ich werde kämpfen müssen. Ich werde kämpfen müssen, um etwas von der alten Welt in die neue hinüberzuretten. Nicht, daß ich glaube, diesen Kampf gewinnen zu können, Paolo. Aber ich werde der Welt eine Pause schenken, in der die Kräfte der Menschlichkeit, verändert und verwandelt in den Geboten der Kirche, sich neu formen, sich neu bilden können.«

Er schwieg kurz.

»Ich begreife die Häretiker, Paolo. Ich begreife all diese Menschen, die verwirrt vom Umbruch der Zeiten nach anderen, fremden Antworten suchen. Aber sie zersplittern die Kräfte der Christenheit. Sie zersplittern sie in einem Augenblick, in dem wir geeint und stark sein müssen. Deshalb, Paolo, werde ich die Häresie vernichten, wo immer sie auftritt, so wie ich diese neue Welt des Geldes und der nackten Berechnung bekämpfen werde, wo immer sie sich mir zeigt.«

Innozenz der Dritte schwieg einen Augenbick. Dann sah er den Soldaten an.

»Verstehst du mich, Paolo aus Ravenna?«

Der Soldat nickte.

»Es tut gut, wenn einen ein Mensch in diesem Palast versteht«, sagte der Papst. »Selbst wenn es nur ein stummer Analphabet ist.«

Dann stand er auf, segnete den Soldaten und ging zurück zu seinen Privatgemächern, um wieder nach Schlaf zu suchen, nach fernen Ufern von Träumen, die weit, sehr weit von diesen Fragen entfernt waren.

Parzié war betrunken. Er wußte es, aber er genoß die Trunkenheit, wollte sie sich erhalten, wollte sie noch steigern. Es war tiefe Nacht, und alle hatten sich zur Ruhe begeben, bis auf Jordas, der ihm gegenübersaß, und Uc, der im Vorraum wartete.

»Du bist ein merkwürdiger Junge«, sagte Guillem, der den Kopf gesenkt hielt und Jordas von der Seite her anblickte, um dann mit seinem Finger Kreise und Linien aus der roten Pfütze von Wein zu formen, die sich an der Seite des Tisches neben dem Krug gebildet hatte.

»Weshalb sagst du das?« fragte Jordas

»Du bist merkwürdig, und du hast merkwürdige Freunde. Weshalb

hast du diesen Troubadour eingeladen? Er war noch nie ein Bote des Guten.«
»Er hat dir geholfen, Guillem.«
»Er hat mir geholfen, und es hat uns Tote und Verwundete gekostet.«
»Er war gegen diesen Plan.«
»Alle waren gegen meinen Plan«, sagte Parzié, griff nach dem Krug und schenkte sich Wein nach. »Und dennoch ist Peire nun ein Flüchtling, ein Ausgestoßener. Ein verfluchtes Schwein, das sich nun einen anderen, von Haß vollgekoteten Stall suchen muß. Ein landloses, gottverfluchtes Schwein, mit einer sarazenischen Hure, die ihn am Gängelband führt.«
»Hör auf, so zu sprechen«, sagte Jordas.
Parzié betrachtete ihn mit blutunterlaufenen Augen.
»Warum? Weshalb sollte ich, Jordas?«
»Was immer Peire getan hat, er ist mein Vater.«
Guillem trank den Becher leer. »Ja, das ist er.« Er drehte den Becher zwischen seinen Fingern und betrachtete ihn. »Und er wird es auch immer bleiben. Manchmal frage ich mich, welche Enkel ich von einem Mann bekommen würde, der seinen Vater verraten, eine Frau in ihrer Liebe betrogen und einen guten Teil seines Besitzes dem Grafen von Toulouse überlassen hat.«
Jordas sprang von seinem Stuhl auf. »Bei Gott, das waren deine Vorschläge. Du hast mich gezwungen, ihnen zu folgen.«
Guillem betrachtete den jungen Mann voll trunkener Verachtung.
»Was bist du nur für ein Mann, daß du dich bedingungslos meinem Druck gebeugt hast?«
»Verdammt, Guillem, ich habe es nicht deinetwegen getan. Ich habe Audes wegen so gehandelt.«
»Einverstanden, kleiner Gedevan. Aber dann laß mich deinen Vater ein Schwein nennen, wann immer es mir gefällt.« Er lächelte. »Und dich den Sohn eines Schweines.«
»Nimm das zurück, Parzié!« Der junge Mann griff nach dem Wams von Guillem, der voller Wut seine Hand zurückschlug, sich, auf die Tischplatte gestützt, aufrichtete und schwankend vor Jordas stand, mit Flecken von Wein auf dem weißen Leinen seines

Hemds und dem säuerlichen Geruch von Schweiß an seinem Körper.
»Wage es nicht, mich anzufassen, Gedevan!« schrie er. »Wage es nicht!«
»Du bist betrunken, Parzié«, sagte Jordas.
»Ja. Vielleicht«, sagte Guillem langsam. »Und weißt du, weshalb ich mich betrunken habe, Gedevan? Ich habe mich betrunken, weil ich an Aude dachte und den Mann, den sie bekommen soll. Weil ich an die Kinder dachte, die du ihr machen wirst. Kinder des Sohnes eines Blutsäufers. Kinder von dem Enkel einer Hure.«
»Ich werde Uc rufen, daß er dich zu Bett bringt«, sagte Jordas und wollte sich abwenden, als Parzié ihn am Arm faßte und zurückriß.
»Du wirst hier niemandem ohne meine Erlaubnis Befehle erteilen, Gedevan! Niemandem!«
Parzié torkelte einige Schritte von Jordas weg, fing sich wieder und spuckte vor ihm aus.
»Ana de Ciornac mag ein Auswurf der Hölle sein, aber sie steht zu ihrem Wort. Sie hat nicht das Blut dieser Hure in sich, das dein Vater und du in euch tragt. Bei meiner Ehre.«
»Zum Teufel mit dem, was du deine Ehre nennst.« Jordas betrachtete einen Augenblick lang regungslos den Betrunkenen, wandte sich dann ab und wollte den Raum verlassen.
»Wenn du jetzt gehst, wirst du Aude nie bekommen, Jordas«, sagte Parzié mit belustigter Stimme.
Der junge Mann blieb mit dem Rücken zu ihm stehen, während seine Hände sich leicht zu Fäusten schlossen und wieder öffneten.
»Komm zu mir, Hündchen«, sagte Guillem.
Der junge Mann drehte sich um und ging Parzié langsam entgegen. Eine seiner Hände war an den Griff des Dolches gelegt, den er im Gürtel trug.
»Ich habe dich an der Leine, kleiner Gedevan. Ist es nicht so? Wenn du mir nicht folgst, wirst du Aude nie bekommen.«
Der junge Mann blieb stehen, sah Parzié an, schätzte ihn ab.
Guillem wischte sich mit dem Handrücken über den Mund. »Aber was werden das für Enkel sein, die du zeugen wirst? Das ist die Fra-

ge, die mich den ganzen Abend beschäftigt. Welche Art von Geschmeiß muß sie wohl von dir austragen? Was ist das wohl für eine Art von Vieh, mit der du ihren Körper besudeln wirst?«
Jordas ging zu dem betrunkenen Mann und faßte ihn leicht am Arm.
»Ein Wort noch, Parzié, und ich bringe dich um.« Seine Stimme klang ruhig und beherrscht.
»Nein«, sagte Guillem und schüttelte den Kopf. »Selbst wenn du den Mut dazu hättest, würdest du es nicht tun. Es würde dich Aude kosten, Jordas. Du würdest sie nie bekommen, wenn du dich an mir vergreifen solltest.«
»Bekomme ich sie denn?« fragte der junge Mann. »Wirst du jemals zustimmen, daß ein Sohn Peires sie heiratet?«
»Ja?« fragte Parzié. »Werde ich jemals zustimmen?«
»Weshalb haßt du mich, Guillem?«
»Du bist Peire ähnlicher, als du glaubst.«
Parzié torkelte zu dem Krug und schenkte sich von neuem den Becher voll, einen Teil des Weines über den Tisch verspritzend. Er trank, den Becher mit beiden Händen haltend, gierig und mit tiefen Schlucken. Dann warf er ihn Jordas vor die Füße.
»Heb ihn auf, kleiner Gedevan«, sagte er.
Jordas bewegte sich nicht.
»Ein Hauch von Mut?« sagte Parzié. »Wundervoll. Aber zu wenig, Gedevan. Zu wenig für Aude.«
»Es genügt, daß du mich um meine Ehre gebracht hast, Parzié. Wenn du mir Aude vorenthältst, ist das dein Ende.«
»Du hast eine Ehre besessen, Jordas. Du? Du hast doch nie gewußt, was Parage ist.«
Er ging Jordas schwankend entgegen.
»Mag sein, daß ich Peire unterschätzt habe. Mag sein, daß gute Männer meinetwillen den Tod gefunden haben. Männer wie Arnautz, die tausendmal mehr wert waren als du. Aber wären sie gestorben, wenn du deine Ehre nicht verraten hättest?«
»Du hast mich dazu gezwungen, Parzié!«
»Niemand zwingt einen echten Mann!« Parzié schloß die Augen und schwankte leicht. »Niemand zwingt einen Ritter«, schrie er dann, »gegen die Gebote des Parage zu handeln! Nicht Gott und

nicht der Teufel!« Er griff nach dem Krug und warf ihn um, der Wein ergoß sich über den Tisch und den Boden.
»Hör auf«, sagte Jordas leise.
»Wo warst du denn, als Arnautz fiel? Mit der kleinen Hure deines Vaters zusammen. Wie fühlten sich denn ihre Brüste an? Wie war denn ihr Schoß, kleiner Gedevan? Wie eine offene und feuchte Frucht, die du zwischen ihren gespreizten Beinen nur mehr zu pflücken brauchtest?«
Der junge Mann zog langsam den Dolch aus der Scheide.
»Du wagst es nicht«, sagte Parzié lächelnd.
»Ich wäre mir an deiner Stelle nicht so sicher, Guillem.«
»Niemals«, sagte Parzié. »Niemals wagst du es.«
»Ich will, daß du mir Aude zur Frau gibst, Parzié. Ich will, daß du es mir jetzt und hier im Namen Gottes schwörst.«
»Hör zu, Gedevan«, sagte Parzié und beugte sich ganz nahe zu Jordas hin. Seine Simme war nur mehr ein Flüstern. »Eher ließe ich sie von einem Hund bespringen als von dir.«
Jordas hob langsam den Dolch. Seine Spitze wies auf die Stelle, an der sich Parziés Herz befand.
Parzié riß sich mit beiden Händen sein Wams auseinander. »Stoß zu, wenn du dich traust, Gedevan«, rief er lachend. »Stoß zu, kleines Hündchen! Stoß zu!«
Jordas sah ihn an, während Parzié seinen Blick erwiderte.
»Niemals«, sagte Guillem und schüttelte lächelnd den Kopf. »Niemals.«
Jordas warf angeekelt seinen Dolch zur Seite und schritt zum Türbogen.
»Ich wußte es«, schrie Parzié. »Ich wußte, daß du nicht den Mut dazu haben würdest! Du elender Feigling! Du Schwein ohne Ehre!«
Er ging Jordas nach, torkelnd, schwankend, lachend, rutschte dann unvermutet in einer Lache von Wein aus, stürzte und fiel gegen das spitze Ende seines Stuhls, das sich wie ein Pfeil in seinen Kopf bohrte. Blut trat aus seinem Schädel, vermischt mit weißlichem Schleim. Guillem de Parzié öffnete den Mund, als wollte er noch etwas sagen, rufen, schreien, dann sackte er, die Hände nach vorne gestreckt, zu Boden, zuckte, rollte zur Seite, während sich das Rot seines Blutes mit jenem des Weines vermischte.

Jordas rüttelte Uc im Vorraum wach.
»Uc«, sagte er mit gehetzter Stimme. »Uc, er ist tot!«
»Ich habe geschlafen«, murmelte der Bayle erstaunt. Er rieb sich Wangen und Stirn, schüttelte den Kopf, als wollte er die Benommenheit von sich schleudern. »Der Senher hat mir einen Becher Wein gebracht. Ich habe ihn getrunken und bin eingeschlafen.«
»Der Wein war präpariert, Uc.«
»Weshalb?«
»Ich bin sicher, du solltest unser Gespräch nicht hören.«
»Welchen Sinn ergibt das?« fragte Uc benommen.
»Es ging um Aude. Parzié wußte, daß du deinen Eid auf Aude und nicht auf ihn geschworen hast.« Er versuchte Uc hochzuziehen. »Komm endlich, Uc!«
Ucs Augen wurden langsam klarer.
»Was ist geschehen?« fragte er.
»Parzié ist tot, Uc.«
Der Bayle riß sich hoch und lief in den Saal. Er beugte sich zu Parzié nieder, hob seinen Kopf an und ließ ihn dann wieder sacht zurücksinken. Bewegungslos betrachtete er die blutverschmierte Spitze an der Sessellehne, den verschütteten Wein auf Tisch und Boden.
»Wart Ihr es, der ihn gestoßen hat?«
»Er ist ausgerutscht, Uc. In einer Pfütze von Wein ausgeglitten.«
»Seht mich an«, sagte der Vierschrötige. »Kommt ins Licht der Kerzen.«
Jordas trat zu Uc, der ihn mit ausdrucklosen Augen betrachtete.
»Ich habe ihn nicht getötet«, sagte der junge Mann. Verwirrung und Schock standen in seinem Gesicht.
»Ja«, sagte Uc schließlich, »Ihr habt es nicht getan.«
»Niemand außer dir wird mir glauben.«
»Da habt Ihr recht, Senher.« Uc blickte auf den umgekippten Krug, auf den Becher, der an der Seite der Mauer lag, auf den Wein, der noch immer langsam, als zähle er die Zeit, Tropfen für Tropfen von der Tischplatte auf den steinernen Boden rann und kleine rote Zeichen in die Rillen der granitenen Platten malte.
»Weshalb hat er sich so betrunken?«
»Ich weiß es nicht. Er hat mich ohne Unterlaß beschimpft.«

»Warum, Senher?«
Jordas schwieg einen Augenblick lang. »Er wollte mir Aude nicht geben«, sagte er dann.
Der Vierschrötige blickte auf die Leiche Parziés. »Er hätte sie Euch nie gegeben. Er hätte sie niemandem gegeben.«
»Ich verstehe dich nicht«, sagte Jordas.
»Er hat seine Tochter mehr geliebt, als es gut für ihn war. Sie war sein Eigentum und sein Abgott. Er wußte es und hat dagegen angekämpft.« Er sah von neuem zu dem Toten hin. »Vergeblich.«
»Uc«, sagte Jordas drängend, »man wird mich hängen.«
»Ja, das wird man. Alpais wird dafür sorgen.«
»Ich will leben, Uc. Ich will nicht für eine Tat hingerichtet werden, die ich nicht begangen habe.«
»Was bedeutet Euch Aude, Senher?« Wieder fühlte Jordas den prüfenden Blick des Bayle.
»Soviel wie mein Leben.«
»Beweist es.«
Jordas zögerte.
»Wenn sie es wünscht, werde ich bleiben«, sagte er dann. »Wenn es ihr Wille ist, werde ich mich selbst einem ungerechten Prozeß stellen.«
Der Vierschrötige blickte nachdenklich vor sich hin.
»Woran denkst du, Uc?« fragte Jordas. Seine Stimme klang gehetzt und heiser.
»Daß Ihr soeben Euer Leben gerettet habt, Senher.« Uc faßte ihn an der Schulter. »Paßt auf«, sagte er. »Ihr werdet die Fensterläden öffnen, wenn ich gegangen bin. Erweckt den Anschein, als würdet Ihr weiterhin ein Gespräch mit Parzié führen. Geht vor dem Fenster auf und ab, atmet kurz frische Luft ein, setzt Euch auf die Brüstung, gestikuliert ein wenig, kurzum, tut alles, um den Eindruck zu vermitteln, als würdet Ihr die ganze Zeit über fröhlich und unbeschwert mit ihm reden. Werft ab und zu einen Blick nach unten. Wenn Ihr ein Licht bei der Kapelle seht, dann tut, als hätte Euch der Senher den Auftrag gegeben, die Fensterläden zu schließen. Deutet auf sie, nickt, lacht, als hätte er einen Scherz gemacht, und verriegelt sie. Habt Ihr verstanden?«
»Ja«, sagte Jordas.

»Dann geht Ihr über die kleine Stiege hinunter zum Garten. Überquert langsam den Hof. Es soll aussehen, als wolltet Ihr zum Gästehaus gehen, um noch Brian de Martial aufzusuchen.«
»Gut«, sagte Jordas.
»Übertreibt es nicht. Bleibt ruhig und gemessen in allem, was Ihr tut.«
Der Bayle wollte sich abwenden, als Jordas ihn an der Schulter faßte.
»Bist du sicher, daß niemand unseren Streit gehört hat, Uc?«
»In diesem Saal könnte man ein Turnier abhalten, und niemand würde es bemerken. Ihr habt Glück gehabt, daß die Fensterläden geschlossen waren, Senher.«
»Ja«, sagte Jordas und blickte auf den Toten. »Ich habe Glück gehabt.«

Es dauerte nur knapp eine halbe Stunde, bis Jordas das Licht bei der Kapelle aufscheinen sah, aber ihm erschien es, als wolle das Warten nie enden. Er ging zu den Fensterläden, scheinbar lachend im Gespräch mit Parzié. Dann verriegelte er sie, vermied es, zu der Leiche zu blicken und ging die Seitentreppe zum Garten hinab. Der Schweiß brach ihm aus, als er beim Fluchtturm einen der Söldner sah, der sein Wasser an der Mauer abschlug.
»Zuviel Wein, Senher«, sagte der Söldner.
»Bei Gott«, sagte Jordas und versuchte,seine Stimme fröhlich klingen zu lassen. »Es ist eine Nacht zum Trinken, Freund.«
Der Mann nestelte an seiner Hose und trat dann zu ihm. »Eine Nacht für vieles, Senher. »Er grinste. »Ich hätte auch nichts gegen ein schönes, samthäutiges Mädchen einzuwenden.«
»Ja«, sagte Jordas und spürte, wie sein Hemd an dem Schweiß seines Körpers festklebte. »Es ist eine Nacht zum Lieben.«
»Ist Euch heiß, Senher?«, fragte der Söldner, der die schweißnasse Stirn des jungen Mannes betrachtete.
»Ich glaube«, sagte Jordas lachend, »ich glaube, auch ich habe zuviel getrunken.«
»Ja«, sagte der Söldner und deutete zum Haupthaus. »Ich habe Licht gesehen.«
Er beugte sich beinahe verschwörerisch zu ihm. »Ich nehme an, daß

Ihr mit dem Senher de Parzié einige Krüge auf die schöne Aude geleert habt?«
»Ja. Guillem bestand darauf. Er wollte unbedingt auf unsere Zukunft trinken.«
»Vergeßt mich nicht, wenn Ihr sie heiratet. Ihr werdet Eure eigenen Leute brauchen.«
»Wie heißt du, Freund?«
»Lemozas, Senher.«
»Du bist mein Mann, Lemozas.«
Der Söldner grinste zufrieden. »Ihr werdet es nicht bereuen, Senher.« Er wandte sich dem Haupthaus zu. »Und der Senher de Parzié muß nun für sich alleine feiern?«
»Er schläft, Lemozas. Tief und fest.« Jordas zwang sich zu einem Lächeln. »Der Wein war auch für ihn zu stark.«
»Jemand sollte die Kerzen löschen«, meinte der Söldner.
»Das werde ich tun, wenn ich zurückkomme.«
»Wohin geht Ihr denn, Senher?«
»Zu dem Troubadour. Guillem und mir ist der Gedanke zu einem Lied über die Domna Aude gekommen. Eine solche Idee kann nicht warten.«
»Ja«, sagte Lemozas. »Diese Nacht schmeckt nach Liebe. Ich wollte, ich hätte ein Mädchen.«
»Halte dich an den Wein, Lemozas. Wer weiß, ob ein Mädchen heute noch viel Freude an dir hätte.« Jordas spürte, wie er langsam ruhiger wurde. Er lächelte dem Söldner zu.
»Vielleicht habt Ihr recht, Senher. Ich werde beim Wein bleiben. Ich werde trinken und an die kleine metissa denken.«
»Tu das«, sagte Jordas.
»Vergeßt nicht, die Kerzen zu löschen, Senher«, wiederholte der Söldner.
»Nein, Lemozas.«
Der Mann ging zu der schweren Eichentür. »Die Nacht schmeckt nach Liedern, Senher. Ich wünsche Euch gutes Gelingen für Eures.« Dann lächelte er Jordas zu und ging in den Turm zurück.

Als Jordas die Türe der Kapelle öffnete, sah er zuerst die Kerze, die auf dem schmutzigen Altar brannte. Aude stand seitlich von der

Steinplatte, das Gesicht blaß und voller Entsetzen. Uc und Brian lösten die letzten Steine von der rechten Mauer, in der ein schmaler Gang sichtbar wurde.
»Ich gehe zuerst«, sagte Uc. »Dann Aude und Ihr, Senher. Brian de Martial bildet den Schluß.«
»Warum?« fragte Aude Jordas. Ihre Lippen zitterten.
»Es war ein Unfall, Aude.«
»Warum?« wiederholte das Mädchen, als Uc sie an der Hand faßte.
»Folgt mir jetzt, Domna«, sagte er. Er wandte sich Brian zu. »Reicht mir die Kerze, Martial.«
Der Gang war breit genug, um einem Mann in voller Rüstung Platz zu bieten, wenn er gebückt voranschritt. Sie gingen vielleicht eine Viertelstunde durch dieses Labyrinth von flackerndem Kerzenlicht, das nach Erde, Holz und Feuchtigkeit roch, als Uc plötzlich anhielt und nach oben griff. An einer Falltür löste er einen Riegel aus der Verankerung und stieß Erde zur Seite, die auf ihn herabrieselte und in zerbröckelnden Stücken nach unten fiel. Dann hievte er sich hoch und reichte Aude die Hände.
»Haltet Euch an mir fest, Domna«, sagte er.
Das Mädchen kletterte mit seiner Hilfe nach oben. Dann zogen sich Jordas und Brian auf die feuchtkalte Wiese und in das schwarzblaue Licht der Nacht empor.
Aude hatte die Arme um ihre Beine geschlungen und den Kopf auf ihre Knie gesenkt. Sie hob den Kopf, als Uc sie ansprach, ihn stumm anblickend.
»Hört mir jetzt bitte zu, Domna«, sagte er, als er sich zu dem jungen Mädchen kauerte. Er sprach schnell, mit gehetzter Stimme. »Jordas ist nicht schuld am Tod Eures Vaters.«
»Ja«, sagte das Mädchen.
»In Parzié wird nun um das Erbe gekämpft werden. Eure Mutter wird gegenüber Alpais einen schweren Stand haben. Domna Arnaude wird Euch verheiraten wollen, so schnell es ihr nur möglich ist. Euer Mann würde der unbestrittene Herr von Parzié werden. Versteht Ihr das, Domna Aude?«
»Parzié gehört nun ihr«, sagte das Mädchen verständnislos. Ihre Stimme klang hell und tonlos, wie gesprungenes Glas.

»Dem Gesetz nach unbestritten. Aber Alpais hat die Söldner auf ihrer Seite.«
»Und meine Mutter?«
»Mich«, sagte Uc.
»Dann wird ihr nichts geschehen.«
»Ich hoffe, Ihr habt recht, Domna Aude. Aber es werden schwere Zeiten werden.«
»Meinst du, daß ich zu ihr zurückkehren soll?«
»Wenn es Euch nichts ausmacht, einen Senher zu heiraten, den Ihr nicht kennt, dann solltet Ihr das tun. Domna Arnaude würde keinen schlechten Mann für Euch aussuchen.«
»Uc...«, sagte Jordas.
»Schweigt. Schweigt, bis ich fertig gesprochen habe.« Uc deutete auf den jungen Mann. »Jordas wird als Mörder Eures Vaters gelten. Es bleibt ihm nichts anderes übrig als zu flüchten. Er kann nicht einmal in Gedevan Hilfe suchen, denn die Burg wird von Leuten aus Parzié verwaltet. Auch dort würde man ihn verhaften.«
»Aber er ist unschuldig«, sagte das Mädchen benommen.
»Es ist nicht eine Frage der Schuld«, antwortete Uc. »Es ist eine Frage des Scheins.«
»Jordas könnte seine Unschuld beweisen.«
»Man würde ihn hängen, Domna, und wenn er tausendmal frei von aller Sünde dieser Welt wäre. Er hat alles verloren. Gedevan und auch den Anspruch auf Parzié, den er durch Euch erworben hätte. Er ist jetzt auf einmal ein Niemand, mit dem Blutmal eines Mörders gezeichnet. Wenn Ihr ihm folgt, Domna, folgt Ihr in den Augen der Welt dem Mörder Eures Vaters.«
»Brian«, sagte Jordas beinahe hilflos.
»Laß ihn sprechen«, meinte der Troubadour.
»Warum«, fragte Aude. »Warum ist das alles geschehen?«
»Domna Aude«, sagte Uc. »Wir haben wenig Zeit. Wenn Ihr mit Jordas geht, werde ich dafür sorgen, daß Euer Anspruch auf Parzié gewahrt bleibt. Aber den Makel, daß jedermann glauben wird, daß Ihr nun mit dem Mörder Eures Vaters zusammenlebt, den wird niemand zu tilgen vermögen.«
»Ja«, sagte Aude. »Ja. Ich verstehe.«
»Jordas kann später, wenn genügend Zeit vergangen ist, einen Pro-

zeß auf Revision des Urteils beim Grafen von Toulouse beantragen. Aber jetzt wird Alpais mit Sicherheit dafür sorgen, daß er zum Tode verurteilt wird.«
»Was soll ich tun, Uc?« fragte das Mädchen. Zum erstenmal seit ihrer Flucht blickte sie auf, blickte Jordas ins Gesicht.
»Komm mit mir«, sagte der junge Mann. »Ich bin ohne Schuld.«
Aude wandte sich Uc zu.
»Hört nicht allein auf Euer Gefühl, Domna. Bedenkt alle Folgen«, sagte der Bayle.
Langsam richtete sich Aude auf. »Wohin wirst du gehen, Jordas?«
»Nach Outremer«, sagte Brian. »Er geht mit mir nach Outremer.«
»Jenseits des Meeres. Wo niemand uns kennt.«
»Niemand, Domna«, sagte Brian.
»Verlaß mich nicht, Aude«, bat Jordas. »Komm mit mir.«
»Es ist eine lange Reise, nicht wahr?« Ihre Augen sahen Brian fragend und verstört an. Sie strich sich ihr Haar aus dem Gesicht und zog den Mantel, den sie sich übergeworfen hatte, enger um sich.
»Ja.«
»Lange genug, um eine Liebe zu prüfen?«
»Lange genug, um alles zu prüfen.«
»Dann ist es gut«, sagte Aude. »Das ist der richtige Weg für mich.«

Aude entband Uc des Eides, den er auf sie geschworen hatte, einen Eid, den er nun auf Domna Arnaude übertragen würde. Er umarmte die junge Frau, die er seit ihrer Geburt beschützt und behütet hatte, mit ganzer Kraft. Dann wandte er sich Brian zu.
»Ich will das Mädchen wiedersehen. Gesund und glücklich«, sagte er.
Der Troubadour nickte. »Warum hast du das getan, Uc?« fragte er dann.
»Sie sind Kinder. Kinder, die Hilfe brauchten.«
»Laß Fays von mir grüßen. Sag ihr, daß ich ihr für ihr Vertrauen danke. Sie wollte unbedingt, daß ich nach Parzié gehe. Woher wußte sie nur, daß ein Unglück geschehen könnte?«

»Guillem hat das Gesetz verletzt. Das tut niemand ungestraft, Troubadour.«
»Werden wir uns wiedersehen, Uc?« fragte Brian.
Der Bayle sah in das Halbdunkel des heraufziehenden Morgens.
»Ja, wahrscheinlich werden wir das.«
»Was wirst du jetzt tun?«
»Nichts Besonderes. In den Saal zu Guillem gehen.«
»Das Licht löschen.«
»Ja«, sagte Uc. »Das Licht löschen.«
Dann wandte er sich um und wartete, bis sie sich auf den Weg machten. Brian sah, wie er mit der Entfernung immer kleiner wurde, eine schattenhafte Silhouette in der Dunkelheit, die regungslos zu den verschwimmenden Umrissen von Parzié blickte.

Eine Woche später erreichten sie Gesana.
Anfangs ritten sie über kleine Saumpfade, durch unwegsames Gelände und beinahe ohne Unterlaß. Erst nach mehreren Umwegen war Brian sich endlich sicher gewesen, daß sie ihre Verfolger abgeschüttelt hatten. Er hatte bei einem Katalanen, der eine Pferdezucht nahe Parzié besaß, die nötigen Reittiere gekauft. Der Katalane hatte keine Fragen gestellt, und die Pferde waren gut, schnell und ausdauernd gewesen.
Als sie das Lauraguais erreichten, schickte er Jordas nach Gesana voraus, um bei Robert de Bantrac eine Eskorte anzufordern. Die letzten drei Tage reisten sie langsam, unter Bedeckung, um Aude die Möglichkeit zu geben, wieder zu Kräften zu kommen.

Als sie nur noch einige Meilen von Gesana entfernt waren, zeigte sich ihnen eine kleine Gruppe von Reitern am Horizont. Brian erkannte ihren Anführer schon von weitem.
»Ich wußte, daß du kommen würdest, Brian«, schrie Robert de Bantrac, als er sein Pferd vor ihnen zügelte. »Bei allen Heiligen, ich habe es gewußt!«
Nun wurden sie umringt von Jaufre, Marti und Pons, die sie begeistert begrüßten, brüllten und scherzten. Auch Jordas kam heran, jetzt lächelnd und unbeschwert und umarmte Aude inmitten der Gruppe der schreienden, lachenden Reiter.

»Brian«, sagte de Bantrac, »wir ziehen nach Outremer! Wir alle zusammen! Wir ziehen ins Land der goldenen Erkenntnis.«
Der Troubadour stützte sich einen Moment auf seinen Sattelknauf. Ich habe die einzige Frau verloren, die ich je geliebt habe, ging es ihm durch den Kopf, und die einzige Heimat, die ich je besessen hatte. Aber Outremer ist mir geblieben.
Outremer.
Er begann zu lachen, lachte wie damals, als er vor Jaffa Robert zum Ritter geschlagen hatte. Er lachte, bis ihm die Tränen über die Wangen liefen.

Bernatz de Couerlas war ein gutaussehender junger Mann von kaum mehr als zwanzig Jahren, langgliedrig, von unbewußter Eleganz, mit hellen Augen und dunklem Haar.
Es berührte Gaelle, ihn nach all den Jahren wiederzusehen, diesen Jungen, den sie vor vielen Jahren gekannt hatte und der mittlerweile zum Mann geworden war, diesen beinahe vergessenen Verlobten, den ihre Eltern für sie ausgesucht hatten, damals, als sie noch keine acht Jahre alt gewesen war.
Gaelle wußte, daß sie keine Liebe für ihn empfand, aber sie schätzte ihn, war angetan von seiner Bildung, seiner sanften Höflichkeit und seiner jugendlichen, männlichen Anziehungskraft. Seine Gemessenheit und unbedingte Verehrung taten ihr gut, seine Jugendlichkeit und sein Verstand beeindruckten sie. Sie begann, sich an seine Besuche zu gewöhnen, langsam und unmerklich, bis sie sich nach Wochen eines Tages eingestehen mußte, daß sie sich wünschte, er käme, daß sie sich wünschte, er bliebe. Sie hatte keinerlei Hemmungen, ihm ihre Bedingungen zu stellen. All ihr Besitz würde ihr zu ihrer alleinigen Verfügung verbleiben. Das Handelshaus der Vidars würde auch in Zukunft von ihr geleitet werden. Sie beanspruchte das Recht, für sich den jeweiligen Wohnsitz zu bestimmen, wann immer es ihr im Laufe des Jahres gefiel, ob es nun Béziers sein würde oder Couerlas. Bernatz stimmte ohne zu zaudern ihren Forderungen zu, und als er Gaelle um ihr Jawort bat, zögerte die junge Domna des Vidars keinen Augenblick, es ihm zu geben. Das Dunkel, das sie umgeben hatte, schien langsam von ihr zu weichen. Sie würde Bernatz heiraten und auf eine andere Art

glücklich werden, als sie es erwartet hatte. Sie würde das Unmögliche, das Unerreichbare hinter sich lassen und im Alltäglichen einen festen Halt finden.
Ich bin zu Hause angelangt, dachte Gaelle. Hier würde der Schmerz vergehen. Die Perfecta hatte unrecht gehabt. Es war keine lange Reise nach Béziers gewesen.

Aus dem Diarium des Herrn von Guzmann
genannt
DOMINIKUS

Es gibt nichts Neues unter der Sonne.
Katharer, Waldenser? Schon vor Jahrtausenden sind sie unter einem anderen Namen unter uns gewesen.
Alles ist schon gelebt, alles ist schon durchlitten worden. Mag sein. Und doch bewegt beständig und für alle Zeit nur eine Frage den Geist und die Seele des Menschen. Was wird sich nach all den Stunden dieser Nacht, was wird sich uns im hellen Licht des Morgens zeigen?
Wir sehnen uns nach irdischer Dauer und sind nur vergängliche Schatten einer Dämmerung, Sand, den der Wind verweht.
Und dennoch.
Dennoch sind wir geborgen in einem Kreislauf von Liebe, der ohne Anfang und der ohne Ende ist. Wer kann es erklären, in all den Stunden dieser Nacht? Wer kann es erklären, wenn sich uns das helle Licht des Morgens zeigt?

II

Der Kreuzzug des Geldes

11. Kapitel

MONTPELLIER, PARZIÉ, MARSEILLE
Juli, August, September 1201

Sie ritten durch weite, ockerfarbene Täler, an Weinbergen vorüber, die sich die Hügel emporwanden, durch Lichtungen und Wälder, inmitten eines grünblättrigen Lichts, überquerten langsam dahinfließende Bäche, die sich zwischen dichtem Strauchwerk schlängelten, erklommen unter die Pferde anfeuernden Rufen kahle Hügel, ritten bergab, weg von dem hellblauen Himmel, der kurzfristig alles erfüllt hatte, tauchten wieder ein in die Weite der Farben von Gras, Blumen und Erde.

Robert de Bantracs Trupp gehörte ohne Zweifel zu einem der größten, den die Occitanie dem Kreuzzug zuführte. An die dreißig Ritter waren ausgerüstet worden, zusammen mit gut sechzig Knappen. Selbst der kleine Troß, der sie begleitete, umfaßte an die zwanzig Mann. Es war ein kleines Heer, das schließlich die Straße nach Montpellier erreichte, ein Heer, das das blaue Kreuz von Gesana eingestickt auf den Überwürfen trug, eine fröhliche, wilde und erwartungsvolle Gemeinschaft von Menschen, die der Sehnsucht und dem Abenteuer zu ritten.

Robert hatte beinahe ausnahmslos landlose Ritter verpflichtet, junge Männer, die sich meist bei den großen Senhers verdingten oder auch von Turnier zu Turnier ritten, strahlende Kämpfer im Namen einer Domna, erpicht auf Ehre und Siege und Gold.

Robert, Jaufre und Brian ritten mit einem engen Kreis von Vertrauten dem Gros der Gruppe voran. Brian hatte darüber nachgedacht, was diese Menschen bewog, ihre Heimat zu verlassen und in die Ungewißheit Palästinas zu ziehen, damals, an dem Tag, als sie die Zelte vor der Burg abgebrochen hatten, als Knappen und Knechte die Rüstungen verstauten und die Pferde aufzäumten, damals, als Lärm und Erwartung sich mit dem befreienden Gefühl des Aufbruchs verbunden hatten. Was sonst sollten sie denn tun, diese landlosen Senhers? Wenn sie nicht das Glück hatten, eine reiche Heirat zu schließen, waren sie ihr Leben lang dazu verdammt, als adelige Söldner den Reichen und Besitzenden zu dienen. Ihr Glück lag im Irgendwo. Dort, wo Beute und Besitz sich mit den Träumen der Erlösung verbanden. Es war ein unbekanntes, traumhaftes Land der endlosen Wunder, das sie erwartete, reich und voller Schätze, es war der Kuß auf das edelsteingeschmückte Tabernakel einer Reliquie, der sie reinigen und erretten würde, dort, in jenen fernen Gebieten und Landstrichen, die die Gegenwart des Herrn für alle Zeiten gesegnet hatte.

»Wie gefällt dir mein kleines Heer?« fragte Robert Brian, als sie die staubige Straße nach Montpellier entlangritten.

»Es muß die Gesanas einige malerische Weinberge gekostet haben.«

De Bantrac lachte. »Weiß Gott, sie haben keinen Aufwand gescheut, um mich loszuwerden.«

»Auf immer?«

»Wahrscheinlich. Wahrscheinlich auf immer.« De Bantrac warf Brian einen amüsierten Seitenblick zu. »Eine unausgesprochene Übereinkunft zwischen mir und meiner Frau. Meine eigene Streitmacht und jede Menge Geld als Gegenleistung für mein ehrenvolles Verschwinden von der geheiligten Erde ihrer Vorfahren.«

»Du scheinst sie nicht sonderlich zu lieben.«

»Warum sollte ich? Es ist kein Tag in unserer Ehe vergangen, an dem sie mich nicht spüren ließ, daß ich ein mittelloser, geistloser und armseliger Bursche bin, der nur von der heiligen Pflicht beseelt sein sollte, den männlichen Stamm der Gesanas zum Sprießen und Gedeihen zu bringen. Nun«, sagte de Bantrac, »ich ließ es sprießen und gedeihen. Zwei Söhne gegen einen Kreuzzug nach Outremer. Ein Tausch.«

»Es tut mir leid, dir diese Heirat vermittelt zu haben.«

De Bantrac schlug Brian auf die Schulter. »Ich bin reich geworden, Brian. Ist das nichts?«

»Manchmal ist es zuwenig«, meinte Brian.
Robert lächelte. »Brian, ich bin noch jung. Ich besitze Geld in Hülle und Fülle. Ich ziehe ins Unbekannte, um mir eine neue, eine eigene Welt aufzubauen. Vielleicht wird es eine Welt des gai saber, Troubadour. Die ist es doch, die du und deine Freunde schaffen wollen. Eine Welt der ungestümen, der lachenden, der singenden, der tanzenden Fröhlichkeit. Vielleicht erreiche ich, was du seit einem Jahrzehnt anstrebst, Brian.«
»Vielleicht.«
»Es ist zumindest einen Versuch wert, mein Freund.« Robert grinste jetzt breit, als er Brian anblickte. »Selbst wenn ich einen ganzen Kreuzzug dafür benötige.«

Seit sie Gesana erreicht hatten, hielt sich Aude von Jordas fern. Es schien beinahe, als würde sie seine Gegenwart meiden, als versuche sie sich Gesprächen, selbst unverbindlichen Worten zu entziehen, als vermittle ihr alles, was dieser junge Mann ausstrahlte und verkörperte, das Gefühl von Zorn und Schmerz.
»Ich will nicht mit dir sprechen«, sagte sie, als Jordas sein Pferd zu ihr hinlenkte.
»Du kannst dich nicht von einer Stunde zur anderen von mir abwenden, Aude.«
»Weshalb kann ich das nicht?« Sie warf ihm einen abschätzenden Seitenblick zu.
Der junge Mann riß ärgerlich an den Zügeln seines Pferdes. »Du hast Parzié verlassen, um mich zu begleiten. Dein Schicksal ist mit dem meinen verbunden.«
»Meinst du?«
»Wir sind eins, Aude.«
»Eins?« Das Mädchen lachte kurz auf. »Jordas«, sagte es, »niemals waren wir mehr zwei voneinander getrennte Wesen als jetzt.«
Jordas schwieg kurz. »Ich liebe dich«, sagte er dann leise.
Aude gab ihrem Pferd leicht die Sporen. »Du solltest jetzt nicht darüber sprechen.«
»Das sind ehrliche Worte. Worte, die meiner Seele entspringen.«
Aude drehte den Kopf zur Seite und sah ihn an. »Laß mich alleine, Jordas.«

Die Haltung des jungen Mannes wirkte jetzt steif und verkrampft.
»Wenn du es wünschst«, sagte er dann.
»Ja. Es ist mein Wunsch.«
»Dann gibt es nichts, das ich für dich tun könnte?«
»Nichts.«
Jordas nickte und wandte den Blick von ihr ab.
Danach hatte Jordas begonnen, ihr auszuweichen, hielt sich nun meist an Brians Seite, vermied aber bewußt und mit aller Entschlossenheit jedes Gespräch über das Mädchen, das der Troubadour mit ihm anzuknüpfen versuchte. Der junge Mann begann sich immer mehr abzusondern, sich in ein selbstgezimmertes Gefängnis von Schweigsamkeit und Enttäuschung zurückzuziehen, in ein Gefängnis von wachsender Bitterkeit und verwundetem Stolz, in ein Gefängnis, das voll von jugendlichem Eigensinn und einer entschiedenen, männlichen Selbstgerechtigkeit war. Er trug noch immer Audes Farben, aber es schien Brian, als übersehe er bewußt, aus einem bizarren, gekränkten Ehrgefühl heraus, daß sich Robert de Bantrac immer häufiger mit ihr in längere, von Lächeln und Gesten höfischer Ehrerbietung begleitete Gespräche einließ.
Ihre Vorhut umfaßte nur drei Frauen. Flamena, die mit Jaufre reiste, Estella, die Pons begleitete, das Mädchen mit dem Stirnband, an das sich Brian noch vom Garten von Sarvas her erinnerte, und schließlich Aude, die seltsam verloren inmitten von ihnen allen wirkte. Nur wenn Robert sich um sie kümmerte, zeigte sie Interesse, oder wenn Marti eine seiner bissigen Bemerkungen von sich gab.
Es war am fünften Tag ihrer Reise, als Brian an ihrer Seite ritt. Ein kräftiger Sommerregen hatte eingesetzt, und Aude hatte einen Mantel mit Kapuze übergeworfen, die ihr klares, feingeschnittenes Profil betonte.
»Er steht euch vorzüglich«, sagte Brian, auf den Mantel weisend. »Ihr wirkt begehrenswert und asketisch in einem.«
Das Mädchen wandte ihm ihren Kopf zu und blickte ihn an.
»Schickt er Euch?«
»Nein, Domna.« Brian lächelte ihr zu. »Ich komme aus eigenem Antrieb.«

Das Mädchen nickte und schwieg.
»Er liebt Euch«, sagte Brian. »Und er kann es nicht verstehen.«
»Was, Troubadour?«
»Daß ihr ihn mit einemmal von Euch stoßt.«
»Ist es so schwer zu verstehen?«
»Für ihn schon.«
Das Mädchen schüttelte den Kopf. Regentropfen spritzten von ihrer Kapuze.
»Ich weiß es nicht«, sagte Aude. »Ich weiß es einfach nicht.«
»Ob es klug war, ihm zu folgen?«
»Nicht klug«, antwortete Aude. »Ob es richtig war, Martial.«
»Sprecht ein Wort, und ich bringe Euch nach Parzié zurück.«
»Es ist zu spät«, sagte das Mädchen. »Ich bin bereits dem Mörder meines Vaters gefolgt, Troubadour. Niemand kann das mehr abwaschen. Niemand.«
»Ihr wißt, daß er unschuldig ist.«
»Nicht in den Augen meiner Familie.«
»Es war Eure freie Entscheidung, Domna Aude.«
Das Mädchen hob den Kopf. »Seid Ihr Euch da wirklich sicher, Brian de Martial?«
»Ja«, antwortete der Troubadour, der ihren Blick erwiderte. »Ganz sicher.«
Später, nach einem Augenblick des Schweigens, sprach das Mädchen von neuem. »Ich weiß, daß er anständig und daß er mutig ist. Ich weiß, daß er Gedevan für mich aufgegeben hat. Und dennoch...«
»Dennoch?«
Aude machte eine ungeduldige Geste.
»Kann ich ihn nicht von den Ereignissen jener Nacht trennen. Es ist, als wäre er unweigerlich mit alledem verbunden, als wäre doch er es, der all dieses Entsetzliche ausgelöst hat, als wäre doch er es, der schuldlos die Schuldhaftigkeit über uns alle gebracht hat.«
Brian lenkte sein Pferd an einer Lache mit schmutzigem, vom Regen aufgewühltem Wasser vorbei. »Habt ihr Euren Vater geliebt, Domna Aude?«
»Nicht sehr«, sagte das Mädchen nach einem Augenblick des Zögerns. »Aber ich liebe meine Mutter, und ich liebe Parzié.«

»Sind das die Gründe, weshalb Ihr Euch immer mehr von Jordas abwendet?«
»Ja.«
»Das ist nicht die ganze Wahrheit.«
Das Mädchen sah zu Brian auf. »Ihr wollt sie unbedingt hören, nicht wahr?«
»Vielleicht hilft es Euch«, sagte der Troubadour freundlich.
Aude zog den Mantel enger um sich. »Ich fühle mich sehr allein. Und ich will beschützt werden, Brian. Ich will ein Gefühl der Geborgenheit.«
»Etwas, das er Euch nicht geben kann?«
»Er ist ein Junge, Martial. Er benötigt selbst Trost.«
»Gebt ihm Zeit. Gebt Euch Zeit.«
»Ich bin ein Flüchtling. Worauf soll ich jetzt noch warten?«
»Ihr liebt Ihn doch, Domna Aude. Ich weiß es. Ihr wißt es.«
»Ich brauche Schutz«, sagte das Mädchen mit Heftigkeit. »Begreift Ihr es denn nicht?«
Der Troubadour nickte. »Was wollt Ihr jetzt tun?«
»Ich weiß es nicht«, sagte Aude, und ihre Stimme klang unsicher und ratlos. »Ich weiß es nicht.«

Brian hatte Aude und die anderen an sich vorüberreiten lassen. Er verweilte am Rand der Straße, sah den Wind die Bäume in der Ferne peitschen, ließ eine Gruppe von Pilgern an sich vorüberziehen, die einem Mann folgten, der ein Kreuz trug. Sie sangen Psalmen, die Gesichter leuchtend und regennaß, Psalmen über die Herrlichkeit der Schöpfung. Brian sah ihnen nach, bis sie in der Ferne verschwunden waren. Dann wendete der Troubadour unvermittelt sein Pferd und folgte von neuem der Straße nach Montpellier.
Das Mädchen stolperte mit gesenktem Kopf hinter dem Mann her, die Hände mit einem Strick gebunden. Der kahlköpfige Mann schrie ihr kurz etwas zu, riß an dem Strick, während das Mädchen vorwärtstaumelte und stürzte. Der Mann fluchte, als das Mädchen mühsam aufstand, die nasse Kleidung mit Erde und feuchtem Sand beschmutzt. Es war mehr die Farbe ihres Haares als das Schauspiel, das sich ihm darbot, was Brian anhalten ließ. Ein helles Blond. Ein

helles, beinahe goldenes Blond, wie auch Gaelle es besessen hatte. Der Troubadour ritt zu dem Kahlköpfigen, ließ sein Pferd kurz vor ihm auf und ab tänzeln, während der Mann einige Schritte zurückwich.

»Was hat sie getan?« fragte Brian.

»Was geht Euch das an?«

»Es genügt mir, wenn du es mir mit einfachen und klaren Worten schilderst.« Brian lächelte und legte die Hand auf den Dolch.

Der Kahlköpfige blickte mürrisch vor sich hin.

»Sie hat ein Huhn gestohlen«, sagte er dann.

»Ein großes Verbrechen.«

»Ein Huhn kostet Geld, Senher. Viel Geld!« Der Kahlköpfige blickte ihn kurz zornig an, sah dann zur Seite, blickte an ihm vorbei.

»Ich weiß«, sagte Brian und sah zu dem Mädchen mit dem blonden Haar. Sie schaute zu Boden, und das Haar fiel in nassen, filzigen Strähnen über ihre Schultern. Brian schätzte sie auf etwa vierzehn Jahre. Ein Mädchen mit einem schmalen, feingezeichneten Gesicht und großen Augen. Ihr Körper erinnerte an den eines noch nicht ausgewachsenen Fohlens, langbeinig und schlank, ungelenk und unbeholfen in seinen Bewegungen.

»Wohin bringst du sie?« fragte der Troubadour.

»Zum Bayle«, antwortete der Mann.

»Das bedeutet den Pranger.«

»Sie hat ihn verdient«, sagte der Mann. Seine Stimme wurde von neuem wütend, als er zu ihr hinblickte. »Und die Peitsche dazu.«

»Ja. Natürlich«, sagte der Troubadour.

»Dann laßt mich vorüber.«

»Dieses Mädchen will das Kreuz nehmen. Es will im Heiligen Land Buße tun.«

Der Kahlköpfige lachte.

»Diese kleine Schlange weiß nicht einmal, wie ein Kreuz aussieht.«

Brian bückte sich vom Sattel aus nach unten und griff dem Mann unter das Kinn, den Kopf mit einem Ruck in seine Richtung drehend. »So sieht es aus«, sagte er und wies mit der anderen Hand auf seine Brust. »So, mein Freund. Zwei Balken, verbunden durch das Mitleid.«

Der Mann wich erschreckt zurück.
»Wenn Ihr mir etwas antut, wird Euch mein Senher durch die ganze Occitanie jagen.«
»Wieviel war das tote Huhn wert?« fragte Brian.
Der Mann zögerte. Dann nannte er eine Summe.
»Das ist der Preis für ein Huhn, das Rubine und Smaragde legt, mein Freund.«
»Soviel kostet es.«
Der Troubadour griff in seinen Gürtel und holte seine Börse hervor. Er zählte dem Kahlköpfigen einige Münzen in die Hand.
»Das ist mehr, als ich Euch genannt habe«, sagte der Mann erstaunt.
Brian deutete auf das Mädchen, das durchnäßt und verloren im Regen stand.
»Der Rest ist für deine entgangene Freude, sie nicht gepeitscht zu sehen.«
Der Kahlköpfige starrte ihn an.
»Nimmt sie nun das Kreuz?« fragte Brian freundlich.
Der Mann reichte ihm den Strick. »Da habt Ihr sie«, sagte er mit mürrischer Stimme.
»Wohnen ihre Eltern in diesem Dorf?« Der Troubadour deutete mit dem Kopf auf eine Reihe von Häusern, die klein und versteckt am Rande des bewaldeten Hügels lagen.
Der Kahlköpfige schüttelte den Kopf. »Sie hat keine. Ihre Mutter war eine Hure, die mit einem Söldner verschwunden ist. Ihren Vater hat sie nie gekannt.«
»Besitzt sie andere Verwandte?«
»Eine Base. Keine sehr freundliche Frau.« Der Kahlköpfige sah kurz zu dem Mädchen hin. »Sie wird viel geschlagen. Sie ist eine Wilde, die mehr in den Wäldern lebt als unter Menschen. Ihr werdet sie prügeln müssen, bevor Ihr sie in Ruhe besteigen könnt.«
»Deshalb habe ich für sie gezahlt, meinst du?«
Der Mann sah ihn erstaunt an. »Weshalb sonst?«
»Du solltest jetzt gehen, mein Freund.« Brian zog seinen Dolch und sah nachdenklich zum Himmel auf. »Nein. Du solltest laufen. Denn ich werde diesen Dolch nach dir werfen. Und wenn du nicht schnell genug läufst ...«

Der Mann sah ihn kurz an, rannte dann von der Straße weg über die nasse Wiese, blickte sich nur kurz um, stieß unhörbare Flüche aus und rannte dann weiter, bis über die Knöchel im Morast versinkend, rannte in Richtung der Häuser, die nahe des Waldes lagen.

Brian stieg vom Pferd und ging zu dem Mädchen, das den Kopf gehoben hatte und ihn ausdruckslos ansah. Er durchschnitt die Handfesseln und warf den Strick an den Rand der schlammigen Straße.

»Du kannst gehen«, sagte er.

Das Mädchen betrachtete ihn. Große, graublaue Augen, die sein Gesicht musterten und in seinem Blick zu lesen suchten.

»Wohin?« fragte sie dann.

»Die Welt ist groß. Größer als dieses verfluchte Dorf dort.« Er lächelte ihr zu. »Ich gebe dir Geld. Geld für einen Monat. Du kannst dir eine Stelle suchen. Es gibt noch andere Orte oder Städte in der Occitanie.«

»Ich kann nichts. Ich beherrsche kein Gewerbe.«

»Geh«, sagte Brian und griff nach seiner Börse. »Finde dir etwas.«

»Laßt mich mit Euch kommen«, sagte das Mädchen mit leiser Stimme.

»Das geht nicht«, antwortete Brian, überrascht aufblickend.

»Ich will das Kreuz nehmen. Ich will Buße tun.«

»Das war ein Scherz. Ein Scherz für diesen Narren.«

»Ich bin auch eine Närrin. Eine große Törin, Senher.«

Brian beobachtete sie. Verdammtes Haar, dachte er. Verdammte Farbe des Haares. »Es geht nicht«, sagte er dann.

»Ihr glaubt doch nicht, daß die Leute aus dem Dorf mich nicht wiederfinden, wenn Ihr mich auf dieser Straße stehenlaßt. Ein Diebstahl wird hier nicht so schnell vergessen.«

»Weshalb hast du gestohlen?«

Zum erstenmal lächelte das Mädchen. Ein zartes, ein scheues und ein sehr ironisches Lächeln.

»Ich hatte Hunger. Ich hatte seit Tagen nichts gegessen.«

»Du hast wirklich niemanden?«

»Niemanden, Senher.«

Brian schüttelte den Kopf. »Der Vorsprung, den ich dir verschafft habe, muß dir genügen. Du bist jung. Du bist schnell.«
Das Mädchen in dem nassen, schmutzigen Kleid rieb sich mit der Hand den Regen von der Stirn und aus den Augen. Dann sah sie ihn an.
»Weshalb seid Ihr so voller Trauer, Senher?«
»Bin ich das?«
»Ja. Das seid Ihr.«
Der Troubadour lächelte. »Hast du den zweiten Blick?«
»Nein, Senher. Aber ich lebe viel im Wald. Ich lebe viel bei den Tieren. Es sind einfache Wesen. Sie lehren mich.«
»Das Verborgene zu erblicken? Oder bloß das Offenkundige zu sehen?«
»Nur zu sehen, Senher. Nicht mehr.«
Brian blickte zu dem Dorf hoch. Der Kahlköpfige hatte es mittlerweile erreicht und sprach auf einen Mann ein, in ihre Richtung deutend. Der Troubadour ging zu seinem Pferd und holte eine Decke hervor, die er dem Mädchen reichte.
»Wirf sie dir über. Ich werde dich bis Montpellier mitnehmen.«
Dann stieg er auf das Pferd und half dem Mädchen, hinter ihm auf der Kruppe des Tieres Platz zu nehmen.
»Du mußt die Hände um mich legen. Ich werde einen leichten Galopp reiten. Wir müssen den Trupp einholen.«
»Jene Ritter, die vorhin an mir vorübergeritten sind?«
»Ja.«
»Es waren Frauen unter ihnen.«
Brian lachte. »Du hast gute Augen für jemanden, der nur den Pranger vor sich sehen sollte.«
»Ist eine von ihnen die Eure?«
»Weshalb interessiert dich das?« fragte er, als das Mädchen ihre langen Arme um seinen Körper schlang.
»Ich will nicht wieder geschlagen werden.«
»Du wirst nicht geschlagen werden.«
Brian trieb sein Pferd zu einem leichten Galopp an, als das Mädchen rief: »Ihr habt etwas vergessen, Senher.«
»Was? Was habe ich vergessen?«
»Mich zu fragen, wie ich heiße.«

»Nun, in Gottes Namen, wie heißt du?«
»Saissa«, sagte das Mädchen.
Der Troubadour riß an den Zügeln, während das Pferd erschreckt zur Seite tänzelte, Wasser in einer Pfütze aufspritzen ließ und unruhig den Kopf auf und ab bewegte.
»Was ist, Senher?« fragte das Mädchen überrascht.
»Ich habe jemanden gekannt, der Saissa hieß«, sagte Brian, als er sie betrachtete.
»Eine Frau, die Euch nahestand?«
»Eine Frau, die ein Tor vor mir verschloß.«
»Ich bin anders«, sagte das blonde Mädchen.
Der Troubadour sah sie kurz stumm an, gab dann seinem Pferd die Sporen. Einen kurzen, flüchtigen, verrückten Augenblick lang glaubte er, daß es Gaelle sei, die sich an ihn klammerte. Dann rissen ihn der Wind und der Regen wieder in die Wirklichkeit zurück.

Domna Arnaude hatte bei Tisch nur mäßig dem Wein zugesprochen. Um so unverständlicher erschien es ihr, als sie eine halbe Stunde später ein sie beängstigendes, ein sie beinahe erstickendes Vernichtungsgefühl ergriff und nicht mehr verließ. Eine der jungen Edeldamen, die sich auf Parzié zur Ausbildung befanden, lief in aller Eile zu Uc, der seit dem Tod Guillems nur unweit der Domna schlief. Uc hatte nur einen Blick auf Arnaude geworfen und nach einem Brechmittel geschrien. Dann hatte er versucht, die Mundsperre der Domna zu lösen und den Blutkreislauf der immer schwächer und blasser werdenden Frau zu beleben und zu stützen. Als die Mädchen mit dem Medikament kamen, war Domna Arnaude bereits tot.
Uc ließ sanft ihren Kopf zu Boden gleiten, stand auf und betrachtete die Umstehenden, die Mägde, Miquel, Gui und die Domna Alpais, die kaum sichtbar lächelte. Es überraschte Uc nicht besonders, die Söldner mit eisernen, matt glänzenden Handfesseln auftauchen zu sehen. Der Vierschrötige zog seinen Dolch und warf ihn, schnell wie einen Pfeil. Einer der Söldner öffnete den Mund, erstaunt und ungläubig, griff sich an den Bauch, aus dem ein Schwall von Blut hervorquoll, und sackte stöhnend zur Seite. Uc hechtete zu den Handschellen, die den Händen des Mannes ent-

glitten waren, ergriff sie und schlug zu, rasch und mit aller Kraft. Der ihm am nächsten Stehende, der Senher Gui, Gatte der Alpais, sank mit gebrochenem Genick zu Boden, während der zweite Söldner aufschreiend nach vorne fiel, von neuem aufschrie, als das Gewicht seines Körpers seine abgewinkelten, gebrochenen Arme zu Boden preßte. Als ein Pfeil auf ihn abgeschossen wurde, warf sich Uc zur Seite. Der Pfeil streifte seine Schulter, und er spürte, wie ein Riß durch seinen Nacken und seinen Oberarm ging. Er lief zum Fenster und sprang. Er landete auf allen vieren, richtete sich auf und rannte im Zickzack quer durch den Garten, den Wehrgang hinauf.

Ein Söldner, der ihm mit gezogenem Schwert den Weg versperren wollte, wurde durch die peitschende, geschwungene Armfessel am Kopf getroffen. Uc zögerte nicht, als er die Brüstung erreicht hatte. Er stieg auf eine der Zinnen und sprang. Er tauchte in die Tiefe, hinunter in den Graben, der die Mauern umschloß. Sein Körper glitt aufspritzend in das Wasser und verschwand in der aufgewirbelten, blauschwarzen Dunkelheit.

Als Alpais, Miquel und die anderen den Wehrgang erreicht hatten, war keine Spur mehr von ihm zu erkennen. Obwohl die Mehrzahl von ihnen überzeugt war, daß er sich bei dem Sprung das Genick gebrochen haben müßte und seine Leiche am nächsten Tag aufgedunsen im Wassergraben treiben würde, gab die Domna Alpais Anweisung, die Wachen zu verdoppeln.

Dann befahl sie, daß ihr Mann und Domna Arnaude in demselben Saal aufgebahrt werden sollten, in dem auch Guillem gestorben war.

Die Fensterläden waren verriegelt, und der Wind, der durch die Ritzen des Holzes drang, bewegte kaum merklich die Dutzende von Kerzenflammen, die an der Seite der beiden Leichname brannten. Domna Alpais blickte einen Augenblick lang zu dem wächsernen Gesicht ihres toten Mannes hinab. Sein Kopf war zur Seite gedreht, bildete einen unnatürlichen Winkel zu seinem Körper, in der Pose des Gedemütigten. Sein halboffener, zertrümmerter Kiefer erschien ihr wie das Lächeln eines Dummkopfs, eines vergeblich nach Verständnis suchenden Narren.

Selbst im Tod wirkst du noch lächerlich, dachte Alpais. Selbst das Sterben hat dir keine Würde verliehen. Es war gut so, Gui. Es war gut, daß Uc gerade dich getötet hat. Es erleichtert vieles für mich und für meinen Sohn.
Sie blickte sich in dem Saal um. Dann strich ihre Hand über die blankpolierte Platte des Tisches, hielt plötzlich in der Einkerbung inne, die Guillems Dolch in dem Holz hinterlassen hatte, damals, als der Troubadour die Nachricht von dem Tod der Bauern gebracht hatte. Damals, als alles begonnen, damals, als ihr Glück seinen Anfang genommen hatte.
Die Leiche von Arnaude zeigte keine Spuren der Vergiftung. Die Magd, dachte Alpais. Die Magd, die Arnaude den Wein gebracht hatte. Man würde sie beseitigen müssen. Später. Später, wenn niemand mehr einen Zusammenhang vermutete.
Domna Alpais hätte gerne die Fensterläden geöffnet, um die Burg und das umliegende Land zu betrachten, das nun ihr gehörte. Warte, ermahnte sie sich. Warte. Du hast lange genug darauf gehofft. Du hast Zeit. Ein befreiendes Gefühl der Leichtigkeit und der Freude erfaßte sie. Ich habe es erreicht, dachte sie. Die mir im Weg gestanden hatten, sind tot oder auf der Flucht. Sie lächelte zufrieden, als sie sich daran erinnerte.
Es ist gut so. Es ist richtig so. Gott ist mit den Zupackenden. Gott streitet nicht für jene, die kraftlos oder nachgiebig sind. Gott ist mit den Starken.
Sie verließ den Saal.
Als sie in ihr Zimmer zurückgekehrt war, ergriff sie ein Stück Pergament und begann in lateinischer Sprache einen Brief an Ana de Ciornac zu verfassen. Wenn ihr bei der Niederschrift eine besonders elegante Wendung gelang, zeigte ihr Gesicht einen zufriedenen Ausdruck. Sie war stets stolz auf ihre Kunst des formvollendeten Schreibens gewesen.

Montpellier war eine bunte und reiche Stadt. Der Salz- und Tuchhandel, die Verbindungen mit Genua und Pisa, die über den Hafen von Lattes liefen, hatten ihr ein weltoffenes und großzügiges Gesicht verliehen.
Provençalen, Italiener, Juden, Mauren wickelten ihre Geschäfte mit

Normannen aus Sizilien oder Griechen aus Dyrrhachion ab. Ärzte aus Granada und Valencia hatten bedeutenden Ruf, ebenso wie die Philosophen und Kleriker, die neue, den Geist und die Phantasie erregende Texte von Plato und Aristoteles aus dem Arabischen ins Lateinische übersetzten. Montpellier lebte gerne, schätzte das Greifbare und das Sinnliche, war laut und ungestüm, war stolz auf seinen ungebrochenen katholischen Glauben und dabei hoffnungslos der Dichtung, dem Witz und dem Spiel verfallen. Eine Stadt mit einer beachtlichen Anzahl von Steinhäusern, einem Gewirr von Gassen, prächtigen Vorgärten und einem Dom, der an Bedeutung beinahe jenen von Toulouse erreichte.

Brian, Robert, Jaufre und Jordas hatten sich im Gasthof »Zu den drei Kronen« einquartiert.

Saissa hatte sich für Brian immer mehr zu einem Problem entwickelt. Den ganzen Weg nach Montpellier über war sie nicht von seiner Seite gewichen. Die Frauen hatten gelächelt, als sie es bemerkten, während Robert und Jaufre ihn mit einer Fülle von mehr oder weniger guten Scherzen bedachten.

Saissa hatte bei den Nachtlagern zu seinen Füßen geschlafen, hatte ihn angefaucht, wenn er sich selbst sein Essen bereiten wollte, war plötzlich verschwunden und wie aus dem Nichts mit einem erlegten Hasen aufgetaucht, den sie ihm mit Sorgfalt briet und mit allen wildwachsenden Kräutern, derer sie nur habhaft werden konnte, würzte. Sie brachte ihm Wasser, wenn er keinen Durst verspürte, betreute sein Pferd, bevor er selbst noch daran dachte, und achtete genauestens darauf, daß die Decken seines Nachtlagers sorgfältig gefaltet bereitlagen, lange bevor er noch den Wunsch hatte, sich zur Ruhe zu begeben.

Er winkte sie zu sich, als er in dem Schankraum des Gasthofes saß und seinen Wein trank. Auf sein Zeichen nahm das Mädchen ihm gegenüber Platz, die Hände züchtig übereinander auf den Tisch gelegt.

»Du mußt jetzt gehen«, sagte der Troubadour. »Wir haben Montpellier erreicht.«

Das Mädchen schüttelte den Kopf. »Ich werde bei Euch bleiben, Senher.«

»Ich werde dich davonjagen.«

»Ich werde Euch folgen wie ein Hund. Ich werde stets an Euren Fersen kleben.«
»Wie? Ich reite. Du läufst nur auf deinen langen, dürren Beinen die Straße entlang.«
»Meine Beine sind nicht dürr«, sagte das Mädchen zornig.
»Mag sein. Aber du wirst mir nicht folgen können.«
»Ich werde ein Pferd haben, wenn es notwendig sein sollte.«
Brian stellte seinen Becher abrupt auf dem Tisch ab. »Pferdediebstähle sind in Montpellier nicht gerne gesehen.«
»Ich habe keine Angst.«
»Die Gefängnisse hier sind feucht, schmutzig und voller Ratten.«
Das Mädchen schüttelte den Kopf, und ihr langes blondes Haar schwang in der Bewegung auf und ab. »Ich bleibe bei Euch, Senher.«
»Ich brauche deine Dienste nicht.«
Das Mädchen sah ihn an. »Woher nehmt Ihr nur diese Gewißheit, Senher?« fragte es leise.
Brian beugte sich vor. »Ich werde dich schlagen, Saissa.«
»Tut es. Wenn Ihr wollt.«
Brian atmete langsam und gedehnt aus. Dann schenkte er seinen Becher von neuem voll. »Ich bin nicht der Mensch, den du in mir zu sehen glaubst, Saissa.«
Das Mädchen lächelte kurz, kaum sichtbar. »Ich habe Euch längst erblickt, Senher. Ich habe Eure ganze Seele gesehen, bevor Ihr mich auf dieser Straße überhaupt bemerkt habt.«
»Deine Tiere haben dich viel gelehrt.«
»Ja, das haben sie«, antwortete Saissa.
»Weshalb tust du all das für mich?«
»Ihr habt mich vor dem Pranger und der Peitsche gerettet. Ich rette Eure Seele vor einer Dunkelheit, die sie verzehren will.«
Brian sah sie an und trank seinen Becher mit einem Zug leer.
»Sie war schöner als ich, nicht wahr?« fragte das Mädchen unvermittelt.
Der Troubadour musterte sie überrascht.
»Tausendmal schöner«, sagte er dann.
»Und dennoch muß ich ihr in etwas gleichen.«

»Weshalb? Weshalb, verdammt noch einmal?«
»Weil Ihr nicht alleine mich vor dem Pranger bewahren wolltet, sondern auch sie. Ich wußte vom ersten Augenblick an, daß Ihr mit mir auch ein Bild in Euch retten wolltet. Ein Bild, das nicht besudelt werden sollte.«
»Das alles hast du in meiner Seele erblickt?«
»Nein, Senher. Ich habe es in Euren Augen gesehen.«
»Hör zu«, sagte der Troubadour und legte seine Hand auf die ihre. Das Mädchen zitterte für den Bruchteil eines Augenblicks und zog die Hand zurück.
»Du darfst mich nie lieben«, sagte der Troubadour erschreckt, als er sie beinahe verstört ansah.
»Ich werde Euch nie lieben. Nie.« Die Stimme des Mädchens klang ruhig und sachlich.
»Versprich es mir.«
»Ich verspreche es bei meiner Seele.«
»Gut«, sagte Brian. »Gut.«
Er schenkte sich erneut einen Becher voll, betrachtete das Mädchen, das den Kopf gesenkt hatte, und trank dann in kleinen Schlucken. »Wir ziehen nach Venedig. Das ist eine beschwerliche Reise.«
»Das schreckt mich nicht, Senher.«
»Du wirst Flamena fragen, ob es für dich gut ist, daß du uns begleitest. Ihrem Urteil wirst du dich beugen.«
»Wie Ihr es wünscht, Senher.«
Brian beugte sich vor. »Du scheinst dir recht sicher zu sein, daß sie deiner Meinung ist.«
Das Mädchen hob den Kopf und suchte seinen Blick.
»Ich bin mir nur einer Sache sicher, Senher.«
»Welcher?«
»Daß ich Euch ganz gewiß an einem bestimmten Tag verlassen werde.«
»An welchem?«
»An dem Tag, an dem die Dunkelheit von Euch gewichen ist.«
Brian seufzte. »Geh und frage Flamena«, sagte er. Das Mädchen stand auf, nickte und ging zur Treppe, die zu den Unterkünften hinaufführte.

Brian sah ihr nach.
Verdammtes Haar, dachte er. Verdammtes blondes Haar.

Die Burg, die am Stadtrand von Montpellier stand, war aus Holz und Pappe.
Die jungen Burschen, die sie anläßlich des Liebesfestes angreifen würden, hatten Sturmleitern zur Verfügung, während die Mädchen mit Früchten und Nüssen bewaffnet die Zinnen und Wehrgänge verteidigten.
»Ich will dich nicht verlieren«, sagte Jordas.
»Du wirst mich nicht verlieren.«
Aude blickte zu den jungen Burschen, die den Mädchen zuwinkten, ihnen Kußhände zuwarfen, dann nach ihren Leitern griffen und zu einem erneuten Sturm auf die hölzerne Burg ansetzten.
»Du wirst mich so lange nicht verlieren, solange ich es dir gestatte, meine Farben zu tragen. So lange, Jordas, bist du mein Mann, mein òme.«
»Auch wenn du mit einem anderen schläfst?«
»Ich schlafe mit niemandem.«
»Noch nicht.«
Einer der Burschen hatte es geschafft, den Wehrgang zu erklimmen. Mädchenarme ergriffen ihn, hoben ihn hoch und warfen ihn seinen anstürmenden Freunden entgegen, die er mit sich ins Gras riß.
»Selbst wenn ich es eines Tages täte, bliebst du mein òme. Der Mann, zu dem ich zurückkehren werde.«
»Wann?«
»Wenn ich meine Farben mit den deinen austausche. Es wäre der Tag unserer endgültigen Verbindung. Der letzten, der einzigen, der untrennbaren.«
»Und ich?«
»Die Treue der Seele hat nichts mit jener des Körpers zu tun. Nichts, bis zu jenem Tag.« Sie schwieg einen Augenblick. »Du gefällst Estella sehr gut«, sagte sie. »Sie versteht sich nicht mit Pons.«
»Ich will sie nicht. Ich will dich.«
»Auf mich wirst du warten müssen, Jordas.«

»Solange es dir gefällt.«
»Beweise es. Beweise, daß du meine Farben zu Recht trägst. Beweise mir, daß du mein òme bist. Beweise es mir, indem du mir folgst.«
Die Verteidigung der lachenden, prustenden und schreienden Mädchen erwies sich als unerwartet hartnäckig. Auch jene vier Burschen, die den ersten hölzernen Wall genommen hatten, purzelten schließlich die buntbemalten Wände herunter.
»Ich konnte nichts für das, was geschehen ist.«
»Wenn du es weniger oft wiederholen würdest, hätte ich es leichter, Jordas.«
»Ich liebe dich, Aude.«
»Ich liebe dich auch, Jordas.«
»Aber ich werde warten müssen. Ganz gleich, was du tust.«
»Ja. Solange du mein òme sein willst.«
»Ist das Flamenas Idee?«
»Nein, Jordas. Es ist die einzige Lösung.«
Die jungen Männer griffen jetzt entschlossen von allen Seiten gleichzeitig an. Sie kletterten die Sturmleitern hoch, erklommen die Zinnen, umarmten und küßten, fielen mit den Mädchen zu Boden, besiegte Sieger, während die Zuschauer triumphierend aufschrien.

Der hochaufgeschossene Mann, der im Licht der Fackel an der Straßenecke stand, schien in beträchtlichen Schwierigkeiten zu sein. Von den beiden Männern, die ihn bedrohten, hatte der kleinere bereits sein Messer gezogen und auf den Hochaufgeschossenen gerichtet.
Die flache Klinge von Brians Schwert schlug kurz und hart auf den Unterarm des Mannes, dessen Dolch mit einem schleifenden Geräusch über das unebene Steinpflaster der Straße glitt. Der kleine Mann schrie auf und hielt sich den schmerzenden Arm. Sein Freund, ein rundschädeliger Riese, der ebenso breit wie hoch wirkte, zischte einige Worte in einer slawischen Sprache und wollte mit ausgestrecktem Arm einen Schritt in Brians Richtung machen.
»Ich würde es nicht tun«, sagte der Troubadour. »Ich würde nicht versuchen, mich anzugreifen.«

»In was, zur Hölle, mischst du dich da ein?« schrie der Kleine.
»Montpellier ist eine saubere Stadt. Nicht allzuviel Dreck und Unrat auf den Straßen. Eine Leiche würde seine Lieblichkeit zerstören.«
»Der Mann hat betrogen«, zischte der Riese in gebrochenem Provençalisch.
»Dieser Hurensohn hat gezinkte Würfel verwendet.« Der Kleine hielt sich noch immer den Arm und wies mit gestreckten Fingern auf den hochaufgeschossenen Mann.
»Hast du das?« fragte Brian den Clericus vagantus, der ihn und Gaelle ein Stück des Weges von Toulouse nach Narbonne begleitet hatte.
»Es könnte sein, daß durch Gottes Wille einer der Würfel leicht abgefeilt war«, antwortete der Clericus nachdenklich. »Aber nicht sehr, Senher. Kaum der Rede wert.«
»Bei Gott, dieses Schwein gehört an seinen Hoden aufgehängt! Gehäutet und in siedendes Öl getaucht!«
»Wieviel hast du ihnen abgenommen?« fragte Brian.
Der Clericus seufzte. Dann zog er seine Börse und entnahm ihr einige Münzen. Er reichte sie Brian. Der Troubadour ließ sie in den Schmutz der Straße fallen.
»Ihr könnt sie euch nehmen, wenn wir gegangen sind.«
Der Kleine sah Brian haßerfüllt an.
»Und jetzt läßt dein ausländischer Freund auch noch sein Messer fallen. So beeindruckend es ist, ich würde es ungern im Rücken spüren, wenn wir euch verlassen.«
Der Riese blickte zu dem Kleinen hin, der, die Lippen zusammengepreßt, nickte.
»Heb die Dolche auf, Clericus. Und leg deine Börse zu den Münzen.«
»Weshalb, Senher?« Die Stimme des hochaufgeschossenen Mannes war vor Verblüffung höher und heller geworden.
»Weil wir anständige Bürger sind, companho. Wir zahlen für die Waffen. Wir leisten Schadenersatz für eine Verletzung, die wir zugefügt haben.«
»Mit meinem Geld?« Nun flüsterte der Clericus in beinahe stimmlosem Entsetzen.

»Mit welchem sonst, du Mann Gottes?«
Der Clericus murmelte etwas Unverständliches, hob die Dolche auf und legte seinen mageren Geldbeutel zu den Münzen, die auf dem Kopfsteinpflaster lagen.
»Und jetzt behüte euch Gott«, sagte der Troubadour.
»Fahrt zu allen Teufeln«, sagte der Kleine, während ihnen der Riese etwas Unverständliches zuschrie.
»War das ein Gebet?« fragte Brian, der die beiden rückwärts schreitend im Auge behielt.
»Ich weiß es nicht«, sagte der Clericus unsicher. »Ich bin mit der orthodoxen Liturgie nicht allzusehr vertraut.«
Als sie etwa zwanzig Schritte hinter sich gebracht hatten, faßte Brian den Clericus am Arm. »Lauf!« sagte er.
»Weshalb?«
»Lauf, du verdammter Idiot!«
Sie rannten die engen Gassen entlang, während sie in der Ferne Schreie und das Klirren von Waffen vernahmen. Als sie den Gasthof erreicht hatten, stieß Brian den Clericus in den Schankraum. Der Troubadour blieb kurz an der Türe stehen, horchte und nickte befriedigt.
»In dieses Viertel werden sie nicht kommen.«
»Zu wem gehören diese Lämmer des Herrn?« Der Goliarde rang nach Atem, und seine Worte kamen stoßweise und abgehackt.
»Zu einer Straßenbande, Clericus. Du hast es fertiggebracht, dich mit den Halsabschneidern eines ganzen Stadtteils von Montpellier anzulegen.«
Der Clericus erblaßte. »Das ist keine Welt für einen ehrlichen Betrüger«, sagte er.
Sie nahmen an einem der Tische Platz. Brian wartete geduldig, bis der Clericus zwei Becher Wein getrunken und sein Gesicht wieder Farbe gewonnen hatte.
»Was machst du in Montpellier?«
Der Clericus zuckte mit den Achseln. »Für einen Goliarden ist eine Stadt wie die andere. Montpellier oder Narbonne? Die Schenken sind überall gleich, und die Mädchen ähneln einander zum Verwechseln.«
»Du solltest mir danken, Freund. Ich habe dein Leben gerettet.«

»Und meine Börse zuchtlosen Dieben und verworfenen Zuhältern geschenkt.«
»Es war eine schmale Börse.«
»Für mich war sie prall genug.« Der Clericus blickte ihn traurig an.
Brian lächelte und bestellte frischen Wein. »Wie heißt du?«
»Rocas.«
»Und sonst?«
Der Clericus schüttelte den Kopf. »Nur Rocas. Das genügt mir, und das genügt aller Welt.« Er nippte an seinem Wein. »Und wohin zieht es Euch, Senher?« fragte er.
»Nach Venedig.«
Rocas blickte ihn überrascht an. »Ihr gehört dem Trupp Robert de Bantracs an?«
»So ist es.«
Der Clericus nahm den Becher mit Wein, den der Wirt gebracht hatte, umfaßte ihn mit beiden Händen und blickte auf seinen Inhalt, als könne er in ihm lesen.
»Ihr braucht einen Knappen, Senher«, sagte er dann. »Unbedingt.«
»Nein«, sagte Brian freundlich. »Ich brauche keinen. Und schon gar keinen, der dir ähnelt.«
»Ich war bereits in Venedig, Senher. Ich kenne die Stadt so gut wie jeden einzelnen Floh in meinem Überrock.«
»Wie lange warst du dort?«
»Zwei Jahre.«
»Und weshalb bist du fort?«
Der Goliarde zögerte. »Es gab Unstimmigkeiten«, sagte er dann.
»Ein abgefeilter Würfel?«
»Ein gehörnter Ehemann.«
Brian schüttelte den Kopf. »Dann ist es besser, du siehst Venedig nicht wieder.«
»Hört zu, Senher«, sagte Rocas mit eindringlicher Stimme. »Ich werde mir einen Bart stehenlassen, wie Ihr. Kein Mensch wird mich wiedererkennen. Weiß Gott, Senher, ich kann Euch mehr als nützliche Dienste erweisen. Ich kenne Genua, Parma, Padua. Ich weiß um die sichersten Wege quer durch Savoyen und durch die

Lombardei. Ich spreche einige der italienischen Dialekte so gut, daß kein Mensch mich von einem Einheimischen unterscheiden könnte.«

»Nein«, sagte Brian.

»Wenn Euch das noch nicht genügt, kann ich Euch noch Griechisch lehren, Senher. Es gibt keine hundert Menschen im ganzen Abendland, die es in Schrift und Wort beherrschen.«

»Was soll ich mit Griechisch, Rocas?«

»Ihr wart doch schon in Outremer. Ihr müßt wissen, welchen Vorteil Euch die Kenntnis dieser Sprache in Kilikien oder Palästina bietet.«

»Wo hast du es gelernt, companho?«

»Als junger Mann war ich zwei Jahre lang im Dienst einer schönen griechischen Kaufmannswitwe, die in Nîmes eine große Fakturei besaß. Die junge Witwe war ebenso gebildet wie heißblütig, und wie das Schicksal es wollte...«

»Spar dir den Rest, Rocas.«

Der Clericus zuckte mit den Achseln. »Wie Ihr wünscht. Ihr verpaßt allerdings den besten Teil der ganzen Geschichte.«

Brian sah ihn schweigend an. »Was wäre die Gegenleistung, mein getreuer Sohn des Golias?«

»Verpflegung und Unterkunft. Ein kleines Handgeld.«

»Wie klein?«

»Ihr bestimmt es.«

»Weshalb willst du die Occitanie verlassen, Rocas?« fragte Brian. In seiner Stimme schwang mäßige Neugier.

Der Clericus schwieg kurz. »Ich werde älter, Senher. Ich will mein Leben nicht eines Tages als sterbender Bettler an einem Straßenrand beschließen. Vielleicht gibt es in Outremer doch einen Schatz. Einen Schatz, der sogar auf einen armen, herrenlosen Hund wie mich wartet.«

»Die Lepra, wahrscheinlich.«

»Vielleicht. Vielleicht aber auch anderes. Alles ist besser, als arm zu sein. Alles ist besser, als ohne Hoffnung langsam alt und gebrechlich zu werden.« Er trank aus seinem Becher. »Senher, wie viele dieser Kreuzfahrer beherrschen wohl das Griechische?« fragte er, als er sich mit dem Handrücken über den Mund wischte.

»Kein einziger, denke ich.«
Der Goliarde blickte auf. »Im Osten spricht man es. Neben dem Arabischen. Könnte mir nicht allein diese Fertigkeit zu Reichtum und Ansehen verhelfen?«
Brian schwieg.
»Kannst du einem Mädchen Lesen und Schreiben beibringen?« fragte er dann.
»Ich kann jedermann Lesen und Schreiben lehren.«
»Wie lange wirst du dazu brauchen?«
»In Genua liest sie wie eine Äbtissin. In Venedig schreibt sie wie Blanca von Kastilien.«
»Ich will, daß du dich um dieses Mädchen kümmerst. Ich will, daß sie die Grundbegriffe der Arithmetik und der Rhetorik beherrscht. Ich will, daß du sie in höfischem Benehmen unterweist.«
»Nichts lieber als das, Senher. In drei Monaten könnt Ihr sie nicht mehr von der Tochter eines Grafen unterscheiden.«
Brian neigte sich vor.
»Wenn du sie schlägst, peitsche ich dich eigenhändig von hier bis Alexandria.«
Rocas hob abwehrend die Hand, wollte zum Sprechen ansetzen, als Brian sein Handgelenk umfaßte und es auf den Tisch preßte.
»Wenn du sie berührst, kastriere ich dich und hänge dich bei lebendigem Leib an einem Metzgerhaken auf, Goliarde.«
»Seid ohne Sorge, Senher«, sagte der Clericus. »Wegen eines kleinen Mädchens werfe ich nicht eine große Hoffnung über Bord.«
Brians Haltung entspannte sich. Unvermittelt lachte er.
»Ich sollte einen Orden gründen. Für kleine Hexen, Diebe, Falschspieler und Bastarde. Den Orden des Meisters vom Heiligen Gelichter.«
Der Goliarde lächelte nicht, als er antwortete. »Ihr findet sie, weil sie Eure wahren Brüder sind, Senher. Nicht die Mächtigen in ihren damastenen Roben.«
»Wir brechen in zwei Tagen auf«, sagte der Troubadour unvermittelt.
»Ich werde hier sein.«
»Deine Würfel, Rocas.«
»Mein Geld, Meister.«

Brian lachte von neuem und reichte ihm einige Münzen, während Rocas die Würfel auf den Tisch legte.
»Ihr werdet es nicht bereuen, Meister«, sagte der Clericus.
»Gut.« Als der Goliarde sich abwenden wollte, rief ihn Brian noch einmal zu sich. »Du hast dich nicht nach der blonden Frau erkundigt, die mich auf dem Weg nach Narbonne begleitet hat.«
Rocas sah ihn an. »Das war nicht nötig, Meister.«
»Weshalb?«
»Ihr tragt das Licht nicht mehr in Euch, Senher«, antwortete der Goliarde, bevor er Brian freundlich zunickte und die Schenke verließ.

Es war ein reisender Kaufmann, der ihnen, einige Meilen von Marseille entfernt, von den Ereignissen in Parzié berichtete. Sie hatten um ein Feuer gesessen, als der Kaufmann auf die Tragödie der Domna Arnaude zu sprechen kam. Er schilderte ihren schnellen, schmerzhaften Tod, die spektakuläre Flucht Ucs und daß die verehrte Domna Alpais Ana de Ciornac nun in ihren Ansprüchen auf Gedevan unterstützte, jetzt, da der natürliche Erbe Jordas durch seinen Mord an dem Senher de Parzié jedes Anrecht auf seinen Besitz verwirkt hatte.
Der Kaufmann war von seiner Schilderung dieser aufsehenerregenden Ereignisse so eingenommen, daß er das Schweigen, das sich rund um ihn ausgebreitet hatte, nicht bemerkte. Mit vor Aufregung gerötetem Gesicht berichtete er, daß es wohl ein mehr als kluger Schachzug der Domna Alpais gewesen sei, Gedevan Ana zuzuspielen, bevor noch der Graf die Besitzungen als Hausgut der Herren von Toulouse einziehen konnte. Ana sei in diesem Landstrich katharischer Senher hoffnungslos isoliert und würde wohl kurzfristig zur Vasallin der Domna von Parzié herabsinken. Andererseits, meinte er, sei die Loba, diese Wölfin, als rücksichtslose und gefährliche Person bekannt...
»Du solltest endlich schweigen«, sagte Brian, als er ihm die Hand auf die Schulter legte. Der Kaufmann sah erstaunt in die Gesichter um sich herum, die ihn feindselig, entsetzt, steinern oder auch nur verlegen und betrübt betrachteten.
»Ich wußte nicht...«, sagte er noch, bevor er sich verlegen räus-

perte und dann auf seine ineinander verschränkten Hände herabsah.
Es war Aude, die plötzlich aufsprang und davonlief, während Jaufre Jordas, der sich erheben wollte, zurückhielt und ihm etwas zuflüsterte. Jordas blickte den Dunkelhaarigen stumm an, wandte sich Brian zu, der kaum merkbar den Kopf schüttelte.
Schließlich erhob sich Robert de Bantrac und ging dem Mädchen nach. Der Blick von Jordas folgte ihm, bis der Normanne nur mehr ein verschwimmender Punkt in der Finsternis war.

»Ein schöner Himmel. Voll von leuchtenden Sternen.«
Aude wies nach oben, hinauf zu diesem südlichen Firmament, das sich in dieser mondlosen Nacht klar und deutlich über ihnen ausbreitete.
»Ja«, sagte Robert.
»Ein toter Himmel. Ein Himmel ohne Gnade.«
»Manchmal. Manchmal scheint es so.«
Aude wandte sich ihm zu. »Warum mußte meine Mutter sterben? Warum auf diese Weise?«
»Ich weiß es nicht«, sagte der Normanne.
»Warum gerade sie?«
»Es gibt viele Antworten ...«
»Aber keine würde mir helfen.«
»Nein. Keine würde dir helfen.«
Es war das erste Mal, daß sie einander duzten, und keiner von ihnen beiden schien es zu bemerken. Das Mädchen schwieg und schüttelte dann den Kopf.
»Nein«, sagte es, »ich hätte Parzié nie verlassen dürfen.«
»Es hätte nichts geholfen. Alpais hätte auch dich getötet.«
»Ich wünschte, ich wäre tot«, sagte das Mädchen. »Ich wünschte, es hätte nie ein Leben für mich gegeben.«
»Sag das nicht.«
»Weshalb nicht? Was ist an diesem Leben denn so wundervoll? Daß Haß und Verbrechen, Gier und Zerstörung diese Welt beherrschen? Daß die erbärmlich sterben müssen, die Mut und Ehre besitzen? Daß jene lächelnd triumphieren, die Mord und Fäulnis in sich tragen?«

»Es ist nicht immer so.«

Das Mädchen fuhr zu ihm herum. »Bei mir ist es zum Gesetz geworden. Nicht Gott, der Tod erschafft mein Leben.«

»Hör zu, Aude. Niemand will dir deine Trauer rauben...«

»Dann laß sie mir. Sie und den Zorn und die Bitterkeit.«

»Niemand von euch beiden trägt Schuld, Aude. Nicht du und nicht Jordas.«

»Gibt er mir die Toten zurück, Robert de Bantrac!«, schrie das Mädchen.

»Gibt irgend jemand jemandem die Vergangenheit zurück, Aude de Parzié?«

Das Mädchen wollte antworten, machte eine beinahe hilflos wirkende Handbewegung und wandte sich dann ab.

»Hör mir zu, Aude«, sagte Robert. »Uc wollte dich in Sicherheit wissen. Deshalb hat er Jordas zur Flucht verholfen. Deshalb hat er sich nicht dagegen gestemmt, daß du ihm gefolgt bist.« Robert trat nahe zu ihr heran. »Du solltest überleben, Aude.«

»Du liebst mich, Robert, nicht wahr?« sagte das Mädchen nach einem Augenblick des Schweigens.

»Ja. Ich liebe dich.«

»Das solltest du nicht tun. Ich kann dir nur Haß bieten. Meine Verzweiflung und den ekelhaften Wunsch, den eigenen Tod zu spüren.«

»Dann gib mir deinen Haß. Gib mir deine ganze Hoffnungslosigkeit.«

»Wozu?«

»Ich bin stark genug, um sie zu tragen. Ich habe keine Angst vor ihnen.«

Das Mädchen sah ihn an. Ein Schatten im Dunkel.

»Du könntest mich jetzt haben«, sagte Aude. »Es wäre mir gleich.«

»Ich will mehr.«

»Was ist dieses Mehr?«

»Sehnsucht.«

»Wonach?«

»Sehnsucht. Einfach nur Sehnsucht.«

»Du wirst sie nicht bekommen.«

»Doch. Eines Tages wirst du sie mir geben. Eines Tages wirst du sie mir schenken.«
»Es ist alles vorbei, Robert.«
»Nein«, sagte der Normanne. »Es hat erst begonnen.«
Aude blickte zum Himmel auf.
»Verflucht seist du, Gott«, sagte sie.

Aus dem Diarium des Herrn von Guzman genannt DOMINIKUS

Ich glaube nicht an den Sinn der Kreuzzüge. Sie erscheinen mir wie ein Abbild dieser Sünde der Vermessenheit, die meint, alle Wahrheit in ihren Händen zu halten. Ich glaube nicht an die Unfehlbarkeit eines Menschen, mag er auch Abt, Bischof oder Papst sein. Ich glaube nur an die Ewigkeit der Heiligen Katholischen Kirche.
Wir wissen nichts. Wir wissen nicht, weshalb wir geboren wurden, wir wissen nicht, weshalb wir leben, und wir wissen nicht, weshalb wir sterben.
Und dennoch dünken wir uns Riesen, wir, die wir nur als kurzlebige Funken in einer unbegrenzten Ewigkeit erscheinen, Sternschnuppen eines Augenblicks gleichend, die in die Dunkelheit des Alls zurückfallen, verloren scheinbar und für alle Zeiten entschwunden, würde uns nicht letztlich die Gnade und die Güte Gottes vor all dieser Finsternis retten.
Welch eine Ratlosigkeit hat mich befallen, seit ich die Occitanie betreten habe. Welch eine Verwirrung. Nur der unerschütterliche Glaube an die Wahrheit und die Stärke der Heiligen Katholischen Kirche ist noch mein letzter, mein unverrückbarer Halt.
Ich will zu ihrem Schwert werden. Einem Schwert der Liebe, einem Schwert der Sonne. Sonnenschwerter sollen der Erde den Frieden bringen. Sonnenschwerter sollen jenes Band zerschlagen, das die Zwietracht und den Haß an die menschliche

Natur kettet. Liebend im Licht des Tages die Helligkeit der Seelen zu erwecken, dies sollte unser einziges zu erstrebendes Ziel sein.
Gott bewahre uns vor dem Irrtum der Zerstörung aus reinem und gutem Glauben, vor der Verfolgung unseres Nächsten aus dem Geist unserer vermeintlichen Makellosigkeit. Gott bewahre uns vor diesem Irrtum. Gott bewahre uns davor auf ewige Zeiten.

12. Kapitel

VENEDIG
März 1202 bis März 1203

Es war Ende des Monats März im Jahre 1202, als der Trupp Brians Venedig, die Stadt der Hunderte Brücken, der Dutzende Inseln und der unzähligen, verschlungenen Wasserarme und Kanäle erreichte.
Ihre Pferde hatten sie in einem Stall am Rande der Küste versorgt und den Großteil ihres Gepäcks in einem Gasthof gelassen, dessen Besitzer, ein munterer Slawone, auf das beste mit Rocas befreundet zu sein schien. Dann waren sie zum Kai gegangen und hatten eine der vielen Fähren genommen, die Reisende nach Venedig übersetzten. Die Stadt atmete das Meer, aber leichter, eindringlicher und ungestümer als Narbonne oder Marseille. Eine buntfarbene Stadt auf verstreuten Inseln, die im Sonnenlicht, das mit feinem, zerstäubtem Silber vermischt schien, reich und mächtig aus den Wellen herausragte, ein vor Anker gegangenes Schiff, voll von Türmen, von Holz und von Stein, voll von großen Träumen und voll von berechnenden Begierden.
Der Clericus, dessen Gesicht mittlerweile von einem malerischen Bart umrahmt war, hatte sie durch das Gewirr der Gassen geführt, hatte im venezianischen Dialekt – weich, geschmeidig und unvermittelt von harten Worten durchbrochen – bunte Boote für sie gemietet, als die Gassen zu Ende waren und nur mehr die Lagunenarme graublau im hellen, perlmuttfarbenen Licht dieser Stadt vor ihnen lagen.
Sie wurden den Großen Kanal entlanggerudert, bewunderten, verblüfft, beinahe sprachlos das Gewirr von Barken, Galeassen,

Fischerbooten, Koggen, Luxusgondeln, Frachtschiffen und Galeeren, die mit bunten Segeln, in wirrem Durcheinander den Markt von Rialto, die Kais der großen Handelshäuser oder jene des Arsenals ansteuerten.
»Nun«, sagte Rocas, »wie gefällt es euch?«
»Es ist prachtvoll«, antwortete Marti.
»Der richtige Ausgangspunkt für einen Kreuzzug«, meinte Flamena ironisch.
»Der richtige Ausgangspunkt für alles«, antwortete Jaufre, während er versuchte, sich jedes Detail einzuprägen.
Als ihre Boote am Markusplatz angelegt hatten, führte sie Rocas zu einem in einer Seitenstraße gelegenen Gasthof. Sie waren unterwegs von einem Trupp von Kreuzfahrern aus der Champagne aufgehalten worden, die trinkend und singend mit ihren Mädchen vor der Basilika gestanden hatten, während die Venezianer sie spöttisch betrachteten und ihnen allen in weitem Bogen auswichen.
Es wunderte Brian nicht, daß Venedig den Transport des Kreuzfahrerheeres an sich gerissen hatte. Diese Stadt war das Tor des Abendlandes zu allen großen Handelszentren des Ostens und Westens. Venedig hatte seine Vertreter, seine Faktoreien, seine Gesandten in Italien, Dalmatien, Konstantinopel, Alexandria, Akkon, Narbonne, Barcelona und Toulouse. Die venezianischen Handwerker waren berühmt für ihre Erzeugnisse, die Stadt ein Umschlagplatz für den Gewürzhandel und für jenen mit Luxusgütern. Im Arsenal wurden an die zehntausend Menschen beschäftigt, die neue Schiffe bauten oder alte überholten. Dreißigtausend Matrosen bildeten die Mannschaften der beinahe zweitausend Kriegs- und Handelsschiffe. Galeeren wurden von Freien gerudert, harten, stolzen, zähen Männern, die auch zu kämpfen verstanden, wenn die Umstände es erforderten. Venezianische Kaufleute waren auf jedem Markt zwischen Antiochia und Brügge zu finden, machten unparteiisch Geschäfte mit Christen und Ungläubigen, jagten mit Begeisterung und mit großem Geschick dem Abenteuer, der Gefahr und ihren beträchtlichen Gewinnen nach. Es war eine unglaubliche Stadt, fand Brian, eine Stadt, die dem Abbild einer schemenhaften Wahrheit und des Unwirklichen glich. Sie erweckte bei ihm den Eindruck, als sei sie gerade jetzt, über Nacht, wie ein zwiespäl-

tiger Traum den letzten, den tiefsten Tiefen des Meeres entstiegen.

Als Brian sich zum Haus des Vittorio Belonna begab, sah er an den Kais Schiffe anlegen, die groß wie Häuser waren, mit Masten höher als Türme, Bergen gleichend, die wunderlicherweise auf dem Wasser schwammen. Schiffe, die Wein nach England brachten, Honig nach Rußland, Safran, Öl, Leinwand nach Palästina, Persien und Arabien, Holz nach Ägypten und Griechenland.

Brian blieb stehen und betrachtete das Andockmanöver eines Frachtschiffes. Es näherte sich dem Quai, als würde es daran zerschellen, als plötzlich die letzten Segel eingeholt wurden, das Schiff an Fahrt verlor und mit einer leichten Wendung nur wenige Meter entfernt vor dem Kopfsteinpflaster, auf dem er stand, schaukelnd zur Ruhe kam. Sein Bug ragte wie der anderer verankerter Frachter weit über den Pier hinaus. Als Brian weiterging und nach oben blickte, sah er abwechselnd die Sonne und mit Muscheln und Seetang bedecktes Holz, so als schritte er unter dem hölzernen, zerschnittenen Dach eines bizarren Tempels, der dem Licht und dem Meer zu gleichen Teilen geweiht zu sein schien.

Venedig war Leben, war voller Leben. Vielleicht war Venedig auch ein wenig wie das Leben selbst. Prachtvoll und wunderbar, tödlich und ohne Erbarmen. Urmenschliches, das mit jedem Morgen dem Ursprung allen Seins entstieg.

Meergeborenes.

Gedanken von Delphinen und Haien.

Vittorio Belonna begrüßte Brian herzlich. Er war ein mittelgroßer, rundlicher Mann, mit lebhaften Gebärden und der Freundlichkeit eines alten, vertrauten Bekannten.

»Baruch hat mir Euer Kommen bereits angekündigt, Senher«, sagte er, als er vor Brian den Gang entlangging. »Es ist alles vorbereitet. Ihr werdet zufrieden sein.«

Er ließ Brian in sein Comptoir eintreten. Es war ein luftiger, heller Raum mit spitz zulaufenden Bogenfenstern, von denen aus man das Weißblau der Lagune, die Vielzahl der Barken und Frachter und die scheinbar auf dem Wind dahingleitenden Möwen erblicken konnte, die den Schiffen einzeln oder in Schwärmen folgten.

Brian nahm dem Kaufmann gegenüber Platz.
»Wieviel Geld wird mir zur Verfügung stehen?«
»Die jüdische Gemeinde von Narbonne hat tausend kölnische Silbermark für Euch bereitstellen lassen.«
»Eine beträchtliche Summe.«
»Baruch meinte, daß Ihr sie brauchen werdet.« Belonnas Finger glitten sanft und geschmeidig über ein kostbar geschnitztes Tintenfaß.
Brian zuckte mit den Schultern. »Vielleicht. Ich kann die Situation noch nicht einschätzen.« Er blickte Belonna interessiert an. »Warum seid Ihr der Mittelsmann? Warum niemand aus der jüdischen Gemeinde von Venedig?«
Belonna lächelte. »Senher, Ihr seid ein Kreuzfahrer. Wenn Ihr Euch öfter und in freundlicher Absicht im Judenviertel sehen ließet, würde dies ebensoviel Verblüffung und Verwunderung auslösen wie ein kaiserlicher Gesandter, der den Dogen ans Bein pinkelt.«
»Ihr sprecht eine überaus blumige Sprache, Signore Belonna.«
Der Venezianer grinste. »Nicht blumiger als ein Provençale.« Er nahm seine Hände vom Tintenfaß, faltete sie über seinem Bauch und lehnte sich in seinem Stuhl zurück. »Natürlich nehme ich an, daß dieses Geld jüdischen Interessen dienen soll. Weshalb sonst sollte Baruch eine solche Summe einem Kreuzfahrer überweisen?«
Belonna blickte zu der mit Fresken bemalten Decke des Raumes auf.
»Vielleicht habt Ihr die Aufgabe, die Interessen der jüdischen Gemeinden in der Levante zu wahren? Vielleicht...«
»Ich habe die Aufgabe, dafür zu sorgen, daß während des Kreuzzuges keine Ausschreitungen gegen Juden stattfinden.«
»Wunderbar. Vorzüglich.«
Belonna riß seinen Blick von dem Bild einer Hundemeute los, die an der Decke einen verwundeten Hirsch mit großen, braunen Augen jagte.
»Sehr menschlich. Aber es ist nicht meine Aufgabe, dies zu wissen, Senher.«
»Ihr sagt es, Signore.«
»Wem wollt Ihr dann dieses Geld zukommen lassen?«

»Bestechlichen Priestern und käuflichen Baronen.«
»Die ihre Liebe für die Juden entdecken werden?«
»Die unsere Ritter daran erinnern, daß sie das von Gott erwählte Volk sind.«
Das müßte für diesen lächerlichen Spitzel des Dogenpalastes reichen, dachte Brian. Dies müßte genügen.
»Wollt Ihr mir nun die Anweisungen geben, Signore Belonna?«
Der Venezianer schreckte auf, als würde er aus seinen Gedanken gerissen. Er griff zu einer Kassette und blätterte Brian fünfundvierzig mit Tinte beschriebene Papierscheine auf den Tisch.
»Das sind nur neunhundert Silbermark«, sagte der Troubadour.
»Der Rest ist meine Gebühr, Senher.«
»Ein Zehntel?«
»Ermeßt daran meine Bescheidenheit, Senher de Martial.« Belonna lächelte abermals. »Ich hätte auch ein Drittel verlangen können.«
»Ihr seid ein wahrer Christ, Signore.«
»Nein. Nur ein Kaufmann, der mit Baruch auch weiterhin Geschäfte machen möchte.«
Brian befühlte das Material der Geldanweisungen. »Woher habt Ihr das?«
»Das ist Papier, Senher.«
»Ich kenne es.«
»Es kommt aus Spanien. Mein Haus importiert es seit über fünf Jahren aus Sevilla.«
»Ich werde bei Euch vorbeischauen und mich damit eindecken, Signore.«
»Ihr ehrt mich, Senher.«
Als Brian aufstehen wollte, sprach der Venezianer mit schneller Stimme: »Baruch läßt Euch noch etwas ausrichten, de Martial. Er hat hinzugefügt, daß es ihm und Esther sehr leid tue.«
»Was?« fragte Brian langsam. »Was tut ihm leid?«
Das Gesicht des Venezianers wirkte plötzlich traurig und betreten, während der Ausdruck seiner Augen voll des Spottes und der Ironie blieb.
»Eine Dame Gaelle de Vidars hat geheiratet, Senher. Baruch meinte, daß Ihr sie kennen müßtet.«

»Ja. Ich kenne sie«, sagte Brian.
»Ihr Mann ist ein gewisser Bernatz de Couerlas. Ein Senher aus dem Gebiet des Minervois.«
»Nahe Béziers. Sie hatte es immer vor.«
»Wunderbar«, sagte Belonna. »Dann wird es Euch wohl nicht allzusehr schmerzen, Senher, es jetzt zu erfahren.«
Brian sah ihn an.
»Ihr seid einer der klügsten Menschen, die mir je begegnet sind, Signore.«
»Nicht doch«, sagte der Kaufmann, wandte den Kopf zur Seite und winkte mit der Hand ab. »Nicht doch.«
»Ihr erlaubt, daß ich Euch nun verlasse, Signore Belonna?«
Der Venezianer stand auf, lebhaft wie stets, lächelnd und voll der Ehrerbietung. Er geleitete Brian zur Tür.
»Ich hoffe, Euch wegen des Papiers wiederzusehen, Senher. Es ist von bester Qualität.«
»Ich hoffe auch inständig, Euch wiederzusehen, Signore.«
Als Brian die Treppe hinunterschritt, blieb Belonna am Geländer gelehnt stehen und sah ihm nach.
»Bestecht die richtigen Leute, Senher, und Eure Welt wird zu einem einzigen Tal des Friedens werden.«
Brian blieb kurz stehen und drehte sich um. »Meint Ihr?«
»Ja«, sagte der Venezianer, und zum ersten Mal zeigte sich ein Anflug von Ehrlichkeit in seinem Gesicht. »Das meine ich wirklich.«

Als Brian den Gasthof erreicht hatte, winkte er Saissa zu sich. Das Mädchen betrachtete ihn mit ihren großen Augen, kurz, abschätzend, und folgte ihm dann auf sein Zimmer.
»Nimm«, sagte Brian und reichte ihr das Päckchen mit den Geldanweisungen. »Nimm und versteck das.«
Das Mädchen griff nach dem schmalen Bündel Papier und verbarg es tief im Ausschnitt ihres Kleides. »Was ist das?«
»Geld«, sagte der Troubadour. »Sehr viel Geld.«
Er ging zu den angelehnten Fensterläden und stieß sie auf. Rufe, Lärm und das rosabläuliche Licht eines venezianischen Abends drangen in das Zimmer. »Warum gebt Ihr es mir?« fragte Saissa.

»Weil du der einzige Mensch auf dieser Welt bist, dem ich vertraue.«
Er ging zu dem Zuber mit Wasser, zog sein Hemd aus und schüttete sich Wasser über Gesicht und Körper.
Das Mädchen errötete. »Und Jaufre? Flamena?«
»Dir vertraue ich am meisten, Saissa. Gott allein weiß, warum.«
»Ich werde das Bündel an meinem Körper festbinden.«
»Tu das«, sagte Brian und ließ sich auf das Bett fallen.
»Ihr solltet Eure Stiefel ausziehen, Senher. Sie sind schmutzig.«
»Vieles in dieser Welt ist schmutzig.«
»Mag sein. Nur diese schmutzigen Stiefel, Senher, befinden sich in Eurem eigenen Bett.«
Der Troubadour hatte die Augen geschlossen. »Saissa«, sagte er leise und freundlich. »Saissa, laß mich in Frieden.«
»Nein«, antwortete das Mädchen. »Das werde ich ganz gewiß nicht.«
Sie hockte sich am Bettrand nieder und begann an seinen ledernen botas zu zerren. Brian hob den Fuß an und streckte ihn aus.
»Ich hätte dich dem Pranger überlassen sollen.«
»Und meinen Tieren.«
»Und deinen verdammten Tieren.«
Saissa nahm die beiden schmutzigen botas und lehnte sie an eine Wand des Zimmers. Dann stieg sie in das Bett und kniete sich neben Brian auf der Matratze nieder.
»Du sollst jetzt gehen, Saissa. Du hast gewonnen. Du hast meine Stiefel siegreich erobert.«
Brian öffnete die Augen und sah das blonde Mädchen an. Saissa erwiderte seinen Blick. Zum ersten Mal bemerkte Brian die kleinen, goldgelben Punkte in ihrer Iris.
»Eine Frau hätte es leichter, Senher. Sie würde weinen«, sagte das Mädchen schließlich.
»Worüber?«
»Sie würde weinen, wenn jemand sie verlassen hätte, den sie geliebt hat.«
»Sie ist längst von mir fort«, sagte der Troubadour, und seine Hand berührte leicht das herabfallende, blondschimmernde Haar des Mädchens. »Ich wurde nur daran erinnert.«

»Wenn alles so einfach ist, Senher, weshalb habt Ihr dann so große Schmerzen?«
»Nichts ist einfach.«
»Nein, Senher«, antwortete das Mädchen. »Alles ist einfach.«
»Du widersprichst dir.«
»Vielleicht liegt in diesem Widerspruch die Lösung, Senher?«
»Ihr Haar glich dem deinen, Saissa«, sagte Brian, als seine Hand herabglitt und auf die Decke des Bettes sank. Er schloß von neuem seine Augen.
»Ich weiß, Senher.«
»Woher? Woher weißt du das?«
»Ich habe es an der Art bemerkt, wie Ihr es immer betrachtet habt.«
»Durchschaust du alle Menschen so leicht, Saissa?«
Das Mädchen lächelte. »Ihr seid kein Meister der Verstellung, Senher.«
»Ich bin in nichts ein Meister.«
Die Hand des Mädchens strich über seine Stirne, leicht und kaum fühlbar. »Erzählt mir von ihr, Senher.«
»Ich habe sie geliebt. Ich habe sie verloren. Das ist alles.«
»Ihr werdet sie noch lange lieben«, sagte das Mädchen nach einem Augenblick.
»Sagt dir das dein zweiter Blick?«
»Nein, Senher. Das sagt mir nur mein Gefühl.«
»Ich habe sie verloren«, wiederholte der Troubadour. »Ich muß es endlich begreifen.«
»Vielleicht läßt es sich nicht begreifen«, sagte das Mädchen mit sanfter Stimme.
»Wahrscheinlich.Wahrscheinlich ist es so.«
Das Mädchen rückte etwas näher zu ihm heran. »Bewegt Euch nicht, Senher. Bleibt ganz ruhig liegen. Laßt die Augen geschlossen.«
»Willst du mich heimlich küssen, Saissa?« fragte Brian lächelnd.
»Macht keine Witze darüber, Senher«, antwortete das Mädchen zornig.
»Vergiß es. Ich sage in letzter Zeit oft das Falsche. Es ist kein Lied mehr in mir. Verstehst du, Saissa? Es ist keine Melodie mehr in

meinem Gefühl.« Er bewegte sich, als wollte er sich erheben. Das Mädchen drückte ihn sanft auf das Bett zurück.

»Bleibt einfach ruhig liegen.«

Ihre Hände strichen knapp über seinem Gesicht und seinem Oberkörper in kleinen, kreisförmigen Bewegungen auf und ab. An manchen Stellen verharrte sie länger, hob und senkte leicht ihre Handflächen.

»Was immer du da tust, es ist angenehm«, sagte der Troubadour nach einer Weile.

»Werdet Ihr müde, Senher?«

»Müde. Beinahe schwerelos.«

»Es ist noch viel Stärke in Euch«, sagte das Mädchen. »Ihr könnt so alt wie Methusalem werden.«

»Wer will das schon?«

»Ihr solltet nicht vor der Zeit darüber spotten. Jeder Mensch will ewig leben.«

»Manchmal sehne ich mich nach dem Nichts, Saissa.«

»Das wird vergehen, Senher. Nächte sind nicht unbegrenzt und ohne Ende.«

»Nächte der Seele?«

»Wenn Ihr es so nennen wollt, Senher.«

»Wer hat dich das gelehrt?« fragte der Troubadour später mit schläfriger Stimme.

»Ein Wolf, Senher.«

»Bei Gott«, sagte Brian. »Ich hätte es mir denken können.«

»Ihr glaubt mir nicht?«

»Deine Phantasie ist unerschöpflich, Saissa.«

»Es war ein vom Rudel verstoßener Wolf«, beharrte das Mädchen. »Er blutete an der linken Flanke.«

»Und du bist zu ihm gegangen?«

»Weshalb nicht? Er hat mich erwartet.«

»Ja«, sagte der Troubadour mit träger Stimme. »Weshalb nicht?«

»Als ich mich zu ihm kniete, spürte ich die Kraft, die aus dem Mittelpunkt meiner Hände kam«, sagte das Mädchen. »Ich glaube, daß dieser Wolf sie mich erkennen ließ.«

»Ich nehme an, daß du ihn geheilt hast?«

»Ja. Das habe ich.«

»Saissa«, sagte Brian. »Saissa, du solltest in Zukunft meine Lieder schreiben. Ich würde Macrabu übertreffen. Ich würde Cercamon in den Schatten stellen.«
Der Troubadour schwieg einen Augenblick lang. »Was liest du im Augenblick?«
»Die Liebeskunst des Ovid und den Prediger Salomo.«
Brian lächelte trotz seiner Müdigkeit. »Rocas«, sagte er. »Bei allen Heiligen, diese Auswahl sieht ihm ähnlich.«
»Es steht in keinem der Bücher etwas, das ich nicht schon wüßte.«
»Auch nicht im Prediger?«
»Nein, Senher.«
»Welch ein Mädchen«, sagte der Troubadour. »Und diese Narren in diesem Dorf haben dich geprügelt.«
Später, kurz vor dem Einschlafen, sprach er Saissa noch einmal an.
»Wie alt bist du jetzt?«
»Im Februar war ich vierzehn Jahre alt.«
»Dann wirst du langsam eine Frau.«
»Ich bin eine Frau, Senher.«
»Nicht für mich.«
»Ich weiß, Senher«, sagte das Mädchen.
»Ich werde dich morgen neu einkleiden, Saissa. Wir werden auf die Merceria gehen und schöne, seltene Kleider für dich kaufen. Würde dir das Freude bereiten?«
»Ja, Senher. Große Freude.« Das Mädchen lächelte.
»Und Schmuck. Vielleicht finden wir auch Schmuck. Eine Kette. Oder Ohrringe aus Damaskus oder Trapezunt.«
»Ja, Senher«, sagte das Mädchen. »Schlaft jetzt«, setzte es hinzu.
»Ich will ....«
»Schlaft jetzt«, wiederholte das Mädchen.
»Du hast mich nie nach dem Namen dieser Frau gefragt, Saissa ...«, sagte der Troubadour mit verschwimmenden Worten, Worte, die kaum mehr erkennbar waren.
»Es ist nicht wichtig«, antwortete das Mädchen.
Der Troubadour hörte sie nicht mehr, war endlich und beinahe schwerelos in eine Dunkelheit von Schlaf geglitten, wie er ihn in

seiner bergenden Leichtigkeit seit Monaten nicht mehr gekannt hatte. Das Mädchen zog ihre Hände zurück und betrachtete Brian. Dann setzte sie sich aufrecht an seine Seite, schloß ihrerseits die Augen und versuchte, seine Seele zu erkennen. Sie wußte, daß die Seele einem Fluß von Lichtfunken glich, der den ganzen Leib in Wellen durchströmte. Sie versuchte, sich Brians Körper vor ihrem Inneren vorzustellen und diesen Kreislauf der Helligkeit zu erkennen, der ihn leben ließ.
Als sie das Bild klar vor sich sah, verband sie seine und ihre Seele zu einem einzigen Strom.

»Mehr als zwei Drittel der Kreuzfahrer sind Franzosen«, sagte Jaufre, als sie im Schatten eines Baumes um den Tisch des Gasthofs herumsaßen. »Der Rest verteilt sich auf Lombarden und einige versprengte Deutsche und Flamen. Wir scheinen die einzigen aus der ganzen Occitanie zu sein, die sich hierher verirrt haben.«
»Verirrt«, sagte Flamena und musterte Jaufre von der Seite her. »Verirrt ist eine gute Bezeichnung. Besonders, was dich betrifft, mieu amor.«
»Ihr Spott ist unerträglich«, meinte der Dunkelhaarige lachend. »Sehe ich nicht prachtvoll aus, mit diesem Kreuz auf meinem Überwurf? Prachtvoll, dabei Zuversicht und Vertrauen einflößend? Ein von Wahrheit beseelter Ritter, voll der strahlenden Würde und voll des reinen Edelmuts?«
»Companho«, sagte Jordas, »du siehst aus wie ein hoffnungsloser Atheist, der einem alten, gebrechlichen Bischof sein Nachthemd gestohlen hat.«
»Du solltest ihn aus deinem Bett werfen, Estella«, sagte Jaufre mit einer eleganten, großartig wegwerfenden Handbewegung. »Ich bin mir sicher, er ist der Künste einer occitanischen Domna nicht wert.«
»Ich denke nicht daran«, protestierte das Mädchen mit dem Stirnband. »Du entscheidest, wo deine Kraft und Stärke liegen, und ich entscheide, wo sich die seine befinden.«
»Der Ausspruch einer zutiefst weisen Frau«, bestätigte Rocas.
»Es werden zu wenige sein«, sagte der Troubadour in das Gelächter hinein. »Zu wenige Ritter, um den Vertrag zu erfüllen.«

»Welchen Vertrag?« fragte Marti, der neben Saissa saß.
»Den Vertrag, den der ehrwürdige Dandolo, der Doge der Serenissima, mit diesen überaus klugen und weitblickenden Gesandten der Kreuzfahrer abgeschlossen hat. Venedig stellt fünfzig Galeeren, dazu die Lebensmittel und Transportschiffe für das Heer. Dafür erhält die Stadt den Betrag von fünfundachtzigtausend Silbermark. Werden weniger Ritter als geplant an diesem Kreuzzug teilnehmen, so wird das Heer einen geringeren Betrag als erwartet bekommen und seine Schulden an die Serenissima nicht begleichen können. Woher also sollen nun die restlichen Silbermark kommen, die ebenso munter in die Kasse Venedigs sprudeln sollen wie ein Gebirgsbach in die liebliche Garonne?«
»Mit einem Wort«, sagte Saissa, »wer wird den Rest bezahlen?«
»Der Papst«, meinte Flamena.
»Der Papst steht dem Kreuzzug mit beträchtlichem Mißtrauen gegenüber. Der große Innozenz traut Dandolo nicht über den Weg.«
»Ein Fuchs, der dem Fuchs mißtraut?« fragte Jordas.
»Nein«, sagte der Troubadour. »Eher ein Soldat, der die Gedanken eines Kriegers lesen kann.«
»Welche Art von Gedanken?«
»Ich kenne sie nicht. Man hat mir in Narbonne nur überzeugend dargelegt, daß Dandolo ein gefährlicher Mann ist. Ein Mann, dem man mit großer Vorsicht begegnen sollte.«
»Ein vierundneunzigjähriger, blinder Greis?« fragte Jaufre ungläubig.
»Ein Mann, der dich ohne allzu große Probleme zum Frühstück verspeisen würde, companho. Und mich und Jordas als Zugabe.«
»Was will Dandolo?«, fragte der Dunkelhaarige.
»Fünfundachtzigtausend Silbermark.«
»Und wenn er sie nicht bekommt?«
»Wird er Forderungen stellen.«
»Welche Forderungen?«
»Das, Jaufre, ist die Frage. In ihr liegt der Schlüssel zu diesem Kreuzzug, du ehrwürdiger Ritter unserer Zuversicht.«

Es war am frühen Abend, als der kleine Junge mit dem wirren Haar den Hof des Gasthofs betrat. Er blickte die Umsitzenden genau und forschend an, ging dann zu Brian und legte ihm eine Figur in die Hand. Eine Schachfigur. Einen König, elfenbeinfarben und geschnitzt.
»Ihr sollt kommen«, sagte der Junge.
»Wohin?« fragte Brian, dessen Finger sich um die Figur zu einer Faust gekrallt hatten.
Der Junge schüttelte den Kopf mit dem krausen, dichten Haar. »Ich werde Euch führen. Das muß genügen.«
Brian stand auf. Er deutete auf den Goliarden. »Du kommst mit mir, Rocas.«
»Jaufre soll mit Euch gehen«, sagte Saissa, die erschreckt Brians Gesicht betrachtete.
»Jaufre wird ihn begleiten«, bestätigte Flamena.
Der Dunkelhaarige stand auf, band sich den Schwertgürtel um und lächelte Brian zu. »Werden wir jetzt zufälligerweise auf den gewaltigen Dandolo treffen, mein Freund?«
»Nein«, antwortete der Troubadour. »Auf einen noch viel mächtigeren Mann.«
»In welchen Kreisen verkehrst du nur«, sagte Jaufre und schüttelte den Kopf.
Der Junge und Rocas gingen ihnen voran. Der Clericus versuchte sich in dem Gewirr von Gassen und Gäßchen zurechtzufinden und schüttelte schließlich den Kopf.
»Er führt uns in die Irre«, sagte er und deutete auf den Jungen.
»Könntest du den Weg wiederfinden?« fragte Brian.
»Nein«, sagte Rocas. »Aber ich werde es schaffen, euch irgendwie zum Gasthof zurückzubringen.«
»Das ist beruhigend«, meinte Jaufre, der vergeblich versuchte, sich zu orientieren. »Ich würde Flamena in diesem Leben noch gerne einmal wiedersehen.«
Nach einer guten Stunde blieb der Junge vor einem bemalten Steinhaus stehen. Ein Haus aus starken Quadern, die von großen, verzierten Bogenfenstern durchbrochen wurden. Der Junge ergriff den messingfarbenen Türklopfer und schlug damit gegen das Tor. Ein etwa zwei Meter großer, pechschwarzer Nubier öffnete ihnen.

»Der da ist es«, sagte der Junge und deutete auf Brian.
»Und die beiden anderen?«
»Sind seine Begleitung.«
Der Nubier sah Brian an. »Sie sind nicht erwünscht.«
»Doch«, sagte der Troubadour. »Sie sind es.«
Der Nubier schwieg kurz, während er Brian anstarrte. »Sie können bei mir in der Halle warten«, sagte er dann.
Die Halle war groß, von schlanken, mit Arabesken verzierten Säulen unterbrochen, Mosaike bedeckten den Boden, der zu einer Steintreppe hinführte, aus dessen Geländer kleine, aus Stein gehauene Löwenköpfe wuchsen.
»Es ist die zweite Tür rechts«, sagte der Nubier und wies zu dem mit Teppichen bedeckten Gang, der von der Treppe abzweigte.
Der Troubadour stieg die Treppe empor, betrat dann den dunklen Gang und öffnete die Türe des Zimmers. Zwei Männer unterbrachen ihr leise geführtes Gespräch und blickten ihn an. Sie waren gut zu erkennen, trotz des dämmrigen Abendlichtes. Der eine, der mit verschränkten Armen bei der Wand stand, lächelte ihn ironisch und belustigt an, zeigte die weißen, makellosen Zähne in seinem schmalen Raubvogelgesicht.
Der andere, der in einem Sessel saß, lehnte sich mit einer leichten Bewegung zurück, so als würde er in seidenen Kissen ruhen. Seine Hand strich kurz über den grauen Bart, als er Brian betrachtete.
»Er beginnt, einem Mann ähnlich zu sehen«, sagte Al-Tustari. »Vielleicht läßt der Alleinzige ein Wunder geschehen. Vielleicht wird er doch noch erwachsen.«
»Willkommen, Brian«, sagte Courtrain d'Erbil mit seiner freundlichen, tiefen Stimme.
»Nicht Brans?«
»Brans ist tot, habe ich gehört.«
»Ja«, antwortete Brian. »Brans ist tot.«
Courtrain lächelte, als er ihn eingehend musterte. »Als Brian gefällst du mir besser«, sagte er schließlich.
»Nimm Platz, Henker des tanzenden Seins«, sagte Al-Tustari. »Nimm Platz und lausche, Cousin der Könige.«
Brian setzte sich Courtrain gegenüber und musterte ihn. »Zehn Jahre sind eine lange Zeit.«

»Ich habe dein Leben genau verfolgt. Es war nicht nötig, dir dabei die Hand zu halten.«
»Es hätte mich umbringen können, damals in Jaffa.«
»Welch ein zartbesaiteter Franke«, sagte Al-Tustari und lachte. »Welch eine gläserne und doch weiche Seele.«
»Es ist notwendig, daß du deinen eigenen Weg bestimmst. Was stört dich daran, endlich frei geworden zu sein? Was beunruhigt dich an der Freiheit?«
»Ihre Last vielleicht.«
»Der Kelch, mein Freund«, sagte Courtrain d'Erbil freundlich, »der Kelch beinhaltet Bitteres wie Süßes.«
»Ich habe ihn noch nicht getrunken.«
»An ihm genippt hast du«, sagte Al-Tustari mit einem breiten Lächeln, »du edler Ritter des lieblichen Gesangs.«
Brian suchte den Blick von Courtrains dunkelblauen Augen.
»Du hättest mir sagen können, daß du Outremer verlassen hast, El Cavalier.«
»Solange Eleonore lebt, brauchst du mich nicht.«
»Woher willst du das nur wissen, El Cavalier?«
Courtrain hielt die Fingerspitzen seiner Hände aneinander. »Ich weiß es, Brian.«
»Es hätte mir Freude gemacht, an deiner Seite zu kämpfen.«
»Nicht jetzt. Eines Tages.«
Brian stand auf und ging einen Schritt zu Al-Tustari hin. Er legte seine Hand auf den Griff seines Dolches.
»Der Arm ist zu wenig abgewinkelt, und dein rechter Fuß ist einen Schritt zu weit zur Seite gesetzt.« Der Sarazene seufzte. »Du lernst es nie, Brian.«
Der Troubadour breitete seine Arme aus und umfaßte Al-Tustari. »Laß dich umarmen, Schakal der Schakale Outremers.«
»Willkommen in Venedig. Willkommen auf der Zungenspitze des Morgenlandes, du Mörder der rhythmischen Worte.«
Sie umarmten einander und lachten, klopften sich auf die Schultern und stießen sich mit den Fäusten in die Seite.
»Worum geht es?« fragte Brian, als er sich von Al-Tustari löste und zu dem Sessel zurückging, der Courtrain gegenüberstand. »Weshalb habt ihr mich gerufen?«

»Dieser Kreuzzug wird Ägypten nie erreichen. Auch nicht Outremer.«

»Woher weißt du das so genau?«

Courtrain deutete auf Al-Tustari. »Weil dieser muslimische Straßenräuber einen Handelsvertrag Ägyptens mit dem Dogen abgeschlossen hat. Einen Vertrag im Namen des Sultans.«

»Dieser Dandolo scheint, weiß Gott, ein bemerkenswerter Mann zu sein«, sagte Brian nach einem Augenblick des Schweigens.

»Ein weitblickender Mensch«, sagte Al-Tustar. »Ein Fuchs, der den ganzen Bazar von Kairo in seine Tasche stecken könnte.«

»Wozu dann diese Armee?« fragte Brian.

»Weil Venedig sie gut gebrauchen kann.«

»Für welchen Zweck?«

»Byzanz«, sagte Courtrain. »Konstantinopel. Das Heer soll Konstantinopel erobern.«

Brian schwieg. Dann schüttelte er den Kopf. »Die Armee wird nicht mitmachen.«

Courtrain beugte sich vor. »Wer ist der Anführer dieses Heeres?«

»Bonifaz von Montferrat.«

»Ein guter Freund Philipps von Schwaben. Philipp ist mit der Tochter des byzantinischen Kaisers Isaak verheiratet. Der Bruder seiner Frau ist vor kurzer Zeit in Deutschland aufgetaucht. Ein Mann names Alexios. Er erhebt Ansprüche auf den Thron von Konstantinopel.«

»Das wird das Heer nicht überzeugen.«

»Die Montferrats haben in Konstantinopel viele Freunde. Einer der Brüder von Bonifaz wurde zum Cäsar und König von Thessaloniki ernannt.«

»Und dann ermordet.«

»Das sind die üblichen Risiken der byzantinischen Politik«, sagte Courtrain. »Die Kreuzfahrer werden niemals die Summe von fünfundachtzigtausend Silbermark aufbringen können. Der Doge wird die Truppen aushungern. Langsam und stetig. Dann wird Alexios wie ein vom Himmel gefallener Engel unter ihnen erscheinen und jedermann versprechen, seine Schulden zu bezahlen, wenn das Kreuzfahrerheer ihm dazu verhilft, Kaiser des oströmischen Reiches zu werden.«

»Und Bonifaz?«

»Wird Cäsar wie sein Bruder. Der heimliche Herrscher im Namen der Staufer. Der Mann, der langsam das Ostreich an das Westreich anbinden wird.«
»Was ist der Profit Venedigs?«
»Alle Handelsvorteile, die Byzanz nur zu vergeben hat. Stützpunkte in Dalmatien, Griechenland, am Schwarzen Meer und an der kleinasiatischen Küste.«
»Und der Vorteil der Armee?«
»Geld. Jede Menge byzantinischen Geldes.«
Brian blickte vor sich hin. »Was wissen die anderen Führer des Kreuzzugs darüber?«
»Genug.«
»Und der Papst?«
Courtrain lächelte. »Ist mißtrauisch. Ich glaube, er ist der einzige, dem es noch ernstlich um einen Kreuzzug gegen all die ungläubigen Heiden geht.«
»Es ist unmöglich, daß er nichts von diesen Plänen weiß.«
»Er ahnt etwas, Brian, aber er hat keine Gewißheit.«
Einen Augenblick lang herrschte Schweigen im Raum.
»Was ist deine Rolle bei all dem?« fragte der Troubadour.
»Mir geht es um das Reich des Südens, Brian. Um die Verbindung Aragons mit Toulouse.«
»Weshalb?«
»Manchmal, Brian, entwirft die Geschichte an einem beliebigen Ort eine Möglichkeit für ein besseres Leben, eine Hoffnung für eine menschliche Zukunft. Diesmal liegt diese Ahnung des Schönen, des Hellen, des Verständigen, in den Gebieten der Occitanie. Man muß den Süden bewahren, und man muß ihn schützen, Brian. Mögen Kaiser und Päpste sich auch um die Welt streiten, was kümmert es uns? Die Occitanie muß Zeit bekommen, Zeit genug, um von einer Möglichkeit zu einer Gewißheit zu werden. Freiheit, Wohlstand und Toleranz, die von unserem Süden aus das ganze Abendland erfassen, das ist es, was ich anstrebe.«
Courtrain schlug die Beine übereinander und verschränkte seine Hände über den Knien. »Ich habe nichts gegen ein Konstantinopel, das von einer Marionette der Staufer regiert wird. Nicht, daß ich es mir um jeden Preis wünsche. Aber wenn es sein muß, Brian, so

werden wir damit zurechtkommen. Und Ägypten wird uns gegenüber neutral bleiben.«

»Wofür Al-Tustari einsteht.«

»Du sagst es, Brian.«

Courtrain stand unvermittelt auf und ging zu dem Fenster am Ende des Raumes. Er blickte kurz hinaus, drehte sich um und sah dann erneut Brian an. »Nur eines dürfen wir auf keinen Fall zulassen. Daß Byzanz in die Hände der Venezianer fällt. Ihre Macht würde die Occitanie direkt bedrohen.«

»Und wie soll das verhindert werden?«

Er zeigte auf Al-Tustari, der amüsiert vor sich hin blickte. »Al-Tustari wird sich darum kümmern. Er wird den Kreuzzug als Beobachter des Sultans begleiten. Venedig wird es sich mit ihm und Ägypten nicht verscherzen wollen. Seine Handelsvorteile in Alexandria sind zu verlockend.«

»Das ist kein schönes Spiel, Courtrain.«

»Es ist ein schmutziges Spiel, Brian. Aber niemand mehr kann diesen Kreuzzug verhindern, so pervertiert er auch sein mag. Wenn die Sturzflut schon losbrechen muß, so soll wenigstens die Occitanie gesichert sein. Stirbt sie, so verliert die Menschheit die Hoffnung auf eine Gesellschaftsform, in der die Ehre die Gier in Zaum hält, in der die Vernunft sich mit der Würde und der Schönheit verbindet.« Courtrain breitete die Arme aus. »Sieh dich doch um, Brian. Venedig ist nur mehr die mensch- und steingewordene Gier nach Geld. Ist das die Welt, in der du leben willst? Oder in jener von fanatischen Theologen, die sich blind und geifernd an die Buchstaben von heiligen Wörtern klammern? Die unfähig sind, den Klang der Wahrheit, die in ihnen liegt, zu erkennen?«

Brian blickte zu Al-Tustari, der ihn jetzt forschend beobachtete, und dann zu Courtrain. »Was willst du, daß ich tue?«

»Al-Tustari kann nicht überall sein. Beobachte und stimme dich mit ihm ab.«

»Was soll ich mit dem Geld, das mir Baruch geschickt hat?«

»Das ist Geld, das für ein Reich des Südens gedacht ist. Ihr werdet es überall dort einsetzen, wo es der Occitanie zu nützen vermag.«

»Und Eleonore?«

»Du wirst ihr über alles Bericht erstatten, so wie du es ihr zugesagt hast.«
»Du strebst ein Bündnis mit den Staufern an, nicht wahr?«
Courtrain d'Erbil ging zu seinem Stuhl zurück und setzte sich. »Unter anderem. Dieser Otto von Braunschweig, der jetzt Kaiser ist, wird sich nicht ewig halten. Die Staufer werden wiederkommen. Brutal, entschlossen, mit all ihrer Phantastik, mit ihren Träumen und mit all ihren großen, weitreichenden Plänen, die sie seit einem Jahrhundert begleiten.«
Courtrain schwieg einen Augenblick lang.
»Die Zeit des amor longh wird zu Ende gehen, Brian«, sagte er dann. »Die Zeit dieses großartigen Hangs nach fernen Abenteuern, dieses Suchen nach einer Liebe, die immer und ewig über einen hinausgeht. Der amor longh hat einmal den Traum von Outremer geschaffen. Heute wird er nur mehr vom Gewürzhandel aufrechterhalten. Die Zeit der Geldwechsler und moralischen Gefängniswärter ist gekommen, Brian. Nur die Occitanie hätte noch die Kraft, dies alles zu binden, es in der Alchemie ihrer Lebensliebe und des Vernünftigen zu einem Ganzen zu verschmelzen, dem niemand im Abendland sich auf Dauer entziehen könnte.« Courtrain schwieg kurz. »Das Reich des Südens könnte die Seele einer lichten und freien Welt werden, die all die engstirnigen Wünsche der Plantagenets, der Staufer, der Kastilier, der Lombarden, der Byzantiner zu einem erträglichen Bild zusammenfügt. Wir brauchen Allianzen dafür, Brian. Viele Allianzen.«
»Und der Papst?«
»Lotario de Conti fürchtet diese glanzlose Welt der Berechnung und des Wuchers ebensosehr, wie wir es tun. Wenn es uns gelänge, das Katharerproblem zu neutralisieren, würde uns Innozenz mit beiden Händen seinen Segen erteilen.«
»Wie«, fragte Brian. »Wie sollte denn die Katharerfrage angegangen werden?«
»Durch eine Reform der Kirche.«
Brian schüttelte den Kopf. »Das ist unmöglich.«
»Es gibt einen Mönch«, sagte Courtrain. »Einen Mönch, auf den ich große Hoffnungen setze.«
»Wie heißt er?«

»Dominikus.«
»Ein Mann alleine kann nichts bewirken. Nicht in einer Occitanie, die zur Hälfte katharisch ist.«
»Er ist ein ungewöhnlicher Mensch«, antwortete Courtrain leise. »Vielleicht gibt er den Anstoß für eine friedliche Erneuerung der Kirche.« Der Graubärtige griff nach der goldenen Kette, die er um den Hals trug, und ließ sie durch seine Finger gleiten. »Es bedarf nur mehr eines Anstoßes, Brian.«
»Das sind alles Fragen der Zukunft«, sagte Al-Tustari. »Für heute sollten wir in der Gegenwart verbleiben.«
»Was sagen deine Sterne zu alledem?« fragte Brian.
»Meine Sterne, wie du sie zu bezeichnen beliebst«, antwortete der Sarazene, »zeigen noch keine Entscheidung an, die endgültig wäre, Habibi. Alles ist denkbar. Das Schicksal unseres Jahrhunderts balanciert noch unentschlossen hin und her, taumelnd, wie ein betrunkener Akrobat auf einem zu lose gespannten Seil.«
»Al-Tustari wird sein eigenes Schiff bekommen. Du und deine Freunde, ihr werdet ihn begleiten.«
»Nach Konstantinopel.«
»Ja. Nach Konstantinopel.«
»Wieviel dürfen meine Leute von alledem wissen?«
»Nichts.«
»Das gefällt mir nicht, Courtrain.«
»Bei Al-Tustari sind sie in Sicherheit.«
»Sicher wie in Abrahams Schoß«, sagte der Sarazene.
Niemand sprach jetzt. Die Geräusche der Umgebung, die ihr Gespräch aus dem Zimmer verdrängt, ausgesperrt hatte, fluteten jetzt unvermutet und deutlich in den Raum zurück, in all ihrer venezianischen Gegensätzlichkeit.
Courtrain d'Erbil stand auf. »Bis bald«, sagte er und umarmte Brian.
»Bis zum Augenblick der Wahrheit.«
Brian ergriff Al-Tustaris Hand. »Ich werde mich bei dir melden«, sagte der Sarazene. »Wenn die Flotte in See sticht.«
»Gut.«
»Eines Tages werden wir gemeinsam den Kelch leeren.«
»In Konstantinopel.«

»Jeder Ort ist der richtige.« Al-Tustari lächelte. »Vergiß nicht, bis zu unserem Wiedersehen die Hand locker zu halten und den Ausfallschritt zu begrenzen, wenn du deinen Dolch ziehen willst.«

»Ich werde daran denken«, sagte der Troubadour. Er blickte noch einmal zu dem Graubärtigen zurück. Er schwieg kurz. »Zehn Jahre waren lang, Courtrain«, sagte er dann.

In der Halle fand er Jaufre und den Nubier in ein Schachspiel vertieft.

»Wir müssen gehen«, sagte Brian.

»Unmöglich«, sagte Jaufre. »Es kostet mich fünf Sous, wenn ich diese Partie aufgebe.«

Brian warf einen Blick auf das Schachbrett. »Du hast so und so verloren. Er wird deine rechte Flanke mit der Königin aufrollen. Die beiden Ritter und der Bischof sind nicht mehr zu retten.«

»Er hat recht, Senher«, sagte Rocas.

Jaufre warf noch einen Blick auf das Schachbrett und kippte dann ärgerlich die Figuren um.

»Wo hast du so zu spielen gelernt, du dunkelster aller Heiden«, fragte er, während er seine Börse zog.

»Der Heide seid Ihr«, antwortete der Nubier. »Und das Schachspiel hat man mir in Damaskus beigebracht.«

»Ich werde dich dort heimsuchen, du Seele des Widerspruchs und der Verdammnis«, sagte Jaufre, als er ihm die Münzen in die offene Hand zählte.

»Wenn, dann nur in Ketten, Senher. Als Sklave, den man um den Preis eines Paares Sandalen erstehen wird.«

Jaufre lachte. »Um den Preis zweier Paare, mein Freund. Zwei Paare von bestickten Sandalen bin ich in jedem Falle wert.«

Der Nubier dachte darüber nach, schüttelte kurz, zweifelnd den Kopf und brachte sie zur Türe.

»Ihr werdet vergessen, daß Ihr hier wart«, sagte er.

»Wo?« fragte Rocas.

Der Nubier sah sie an, grinste, zeigte seine Zähne und schloß dann das Tor hinter ihnen.

»Hast du etwas in Erfahrung gebracht?« fragte Jaufre.

»Daß du bald Al-Tustari begegnen wirst.«
»Weiß Gott, darauf freue ich mich von Herzen«, antwortete Jaufre de Sarvas. »Er ist der Beste, sagtest du?«
»Der beste Kämpfer, der dir je begegnen wird.«
»Ein Heide«, sagte Jaufre lachend. »Einer jener Heiden, die wir bekämpfen sollen.«
»Rocas«, rief Brian und faßte den Goliarden, der ihnen vorausging und den Weg zu ihrem Gasthof suchte, an der Schulter. »Für dich, Rocas, habe ich eine zusätzliche Aufgabe.«
»Welche, Senher?« fragte der Clericus mißtrauisch.
»Du wirst mir Griechisch beibringen. Ein reines und geschliffenes Griechisch.«
Das Gesicht des Goliarden leuchtete auf. »Ihr solltet Gott für meine Künste danken.«
»Nein«, antwortete der Troubadour. »Dafür danke ich nur deiner reichen, heißblütigen Griechin aus Nîmes.«

Es war ein Zufall, daß Brian und Jordas eine Woche später den Weg über den kleinen Platz nahe ihres Gasthofes nahmen. Die nächtliche Piazza lag malerisch am Ende der Gasse, mit dem schmiedeeisernen Brunnen in der Mitte und einer Kirche an ihrer Seite. Brian hielt Jordas am Arm zurück und drückte sich mit ihm in eines der dunklen Haustore, als er die Gruppe von Männern im Schein des Fackellichts vor den Treppen der Kirche entdeckte.
Der Mann in der Kleidung eines Zisterzienserabtes gestikulierte erregt, sein Gesicht blaß vor Wut.
»Sagt eurem Dogen, daß ich es euch verbiete, Zara anzugreifen!« schrie der Abt.
»Ihr habt uns gar nichts zu verbieten, Vaux de Cernay!« rief einer der Venezianer mit grauem Bart. »Rein nichts, versteht Ihr?«
»Ich bin da anderer Meinung«, sagte ein breitschultriger Mann, der neben dem Abt stand.
»Mischt Euch nicht ein«, sagte der Venezianer. »Niemand will Eure Meinung hören.«
Der Breitschultrige zuckte mit den Achseln. »Wenn dieses Niemand die Venezianer sind, so könntet Ihr damit durchaus recht haben.«
»Richtet dem Dogen aus, daß ich im Heer gegen den Angriff auf

Zara predigen werde. Sagt Eurem Dandolo, daß ich dieses Unrecht nicht hinnehmen werde.«
Der ältere der Venezianer schüttelte den Kopf. »Ihr begeht einen Fehler, Vaux de Cernay. Der Doge hat uns nur deshalb zu Euch geschickt, um Euch vor diesem Fehler zu warnen.«
»Es ist Unrecht!« schrie der Abt, während seine Stimme vor Zorn brach. »Es ist ein Verbrechen. Ein zutiefst verwerfliches Verbrechen vor Gott und vor den Menschen.«
»Ihr geht nicht davon ab?« fragte der Venezianer mit dem grauen Haar.
»Niemals«, sagte Vaux de Cernay.
Der Ältere wandte sich an seine Leute, die hinter ihm standen. »Tut, was ihr für richtig haltet«, sagte er, während die Venezianer nickten und ihre Schwerter zogen.
»Lauft«, rief der Breitschultrige dem Abt zu. »Lauft um Euer Leben.«
Der Mann hatte nun seinerseits das schwere Langschwert gezogen, drehte sich um die eigene Achse, schwang es im Kreis im Licht der Fackeln, ein bewegtes, eisernes Schild des Todes, während Vaux de Cernay unter seinem Schutz zu einem der Boote am Rande des Lagunenarms lief und es vom Ufer abstieß.
Als der Abt in Sicherheit schien, senkte der Breitschultrige sein Schwert, schweißbedeckt und keuchend vor Anstrengung.
»Es ist ein guter Tag zum Sterben«, murmelte der Mann.
»Nicht unbedingt«, sagte Brian, der aus dem Schatten der Gasse zu ihm getreten war, während Jordas ihnen den Rücken deckte. »Ich finde ihn zu schön dazu. Die Nacht ist malerisch und die Luft des Meeres höchst belebend.«
Der Mann konnte nur einen Seitenblick auf Brians lächelndes Gesicht werfen, als die Männer auf sie losstürmten.
Es waren sieben Venezianer, die sie angriffen. Der Breitschultrige war von seinem Kraftakt ermüdet, aber immer noch in der Lage, zwei Mann auf Distanz zu halten, während Brian und Jordas das Sarazenenkreuz einsetzten, jene Hiebe, die links und rechts mit voller Wucht geschlagen, jene Stiche, die schnell nach oben und unten geführt wurden.
Brian traf einen der Venezianer am Oberschenkel, blickte dann in

die Augen des erstaunten Mannes, der zu Boden sackte und sich das Bein hielt, aus dem dunkles Blut heraussprudelte, während die beiden anderen jenen in ihre Mitte nahmen, dem Jordas an der Schwerthand eine klaffende Wunde beigebracht hatte. Plötzlich brüllte der Breitschultrige auf, faßte den Schwertgriff mit beiden Händen und teilte, nach rechts und nach links schlagend, Hiebe mit einer Schnelligkeit aus, die mit dem schweren Langschwert kaum möglich schien. Einer der Venezianer, die ihm gegenüberstanden, griff sich aufschreiend an die Schulter, während der zweite die Schlagfolge zu parieren versuchte, bis die Wucht der Hiebe ihm seine Waffe aus der Hand riß und die Spitze des Schwertes des Breitschultrigen an seiner Brust lag, bereit, sein Herz und seine Lunge zu durchbohren.
»Ihr solltet gehen«, sagte Brian schwer atmend zu dem Grauhaarigen, der den Kampf mit zusammengekniffenen Lippen beobachtet hatte. »Ihr solltet gehen und Eure Leute mit Euch nehmen. Noch ist niemand getötet worden.«
»Es war nicht klug, was Ihr da getan habt«, sagte der Venezianer. »Sammelt Eure Leute ein und verschwindet.«
Der Breitschultrige stützte sich auf sein Schwert. »Meine besten Grüße an den Dogen. Das war keine große Leistung.« Er wies auf die kleine Gruppe von Venezianern, die, einen Mann tragend und zwei mühsam stützend, dem Lagunenarm zu gingen.
»Ihr wärt längst tot, Seigneur, wenn die beiden nicht gekommen wären«, sagte der Grauhaarige, auf Brian und Jordas weisend.
»Mein Tod hätte Euch große Schwierigkeiten bereitet.«
Der Grauhaarige zuckte mit den Schultern. »Weshalb? Es wäre Diebsgesindel gewesen, das Euch umgebracht hätte. Namenlose, unauffindbare Männer, die in diesen verwinkelten Gassen hausen.«
»Geht zum Teufel, Zanocca.«
»Wir sehen uns wieder, Seigneur«, sagte der Grauhaarige und folgte seinen Männern, die die Boote bestiegen hatten und auf ihn warteten. Der Grauhaarige setzte sich in das Heck eines der Kähne, blickte kurz zurück, als es abstieß, und sah dann starr nach vorne, hin zu dem Wasser, das wie hartes, gehämmertes Silber schimmerte, hin zu den Häusern auf der anderen Seite der Lagune, dunkle

steinerne Schiffe, die gelassen in der Finsternis auf das helle Licht des Morgens warteten.

Der Breitschultrige ließ sich auf die Vortreppe der Kirche nieder und warf das Schwert von sich. Es schimmerte rötlich im Licht.

»Aas. Gottverdammtes Aas«, sagte er, als er Zanocca nachblickte.

Brian und Jordas setzten sich zu ihm. Ein Mann Mitte der Vierzig, mit dem Körper eines trainierten Athleten.

»Danke«, sagte er dann, die beiden Männer betrachtend. »Ihr habt mir das Leben gerettet.«

»Es war uns eine Freude«, antwortete Brian lächelnd.

»Du besitzt Bärenkräfte«, sagte Jordas.

»Sie hätten mich trotzdem getötet. Es waren gute Leute.«

»Weshalb wollten sie dich und den Abt ermorden?« fragte Brian.

»Der Doge will das Heer zu einem Angriff auf Zara bewegen. Der Papst jedoch wird die Stadt unter seinen Schutz stellen.«

»Dann wäre ein Angriff auf Zara ein Angriff auf den Papst?«

Der Breitschultrige nickte. »Vaux de Cernay will das unter den Kreuzfahrern bekanntmachen.«

»Wird es etwas nützen?«

Der Breitschultrige dachte nach. »Es wird den Angriff nicht verhindern. Aber einige Leute mit Gewissensskrupeln werden das Heer verlassen.«

Der Doge scheint wahrhaftig große Pläne zu haben, dachte Brian. Auf dem Weg nach Konstantinopel sollen die Kreuzfahrer auch noch Zara und Dalmatien für ihn erobern. Die Serenissima läßt sich die Differenz zu den fünfundachtzigtausend Silbermark teuer bezahlen.

»Bist du ein Beauftragter des Papstes?« fragte Jordas den Mann.

»Nein, mein Sohn«, sagte der Breitschultrige. »Nur ein Ritter, der fälschlicherweise geglaubt hat, an einem Kreuzzug teilzunehmen. Nicht an einem Unternehmen, das der Ehre der Heiligen Katholischen Kirche ins Gesicht spuckt.«

Brian blickte nachdenklich vor sich hin.

»Was meinst du? Wird man über diesen Mordversuch reden?«

Der Breitschultrige mit den grauen Augen sah Brian an und lachte dann.

»Wer sollte es wohl tun? Wenn wir oder Vaux de Cernay darüber sprechen würden, wären wir bald alle tot und begraben. Der Doge? Dandolo wird sich hüten, aller Welt zu verkünden, daß er versucht hat, einen Geistlichen zu ermorden.«

»Ich kenne nur einen Mann«, sagte Brian, den Breitschultrigen aufmerksam beobachtend, »der dir im Kampf gewachsen wäre.«

»Wer?«

»Ein Mann namens El Cavalier.«

»El Cavalier«, sagte der Grauäugige bedächtig. »El Cavalier ist ein Freund der Heiden.«

»Ein Freund der Menschen, würde ich meinen.«

»Sind Heiden Menschen?« fragte der Breitschultrige.

Brian schwieg.

Der Breitschultrige lächelte mit einem Male. »Wie auch immer, ich segle nach Outremer, um es herauszufinden.«

»Du verläßt das Heer?«

»Wenn der Angriff auf Zara stattfindet, dann ja.« Er stand auf, ging zu seinem Schwert, hob es auf und steckte es in die Scheide zurück. Er blickte zu Brian.

»Wer bist du, Freund der Menschen?«

»Brian de Martial. Ein Troubadour.«

Sein Blick wanderte zu Jordas. »Und du?«

»Jordas de Gedevan. Ein Senher aus der Occitanie.«

Der Breitschultrige sah auf sie herab. »Ich schulde euch mein Leben. Denkt an mich, wenn ihr eines Tages Hilfe braucht.«

»Wer bist du nur?« fragte Jordas plötzlich, für einen Augenblick unsicher und irritiert.

»Der Graf von Leicester.«

Der Breitschultrige lächelte Brian im flackernden Schein des Lichts zu. »Du hast es gewußt, nicht wahr?« fragte er.

»Ich habe dich auf den ersten Blick erkannt, Simon de Montfort«, antwortete Brian.

Brians Gruppe wurde trotz des Zwischenfalls von niemandem behelligt.

Im Juli des Jahres 1202 waren Robert und Aude zu ihnen gestoßen, während der Trupp occitanischer Ritter, den de Bantrac ausgehoben hatte, den Weg zum Lido nehmen mußte.

Aude und Robert erschienen Brian als ein glückliches Paar, aber es entging dem Troubadour nicht, daß Aude Estella ärgerlich musterte, wenn sie sich unbeobachtet glaubte, während Jordas, der noch immer ihre Farben trug, ihr mit ausgesuchter und distanzierter Höflichkeit begegnete.

Aber alles, was auch immer sie bewegte, wurde an einem Oktobertag hinweggefegt von einem Schauspiel, das die Meere in dieser Schönheit, Pracht und Großartigkeit wohl noch nie erblickt hatten.

Es war ein unvergleichliches, ein machtvolles, ein alles in den Schatten stellendes Bild, als am 8. Oktober 1202 die Flotte mit den etwa vierzigtausend Venezianern und Kreuzfahrern Venedig verließ. Sie war die größte, meinten die Zeitgenossen, die die Menschen und die Elemente bisher zu Gesicht bekommen hatten.

Vierhundertachtzig Schiffe verließen die Stadt, dieses unwirkliche, traumhafte Zwischenreich zwischen Land und See, Kriegsschiffe, Handelsschiffe, Galeeren, Frachter und zahllose kleine Begleitschiffe, die sie wie Möwen umschwärmten. Die bunten Schilde der Ritter, die längs der Borde der Galeeren aufgehängt waren, blinkten im Licht der Sonne, die Segel glichen weißen Blumen, die in dichter Fülle und weitverstreut über das grünlichblaue Meer getrieben wurden. Fünfzig Galeeren bildeten das Kernstück der Flotte, gefolgt von den »Huissiers« und den »Palander«, die die Masse der Fußsoldaten transportierten, während die Handelsschiffe Pferde, Proviant und über dreihundert Wurfmaschinen mit sich führten. Am prachtvollsten aber war die Galeere des Dogen, die leuchtend rot gestrichen an der Spitze der Flotte segelte, während Dandolo, aufrecht unter einem scharlachroten, seidenen Sonnenzelt stehend, mit blinden Augen einem klaren Ziel entgegenblickte. Ein »Veni Creator« brandete über die See, während auf der Galeere des Dogen Männer auf silbernen Trompeten bliesen, während unablässig Trommeln geschlagen wurden, wie um Meer und Himmel unter dem goldenen Banner von San Marco auf ewig die Kraft alles Irdischen entgegenzuschleudern.

Der Kreuzzug gegen die Heiden, diese Leugner des Herrn, hatte sich nun endlich in Bewegung gesetzt, glanzvoll und unvergleichlich, und steuerte als erstes Zara an, diese getreue Tochter der Kirche, um es zu belagern, zu erobern und mit aller gebührenden Sorgfalt zu plündern.

Das Schiff Al-Tustaris, die »Aquila«, war eine mittelgroße, bequeme venezianische Galeere. Es gab eine Kabine, die den Frauen der Provençalen genügend Platz bot, während die Männer sich das Deck einträchtig mit de Bantracs Rittern teilten. Al-Tustari galt in den Augen der Kreuzfahrer als ein Gegner El-Adils, als ein Mann, der in Ägypten den Ayubiten feindlich gesinnte Stämme auf die Seite des Heeres ziehen würde, und niemand kam auf den Gedanken, ihm seine strikte Beachtung der Gebote und Vorschriften Mohammeds vorzuwerfen. Er konnte sich als ein wichtiger Verbündeter der Kämpfer des Kreuzes erweisen, als ein profunder Kenner jener fremden und bedrohlichen Gebiete, die sie für das Ziel und den Zweck ihrer Reise hielten.
Al-Tustari hatte Jaufre sofort in sein Herz geschlossen. Jeden Tag kämpfte er eine Stunde mit ihm, ließ den Dunkelhaarigen ins Leere laufen, warf ihn scheinbar mühelos auf den Boden der Schiffsplanken, während er über ihn lachte, der Dunkelhaarige zornig seinen Kopf schüttelte, die Männer spotteten und Flamena Jaufre ironisch betrachtete. Mit Robert führte der Sarazene lange Gespräche, bestrickte Aude, beobachtete Jordas und zog sich des öfteren mit Saissa zurück, um ihr den Lauf der Sterne und die Geheimnisse ihrer Konstellationen zu erklären.

Brian schlief auch im Dezember, als sie im Hafen des eroberten Zara ankerten, an Deck der »Aquila«. Obwohl Al-Tustari ihm angeboten hatte, seine kleine Kabine mit ihm zu teilen, blieb der Troubadour nachts zusammen mit Rocas im Schutz des Heckaufbaus, gehüllt in Mantel und Decken. Rocas war es auch, der als erster entdeckte, daß Brian zu fiebern und zu phantasieren begonnen hatte. Eilig schafften ihn Matrosen in die Kabine der Frauen, die nur mehr von Saissa bewohnt wurde.
Er ähnelt einem Löwen, dachte Saissa, als sie ihn nach langen Nachtwachen betrachtete. Einem Tier, das sich in eine Welt verirrt hat, die andere Gesetze hat, als er sie zu kennen glaubt. Eine ferne Welt. Eine Welt jenseits seiner Grenzen, seines Begreifens.

Brian schlug die Augen auf.
Der Troubadour fühlte sich leicht und unbeschwert. Es schien ihm, als tauchte er aus dem Schlamm einer tiefen See auf, als hätte er irgendwann Gestade und Küsten verlassen, die, kalt, weit entfernt von Sonne und Licht, seine Seele und seinen Körper gefangengehalten hatten. Es war ihm, als würde er in eine längst vergessene Heimat zurückkehren, eine Heimat, die ihm noch fremd und unverständlich war und die ihn dennoch lockte, friedlich, bergend und voll der Sehnsucht.
Als sich seine Augen an das Zwielicht des Raumes gewöhnt hatten, sah er Saissa, die einige Schritte von ihm entfernt im Licht der Petroleumlampe stand und ihn aufmerksam betrachtete.
»Wie lange war ich krank?« fragte er mit trockener Stimme.
Das Mädchen ging zu einer Karaffe und schenkte ihm einen Becher mit Wasser voll. Der Troubadour ergriff den Becher und trank gierig aus ihm. Er bemerkte, daß seine Hände leicht zitterten.
»Fünf Tage, Senher. Fünf Tage hattet Ihr Fieber.«
Brian reichte ihr den Becher zurück, beobachtete, wie sie ihn abstellte und sich ihm von neuem zuwandte.
»Habe ich phantasiert?« fragte er.
»Ihr habt viel gesprochen, Senher.«
»Worüber?«
»Über Outremer. Über den reis des engles. Über Richard.«
»Ich kannte ihn. Früher. Vor langer Zeit.«
Das Mädchen nickte und kniete sich neben ihn hin, ihre Hände auf der Kante des Bettes aufstützend.
»Ihr habt auch über El Cavalier gesprochen.«
»Er ist mein Vater«, sagte Brian.
»Ich weiß.« Saissa sah ihn nachdenklich mit großen Augen an. »Ihr wartet auf einen Augenblick der Wahrheit. Jenseits des Meeres.«
»Das ist nur ein Spiel mit Worten.«
»Wenn Ihr das wirklich meint, Senher.«
Brian schwieg kurz. »Wie krank bin ich?«
»Ihr seid jetzt wieder gesund, Senher. Nur schwach.«
Brian wollte antworten, aber das Mädchen unterbrach ihn.
»Trinkt das jetzt, Senher«, sagte es und griff nach einer Holztasse, die auf dem kleinen, festgeschraubten Tisch inmitten des Raumes

stand. »Es ist eine große Erleichterung für mich, daß Ihr es jetzt selbst zu Euch nehmen könnt. Bislang mußte ich es Euch alle zwei Stunden mit Gewalt einflößen.«

»Das hast du für mich getan?« fragte er, als er die bitter schmeckende Brühe geschluckt hatte.

»Nicht nur das, Senher. Ich habe Euch auch gewaschen. Eure Wäsche gesäubert.«

»Wo, zum Teufel, war Rocas?«

Das Mädchen lächelte. »Ich habe Rocas nicht einmal in die Nähe dieser Kabine gelassen.«

»Du hast ihn angefaucht, Saissa«, versuchte Brian zu scherzen. »Der arme Rocas ist vor Schreck über Bord gesprungen.«

»Woher wißt Ihr das nur, Senher?« Das Mädchen stellte die Holztasse ab, und Brian konnte für einen Augenblick ihren Gesichtsausdruck nicht erkennen. Brian rückte sich das Kissen, das unter seinem Kopf lag, zurecht.

»Ich habe das Gefühl, aus einem fernen Land zurückzukehren.«

»Das seid Ihr auch. Ich habe die ganze Zeit darauf gewartet, daß Eure Seele ein wenig von diesem brackigen Schmutz von sich wirft, der sie bedeckt.«

»Bin ich nun endlich frei von Dunkelheit?« fragte Brian lächelnd.

Das Mädchen schüttelte den Kopf. »Nein. Nur etwas heller. Lichter.« Sie schwieg kurz. »Warum glaubt Ihr nur, der wahren Liebe nicht fähig zu sein?«

»Es ist ein Abgrund zwischen mir und dieser Welt. Ich kann es nicht erklären.«

»Ihr seid ein kluger Mann, Senher, und seht doch den Wald vor lauter Bäumen nicht.«

»Es gibt eine Wahrheit nahe bei mir, und ich kann sie doch nicht finden.«

»Eines Tages werdet Ihr sie finden, Senher.« Das Mädchen zog ihr Hemd über ihren Kopf und stand nackt vor ihm. »Rückt zur Seite, Senher«, sagte es.

»Weshalb?« fragte Brian verblüfft.

»Wie glaubt Ihr, Senher«, sagte das Mädchen beinahe zornig, »wie glaubt Ihr, daß ich Euch geheilt habe? Nur mittels dieser Brühe? Seit fünf Tagen und Nächten wärme ich Euren Körper, schenke ihm

meine Kraft. Seit fünf Tagen und Nächten gebe ich Eurer Seele all meine Einsicht und all meine Gewißheit, ohne Unterlaß.«
»Das mag sich für Wölfe schicken«, sagte der Troubadour. »Aber ...«
»Senher«, unterbrach ihn das Mädchen, »ich werde Eurer Keuschheit nicht zu nahe treten. Selbst wenn ich es wollte, könnte ich es nicht. Ihr besitzt im Augenblick soviel Kraft wie ein gichtkranker Kater, der von einer Hundemeute über zwanzig Hügel gehetzt wurde.«
»Du hättest mich früher fragen können, ob es mir recht ist.«
»Wie sollte ich?« fragte das Mädchen. »Ihr wart nicht bei Bewußtsein.«
Brian seufzte.
»Leidet Ihr sehr, Senher?« fragte Saissa, als sie sich an ihn preßte und ihren Kopf an seiner Schulter barg.
»Nicht allzusehr«, antwortete Brian.
»Ich kenne mich damit aus, wie man Menschen und Tiere heilt. Ich habe mein Wissen. Ein Wissen der Wälder.«
»Ich weiß«, sagte Brian und seufzte ein zweites Mal. »Ich danke dir für alles, was du für mich getan hast, Saissa.«
»Es war nichts.«
Sie schwiegen einen Augenblick lang.
»Wie habe ich dich genannt, als ich all die Tage phantasiert habe?«
»Gaelle«, sagte das Mädchen. »Immer nur Gaelle.«
Brian schloß die Augen und seufzte ein drittes Mal, kaum hörbar diesmal, wollte noch etwas sagen und fiel unversehens in tiefen Schlaf.

13. Kapitel

KONSTANTINOPEL, COUERLAS
Sommer 1203 bis Herbst 1203

Konstantinopel erschien wie eine von sagenumwobenen Riesen erbaute Stadt, die sich mit ihren riesigen Wällen, Mauern, Türmen, Kirchen, mit ihrer unübersehbaren Anzahl von Häusern und Palästen den sommergrünen Bosporus entlangzog. Zweiundzwanzig Meilen lang waren die Befestigungen, unterbrochen nur von fünfzig gutgesicherten Toren. Sieben große, weiß leuchtende Häfen wurden von allen Handelsschiffen zwischen dem Schwarzen Meer und dem Mittelmeer angesteuert. Es schien eine Stadt der Giganten, fremdartig und staunenerregend an die Küsten einer See gebaut, ein glänzender Widerschein all dessen, was der Mensch sich im Laufe von tausend Jahren erwünscht und erhofft hatte. Alles Denken, alles Tun, alles Wissen dieser Welt hatten sich in dieser Unwirklichkeit von Mauern, Marmor und Gold eingeprägt.
Die Kreuzfahrer waren die Wälle, die dem Bosporus zugewandt waren, entlanggesegelt, vorbei am Goldenen Tor, vorbei am riesigen Eleuthorioshafen, vorbei am stark befestigten Hafen von Kontoskalion, und hatten bei Chrysopolis Anker geworfen. Da in den letzten fünfzig Jahren die Kaiser des unvergleichlichen byzantinischen Reiches ihre Flotte abgewrackt hatten, um mehr Geld für ihre Lustbarkeiten und Vergnügungen zu gewinnen, griff der Megadux, der Großadmiral des Reiches, sie mit einer Truppe von fünfhundert schlechtbewaffneten Kavalleristen an. Er ergriff augenblicklich die Flucht, als etwa achtzig Reiter, geführt von vier französischen Rittern, eine Attacke gegen ihn ritten. Die byzantinische Flotte, symbolisch im Diesseits durch fünfhundert Pferde

und ihre Reiter vertreten, hatte feige die Flucht ergriffen, war nun nicht allein in der menschlichen Realität, sondern auch im Geist der Ideen geschlagen und auf immer versenkt.
Am 27. Juni des Jahres 1203 kam ein Abgesandter des purpurgeborenen Kaisers Alexios III., ein Lombarde mit dem Namen Nikolaus Roux, als Gesandter zu dem Dogen und Bonifaz von Montferrat. Ihm wurde erklärt, deutlich und mit all den Argumenten, die der kühlen Phantastik eines Philipp von Schwaben entsprungen waren, daß nicht jener Alexios III., der in einer Palastrevolution die Macht ergriffen hatte, der rechtmäßige Herrscher des Reiches der Rhomai sei, sondern dieser Jüngling Alexios, der Neffe des Alexios III. und Sohn des abgesetzten und geblendeten Isaak II. Der Gesandte des byzantinischen Reiches verließ schweigend das Zelt des Dogen und begab sich zurück zum Blachernenpalast, um seinem Kaiser zu erklären, daß er in den Augen des Heeres der Kreuzfahrer ein Thronräuber und Usurpator sei.
Am nächsten Tag nahmen zehn Galeeren Alexios, den Dogen und einige adelige Ritter an Bord, um den jungen Mann den Bürgern von Konstantinopel als ihren neuen Kaiser vorzustellen. Ein Herold rief, daß dies ihr rechtmäßiger Herrscher sei, daß die Bürger ihn als solchen anerkennen müßten, denn sonst würde dieses Heer des Kreuzes und des Heilands sie allesamt und ohne Gnade vernichten. Die Einwohner von Konstantinopel, die in unübersehbarer Menge die Zinnen der Mauern und Wälle bevölkerten, schwiegen oder riefen Worte des Hasses und der Verachtung zu ihnen herab.
Am 5. Juli landeten die Kreuzfahrer unbehindert bei Galata.
Einen Ausfall der Byzantiner schlugen sie nieder und drangen in den Festungsturm ein. Sie rissen die riesige Eisenkette, die die Einfahrt zum Goldenen Horn verschloß, im Turm von Galata, in dem sie verankert war, aus ihren Befestigungen. Mit einem langgezogenen Geräusch, dem Stöhnen eines mythischen Meerwesens gleich, versank sie langsam in den Fluten. Zum ersten Mal in der beinahe tausendjährigen Geschichte des juwelengeschmückten Byzanz war es einer Flotte gelungen, in das Goldene Horn einzudringen.

»Dieser Turm von Galata hätte nur einen strategischen Wert, solange es eine byzantinische Flotte gab, die vor dem Goldenen Horn das Meer sicherte.«
Al-Tustari hatte nachdenklich der eisernen Kette nachgeblickt, als sie, wie gedemütigt in ihrer durch Menschen verschuldeten Nutzlosigkeit, in die grünblaue Tiefe glitt.
»Nur gibt es keine byzantinische Flotte mehr.«
»Du sagst es, Brian.«
»Der Doge muß das gewußt haben.«
Al-Tustari lächelte. »Dandolo weiß über alles in Konstantinopel Bescheid. Er hat lange genug hier gelebt. Als Gesandter Venedigs.«
Der Sarazene wandte seinen Kopf von dem nun wieder ruhigen Meer ab.
»Weißt du, wie er sein Augenlicht verloren hat?«
»Nein.«
»Sie haben ihn bei einer Audienz mit konkaven Spiegeln geblendet. Ein unglücklicher Zufall, wie sie sagten. Ein bedauerliches Ereignis. Niemand konnte ahnen, daß die Sonne gerade in jenem Winkel auf die Spiegel treffen würde, daß sie die Iris von Dandolos Augen verbrannte. Seither lebt er in einer Welt der Schatten, in einer Welt von undeutlichen und obskuren Formen.«
»Er muß alles hassen, was byzantinisch ist.«
»Er haßt«, sagte Al-Tustari. »Aber noch mehr liebt er Venedig. Dieser Haß und diese Liebe sind eine gefährliche Mischung.«
»Und du bist hier«, meinte Brian, »um zu verhindern, daß es für uns alle gefährlich wird.«
»Ja«, sagte Al-Tustari und strich sich über seinen Bart. »Deshalb bin ich hier.«

Der Kriegsrat der Kreuzfahrer beschloß, die weniger starken Mauern nahe des Blachernenpalastes anzugreifen. Die Venezianer sollten, von der See her kommend, unter den Mauern landen und sie stürmen, während die Kreuzfahrer die dem offenen Land zugewandten Befestigungen attackieren würden. Die Venezianer errichteten auf ihren Schiffen Gerüste von hundert Fuß Höhe, die die seeseitigen Mauern überragten. Von diesen Plattformen aus setz-

ten sie auf die Wehrgänge über, während die Wurfmaschinen von den Palandern aus die Stadt beschossen.
Während die Venezianer fünfundzwanzig Türme eroberten, wurde das Landheer der Kreuzfahrer durch die Waragäergarde, eine byzantinische Elitetruppe, die aus dänischen und englischen Kriegern zusammengesetzt war, von den Mauern vertrieben. Am 17. Juli stellte Alexios III. sich mit sechzig Kampfgruppen den sechs der Kreuzfahrer entgegen. Auch wenn diese vor der Übermacht zurückweichen und unter Flüchen und Verwünschungen ihre Eroberungen preisgeben mußten, schossen sie noch gezielt Brandpfeile auf die hölzernen Baracken ab, die hinter den bereits eroberten Mauern standen. Ein kräftiger Wind fachte das Feuer an, das weite Gebiete um den Blachernenpalast verwüstete.
Es war ein Tag der Verlierer, und niemand im Schein dieser brennenden Stadtteile hatte begriffen, weshalb Alexios III. mit seiner zehnfachen Übermacht die Kreuzfahrer nicht frontal angegriffen und entscheidend für alle Zeit vernichtet hatte.
Noch in der nächsten Nacht floh der Kaiser des byzantinischen Reiches mit dem Staatsschatz, einigen Freunden und seiner Tochter Irene in die bulgarische Stadt Zagora. Seine Gattin hatte er in Konstantinopel zurückgelassen, obwohl Übelmeinende sagten, sie hätte ihm so wenig bedeutet, daß er sie schlichtweg vergessen hatte.
Die Byzantiner holten den abgesetzten, geblendeten Kaiser Isaak aus seiner Zelle, reinigten ihn vom Schmutz des Kerkers und zogen ihm eiligst den purpurnen Mantel und die scharlachroten Stiefel des Kaisers des oströmischen Reiches über.
Eine Gesandtschaft der Kreuzfahrer durchquerte das Spalier der mit Äxten bewaffneten Waragäergarde, ging scheinbar achtlos an Säulen, die aus feinstem Marmor gefertigt waren, vorüber, schritt über spiegelnde Mosaikböden, stieg mit Gold verzierte Treppen empor, betrat einen Saal der Wunder, ein Universum von edelsteingeschmücktem Zierat, von feinster, topasüberzogener Ornamentik, verneigte sich vor dem neuen Kaiser und bestand auf der Einhaltung des Versprechens des Prinzen Alexios.
Isaak II. bestätigte sie und wurde am 19. Juli glücklich mit seinem Sohn vereint.
Das Heer zog sich auf das jenseitige Ufer des Hafens zurück, und

Isaak II. und Alexios IV. wurden mit allem Prunk und allem Zeremoniell, die tausend Jahre Erfahrung mit sich gebracht hatten, in der Santa Sophia zu gleichberechtigten Herrschern des Reiches der Rhomäer gekrönt. Unter dem Jubel der Bevölkerung zogen sie die Mese, die Prachtavenue Konstantinopels, hinauf, bedeckt mit Blüten und Blumen, die von den Fenstern, Balkonen und Dächern der angrenzenden Häuser auf sie herabschwebten.
Die erste Belagerung Konstantinopels war zu Ende.

Gaelle de Vidars mochte ihren Mann. Mehr noch, sie betrachtete ihn als ihren Freund. Eine unverfälschte, aufrichtige Verbundenheit ließ ein lauteres Zusammengehörigkeitsgefühl zwischen ihnen entstehen, formte ihr Miteinander zu einem engen, gegenseitigen Vertrauen. Sie wußte, daß er zu jung und zu unerfahren war, um sie leiten oder beherrschen zu können, wußte auch, daß er sie wohl mehr liebte als sie ihn, daß seine Leidenschaft weit über die ihre hinausging. Dennoch oder gerade deshalb brachte sie ihm eine große, eine beinahe beschützende Zärtlichkeit entgegen, weckte bewußt in ihm das Empfinden, daß es gerade die Stärke und die Kraft seines Wesens waren, die ihr Sein zur Gänze erfüllten. Sie waren glücklich miteinander, auf eine einfache, behutsame und genußvoll durchschnittliche Art, die die Welt nicht in Frage stellte und das Leben so beließ, wie es war.
Ihr zu Ehren hatte Bernatz ein Turnier angesetzt, ihr zu Ehren und zu Ehren des ersten Hochzeitstages, den sie im Frühling miteinander gefeiert hatten. Er wollte seiner Frau beweisen, daß sein Name unter der occitanischen Ritterschaft einen guten, einen machtvollen Klang besaß. Er wollte, daß seine Frau stolz auf ihn war. Er wollte ihr in all seiner nicht eingestandenen Unsicherheit die Lauterkeit und Größe seiner Liebe und seiner Verehrung bezeugen.
Einladungen waren an die Senhers des Lauraguais, des Minervois, des Razès, an jene von Foix und von Comminges gegangen. Über zwei Wochen lang dauerte das Eintreffen der Senhers, die Begrüßungen, die kleinen Bankette und Feiern, die für sie veranstaltet wurden. Zelt um Zelt wuchs neben der Burg von Couerlas aus dem Boden, prunkvoll jene der Ritter und bescheidener die der Knappen und jene der Knechte.

Bernatz hatte nur einen Kampfplatz vor der Burg abstecken und eine kleine hölzerne Tribüne errichten lassen, aber als sich die Nachricht vom Turnier bis nach Béziers herumsprach, begann eine Stadt aus Buden, Podesten und improvisierten Läden aus dem Boden zu wachsen. Händler, Gaukler, Akrobaten, reisende Ärzte und Clerici, Schaulustige beider Geschlechter und aller Altersstufen biwakierten rund um die Zelte und den Kampfplatz, ließen freundlich und oft weinselig das hohe Paar von Couerlas und alle großen Herren, die erschienen waren, hochleben, wünschten ihnen lautstark und in Chorälen Erfolg, Glück, Sieg und Reichtum.
Als alle Senhers eingetroffen waren, legte man die Lösegeldforderungen fest.
Man einigte sich darauf, daß ein beim Turnier gefangengenommener Ritter entsprechend seinem Range bewertet werden sollte. In jedem Falle würden Pferd und Rüstung an diejenigen gehen, die ihre Gegner in ihren Gewahrsam brachten. Die Knappen erhielten das Privileg, an dem Kampf, der sich Reitergruppe gegen Reitergruppe abspielen würde, teilzunehmen und mitzufechten, nicht aber die Knechte, die an diesem Tag zweier Feiern vom Treffen ausgeschlossen sein würden. Als Turnierpreis für den besten Kämpfer setzte Gaelle de Vidars einen gezähmten Geparden aus, der ihr erst einige Monate zuvor von einem ihrer Handelspartner aus Sizilien verkauft worden war. Bernatz de Couerlas erbat sich als besondere Ehre noch drei Einzelkämpfe aus, zwei Tjoste gegen die berühmten Senhers aus Cabares, Peir Rotgiers und Peires Mir, sowie als Krönung des Tages einen Tjost gegen den Grafen von Foix. Die Senhers und der Graf willigten ein, und ein Schreiber hielt die Regeln dieses Turniers auf Pergament fest, damit sie nicht nur den Rittern, sondern auch den Knappen, den Knechten und allen jenen, die Interesse an diesen Kämpfen bezeigten, verlesen und erläutert werden konnten.
Am Turniertag nahmen die geschlossenen Verbände der Ritter ihre Aufstellung. Die von Foix und Comminges würden gegen jene des Minervois, des Razès und des Lauraguais reiten. Bei dieser Form des Kampfes kam es in erster Linie darauf an, mit der ganzen Wucht der eigenen Reitergruppe die gegnerische zu werfen, aufzureißen und zu zerstreuen. Die Wetten, die innerhalb des Publikums abge-

schlossen wurden, favorisierten deutlich die Senhers aus Foix und Comminges, obwohl einige Kenner von Turnieren hohe Summen auf die Leute aus dem Minervois setzten, die zwanzig Mann mehr auf ihrer Seite hatten, mit der Sonne ritten und deren Ausrüstung neuer und glänzender erschien als die ihrer Gegner.
Es war ein buntes, ein fröhliches und lebendiges Bild, das die Gäste von der Tribüne aus erblicken durften. Vielfarbige Stoffe, Schilde und Wimpel leuchteten in der Sonne, während die Kommandorufe der Ritter, das Scharren der Pferde, das Klirren der Waffen, der Klang des Windes, der an Zeltplanen und Standarten zerrte, dem Geräusch der plötzlich aufgewühlten See glich, deren hochgehende Wellen man geschützt und unbesorgt am Rande einer noch ruhigen Küste erwartete.
Als die Reitergruppen sich endlich formiert hatten, die scharfgeschliffenen Schwerter griffbereit im Wehrgehänge, die zugefeilten Lanzen an der Seite der Pferde eingelegt, herrschte mit einem Male Stille auf den Wiesen vor Couerlas. Der Wind bog Gras und Blumen auf dem Kampfplatz, bewegte Sonnenschleier von erwartungsvoll blickenden Damen, ließ die farbigen Wimpel an den Spitzen der Lanzen hin und her tanzen, während die helle Sonne dieses Sommertags sich in den Kettengliedern der Gepanzerten fing, Lichtpunkte, die plötzlich starr schienen in all der Ruhe, die dem Ausbruch dieses Spiels von Gewalt und Geschicklichkeit vorausging.
Auf den Kommandoruf des Herolds hin schrien die Reiter plötzlich auf, rissen an den Zügeln der Pferde, gaben ihnen die Sporen, während nun beide Gruppen aufeinander zu ritten, schnell, immer schneller werdend, auf den Boden trommelnde Hufe von über hundert Pferden, die Gras und Blumen zerschlugen, Erdbrocken aufwarfen, während die Ritter leicht nach vorne gebeugt in den Sätteln saßen und ihre Lanzen auf ihre Gegner hin ausrichteten. Der Trupp aus Foix und Comminges durchbrach die Reiterphalanx aus dem Minervois, dem Lauraguais und dem Razès, während auf beiden Seiten Männer aus den Sätteln geschleudert wurden und hart auf dem Boden aufprallten. Die aus dem Minervois wendeten unerwartet schnell ihre Pferde und ritten nun, die Sonne im Gesicht, einen Umkehrangriff auf die Leute aus Foix, während die gestürz-

ten Ritter, oder jene von denen, die noch dazu fähig waren, versuchten, vor den heransprengenden Pferden davonzulaufen oder sich zur Seite, aus der Kampfbahn herauszurollen. Beim zweiten Zusammenprall verkeilten sich die beiden Gruppen, Schwerter wurden gezogen, prallten hell aufleuchtend auf bunte Schilde, durchschnitten glitzernde Kettenpanzer, während jedermann versuchte, seinen Gegner so zu bedrängen, daß er sich ihm als kampfunfähig ergeben mußte.
Zwei Stunden lang hieben und stachen die Ritter in der Sommerhitze aufeinander ein, unter dem Brüllen und Schreien der Schaulustigen, unter den Flüchen oder Anfeuerungsrufen jener, die zu der einen oder anderen Partei hielten, bis schließlich Bernatz de Couerlas von seinem Sitz aufstand, dem Herold etwas zurief und das Turnier der Gruppen, unter Trompetenstößen, für beendet erklären ließ.
Auf die Bitte von Bernatz hin zeichnete Gaelle einen Ritter aus Mazamet mit dem Hauptpreis aus. Als der junge Mann mit dem zahmen Geparden über den Kampfplatz schritt, das Schwert in die Höhe gestreckt, erhob sich ein Jubel, der kein Ende nehmen wollte. Das Turnier wurde nun unterbrochen, um am frühen Nachmittag mit den Einzelkämpfen des Bernatz de Couerlas beendet zu werden. Die Menschen verliefen sich, Ritter gingen zu ihren Zelten zurück, während Knappen und Knechte ihre Senhers versorgten oder geringfügige Wunden verbanden.
Es war wieder der Herold, der drei Stunden später die Ritter zum Kampfplatz rief. Den Knappen und Knechten strömte die Menschenmenge nach, die gegessen, getrunken, getanzt oder sich an den Vorführungen der Gaukler und Akrobaten erfreut hatte.
Peir Rotgiers war gegen Bernatz glücklos. Schon beim ersten Anritt wurde der Ritter aus Cabares vom Pferd gerissen, während Bernatz bei Peires Mir vier Lanzen benötigte, bis er seinen Gegner aus dem Sattel gehoben hatte.
Bei dem großen, mächtigen Grafen von Foix fiel jedoch selbst nach sechs Stechen noch keine Entscheidung. Die Zuschauer tobten und schrien in gespannter Erregung, denn hier befehdeten sich zwei Kämpfer, die in allen Belangen ritterlicher Künste gleichwertig zu sein schienen.

Beim siebenten Anritt stolperte das Pferd Couerlas' knapp vor dem Aneinanderprallen über eine Graswurzel, brach im Galopp aus, während der Graf von Foix verzweifelt versuchte, seine Lanze nach oben zu schwenken, um auszuweichen, und Couerlas dabei mit aller Kraft ins aufgeklappte Visier traf, das er Gaelle zu Ehren immer offen ließ. Bernatz de Couerlas stürzte, abrupt und hart auf die Erde aufschlagend, zu Boden, während der Graf von Foix sein Pferd herumriß, eilig zu Bernatz hinritt, nach einem Moment der Erstarrung zu Gaelle blickte und dann verneinend den mit dem Helm bedeckten Kopf schüttelte.
Es war ihr Schrei, der die Stille zerriß. Es war Gaelle, die alleine zwischen all den bunten Fahnen und Wimpeln zu ihrem auf der Erde liegenden Mann hinlief, neben dem nun der Graf von Foix kniete und ihr mit fassungslosem Blick entgegensah. Sie lief und lief, über zertrampeltes Gras und zerschlagene Blumen, lief wie in einem gläsernen, zeitlosen Raum, in dem nichts sich mehr bewegte, in dem Gedanken und Taten längst erstarrt waren. Sie lief und wußte, sie würde zu spät kommen.
Bernatz de Couerlas war tot.

Der Friede in Konstantinopel schien nun wieder eingekehrt. Die Kreuzfahrer besuchten die Stadt und die Byzantiner das Lager des Heeres. Ein reger Tauschhandel war aufgekommen, und die Mädchen, die die Armee schon von Venedig aus begleitet hatten, erhielten regen Zustrom von jenen, die aus der Stadt kamen. All diese Pilger des Herrn, die den weiten Weg von der Champagne, von Burgund zum Bosporus hinter sich hatten, waren nun beschwichtigt durch die ersten Zahlungen, die Isaak II. geleistet hatte, lebten endlich im Überfluß von Wein, Fleisch und Brot, von Früchten und von Spezereien.
Kaum einer von ihnen ließ es sich entgehen, die Stadt zu besuchen. War ihnen Venedig schon unwirklich erschienen, so übertraf der Anblick Konstantinopels alles bislang Denkbare, verwandelte sich in eine Kette von Eindrücken, an der sich Unglaubliches an Unglaubliches reihte, eröffnete Szenen, die selbst die kühnsten Visionen als enge, provinzielle Abbilder erscheinen ließen. Zwar war auch diese Stadt überwiegend aus Holz gebaut, zwar zogen sich in

den ärmeren Vierteln Straßen voller Abfälle neben verfallenen Häusern, Läden und Tavernen hin, aber wenn man von diesen Gebieten absah, wurde alles überstrahlt durch Avenuen, in denen sich Kunstwerk an Kunstwerk reihte, durch die kaiserlichen Paläste, die hinter dem gigantischen Hippodrom in der Atmosphäre eines zauberhaften, idyllischen Friedens lagen, durch die prachtvolle Akropolis und durch die Mese, diese Straße der Straßen, die sich von Forum zu Forum erstreckte, breit, reich, ein Schaustück der Pracht, voll der Beutestücke aus vergangener Zeit, ein steingewordenes Abbild von Geist, den beinahe zweitausend Jahre Kultur geschaffen und erfühlt hatten.
Es gab Häuser in allen Formen, mit Spitzdach, Flachdach oder Kuppel gedeckt, mit Balkonen und Loggias, mit üppigen Gärten; Straßen mit Säulengängen, und den Villen der Adeligen, prunkvoll und wehrhaft in einem; Basare, mit Segelplanen überdacht, die alles anboten, was der Mensch zum Leben und für seinen Genuß benötigte; mit Triumphbögen überspannte Avenuen, gepflegt und schattig, die zu den Landsitzen der Reichen führten; da zeigten sich Hunderte von Kirchen und Klöster, die in ihrer Pracht wie Spiegelbilder des Himmlischen wirkten; da erstrahlte die Hagia Sophia, beinahe schwebend in ihrer unvergleichlichen Schönheit, voll des Goldes, der Juwelen und der Pracht und der Herrlichkeit; da sah man das Bukoleon, von dem aus eine Marmortreppe zu einem mit Skulpturen geschmückten kaiserlichen Hafen hinabführte; die Foren des Konstantin, des Theodosius, des Arkadios; die Parks, die Aquädukte und die Zisternen, die großen Seen glichen und die im Mondlicht wie Eis leuchteten; das alles erblickten die Kreuzfahrer und noch tausend Dinge mehr, die alle aufzunehmen Gedächtnis und Verstand nicht ausreichten. Konstantinopel hatte keinen Anfang, und es hatte kein Ende.
Konstantinopel war der Mittelpunkt der Erde.
Die Stadt wurde von beinahe einer Million Menschen bevölkert, jetzt vorwiegend Slawen, Kappadokier, Juden, Syrer, Armenier, Bulgaren, Sarazenen, Pisaner, darüber eine schmale, dünne Schicht von griechischen Adeligen. Kaufleute aus allen nur denkbaren Ländern und Städten hatten hier ihre Kontore, erzeugten ein wirres Durcheinander von Sprachen und Sitten, einen bunten Untergrund

von Religionen, Gebräuchen, von fremden Riten, von satter, sonniger Lebenslust und von bestechend offener Berechnung; ein Fundament, auf dem, zwischen Mosaiken, Wandmalereien, Skulpturen, Wandbehängen, mit Gold und Elfenbein ausgelegten Empfangsräumen, die griechische Oberschicht die Verfeinerung der Lebensart bis zum letzten hin erprobte.

Brians Griechisch hatte sich so weit verbessert, daß er sich dieser Sprache nunmehr beinahe fehlerlos bedienen konnte. Bei einem Streifzug durch die Gassen in der Nähe des Heiligen Palastes hatte er die Bekanntschaft eines gebildeten Griechen gemacht, der ein von Neugier und Spott durchsetztes Interesse an den Kreuzfahrern zeigte. Eraklios Kytornos stellte sich ihm als Literat, Bibliothekar und Historiker vor. Als der Grieche erfuhr, daß Brian ein Troubadour war, der die meisten Lieder der occitanischen Dichter beherrschte, wurde de Martial unverzüglich mit all seinen Freunden zu einem Bankett in einem der luxuriösen Gasthöfe in der Nähe der Myselaion-Kirche geladen.
Nach langer Zeit waren sie nun alle wieder vereint. Robert erschien mit Aude, Jordas mit Estella, Jaufre wurde von seiner Flamena begleitet, Brian brachte Saissa und Rocas mit, während Marti und Pons, wie immer übereinander spottend, mit zwei dunkelhaarigen Mädchen, einem Paar tscherkessischer Zwillinge, erschienen. Jean de Valette, ein Bekannter aus Venedig, den Brian im Lager wiedergetroffen hatte, kam in Begleitung einer rothaarigen Slawin, die weder Griechisch noch Französisch verstand, aber stets ein stummes, reizendes Lächeln als Antwort gab, welche Frage man ihr auch stellte.
Sie dienten nicht alle in denselben Truppenteilen des Heeres. Robert unterstand unmittelbar Bonifaz de Montferrat, war einer seiner Vertrauensleute, war sogar Mitarbeiter in seinem Stab geworden, während Jordas, Jaufre und Marti unter dem Befehl Odos de La Roche blieben, einem aufgeklärten und gebildeten Lehensmann Montferrats. Jean de Valette war in eine Reiterabteilung Montmorencys eingegliedert. Pons wiederum war zu einer Art Verbindungsmann zwischen den Leuten Montferrats und den Venezianern ernannt worden, während Brian Al-Tustari zugeteilt

wurde, so wie er es gewünscht und verlangt hatte. Aber an diesem Abend saßen sie alle wieder einträchtig zusammen, redeten, aßen, lachten und tranken miteinander oder unterhielten sich mit ihrem griechischen Gastgeber, der sie über Land und Leute, Gebräuche und Literatur befragte.

»Weshalb, Chevalier de Valette«, fragte Eraklios in tadellosem Französisch, »weshalb habt Ihr dem byzantinischen Reich eigentlich die Ehre Eures Besuchs erwiesen?«

»Weil mein Seigneur, der ehrenwerte Graf Pierre de Bracieux, mich zu einem Kreuzzug aufrief.«

»Wohin, Chevalier?«

»Nach Outremer.«

»Dann dürfte sich Euer ehrenwerter Graf in der Richtung geirrt haben. Dies ist Konstantinopel und nicht Outremer.«

»Ich weiß«, sagte der Franzose. »Aber wir sind hier, um euch euren rechtmäßigen Kaiser zurückzugeben.«

»Wir haben ihn bekommen«, meinte Eraklios. »Dank des Himmels und der Venezianer. Ihr könnt nun unbesorgt und ungehindert den heiligen Boden Palästinas aufsuchen, Chevalier.«

»Wenn der Winter vorüber ist, werden wir nach Outremer segeln.«

»Bis dahin wird es Konstantinopel, unserem neuen Rom, eine Ehre sein, euch Gastfreundschaft zu erweisen.«

»Bist du glücklich mit Robert?« fragte Jordas Aude, als er neben ihr Platz nahm.

»Sehr.«

»Das freut mich.«

Aude neigte den Kopf leicht zur Seite. »Wirklich?«

»Ich will dich froh und unbeschwert sehen, Aude. Das ist mein größter Wunsch.«

»Besonders seit Estella dich mit all ihrer Raffinesse tröstet.«

Jordas lächelte. »Sie ist eine sehr anschmiegsame Frau. Warst nicht du es, die sie zu mir geschickt hat?«

Aude schwieg einen Augenblick. »Es ist schön, daß du noch immer meine Farben trägst, Jordas.«

»Ich denke, unsere Abmachung von Montpellier gilt noch immer?«
»Ja«, antwortete Aude. »Sie gilt noch immer. Gib mir bitte Wein«, sagte sie dann.
Jordas schenkte einen Becher voll und reichte ihn der Frau, schön, jung, rehäugig, das ovale Gesicht umrahmt von dem rotbraunen Haar, das über ihre Schultern herabfiel. Aude nippte an dem Wein und sah Jordas in die Augen. Plötzlich, als hätte sie einen Entschluß gefaßt, stellte sie den Becher auf den steinernen Tisch.
»Du konntest mich nicht von diesen Alpträumen befreien. Du bist mit allem, was in Parzié geschah, zu stark verhaftet.«
»Ich weiß.«
»Ich brauchte Schutz. Ich brauchte jemand, der meinen Haß ertrug.«
Jordas nickte. »Du hast diesen Mann gefunden.«
»Ja, das habe ich«, sagte Aude.
»Quält es dich noch so wie früher?«
Aude sah ihn an. »Es schmerzt. Aber es ist unwirklicher geworden. Als wäre es in einer anderen Welt geschehen.«
»Danke Robert dafür.«
»Das tue ich.«
Als Jordas aufstehen wollte, griff Aude nach seiner Hand und hielt ihn zurück.
»Versprich mir nur eines, bevor du gehst.« Ihre Stimme klang beinahe hastig, als sie sprach.
»Was, Aude?«
»Daß du meine Farben nie ablegen wirst.«
Jordas Blicke tasteten über ihr Gesicht.
»Ich werde sie immer tragen, Aude«, sagte er. Dann lächelte er unvermittelt. »Ich bin dein òme. Vergiß es niemals.«

Eraklios war von Saissa hingerissen.
»Ihr habt Euer Griechisch tatsächlich aus der Ilias gelernt?« fragte er, während sein dickliches Gesicht sich vor Freude rötete.
»Gelernt wäre übertrieben, Senher«, sagte das Mädchen. »Rocas gab sie mir nur stellenweise zum Lesen. Als Sprachübung, wenn Ihr so wollt.«

»Welch ein Lehrer der Lehrer«, sagte Eraklios und klatschte vor Begeisterung in die Hände. »Ich dachte nicht, daß irgend jemand im Westen Homer kennen würde! Was hat er Euch sonst noch zum Lesen gegeben?«
»Plutarch«, erwiderte das Mädchen.
»Texte des Plutarch!« rief der Grieche aus und spitzte die Lippen. »Welche?«
»Über die Seelenruhe, Senher.«
»Über die Seelenruhe«, wiederholte Eraklios, und sein Gesicht leuchtete auf. »Woher habt Ihr nur dieses Buch bekommen?« fragte er Rocas.
»Ich mußte es unter meine Obhut nehmen«, antwortete Rocas zögernd.
»Bei der Plünderung Chaldekons«, ergänzte Brian.
Eraklios schwieg kurz. »Nun gut«, sagte er dann. »Panta rhei. Alles fließt.«
»Heraklit«, bestätigte Saissa.
Eraklios faßte das Mädchen in seiner Begeisterung an den Schultern und küßte es auf die Wange. »Welch eine Frau, de Martial! Ihr besitzt eine Muse, die Euch jeden Tag mit ihrem Licht und ihrer Freude erfüllen muß.«
»Ja«, sagte Brian lächelnd. »Es war ein weiter Weg von den Wäldern bis hierher.«
»Ich verstehe Euch nicht«, erwiderte Eraklios.
»Er meint die Wälder Arkadiens, Senher«, sprang Rocas helfend ein.
Eraklios nickte erfreut. »Welch eine subtile Anspielung. Welch eine Finesse des Erfassens.«

Jaufre und Flamena begrüßten Brian mit unverhohlener Freude, als er sich zu ihnen setzte.
»Ihr habt euch rar gemacht in der letzten Zeit, du und Al-Tustari.«
»Es gab Verhandlungen. Verhandlungen Al-Tustaris mit dem Dogen.«
Jaufre schenkte ihm sein offenes, strahlendes Lächeln. »Hattet ihr Erfolg?«
»Er hat meistens Erfolg«, sagte Flamena, und ihr ironischer Blick traf

Brians Gesicht, traf seine Augen, während ein amüsiertes Lächeln den Zauber und die Schönheit ihres Profils noch verstärkte.
»Ein Kompromiß«, sagte Brian. »Ein Kompromiß für die Venezianer und eine Bestätigung dessen, was Montferrat immer wollte.«
»Und was wollte Bonifaz immer, companho?«
»Er wird Cäsar und bekommt Thessaloniki als Lehen. Die Venezianer erhalten Stützpunkte in der Ägäis und eine Erweiterung ihrer Handelsvorteile in Konstantinopel.«
»Und das Kreuzfahrerheer?«
»Zieht im Frühjahr nach Outremer.«
»Nicht nach Ägypten? Nicht gegen El-Adil?«
»Nach Outremer, Jaufre.«
»Ich denke, es wird uns in Outremer gefallen«, sagte der Dunkelhaarige zu Flamena.
»Dir gefällt es überall, wo es Licht und Abenteuer gibt«, meinte Flamena.
»So ist es wohl«, bestätigte Jaufre lächelnd. Er lehnte sich in seinem Stuhl zurück. »Bisher, Brian, habe ich diesen Kreuzzug sehr genossen. Wir sollten gegen das höllische Babylon des Islam ziehen und haben dafür Triest und Zara für die Venezianer erobert. Dann wollte Champlitte um jeden Preis, daß wir nach Akkon segeln, und statt dessen haben wir eine rostige eiserne Kette versenkt und anschließend Konstantinopel belagert.« Er schenkte sich einen Becher mit Wein voll. »Ich habe zwar keine Ahnung, was ich hier tue, aber diese Stadt und ihre Menschen gefallen mir. Obwohl ich bestenfalls ein paar unerträglich lästige Stechmücken ins Jenseits befördert habe, gelte ich inmitten dieses heldenhaften Heeres verrückterweise als tapferer Mann.« Er hob seinen Becher und prostete Brian zu. »Wenn es auf diese Art weitergeht, werden wir bald alle mit Posaunen bewaffnet vor Rom stehen. Wir werden die Mauern dieses neuen Jericho zum Einsturz bringen, ein kurzes Hosianna singen und den exkommunizierten Dandolo zum allerchristlichsten Papst krönen.«
»Du solltest nicht darüber spotten«, sagte Flamena.
»Weshalb nicht? Bisher hat dieses Heer nur Christen bekämpft. Wir sind das Gelächter der Muselmanen von Valencia bis Mekka. Unter dem Mantel des Kreuzes sind wir ein Jahr lang von Dalma-

tien nach Byzanz geirrt und haben dabei keinen einzigen von Gott verdammten Heiden gesehen. Außer Al-Tustari natürlich, und der ist unbestritten ein besserer Christ als der Bischof von Soissons.«

»Und welchen Schluß ziehst du daraus, companho?«

Jaufre blickte belustigt zu Brian hin. »Daß ich recht habe. Daß diese wunderbare Welt auf eine großartige Weise absurd und bestenfalls zu belächeln ist.«

»Woraus du schließt?« fragte der Troubadour.

»Daß ich ein weiteres Mal recht hatte. Daß nur der Unglaube, der Genuß und der unbeschwerte Tanz der Liebe uns vor jenen Abgründen bewahren können, die von den Geist beleidigenden Dogmen und Geboten aufgerissen werden.«

»Nur damit du deine Meinung über das Leben bestätigt findest, hätten wir nicht bis hierher segeln müssen«, meinte Flamena.

Eraklion setzte sich zu ihnen, scherzte und machte Flamena ausgesuchte Komplimente. Doch dann wurde er plötzlich ernst. Er beugte sich zu Brian vor.

Seine Stimme klang plötzlich eindringlich und härter als zuvor. »Es gibt sehr viel Ärger in der Bevölkerung über das Verhalten der Kreuzfahrer. Meist sind sie betrunken und schmähen die Byzantiner.«

»Das ist Pöbel, Magister.«

»Mag sein«, sagte Eraklion. »Aber die Situation ist gespannt. Der Haß gleicht einem trockenen Holz, das mit dem kleinsten Funken Feuer fangen kann.«

»Worauf wollt Ihr hinaus, Magister?«

»Seht zu, daß eine Proklamation des Dogen erfolgt, die die Rechte der Byzantiner ungeschmälert bestätigt.«

»Diese Macht besitze ich nicht, Eraklion.«

Der Grieche blickte ihn an. »Ihr vielleicht nicht. Aber Euer Freund Al-Tustari könnte es zuwege bringen. Mit einem Montferrat könnten wir leben. Nicht mit dem Dogen.«

»Ich werde mit Al-Tustari sprechen.«

»Tut das«, sagte Eraklion. »Tut das, Senher de Martial.«

Es war Robert de Bantrac, der in diesem Augenblick an dem anderen Ende der Tafel aufstand und mit kräftiger Stimme »Es lebe Konstantinopel!« rief.

Sie alle, bis auf Pons und Jean, hoben ihre Becher und erwiderten lautstark den Trinkspruch, während Eraklion sie der Reihe nach betrachtete, beinahe unmerklich den Kopf schüttelte und schließlich belustigt vor sich hin lächelte.

Eraklios hatte ihnen angeboten, in seinem Haus in der Nähe des Amastrianon zu übernachten. Rocas hatte dankbar angenommen, während Brian ihm herzlich dafür dankte, sich mit aller Höflichkeit von ihm verabschiedete und erklärte, Saissa noch die Mese bei Nacht zeigen zu wollen. Eraklios hatte ihm verschwörerisch zugezwinkert, das Mädchen auf beide Wangen geküßt und war dann mit Rocas davonspaziert, um ein Gespräch über die bedeutendsten Werke des Äschylus zu beginnen.

Selbst bei Nacht war die Mese überwältigend. Trotz der späten Stunde waren unter den marmornen Arkaden noch die Verkaufsstände von Händlern aufgestellt, spendeten an allen Ecken und Enden der Kolonnaden Fackeln genügend Licht, um die Waren in aller Ruhe und Genauigkeit prüfen zu können, strömten Menschen aller Stämme und Länder über die Avenue, um lautstark über Preise, Gold und Liebe zu sprechen, zu verhandeln oder zu feilschen. Noch immer waren auf dem riesigen Forum des Theodosios die Stände der Fleischhändler in einem Halbkreis gruppiert, noch immer konnte man an hölzernen Buden gebratenes Hammelfleisch essen und schweren, roten Wein trinken, während aristokratisch wirkende Griechinnen am Rande des weiten Platzes von Sänfte zu Sänfte miteinander sprachen und tuschelten.

Als sie die Mese verließen, folgten sie der immer stiller werdenden Straße, die am Hippodrom und der Hagia Sophia vorbeiführte. Die Kirche der Heiligen Weisheit schimmerte im Licht dieser hellen Nacht, ein von Kerzenschimmer erfülltes, von Mondlicht überflutetes Gebäude jenseits des Menschlichen, Geistiges, das sich vielleicht nur für einen Moment zu Stein geformt hatte, um sich jederzeit wieder aufzulösen und mit allen Rätseln der Finsternis verschmelzen zu können.

Die Wächter weigerten sich zuerst, sie in die Wälder des Heiligen Palastes eintreten zu lassen. Erst als Saissa sie anlächelte, zeigten sie sich bereit, die beträchtliche Summe, die Brian ihnen bot, anzunehmen. Der Troubadour und das Mädchen betraten die langgestreckten Zypressen- und Olivenhaine, die sich über eine Meile weit bis zur Akropolis hinzogen, betraten den bewaldeten Park der purpurgeborenen Cäsaren des von Christus und den großen Kaisern begründeten Konstantinopel.

Brian betrachtete das Mädchen neben sich. Er verspürte ein sonderbares Gefühl des Einverständnisses mit ihr, eine zärtliche Ruhe und ein Verstehen, das ebenso Leichtigkeit wie Tiefe in sich barg. Verborgene Tiere raschelten aufgeschreckt durch Baumgruppen, als die beiden durch den Park schlenderten, ziellos und unsicher, beinahe so, als wäre für sie hier alles zu finden, das Geheimnisvolle und das Offensichtliche, wenn man nur wüßte, wo man die Suche beginnen sollte. Schließlich nahm Saissa Brians Kopf in ihre schmalen Hände, sank auf die Knie, zog den Mann zu sich herab und küßte ihn.

Der Troubadour löste sich langsam von ihr und sah sie schweigend an.

»Ich wollte es dir leichter machen, großer Senher«, sagte das Mädchen.

»Saissa«, begann der Troubadour schließlich. Dann schwieg er unvermittelt.

»Sag es endlich«, sagte das Mädchen und lachte. »Sag es doch endlich!«

»Was meinst du?«

»Sag, daß du mich eines Tages verlassen wirst.«

»Ja. Ich werde dich eines Tages verlassen.«

»Nein«, meinte das Mädchen, beugte sich zu ihm und lächelte ihn an. »Ich, großer Senher, werde dich verlassen.«

»Wann?«

»Wenn du mich nicht mehr brauchst. An diesem Tag werde ich gehen.«

»Wie willst du diesen Tag erkennen?«

Das Mädchen ließ sich auf den Rücken fallen und lächelte abermals.

»Brian, du mächtiger, starker Mann. Du rätselhafter, du großer Senher. Ich kenne dich besser als jeder andere Mensch auf dieser Erde. Ich habe deine Seele auf dieser Straße nach Montpellier erblickt, nackt und ohne Beschönigung. Ich kenne jede Faser deines Körpers, seit du in Zara im Fieber gelegen hast. Ich weiß von deinen Hoffnungen, Wünschen und Ängsten. Ich weiß um deine Einsamkeit und deine Sehnsucht, das Unmögliche zu finden. Ich kenne dich besser, als je eine Frau dich gekannt hat. Es gibt nichts, das du vor mir verbergen könntest.«

»Nichts?«

»Nichts«, sagte das Mädchen, stand auf und zog ihr Kleid und ihr Hemd über den Kopf. Brian betrachtete voller Bewunderung ihren schmalen, ebenmäßigen Körper mit den kleinen Brüsten, den zartgeschwungenen Hüften und den langen, seidenglatten Beinen.

»Als du mich das letzte Mal so gesehen hast, warst du recht kraftlos, großer Senher. Ich frage mich, wie es heute um dich steht.«

»Wir sind im Heiligen Palast«, sagte Brian, plötzlich lächelnd. »Das ist kein Ort für kleine Hexen.«

»Du wirst meine Seele retten, großer Senher. Das fühle ich.«

Als sie nackt nebeneinanderlagen, küßte Brian ihren Körper, küßte ihre glatte Haut, küßte ihren Mund, küßte ihre Brüste, küßte ihre Scham, während Hände tasteten und erforschten, liebkosten, streichelten, kurz verweilten, um dann wie kleine, unruhige Tiere ihre Suche wieder aufzunehmen, eine Suche, die ohne Hast und voller Liebe war.

»Tu mir nicht weh«, flüsterte Saissa leise. »Tu mir nicht weh, großer Senher.«

Es war vollkommen. Es schien ihm wie der Abschluß eines langen Weges und der Beginn eines noch längeren. Sie umarmten einander in einem Einverständnis, wie Brian es noch nicht erlebt und erfühlt hatte. Er wußte nicht, ob er nahm oder genommen wurde, er wußte nicht mehr, wo die Trennung ihrer Körper begann oder ob es jemals eine gegeben hatte. Sein Geist war klar und leicht, glücklich und schwebend, verschmolzen mit jenem des Mädchens, so daß er nicht mehr recht erkannte, ob die geflüsterten Worte der Liebe nun die seinen oder die ihren waren, und ein seltsames Gefühl des Sichtreibenlassens überfiel ihn, da er nicht besitzen, da er nicht beherrschen wollte. Er glitt in die Tiefe seiner Empfindungen, er barg sich in ihnen, er umarmte fern jeder Trennung. Er gab sich hin, empfing ihre Hingabe, roch die Haut des Mädchens, den Duft des

Grases und der Bäume, hielt die Augen geschlossen, wollte nichts sehen, wollte nichts erkennen, um diese Ganzheit nicht zu brechen, die er zum ersten Mal in seinem Leben spürte, vollkommen, zeitlos und in all ihrer Helligkeit. Es war kein Abgrund zwischen ihm und dieser Welt, wie er geglaubt hatte. Er war nicht ausgeschlossen vom Wunder der Erkenntnis. Er hatte seine Gnade wiedergefunden, hier und jetzt, an den Körper des Mädchens gepreßt, in diesem Wald und auf dieser feuchten, grasbewachsenen Erde.
»Es ist ein guter Ort hier«, sagte das Mädchen später, als sie, einander eng umfassend, unter ihrer Kleidung lagen, um sich vor der Kühle dieser Herbstnacht zu schützen.
»Ein Palast.«
»Ich meine den Wald«, antwortete das Mädchen und schmiegte ihren Kopf an seine Brust.
»Ich dachte dabei an deine Wälder, Saissa. Deine versteckten Burgen. Deine geheimen Paläste.«
Das Mädchen strich ihm mit der Hand über die Stirne. »Es war schön und voller Glanz.«
Brians Hand glitt tastend über ihren Körper. »Du bist vollkommen, Saissa.«
»Ein Mädchen, das mit den Wölfen aufgewachsen ist?«
»Ich werde ihnen ab jetzt in Ehrfurcht gegenübertreten. Ich werde ab heute jeden einzelnen von ihnen segnen, dem ich begegne.«
Das Mädchen lächelte, als sie Brians forschende Hände zwischen ihren Schenkeln verspürte. »Du bist sichtlich wieder zu Kräften gekommen.«
»Wie auch nicht. Schließlich warst du es, die mich gepflegt hat.«
»Dann zeig mir, ob du wieder ein großer Senher sein kannst.«
»Wenn du es wirklich wünschst, Domna der Wälder?«
»Sei kein Narr, Brian«, sagte das Mädchen und legte ihre Arme um seinen Hals. »Sei kein Narr.«

Es war drei Tage später, als eine ganze Gruppe, die aus Brian, Jaufre, Saissa, Flamena und Rocas bestand, Al-Tustari in das Sarazenenviertel begleitete. Brian und die übrigen Männer waren in Rüstung und voll bewaffnet. Es gab Spannungen zwischen den Lateinern – vorwiegend in Konstantinopel ansässige Italiener –

und den Sarazenen, deren beider Wohnbezirke unmittelbar aneinandergrenzten.
Noch während des ersten Angriffs auf Konstantinopel hatten Griechen und auch einige Sarazenen die Handelshäuser der Lateiner gestürmt und geplündert und die Lateiner als »Kreuzfahrerfreunde« beschimpft. Seither gingen sie alle in Waffen, beobachteten einander voller Mißtrauen und versuchten tunlichst, sich gegenseitig aus dem Weg zu gehen, um weitere Reibereien und Kämpfe zu vermeiden.
Aber an diesem Herbstnachmittag, an dem ein scharfer, kalter Nordwind blies und die Mäntel der Frauen an ihre Körper preßte, veränderte sich fast unmerklich das übliche Treiben. Kleine Trupps von Kreuzfahrern, Lateinern und Venezianern standen, scheinbar unbefangen miteinander sprechend, an der Seite der Straßen, die zum Sarazenenviertel nördlich der St. Irenenkirche hinführten. Griechen betrachteten sie mißtrauisch, und Brian beobachtete, daß auch bei ihnen Knüppel, Messer und Schwerter sichtbar wurden, wenn der Wind ihre Umhänge zurückschlug und den Blick auf Gürtel und Wehrgehänge freigab.
»Wir sollten umkehren«, sagte Brian.
Al-Tustari musterte die Gruppen, die an den Straßenecken verteilt standen, schätzte ihre Stärke und ihre Bewaffnung ab.
»Zu spät«, sagte er. »Sie sind längst hinter uns.«
Brian blickte zu einem der Kreuzfahrer, der unmerklich lächelte, als er die zahlenmäßige Schwäche von Al-Tustaris Begleitung bemerkte.
»Jaufre könnte die Frauen zurückbringen«, meinte er.
Al-Tustari schüttelte den Kopf. »Nein. Wir werden jetzt von unseren eigenen Leuten bedroht. Wir müssen die Frauen durch das Sarazenenviertel schleusen. Im nördlichen, im griechischen Viertel sind sie sicher.«
»Was zum Teufel wird hier gespielt, Al-Tustari?« Brian wandte ihm zornig den Kopf zu.
»Sieh geradeaus«, sagte der Sarazene. »Laß dir nichts anmerken.«
»Was ist der verfluchte Grund für diese Zusammenrottungen? Eine Provokation der Lateiner?«

»Nein«, antwortete Al-Tustari. »Ich trage den Vertrag mit mir. Den, den ich mit dem Dogen abgeschlossen habe. Ich soll ihn heute einem Mittelsmann El-Adils übergeben, der ihn nach Alexandria überstellen wird. Irgend jemand möchte das verhindern.«
»Der Doge?«
»Wer sonst?«
»Wer weiß davon, daß es heute geschehen soll?«
»Niemand. Niemand außer meinem Schreiber.«
»Wurde er gekauft?«
Der Sarazene nickte unmerklich. »Sichtlich, Brian, sichtlich. Mögen alle Dämonen der Hölle ihn sein Leben lang verfolgen.«
Brian hörte das Geräusch von an Kettenpanzer schlagenden Schwertern hinter sich. »Das wird uns nur wenig helfen, fürchte ich.«
»Ich hätte euch nicht mitgenommen, wenn ich nur die geringste Gefahr geahnt hätte.«
Sie waren in die Straße eingebogen, die zur Moschee führte. Ein großer, aus Stein und Holz errichteter Rundbau, dem eine breite, sechsstufige Treppe vorgelagert war.
»Hör zu, Brian«, sagte Al-Tustari. »Entweder passiert es dort vorne oder gar nicht. In den schmalen Seitenstraßen könnten wir uns gegen eine ganze Armee verteidigen.« Der Sarazene streckte einen Finger aus und deutete zur Seite. »Rocas soll die Frauen in die Gasse, die rechts von der Moschee abzweigt, führen. Dort warten drei Leute von mir. Sie werden sie schützen. Du und Jaufre, ihr könnt sie unterstützen.«
»Deine Leute werden dir zu Hilfe kommen wollen.«
Al-Tustari lächelte und blickte auf die Kreuzfahrer, die den Platz, der vor ihnen lag, bevölkerten. »Sie werden keine Möglichkeit dazu haben. Diese Jünger des Herrn werden als erstes die Fluchtwege abriegeln.«
»Wie gut sind deine drei Sarazenen?«
»Sehr gut.«
»Dann bleibe ich bei dir.«
»Sei kein Narr, Cousin der Könige. Sie wollen mich töten.«
»Das ist meine Entscheidung, alter Freund«, sagte der Troubadour und schritt aus, bis er Rocas und die anderen eingeholt hatte.
Die Kreuzfahrer, die vor der Moschee brüllten und schrien, waren

Tölpel. Betrunkene Flamen und Franzosen, die man aufgehetzt hatte, in dem mohammedanischen Gotteshaus eine Beleidigung der Lehren und Weisheit Christi zu sehen. Sie würden den Vorwand dafür liefern, daß Al-Tustari von den sie zielstrebig verfolgenden Venezianern getötet werden konnte.
»Rocas soll mit den Frauen losgehen«, sagte Al-Tustari. »Wir müssen durch diesen Haufen hindurch. Wenn wir uns halten können, dann nur mit dem Rücken zur Moschee.«
»Jaufre kommt mit uns.«
»Das ist nicht sein Kampf.«
»Er sieht das anders.«
Brian gab Rocas ein Zeichen, der nickte und mit Flamena und Saissa der Gasse rechts neben der Moschee zuschlenderte. Hundert Schritte. Brian spürte, daß sein Herz heftig zu klopfen begonnen hatte. Wenn der Clericus die hundert Schritte schaffte, waren die Mädchen in Sicherheit. Als Rocas etwa die Hälfte des Weges hinter sich hatte, begannen ihn einige der Kreuzfahrer anzupöbeln. Der Goliarde erhielt einen Stoß und fiel zu Boden. Brian sah, daß Jaufre die Hand auf den Schwertgriff legte. Mit beinahe akrobatischer Gelenkigkeit stand der Clericus wieder auf und sagte etwas zu den Soldaten. Die Männer lachten und nickten. Rocas zog drei rote Bälle aus seinem Mantel und begann damit zu jonglieren. Flamena und Saissa gingen langsam weiter, scheinbar unbefangen miteinander plaudernd. Noch zwanzig Schritte. Rocas schrie etwas, lachte und warf dann die Bälle mitten in die Kreuzfahrer, die sich gegenseitig stießen und behinderten, um sie aufzufangen. Die Frauen hatten jetzt den Beginn der Straße erreicht. Drei schwerbewaffnete Sarazenen tauchten auf und blickten fragend zu Al-Tustari. Al-Tustari schüttelte den Kopf. Die Sarazenen blieben stehen und beobachteten den Haufen der Kreuzfahrer, in dem sich betrunkenes Gegröle mit dem Lachen über Rocas' Witze mischte.
»Gib mir dein Schwert«, sagte Jaufre zu Brian.
»Wozu?«
»Gib es mir.«
Brian zog sein Schwert und reichte es dem Dunkelhaarigen. Jaufre legte die Klinge des einen Schwertes quer über die des zweiten, so daß sie einem improvisierten Kreuz ähnelten.

»Macht Platz für das Kreuz des Herrn!« schrie er, als sie den Haufen der Flamen und Franzosen erreicht hatten. »Gebt den Weg frei für das Sinnbild unseres Erlösers!«

Brian sah aus den Augenwinkeln, daß die Lateiner und Venezianer, die sie verfolgt hatten, ausschwärmten und die Seiten des Platzes besetzten. Die erfahrenen, hartgesichtigen Kreuzfahrer, die mit ihnen gekommen waren, verfolgten Al-Tustari weiterhin, ihren Abstand kaum merklich verringernd.

Warum unternehmen sie nichts? fragte sich Brian. Warum lassen sie uns bis zur Moschee durchkommen?

Die Flamen und Franzosen wichen vor Jaufre zurück, dem Al-Tustari und Brian dichtauf folgten. Jaufre rief unausgesetzt: »Laßt mich euch etwas verkünden, ihr Brüder in Christo! Laßt mich euch etwas verkünden!« Al-Tustari und Brian blickten starr und unbewegt vor sich hin.

Diese Hurensöhne wollen uns vor der Moschee umbringen, dachte der Troubadour. Da ertönte plötzlich die Stimme von Pons: »Erschlagt sie!«

Pons, schoß es Brian durch den Kopf. Er hat sich gegen uns gestellt.

Jetzt endlich drängten die venezianischen Soldaten die Treppe hoch. Sie schlugen schreiend auf die drei Männer ein, die an die Tür der Moschee gepreßt standen, versuchten mit Dolchen ihre ungeschützten Seiten zu treffen. Jaufre und Brian konnten sie mit ihren Langschwertern auf Distanz halten, schlugen Wunden, aus denen Blut aufspritzte, während Al-Tustari, beinahe tanzend in seinen Bewegungen, eine Schneise von Toten und Verwundeten unter den Angreifenden hinterließ. Wie auf ein nicht erkennbares Signal zogen sich die Kreuzfahrer zurück, zögernd plötzlich, unschlüssig und zaudernd. Brian zählte zwölf Tote und Verwundete, die vor ihnen auf der Treppe lagen.

»Wir sind gute Katholiken«, schrie der Troubadour, keuchend vor Anstrengung. »Und der Sarazene ist ein Freund des Dogen. Ihr werdet eine Menge Ärger bekommen, wenn ihr uns tötet.«

»Gute Katholiken, die eine Moschee verteidigen!« schrie Pons schrill. »Tötet sie alle!«

Die zweite Angriffswelle war stärker als die erste. Es war die Mas-

se der Kreuzfahrer, die sie beinahe erdrückte, ihnen den Raum nahm, ungeachtet der Männer, die schreiend und sterbend vor ihnen zu Boden sanken.
Das ist das Ende, dachte Brian, das ist unser aller Ende, als plötzlich ein junger, blonder Waragäer aus der Gasse auftauchte, in der Flamena, Saissa und Rocas Schutz gesucht hatten. Der Blonde schwang seine Doppelaxt, richtete in dem ersten Moment der Überraschung ein Blutbad an der Flanke der Kreuzfahrer an, während die Sarazenen, die ihm folgten, nachstießen und die überrumpelten Soldaten niedermachten, so schnell und so gut sie es nur konnten. Von rückwärts drängten bewaffnete Griechen auf die Gruppe der Kreuzfahrer, die sich nun unvermutet nach zwei Seiten verteidigen mußten, während ihnen die Venezianer und Lateiner zu Hilfe kamen. Die Männer, die Jaufre, Al-Tustari und Brian angegriffen hatten, wichen zurück und versuchten, die neue Lage einzuschätzen.
Brian sah, daß Al-Tustaris Gesicht eine klaffende Wunde aufwies, die von der Stirne über die Nase verlief, daß Jaufre an der Schulter blutete, während etwa zwanzig Männer, beinahe grotesk in ihren Stellungen, über die weite Treppe verstreut vor ihnen lagen. Viele brüllten vor Schmerzen, und einer stieß einen langgezogenen Schrei aus, bäumte sich auf und prallte dann hart auf die Stufen zurück – leblos.
»Los«, rief Al-Tustari, »wir müssen in die Moschee!«
Brian warf sich gegen das Tor, das sich ohne Schwierigkeiten öffnete, und er und seine beiden Freunde stürzten in das Innere des Gebäudes. Brian und Al-Tustari verriegelten die Türe mit einem Holzkeil, der seitwärts an der Wand lehnte, während Jaufre mit schnellen, gezielten Hieben zwei Kreuzfahrer bekämpfte, die ihnen noch gefolgt waren, bevor sie das Tor schließen konnten. Als der Holzkeil eingehakt war, griff Al-Tustari nach seinem Säbel und trieb ihn dem einen der Soldaten in die Seite. Der Mann stieß einen Schrei aus, sackte zu Boden und rollte, eine Blutspur auf dem Mosaik der Steine hinterlassend, einige Schritte von ihm weg. Der zweite drehte sich kurz und überrascht dem Sarazenen zu, öffnete seine Deckung, während ihm Jaufre sein Schwert in die Brust rammte. Der Mann riß die Augen auf, wollte noch sprechen, woll-

te noch schreien, und fiel dann lautlos nach vorne, als Jaufre das Schwert mit einem Ruck aus seinem Körper zurückzog.
»Das ist alles Pons zuzuschreiben«, sagte Brian und blickte auf den toten Soldaten. »Jemand muß ihm viel Geld versprochen haben.«
Jaufre schüttelte den Kopf. Er atmete schwer. »Er ist nur ein kleiner Mann, der Geschichte machen will.«
»Vielleicht schaffen es die Sarazenen und die Griechen«, sagte Brian.
»Niemals«, antwortete Al-Tustari, über dessen Gesicht das Blut in Strömen herabrann. »Es sind zu wenige.«
Jaufre zeigte den Anflug eines Lächelns. »Ich hätte nie geglaubt, in einer Moschee aufgebahrt zu werden.«
»Noch ist es nicht soweit«, meinte Al-Tustari und wies nach vorne. »Diese Tür hier hält einiges aus.«
Aber die Fackeln, die durch die hochgelegenen Fenster des Gebäudes hereingeworfen wurden, waren Feuerstöcke, griechisches Feuer, das durch nichts zu löschen war. Die Wandverkleidungen brannten augenblicklich. Die Flammen fraßen sich, angefacht durch den Wind, der durch die Fenster pfiff, die Mauern hoch und entlang, bis hinauf zu dem hölzernen Kuppeldach, dessen kunstvolle Ornamentierungen binnen weniger Augenblicke zu brennen begannen.
Die drei Männer sahen sich um, sahen die Wucht des Feuers und wußten, daß es zu Ende war.
»Weshalb bist du mit mir gekommen?« fragte Al-Tustari Jaufre, über dessen Gesicht ein rötliches Licht auf und ab zuckte.
»Der Ehre wegen.«
Ein Deckenbalken fiel krachend auf den Boden hinter ihnen, um dann in tausend Stücke verkohlten Holzes zu zerbersten.
»Deiner Ehre wegen?« Al-Tustari versuchte mit der Hand den Blutfluß zu hemmen, der sich von Minute zu Minute verstärkte.
»Der Ehre der Christenheit wegen.«
Brian gelang der Ansatz eines Lächelns. »Das ist eine sonderbare Antwort für einen Atheisten.«
»Ich weiß«, antwortete Jaufre, der sich auf sein Schwert stützte.

»Aber manchmal, wenn Narren einen dazu zwingen, verkehren sich Überzeugungen in ihr Gegenteil.« Er schwieg kurz. »Wenn einer von euch beiden durchkommen sollte, muß er mir etwas versprechen.«
»Was, du Held des einzigen Glaubens?« fragte Al-Tustari, der die glühenden Holzstückchen, die auf seinen eisernen Handschuh gefallen waren, von sich schüttelte.
»Flamena. Jemand muß sich um sie kümmern.«
Brian sah ihn an. »Dasselbe gilt für dich und Saissa.«
»Ja. Gut«, sagte Jaufre und nickte.
Ein Funkenregen bedeckte sie, als die Reste der Wandverkleidungen zu Boden stürzten.
»Wir müssen los«, meinte Al-Tustari. »Oder wir verbrennen.«
»Es war schön«, sagte Jaufre und hielt ihn mit seiner Hand zurück.
»Was?« fragte der Sarazene.
»Alles. Das Leben.«
»Das ist es immer.«
Sie schritten über flammende Bäche, kleine, brennende Seen aus Öl, die nun die kostbaren Mosaiken des Bodens zerfraßen.
»Es tut mir leid«, sagte Brian leise, als sie zur Türe gingen.
»Was tut dir leid?« fragte Al-Tustari und blieb kurz stehen. Sein linkes Auge hatte sich geschlossen, war von einer hellroten Masse verklebt.
»Daß wir den Kelch nun doch nicht miteinander leeren konnten.«
Al-Tustari lächelte ihn mit seinem blutverschmierten Gesicht an. »Manchmal denkst du die Dinge nicht zu Ende, Cousin der Könige. Du hast ihn soeben mit mir geleert. Bis zum letzten Tropfen, Brian.«
Als sie den Riegel wieder entfernt hatten, stießen sie die Türe mit den Füßen auf und sprangen mit zum Schlag erhobenen Schwertern nach draußen. Es waren drei Armbrustpfeile, die Al-Tustari in die Brust trafen, und einer, der sich in Jaufres Stirn bohrte. Brian stürzte die Treppen hinunter und erwartete den tödlichen Pfeil, der ihn treffen würde, aber nichts geschah, nichts riß ihm unvermutet das Leben aus dem Leib, als er sich hauend und stechend durch-

kämpfte, bis zu dem Waragäer und den Sarazenen, die sich noch immer auf dem rechten Treppenabsatz hielten.
»Bist du der einzige?« schrie der Blonde.
»Ja«, sagte Brian und blieb abrupt stehen. »Ich bin der einzige.«
Er blickte sich um und sah Pons, der Jaufres Kopf vom Rumpf getrennt hatte und ihn an der Kettenhaube hochhielt. Einige Venezianer und Kreuzfahrer hieben Al-Tustaris Körper in Stücke, während das brennende Dach der Moschee einstürzte und, ein Meer von Funken schlagend, in das Innere des Gebäudes fiel.
»Komm, Franke«, brüllte der Waragäer. »Für die anderen ist es aus.«
Brian schrie auf, faßte den Griff seines Schwertes mit beiden Händen und hieb sich neben dem Blonden einen Weg durch die anstürmenden Pisaner und Kreuzfahrer, tötete, wollte töten, alles, voll des Zornes und voll des Hasses.
Sie schafften es bis zum Anfang der Gasse, wo die sarazenischen Bogenschützen kurz ihre Reihe öffneten, um sie durchzulassen.
»Schnell«, sagte der Waragäer. »Dort vorne.« Er deutete auf Saissa und Rocas, die neben Flamena knieten. Sie lag am Boden, den Kopf an einer Hausmauer aufgestützt. Im ersten Moment glaubte Brian, sie sei tot, aber dann hob Rocas sie hoch, trug die Bewußtlose in seinen Armen, während Saissa zu Brian stürzte, seinen Unterarm faßte und stumm sein Gesicht betrachtete.
»Wir müssen zum Hafen und dann in das griechische Viertel«, sagte der Blonde mit ungeduldiger Stimme.
Brian schüttelte den Kopf. »Ich will hierbleiben.«
»Verdammt, Franke, siehst du denn nicht, was hier geschieht?«
Der Waragäer deutete auf die Kreuzfahrer, die nun mit ihren Feuerstöcken die Wohnhäuser im Umkreis der Moschee anzuzünden begannen.
»In zwei Stunden brennt die halbe Stadt!« schrie der Blonde.
»Gott verfluche euch alle«, murmelte Brian, als er zu Pons und den Bewaffneten hinblickte.
»Kommst du jetzt endlich, verdammter Franke?«
»Wohin bringst du uns?«
»In Sicherheit.«

Pons war nicht überrascht, daß de Bantracs Leute an der weitgespannten Brücke beim Blachernenpalast Wache hielten. Es war ein Militärabschnitt, der Montferrats Leuten überantwortet worden war, und de Bantrac zählte zu deren engsten Vertrauten. Es erschien dem kleinen Provençalen nur natürlich, daß er Robert auf der Mitte der Brücke begegnete. Was ihn überraschte, war, daß der Normanne unbewaffnet am Boden saß, den Rücken ans Geländer gelehnt, und in tiefen Zügen aus einem Weinkrug trank. Als er Pons bemerkte, wischte er sich mit dem Handrücken den Mund ab und stellte den Krug neben sich auf den Boden. Er deutete auf die Axt, die Pons in der Hand hielt.

»Hast du damit Jaufre den Kopf abgeschlagen?« fragte er.

»Ja.« Pons sah sich um.

De Bantracs Leute waren weit entfernt und außer Rufweite. Die brennende Stadt erhellte auch die Brücke, jetzt, da die Nacht hereingebrochen war. Die brennende Stadt erleuchtete beide Ufer des Bosporus, warf ihren Schein von Europa nach Asien.

»Du hast ihn gehaßt. Marti hat recht gehabt.«

»Jaufre hatte alles. Ich nichts. Er hat es mich immer spüren lassen.«

Robert nahm einen Schluck aus dem Krug. »Warum hast du Brian nicht getötet?«

»Es wurde mir geraten, ihn am Leben zu lassen.«

»Von wem?«

»Das geht dich einen Dreck an, Robert.«

»Vielleicht«, sagte der Normanne. Er blickte zu der Stadt hinüber. »Ein schönes Feuer.«

»Ich mußte es tun.«

»Mußtest du?«

»Ja.«

Robert nickte. »Konstantinopel wird nie mehr das sein, was es war. Um diese Zeit bläst der Nordwind oft wochenlang. Wer weiß, wann das Feuer erlischt.«

»Ich hatte den Auftrag.«

»Ja«, sagte de Bantrac. »Natürlich.«

»Ich werde jetzt weitergehen, Robert.«

»Nein. Das wirst du nicht.«

Pons lachte und schwang seine Axt. »Wie willst du mich daran hindern, Robert?«
Der Normanne zuckte mit der Schulter. »Durch nichts Besonderes, companho«, sagte er. »Durch nichts Außergewöhnliches.«
Pons schritt langsam an ihm vorbei, die Axt griffbereit, Robert dabei nicht aus den Augen lassend.
»Wer hat eigentlich noch davon gewußt, daß Al-Tustari das Abkommen mit dem Dogen nach Alexandria überstellen wollte?«
Pons blieb stehen und drehte sich um. »Wieviel hat man dir darüber erzählt, Robert?«
»Nichts«, antwortete der Normanne lächelnd. »Es war eine Vermutung. Eine Vermutung, die du mir gerade bestätigt hast.«
Pons betrachtete ihn schweigend.
»Es paßt nur vorzüglich ins Bild. El-Adil bekommt den Vertrag mit dem Dogen nie zu Gesicht. Ein Haufen betrunkener Kreuzfahrer bringt versehentlich seinen Sonderbotschafter bei der Erstürmung einer Moschee ums Leben. Ein Brand bricht aus, der halb Konstantinopel verwüsten wird. Der Waffenstillstand geht in die Brüche. Wenn Alexios aus Thrakien zurück ist, gebe ich ihm bestenfalls noch zwei Monate, bevor er abgesetzt oder umgebracht wird. Die Pläne Philipps von Schwaben und Montferrats sind beim Teufel. Wer profitiert wohl davon, Pons?«
»Der Doge«, antwortete Pons leise.
»Ja«, sagte der Normanne. »So sehe ich das auch. Der Doge wird eine zweite Belagerung fordern. Mit ihm als Führer.«
»So könnte es sein«, flüsterte Pons.
»Dandolo hat die saubersten Hände der Welt. Was kann der Herr der Serenissima dafür, daß ein Haufen betrunkener Narren seine besten Absichten durchkreuzt hat?«
»Nichts«, sagte Pons beinahe tonlos.
Robert blickte kurz zu dem in Flammen stehenden Konstantinopel hin. »Nur zwei Unbeteiligte kennen die ganze Wahrheit. Der eine sitzt in einer brennenden Stadt fest, und der andere liegt halb betrunken auf dem Boden einer Brücke.«
»Ich werde dich jetzt töten müssen, Robert«, sagte Pons leise.
»Viele sind heute schon gestorben.« Der Normanne blickte zum rötlichen Himmel hoch. »Sterben noch immer.«

Pons konnte es nicht fassen, daß sein Hieb mit der Axt ins Leere gegangen war. Der riesenhafte Normanne hatte sich mit einer Schnelligkeit zur Seite gerollt, die Pons für unmöglich gehalten hatte. Als er seine Axt aus dem Holzgeländer der Brücke zog, stand de Bantrac bereits aufrecht vor ihm.

»Wer hat Al-Tustari verraten, Pons?«

»Sein Schreiber«, sagte der kleine Provençale und hieb gegen den Brustkorb Roberts. Der Normanne war nach rückwärts ausgewichen, und die Schneide der Axt riß nur einige Glieder seines Kettenhemdes mit sich.

»Weißt du, daß ich Al-Tustari geliebt habe, Pons? Weißt du, daß Jaufre mein Freund war?«

»Ja, das weiß ich«, antwortete Pons und schlug nach dem Kopf de Bantracs. Der Normanne drehte sich zur Seite, und Pons' Schlag zischte an ihm vorbei, riß durch seine Wucht den Provençalen mit sich, der vornüber auf das Pflaster der Brücke fiel. Robert bückte sich und zog Pons hoch. Er legte seine Hand unter das Kinn des Provençalen und drückte seinen Kopf nach hinten.

»Wenn du mir etwas antust, werden sie dich häuten«, sagte Pons mit gepreßter Stimme.

»Wie heißt dein unmittelbarer Auftraggeber?« fragte der Normanne.

»Hol dich der Teufel, Robert«, flüsterte der Provençale mit stockender Stimme.

Robert verstärkte den Druck seiner Hand. Pons schrie vor Schmerzen auf.

»Der Name, Pons«, sagte der Normanne.

»Zanocca«, keuchte der Provençale.

Robert nickte kurz und brach Pons das Genick.

Am nächsten Tag wurde der Schreiber Al-Tustaris erwürgt und entstellt nahe der verankerten »Aquila« gefunden. Zwei Tage später entdeckte man auch Zanocca. Jemand hatte ihm die Kehle durchgeschnitten und ihn dann an einen Baum genagelt. Obwohl jedermann die Bestrafung dieser Untat verlangte, untersagte der Doge der venezianischen Republik, Enrico Dandolo, strikt jegliche Untersuchung.

Niemand verstand seine Gründe.

Der Waragäer, der sich Leif nannte, hatte sie zu einer verlassenen Villa geführt, die einem Schützling des geflüchteten Kaisers Alexios III. gehört hatte. Das Gebäude lag nicht allzuweit vom Blachernenpalast entfernt, außerhalb der Brandschneise, die sich durch Konstantinopel zog. Es verfügte, obwohl es geplündert worden war, noch immer über die allernötigsten Einrichtungsgegenstände.
Als Flamena erwachte, glaubte sie, in Sarvas zu sein, und rief ohne Unterlaß nach Jaufre. Niemand hatte den Mut, ihr zu sagen, daß sie in Byzanz war und daß Jaufre nicht mehr lebte. Niemand wußte auch, ob sie es begreifen würde. Brian schickte Leif, um einen Arzt zu holen.
Während Flamena nach Jaufre schrie, fachte der Nordwind die Flammen immer wieder von neuem an. Die Sonne konnte den Rauch, der über der Stadt lag, nicht mehr durchdringen, und des Nachts schimmerte der Himmel in einem lodernden Rot. Dieses aus Mauern, Türmen und Häusern errichtete Wunderwerk von Macht, von Pracht und von Herrlichkeit wand sich in einem verzweifelten Todeskampf, einem Todeskampf aus Feuer, Licht und Dunkelheit.
Konstantinopel brannte acht Tage und acht Nächte ohne Unterlaß.

14. Kapitel

CITEAUX, KONSTANTINOPEL
November 1203 bis April 1204

Der weißhaarige Mann und die dunkelhaarige Frau gingen über den Kiesweg zu der breiten Westfront der aufragenden Kirche. Der Mönch in der weißen Kutte, der sie am Portal empfangen hatte, schwieg jetzt. Er öffnete leise die Türe zur Kirche und ließ den Mann und die Frau an sich vorübergehen. Der Eindruck, den das Innere in seiner kargen Mächtigkeit erweckte, war von reiner Schönheit, großartig und überwältigend in einem. Bündelpfeiler bildeten eine Straße von Arkadenbögen, die zu den beiden äußeren Schiffen hinführten.

Ein mächtiges Fenster an der Südseite ließ bläulichrotes Licht in die Kirche fließen, während die hochstrebenden Fenster des Chores wie grüne Smaragde und goldfarbener Topas schimmerten. Es war eine schmucklose Pracht, asketisch und steinern, deren Sog man sich nicht entziehen konnte.

Es war die Kirche der Mönche von Citeaux, des mächtigsten Ordenshauses, das die Zisterzienser im Abendland besaßen.

Der Mönch, die Frau und der Mann bekreuzigten sich vor dem Altar. Dann schritten sie nach links, einen schmalen Gang entlang, der zum Abthaus führte. Der Mönch öffnete eine Türe und blieb mit gesenktem Kopf an ihrem Eingang stehen.

Der Abt saß in dem kargen Raum auf einem schmucklosen Stuhl und blickte sie an. Der weißhaarige Mann schritt zu ihm, kniete mit einem Bein nieder, küßte den Ring des Abtes und stand wieder auf. Die Frau blieb mit gesenktem Kopf vor ihm knien, bis der Abt ihr die beringte Hand zum Kuß reichte.

»Steh auf, meine Tochter«, sagte der Abt Arnaud-Armaury. Eine angenehme, eine weiche, eine kultivierte Stimme.
Die Frau erhob sich und blieb vor ihm stehen, die Augen zu Boden gerichtet.
Der Abt machte eine Geste, worauf der Mönch zwei der Stühle holte, die an der Wand standen. Dann bedeutete Arnaud-Armaury ihm mit einer kurzen Handbewegung, daß er gehen könne. Der Mönch beugte den Kopf, faltete die Hände und ging rückwärts zur Türe, die er leise hinter sich schloß.
»Setzt Euch, Peire de Gedevan«, sagte der Abt. »Und auch Ihr, Domna Galarda.«
»Wir danken Euer Gnaden, daß Ihr uns empfangt.«
»Ihr wurdet mir empfohlen, Senher de Gedevan. Bedeutende Kreise setzen große Hoffnungen in Eure Geschicklichkeit.«
»Ich fühle mich geehrt, Euer Gnaden.«
Der Abt mit der dunklen Haarkrause und den jugendlichen Gesichtszügen betrachtete ihn freundlich und aufmerksam. »Wie man mir berichtet hat, seid Ihr seit geraumer Zeit mit den unhaltbaren Zuständen in der Occitanie nicht zufrieden.«
»Ich habe dem König von Frankreich darüber berichtet. Ich habe mit allen großen Herren der Île de France, der Champagne, des Artois, der Picardie, von Nemour und dem Berry darüber gesprochen.«
Der Abt lächelte. »Was sagte der König dazu?«
»Er ist indifferent, Euer Gnaden. Man müßte ihm die Dringlichkeit deutlicher vor Augen führen.«
Der Abt nickte. »Und was meinen die Barone der Île de France und der anderen Gebiete zu dieser Frage?«
»Sie würden einem Aufruf der Kirche folgen.«
»Einem Aufruf zu einem Kreuzzug gegen die Katharer, wenn ich Euch recht verstehe?«
»Ja, Euer Gnaden.«
Der Abt betrachtete Peire nachdenklich. »Es findet gerade ein Kreuzzug statt, der nicht das Wohlgefallen des Papstes erregt.«
»Der Führer unseres Kreuzzuges müßte ein untadeliger Mann sein. Ein Mann Gottes, der das unbedingte Vertrauen des Papstes genießt.«

»An wen denkt Ihr, Peire de Gedevan?«
»An Euch, Euer Gnaden.«
Der Abt blickte kurz an Gedevan vorbei und lehnte sich dann entspannt in seinem Stuhl zurück.
»Seid Ihr mit dem Senher verheiratet, Domna Galarda?« fragte er unvermittelt.
»Ja, Euer Gnaden.«
»Auf welche Art, Domna?«
»Durch gegenseitiges Versprechen.«
Der Abt lächelte ihr zu. »Ich würde es vorziehen, wenn Ihr Euch kirchlich mit dem Senher trauen ließet. Wir sehen das mit größerem Wohlgefallen.«
»Wie Ihr befehlt, Euer Gnaden.«
Arnaud-Armaury berührte kurz den Ring an seiner Hand. »Wann wurdet Ihr getauft, Domna?« fragte er.
»Vor sechs Jahren.«
»Seid Ihr fest im Glauben der katholischen Kirche verankert, Domna?«
»Ich empfange zweimal im Jahr die heilige Kommunion. Ich beichte zu Ostern und zur Weihnachtszeit.«
»Und Ihr empfindet keine Sehnsucht mehr nach den Riten der muslimischen Irrlehre?«
»Keine, Euer Gnaden.« Galarda blickte auf. »Weshalb fragt Ihr danach?«
Der Abt lächelte erneut. »Ihr seid eine schöne, gebildete Frau, Domna. Euer Verhalten muß ebenso untadelig sein wie das des Mannes, dem wir unser Vertrauen schenken.«
»Ihr und Euer Orden können auf mich zählen, Euer Gnaden.«
Arnaud-Armaury betrachtete sie einen Augenblick lang. »Ja, das denke ich auch«, sagte er schließlich. Der Abt schwieg kurz. »Es wäre von Vorteil, dem Papst noch nichts von Euren Plänen zu berichten, Peire de Gedevan.«
»Ich meinte, es seien unsere Pläne, Euer Gnaden.«
»Ihr seid zu voreilig, Senher. Ihr habt mir nur einen Gedanken mitgeteilt, den ich überdenken werde.«
»Ernsthaft?«
»Sehr ernsthaft.«

»Ich danke Euch, Euer Gnaden«, sagte Peire.
»Der Papst«, sagte Arnaud-Armaury, »ist ein von tiefer Güte erfüllter Führer seiner Herde. Kreise um den König von Aragon haben ihm nahegelegt, das Katharerproblem mit friedlichen Mitteln zu lösen.«
»El Cavalier?«
Der Abt nickte. »Seine Heiligkeit schätzt ihn und Pedro d'Aragon als treue Söhne der Kirche.«
»Mit anderen Worten gibt Seine Heiligkeit im Augenblick der Reconquista in Spanien den Vorrang vor den häretischen Problemen in der Occitanie.«
»So ist es«, sagte Arnaud-Armaury. »Ich freue mich, daß Ihr ein Mann von schneller Auffassungsgabe seid.«
»Doch diese Bevorzugung El Cavaliers und Pedros wird eines Tages ein Ende haben.«
»Sie wird dann ihr Ende finden, wenn die Friedenspolitik in der Occitanie scheitert.«
»Womit wir rechnen können.«
»Ihr sagt es, Senher. Womit wir rechnen können.«
Peire sah den Abt forschend an. »Was also soll ich tun?«
Arnaud-Armaury betrachtete seine Hand, die über die Lehne seines Stuhls strich, und blickte dann zu Gedevan hoch. »Die Vorbereitungen für einen Kreuzzug erfordern viel Zeit, Senher. Sie müssen in aller Stille und mit viel politischem Feingefühl durchgeführt werden.«
»Wann soll ich beginnen?« fragte Peire.
»Sofort.«
»Gut.«
Der Abt sah von Galarda zu Peire. »Ich bin nicht zufrieden mit den Entwicklungen in Parzié, Ciornac und Gedevan. Alpais de Parzié bezeichnet sich als Katharerin, und Ana de Ciornac scheint sich dieser Denkweise in bedenklicher Form anzunähern. Ich würde es mit Freuden sehen, wenn diese Gebiete, gut abgerundet durch die Besitzungen einiger häretischer Ritter, sich in der Hand eines der Kirche ergebenen Senhers und seiner Frau befinden würden.«
Peire lächelte kaum merklich. »Eines Senhers, der dem Führer des Kreuzzuges bedingungslos folgen würde.«

»Ihr seht die Frage von der richtigen Seite, Peire de Gedevan.« Arnaud-Armaury spitzte kurz die Lippen. »Es gibt in Parzié zwei Menschen, die Ihr im Auge behalten solltet. Eine häretische Hexe namens Fays und einen Soldaten, der sich Uc nennt. Beide sind außergewöhnliche, wenn auch von Gott verworfene Persönlichkeiten. Sie könnten leicht zum Keim eines Volksaufstandes werden.«
»Ich werde mich um sie kümmern«, sagte Peire.
Der Abt machte eine beinahe wegwerfende Handbewegung.
»Wie auch immer, dies sind nur Details Eures großen Plans.«
»Ich werde sie nicht außer acht lassen, Euer Gnaden.«
»Wußtet Ihr«, fragte Arnaud-Armaury und beugte sich vor, »wußtet Ihr, daß meine Vorfahren die wahren Herzöge der Narbonne waren? Bevor diese lästerliche Brut der Grafen von Toulouse sich diese Stadt und ihre Ländereien angeeignet hat?«
»Gäbe es die Grafen von Toulouse nicht, wärt Ihr heute der rechtmäßige Herzog, Euer Gnaden?«
»Ja«, sagte Arnaud-Armaury. »Ich wäre der rechtmäßige Herzog.«
Peire lächelte. »Wer hindert einen zukünftigen Erzbischof von Narbonne, der weltliche Herrscher der Stadt zu werden?«
Der Abt lehnte sich zurück. Sein Gesicht hatte einen interessierten und nachdenklichen Ausdruck angenommen. »Ihr seht mich als Bischof von Narbonne?«
»Müßte der siegreiche Führer eines glanzvollen Kreuzzuges nicht angemessen belohnt werden?«
»Ja«, meinte der Abt und nickte zustimmend mit dem Kopf. »Wenn man richtig vorgeht, dann hindert den zukünftigen Bischof von Narbonne niemand, auch noch die Herzogswürde zu erlangen.«
»Es ist von Vorteil, wenn sich die geistliche und weltliche Macht in einer Hand befinden, Euer Gnaden.«
»So sehe ich das auch, Peire de Gedevan.«
Der Abt hob seinen beringten Finger und deutete auf Peire. »Der künftige Senher von Ciornac, Parzié und Gedevan wird Geld benötigen. Dieses Geld könnte aus Narbonne kommen.«
»Es gibt eine reiche jüdische Gemeinde in dieser Stadt, Euer Gnaden.«
»Ja«, sagte der Abt, »die Welt ist voller Unglauben.« Arnaud-

Armaury schwieg kurz. »Wie viele Leute werden in Euren Diensten sein?«
»Nur einer. Ein Katalane namens Ramon.«
»Verläßlich?«
»Ganz und gar.«
»Wendet Euch an die Bankiers von Cahors. Sie werden Euer Projekt finanzieren.«
»Darf ich mich auf Euch berufen?« fragte Peire.
»Sagt ihnen, daß Ihr mit mir gesprochen habt. Das genügt.«
»Welche Sicherheit kann ich ihnen bieten?«
Der Abt breitete die Arme aus, als wollte er sie segnen.
»Die Occitanie natürlich«, sagte er beinahe überrascht. »Die ganze blühende, wundervolle, sonnige Occitanie.«

Manchmal, unvermutet, kehrte Flamena in die Wirklichkeit der Gegenwart zurück. Brian saß in dem kärglich möblierten Arbeitszimmer des Hauses, als die Frau den Raum betrat. Sie schien um zwanzig oder dreißig Jahre gealtert, das Gesicht fahl und eingefallen. Ihr Haar war mit dichten grauen Strähnen durchsetzt. Sie sah aus wie eine Sterbende, die ihren Tod nicht finden kann, sosehr sie sich auch nach seiner Ruhe sehnt.
»Schreibst du wieder an Eleonore und El Cavalier?« fragte sie. Eine Stimme, die brüchig und alt wirkte.
»Ja«, sagte der Troubadour.
»Wichtige Dinge?«
»Ich weiß nicht. Was ist wichtig?«
Flamena lachte. Zerschnittene Klänge. »Nicht deine Briefe.«
»Wahrscheinlich«, sagte Brian und stand auf.
»Warum mußte er sterben?« fragte sie.
»Ich weiß es nicht.«
Die Frau schüttelte den Kopf. »Gibt es irgend etwas, was du weißt?«
»Wenig. Wenig genug.«
»Wohin ist er gegangen, Troubadour?«
»In das Licht. In die Grenzenlosigkeit.«
»Dann werde ich ihn nie wiedersehen.«
»Weshalb?«

»Ich bin die Enge. Ich bin die Finsternis.«
»Du täuschst dich, Flamena.«
Flamena sah ihn an. Sie wandte sich ab, als sie zu weinen begann.
»Komm zu mir«, sagte der Troubadour leise.
Die Frau schmiegte sich an ihn und legte ihren Kopf an seine Schulter. Brian strich ihr über das glanzlose Haar. »Er wollte, daß ich auf dich achtgebe.«
»Was hat er gesagt, bevor er starb?«
»Daß das Leben schön sei.«
»Er hat sich geirrt«, sagte die Frau. Ihre Stimme war voller Traurigkeit.
»Nein. Er hat die Wahrheit gesagt, Flamena.«
»Sieh doch nur, was das Leben aus mir gemacht hat.« Sie strich sich eine Haarsträhne aus dem Gesicht und hob den Kopf. »Er ist fort, und er wird nie mehr zu mir zurückkehren.« Die Frau schwieg. »Ich will sterben, Brian«, sagte Flamena dann flüsternd, bittend und legte die Arme um seine Schultern.
»Warum willst du nicht leben?« fragte der Troubadour eindringlich.
»Wozu?« antwortete sie mit ihrer flachen, heisernen Stimme. »Wozu soll ich leben?« Ihre Hände irrten unruhig über seinen Rücken.
»Hör zu, Flamena ...«
Sie wies auf das Schreibpult. »Nichts von alledem ist wichtig. Nur die Liebe ist die Wahrheit.« Ihre Hände tasteten seinen Hals entlang. »Meine Wahrheit ist vergangen.«
»Die Liebe ist nicht nur ein Mensch allein.«
»Ich konnte durch ihn die Sonne erkennen. Ich konnte durch gläserne Welten blicken. Sterne bedeckten meinen Körper.«
»So ist es immer noch.«
Die Frau löste sich von ihm und lachte plötzlich. »Ich bin tot, Troubadour. Ich habe eine Liebe ohne Grenzen gelebt. Jetzt bin ich ins Nichts gefallen.« Sie schwieg kurz. »Die Welt ist das Böse. Das abgrundtief Böse.«
»Nein«, sagte Brian und schüttelte den Kopf.
»Nur die Liebe kann uns retten, oder wir werden von der Dunkelheit verschlungen.« Ihre Augen blickten plötzlich starr. Kleine

Schaumbläschen erschienen auf ihren Lippen. »Meine Liebe ist tot«, sagte sie.
Dann sackte sie zusammen und fiel, wie ein Wesen ohne Stärke, puppenhaft und kraftlos. Brian kniete sich neben sie, hob ihren Kopf hoch und sprach leise auf sie ein. Als die Frau die Augen wieder aufschlug, lächelte sie.
»Jaufre«, sagte sie, und ihre Finger tasteten über sein Gesicht.
»Ja«, antwortete der Troubadour.
»Du bist zurückgekommen, Jaufre.« Flamena schlang ihre Arme um Brians Nacken.
»Ja, das bin ich.«
Die Frau drückte Brians Wange an die ihre. Sie schwieg. Ihr zerstörtes Gesicht strahlte, wirkte jetzt hell und licht.
»Ich bin so glücklich, Jaufre«, sagte sie. »Ich bin so unendlich glücklich.«

Im November des Jahres 1203 suchte ein als Grieche verkleideter Franke Brian auf. Er wurde von Leif, der in die Dienste des Troubadours getreten war, in Empfang genommen. Der junge Däne forderte ihm seine Waffen ab und ging dann zu Brian, um ihn anzumelden.
»Ein Franke, sagst du?«
Leif nickte. »Er wollte mir seinen Namen nicht nennen. Er will sich nur dir zu erkennen geben.«
»Gut«, sagte der Troubadour. »Führ ihn herein, und bleib dann bei uns.«
»Wie du meinst«, sagte der Däne und wandte sich um, um den Besucher in das Atrium zu führen.
Als Brian Jordas erkannte, leuchtete sein Gesicht auf. Sie blickten sich einen Augenblick lächelnd an und umarmten einander dann.
»Ich habe mich von meinem Kreuzfahrertrupp zu euch durchgeschlagen.«
»Danke«, sagte Brian und faßte ihn an den Schultern.
»Ich dachte, ihr könntet mich brauchen.«
»Bei Gott, wir können dich gebrauchen.« Brian schlug ihm freundschaftlich auf die Schulter.

»Robert und Marti lassen dir ihre Grüße ausrichten. Wir sollen ihnen ab und zu einen Brief über die Lage hier in der Stadt zukommen lassen.«
»Einen Brief, dessen Inhalt auch Montferrat nützen könnte, die Pläne des Dogen zu durchkreuzen?«
»So ist es.«
Brian lachte. »Ich mache mir Sorgen um Montferrats Aussichten. Dandolos Intrigen, den Kreuzzug für Venedigs Interessen zu mißbrauchen, werden weitergehen. Wir konnten schon den Verrat an Al-Tustari nicht verhindern. Auch Robert nicht.«
»Er hat zuerst Pons getötet«, sagte Jordas. »Dann Al-Tustaris Schreiber. Und schließlich Zanocca.«
»Das war sinnlos«, sagte Brian nach einem Moment des Schweigens.
»Ich weiß nicht«, meinte Jordas zögernd.
»Ich freue mich darüber, bei allen Göttern dieser Erde«, sagte der Däne mit seiner klaren Stimme.
Jordas wandte sich dem Waragäer zu.
»Das ist Leif Jörnson«, sagte Brian. »Ein Gefährte und der beste Kamerad, den man sich denken kann. Und dieser Mann hier ist Jordas de Gedevan, ein Senher aus der Occitanie. Ein Freund, wie man keinen zweiten findet.«
»Sei gegrüßt, Leif Jörnson«, sagte Jordas und reichte ihm die Hand.
»Nur Leif. Leif, der Däne«, antwortete der Waragäer, als er Jordas' Hand ergriff.

Als Saissa in Begleitung Rocas' am Abend von ihren Streifzügen durch die verwüsteten Viertel von Konstantinopel zurückkehrte, hatten Jordas und Brian bereits alle Neuigkeiten ausgetauscht, die es zu besprechen gab. Zur Überraschung des Troubadours hatte Flamena Jordas wiedererkannt, ihn umarmt, sein Gesicht gestreichelt, bevor sie erneut in ihre Traumwelt zurücksank.
Kaum erblickte Saissa Jordas im Atrium, ließ sie die Körbe mit den Lebensmitteln fallen, stürzte auf den jungen Provençalen zu und küßte ihn. Beinahe atemlos bat sie ihn, ihr alles zu berichten, was es zu erzählen gab. Während Rocas lächelnd die Körbe aufhob, gab

ihr Jordas, immer wieder von Saissas schnellen Fragen unterbrochen, eine kurze Zusammenfassung all dessen, was sich in den letzten Wochen seit dem großen Brand zugetragen hatte.
»Wir werden heute ein Festmahl bereiten«, sagte Saissa schließlich. »Ein Festmahl zu Ehren von Jordas.«
»Ich höre, daß Ihr Brian ausgeplündert habt, Saissa?« fragte Jordas amüsiert.
Saissa lächelte. »Dieser Mann trug viel zuviel Geld bei sich. Ich mußte ihn vor sich selbst schützen.«
»Sie hat mich um vierhundert Silbermark erleichtert. Ich werde es Baruch nie erklären können.«
»Erzähle ihm die Wahrheit, Brian«, meinte Saissa. »Sag ihm ruhig, daß wir es an die Obdachlosen von Konstantinopel verteilen.«
»Nicht wir«, antwortete der Troubadour. »Du.«
»Ich tue es in unserem Namen und im Namen der jüdischen Gemeinde.«
»Sie nennen sie bereits die Heilige Saissa von Blachernae«, sagte Rocas. »Die orthodoxe Kirche wird sie eines Tages selig sprechen müssen.«
»Dann freue ich mich bereits innig auf den heiligen Rocas von den Goliarden«, meinte Brian.
Rocas lachte. »In mir sehen die Griechen nur ihren demütigen Diener. Ein heiliger Rocas würde Euch weitere dreihundert Silbermark kosten.«
»Das ist mir zu teuer für deinen Heiligenschein, Rocas.«
Der Goliarde grinste. »Das dachte ich mir, Senher. Obwohl es reizvoll wäre zu wissen, daß man eines Tages Kerzen zu meinen Ehren entzündet.«
»Was sonst willst du denn mit deinem Geld machen, Brian?« fragte Saissa. »Es in einer Lade verrotten lassen, bis es zerfällt? Hier gibt es die Möglichkeit zu helfen, die Gelegenheit, Menschen vor Krankheit und Tod zu bewahren.« Saissas Augen funkelten Brian an. »Wir bezahlen nur unsere Schulden, Troubadour.«
»Schulden an wen?«
»An alle, die uns in der Vergangenheit geholfen haben.«
»Sind das Gedanken von deinen Tieren?«

»Nein«, sagte Saissa und schüttelte den Kopf. »Das sind Gedanken von wahren Menschen.«
Brian seufzte und wandte sich Jordas zu. »Willkommen, companho. Willkommen im Orden vom Heiligen Gelichter.«
Jordas grinste. »Dessen Meister du geworden bist.«
»Nein«, sagte Brian und blickte in die Runde. »Dessen Meister ich von Beginn an war.«

In Konstantinopel begannen Unruhen aufzuflackern. Die Forderung, daß Alexios IV. und Isaak II. abdanken mögen, verstärkte sich ebenso unter dem Volk wie unter den Adeligen. Im Januar 1204 erreichte die Verwirrung ein solches Ausmaß, daß Vertreter aller großen Familien sich in der Hagia Sophia versammelten, um einen neuen Kaiser zu wählen. In seiner Panik tat Alexios IV. das vielleicht einzig Denkbare, um auch in Zukunft seine Macht zu erhalten. Er bot Bonifaz von Montferrat die Verfügung über den Blachernenpalast an, wenn er mit seinen Rittern, aber ohne Venezianer zu ihm käme. Als der Markgraf mit seinen Truppen vor den Mauern erschien, und durch die Tore zum Palast ziehen wollte, weigerte sich Alexios jedoch wieder mit aller Entschiedenheit, Montferrat in die Stadt zu lassen. Eunuchen und Höflinge hatten ihn nur allzu genau wissen lassen, daß die Parteigänger des Markgrafen in Byzanz bereits so stark seien, daß der griechische Kaiser um seinen Thron fürchten müsse, wenn Montferrat in Konstantinopel Eingang fände. Bonifaz wurde abgewiesen.
Der Doge lächelte zuerst, als er davon hörte. Dann lachte er lauthals.

Aude de Parzié wurde im Frühling des Jahres 1204 neunzehn Jahre alt. Mit erschreckender Heftigkeit wurde ihr bewußt, daß sie kein junges Mädchen mehr war. Sie war eine Frau, die aus der Heimatlosigkeit, in die sie gefallen war, herausfinden mußte, eine Frau, die bald, sehr bald ihre Wünsche und ihre Zukunft überdenken sollte. Jetzt, da die Vorbereitungen für den Angriff Robert vereinnahmten, jetzt, da Jordas in Konstantinopel war, hatte sie viel Zeit für sich und ihre Gedanken.
Sie mochte Robert, schätzte seine Männlichkeit, seine Stärke und

seine innere Kraft. Aber zu ihrer eigenen Überraschung wurde ihr bewußt, daß sie ihn noch immer nicht liebte, trotz all der Zeit, die sie nun miteinander verbracht hatten. Sie war ihm dankbar für die Hilfe, die er ihr geboten hatte, damals, vor Marseille, als die Zeit ihrer Jugend endgültig zerbrach, damals als sie nur mehr einen Schritt von einem tiefen, ihre Welt und sie selbst zerstörenden Abgrund entfernt gewesen war. Bei näherer Betrachtung wurde ihr jedoch klar, daß Dankbarkeit und Respekt nicht das wahre Fundament für eine lebenslange Beziehung darstellen konnten. Robert war reich und Aude realistisch genug, auch diesen Aspekt einer Verbindung in ihre Überlegungen einzubeziehen. Aber selbst der Anreiz des Vermögens de Bantracs reichte nicht aus, um ihn in ihren Augen zu dem Mann zu machen, der er sein müßte, wenn sie sich für alle Zeit an ihn binden sollte. Vor allem nämlich und alles andere überdeckend beherrschte sie ein Wunsch, den sie Robert nie offenbart hätte. Aude de Parzié wünschte sich ein Kind. Sie wünschte sich ein Kind von einem Mann, der ihrem Ideal eines tollkühnen Senhers und wahren Ritters immer mehr und stärker zu entsprechen begann. Sie wünschte sich ein Kind von Jordas. Sie wünschte sich ein Kind von einem Mann, der nun einer anderen gehörte, der aus seiner Welt ausgebrochen war, der verrückterweise zu Brian und Flamena ins belagerte Konstantinopel gegangen war, nur weil sein Gewissen es ihm befahl. Er war ihr òme. Sie wußte es nun, und sie wußte es mit Bestimmtheit.

Um Estella machte sie sich keine besonderen Sorgen. Das Mädchen war oberflächlich genug, um sich jederzeit mit einem anderen Mann zu trösten. Robert? Nun, so hoffte sie, Robert war stark genug, um alles und jegliches zu ertragen. Anders lag die Sache bei Jordas selbst. Als Junge war er ihr ergeben gewesen, ohne Grenzen und ohne jeglichen Vorbehalt. Nun mußte sie jedoch die Liebe eines Mannes wiedergewinnen, den sie einstmals zurückgestoßen hatte. Zweifel stiegen in ihr auf, quälten sie mit unklaren Ängsten. Doch langsam wuchs in ihr die Überzeugung, es bewerkstelligen zu können. Er trug noch immer ihre Farben. Er war noch immer durch ein Versprechen an sie gebunden. Sie würde ihn von neuem an sich fesseln.

Aude de Parzié war glücklich. Sie liebte wieder. Sie wußte, was sie sich wünschte. Und sie wußte endlich auch, wen sie wollte.

Im Handstreich brachte Alexios Dukas, ein hochgestellter byzantinischer Adliger, die beiden Kaiser des Hauses Angeloi im Blachernenpalast in seine Gewalt. Die Waragäergarde schwor ihm unverzüglich Treue, unter dem üblichen Jubel des Volkes trat Alexios Dukas die Herrschaft über das Reich der Rhomäer an und wurde als Alexios V. in der Hagia Sophia gekrönt. Während Isaak II. an den Aufregungen verstarb, wurde Alexios IV. in die Kerker des Blachernenpalastes gesteckt. Die Dynastie der Angeloi hatte aufgehört, die Geschicke von Byzanz zu lenken.
Das Reich der gefallenen Engel war zu Ende.

Gaelle de Vidars hatte nicht lange nach dem Tod ihres Mannes Fays aufgesucht. Die beiden Frauen führten ein langes Gespräch, und zu Gaelles Erstaunen sprachen sie kaum über Bernatz, sondern beinahe ausschließlich über Brian de Martial. Fays erzählte ihr von seinem Besuch und von den Ereignissen in Parzié , die ihn dazu getrieben hatten, sich an dem Kreuzzug des Bonifaz von Montferrat zu beteiligen. Fays erläuterte klar und offen alle Fehler und Vorzüge des Troubadours, beschönigte nichts und schonte auch Gaelle nicht, wenn sie auf das Scheitern ihrer beider Liebe zu sprechen kam.
»Du hättest Brian deinen Zustand offenbaren müssen«, sagte Fays.
»Ich wollte ihn nicht unter Druck setzen.«
»Männern muß man seine Gefühle erklären.« Fays lächelte. »Sonst verstehen sie sie nicht.«
Gaelle schüttelte den Kopf. »Ich glaube dennoch, richtig gehandelt zu haben.«
»Ja?« fragte Fays. »Und bist du nun glücklich?«
Gaelle schwieg. »Nein«, sagte sie dann.
»Der Mensch ist auf Erden, um glücklich zu sein, Gaelle.«
Die blonde Frau blickte hoch und suchte den Blick Fays. »Das sagst du, eine Perfecta der Katharer? Die überall in der Welt das Böse erblicken?«

»Ich bin eine sehr unvollkommene Vollkommene«, antwortete Fays lächelnd.
»Meine Ehe mit Bernatz war ein Fehler«, meinte Gaelle unvermittelt.
»Jetzt ist er tot.«
»Und ich trage Schuld daran. Um meinetwillen hat er das Turnier veranstaltet. Um meinetwillen hat er mit offenem Visier gekämpft.«
»Du bist nicht schuldig«, sagte Fays mit Bestimmtheit.
Gaelle blickte auf. »Welche Fehler habe ich nur begangen, daß ich alles verloren habe?«
Die Perfecta lächelte sie an. »Hast du wirklich alles verloren, Gaelle? Oder denkst du es nur?«
»Ich weiß es nicht«, sagte die blonde Frau schließlich zögernd. »Ich weiß nur, daß meine Welt ohne Liebe ist.«
»Wir alle wissen sehr wenig«, meinte die Vollkommene. »Gott sei gedankt. Wir kennen das Morgen nicht.«
Am Abend, nach diesem Besuch bei der Perfecta, weinte Gaelle zum ersten Mal, seit Bernatz gestorben war. Sie weinte um ihren toten Mann, der nie mehr das bekommen würde, was er sich gewünscht hatte. Sie weinte um Brian de Martial, der das Richtige erstrebt und das Falsche gefunden hatte. Schließlich weinte sie um sich selbst, um all die Möglichkeiten und Träume, die ihren Händen entglitten waren. Sie schlief spät ein, den Kopf auf die Arme gebettet, das Bild eines bärtigen Mannes vor Augen, der ihr bei einem Lagerfeuer von der Vollkommenheit erzählt hatte, die er suchte und die er eines Tages finden würde. Ein Mann, der ein Narr gewesen war. Ihr Narr.

Eraklion hatte seinen entfernten Verwandten Alexios V. mit dem Troubadour bekannt gemacht. Auf Anraten von Brian de Martial, seines neuen strategischen Beraters, ließ Alexios V. die Reichen besteuern. Mit dem Ertrag dieser Gelder wurden die schwachen Stellen jener Mauern, die die Venezianer bei der ersten Belagerung Konstantinopels stürmen konnten, ausgebessert und erneuert. Trupps von Arbeitern erhöhten die Festungswälle, so daß es unwahrscheinlich schien, daß die venezianischen Sturmleitern ihre

Zinnen erreichen konnten. Holzaufbauten, zwei, drei Stockwerke hoch, wurden auf den seewärts gerichteten Türmen errichtet, um den Bogen- und den Armbrustschützen freies Schußfeld gegen die am Bug der Schiffe aufragenden Sturmleitern zu verschaffen. Allen wurde nun deutlich, daß das Kreuzfahrerheer nicht mehr abziehen und die Ungläubigen in Ägypten bekämpfen würde. Die Stadt rüstete sich für den Angriff.

All diese Anstrengungen konnten allerdings den Nachteil, daß es der Flotte der Venezianer und Kreuzfahrer gelungen war, in das Goldene Horn einzudringen, nicht zur Gänze wettmachen. Konstantinopel hatte nur deshalb siebzehn Belagerungen siegreich überstanden, weil die Angreifer stets gezwungen gewesen waren, die riesigen Mauern am Marmarameer oder die mächtigen Theodosianischen Wälle, die dem Land zugewandt waren, anzugreifen. Niemals zuvor war es einem Belagerer gelungen, in das Goldene Horn einzudringen, diese große hafenartige Bucht, in der es keine Stromschnellen und keine gefährlichen Strudel gab. Hier war seit jeher die Schwachstelle in den Verteidigungsanlagen Konstantinopels gewesen, ein Nachteil, der nie sichtbar geworden war, weil die byzantinische Flotte jede Landung bei Galata bislang unmöglich und zunichte gemacht hatte.

Brian und Jordas befanden sich bei dem Feldherrn und Kaiser Konstantinopels. Alexios V. Dukas hatte sein Hauptquartier auf einem Hügel, im Pantepopteskloster nahe Petrion, aufgeschlagen. Es war ein mit Bedacht gewählter Platz, denn er ermöglichte eine gute Übersicht über alle dem Goldenen Horn zugewandten Mauern. Melder konnten schnell, beinahe unverzüglich die Order des Kaisers überbringen, Truppenteile konnten ohne allzu große Probleme von einem Gefechtsabschnitt zum anderen verlegt werden.

Im April des Jahres 1204 segelten die Venezianer und Kreuzfahrer den gleichen Mauern entgegen, die ihnen schon im vergangenen Sommer in die Hände gefallen waren. Über einen Abschnitt von zwei Meilen erstreckte sich das bunte, prächtige Bild der Flotte, die sich nun scheinbar gemächlich, die Schiffe beladen mit Soldaten, Pferden, Landungsbrücken und Katapulten, Konstantinopel und seinen Verteidigern näherte.

Und wieder begann der Kampf um die Stadt. Doch diesmal schlugen sich die Kreuzfahrer für Dandolo und die Macht der Serenissima.

Rasch legte ein Teil der Flotte am schlammigen Ufer unter den Mauern an, spie Männer, Rammböcke, mit nassen Häuten abgedeckte Karren an Land, während die venezianischen Galeeren Anker warfen und die an Bord befestigten Sturmleitern an die Wände kippten. Die Palander, die man in Abschußbasen der Katapulte verwandelt hatte, blieben zurück und schleuderten ohne Unterlaß ihre schweren Steine auf die Mauerabschnitte, an denen byzantinische Truppen die Wehrgänge bemannt hielten. Doch die aufgestockten Festungswälle hielten dem Beschuß stand, und die Steine, die von den Palandern aus abgeschossen wurden, stürzten in die Tiefe. Dabei begruben sie die Pioniereinheiten unter sich, die mit aller Macht versuchten, die Wälle zu untergraben. Als die Byzantiner endlich die venezianische Flotte unter ständigen Beschuß nahmen und dabei Treffer auf Treffer landeten, zog sich die Armada des Kreuzfahrerheeres geschlagen wieder zurück.
Das Jubelgeschrei, das von den Mauern her aufbrandete, war ungeheuer. Konstantinopel schien gerettet. Die wundertätigen Überreste des Gewandes der Jungfrau Maria, die in einer kostbaren Ikone aufbewahrt wurden, hatten einmal mehr diese Stadt, die Jesus Christus selbst mitbegründet hatte, vor der Gier und der Habsucht der Barbaren beschützt und bewahrt.

Zwei Tage brauchten die Venezianer und Kreuzfahrer, um sich von dieser Schlappe zu erholen. Die Priester versicherten den verstörten Pilgern des Herrn, daß die Byzantiner zur Hölle verdammte Häretiker seien, die zu vernichten eine wohlgefällige Tat in den Augen Gottes darstellte.
Während die Kreuzfahrer der Messe beiwohnten, grübelte Enrico Dandolo, wie die Mauern von Konstantinopel doch endgültig zu bezwingen wären. Nach einigen Stunden hatte der vierundneunzigjährige Führer des Heeres die Lösung gefunden. Die zahlenmäßige Überlegenheit der Verteidiger konnte dadurch gebrochen werden, daß man jeweils zwei Galeeren aneinanderband, die Lan-

dungsbrücken an den Türmen festmachte und die doppelte Anzahl von Soldaten zum Angriff einsetzte. So meinte der Doge der Serenissima, die Türme der Mauern in seine Hand zu bringen und den Hochmut des byzantinischen Reiches endgültig zu brechen.

Die Nebel hingen noch leicht über dem Meer, den Teichen und Zisternen, schwebten in der windstillen Luft, zerrissene Bilder der nächtlichen Stille, die vom Morgen aufgesogen werden würden. Brian fröstelte leicht in seinem Hemd, bis Michael, sein byzantinischer Knappe, ihm eilfertig half, die lederne Weste umzulegen, um dann an beiden Beinen die eisernen Schienen zu befestigen. Dann erhob sich der junge Mann, legte ihm den Kettenpanzer um und reichte Brian die gepolsterte Kappe, auf der dann die mit dem Panzer verbundene Kettenhaube befestigt wurde. Schließlich wurde der normannische Helm festgeschnürt, und Brian prüfte mit geübtem Griff, ob auch ein Schlag die Riemen nicht sprengen würde. Als letztes band ihm Michael langsam und beinahe zeremoniell den Schwertgürtel fest.

Es war ein Ritual, dachte Brian. Ein Ritual, das dem Töten und Getötetwerden voranging. Tausende Ritter im Lager der Kreuzfahrer würden jetzt ähnliche Gesten und Handgriffe vollziehen und darauf warten, daß ihre Knappen aufmerksam und prüfend die Riemen von Panzerungen und Helmen festzurrten. Sie würden stumm warten, so wie er jetzt, im heller werdenden Licht des Morgengrauens, und dabei an den Ruhm, die Ehre und an den Tod denken.

Als Brian zum Marmarameer hinblickte, sah er die Fischerboote auslaufen, klein, bunt, mit hellen Segeln, Spielzeugschiffen gleich, während die ersten Handelsgaleassen, die nach Trapezunt, Hellas oder der Krim segelten, vom Eleutherioshafen in das Meer hinausglitten und Kurs auf ihre fernen Ziele nahmen. Beim Goldenen Tor, das landeinwärts führte, wurden die Karren sichtbar, die Lebensmittel in die Stadt brachten, von einem ersten, flachen, lichtroten Schein der aufgehenden Sonne erfaßt, die bald die langgezogene Front der Seewälle erhellen würde. Es war ein still und friedlich wirkendes Bild, und Brian mußte sich immer von neuem vergegenwärtigen, wie groß diese Stadt war, daß ein Heer von vierzig-

tausend Mann nur einen Bruchteil seiner Mauern bedrohen konnte, während überall sonst die Gewohnheit des Alltäglichen seinen Fortgang nahm.
Es war ein wunderbares, frühlingshaftes Bild der Fülle, in der Konstantinopel ruhte, geborgen in dem Rhythmus einer tausendjährigen Gleichförmigkeit, in einem unendlichen Spiel des Lebens, das von Generation zu Generation weitergegeben wurde, scheinbar ewig und auf alle Zeit mit den Gesetzen dieser Stadt verhaftet. Alles erweckte den Eindruck, als werde die Welt unverrückbar von der Kraft und der Macht Konstantinopels geprägt. Es schien, als könnte nichts auf Erden die Gesetze Byzanz' verändern. So schien es, bis die Sonne das Meer mit einem Schlag erleuchtete und die Flotte der Kreuzfahrer in der Ferne sichtbar wurde.

Stunden später, nach erbitterten Kämpfen, war es der Boreas, der – plötzlich über die Küste bei Galata fegend – zwei aneinandergebundene Galeeren, die »Pilger« und die »Paradies«, so nahe an die Mauern herantrug, daß ihre Landungsbrücken an die Höhe des Turms heranreichten. Brian sah, daß die Venezianer dabei waren, ihre Schiffe mit Enterhaken an den Zinnen zu verankern, als ein weiterer Windstoß zwei Galeeren an den nächstgelegenen Turm herantrieb.
»Dort!« schrie er. »Dort!«
Er zeigte auf die beiden Türme, an denen die Kreuzfahrer heftig versuchten, sich den Weg über die Wälle freizukämpfen.
Alexios V. Dukas blickte auf, legte die Hand über seine dichtbehaarten Augenbrauen und betrachtete den ungestümen Angriff der Kreuzfahrer. Die Byzantiner schienen schnell, zu schnell, zurückzuweichen.
»Kavallerie«, sagte er zu seinem Adjutanten. »Formiert die Kavallerie.«
Brian und Jordas lenkten ihre Pferde nahe an den Kaiser heran.
»Erhabener Basileus«, rief der Troubadour. »Schickt die Waragäergarde hinunter. Schickt die Dänen und die Engländer. Zögert nicht.«
»Weshalb?« fragte der Mann in den Purpurstiefeln und blickte sie starr an. »Weshalb die Garde?«

Jordas deutete zu den Türmen, auf denen bereits die Flagge von San Marco gehißt wurde. »Wenn die Kreuzfahrer einmal innerhalb Konstantinopels einen Brückenkopf besitzen, ist Eure Lage höchst gefährdet.«

»Sie sind keine Meile von Petrion entfernt!« Brian brüllte jetzt beinahe, schrie, um den Schlachtenlärm zu übertönen, schrie vor Wut, schrie vor Zorn. »Seht Ihr es denn nicht?«

Alxios V. Dukas schüttelte den Kopf. »Nicht die Garde.«

»Die Kavallerie wird zu spät kommen!« Der Troubadour riß den Kopf seines Pferdes zur Seite und sah zu den Kreuzfahrern hin, die das Tor zwischen den Türmen aufzubrechen begonnen hatten.

»Nicht die Garde«, wiederholte der Kaiser.

»Weshalb nicht?« fragte Jordas und sah ihn verwundert an.

Der Herrscher aller Rhomäer betrachtete Brian und Jordas mit ausdrucksloser Miene. »Ohne die Waragäer hätten mich meine eigenen Leute binnen weniger Minuten erschlagen.« Er sah zu der Bresche hin, durch die mittlerweile sechzig oder hundert Mann eingedrungen waren. »Und euch auch, meine fränkischen Freunde.«

Jetzt ergriffen die Byzantiner, die den Abschnitt zwischen den beiden Türmen verteidigten, die Flucht. Die Kreuzfahrer strömten zu dem Stadttor, öffneten es und ließen Reiter und Kriegsknechte zu Hunderten in die Stadt.

»Da haben sie ihren verdammten Brückenkopf«, murmelte Jordas. »Sie werden Petrion stürmen und uns zum Teufel schicken.«

»Wo bleibt die Kavallerie?« rief der Kaiser von Byzanz dem Meldereiter entgegen, der von der linken Flanke herangeritten kam. »Ein Frontalangriff könnte die Feinde noch werfen!«

»Sie haben sich geweigert einzugreifen, erhabener Basileus«, sagte der Reiter zögernd.

»Sie haben sich geweigert?« Die Stimme Alexios V. verlor ihre kühle Unbeteiligtheit. Fassungslosigkeit und ein Hauch von Entsetzen schwangen in ihr mit.

»Es gibt keine Kavallerie mehr«, sagte der Meldereiter.

»Weshalb? Weshalb gibt es keine Kavallerie mehr?«

Der Mann schwieg.

»Antworte mir! Antworte mir sofort!« rief der Kaiser, dessen Gesicht jetzt im Licht der Mittagssonne wächsern wirkte.

»Sie sind geflohen, erhabener Basileus.«
»Geflohen.« Der Mann in den purpurnen Stiefeln blickte starr vor sich hin.
»Verrat, erhabener Basileus.«
»Geflohen«, wiederholte der Kaiser des oströmischen Reiches, während sich die ersten Kreuzfahrer unter Siegesgeheul den Hang hinaufkämpften.

Leif hatte den Auftrag, die Straße, die vom Stadtteil Petrion nach Denteron führte, zu halten. Als die Kreuzfahrer durch die Bresche nach Konstantinopel hineinströmten, hatten die byzantinischen Soldaten, die ihm zugeteilt worden waren, die Waffen von sich geworfen und waren plötzlich, wie auf ein geheimes Zeichen hin, panisch nach allen Seiten geflüchtet. Der Waragäer überlegte noch, ob er versuchen sollte, sich zum Pantepopteskloster durchzukämpfen, als ein Riese mit hellem Überwurf, in den ein blaues Kreuz eingestickt war, das Schwert in der rechten Hand erhoben, den Schild in der linken gesenkt, um die Ecke der Straße gelaufen kam. Sein verschwitztes Gesicht unter dem normannischen Helm wirkte belustigt, als er Leif erblickte.
»Bist du die byzantinische Armee?« rief er in gebrochenem Griechisch.
»Es scheint so«, antwortete der Däne und umklammerte die Doppelaxt mit seiner rechten Faust.
»Kein Mensch in der Occitanie wird mir glauben, daß ich alleine das byzantinische Heer vernichtet habe«, sagte der Riese, trat einen Schritt nach vorne, bereit zum Ausfall, bereit zum Angriff, während er Schwert und Schild leicht anhob.
»Du bist Robert de Bantrac«, sagte der Waragäer überrascht und senkte seine Waffe. »Brians Freund.«
Der Normanne hielt verblüfft in seiner Bewegung inne, als der Däne unerwartet aufschrie: »Hinter dir!« und mit erhobener Axt zu ihm lief.
Der Schlag des Anführers der Venezianer traf Robert am ungeschützten Oberschenkel. Der Normanne knickte mit dem linken Bein ein, den Schild zur Abwehr erhoben und mit dem Schwert nach oben stechend, bis der Waragäer an seiner Seite stand und mit

seiner blitzschnell geschwungenen, hin und her zuckenden Axt zwei der Angreifer zu Boden streckte.
»Occitanie zu mir!« brüllte Robert, der, halb auf der Erde liegend, zwei Männer abwehrte, während der Däne, schnell vor- und zurückspringend, mit seiner Axt drei der übrigen Venezianer in Schach hielt und ihnen den Weg zu de Bantrac versperrte.
Die Leute des Dogen hatten keine Möglichkeit zu flüchten, als die occitanischen Ritter in der Straße auftauchten. Es war nur ein kurzer und einseitiger Kampf, bis fünf Venezianer tot auf dem lehmgestampften Boden lagen.
»Helft mir auf«, sagte de Bantrac. Als er sich von zwei Rittern gestützt erhob, warf er einen Blick auf die Wunde an seinem Oberschenkel. Er versuchte zwei oder drei Schritte. »Das ist beinahe nichts«, sagte er dann. »Das ist beinahe gar nichts.«
Er deutete auf den Anführer der Venezianer, der mit gespaltenem Kopf, das Gesicht nach unten, auf dem mit Blut und Kot verdreckten Boden lag.
»Dreht ihn um«, sagte der Normanne.
Einer der Occitanier versetzte der Leiche einen Tritt, daß sie auf den Rücken rollte.
»Benerro«, sagte der Normanne. »Zanoccas Nachfolger. Wenn mir die byzantinische Armee nicht zu Hilfe geeilt wäre, hätte mich Dandolo diesmal gewiß in das Reich der seligen Märtyrer geschickt.«
Einer von de Bantracs Leuten deutete auf den Dänen. »Ist er diese berühmte byzantinische Armee?«
Robert lächelte. »Der beste Teil von ihr.« Er wandte sich dem Dänen zu. »Wie heißt du?«
»Leif.«
»Du bist der Mann von der Moschee?«
Der Däne nickte. »Ja.«
De Bantrac hielt sich die Hand an die blutende Wunde. »Es wird heute nichts mit deinem Heldentod, Leif. Deine Götter werden mit ihrem Festmahl auf dich warten müssen.«
»Ich bin getauft.«
»Orthodox?«
»Katholisch.«

»Was für ein verrückter Kreuzzug«, sagte der Normanne.
»Nennst du das wirklich einen Kreuzzug?« fragte der Däne und deutete auf das Kreuz des nahe gelegenen Kirchturms, der die Häuser, die ihn umgaben, um gut zwanzig Meter überragte.
»Vielleicht ist Kreuzzug nicht ganz das richtige Wort dafür«, sagte Robert und lächelte.
Einer der occitanischen Knappen hatte inzwischen aus einem der umliegenden Häuser frisches Leinen geholt und begann, sachgerecht de Bantracs Wunde zu verbinden.
»Ich schulde dir etwas, Waragäer«, meinte der Normanne.
»Dann sag mir, wie ich Brian de Martial finden kann.«
»Dein Kaiser hat sich in Richtung Palast abgesetzt. Ich nehme an, daß er versuchen wird, sich dort zu halten.« Robert grinste jetzt. »So wie ich Brian kenne, wird er bis zuletzt treu zu ihm stehen.«
Der Waragäer nickte. »Wir sehen uns wieder, Freund«, sagte er. »Wenn alles vorüber ist.«
»Ja. Wenn alles vorüber ist.« Der Däne hob grüßend die Axt und ging an dem Trupp der occitanischen Ritter vorbei.
»Sag Brian, daß er auf sich achten soll«, rief Robert ihm nach.
Der Waragäer blieb kurz stehen. Er wies auf die Leichen der Venezianer.
»Bringt ihr Franken euch während einer Schlacht immer gegenseitig um?«
De Bantrac lächelte. »Nur, wenn wir sie gewonnen haben.«

Sie waren die Straßen zum Heiligen Palast zurückgeströmt, der Kaiser der Rhomäer, die Waragäergarde und einige hundert Fußsoldaten, die nicht recht wußten, wohin sie gehen sollten. Der byzantinische Adel, die Generalität und die unzähligen Adjutanten hatten es vorgezogen, das Weite zu suchen.
Die prachtvollen Gänge des Bukeleonpalastes hallten von den Schritten der Garde wider, bis zwei Eunuchen die goldverkleidete Türe öffneten und Alexios V. Dukas den Thronsaal betrat.
Der Kaiser der Byzantiner ging zu dem mit Edelsteinen besetzten Thron der Herrscher der östlichen Welt. Die goldenen Löwen und Greifen zu seinen beiden Seiten schwiegen jetzt, da niemand den Mechanismus in Bewegung setzen wollte, der ihre Rachen öffnete

und sie brüllen ließ. Niemand ließ auch aus geheimen Kammern Orgeltöne erklingen, niemand den Thron in die Höhe wirbeln, scheinbar dem Himmel entgegen, aus dem der Kaiser wenig später neu und noch prächtiger gewandet zu Boden schweben würde.
Es war spät in der Nacht, als Alexios V. zu dem einzigen bei ihm verbliebenen Adjutanten sprach. »Wieviel Mann besitzen wir noch?«
»Fünfhundert Gardisten und etwa hundert Fußsoldaten.«
»Das ist alles?«
»Das ist alles, erhabener Basileus.« Der Adjutant blickte an dem Kaiser vorbei.
»Was willst du mir nicht sagen, Phokas?«
»Die Lateiner haben Feuer gelegt«, sagte der Adjutant nach einem kurzen Zögern. »Zwischen Petrion und Blachernae.«
Alexios V. sah zu Brian und Jordas. »Ihr habt Frauen in eurem Haus in Blachernae?«
»Ja, Majestät«, antwortete der Troubadour.
»Ihr solltet gehen und sie beschützen.«
»Wenn Ihr uns aus Euren Diensten entlaßt, erhabener Basileus.«
»Ich danke euch. Ihr wart bei weitem treuer als dieses von Gott verdammte Geschmeiß, das sich der Adel und die Zierde der Rhomäer nennt.«
Der Kaiser von Byzanz sah sich um. »Akolyth«, rief er.
Der Kommandant der Waragäer, ein großgewachsener Däne, trat vor.
»Erhabener Basileus«, sagte er und salutierte.
»Die Garde ist ihres Eides entbunden. Sucht euch einen neuen Kaiser. Es wird in der nächsten Zeit keinen Mangel daran geben.«
Der Akolyth nickte. Er gab den Gardisten ein Zeichen. Sie legten ihre Äxte an die Brust und grüßten mit einem Vivat den Herrscher des unsterblichen byzantinischen Reiches. Dann verließen sie wortlos den Saal.
»Phokas«, sagte Alexios und strich über die Mähne des goldenen Löwen. »Du kannst gehen. Ich danke dir.«
»Es ist schrecklich«, sagte der Adjutant leise.
»Nein«, sagte Alexios. »Schrecklich ist es für jene, die jetzt in Petrion sterben.«
»Gott segne Euch«, sagte der Adjutant.

»Gott segne dich, Phokas.«

Der Adjutant schien noch etwas sagen zu wollen, blickte sich beinahe ratlos im Thronsaal um, biß sich auf die Lippen und verließ dann schnell und entschlossen den Raum.

Alexios blickte zu Brian und Jordas.

»Ihr seid noch nie hier gewesen?« fragte er und deutete mit einer alles umfassenden Handbewegung auf den Saal.

»Wir sind zum erstenmal im Bukeleon«, antwortete der Troubadour.

»Achthundert Jahre haben die Kaiser von hier aus jedem Feind getrotzt. Persern, Bulgaren, Serben, Russen, Arabern, Türken. Jetzt hat ein Enrico Dandolo uns überwältigt. Ein vierundneunzigjähriger Greis.« Alexios lachte leise und trocken. Dann streifte er seine purpurnen Stiefel von den Füßen und warf sie Brian zu. »Ein Andenken«, sagte er. »Ein Andenken an das, was wir geworden sind.«

In sich zusammengesunken saß er nun auf seinem Thronsessel. »Geht. Eure Frauen brauchen euch dringender als ich.«

»Was werdet Ihr jetzt tun?« fragte Brian.

Alexios lachte neuerlich. »Den Stimmen von Jahrhunderten lauschen.«

»Ihr hättet die Garde gegen die Landungstruppen schicken sollen.«

Alexios schüttelte den Kopf. »Nein. Die Kavallerie hätte sie überritten.« Er schwieg kurz.

»Wenn es eine gegeben hätte.«

»Ja«, sagte Alexios V. Dukas. »Wenn es eine gegeben hätte.«

Bevor Brian den Saal verließ, warf er noch einen Blick auf den Kaiser von Byzanz. Alexios hatte sich in dem mächtigen Thronsessel zusammengerollt, die Knie an die Brust gezogen und den Kopf zur Schulter gesenkt. Er wirkte wie ein monströses Kind inmitten einer Welt aus Gold, Juwelen und Brokat. Ein Mensch, der nie in wahrer Majestät geboren werden sollte. Ein Stellvertreter Gottes auf Erden, der nie unter Orgelklängen zum Himmel gewirbelt werden würde, um in neuen, noch prächtigeren Gewändern gnadenreich und unnahbar zu den Lebenden herabzuschweben.

Als Flamena im Morgengrauen die Flammen der brennenden Häuser bemerkte, stand ihr sofort Jaufres Tod vor Augen. Sie wußte plötzlich, daß sie ihm inmitten des Lichts begegnen würde, wenn sie nur den Mut aufbrächte, diese Mauern, in denen sie wie in einem Gefängnis lebte, zu verlassen und sich in das rettende, läuternde Feuer zu stürzen. Als Saissa gerade einen ihrer Boten empfing, der ihr vom Fortgang der Kämpfe um den Bukeleonpalast berichtete, stahl Flamena sich aus dem Haus, lief, lief, so schnell sie konnte, diesem lockenden Widerschein zu, der das Viertel von Blachernae von Petrion trennte.
Es dauerte über eine Stunde, bis Saissa Flamenas Abwesenheit bemerkte. Dann rief sie blaß und entsetzt Rocas zu sich, hinterließ eine Nachricht für Brian und verließ eilig mit dem Goliarden das Haus, Gott und alle Heiligen bittend, daß sie Flamena noch rechtzeitig finden würden.
Als sie die Mese erreichten, sahen sie Tausende von Byzantinern an der Seite der verwüsteten Avenue knien, die Finger zum Zeichen des Kreuzes übereinandergelegt, während die Kreuzfahrer mit ihren Pferden an ihnen vorübersprengten. Es waren die ehemals vertriebenen Pisaner und Genuesen, die damit begannen, auf die Knieenden mit ihren Schwertern einzuschlagen. Innerhalb weniger Minuten lagen Hunderte von Leichen auf den Straßen, während die übrigen Byzantiner unter Schreien in die Kolonnaden flüchteten und versuchten, in die engen Seitenstraßen zurückzuweichen.
»Wir müssen weg von hier«, sagte Rocas und versuchte Saissa mit sich zu ziehen, die starr auf die zerschlagenen Körper von Frauen, Kindern und Männern und auf das Blut blickte, das den steinernen Boden der Mese nun in kleinen Seen bedeckte.
»Wir müssen weg von hier«, wiederholte der Goliarde. »Das ist nur der Anfang.«
Rocas zerrte das Mädchen mit sich in eine der Gassen, die seitwärts von der Mese zum Aquädukt des Valens führte. Es ging nicht mehr um die Frage, ob sie Flamena noch lebend finden würden. Es ging jetzt nur mehr darum, lebendig aus diesem Chaos von Blut und Mord herauszufinden.

Nachdem er Saissas Nachricht gelesen hatte, hatte Brian unverzüglich Leif und Jordas losgeschickt, die östliche Seite der Stadt zu durchkämmen, während er selbst das Gebiet um die Mese nach den Mädchen und Rocas absuchen würde.
Beinahe überall entlang der Triumphstraße hatten die Plünderungen begonnen. Männer schrien unter Foltern, Frauen und Mädchen wurden aus den Häusern gezerrt und von Rotten auf offener Straße vergewaltigt, Kinder und Alte warf man aus den Fenstern oder stürzte sie von den Dächern herab.

Rocas hatte sich mit Saissa in die Kanäle geflüchtet, durch die das Wasser aus den weit entfernten Bergen in die Stadt gepumpt wurde. Sie waren nahe dem Aquädukt eingestiegen und irrten jetzt am Rande des Flußlaufes entlang, der die Häuser, die Zisternen, die Springbrunnen und die öffentlichen Bäder speiste. Rocas trug die Fackel, während Saissa zwischen den vielen Abzweigungen der Gänge ihren Weg wählte.
»Bringt sie um!« schrie plötzlich eine rauhe Stimme auf griechisch, deren Klang von der gemauerten, gewölbten Decke zurückgeworfen wurde, hallend und vervielfacht. Gesichter tauchten in Saissas Nähe auf, ängstliche, wütende, entstellte, und das Mädchen spürte, wie Hände, tastend im Halbdunkel, nach ihr zu greifen versuchten.
»Wir sind Freunde«, rief Rocas.
»Adeliger Dreck. Von Gott Verworfene, die die Apokalypse über uns bringen werden.«
Saissa spürte, wie sie zu Boden gezerrt wurde, wie krallige Finger ihren Körper befühlten, ehe eine Fackel über ihr Gesicht gehalten wurde.
»Am besten ist es, wir ersäufen sie und ihren Diener.«
»Trägt sie Schmuck an sich?« fragte der Mann mit der rauhen Stimme.
»Keinen.«
»Dann ertränkt sie.«
Eines der Gesichter über ihr lachte, zeigte schwarze, abgebrochene Zähne. Saissa fühlte, wie kräftige Hände ihre Schultern ergriffen, um sie zum Fluß zu zerren. Sie hörte, wie Rocas aufschrie, und

dann das Geräusch von klatschendem Wasser, als er untergetaucht wurde.

»Ich kenne diese Frau«, rief eine erstaunte Mädchenstimme, als das Licht der Fackel wieder kurz über Saissas Gesicht glitt.

»Wer ist sie?«

Die Mädchenstimme sprach jetzt schnell und aufgeregt. »Saissa. Die Frau, die man die Heilige von Blachernae nennt.«

»Bist du sicher?« fragte die rauhe Männerstimme.

»Ganz sicher.«

»Laßt den Kerl los.«

Saissa hörte, wie Rocas an das Ufer des Kanals zurückgezogen wurde und würgend nach Atem rang.

»Gib mir die Fackel«, sagte der Mann mit der rauhen Stimme. Er hielt sie über Saissa. »Holt die Alte her«, befahl er dann.

Das Mädchen konnte jetzt sein Gesicht erkennen. Seine Lippen waren abgeschnitten und eine seiner Augenhöhlen leer. Eine tiefe, gezackte Narbe verlief von der Stirn bis zu seinem Kinn, zerschnitt sein Antlitz in zwei Hälften.

»Ich bin Saissa«, sagte das Mädchen.

»Das werden wir bald wissen«, antwortete der Mann mit dem entstellten Gesicht. Eine alte Frau geriet in den Schein des Lichts. Sie betrachtete Saissa kurz, warf sich dann auf die Knie und küßte ihr die Hand. Der Mann riß die alte Frau zurück.

»Was machst du hier, Saissa von Blachernae?«

»Wir müssen jemand finden.«

»Es steht schlimm um die Stadt, nicht wahr?« Er hob die Hand und deutete über sich.

»Mehr als schlimm.«

Der Mann mit dem entstellten Gesicht blickte sie an. »Ich habe sie geliebt, bevor man mich hierhergejagt hat. Es ist lange her.«

»Jetzt stirbt sie.«

Der Mann zuckte mit den Schultern. »Es sollte mich nicht kümmern. Ich werde nie mehr nach oben gehen.«

»Über euch ist die Hölle ausgebrochen.«

»Die Hölle ist überall. Weshab sollte ich Mitleid haben?« Er deutete auf sein verunstaltetes Gesicht. »Weißt du, wie ich zu dem gekommen bin?«

»Nein«, sagte Saissa.
»Ich habe gestohlen.« Er lachte. »Als ob diese parfümierten Aristokraten nie stehlen, lügen oder morden würden. Gelichter, das durch den Zufall der Geburt außerhalb der Gesetze gestellt wurde. Abschaum, der die Gebote Christi tagtäglich mit den Füßen tritt. Niemande, die, in Brokat und Seide gehüllt, vermeinen, die Herren der Welt zu sein und nicht diese Kreaturen der Leere, die sie in all ihrer Nichtigkeit sind. Schmutz. Dreck. Noch im Licht düsterere Wesen, als wir es hier in der Dunkelheit sind.«
»Es sterben jetzt auch einfache Menschen in Konstantinopel. Menschen wie diese alte Frau, die mich erkannt hat.«
»Sie hätten die Welt verlassen sollen, in der dieses Geschmeiß das Sagen hat. Sie hätten die Bollwerke der Reichen stürmen können und das Reich Gottes auf Erden verwirklichen. Aber sie haben sich tagtäglich unterworfen und sind vor der Lüge und der Gemeinheit gekrochen, statt sie zu entlarven und die Wahrheit an ihre Stelle zu setzen. Die Wahrheit der Armen. Die Wahrheit der Gedemütigten. Jetzt trifft sie nur die volle Schwere der göttlichen Gerechtigkeit. Jetzt erhalten sie das wahre Brot des Himmels.«
Saissa sah den Mann an. »Ich glaube nicht, daß du wegen Diebstahls bestraft wurdest. Ich glaube, daß du einmal ein bedeutender Mann warst.«
Der Mann schenkte ihr sein entsetzliches Lächeln. »Im Licht des hellen Tages?«
»Im Leben.«
Der Mann mit dem entstellten Gesicht schwieg kurz. »Es ist vorbei. Wie so vieles«, meinte er beiläufig. »Wohin wollt ihr?« fragte er dann.
Saissa sagte es ihm.
»Ich werde euch hinbringen.«
»Wer bist du nur?« fragte Saissa, als sie aufstand.
»Ein Niemand«, sagte der Mann. »Ein Niemand in der Dunkelheit.«

Die Hagia Sophia war überfüllt mit Menschen. Aber es waren keine Gläubigen, Gott oder die Jungfrau preisend, die sich jetzt in ihr aufhielten, sondern Männer mit blutigen Händen, mit von Rauch geschwärzten Gesichtern, die Altäre aufbrachen, die um goldene Teller, Sonnenmonstranzen, edelsteinbesetzte Ikonen, um marmorne Gefäße und silberne Leuchter stritten und kämpften. Einige Ritter drangen auf ihren Pferden in die Kirche ein und zerstreuten die Soldaten. Einer der Ritter, der ein schönes, nacktes Mädchen vor sich auf dem Pferd sitzen hatte, ritt am zerschlagenen Altar vorüber, bis hin zum Sitz des Patriarchen. Er sprang vom Pferd, hob das Mädchen aus dem Sattel und rief lachend nach einem Bischofsornat.

Brian beobachtete aus den Augenwinkeln einen jungen Abt, der von zwei Prälaten begleitet wurde. Der Abt schenkte den Vorgängen beim Altar keine Aufmerksamkeit, als er sich mit zusammengekniffenen Augen in der Kirche umsah. Er schien etwas zu suchen, und er schien sich sicher zu sein, es zu finden.

Als das Mädchen mit dem Patriarchenmantel bekleidet war, nahm es mit gespreizten Beinen auf dem goldverkleideten Sitz des Oberhauptes der griechisch-orthodoxen Kirche Platz. Mit dem Ende eines Bischofstabes begann sie sich langsam leicht an der Scheide zu reiben, während sie lachend nach dem Abendmahl verlangte.

Brian blickte zu dem Abt, der mit einem Male zufrieden lächelte. Wonach immer er Ausschau gehalten hatte, er hatte es entdeckt. Gefolgt von seinen Leuten ging er zielstrebig zu einer Tür, die halb verborgen im Seitenschiff der Kirche lag. Brian wartete einen Augenblick und öffnete dann leise die Türe.

Der Abt stand, flankiert von seinen Prälaten, vor einem alten Popen und schrie ihn an. »Gib mir die Reliquien, du verdammter Häretiker! Gib mir endlich die Reliquien!«

Der Pope verstand ihn nicht und hob abwehrend die Hände. Er versuchte, in gebrochenem Französisch zu antworten, als Brian sich gegen die Türe lehnte und sie laut und vernehmlich einschnappen ließ. Der Abt, die Prälaten und der Pope wandten sich ihm zu und blickten ihn erstaunt und verunsichert an.

»Soll ich sie hinauswerfen, Vater?« fragte Brian den Popen auf griechisch.

Der Pope deutete auf den Abt. »Ist das ein Gottesmann?«

»Der Abt eines Klosters, Vater.«

»Was will er?«
»Die heiligen Reliquien stehlen.«
Der Abt blickte zu Brian hoch. »Was habt Ihr hier zu schaffen?« fragte er laut und mit wütender Stimme.
»Bleibt besonnen, Euer Gnaden.« Der Troubadour lächelte ihn freundlich an. »Oder ich breche Euch das Genick.«
Der Abt trat einen Schritt zurück, während die Prälaten zögernd an Brians Seite traten.
Der Pope betrachtete den Abt. »Fragt ihn, ob er die Schreine zerstören wird?«
Brian übersetzte die Frage des orthodoxen Priesters.
Der Abt schüttelte den Kopf. »Niemals. Ich bin kein Barbar.«
»Wird er die Reliquien in Sicherheit bringen und so achten wie sein Leben selbst?« fragte der Pope.
Brian übersetzte neuerlich.
Das Gesicht des Abtes verzog sich zu einem Ausdruck von gerechter Empörung. »Natürlich. Ich will sie zur Ehre der lateinischen Christenheit in Verwahrung nehmen. Sie sind das Kostbarste auf Erden.«
»Glaubt Ihr das wirklich?«
Der Abt nickte. »Weshalb meint Ihr sonst, daß ich zum Dieb würde?«
Brian wandte sich dem Popen zu. »Er wird sie mehr achten als sein eigenes Leben.«
Der Priester biß sich auf die Lippen. »Dann soll er sie haben. Es ist besser, er bekommt sie als diese Horden dort draußen.«
»Wenn Ihr meint.«
»Seid Ihr ganz sicher, daß er ein Gottesmann ist?« fragte der Pope Brian ein letztes Mal. Die Stimme des alten Mannes schwankte leicht.
»Einer der besten, die das Heer begleiteten.«
Der orthodoxe Priester nickte und öffnete den Schrein, der die Reliquien barg.
»Ihr werdet über diese Vorgänge schweigen, Seigneur?« fragte der Abt Brian.
»Ja«, sagte Brian, »ich werde darüber schweigen.«
»Ich danke Euch, mein Sohn.«

»Ich tue es nicht Euretwegen«, antwortete Brian. Er deutete auf den Popen. »Ich tue es seinetwegen.«
Der Abt sah ihn kurz an, ging dann zu dem Schrank und begann, sich die Reliquien unter die Kutte zu stopfen.
Brian lief ruhelos umher. Er hatte kostbare Zeit verloren, weil er einem unbestimmten Gefühl gefolgt war. Er verfluchte sich und seinen Leichtsinn, als er auf die erste Stufe der Treppe trat, die der Kirche der Heiligen Weisheit vorgelagert war. Plötzlich hielt er inne. Es kam wie ein Schlag. Es gab nur einen Ort, an dem er Flamena und Saissa finden konnte. Er lief eilig die Treppe hinunter, während sein Herz vor Aufregung heftiger schlug und eine Welle von Hoffnung ihn erfaßte.

Der Platz vor der ausgebrannten Moschee war mit Leichen übersät. Die Gruppen von toten Griechen, Sarazenen, Pisanern und Genuesen zeugten von der Heftigkeit der Kämpfe, die hier stattgefunden hatten. Das sarazenische Wohnviertel war abgebrannt, und der Gestank von Kadavern und verbranntem Fleisch hing schwer und ekelerregend in der Luft.
Brian betrachtete den Mann, der, auf sein Schwert gestützt, auf der obersten Stufe vor der Ruine stand.
»Sind sie bei Euch, Jean de Valette?« rief der Troubadour.
Der Ritter deutete mit den Kopf zur Seite. »Sie sind hier. Kommt sie holen.«
Brian lief die Stufen hinauf, dann an de Valette vorbei, bis er Flamena und Saissa erkannte, die einander umschlungen haltend an der Wand der Moschee saßen, während Rocas Brian lächelnd entgegensah. Der Troubadour kniete vor den beiden Frauen nieder.
»Ihr lebt«, sagte er heiser und blickte Saissa an. »Du lebst.«
»Ich hatte Angst um dich«, sagte Saissa.
Er sah Saissa an, las in ihren Augen. Seine Hände glitten tastend, vorsichtig von ihren Wangen zu ihrem Mund.
Plötzlich lachte er mit erstickter Stimme. »Ich muß erst das vollkommene Lied finden, bevor man mich zur Hölle schickt.«
Flamena schüttelte lächelnd den Kopf. »Du wirst dich nie ändern, Brian.«

Der Troubadour wandte den Kopf und blickte sie überrascht und erstaunt an.
»Saissa hat mir erklärt, wie lange ich geschlafen habe.« Sie sah verwundert um sich. »Erst als ich hier auf den Stufen stand, ist mir alles wieder zu Bewußtsein gekommen. Das Vergangene und das Jetzige.« Ihre Hand legte sich auf die seine. Das Lächeln in ihrem schmerzgezeichneten Gesicht war jetzt jung und voller Zauber. »Es war ein tiefer Schlaf.«
»Ja. Das war er«, sagte Brian. Der Troubadour lächelte Saissa einen Moment wortlos an. Dann stand er auf, preßte Rocas kurz an sich und ging zu de Valette.
»Was ist geschehen?« fragte er.
»Was geschehen ist, fragt Ihr?« Der Franzose schüttelte den Kopf, als könnte er es noch immer nicht verstehen. »Als hier die Hölle losgebrochen ist, sind die Dame Saissa und Euer Freund Rocas bei der Gasse dort aufgetaucht.«
Er wies auf die kleine Straße, die von den Sarazenen gehalten worden war, damals, als Jaufre und Al-Tustari starben.
»Sie wollten um jeden Preis in die Moschee. Also habe ich mich mit meinen Leuten zur Ruine durchgekämpft.« Er blickte zu Flamena. »Hier fanden wir die Witwe des Seigneurs de Sarvas. Niemand weiß, wie und wann sie hierhergekommen ist.«
»Wo sind Eure Leute jetzt, Chevalier?«
Der Franzose zuckte mit den Achseln. »Plündern. Ich konnte sie nicht zurückhalten.«
»Und Ihr, Chevalier?«
»Ich will meine Seele nicht mit dem Blut Unschuldiger beschmutzen, Seigneur.«
Brian legte seine Arme um den Ritter und drückte de Valette an sich. »Danke. Gesegnet der Gott, der Euch in Venedig zu uns gesandt hat.«
»Es gibt nur einen Gott, de Martial«, sagte der Ritter.
»Verzeiht«, antwortete Brian. »Es war nicht wörtlich gemeint.«
»Wenn Ihr dem Fegefeuer entgehen wollt, Senher, dann wählt Eure Worte mit Bedacht.«
»Ich werde daran denken, Chevalier.«
»Tut das«, sagte de Valette.

Brian ging zu den Frauen, die aufgestanden waren und zu ihm hinblickten.
»Wir werden die Nacht hier verbringen«, sagte er. »So lange, bis der Weg nach Blachernae frei ist.«
Saissa blickte auf die Toten, die auf dem Platz lagen. Ihre Hand umklammerte Brians Arm.
»Nein«, meinte Saissa. »Rocas und ich haben uns allen einen gefahrlosen Heimweg gesichert.«
»Welchen?«
»Durch die unterirdischen Wasserstraßen von Konstantinopel.«
Brian sah sie an. »Dort leben Verbrecher.«
»Es ist gefahrlos«, wiederholte Saissa.
»Ein Weg, der nur der heiligen Saissa von Blachernae offensteht«, ergänzte der Goliarde. »Mich hätten sie beinahe ertränkt.«
Der Troubadour lachte vor Bewunderung, preßte das Mädchen an sich, das seinen Kopf umfaßte und sein Gesicht mit Küssen bedeckte.
»Eine zweite Gaelle«, sagte Flamena arglos, als sie Saissa voller Zuneigung betrachtete.
Der Troubadour spürte, wie das Mädchen in seinen Armen erstarrte. Er löste sich von Saissa und blickte sie an.
Plötzlich waren sie von Zeit und Raum getrennt. Das brennende Konstantinopel versank in Unwirklichkeit. Die ganze Welt versank in Unwirklichkeit.
»Bist du das für mich?« fragte Brian. »Eine andere Gaelle?«
Saissa sah mit einem Male ratlos zu ihm empor.
»Ich weiß es nicht«, sagte sie. »Ich habe es nie gewußt.«

15. Kapitel

KONSTANTINOPEL, ROM, BÉZIERS
Frühling 1204 bis Sommer 1205

Am 9. Mai des Jahres 1204 wurde der Kandidat des Dogen, Graf Balduin von Flandern und Hainault, von sechs geistlichen und sechs weltlichen Wahlmännern in der Kirche der Lieben Frau im Bukeleonpalast zum Herrscher Konstantinopels erkoren. Dem bei der Wahl unterlegenen Bonifaz von Montferrat wurden Makedonien und das Königreich Thessaloniki zugesprochen. Die Venezianer erhielten drei Achtel von Konstantinopel, die westliche Küste Griechenlands, die ionischen Inseln, die Häfen an der Nordseite des Marmarameeres und jene des Peloponnes sowie Andros, Euböa, Naxos, Gallipoli, Kreta und Adrianopel.
Der Doge Enrico Dandolo wurde zum Herzog von Dalmatien und Kroatien und zum Herrscher des vierten und noch eines halben Teiles der Romania ernannt. Auch wurde ihm erlaubt, die purpurnen Halbstiefel, das Merkmal der byzantinischen Kaiser, zu tragen.
Alexios V. Dukas wurde von seinem Schwiegervater, Alexios III., seines Augenlichts beraubt und anschließend den Kreuzfahrern übergeben. Der blinde Alexios V. Dukas wurde in Ketten nach Konstantinopel gebracht, gefoltert und von der Spitze der Säule, die auf dem Konstantinforum stand, herabgestürzt.

Im Juni 1204 holten vier venezianische Soldaten Brian de Martial aus seinem Haus in Blachernae ab. Sie eskortierten ihn unverzüglich quer durch die Ruinenlandschaft der Mese zum Bukeleonpalast, in den großen, unvergleichlichen Audienzsaal, in dem der

Troubadour als einer der letzten den Kaiser des byzantinischen Reiches gesehen hatte, bevor der Herrscher der Rhomäer in den Morgenstunden verkleidet und mit geschwärztem Gesicht nach Thrakien geflohen war. Nur mit Mühe vergegenwärtigte sich Brian de Martial, daß der Mann in den purpurnen Stiefeln, der vor ihm auf dem von den goldenen Löwen flankierten Thron saß, vierundneunzig Jahre alt war. Die Kraft und Energie, die er ausstrahlte, ließen ihn um dreißig Jahre jünger erscheinen; sein Gesicht wirkte noch ungewöhnlich straff, entschlossen und tatkräftig. Die beiden mehrarmigen Kerzenleuchter, die rechts und links von ihm standen, warfen zitternde Helligkeit und flackernde Schatten auf sein langes, weißes Gewand.

»Hier haben sie mich geblendet«, sagte der Doge. Eine Stimme, die alt, erfahren und gänzlich illusionslos klang. »In diesem Saal.«

Er hob die Hand. »Tritt näher zu mir, Brian de Martial.« Die Hand tastete sein Gesicht ab, langsam und sorgfältig, bevor sie ihn mit einer Geste anwies, wieder einen Schritt zurückzutreten.

»Hast du jemals kurzfristig dein Augenlicht eingebüßt, de Martial?« fragte der Doge.

»Nein, Herr.«

»Ich war einundsiebzig Jahre alt, als sie mich blendeten. Byzanz hatte eine Schlacht gegen die Venezianer verloren. Kaiser Manuel war verärgert. Er wollte sich rächen.« Er schwieg einen Augenblick. »Sie haben Brennspiegel benutzt. Das ist sehr wirkungsvoll, de Martial.«

Der Troubadour schwieg.

»Ich lebe in einer Welt der Schatten. Ich habe sie Byzanz zu verdanken.«

»Ihr habt Euch gut gerächt.«

Der Doge schüttelte den Kopf. »Das geschah nicht meinetwegen. Das geschah Venedigs wegen. Byzanz war am Ende seines Weges angelangt. Sollte ich es in die Hände Philipps von Schwaben fallen lassen? Ein mit dem Westen verschmolzenes Ostreich ist kein Gedanke, der dem Senat der Serenissima besonders gefallen hätte.«

»Die Stadt ist zerstört, Herr. Sie wird dies nie verwinden.«

Der Doge winkte unwillig mit seiner ringgeschmückten Hand.

»Mag sein. Aber das östliche Mittelmeer ist jetzt venezianisch. Aller Handel wird nun über uns laufen. Ein kraftvolles, junges Venedig ist an die Stelle dieser morschen Erinnerung aus vergangenen Tagen getreten.« Er lächelte leicht. »Ich habe es vollbracht, de Martial. Ich allein.«
»Byzanz hätte sich erholen können.«
»Vielleicht«, sagte der Doge. »Vielleicht, mein junger Freund. Aber wir haben es in einem Augenblick überrascht, als es wehrlos war. Das genügte, um dieses Reich zum Einsturz zu bringen.« Enrico Dandolo lehnte sich in dem breiten, edelsteingeschmückten goldenen Thron zurück. »Ich weiß, daß du mit den Griechen sympathisierst, de Martial. Ich habe es auch getan, als ich Konstantinopel zum ersten Mal sah. Ein orientalisches Märchen, das zur Wirklichkeit wurde. Die Pracht und die Herrlichkeit.«
Der Doge legte die Hände übereinander. »Aber nur ein Blick hinter all den schönen Schein zeigt dir Moder, Verrat und Verwahrlosung. Es gibt beinahe kein Kreuzfahrerheer, das nicht von den Griechen an die Türken verraten wurde. Hunderttausend oder noch mehr Menschen sind durch die von aller Welt gepriesene Diplomatie der Byzantiner in Anatolien verreckt. Weißt du, de Martial, was in dieser Stadt aus golddurchwirkten Träumen vor zweiundzwanzig Jahren geschah? Deine sanften, freundlichen Griechen haben alles niedergemetzelt, was einem Lateiner auch nur von weitem ähnelte. Es war ein Blutbad ohnegleichen. Sie haben alles getötet, was sich bewegte, alles verbrannt, was nicht zu plündern war. Natürlich waren nicht alle unmenschlich. Manche zeigten Herz und Gefühl und verkauften hübsche, junge Mädchen und noch ungeschändete Knaben an die Türken.«
»Wir haben noch entsetzlicher gehandelt«, sagte de Martial.
»Meinst du? Du warst 1182 nicht in dieser Stadt, denke ich?«
»Nein.«
»Sie hassen die Lateiner, de Martial, und wir hassen die Griechen. Es ist immer nur die Frage gewesen, wer eines Tages stärker sein würde.«
»Der Haß erscheint mir recht erbärmlich, Herr.«
»Er ist eine Kraft, die einem ein langes Leben beschert.« Der Doge beugte sich unvermittelt vor. Das Kerzenlicht warf röt-

liche Schatten auf seine Wange. »Du bist zum Feind übergegangen, de Martial. Du bist ein Verräter am Heer und an der Romania.«
»Ihr habt Al-Tustari ermorden lassen und El-Adil hintergangen, Herr. Ihr habt Jaufre de Sarvas getötet. Ihr habt versucht, Simon de Montfort umzubringen.«
Der Doge lächelte. »Das war Zanocca, mein Freund. Nicht ich.«
»Eine Eurer Kreaturen.«
»Ein Beauftragter des Senats der Republik, de Martial. Er stand nie in meinen Diensten.«
»Hübsch durchdacht, Herr.«
Die Hand des Blinden deutete in seine Richtung. »Ich sollte auch dich töten lassen, de Martial.«
»Das werdet Ihr nicht tun, Herr.«
»Weshalb?«
»El Cavaliers wegen. Wenn Ihr mich tötet, ist der Handel Venedigs mit der Occitanie, Aragon und Ägypten gefährdet.«
Das Kerzenlicht schimmerte in den weißlichen Augen des Dogen, als er seine Hände auf seine Knie legte. »Du schätzt dich als sehr bedeutend ein, mein junger Freund.«
Brian schüttelte seinen Kopf. »Es wäre jener Schritt über die Grenze des Erträglichen hinaus, den Ihr bislang vermieden habt.«
»Vielleicht«, sagte der Doge. »Vielleicht.«
»Das Reich des Südens könnte ein starker Verbündeter Venedigs werden.«
»Oder Genuas.«
»Das liegt an Euch. Das ist auch Eure Entscheidung.«
»Das Reich des Südens«, murmelte der Doge. »Eleonore von Aquitanien ist tot, de Martial«, sagte er unvermittelt.
Der Troubadour schwieg. »Wann ist sie gestorben?« fragte er dann mit rauher Stimme.
»Im April. Bevor wir noch Konstantinopel stürmten.«
»Gott segne sie.«
»Das wird er tun«, antwortete der Doge. »Ich glaube, Gott hat viel Verständnis für Menschen, die alles bewerkstelligen, um ihre Ziele zu erreichen.«
»So wie Ihr.«

»So wie ich.« Der Doge klopfte mit seinen Fingern auf den Kopf des goldenen Löwen. »Der Tod Eleonores begünstigt die Pläne El Cavaliers. Philipp von Frankreich wird die nächsten Jahre damit beschäftigt sein, John von England vor sich herzujagen wie die Katze die Maus. El Cavalier hat nun den Rücken frei. Frei von Frankreich.«
»Was wollt Ihr?«
»Alle Handelsvorteile in der Occitanie.«
»Was ist die Gegenleistung?«
Der Doge lachte. »Venedig ist nun Byzanz, de Martial. Wir sind die Brücke nach der Levante und nach Ägypten. Schreib El Cavalier von meinem Vorschlag. Er wird wissen, daß ohne die Unterstützung der Serenissima alle seine Vorhaben hoffnungslos im Meer versinken.«
»Meint Ihr?«
»El Cavalier ist ein Fuchs. Ein Fuchs, der von den Sarazenen viel gelernt hat.« Der Doge strich sich übers Kinn. »Al-Tustari war eine Ausnahme, de Martial«, sagte er unvermittelt. »Die Sarazenen sind genauso brutal, wie wir es sind. Fanatisierte Gläubige, die alle jene versklavt haben, die sich nicht zu ihrem heiligen Buch bekennen.« Der Doge lachte heiser. »Welch einfacher Weg, um zu billigen Arbeitskräften zu kommen.«
»Religionen ...«
»Religionen sind ein Geschäft, mein junger Freund. Die Handelskompanien von Venedig sind bei ihnen in die Lehre gegangen.« Der Doge lächelte. »Es war sehr fruchtbar, wie du siehst.«
»Es gibt eine Wahrheit, die sich dem Sichtbaren entzieht. Ihr, Herr, Ihr kennt nur Geld und Macht.«
»Weil sie die Kräfte des Wirklichen sind, de Martial.«
»Und die Ehre, Herr? Die Liebe und die Würde?«
Dandolo lachte erstickt. »Das sind Spielzeuge für Kinder, de Martial. Nicht die Werkzeuge eines Mannes, der beinahe ein Jahrhundert lang den Lauf der Welt verfolgt hat.«
Brian betrachtete das faltige, entschlossene Gesicht des Dogen. »Ihr hättet mich auf andere Art töten können. Durch einen Unfall, zum Beispiel. Ein Unfall, der nicht als Mord zu beweisen wäre.«
»Ja«, sagte der Doge. »Das hätte ich gekonnt. Tausendmal.«
»Warum habt Ihr es nicht getan?«

»Du wirst es mir nicht glauben, wenn ich es dir sage, mein junger Freund.«

»Laßt mich das entscheiden, Herr.«

Der Doge lächelte neuerlich. »Ich habe es nicht getan, weil ich deine Lieder schätze, de Martial.«

»Ihr habt recht«, sagte Brian und schüttelte den Kopf. »Ich glaube Euch kein Wort davon.«

Der Doge wirkte beinahe erfreut. Er breitete die Arme aus. Das Kerzenlicht schimmerte in seinen ausgestreckten Händen. »Siehst du, de Martial? Die Menschen leben nur in vorgefaßten Meinungen! Selbst ein kluger Kopf wie du. Ihr alle seid Gefangene eurer Torheiten. Unentwegt. Euer Leben lang.«

Der Troubadour schwieg kurz. »Ich habe Euer Wort, daß niemand meiner Freunde Schaden erleiden wird?« fragte er dann.

»Das hast du.«

»Auch was de Bantrac betrifft?«

»De Bantrac war stärker als Zanocca oder Benerro. Der Stärkere hat das Recht für sich. Immer.« Der Doge winkte Brian noch einmal zu sich und tastete jetzt seine Stirne und seinen Mund ab. »Nein«, sagte er dann, »du wirst mich nicht betrügen.« Dandolo lehnte sich zurück. »Du kannst gehen, de Martial, und deinen Brief an El Cavalier verfassen.«

Brian verbeugte sich mit einer knappen Geste vor dem Blinden. Dann wandte er sich um.

»De Martial«, rief der Doge.

»Ja?« sagte Brian und blieb stehen.

»Du glaubst in aller Aufrichtigkeit, daß der Mensch noch aus etwas anderem als Gier, Angst und Selbstsucht besteht?«

»Ja, Herr.«

»Du täuschst dich, de Martial.«

»Wie könnt Ihr dann meine Lieder schätzen?«

»Träume. Auch in mir lebt ein junger Mensch, der nicht sterben will.« Der alte Mann auf dem goldenen Thron hob die Hand, als wollte er noch etwas sagen. Der leere Blick seiner weißlichen Augen tastete sich durch den Raum.

»De Martial«, sagte er schließlich.

»Ja, Herr?«

»Wenn man blind ist...«
»Ja?«
»Meine Untergebenen glauben mir eine Freude zu bereiten, wenn sie mir nach dem Mund reden.« Der Ausdruck seines Gesichts wirkte für einen Augenblick unsicher.
»Was wollt Ihr wissen?«
»Wirst du mir die Wahrheit sagen, de Martial?«
»Ihr habt mein Wort.«
Der Doge deutete um sich. »Als ich noch sehen konnte, war dieser Saal der schönste Ort auf Erden.«
»Er ist es noch immer. Er ist unvergleichlich in seiner Pracht.«
»Dann ist es gut«, sagte der Doge. Der blinde Mann in den scharlachroten Stiefeln lächelte zufrieden. »Dann hat es sich gelohnt.«

Paolo aus Ravenna hörte deutlich die zornige Stimme des Papstes durch die offene Tür in den kühlen, von großen Fenstern durchbrochenen Gang hinaus, der zu den päpstlichen Gemächern führte. Die Fenster waren jetzt durch schwere, lederne Vorhänge verhängt. Trotzdem bauschte sie der Südwind auf, ließ unsichtbaren Staub hereindringen, der sich am steinernen Boden verdichtete und in kleinen Wirbeln über die Mosaiken trieb.
Paolo aus Ravenna bedauerte, daß der Heilige Vater vom Ungemach des Ärgers geplagt wurde. Der Soldat kannte ihn als einen bewundernswerten, von aufrichtiger, priesterlicher Sorge gepeinigten Seigneur des Herrn, der sich ohne Unterlaß um das Heil der ihm anvertrauten Seelen der Christenheit kümmerte, Tag für Tag und Nacht für Nacht.
Auch jetzt war es längst dunkel geworden, als der Papst, in Anwesenheit von zwei Kardinälen, seinem Schreiber einen Brief diktierte.
»Schreibt«, sagte der Papst mit vor Wut verhaltener Stimme. »Schreibt folgendes: Ihr übernahmt die Aufgabe, das Heilige Land von den Ungläubigen zu befreien. Es war Euch unter Androhung der Exkommunikation verboten, irgendein christliches Land anzugreifen, außer wenn man Euch den Durchmarsch verbieten oder auch Euch nicht beistehen wollte – und dies auch nur unter der Bedingung, daß es nicht gegen den Willen meines Legates geschah.

Ihr hattet keine Ansprüche oder Forderungen an die griechischen Länder. Ihr standet unter dem feierlichsten Eid unseres Herrn, und dennoch habt Ihr diese Gelöbnisse völlig in den Wind geschlagen. Ihr habt Eure Schwerter nicht gegen die Ungläubigen, sondern gegen Christen gezogen. Ihr habt nicht Jerusalem erobert, sondern Konstantinopel. Ihr habt nicht nach himmlischen Reichtümern getrachtet, sondern nach irdischen. Was aber noch schwerer wiegt: nichts ist Euch heilig gewesen, weder Alter noch Geschlecht. Vor den Augen der ganzen Welt habt Ihr Euch Liederlichkeiten, Ehebruch und Prostitution hingegeben. Ihr habt nicht nur verheiratete Frauen und Witwen vergewaltigt, sondern selbst Frauen und Jungfrauen, die ihr Leben Christus geweiht hatten. Ihr habt nicht nur die Schätze des Kaisers und der armen und reichen Bürger geraubt, sondern selbst die heiligen Stätten der Kirchen Gottes ausgeplündert. Ihr seid in heilige Hallen eingebrochen und habt Altargegenstände gestohlen. Selbst vor den Kruzifixen, den zahllosen Bildern und Reliquien habt Ihr nicht haltgemacht und sie ohne Scham geraubt. Wen überrascht es da, daß die geschlagene und geschundene griechische Kirche dem Apostolischen Stuhl jeden Gehorsam verweigert? Wen überrascht es da, daß sie in allen Lateinern lediglich Verräter und Handlanger des Teufels sieht und sie alle für von Gott verworfene Verbrecher hält?«
»Eure Heiligkeit«, sagte der eine der beiden Kardinäle.
»Was wollt Ihr?« rief der Papst. »Hört Ihr nicht, daß ich diktiere?«
»Verzeiht, Eure Heiligkeit«, sagte der Kardinal. »Aber sind dies nicht genau dieselben Verbrecher, die Ihr bei einem Kreuzzug in der Occitanie aufrufen müßtet?«
Der Papst wurde weiß im Gesicht. »Betet, daß es für die Occitanie eine friedliche Lösung gibt. So wie ich es Tag für Tag tue.«
»Das werde ich angesichts der Ereignisse von Konstantinopel nicht verabsäumen, Eure Heiligkeit«, antwortete der Kardinal.
Paolo von Ravenna hörte, wie der Papst kurz innehielt und dann weiterdiktierte. Er fand, daß der Einwurf des Kardinals etwas Überlegenswertes für sich hatte. Im Geist betete er zehn Ave Marias für die schöne, sonnige und von Ketzern verseuchte Occitanie. Gott würde ein Einsehen mit ihr haben. Gott würde sie nicht vergessen.

Reb Baruch saß in dem holzgetäfelten Arbeitszimmer Gaelle de Vidars gegenüber. Die blonde Frau blickte in den Garten hinaus. Der Novemberwind trieb rotbraune, goldene Blätter von den Bäumen.

Der Winter ist nicht mehr fern, dachte sie. Bald würde die Zeit des Nebels kommen. Die Zeit der langen Nächte und die Zeit des Regens.

»Was, meint Ihr, sollte ich zu dem Konvoi nach Konstantinopel beisteuern?« fragte sie.

»Wein, Waffen, Kleidung, Lebensmittel. Was immer Ihr wollt. Es gibt nichts, was die Stadt jetzt nicht benötigte.«

»Ich kann drei Schiffe ausrichten«, sagte Gaelle nach kurzem Nachdenken. »Pisanische Galeeren, die für mich ihre Fracht in Narbonne löschen.«

»Wunderbar«, sagte Reb Baruch und nickte. »Wann werden die Schiffe erwartet?«

»Anfang Mai.«

»Dann könnten sie im Sommer in Konstantinopel sein?«

»Ja«, sagte Gaelle. »Im Sommer.«

»Denkt darüber nach, Domna«, sagte der Mann mit dem dichten schwarzen Bart. »Ich würde meine Schiffe mit den Euren schikken.«

»Das werde ich, Reb Baruch.« Sie schwieg kurz. »Habt Ihr Nachrichten aus Konstantinopel?«

»Ja, Domna. Wollt Ihr sie hören?«

»Nein«, sagte Gaelle nach einem kurzen Zögern. »Ich denke nicht.«

Der Kaufmann schwieg und nickte dann. »Ich muß Euch etwas gestehen, Domna«, sagte er. Er sah sie an. »Ich habe Euch gegenüber Schuld auf mich geladen.«

Gaelle musterte ihn überrascht. »Ich verstehe Euch nicht, Reb Baruch.«

Der Kaufmann machte eine unbestimmte Geste, die die Unerforschlichkeit des Schicksals, den Wandel allen Seins und die Beharrlichkeit des Lebens in einem ausdrückte.

»Ich war es, der Brian de Martial überzeugte, daß er die Mission nach Venedig annehmen müßte.«

»Niemand mußte Brian davon überzeugen.«

»Dessen bin ich mir nicht so sicher, Domna. Anfangs wollte er Euch um keinen Preis verlassen.«
»Anfangs, Reb Baruch.«
»Er liebte Euch. Er liebte Euch von ganzem Herzen.«
Gaelle strich sich eine Haarsträhne aus der Stirn. »Warum ist er dann nicht geblieben, Reb Baruch?«
»Ich habe ihn davon überzeugt, daß eine junge Frau wie Ihr noch ein Jahr auf ihn warten könnte, ohne Schaden an ihrem Leben zu nehmen.«
»Eleonore jedoch nicht.«
»So ist es, Domna.«
Gaelle griff nach dem goldenen Stirnband, das auf dem Tisch lag, und ließ es durch ihre Finger gleiten. »Was sagte Esther dazu?«
»Sie hat mich beschimpft. Tagelang.« Reb Baruch blickte betrübt vor sich hin.
»Wochenlang hat sie sich mir verweigert, obwohl ich ihr begreiflich gemacht hatte, daß der Talmud ihr das nicht gestatte.« Der Kaufmann blickte zu Gaelle auf. »Ich habe sehr gelitten, Domna. Bis heute verstehe ich nicht, weshalb.«
»Esther hat Euch nichts davon erzählt?« Ihre Augen blickten forschend und eindringlich.
»Was hätte sie mir erzählen sollen, Domna?« fragte Baruch erstaunt.
»Dann konnte Brian es nicht ahnen«, sagte Gaelle leise.
»Wovon sprecht Ihr, Domna?«
»Ich dachte immer, daß Ihr ihm eine Andeutung darüber gemacht hättet«, sagte die Frau langsam. In ihrem Gesicht zeigte sich unvermutet Überraschung und eine verletzliche Unsicherheit.
»Ich kann Euch beim besten Willen nicht begreifen, Domna.« Baruch schüttelte seinen Kopf. »Ihr seid die schönste, makelloseste Frau der Welt, aber Ihr sprecht in gewundenen Rätseln, denen ein schlichter Jude wie ich nicht mehr folgen kann.«
Gaelle lachte auf. »Baruch, Ihr seid ebenso schlicht wie ein Schriftgelehrter einer sevillanischen Akademie.«
»Ich bin nur ein einfacher Kaufmann, Domna.«
»Ihr seid ein prachtvoller Mann, Reb, auch wenn Ihr bisweilen das Falsche tut.«

»Dann verzeiht Ihr mir also meinen Irrtum von damals?«
»Es ist lange her«, sagte Gaelle vorsichtig.
»Ich danke Euch, Domna.« Er machte Anstalten aufzustehen. »Dann werde ich jetzt gehen, wenn Ihr gestattet.«
»Und die Nachrichten aus Konstantinopel?« sagte Gaelle eilig.
»Interessieren sie Euch doch, Domna?« Baruch strich sich über seinen dunklen Bart und blickte die blonde Frau fragend an.
Gaelle lächelte und deutete auf Baruchs Stuhl. »Setzt Euch, Ihr Schurke.«
»Es sind sonderbare Nachrichten«, sagte Baruch, als er wieder Platz genommen hatte. »Eine gewisse Saissa hat sie mir durch die Judengemeinde von Konstantinopel übersandt, mit der Bitte, sie an Euch weiterzuleiten.«
»Saissa?«
»Sie muß eine gebildete Frau sein. Sie hat den Text in Griechisch und Latein abgefaßt.«
»In Griechisch?«
Baruch nickte. »Jene Nachrichten, die als vertraulich gelten können, sind in griechischer Sprache geschrieben. Es gibt in der Judengemeinde von Narbonne nur einen Menschen, der diese Sprache nicht nur sprechen, sondern auch lesen kann.«
»Ein gewisser Baruch Ben Gerson.«
»Ihr sagt es, Domna.«
»Woher wußte das diese Saissa?«
»Von meinen Glaubensbrüdern in Konstantinopel. Sie sprechen mit größter Hochachtung über sie. Griechen wie Juden verehren sie.«
Gaelle blickte auf das goldene Stirnband, das sie zwischen ihren Fingern hielt. »Und sie ist die Geliebte Brian de Martials?«
»Ja«, sagte Baruch. »Offensichtlich.«
»Wißt Ihr, wie sie aussieht?«
»Schlank und mittelgroß. Ihre Haarfarbe soll der Euren gleichen.«
Gaelle sah auf. »Was will sie mir mitteilen?«
»Es ist ein langer Brief«, sagte Baruch. »Gebt mir nur etwas Zeit, ihn mir ins Gedächtnis zu rufen.«
»Gut, Reb Baruch. Erzählt es mir auf Eure Weise.«

Baruch berichtete ihr über all die Ereignisse der Belagerung von Konstantinopel, die Saissa ihm mitgeteilt hatte. Als Baruch geendet hatte, schwieg Gaelle lange und sah in den Garten hinaus. Dann wandte sie sich dem Kaufmann von neuem zu.
»Brian wollte mit Al-Tustari und Jaufre in den Tod gehen?«
»So ist es, Domna.«
»Weshalb?«
»Ich denke, der Ehre Gottes wegen.«
Gaelle ließ das Stirnband einmal um sich selbst herumschnellen.
»Und diese Saissa hat ihn nicht daran gehindert?«
»Nein, Domna.«
»Warum?«
Baruch zuckte mit den Achseln. »Weil es seiner Seele entsprach.«
Gaelle legte das goldene Stirnband auf den Tisch zurück. »Er war es auch, der sich um Flamena kümmerte?«
»So ist es, Domna. Inmitten von Chaos, Brand und Tod.«
Gaelle nickte, als würde Baruch etwas bestätigen, was sie längst vermutet hatte. »Was schreibt diese Saissa noch?«
»Etwas sehr Sonderbares, Domna.«
»Sagt es mir.«
»Sie könne nicht mehr länger Gaelle sein.«
Gaelle stand auf und ging zu dem Fenster. Einige Zeit stand sie unbeweglich mit dem Rücken zu Baruch. »Schreibt dieser Saissa, daß ich im nächsten Sommer in Konstantinopel sein werde«, sagte sie, als sie sich umdrehte.
»Ist das alles, Domna?«
»Nein.« Gaelle schüttelte den Kopf. »Schreibt ihr noch etwas, Baruch.«
»Was, Domna?«
»Daß ich sie umarme.«

Als Baruch gegangen war, entnahm Gaelle einer Lade einen Schlüssel und stieg über die Treppe in den letzten Stock hinauf. Einen Augenblick lang stand sie zögernd vor dieser Tür, vor diesem Zimmer, das sie drei Jahre lang nicht mehr betreten hatte. Dann steckte sie den Schlüssel in das Schloß, öffnete sie und betrat den Raum. Sie zog die weißen Leinentücher von den Möbeln und öffnete das

Fenster. Das Schreibpult, der feingeschliffene Tisch und die Sessel, in deren Rückenlehnen eine Blume und ein Löwe geschnitzt waren, schienen unversehrt. Die goldfarbenen Gobelins und den blauen Brokatüberzug würde man erneuern müssen. Sie blickte kurz durch das Fenster in den Garten, hin zu den herbstlichen Bäumen und dem grünen, seefarbenen Zierteich, in dem jetzt vom Wind verwehte Blätter lagen. Sie hatte bis zum Sommer viel Zeit, über all dies nachzudenken. Es blieb ihr noch alle Zeit der Welt, um eine Entscheidung zu treffen. Dann verließ sie den Raum, die Türe hinter sich offenlassend. Der Herbstwind trieb die weißen Laken über den Boden, voll unverbrauchter Schärfe und Klarheit.

Am 15. April 1205 wurde eine Streitmacht des Kreuzfahrerheeres bei Adrianopel zerschlagen.
Für Robert de Bantrac, der nach der Schlacht in die Hände der Feinde fiel, hatten sich diese eine besondere Strafe ausgedacht. Sie wollten ihn verhungern lassen.
Als Aude, die seit längerer Zeit allein lebte, durch versprengte Ritter von dem Schicksal Roberts erfuhr, ging sie zu Jordas und flehte ihn an, de Bantrac zu befreien. Er, Marti und Leif machten sich auf den Weg. Begleitet von einigen Rittern und Knappen, holten sie den Normannen aus dem Turm heraus, in dem er gefangengehalten wurde. Er bestand nur mehr aus Haut und Knochen. Jordas fand, es sei ein Wunder, daß er nicht den Verstand verloren habe.
Nach einem gefahrvollen Ritt brachten sie Robert de Bantrac lebend nach Konstantinopel.
Aude pflegte ihn gesund. Als sie sah, daß er außer Lebensgefahr war, zog sie sich wieder in ihr Haus zurück.
Im Mai 1205, etwa zur gleichen Zeit, reiste Gaelle de Vidars von Narbonne nach Konstantinopel ab.

16. Kapitel

KONSTANTINOPEL
Sommer 1205

Im Juni 1205 wurde der Herr eines Viertels und eines Achtels der Romania, der Doge Enrico Dandolo, in der nun katholischen Hagia Sophia zu Grabe getragen. Alle Glocken der verwüsteten Stadt läuteten zu Ehren des Mannes, der sie verbrannt und gedemütigt, der ihre Kraft und ihren Reichtum auf alle Zeit vernichtet hatte.
Es war ein Zufall, daß sich Aude und Jordas gerade an diesem Tag trafen. Kein Zufall war, daß Jordas für diesen Anlaß nach längerer Zeit wieder ihre Farben angelegt hatte.
Sie spazierten durch einen der Parks, der noch unversehrt war, ein Gelände, das jenseits der ehemaligen konstantinischen Mauer, nahe des Charisiostores lag. Dichte alte Bäume spendeten Schatten, während weiße und schwarze Schwäne auf den Teichen schwammen. Es war ein hellbuntes Bild des Friedens, das sie umgab, so als hätte es nie Krieg und Plünderung, nie Haß und Tod in dieser Stadt gegeben, so, als könne man hier mit Gleichmut vergessen, daß die Hälfte der Gebäude in Trümmer lag und die Schätze der Vergangenheit unrettbar verloren waren.
Aude setzte sich ins Gras und bedeutete Jordas, neben ihr Platz zu nehmen.
»Ich werde Konstantinopel verlassen«, sagte sie nach einem Augenblick des Schweigens.
»Wird Robert mit dir kommen?« Jordas stützte sich auf die Ellbogen und betrachtete die junge Frau.
»Nein. Es ist mehr als ein halbes Jahr her, daß ich ihn verlassen habe. Das müßtest du wissen.«

»Weshalb hast du dich an mich gewandt, um ihn zu retten?«
»Weil du mein òme bist. Weil er mir geholfen hat. Früher.«
»Das war der einzige Grund?« fragte der junge Mann.
»Nein. Er ist uns nun sein Leben lang verpflichtet.«
»Uns?«
»Ja, Jordas«, sagte Aude. »Uns beiden. Er würde sich keinem unserer Wünsche mehr entgegenstellen, Jordas.«
»Hätte er das getan?«
»Ich weiß es nicht.« Aude blickte zu dem Teich hin, der licht und hell an ihrer Seite lag. »Er ist ein unberechenbarer, starker und mächtiger Mann. Er hat es nie verwunden, daß ich ihn verlassen habe. Wenn ich mich dir früher zugewandt hätte...«
»Ja?«
Aude sah ihn an. »Er hätte dich töten können.«
»Wenn er es gekonnt hätte.«
»Er hätte es gekonnt, Jordas.«
Der junge Mann blickte Aude nachdenklich an. »Wir waren vier Jahre voneinander getrennt.«
»Heute bin ich bereit, meine Farben mit den deinen zu tauschen. Heute bin ich bereit, zu dir zurückzukehren. Es wäre der Tag unserer Verbindung. Der letzten, der einzigen, der untrennbaren.«
»Das hast du schon einmal zu mir gesagt. In Montpellier. Vor langer Zeit.«
»Heute könnte es zur Wahrheit werden.«
»Liebst du mich, Aude?«
Die junge Frau lächelte. »Ich lebe seit langer Zeit wie eine Nonne. Seit einem Jahr warte ich nun schon auf diesen Tag.« Sie wandte sich abrupt dem jungen Mann zu. »Und du, Jordas? Liebst du mich?«
»Ich habe nie aufgehört, es zu tun. Aber ich bin vorsichtig geworden.«
Aude zuckte mit den Schultern. »Wir sind Irrwege gegangen. Ich mit Robert und du mit Estella.«
Jordas schwieg kurz. »Man hat mir ein Lehen angeboten. Auf dem Peloponnes.«
Aude beugte sich vor. »Hör zu, Jordas. Wir sind so aneinandergekettet, daß kein Teufel und kein Engel uns voneinander trennen

könnte. Das, was in Parzié geschah, hat unser Leben zu einem einzigen und ganzen verschmolzen. Wir sind Mann und Frau, selbst, wenn wir es nicht wollten. Unsere Wirklichkeit, Jordas, liegt nicht in Konstantinopel oder in Griechenland. Sie liegt in Parzié und Gedevan. Man hat uns unser Erbe gestohlen, und wir werden es wiedergewinnen.«
»Das wird nicht einfach sein.«
»Was im Leben ist einfach?« fragte Aude de Parzié. »Nichts, Jordas. Aber dieser verrückte Kreuzzug hat uns etwas gelehrt, was wir bis dahin nicht konnten: zu kämpfen. Um alles zu kämpfen, was uns zusteht oder was uns zufallen mag.« Sie schüttelte beinahe zornig ihren Kopf. Ihr von der Sonne aufgehelltes, rötlichbraunes Haar schimmerte irisierend, je nach dem Winkel, in dem das Licht es traf. »Was bist du, Jordas? Ein Gedevan oder ein Abenteurer, der sich ein aus Träumen gesponnenes Reich in einem unbekannten Land erobern will?«
»Marti wird in den Peloponnes ziehen.«
Aude winkte unwillig ab. »Marti ist ein kleiner Ritter, der in der Occitanie keine zwanzig Hektar Land besitzt. Du bist ein Senher, Jordas. Du gehörst zu den Großen des Südens.«
»Marti ist ein kluger Kopf.«
Aude lächelte. »Marti ist bis über beide Ohren in Saissa verliebt. Er wird Konstantinopel nie verlassen, solange sie hier ist.«
»Weiß Brian das?« fragte Jordas verblüfft.
»Natürlich nicht.«
»Und Saissa?«
»Sie schwankt. Noch ist sie Brian treu. Aber ...«
»Was?« fragte Jordas.
»Nichts«, sagte das Mädchen mit dem hellen, kastanienbraunen Haar.
Das Schilf an den Ufern des Teiches bewegte sich kaum merklich, als Jordas es betrachtete. Es war ein ruhiger, klarer und sonniger Tag. Ein Tag wie geschaffen für die Liebe. Oder auch für ein vernünftiges Gespräch, um einen Handel oder ein Bündnis abzuschließen.
»Was hättest du getan, wenn ich bei dem Befreiungsversuch Roberts gefallen wäre?«

»Ich hätte mich getötet«, sagte Aude mit ruhiger Stimme.
Vielleicht war es in diesem Augenblick, daß Jordas ihr wieder zu glauben begann. Vielleicht war es dieser Satz und die Art, wie sie ihn gesprochen hatte, der die Mauern seiner Vorbehalte und seines Mißtrauens einriß.
»Es wird nicht leicht werden, Gedevan und Parzié zurückzugewinnen«, meinte er nach einer Weile.
»Fürchtest du dich?«
»Nein. Ich habe dich an meiner Seite.«
»Bis zum letzten Tag meines Lebens.« Der Gesichtsausdruck Audes war entschlossen, weich und abwartend in einem. Jordas betrachtete sie lächelnd. »Wir müssen ganz neu beginnen.«
»Ja. Das werden wir.«
»Wie?«
»Beginnen wir damit, daß du deinen Kopf in meinen Schoß bettest.«
»Das ist ein guter Beginn«, sagte er. »Das ist ein ganz vorzüglicher Beginn.«

Flamena hatte es sich zur Gewohnheit gemacht, zweimal in der Woche Blumen auf der obersten Treppe der zerstörten Moschee niederzulegen. Sie sprach stumm ein katharisches Gebet, wollte sich schon abwenden und gehen, als etwas an dem Gebinde sie irritierte. Sie setzte sich auf die zertrümmerten Stufen und zupfte einige der Blumen zurecht.
»Siehst du diese Türkin dort?« sagte der Sergeant, als er mit dem Soldaten bei seinem Patrouillengang den Platz vor der Moschee erreichte. »Jeden dritten Tag kommt diese häretische Hure hierher und opfert ihrer verfluchten Irrlehre.«
»Das ist keine Türkin«, sagte der Soldat.
Die Lippen des Sergeanten wurden schmal. »Selbst heute, da man den großen Dandolo begräbt, schämt sie sich nicht, ihren verdammten babylonischen Götzen Blumen zu schenken.« Er zog eine Grimasse. »Wahrscheinlich zum Dank dafür, daß der Doge nicht mehr unter den Lebenden weilt.«
»Das glaube ich nicht«, sagte der Soldat.
»Ich denke, ich werde ihr den Spaß verderben«, sagte der Sergeant

und zog einen Pfeil aus seinem Köcher. »Ich denke, ich werde Dandolo an diesem Tag auf meine eigene Art ehren.«
»Tu es nicht, Renaud«, rief der Soldat.
»Verfluchte Häresie«, sagte der Sergeant, als er den Bogen spannte.
»Lauf, Frau!« schrie der Soldat.
Flamena hob den Kopf und blickte zuerst erstaunt und dann ruhig zu dem Sergeanten hin.
»Lauf!« schrie der Soldat ein weiteres Mal.
Der Pfeil traf Flamena genau in der Mitte der Stirn und durchbohrte ihren Kopf. Die grauhaarige Frau öffnete kurz und stumm den Mund und fiel dann, das Gesicht von Blut überströmt, die Stufen hinab. Sie zuckte noch einmal kurz, während ihre rechte Hand das Gebinde aus Blumen und Blüten umklammert hielt. Sie starb an derselben Stelle, an der auch Jaufre de Sarvas gestorben war.
»Das war Mord, Renaud«, flüsterte der Soldat.
»Vergiß es.«
»Es war nicht recht«, beharrte der Soldat.
»Es war gottgefällig, Georges. Und wer kümmert sich in dieser Stadt um eine alte, dreckige Türkin? Wer, Georges?«
»Ich weiß es nicht«, sagte der Soldat verunsichert. »Niemand. Niemand, wahrscheinlich.«

Es schien Gaelle, als ob sie der Sonne folgten. Als würde das Licht, die Helligkeit sie einmal mehr führen und ihnen den Weg zu einem klaren und erstrebenswerten Ziel zeigen. Die Sonne leuchtete über dem Wasser, verirrtes Weiß in den blauen Wellen am Bug des Schiffes, springender und endloser Widerschein in der flimmernden Weite des Meeres, das keine Küsten und keinerlei Grenzen erahnen ließ. Gaelle de Vidars war glücklich. Die Unbeschränktheit der See erschien ihr als Symbol ihrer wiedergewonnenen Freiheit, als ein Ausbruch aus ihrer Welt der unterschwelligen Trauer, der kleinen Freuden und der großen Hoffnungslosigkeit. Sie fühlte sich eins mit der Ferne, die sie umgab, eins mit der Tiefe des blauhellen Horizonts, eins mit sich selbst und eins mit der himmelstürmenden und neuerfühlten Freiheit ihrer Seele.

Sie dachte an Brian de Martial, und die Furcht vor einem Wiedersehen mit ihm verließ sie von Tag zu Tag mehr. Sie hatte zu lange in der Kettenwelt eines Alltags gelebt, der unveränderbar und ewig schien. Brian war die Weite, das Wiedergefundene und die Freiheit. Sie würde ihn lieben, selbst wenn er nicht sofort zu ihr zurückfinden konnte. Sie würde ihn lieben, weil sie von neuem die Welt liebte, so wie er sie gesehen und so wie er sie empfunden hatte. Sie würde ihn lieben, weil es ihre einzige Möglichkeit war. Sie würde um ihn kämpfen. Sie würde nun um alles kämpfen, was ihre Welt schöner und lebendiger machte. Sie wollte das Leben umarmen. Sie wollte die Welt und Brian umarmen. Tag für Tag und immerzu. Immerzu und ohne Ende.

Eine Woche, nachdem Flamena bestattet worden war, hatten Brian und Saissa an dem schwülen, vom Südwind aufgeheizten Nachmittag miteinander geschlafen. Saissa war von einer Begehrlichkeit und Wildheit gewesen, die Brian selbst bei einem leidenschaftlichen Mädchen wie ihr überraschte. Später, als sie sich aus seiner zärtlichen Umarmung gelöst hatte, rollte sie sich auf den Rücken. Sie sah ihn nicht an, als sie sprach.
»Das war das letzte Mal, Brian«, sagte sie.
»Was heißt das?«
»Daß der Zeitpunkt gekommen ist. Daß ich dich verlassen werde.«
»Verlassen«, wiederholte er verblüfft.
»Ja. Verlassen.«
Brian drehte sich ihr zu. »Weshalb?« fragte er.
»Wir haben einander alles gegeben, was wir hatten. Wenn es jetzt auf diese Art weiterginge, würden wir uns zerstören.«
»Ich liebe dich«, sagte der Troubadour.
»Du hast viele Frauen in mir geliebt, Brian.«
»Nein.«
»Doch. Glaube es mir, großer Senher.«
Brian versuchte zu scherzen. »Und meine Seele? Hat sie bereits das Licht gefunden?«
»Alles Licht, das ich in ihr erwecken konnte«, antwortete Saissa ernsthaft.

»Was kann ich tun, um dich zu halten?« fragte der Troubadour nach einer Weile.
»Nichts.«
Brian lehnte sich zurück. »Es war ein langer Weg von Montpellier bis hierher.«
»Ein schöner, ein beglückender Weg, Brian.«
»Ich kann nicht glauben, daß es schon zu Ende ist.«
Saissa lächelte. »Du hast mich viel gelehrt, Brian. Jenseits meines Wissens der Wälder und Wölfe.« Ihre Hand strich über seine Brust. »Sei nicht traurig, Troubadour. Wir wußten von Beginn an, daß wir uns eines Tages trennen würden.«
»Man ist immer überrascht, wenn es soweit ist.«
Das Mädchen schüttelte den Kopf. »Brian«, sagte es. »Du hast ein halbwildes Kind vor dem Pranger bewahrt und eine Domna aus ihm gemacht. Du bist ein bedeutender Mensch. Bedeutender, als du es glaubst.«
»Ist das der Trost? Der Trost für meine Trauer?«
»Das ist die Wahrheit, Brian.«
Der Troubadour schwieg. »Ich wollte, daß du einen Senher heiratest.«
Das Mädchen sah ihn kurz an. »Ich werde heiraten, Brian.«
»Wen?«
»Marti.«
»Marti ist kein reicher Mann.«
»Der jüngere Villehardouin hat ihm ein Lehen auf dem Peloponnes versprochen. Eine Baronie.«
»Seit wann geht das schon?«
»Was?«
»Das mit Marti.«
»Ich bin nicht seine Geliebte, Brian. Ich war es nie.«
»Aber ...«
»Er hat vor einem Monat um meine Hand angehalten, großer Senher. Ich habe darüber nachgedacht. Jetzt habe ich mich entschieden.«
»Er hätte mich fragen müssen.«
»Brian«, sagte Saissa lachend. »Ich bin ein freier Mensch.«
»Ja, das bist du.« Er strich sich mit beiden Händen über Wangen

und Kinn, als wollte er etwas von sich streifen. »Herrgott, warum nicht Marti? Er sieht gut aus und besitzt Charakter. Er wird einen vorzüglichen Lehnsherren abgeben. Besonders, wenn du ihm beistehst.«

»Ich und Rocas.«

Der Troubadour lächelte plötzlich. »Du zerstörst meinen Orden, Saissa.«

»Rocas wird sein Verwalter. Er hat es sich verdient.«

»Das hat er. Das hat er, bei allen Heiligen.« Er schwieg kurz. »Liebst du Marti?«

»Anders als dich.«

»Mehr?«

»Anders.« Sie strich ihm über die Stirn. »Du bist wie das Meer, Brian. Er gleicht einer Bucht. Ich wünsche mir Kinder. Kinder und Geborgenheit. Eine Aufgabe, die jenseits meiner bisherigen Grenzen liegt.«

»Du wirst sie meistern.«

»Ja«, sagte Saissa, »das werde ich.«

»Ich dachte, ich wäre dein Mann, Saissa.«

»Ich habe es eine kurze Zeit geglaubt, Brian. Aber du liebst eine andere Frau. Sie und tausend Erinnerungen.«

»Bilder.«

»Bilder, gegen die ich machtlos bin.«

»Und dich, Saissa« fragte er beinahe zornig. »Liebe ich dich nicht auch?«

»Auch, ja. Auch.«

»Du bist ungerecht, Saissa.«

»Es ist besser, daß ich ungerecht bin, Brian, als daß ich leide.«

Er schwieg. »Wenigstens wirst du dafür sorgen, daß es einen Fleck in Griechenland gibt, an dem Gerechtigkeit herrscht«, sagte er dann.

»Ich, Marti und Rocas werden dafür sorgen.«

»Wo liegt das Lehen?«

»In Attika.«

»Die heilige Saissa von Attika.« Brian lächelte von neuem.

»Nur Saissa, Troubadour. Eine Saissa ohne jeglichen Heiligenschein.«

»Wann wirst du gehen?«
»Heute noch.«
»Mit Rocas?«
»Ja.«
Brian nickte.
»Es war wie ein reines, schönes Lied, Saissa. Ich danke dir. Es war ...« Er stockte.
»Es war schön, Brian.« Sie umfaßte seine Hand. »Ich werde dich in meinen Gedanken nie verlassen.«
»Das werden wir beide nicht.« Der Troubadour stand auf und ging zu dem Schrankkoffer, der an der Wand stand. Er entnahm ihm einige Papiere, vermischte sie mit den Rosenblättern, die in einer Schale beim Fenster lagen, und ließ sie dann leicht auf Saissas nackten Körper herabregnen.
»Was ist das?« fragte das Mädchen und blickte zu ihm hoch.
»Meine Mitgift. Rosen. Meine letzten zweihundert Silbermark.«
»Wie willst du das Baruch erklären?«
»Als Dank an die Wälder«, sagte der Troubadour und lachte plötzlich. »Als Dank an die Wölfe.«

Als Saissa und Rocas das Haus verlassen hatten, betranken sich Brian und Eraklion bis zur Besinnungslosigkeit. Einstimmig erklärten sie, daß sie nun ewige Witwer des reinen Gefühls seien, bevor sie, beinahe gleichzeitig, bewußtlos von ihren Sesseln sanken. Selbst Leif hatte Mühe, ihre scheinbar leblosen Körper in ihre Betten zu tragen. Der Waragäer hatte Verständnis für sie. Auch ihm schien es, als hätte das Haus seine Seele verloren.

Robert de Bantrac legte die beiden Briefe auf Brians Tisch.
»Was ist das?« fragte der Troubadour.
»Die Testamente Jaufres. Er hatte sie beim päpstlichen Legaten hinterlegt.«
»Was habe ich damit zu tun, Robert?«
Robert legte seine mächtigen Hände auf die Tischplatte. »Wir beide sind nach Flamenas Tod seine Erben. Ich bekomme Sarvas und du sein gesamtes Geld. Zweitausend Silbermark.« Robert sah ihn an. »Du bist jetzt ein reicher Mann, Brian.«

»Und du einer der mächtigsten Männer der Occitanie.«
»Ja«, sagte Robert. »Das bin ich wohl. Willst du die Testamente lesen?«
»Nein.«
Robert zuckte mit den Achseln. »Wie du glaubst, Brian.« Er faltete die Papiere zusammen und steckte sie in sein Wams.
»Wann wirst du in die Occitanie zurückkehren?«
»Bald.« Robert lehnte sich in dem Sessel zurück, der unter seinem Gewicht ächzte. »Ich erwarte dich in Sarvas.«
»In Jaufres Garten.«
»In der Heimat, companho.«
»Outremer war ein Trugschluß, Robert.«
Der Normanne blickte kurz an Brian vorbei. »Al-Tustaris Tod hat alles verändert.«
Der Troubadour schüttelte den Kopf. »Die Zeit der großen Träume ist vorbei, Robert.«
»Nicht jene der Wahrheit, Brian.«
»Wo willst du sie nun suchen?«
»In mir, companho. Nur mehr in mir.«
»In einer Welt des gai saber.«
»In der Welt des Robert de Bantrac.« Der Normanne lächelte ihm zu. »Wir scheinen kein Glück mit occitanischen Frauen zu haben.«
»Wir haben jede Menge Glück gehabt, Robert.«
»Gehabt, ja.« Robert de Bantrac pfiff kurz ein Kampflied vor sich hin, das sich im Heer großer Beliebtheit erfreute. »Bei den Bulgaren habe ich begriffen, wie wenig Zeit der Mensch hat, sein kurzes Leben mit etwas Sinnvollem zu erfüllen. Es geht sehr schnell zu Ende, wenn das Schicksal es will.« Robert schüttelte den Kopf. »Ich habe gemeint, die Wahrheit in Outremer finden zu können. Ein Irrtum. Du hattest recht.«
»Ich habe nie an Outremer geglaubt.«
»Ich dachte an das feingesponnene Netz der Hoffnungen, alter Freund. Nicht an das Land. Nicht an diese sonnenverbrannten Hügel, die man dort findet.«
»Und jetzt?«
»Jetzt will ich nur mehr wissen, wofür ich lebe und sterbe.«

Brian warf ihm den leeren Becher zu. Robert fing ihn mit einer Hand auf, schenkte sich vom Krug ein und trank.
»Eine Wahrheit, die den Himmel aufbricht«, sagte der Troubadour.
»Eine Wahrheit, die die Sonne erzittern läßt.« Der Normanne schlug mit seiner Faust auf den Tisch und stand so abrupt auf, daß der Sessel hinter ihm umkippte. »Ich bin immer noch bereit, die ganze Welt für diese Hoffnung in die Knie zu zwingen, companho! Wer kann Robert de Bantrac widerstehen, Brian?«
»Niemand«, sagte der Troubadour und betrachtete ihn nachdenklich.
»Dies alles muß doch einmal einen Sinn gewinnen, Brian. Jaufres, Flamenas, Al-Tustaris Tod. Diese ganze, lange Reise, die wir unser Leben nennen.«

Die blonde Frau, die in der Türe zu Brians Zimmer stand, betrachtete den schreibenden Mann, der versunken vor dem Pult stand. Sie war nicht auf das Gefühl der Zärtlichkeit gefaßt, das sie mit einem Male ergriff. Sie fühlte sich seltsam wehrlos und verletzbar, voll der Freude und voll der Furcht.
»Schade, daß es kein Brief an mich ist«, sagte sie dann. »Ich habe lange auf einen gewartet.«
Brian hielt im Schreiben inne, als er die Stimme vernahm. Dann legte er die Feder sorgsam in die Rille des Pultes.
»Du schuldest mir ein halbes Pfund Silber«, sagte er schließlich.
Sie ist zurückgekommen, dachte er. Vier Jahre. Vier Jahre habe ich auf diesen Augenblick gewartet. Gott gebe, daß sie meinetwegen gekommen ist. Gott gebe es.
»Das ist nicht mein Fehler. Ich war bereit, meinen Reichtum mit dir zu teilen.«
»Ich war auf der Suche. Nach Brücken aus Nebel und farbigen Regenbögen.«
Sie trat einen Schritt in den Raum. »Hast du sie gefunden?«
Brian wandte sich ihr jetzt voll zu. »Nein.«
Sie war unverändert schön. Blondes Haar, das den Nacken hinabfloß. Volle, empfindsame Lippen. Matthelle, zarte Haut. Ein klares Gesicht, unverdorben von der Zeit und dem Schicksal.

Gaelle lächelte. »Du hast unser Gespräch nicht vergessen«, sagte sie.
»Ich erinnere mich an jedes Wort, das wir damals sprachen.«
»Damals.«
»Damals, in Béziers.«
Grünblaue Augen. Augen, in denen alles lag. Sehnsucht und Zärtlichkeit, Verständnis und Großzügigkeit, Wahrheit und Lockung. Meerestiefe Augen. Ihr Blick und meine Liebe. Wahrheiten, die sich umfassen.
»Du hast dich gut gehalten, Brian.«
»Und du bist noch schöner als früher, Gaelle.«
Die Frau blickte ihn amüsiert an. »Ich komme in die Jahre, Troubadour. Ich werde vierundzwanzig.«
Der Troubadour lachte.
Wie weit ist der Raum, der vier Jahre Hoffnung von mir trennt? Wie weit ist ein Weg, zurück zu einer ersehnten Erwartung, zu einer wiedergewonnenen Erfüllung? Drei Schritte? Vier?
»Wie hast du mich gefunden?« fragte er.
»Das war einfach. Ich wollte dich finden.«
Geh, du Narr. Gehe diese wenigen Schritte auf sie zu. Sie wartet auf dich. Denk nicht daran, wieviel vergangene Zeit du damit überschreitest. Alles ist jetzt. Gaelle ist zurückgekommen. Gaelle ist wieder bei dir. Du hast die Gärten des Lichts wiedergefunden.
»Ich habe lange auf dich gewartet.«
»Wir haben beide gewartet, Brian.«
Er durchquerte das Zimmer. Seine Finger glitten, sanft, fühlend und spürend, so als entdecke er lichte Welten wieder, über ihre goldblonden Haare, ihr ovales Gesicht, über ihre leicht geöffneten Lippen. Langsam beugte er sich zu ihr und küßte ihren Hals, zart, kaum spürbar, dann stärker, dann voller Leidenschaft. Er ergriff sie, drückte, preßte sie an sich, während ihre Hände leicht seine Schultern faßten und ihre Fingerkuppen seinen Rücken entlangglitten.
»Ich bin es, die zu dir gekommen ist«, sagte Gaelle und strich mit ihren Fingern über die Lider seiner geschlossenen Augen.
»Es ist gut«, sagte er. »Es ist gut, endlich seine Träume zu berühren.«

Erstarrte Wünsche werden zur Wirklichkeit. Hoffnungen, die unvermutet ihr Leben wiedergewinnen.
Seine Blicke tasteten sie ab, als er sie betrachtete, liebevoll und mit einem ruhigen, zärtlichen Empfinden.
»Saissa«, sagte er dann. »Sie hat es gewußt.«
»Was wußte sie, Troubadour?«
»Daß du kommen würdest.«
»Ja«, sagte Gaelle. »Sie wußte es.«
»Sie ...«
»Ja?«
»Sie hatte begriffen, daß ich nur dich liebe. Sie begriff es besser, als ich es selbst erkannt habe.«
»Ich habe mit Saissa gesprochen, bevor ich zu dir kam.«
»Das war gut so.«
Welch eine Reise. Welch eine Reise von Montpellier bis zu diesem Augenblick.
»Liebst du mich, Brian?«
»Es war immer so. Vom ersten Tag unserer Begegnung an.«
»Damals, als wir den weiten Weg nach Béziers in Angriff nahmen?«
»Damals, als wir den einzig möglichen Weg beschritten haben.«
»Und jetzt?«
Er ließ sich vor ihr nieder und zog sie langsam zu sich herab. Seine Stirn war gegen ihre Scham gepreßt, berührte dann ihre Brüste, bis sie schließlich voreinander knieten und Brian seine Hände um ihre Taille legte.
»Vier Jahre. Vier Jahre in einen Augenblick gegossen«, sagte er leise.
»Du liebst verrückte Umwege, Brian.«
»Der Narr.« Er schüttelte den Kopf. »Welch ein Narr.«
»Mein Narr«, sagte Gaelle, und ihre Hand glitt über sein Haar.
Er zögerte kurz. »Wie müßte der Mann sein, den du wahrhaft lieben könntest?«
»Diese Frage hast du mir schon einmal gestellt. Vor langer Zeit.«
»Ich weiß.«
»Er müßte wie du sein, Troubadour.«
»Ich bin durch einen Schwur gefesselt.«

»Nein«, antwortete Gaelle. »Du bist durch nichts mehr gefesselt.«
Er lachte kurz und befreit auf, nahm die Frau in die Arme und küßte sie. Ihre schlanken Hände streichelten seinen Hals, verschränkten sich ineinander und preßten sich gegen seinen Nacken.
Er strich ihr über das blonde Haar. »Ich habe geglaubt, ich würde Stunden benötigen, um es dir zu erklären.«
»Du mußt gar nichts erklären.«
»Im Geist habe ich dieses Gespräch mit dir Hunderte Male geführt. Ich war großartig, als ich mit dir sprach. Überzeugend und voll der Wortgewalt.«
»Und jetzt?«
»Jetzt bist du hier. Alles ist einfach geworden.«
Gaelles Lippen streiften seine Wange. »Bist du enttäuscht, daß du keine großen Worte mehr benötigst?«
»Nein«, sagte er. »Ich bin voll des Glücks.«
»Dann ist es gut.«
Seine Hände umfaßten ihr Gesicht. »Ich habe tausend Fehler begangen.«
»Und du wirst weitere begehen. Wie jeder Mensch.«
»Ich werde mich nicht mehr ändern, Gaelle.«
Die Frau legte eine Fingerspitze an seine Lippen. »Du sprichst zuviel, Troubadour. Wie immer.«
»Was soll ich tun?«
»So handeln, wie du fühlst.«
Er brüllte mit einem Male auf, nahm Gaelle in seine Arme und trug sie lachend durch das Haus, während ein erstaunter Eraklion und ein verblüffter Leif ihm auf dem Fuße folgten. Er trat mit ihr auf die Straße und ging sie entlang, den überraschten Nachbarn zurufend, daß er seine Wahrheit wiedergefunden habe, endlich und endgültig, während Gaelle lachte und ihn dabei umhalste. Er schritt die Straße entlang, die Frau in seinen Armen, während eine johlende und schreiende Menge von Frauen, Männern und Kindern ihnen folgte, fröhlich auf sie wies und sie mit südlicher Begeisterung lauthals feierte.

Es war der Kai des Eleutherioshafens, an dem Saissa von ihnen Abschied nahm. Eine bunte Menge von Frauen hatte sich einge-

funden, um die Matrosen zu den Schiffen zu begleiten. Rufe glitten zwischen dem Kai und den Decks hin und her.
»Denke manchmal an die Geheimnisse der Wölfe, Brian«, sagte Saissa.
»Das werde ich.« Er ergriff ihre Hand. »Gib acht.«
»Mach dir keine Sorgen um mich.« Sie blickte zu Gaelle hin, die ihr zulächelte. »Du hast nach Hause gefunden, Troubadour.«
»Ja. Das habe ich.«
Von der Galeere her ertönte ein letzter Ruf, daß sie nun endlich an Bord kommen sollten.
»Brauchst du noch etwas?« fragte Brian.
»Was sollte ich noch brauchen?« rief Saissa lachend und fröhlich. Sie wies auf Marti, Rocas und das Schiff. »Ich habe alles Glück der Erde.«
Sie küßte Gaelle und Brian, riß sich dann los und ging mit Marti und Rocas an Bord. Gaelle, Brian und Eraklion winkten ihnen zu, als das Schiff den Anker gelichtet hatte und langsam aus dem Hafen gerudert wurde. Dann begannen die Segel sich zu straffen, und die Galeere gewann an Fahrt, glitt hinaus auf das helle, grünlichblaue Marmarameer, wurde kleiner, Lilienblättern gleichend, die in der Ferne trieben, um schließlich, endlich, als weißer, glänzender Punkt mit dem hellen Horizont zu verschmelzen.
»Über welche Geheimnisse habt ihr denn gesprochen?« fragte Brian Gaelle.
»Darüber, daß wir Männer nichts taugen«, meinte Eraklion.
Gaelle lachte.
»Ist es so?« fragte Brian.
»Ich glaube nicht, daß ich es dir sagen werde«, sagte Gaelle, als Brian ihr in den Sattel ihres Pferdes half. Sie blickte belustigt zu ihm hinunter. »Außer es gelingt dir, mich einzuholen, Troubadour.« Sie gab ihrem Pferd die Sporen und galoppierte die Hafenmauern entlang.
»Verzeih, Eraklion«, sagte Brian, als er sich seinerseits in den Sattel schwang. »Aber zum ersten Mal in meinem Leben habe ich die Möglichkeit, das Geheimnis alles Weiblichen zu entdecken.«
Eraklion sah ihnen nach, sah, wie sie sich ein wildes Rennen entlang der Kais lieferten und dann galoppierend zum Bukeleonpalast

hin abbogen. Der Literat und Historiker seufzte kurz auf, stieg auf seinen Esel und ritt gemächlich nach Blachernae, nach Hause, Verse des Euripides auf den Lippen.

Drei Tage später segelten Gaelle, Brian und Leif gemeinsam mit Aude und Jordas in die Occitanie zurück. Robert folgte ihnen nach. Keiner von ihnen hatte Outremer erreicht. Niemand hatte das Land jenseits des Meeres erblickt. Dennoch waren sie alle fröhlich und voll der Hoffnung. Der Kreuzzug war vorüber. Der Kreuzzug des Geldes hatte sein Ende gefunden.

Aus dem Diarium des Herrn von Guzman
genannt
DOMINIKUS

Seine Heiligkeit der Papst hat mir den Auftrag erteilt, die Occitanie auf friedliche Art zu missionieren und die Häretiker durch das Vorbild einer wahren Nachfolge Christi in den Schoß der Kirche zurückzuführen. Ich glaube nicht, daß ich jemals in meinem Leben demütiger und glücklicher war. So ist es doch, wie ich es erhofft habe. Ich und meine Freunde sind nun zu Schwertern der Liebe, zu Schwertern des Lichts geworden. Gepriesen sei der Herr. Sonnenschwerter werden den Haß zerschlagen. Sonnenschwerter werden der Occitanie den Frieden bringen.

III

Das vollkommene Lied

17. Kapitel

LAURAGUAIS
Frühling 1206

Es ist ein Reich der Schönheit, das ich nie mehr verlassen möchte, dachte Gaelle. Ein weites Land der Liebe und der Unbeschwertheit, das wir zum ersten Mal in dieser Stärke für uns gefunden haben. Meine Seele fühlt sich befreit wie nie zuvor, hell, froh, beinahe schwerelos. Ich habe mich entschlossen, Brian zu folgen, wohin er nun auch gehen mag. Und inmitten dieser Landschaft, die einmal mehr voll des Frühlings und der Erwartung ist, inmitten dieses Empfindens einer neugeborenen Erde weiß ich, daß mein Entschluß der wahre und der richtige ist. Ich war zu lange vernünftig, war zu lange der Erde und der Schwere der Wirklichkeit verhaftet. Ich will die Unbegrenztheit des Himmels, der sich über uns erstreckt. Ich will nicht mehr verständig und einsichtig sein, immer und zu jeder Zeit. Ich will die Liebe, ich will die Schönheit, und vor allem will ich das Leben, stark und alle Grenzen sprengend. Ich möchte, daß meine Sehnsucht und mein Denken endlich im Einklang stehen, ein steter Fluß des Gefühls, den ich nicht mehr von mir weisen will, den ich nicht mehr von mir weisen darf. Alles ist Liebe. Nichts ist von ihr getrennt. Ein Rätsel. Ich will es nicht mehr lösen. Ich habe keine Zeit mehr zu verschenken. Niemand hat Zeit zu verschenken.
Es gibt die Gärten des Lichts, dachte Gaelle. Ich habe sie wiedergefunden. Das ist es, das zählt. Jetzt und für alle Zeit.

Sie hatten Béziers verlassen und waren nach Westen geritten, er, Gaelle und Flêche, sein Joglar. Die Regenfälle des Winters waren

vorüber, und die Sonne erwärmte endlich Felder, Wiesen, Dörfer und die steil abfallenden Felshänge, an denen sich schräg ansteigend dichte und wildwachsende Wälder festgekrallt hatten. Konstantinopel schien nun weit entfernt, traumhafte Bilder, ein Widerschein von Torheit und Verbrechen, verblassende Erinnerungen, die keine Kraft in dieser frühlingsgesättigten Landschaft mehr besaßen.
Brian mied die Straßen, und so ritten sie quer über die grünfarbigen, von Blumen bedeckten Ebenen, tauchten ein ins Licht, tauchten ein in die aufreizende Wärme des Südwindes, in den Widerschein von hellen Wolken und dunklem Blau, in die Weite aller Freiheit, die sich nun vor ihnen erstreckte.
»Dort«, sagte Brian und wies auf ein Dorf, das nahe den Weinbergen lag. »Dort werden wir bleiben.«
Ginster und wilder Hafer wuchsen am Rande der Felder, während gewundene, staubige Pfade die Wiesen durchschnitten und zu den Hügeln mit den Rebstöcken hinaufführten. Bäume warfen unruhige und kühlende Schatten, Gärten kontrastierten lichtgrün mit den ockerfarbenen Dächern der grausteinernen Häuser. Als sie vor der Kirche angelangt waren, stieg Brian vom Pferd, half der lachenden Gaelle aus dem Sattel und pochte, unter den Blicken der schweigenden Dorfbewohner, an die massive Türe der Sakristei. Ein Mann, mit der Statur eines Bullen und der Kleidung eines Priesters, öffnete ihnen.
»Was wollt Ihr?« fragte der Priester.
»Ich bin ein Gesandter des Vizegrafen von Béziers, Hochwürden.«
»Gesandt wofür?«
»Die Beschwerden und Wünsche dieser Menschen hier entgegenzunehmen.«
Der Priester betrachtete ihn mißtrauisch. »Dieses Dorf untersteht der Gerichtsbarkeit des Senher von Valtetz.«
Brian lächelte freundlich. »Jetzt will der Vizegraf Näheres über euch erfahren.«
»Der Vizegraf?« Der Priester wirkte mit einem Male amüsiert.
»Der Vizegraf, Hochwürden. Raymond-Roger de Trencavel, Vasall von Raimond, des Grafen von Toulouse.«

»Zeigt mir Eure Beglaubigung, Senher.«
Brian griff nach dem Papier, das er schon oftmals hatte vorweisen müssen. Der Priester las es langsam und mit halblauter Stimme. Dann reichte er es Brian zurück.
»Was wollt Ihr im besonderen?« fragte er.
»Das sage ich Euch nach dem Fest.«
Der Priester kniff die Augen zusammen. »Ein Fest, das Ihr geben wollt?«
»So ist es«, antwortete Brian.
»Macht Platz, Senher«, sagte der bullige Priester. Er trat vor die Bewohner des Ortes und deutete auf Brian und Gaelle. »Dieser Senher und seine Domna sind vom Vizegrafen zu euch geschickt worden. Sie wollen eure Wünsche, Beschwerden und Meinungen hören. Nach dem Fest.« Der Priester wandte sich Brian zu. »So ist es doch?«
»So ist es.«
»Nach dem größten Fest, das Fonrès je gesehen hat«, rief der Priester. »Ein Fest, das der Senher zur Gänze bezahlen wird.« Der Priester sah zu Brian hin. »So war es doch gemeint?« fragte er, als die Dorfbewohner in johlende Zustimmung ausbrachen.
Brian lächelte. »Ihr habt unbestritten den Blick der wahren Erkenntnis, Hochwürden.«

Das Fest fand auf dem Dorfplatz statt. Improvisierte Bänke dienten als Sitzplätze, während über verschiedenen Feuerstellen Fleisch gebraten, dann in Scheiben geschnitten und vor Saft triefend auf Brotscheiben weitergereicht wurde.
»Wie viele Seelen zählt dieser Ort?« fragte Brian.
»Zweihundertzwölf«, antwortete der Pfarrer.
»Gibt es Katharer bei euch?«
Der Pfarrer lachte auf. »Außer mir und sechs Familien gibt es hier keine wahren Katholiken mehr.«
Brian sah in die Runde der Essenden, die ihm und dem Priester freundlich zulächelten. »Die Leute scheinen Euch dennoch zu achten, Hochwürden.«
»Weshalb auch nicht? Ich versuche sie zu bekehren und sie mich ebenfalls. Das schafft ein Klima der Vertrautheit, Senher.«

Brian betrachtete den bulligen Mann. »Ich glaube eher, daß sie etwas erkennen.«
»Was? Was meint Ihr, daß sie erkennen?«
»Daß Ihr ein guter Mensch seid. Ich glaube, daß sie das zu würdigen wissen.«
Der Priester brummte vor sich hin. »Mag sein. Ich glaube, und sie glauben. Das ist die Brücke, die wir alle gemeinsam miteinander beschreiten.«
»Und die Dogmen?«
»Ich sprach von Brücken, Senher, und nicht von Mauern.«
Brian nickte. »Ich wußte es von Anfang an.«
Der Priester betrachtete ihn aufmerksam. »Was wollt Ihr damit sagen, Senher?«
»Daß Ihr kein gewöhnlicher Mann seid.« Brian lächelte ihm zu und biß dann in das gebratene Stück Fleisch, das er in seinen Händen hielt.
Als die Nacht hereinbrach, gab der Troubadour Flêche das Zeichen zu beginnen.
Der Joglar ergriff seine Fiedel und spielte Melodien, wilde und unbekannte, Melodien von jenseits der Pyrenäen. Noch zögerten die Menschen zu tanzen, bis Brian Gaelle bei der Hand faßte und mit ihr über den Platz wirbelte. Die Leute schrien vor Begeisterung auf, applaudierten und gesellten sich zu ihnen, tanzend, singend, lachend, umkreisten den Priester, bis er aufstand, bis Gaelle ihn bei den Armen ergriff und sich mit dem bulligen Mann im Kreise drehte, lächelnd im Rhythmus der Musik und der Freude.
Es wurde eine lange Nacht, fröhlich und unbeschwert, bis der Pfarrer sich erhob und mit Gaelle und Brian zur Kirche schritt.
»Bei Gott, Ihr seid ein sonderbarer Senher«, sagte der Priester.
»Bei Gott, Ihr seid ein sonderbarer Diener des Herrn«, antwortete Brian.
Der Priester lachte. »Ihr könnt in meinem Haus nächtigen.«
Brian schüttelte den Kopf. »Ich ziehe es vor, in der Kirche zu schlafen.«
»Die Domna auch?«
»Ja«, sagte Gaelle. »Das wäre auch mein Wunsch, Hochwürden.«
»Die Nächte sind noch kalt, Domna.«

»Wir besitzen Decken in Hülle und Fülle.«
Der Priester blieb kurz stehen. »Ihr liebt euch. Es wäre nicht gut, das Haus Gottes zu beleidigen.«
»Das ist nicht unsere Absicht, Hochwürden.«
»Gut«, sagte der Priester und lächelte mit einem Male. »Ich werde euch Kerzen bringen.«

Welch eine sonderbare Hochzeitsnacht, dachte Gaelle, als sie einander umfassend unter den wollenen Decken auf dem Boden der Kirche lagen. Er will unser Zusammensein vor Gott legitimieren, hier, in einer kleinen Dorfkirche am Rande der Welt. Welch ein verrückter Einfall. Ein Gedanke, der seinen Liedern entsprungen sein könnte. Ein Einfall, der dir gefällt, Gaelle de Vidars.
Ihre Hand glitt über seine Schulter, sanft, liebkosend, als sie daran dachte, während sie den Kopf an seiner Brust kurz bewegte, um ihr Haar aus der Stirn zu streichen.
Er hat seine »Joi« wiedergefunden. Seine Liebe zu mir und zu der Welt. Er hat die Vergangenheit abgeschüttelt, hat sie abgetan, wie er jenen Mantel von sich warf, damals in der Guyenne, damals, als er begonnen hatte, nach dem vollkommenen Lied zu suchen. Der letzte Traum, der ihm geblieben ist. Dieser Traum, an den er noch immer glaubt. Ich und diese Hoffnung und seine wiedergefundene Freiheit.
Nichts und niemand beherrscht ihn sonst noch. Nicht Courtrain d' Erbil, nicht die Erinnerung an Eleonore von Aquitanien, nicht die Gedanken seiner tausendfach zersprungenen Vergangenheit, gläserne Schmerzen, die er jetzt von sich abgetan hat.
Sie spürte die Vertrautheit seines Körpers, drängte sich an ihn, während seine Hände ihren Rücken umfaßt hielten, starke Hände, die sich leicht und behutsam über dem Stoff ihres Kleides bewegten.
Diese Reise. Es war nicht der Wunsch Courtrains, dem er gefolgt ist. Es war seine Hoffnung, die ihn getrieben hat, sich in der Occitanie zur Gänze wiederzufinden, sich und sein neues Selbstbewußtsein, es hier, inmitten einer Welt, die er liebt, inmitten von Menschen, die er als seine Freunde betrachtet, gewogen, geprüft und bestätigt zu finden. Wie viele Dörfer und Burgen haben wir

nun schon besucht. Aber es treibt ihn immer weiter, von Frage zu Frage, unentwegt, nie ermüdend, beinahe unersättlich in seinem Wunsch, zu hören und zu sehen. Er fühlt nun, daß er lebt, mit seinem ganzen Wesen, mit seinem ganzen Sein, und berauscht sich an diesem Gefühl, kostet es aus, will es Stunde für Stunde empfinden, es nie mehr verlieren.

»Woran denkst du?« fragte der Troubadour leise.

»An dich. An uns.«

»Das ist eine Welt. Eine ganze Welt für sich.« Er schwieg kurz. »Ich habe ein Geheimnis entdeckt«, sagte er dann.

»Welches?«

»Wer einen Menschen liebt, liebt die ganze Welt.«

Die Einwohner hatten ihn am Hauptplatz von Fonrès erwartet. Flêche war es, der ihre Klagen und Beschwerden über die Steuern, über die Auslegung des Jagdrechtes und über die üblichen Rivalitäten mit den Nachbargemeinden notierte. Alle Männer und Frauen von Fonrès beteuerten ihre Loyalität dem Vizegrafen von Béziers und dem Grafen von Toulouse gegenüber. Alle stimmten auch zu, daß die Occitanie ein Land garantierter Freiheiten und eines unparteiischen Rechts war. Am späten Nachmittag beendete Brian die Befragung und dankte den Einwohnern des Dorfes. Dann begab er sich mit dem Pfarrer, Gaelle und Flêche zum Pfarrhaus, das sich hinter der Kirche, in einer Seitengasse des Ortes befand.

»Ich habe ein Essen für uns alle bereiten lassen«, sagte der Priester. »Etwas frugaler als jenes des gestrigen Festes, aber doch kräftigend genug, um einen Tag wie diesen abzuschließen.«

»Wir danken Euch von Herzen, Hochwürden«, sagte Gaelle.

»Der Wein ist gut und vollmundig«, meinte der Priester, als er die Türe öffnete. Der bärtige Mann, der sie erwartet hatte, erhob sich, als sie den Hauptraum betraten.

»Willkommen, Ratiers«, sagte der bullige Pfarrer. »Dies ist Ratiers Menaz, Senher. Der klarste Kopf der Katharer in Fonrès.« Der Pfarrer lächelte. »Was immer das auch bedeuten mag. Mit Eurem Einverständnis würde er uns bei unserem Essen Gesellschaft leisten.«

»Ich freue mich, Euch kennenzulernen, Ratiers Menaz«, sagte Brian, während der bärtige Mann sich vor ihm und Gaelle verneigte. Sie setzten sich auf die Bänke, die neben dem einfachen Tisch standen. Der Tisch war eine von den Jahren gezeichnete Holzplatte, die über zwei einfache Träger gelegt worden war.

»Sancia«, rief der Priester. »Wir sind bereit. Du kannst das Essen bringen.«

Eine füllige Frau erschien in der Tür, die zur Küche führte. Sie knickste vor den Gästen und strich sich mit der Hand über die geröteten Wangen.

»Es wird noch etwas dauern, Hochwürden.«

»Wie lange?« fragte der Pfarrer.

»Nur noch kurze Zeit«, sagte die Frau eilig, verschwand in der Küche und schloß die Türe hinter sich.

»Gott schuf das Weib, um den Mann Geduld zu lehren«, sagte der Priester. Er wandte sich Gaelle zu. »Das gilt selbstredend nicht für Domnas.«

Gaelle lachte auf. »Ihr seid mit allen Wassern der tolosanischen Diplomatie getauft worden, Hochwürden.«

»Er ist Katholik«, sagte Ratiers mit seiner klaren und wohlklingenden Stimme. »Er muß es notgedrungen mit der Taufe halten.«

»Ihr nicht, Ratiers?« fragte Gaelle.

»Ich glaube nicht, daß ein paar Spritzer Wasser einem Menschen zur Gemeinschaft Christi verhelfen können.«

»Was dann?«

»Nur der Heilige Geist und dessen Erkenntnis kann uns in eine sündenfreie Welt führen, Domna. Das Wort Gottes, dem wir folgen, und die guten Werke, die wir tun, sind die einzigen Möglichkeiten, die uns zur Erlösung geleiten können.«

»Wie Ihr seht, Domna«, sagte der Pfarrer, »hat er keine Ahnung von der Kraft und Wirkung der göttlichen Gnade.«

Ratiers lächelte. »Und ich kann nicht verstehen, wie du einige Stücke Holz, die man zu einem Kreuz gehämmert hat, anbeten kannst.«

»Weil es das Zeichen unseres Erlösers ist, du Höllenhund von einem Schmied.«

Ratiers wandte sich Brian zu. »Würdet Ihr einen Baum anbeten, an dem ein Mann gehängt wurde? Das Kreuz ist ein Zeichen der Schande, weil Jesus Christus an ihm sein Leben ließ.«
Der Pfarrer hieb mit seiner Faust auf den Tisch. »Das Kreuz ist das Zeichen der Offenbarung Christi, Ratiers. Das Symbol für das Reich Gottes auf Erden.«
»Ich benötige keine Symbole, Antoni.«
»Das ist es, was dein Denken verwirrt hat, Ratiers. Die ganze Welt ist voller Symbole, voller Gleichnisse und voller Bilder.«
Der Schmied lächelte von neuem. »Wenn du damit die Hostie meinst...«
»Auch die Hostie, Ratiers.«
»Ein Stück Brot, das ein Stück Brot bleibt, und wenn du es tausendmal segnest.«
Der Pfarrer sah zu Gaelle hin. »Er ist nicht nur blind für die Gnade, er erkennt auch das Wunder der Eucharistie nicht.«
»Wenn ich das glauben würde, was du von der heiligen Kommunion glaubst, dann würde ich auf allen vieren zu dir in die Kirche gekrochen kommen...«, sagte Ratiers.
»Was also ist Eure Kommunion, Ratiers?« fragte Brian.
»Die Erkenntnis des göttlichen Wortes, Senher.«
»Und das Böse?«
»Ist unausrottbar mit dieser Welt verbunden.«
»Aber heilbar, wie ich hoffe.«
»Durch die Liebe, Senher. Durch die Liebe ist alles heilbar.«
»Gilt dies auch für die Ungläubigen, Ratiers?«
»Für jedermann, Senher. Da die Seele eines jeden Menschen von der Dunkelheit des Irdischen ergriffen ist, sei es die eines Christen, eines Juden oder eines Muselmanen, sei es die eines Königs, einer Hirtin oder eines Zisterziensermönches, so ist jedermann vor Gott gleich, besitzt jedermann die gleiche Notwendigkeit, besitzt jedermann die gleiche Hoffnung, seine Seele zu retten.«
»Also gibt es keine Unterschiede zwischen Menschen?«
»Der König von Frankreich ist nicht mehr wert als der Latrinenausleerer einer Burg, Senher.«
»Ich frage mich, wie wohl der König von Frankreich darüber denkt«, warf Flêche ein.

»Ist dies unser Problem?« fragte Ratiers lächelnd.
»Ist das nicht eine gefährliche Lehre, die meint, daß jeder Mensch den anderen wert ist?« Flêche betrachtete Ratiers aufmerksam.
»Wir glauben an die Friedfertigkeit. Die Mächtigen haben von uns nichts zu befürchten.«
»Sind Ideen denn keine Waffen?« fragte Brian.
Ratiers zuckte mit den Achseln und schwieg.
»Weshalb lehnt ihr Symbole ab?« fragte Gaelle.
»Weil sie von Menschen geschaffen wurden. Wir unterscheiden streng zwischen dem Menschlichen und dem Göttlichen, Domna. Seht Ihr, nicht Gott ist es, der die guten Ernten erbringt, sondern der Mist, mit dem man den Boden gedüngt hat. Die Katholiken berufen sich jedoch in allem und jedem auf Gott. Das ist Aberglaube, der unweigerlich zur Gotteslästerung wird.«
Der Pfarrer blickte ihn griesgrämig an. »Wenn ihr so überzeugt von eurer Lehre seid, weshalb kommen deine katharischen Brüder dann in Scharen zu mir in die Messe?«
»Weil sie Menschen sind. Zwei Zusicherungen auf das ewige Leben sind für sie besser als nur eine, Antoni.«
Der Priester schob seinen mächtigen Kopf angriffslustig vor. »Willst du leugnen, daß der Großteil deiner Freunde sich nur deshalb zum Katharismus bekennt, damit sie der Kirche keine Abgaben leisten müssen?«
»Mag sein.«
»Daß sie eurer verwirrten Lehre nur deshalb folgen, weil sie das heilige Symbol der Messe mit ihrem kleinen Verstand nicht erfassen können?«
»Vielleicht. Vielleicht begreifen sie aber auch nur dein Latein nicht, Antoni.«
»Daß sie euch deshalb aufsuchen, weil ihr ihnen keine Gebote auferlegt? Daß sie ungehemmt ein Leben in Sünde und Verworfenheit führen dürfen, so lange, bis sie am Sterbebett das Consolamentum empfangen?«
»Wir lehren sie, gut zu denken, gut zu sprechen und gut zu handeln. Das genügt, Antoni.«
»Niemals«, rief der Pfarrer. »Der Mensch braucht die unentwegte und beharrliche Anleitung zum Guten, um die Erbsünde zu über-

winden. Er benötigt die Poesie des Rituals und die Gewißheit einer durch seine eigene Kraft erkämpften Erlösung. Es gibt keine Rettung über die Wiedergeburt, wie ihr meint, Ratiers. Das Leben eines Menschen ist einmalig und unwiederholbar. Wer in diesem Leben nicht die Wahrheit Christi erlebt, verspielt die süße und wunderbare Möglichkeit der ewigen Seligkeit.«
»So siehst du das, Antoni.«
»Ja«, sagte der Priester. »So sehe ich es.«
Die Köchin mit den pausbäckigen, geröteten Wangen erschien in der Türe zur Küche. »Soll ich mit dem Hasenragout beginnen, Hochwürden?«
»Beginne, womit du willst, Sancia, aber beginne. Wir haben heute schon genug Ketzereien gehört. Die reichen für ein ganzes Jahr.«
Später, als sie aus den hölzernen Schüsseln aßen, fragte der Priester: »Schmeckt dir der Hase, Ratiers?«
»Er ist vorzüglich«, antwortete der Schmied.
Der bullige Pfarrer zwinkerte Gaelle und Brian zu. »Wenigstens ein Punkt, in dem wir einer Meinung sind.«

Aus dem Diarium des Herrn von Guzman genannt DOMINICUS

Seit zwei Wochen wandere ich nun mit meinem Freund, dem Bischof Diego d'Osma, durch die das Herz erfrischende und die Seele erquickende Landschaft des Lauraguais. Wir haben allen irdischen Reichtum von uns abgetan. Wir gehen barfuß und ohne Besitz von Dorf zu Dorf und verkünden, Bettelmönchen gleich, die glückliche Wahrheit von der Erlösung des Menschen durch Jesus Christus, unseren Herrn. Wir begegnen nicht nur Katharern und Waldensern, mit denen wir das Gespräch über die wahre Lehre suchen, sondern oft auch dem blanken Heidentum, das bis weit in die fernste Vergangenheit zurückzureichen scheint. Welch ein sonderbares Land ist diese Occitanie, die so viele Spielarten des Glaubens in sich bergen kann. Es scheint mir bisweilen, als würde hier eine andere, zukünftige Welt uns das unerklärliche Antlitz ihrer Möglichkeiten zeigen. Eine Welt, die in tausend Stücke zerfallen ist, in der die Wahrheit wie billige Münzen auf einem Markt gehandelt wird. Was die Menschen der Occitanie eint, ist ihr Ehrgefühl. Ansonsten nehmen sie sich die Freiheit, ihr Leben zu gestalten, wie es ihnen gefällt. Abgestumpft von der Korruption des Klerus, haben sie sich anderen Sonnen zugewandt als jener einzigen, die das Heil in sich birgt. Aber es gibt nur eine Wahrheit. Was immer der Unverstand und die Dummheit unserer Bischöfe auch angerichtet haben mag, so ist es doch einzig die Heilige Katholische Kirche, die die Fackel der Erkenntnis von Jahrhundert zu Jahrhundert weitergereicht hat. Wir alle sind Kinder der Kirche. Sie hat uns aus der Barbarei zur Zivilisation geführt. Sie hat uns dem erdrückenden und zerstörenden Dunkel der Menschenverachtung entrissen. Sie ist der Urgrund alles Guten. Sie ist das lebende Zeugnis für die Liebe und die Erlösung, ist die Mutter aller Wahrheit. Wir müssen diesen Schatz wieder erneuern.

Noch stehen Diego d'Osma und ich am Anfang unseres Weges. Zwei zerlumpte Wandermönche, die Hunderttausende von Irrgläubigen in den Schoß der Kirche zurückführen sollen. Wie viele Straßen, wie viele Wege haben wir noch zu beschreiten? Meine Füße bluten. Aber dieser Schmerz ist süß, denn ich weiß von der klaren Wahrheit unseres Werkes und der innigen Aufrichtigkeit unseres Tuns. Ich liebe dieses Land. Ich möchte es nicht in die Hände jener fallen sehen, die immer und stets nur die blanke Macht als das Mittel zur Rettung ihrer Pfründe sehen.

Gott schütze die Occitanie. Er und das Wort sind auf unserer Seite.

Am nächsten Tag, als sie das Dorf verlassen hatten, rasteten sie am Hang eines bewaldeten Hügels, der halb im Schatten, halb in der Sonne lag, hellbunte und dunkle Farben, geteilt durch das Licht, geteilt durch das Dunkel. Flêche war zu der etwa zwei Meilen entfernten Burg vorausgeritten, um ihren Besuch anzukündigen. Brian legte sich ins Gras und blickte in den blauen Himmel, der beinahe frei von Wolken zu sein schien.

»Es wird nicht passieren«, sagte Gaelle, die sich zu ihm setzte.
»Hoffentlich.«
»Niemand wird einen Keil zwischen diese Menschen treiben können.«
»Ich weiß nicht«, meinte Brian. »Es gibt genügend Ansätze für Fanatismus.«
»Es sind Menschen des Südens. Sie haben Parage. Da ist kein Boden für Glaubenskämpfe, Brian.«
»Wenn sich jemand findet, der die Katharer verfolgt, dann wird Vater gegen Sohn und Bruder gegen Bruder aufstehen.«
»Nicht hier im Süden.«
Brian setzte sich auf. »Überall zeigt sich uns das gleiche Bild, Gaelle. Zwei Religionen, die nicht mehr viel miteinander gemein haben. Ansätze einer Ungeduld und das unbestimmte Gefühl, daß eines Tages das Unausweichliche geschehen könnte.«
»Und viel Vertrauen in das Leben. Vertrauen in das Gute. Vertrauen zum Nächsten.« Sie lächelte. »Liebe, Brian. Liebe und Verständnis, wohin du blickst. Ich bin froh, daß du glücklich bist«, sagte sie, während er seinen Arm um ihre Schulter legte.
»Glücklich wie nie zuvor.«
»Weil du deinem vollkommenen Lied auf der Spur bist?«
»Weil ich ihm täglich näher komme.«
Gaelle schlug ihm mit ihrer kleinen Faust auf die Rippen. »Und ich, Troubadour? Wo bleibe ich in deinem Glück?«
Brian drehte sich ihr zu. Er lächelte. »Vielleicht bist du mein vollkommenes Lied. Vielleicht ist das das ganze Geheimnis.«
Gaelle schüttelte den Kopf. »Ich bin nur eine unbelehrbare Verrückte. Eine Frau, die sich ein weiteres Mal entschlossen hat, dir zu folgen.«
»Bereust du es?« Das Licht der Sonne sank mit ihnen nieder, als Brian Gaelle mit sich zu Boden zog. Die blonde Frau legte ihm die Arme um den Nacken und küßte ihn.
»Diese Nacht in dieser Kirche...«, sagte sie.
»Ja?«
»Sie war schön.«
Brian half ihr, das Kleid über den Kopf zu ziehen. Er küßte ihre Brüste durch das dünne Hemd, das sie trug.

Sie liebten sich inmitten des starken Lichts des Nachmittages, inmitten des rauhen Windes, der scharf und kühlend über ihre Haut strich, liebten sich, ineinander verschlungen, inmitten der frischen Herbheit erdiger Nähe. Moos und Nadeln klebten auf ihren Körpern, während das Blau des Himmels sich mit dem dunklen Grün des Waldes verband, während die Weite der Landschaft jenen Abgrund begrenzte, neben dem sie lagen und sich umklammernd umarmten. Sie spürten einander, spürten die Freiheit der Erde und des Himmels, hörten den losgetretenen Kieselstein den Abhang hinunterrollen, fühlten das Sichbiegen des Grases, spürten die rauhe Zärtlichkeit des Seins, fühlten, wie sie sich fanden und sich verloren, unentwegt und ohne Ende. Gaelles Hand griff ins Leere, als sie sie zur Seite streckte. »Zeig mir die Sonne, Troubadour«, flüsterte sie heiser und leise, als sie an Brians Haaren zerrte und seinen Kopf gegen ihre Wange preßte. »Zeig mir das wahre Licht, Brian. Zeig es mir.«

18. Kapitel

BÉZIERS, LAURAGUAIS, PARZIÉ
Frühling bis Sommer 1206

Im April 1206 gebar Aude Jordas einen Sohn. Er wurde auf den Namen Jaufre getauft. Jordas entschloß sich, mit seiner Klage gegen Ana de Ciornac und Alpais de Parzié so lange zu warten, bis Aude sich wieder erholt hatte und sein Sohn zumindest ein halbes Jahr alt war. Mit der Geburt des Kindes hatten er und Aude eine andere Welt entdeckt, die voll von Neuem war. Sie liebten sich zu sehr, um an morgen zu denken, und die Zukunft galt ihnen nicht mehr als ein Wort.

Der Trupp der Ana de Ciornac traf am frühen Morgen auf Parzié ein. Alpais und ihr Sohn Miquel begrüßten die Domna von Gedevan auf dem Burghof, während ein sanfter Frühlingsregen kleine, von Staub milchige Pfützen auf dem Pflaster formte. Ana schwang sich aus dem Sattel, umarmte Alpais und ging dann, gefolgt von ihren baskischen Leibwächtern, zum Herrenhaus, während ihre von Waffen strotzende Begleitung sich zu den Unterkünften der Ritter und Knechte begab.
Alpais führte Ana in den großen Saal, in dem noch immer jener Tisch stand, auf den Guillem so stolz gewesen war und zu dessen Füßen er seinen Tod gefunden hatte. Sie bot Ana den Platz an dem Ende des Tisches an. Dann setzten sie und Miquel sich zu ihrer rechten und linken Seite nieder. Die baskischen Leibwächter hatten hinter Ana Aufstellung genommen, große, breitschultrige Männer mit aufmerksam blickenden Augen, denen nichts unter der Sonne mehr fremd zu sein schien.

»Ich freue mich, daß du gekommen bist«, sagte Alpais de Parzié, während ihr harter, ausdrucksloser Blick die Frau musterte.
»Es scheint notwendig zu sein«, meinte Ana de Ciornac.
»Sie sind wieder im Land.«
»Jordas und Aude?« Anas Finger klopften ungeduldig auf das kostbare Holz der Tischplatte.
»Sie, Robert de Bantrac und Brian de Martial.«
»Sie sind beide gefährlich«, sagte Ana. »Der Normanne ebenso wie der Namenlose.«
»Auch Jordas ist älter geworden. Er soll in Konstantinopel viel Mut bewiesen haben.«
Anas Mund wurde schmal. »So viele sind bei diesem Kreuzzug verreckt. Warum nicht er?«
»Jaufre ist tot.« Alpais' Hand glitt unmerklich über die Tischplatte, bis ein Finger in der Einkerbung des Holzes ruhte, die Guillelms Dolch hinterlassen hatte. Eine Narbe, die sie gerne befühlte. Eine Narbe, die ihr Kraft gab.
»Ich weiß«, sagte Ana. »Dieser Normanne Robert sitzt nun in Sarvas. Mit irgendeiner griechischen Hure an seiner Seite.«
»Brian de Martial reist durch die Occitanie.«
Ana blickte vor sich hin. »Er wird es nicht ewig tun. Er wird nach Béziers zurückkehren.« Sie lehnte sich in ihrem Sessel zurück. »Und vereint sind sie stark.«
Alpais sah kurz zu Miquel hin und wandte sich dann neuerlich Ana zu. »Wir müssen handeln«, sagte sie.
»Schnellstens, Domna de Gedevan«, bekräftigte Miquel.
»Was schlägst du vor, Miquel?«
»Gewalt.«
Ana schüttelte den Kopf. »Wir können niemals alle drei auf einen Schlag töten. Töten wir aber nur Jordas, so haben wir Krieg mit Robert de Bantrac.« Ana verschränkte ihre Hände ineinander. »Und auch der Namenlose hat Freunde.«
»Dennoch«, beharrte Miquel. »Dennoch könnten wir durch erfahrene Männer, die wissen, wie man einen Mord als Unfall darstellen kann ...«
»Drei Unfälle in kurzer Zeit, Miquel? Kein Mensch wird es uns glauben.«

»Wer sollte es beweisen?« fragte der junge Mann.
»Wenn nur ein kleiner, kaum sichtbarer Fehler in diesem Vorhaben auftritt, hätte ich die Truppen des Grafen von Toulouse vor Gedevan stehen. Wollt ihr das?« Ana blickte amüsiert zu Miquel und Alpais hin.
Alpais lächelte dünnlippig. »Natürlich nicht.«
»Du würdest Gedevan nicht bekommen, Miquel.«
»Er hat das niemals angestrebt, Ana.«
»Das ist beruhigend«, sagte Ana de Ciornac. »Das ist wunderbar und beruhigend.«
Alpais zog ihren Finger aus der Einkerbung der Tischplatte zurück. »Es gibt etwas, das du noch nicht wissen wirst...«
»Was?« unterbrach Ana sie.
»Aude hat in Béziers einen Sohn zur Welt gebracht.«
Anas Zunge fuhr schnell über ihre Lippen, als wollte sie die trocken gewordene Haut befeuchten. »Jordas wird jetzt in jedem Falle um Gedevan und Parzié kämpfen. Schon dieses Bastards wegen.«
»So sehe ich das auch«, sagte Alpais.
»Ich frage mich nur, auf welche Art?«
Alpais setzte sich zurecht und zupfte kurz an ihrem Kleid. »Friedlich, nehme ich an. Durch eine Klage beim Grafschaftsgericht. Unterstützt vom Geld de Bantracs und jenem der Gaelle de Vidars.«
»Die eine Freundin des Troubadours ist?«
»Du sagst es, Ana.«
Ana blickte auf ihre sehnigen, gepflegten Hände. »Ist die Klage schon eingereicht?«
»Mein Vertrauensmann in Toulouse hat mir versichert, daß nichts dergleichen geschehen ist.«
»Gut«, sagte Ana und hob ihren Kopf. »Wenn es geschieht, dann brauchen wir das Kind.«
Alpais lächelte. »Warum nicht sofort?«
Ana blickte sie freundlich an. »Der Graf von Toulouse. Wir wollen ihn doch nicht behelligen, Alpais?«
»Niemals«, sagte die Frau mit den blaßblauen Augen.
»Ich verstehe das nicht«, meinte Miquel. »Worin liegt der Unter-

schied, ob wir das Kind jetzt in unsere Gewalt bringen oder erst später?«

»Mein lieber Miquel«, sagte Ana und sah den jungen Mann spöttisch an. »Jetzt wäre es eine Entführung, die Raimond de Toulouse zum Eingreifen nötigen würde. Wenn Jordas seine Klage eingereicht hat, wird es zu einem Tausch zwischen uns und ihm.«

»Das Zurückziehen seiner Klage gegen die Rückgabe des Kindes?«

Ana nickte. »Vorher werden wir Jordas und Aude noch dazu zwingen, dem Grafschaftsgericht ein Papier zu überreichen, in dem sie auf all ihre Ansprüche gegenüber Gedevan und Parzié verzichten.«

Alpais schmunzelte. »Und der niedliche Knabe kehrt zu seiner heißgeliebten Mutter zurück.«

»Und später«, fragte Miquel. »Was wird sein, wenn dieser verdammte Bastard erwachsen ist?«

Anas Blick suchte die Augen Alpais'.

»Wer sagt dir denn, daß er jemals die Volljährigkeit erreichen muß? Er oder sonst jemand aus der Brut von Jordas?«

Alpais lächelte nun. »Ich glaube, wir haben gerade an dasselbe gedacht«, sagte sie.

»Wozu wären wir denn sonst Freundinnen?« meinte Ana. »Wozu wäre unsere Liebe denn gut, Alpais, wenn die eine die Gefühle der anderen nicht sofort erspüren würde?«

Das Gehöft, auf das sie zu ritten, lag noch im Razès, knapp an der Grenze zum Lauraguais und der Grafschaft von Toulouse. Ein kleiner Junge, der noch keine fünf Jahre alt zu sein schien, kam ihnen über den Lehmweg, der zu den Gebäuden führte, entgegengelaufen. Brian beugte sich hinunter und hob den lachenden und kreischenden Jungen zu sich in den Sattel.

Der schlanke, grauhaarige Mann und die schwarzhaarige Frau, die mit drei anderen Kindern bei der Türe des Haupthauses standen, blickten ihnen erwartungsvoll und lächelnd entgegen. Brian gab seinem Pferd die Sporen, verfiel in einen kurzen Galopp, während der Junge vor ihm im Sattel lachte und sich an der Mähne des Hengstes festhielt. Dann zügelte der Troubadour sein Pferd, stieg

ab, hob den Jungen vom Sattel herunter, küßte die lachende, kräftige Frau auf beide Wangen und umarmte den Grauhaarigen wie einen lang verlorenen Freund.
»Willkommen«, sagte Rotgers Cernars und drückte Brian an sich. »Willkommen bei mir. Willkommen bei uns allen.«
Der Troubadour wandte sich kurz ab und half Gaelle aus dem Sattel. »Diese Schönheit der Schönheiten ist die Domna de Vidars«, sagte er. Er wies auf den Mann. »Und dieser Schurke dort, der neben seiner für ihn unverdient reizenden Frau steht, ist Rotgers Cernars, ein entlaufener, von Gott gesegneter Mönch, einer der tapfersten Kavalleristen, die unter Richard Löwenherz dienten, und der beste Musiker, den die Occitanie je gesehen hat.« Er sah zu Flêche hin. »Stimmt das, mein Freund?«
»Niemand von uns Joglaren wird Cernars jemals erreichen.«
»Eines Tages kommt wiederum ein besserer«, meinte Rotgers. »Immer wieder kommt ein besserer nach.«
»Und wenn schon«, sagte der Troubadour. »Zu deinen Lebzeiten bist du der Größte.« Er schlug mit seiner Faust gegen Rotgers Kopf, einen Schlag, den der Grauhaarige, beinahe ansatzlos in seiner Bewegung, mit seiner gestreckten Hand parierte.
»Du bist schnell wie immer, companho.«
»Dieser Schlag war deiner nicht würdig, Brian. Er war für einen altersschwachen, gichtigen Greis gedacht.« Sie lachten beide, während Mathende, Rotgers Frau, ihn, Gaelle und Flêche in das Haus bat.
»Ich habe gehört, daß du den Süden bereist«, sagte der Grauhaarige.
»Dir bleibt nie etwas verborgen, Rotgers.« Brian lächelte. »Es sollte eine geheime Mission sein.«
Der Grauhaarige nahm den Krug, den Mathende ihm gebracht hatte, und schenkte die Becher voll.
»Ein ungewöhnlicher Senher, der mit einer wunderschönen Domna von Dorf zu Dorf zieht, ist zu auffällig, als daß es sich nicht bald herumsprechen würde.«
»Und was spricht man über diese beiden sonderbaren Reisenden?«
»Daß sie im Namen des Vizegrafen von Béziers kommen. Daß sie

die Nöte und Wünsche der Bauern erforschen.« Er blickte freundlich zu Gaelle hin. »Daß sie Liebende sind.«
»Hörst du das, Esclarmonda?« fragte Gaelle die kleine, schwarzhaarige Tochter Cernars, die sich schüchtern an sie drückte. »Ich soll diesen schrecklichen Mann dort lieben.«
Esclarmonda betrachtete Brian aufmerksam mit ihren runden braunen Augen. »Mir gefällt er«, sagte sie mit heller Stimme.
»Ich glaube, ich habe eine neue Verehrerin gefunden«, sagte Brian in das Gelächter hinein.
»Troubadoure sind für alle Frauen gefährlich«, meinte Mathende. »Sie ahnen zuviel über deren geheime Wünsche.«
»Ahnen? Wissen sie es denn nicht?«
»Nein«, sagte Mathende mit einem milden Lächeln. »Die Ahnung des Weiblichen ist schon für jede Frau gefährlich genug. Das Wissen wäre unerträglich.«
»Jetzt siehst du, weshalb ich vierfacher Vater wurde«, sagte Rotgers. »Weil ich über meine Frau nichts weiß.«
Mathende nickte bestätigend. »Und so soll es auch weiterhin bleiben, mieu amor.«
Sie sprachen lachend über die Brücken, die Frauen und Männer zusammenführten, und scherzten über die Torheit der Menschen, die alles und jedes über die Welt zu wissen vermeinten.
»Vielleicht bin ich deshalb den Mönchen davongelaufen«, sagte Rotgers. »Weil sie alles zu erkennen glaubten.«
»Du warst nie für die Kasteiung geschaffen«, meinte Brian. »Es war, als hätte man einen Löwen unter die Lämmer gesperrt.«
»Weil ich Gott und das Leben nur auf meine Art lieben konnte, Brian. Weil ich der Ansicht war, daß der Mensch ein Recht auf Glück hat, jetzt und in jedem Augenblick. Die Welt ist Freude, wenn du sie richtig siehst. Ich wollte meine Mitbrüder glücklich sehen.«
»Und das gelang Euch nicht?« fragte Gaelle.
»Sie wurden bei all ihren Kasteiungen nicht zufrieden, Domna. Sie suchten Gott in ihrem selbstgezimmerten Gefängnis und nicht in der unbegrenzten Freiheit. Sie begannen mich zu bedrücken. So floh ich vor ihnen.«
Brian lächelte. »Sagen wir besser, daß du nicht unbedingt dem Idealbild eines Mönchs entsprochen hast, Rotgers.«

Cernas hob protestierend die Hand und stand auf. »Weil ich die Freude, die Mädchen und die Lieder liebte? Das wäre als Argument nicht ausreichend.« Er schüttelte den Kopf. »Nein, Freunde. Die meisten Mönche waren prachtvolle Menschen. Aber es genügte ein Fanatiker, der zu ihnen stieß, um ihnen die Seelen zu rauben und ihren Geist zu verdunkeln. Es ist wie in der Alchimie. Ein Tropfen des falschen Teils verändert die gesamte Substanz, verwandelt sie nur zu oft in ihr Gegenteil, verändert einen heilenden Trank zum Gift.«

Später, als sie gegessen hatten und Mathende die Kinder zu Bett gebracht hatte, wandte sich Rotgers Brian von neuem zu.

»Sosehr ich mich freue, dich wiederzusehen, Brian, so werde ich doch den Hauch eines Zweifels nicht los.«

»Welchen?«

»Daß es nicht ausschließlich unsere Freundschaft war, die dich zu mir geführt hat.«

»Du bist einer der bestunterrichteten Männer der Occitanie, companho.«

»Ich empfange viele Freunde, Brian.«

Der Troubadour lachte. »Ich weiß, daß du über alles Bescheid weißt, Rotgers. Wir haben in der Vergangenheit derselben Dame gedient.«

»Eleonore ist tot.«

»Aber du lebst. Du lebst in aller Frische, Rotgers.«

»Dann frage mich, companho.«

Brian sah ihn an. »André de Dorbal? Der gezierte junge Mann am Hof Raimond de Toulouses?«

»Dient jetzt John von England.«

»Ist er käuflich?«

Rotgers lächelte. »Das war er immer. Alles ist bei ihm stets nur eine Frage des Preises gewesen.«

Brian nickte. »Es gehen Gerüchte, daß ein aragonesischer Senher Gelder verteilt. Gelder, die einen Kreuzzug gegen die Occitanie vorbereiten sollen.«

Rotgers senkte kurz den Kopf, schloß die Augen, als dächte er nach, und öffnete sie dann wieder. »Darüber weiß ich nichts«, sagte er schließlich.

»Wie macht sich Foulques de Marseille als Erzbischof von Toulouse?«
Rotgers schenkte sich neuerlich Wein ein. »Ich habe für ihn gesungen, als er noch Folquet hieß. Ein guter Troubadour. Sohn eines Händlers. Er schrieb sehr innige und sehr poesievolle Lieder.«
»Ich bin ihm nie begegnet.«
»Schade«, meinte Rotgers. »Er besaß Esprit. 1199, glaube ich, hat sich unser Troubadour Folquet in einen Mönch verwandelt. Wie die meisten, die sich plötzlich von Gott erwählt fühlen, ist er zu einem hoffnungslosen Fanatiker geworden, zu einem prachtvollen Zeloten, der mit einem Male alle Lebensfreude als einen teuflischen Angriff auf das himmlische Werk der Kirche betrachtet.«
»Also siehst du keine Möglichkeit, vernünftig mit ihm zu sprechen?«
Rotgers schüttelte den Kopf. »Keine. Wie kein zweiter ist er verhaßt in Toulouse.« Der Grauhaarige lachte. »Selbst seine Esel müssen beschützt werden, wenn sie zur Tränke geführt werden.«
»Wir sind in den Dörfern einer bedingungslosen Treue zum Vizegrafen von Béziers und zum Grafen von Toulouse begegnet.«
Rotgers sah zu Gaelle hin. »Sagt ihm, daß er sich nicht allzusehr davon täuschen lassen soll. Der Vizegraf und Raimond de Toulouse sind weit, die Senhers, mit denen die Bauern zusammenleben, aber nah. Die Einheit der Occitanie liegt in den Händen dieser Tausenden von Rittern. Ihre Treue ist es, die über die Loyalität zu den Häusern Trencavel und Toulouse entscheiden wird.«
»Und wie siehst du hier die Situation?«
»Die katharischen Senhers werden zu Toulouse und Trencavel stehen. Sie haben keine anderen Beschützer als unsere beiden teuren Grafen. Bei den katholischen Herren wird es wohl davon abhängen, welchen Druck die Kirche auf sie ausübt.«
Brian nickte. »Das ist auch mein Eindruck. Die Occitanie braucht Frieden mit der Kirche.« Er schwieg kurz. »Dieser Dominikus«, sagte er dann. »Was hast du über ihn gehört?«
»Selbst die Katharer achten ihn. Wenn die Kirche wahrhaftig hinter ihm stünde, könnte er Beachtliches vollbringen.«
»Steht die Kirche hinter ihm?«

Rotgers strich sich mit den Fingern über seine unrasierte Wange. »Die Kirche ist ein weites Feld, Brian. Selbst ich gehöre ihr an.«
»Ich möchte diesem Dominikus begegnen.«
Rotgers nickte. »Ich werde dir sagen, wo du ihn treffen kannst.«
»Und dann Uc«, sagte Brian. »Ich will ihn sprechen.«
»Er ist nicht in der Gegend von Toulouse.«
»Du wirst wissen, wo ich ihn finden kann.«
»Ich werde darüber nachdenken, Brian«, antwortete der Grauhaarige. Er stand unvermittelt auf. »Aber jetzt will ich, daß du mit mir die Sterne betrachtest.« Er lächelte Gaelle zu. »Das haben wir in Outremer oft getan. Wir haben jedem Stern ein Gedicht zugeordnet.«
»Nächte voller Lieder?« fragte Gaelle.
»Nächte voller Lieder«, bestätigte Rotgers. »Wir haben es den ganzen verdammten Weg von Akkon bis Jaffa über getan. Heute glaube ich, es war das Beste, was wir tun konnten. Es hat uns selbst im Heiligen Land bei Verstand gehalten.«
Rotgers ging mit Brian ins Freie. Er legte den Arm um ihn. Die Nacht war klar und kühl. Die Sternbilder waren leicht zu finden, waren deutlich in der blauschwarzen Dunkelheit zu erkennen.
»Weshalb wolltest du vor Gaelle und Flêche nicht über die Kreuzzugsgelder sprechen?«
»Ich würde nicht einmal vor Mathende darüber reden«, antwortete Rotgers. »Es ist bei Gott gefährlich, zuviel darüber zu wissen.«
»Gelder der Kirche?«
Rotgers blieb stehen. Er blickte zum Himmel auf. »Nein. Aber Gelder aus dem Umkreis kirchlicher Gruppen. Gruppen, die vollendete Tatsachen schaffen wollen.«
»Wer ist der Drahtzieher?« fragte Brian.
»Ich weiß es nicht. Der Aragonese ist nur ein Mittelsmann.«
Brian sah Rotgers an. »Ich muß ihn finden.«
»Uc«, sagte der Grauhaarige, »Uc könnte mehr darüber wissen. Er steht mit den meisten katharischen Bischöfen in Verbindung.«
»Für all jene Nachrichten, die nicht in die Hände der Katholiken fallen sollen?«
»Auch.« Rotgers zog seine Hand von Brians Schulter zurück. »Ich werde dir aufzeichnen, wo du Uc finden kannst.«
»Danke, companho.«

Rotgers schwieg kurz. »Vergiß es. Vergiß, daß ich dir das alles erzählt habe.« Er ging mit Brian einige Zeit schweigend den lehmigen Weg, der zum Haus führte, entlang. »Ich habe nicht gelogen, als ich euch sagte, daß ich in Glück, Freude und Liebe lebe. So soll es auch bleiben, Brian. Ich brauche die Torheiten in dieser Welt nicht mehr. Ich habe mehr gefunden, als ich je erhofft hatte.«
»Du kannst dich auf mich verlassen, Rotgers.«
»Das tue ich, companho. Das tue ich.«
Als sie in das Haus zurückkehrten, bat Gaelle Rotgers, noch etwas für sie zu singen. Zuerst wehrte der Grauhaarige ab, aber als alle auf einem Lied bestanden, sang Rotgers Cernas, begleitet von Flêche, das »Reis glorious« und das »Can vei la lanzeta mover«, so wie er es früher in lichterfüllten Sälen vor Königen und Herzögen, vor geschmückten Gräfinnen und stolzen Domnas getan hatte. Als der letzte Ton der Lieder verschwebt war, herrschte Schweigen. Dann applaudierten sie alle, dankbar und jubelnd, während Rotgers' Frau ihren Mann mit strahlenden Augen betrachtete.

»Ihre Kinder sind wunderschön«, sagte Gaelle, als sie und Brian in dieser Nacht beieinanderlagen. »Und Rotgers ist glücklich. Glücklich, wie ich keinen zweiten Mann gesehen habe.«
»Glücklicher als ich?« fragte Brian, der ihr über das Haar strich.
»Vollkommener in seinem Glück.« Sie wandte den Kopf zu ihm hin. »Ich habe manchmal Angst, Brian.«
»Angst, wovor?« fragte er, obwohl er die Antwort kannte.
»Angst, unfruchtbar geworden zu sein.«
»Das ist eine törichte Furcht, mieu amor.« Er versuchte seinen Arm um sie zu legen, aber sie wich unmerklich zurück, versuchte sich leicht und kaum spürbar dieser Zärtlichkeit zu entziehen.
»Sie läßt mich nicht los.«
»Du wirst noch viele Kinder haben. Gesunde und glückliche.«
Gaelle rollte sich zusammen und zog die Decke bis zu ihren Schultern hoch. »Wenn ich noch einmal schwanger würde, wärst du dann ein Vater wie Rotgers Cernas?«
»Ich weiß es nicht, Gaelle.«
»Eines Tages, Brian de Martial«, sagte Gaelle, »eines Tages solltest du es wissen.«

Es dauerte Stunden, bis der Troubadour spürte, daß sie eingeschlafen war. Er legte vorsichtig seinen Arm um sie und nahm den Geruch ihrer Haut und jenen ihrer Haare wahr, als er sie leicht an sich drückte. Sie wehrte sich nicht. Sie lag still und weich an seinen Körper geschmiegt. Vielleicht schlief sie doch nicht. Vielleicht irrte er auch hier.

Der Sommer war lichterfüllt und sengend über die Occitanie hereingebrochen, als Brian und Gaelle schließlich Uc begegneten. Sie trafen ihn bei einer Holzhütte, zu der katharische Hirten sie über unübersichtliche Wege hingeführt hatten. Der vierschrötige Mann erwartete sie vor dem Holzbau, die Hände über der Brust verschränkt.
»Willkommen«, sagte er, als sie von den Pferden gestiegen waren. »Willkommen in der Heimat.« Er trat zu Gaelle und küßte sie auf die Wangen. Dann reichte er Brian die Hand.
»Es ist viel Zeit vergangen, seit wir Gäste in Parzié waren«, sagte der Troubadour.
»Und doch haben wir uns einmal mehr wiedergefunden.« Uc lächelte. »Unsere Schicksale ketten uns aneinander.«
»Wie geht es Fays?« fragte der Troubadour.
»Gut. Sie ist in das Razès gezogen.«
»Weshalb?«
»Eine Anweisung ihres Diakons.«
Gaelle lächelte den Vierschrötigen an. »Und wie befindet Ihr Euch, Uc?«
Der Mann nickte ihr freundlich zu. »Bestens, Domna. Vorzüglich.« Er machte eine Geste zu der Bank hin, die einen klobigen Tisch umschloß. »Wenn es Euch gefällt, sprechen wir hier. Im Haus ist es noch heißer.«
Sie setzten sich auf die Bank, während die Hirten sich außer Hörweite im Schatten einer Gruppe von Bäumen niederließen.
»Ich kann euch nichts anbieten außer Wasser.«
»Wasser wäre wunderbar, Uc«, sagte Gaelle.
Der Vierschrötige nahm einen Krug, der auf dem Tisch stand, und ging zu dem Brunnen. Brian betrachtete ihn aufmerksam. Uc hatte nichts von seiner ruhigen Ausgewogenheit verloren. Er war noch

immer derselbe Mann, der er früher gewesen war. Bedächtig, ausgeglichen und schnell wie der Teufel, wenn es sein mußte. Richard Löwenherz hätte ihn geliebt. Richard hätte eine halbe Armee unter sein Kommando gestellt.

»Euer Mann ist Ramon«, sagte Uc, als er mit dem Krug wiederkam und die Becher vollschenkte.

Brian sah ihn verblüfft an. »Meinen wir zufällig denselben Ramon, Uc?«

Der Mann nickte. »Den Söldnerhauptmann Peires. Er ist der Aragonese, der die Gelder verteilt.«

»Und Peire de Gedevan?«

»Hat die Sache eingefädelt. Zusammen mit einem Kaufmann namens Raimond de Salvanhac.«

»Das ist alles?«

»Der Hintermann Peires ist Arnaud-Armaury, Abt der Zisterzienser von Citeaux und päpstlicher Legat in der Occitanie.«

»Und der Papst?« fragte Brian mit plötzlich flacher Stimme.

»Niemand glaubt, daß er etwas darüber weiß.«

Brian stellte seinen Becher, den er in der Hand gehalten hatte, mit einer abrupten Geste auf das Holz des Tisches. »Das ist, bei allen Heiligen, eine überraschende Nachricht. Ein päpstlicher Legat, der Frieden stiften soll, bereitet im geheimen einen Krieg gegen die Occitanie vor. Ein päpstlicher Legat hintergeht seinen Herrn und verrät damit die gesamte katholische Kirche.« Brian schüttelte seinen Kopf. »Was soll dann die Mission des Dominikus?«

»Sie ist nicht auf Wunsch Arnaud-Armaurys erfolgt. Es waren Pedro d'Aragon und El Cavalier, die sie durchgesetzt haben. Sie erhoffen sich dadurch eine Massenbewegung von Gläubigen, die diesem Mönch auf seinem Weg folgen sollen. Einen Zulauf von Tausenden Katholiken aus Stadt und Land, der in der gesamten Kirche eine spirituelle Wiedergeburt auslöst. Eine Bewegung im Geiste des christlichen Friedens und des gelebten Evangeliums.«

»Ist dies der Fall?«

»Bislang nicht«, sagte der Vierschrötige. »Aber es ist noch zu früh, es zu beurteilen. Man wird abwarten müssen.«

»Was sagt der Graf von Toulouse dazu?«

»Der Graf von Toulouse«, sagte Uc, »und sein Neffe, der ebenso

ehrenwerte Vizegraf Raimond-Roger de Trencavel, erkennen in all den Umtrieben der päpstlichen Legaten keine Gefahr.«
»Weshalb nicht?«
»Sie behaupten, daß wir Katharer nur Hirngespinste sehen, die aus unserer Furcht geboren werden. Der Papst sei ein vernünftiger Mann. Pedro d'Aragon ist ihr Freund und Verbündeter. Und alle Senhers der Occitanie stünden ungebrochen treu zu ihnen.«
»Vielleicht sollte man ihnen Ramon vorführen?«
Uc schüttelte heftig und verneinend den Kopf. »Wenn wir die Übersicht behalten wollen, müssen wir den Aragonesen in Freiheit lassen. Er führt uns zu all jenen, die sich bestechen lassen. Und jeder Angriff auf ihn würde Arnaud-Armaury deutlich machen, daß er nun keine Zeit mehr zu verlieren hätte.«
»Begreift denn Raimond de Toulouse nicht, in welch gefahrvoller Lage er sich befindet? Müßte man ihm nicht die Augen öffnen?«
»Man könnte es versuchen. Aber der Graf sieht die Bedrohung nicht.«
»Besteht die Gefahr eines Aufstandes?«
»Es gibt andere Möglichkeiten für Arnaud-Armaury. Möglichkeiten, die eine Vergeltung der Kirche als gerecht erscheinen lassen würden.«
»Ja«, sagte Brian. »Ich denke, daß du recht hast.«
»Das habe ich, Senher«, sagte Uc.
»Ich muß El Cavalier darüber berichten«, sagte Brian.
»Tut das. Er wird unserer Meinung sein.«
Sie schwiegen kurz. »Aude ist wieder in der Occitanie, Uc«, sagte Gaelle schließlich.
»Ich weiß«, sagte der Vierschrötige. »Sie hat einen Sohn bekommen.« Er nickte, als wollte er sich selbst etwas bestätigen. »Nächstes Jahr werde ich sie aufsuchen.«
»Warum erst so spät?«
»Weil ich dann wieder frei bin, meinen Eid Domna Arnaude gegenüber zu erfüllen.«
»Domna Arnaude ist tot.«
»Ich nicht«, sagte Uc bedächtig.
»Worin besteht denn nun Euer Eid?« fragte Gaelle verwundert.
»Alpais de Parzié zu töten.«

»Jordas will keine Gewalt«, meinte Brian nach einem Augenblick.
Uc lächelte leicht. »Wir werden sehen, Senher. Die Zeit wird es uns deutlich machen.«
Er stand auf. »Ihr müßt mich nun verlassen. Ich hoffe, daß ich euch dienlich sein konnte.« Er stieß einen kurzen Pfiff aus. Die Hirten erhoben sich und lösten die Stricke, mit denen die Pferde an den Bäumen festgebunden waren.
»Wann wirst du wieder in Béziers sein?« fragte Brian.
»Im Februar, denke ich. Im Februar oder März des kommenden Jahres.«
»Sollen wir Aude etwas ausrichten?« fragte Gaelle.
»Daß ich sie beschützen werde. Daß sie ihr Leben lang auf mich zählen kann.«
»Weshalb?« fragte Brian unvermutet. »Weshalb bist du ihr so ergeben?«
Uc lächelte kaum merklich. »Neugierde, Senher?«
»Und Interesse.«
»Weil ich sie wie eine Tochter liebe. Weil sie die Domna meines Herzens ist. Versteht ihr das?«
»Ja, mein Freund. Das verstehe ich.«
»Gott beschütze euch beide«, sagte der Vierschrötige und ging dann wortlos in das Haus zurück.

19. Kapitel

ÎLE DE FRANCE, SARVAS, BÉZIERS
Sommer bis Winter 1206

Simon de Montfort empfing Peire und Galarda mit allem Prunk, über den ein Seigneur von Epernon und Graf von Leicester verfügen konnte. Soldaten standen mit blankgeputzten Waffen als Ehrengarde aufgereiht im Burghof, während der großgewachsene Franzose zu Galarda trat und ihr eigenhändig aus dem Sattel half. Er verbeugte sich vor ihr und begrüßte Peire mit einer Umarmung. Dann klatschte er in die Hände. Zwei Mädchen traten vor, die Schatullen auf blauen Samtpolstern trugen. Der Seigneur von Montfort und Epernon öffnete einen der beiden Behälter und entnahm ihm eine goldene Kette, die er Galarda über den leicht nach vorne geneigten Kopf streifte. Dann ging er zu dem Mädchen, das das andere Samtpolster trug, und reichte Peire den silbernen Dolch, der sich in der zweiten Schatulle befunden hatte.
»Ich hoffe, dieses Geschenk ist Euer nicht unwürdig, Domna«, sagte Simon de Montfort, der sich mit einer eleganten Bewegung der Sarazenin zuwandte.
»Ich danke Euch aus ganzem Herzen«, antwortete Galarda, deren Finger über die Glieder der schweren, goldenen Kette strichen. »Es ist nicht nur über alle Maßen großzügig, es ist auch von erlesener und reiner Schönheit.«
»Dann wird sie der Euren vielleicht zu einem kleinen Bruchteil gerecht werden«, meinte der Franzose zu der lächelnden Frau. »Wenn ihr nun so freundlich wärt und mir folgen würdet.«
Simon de Montfort war ein ungewöhnlich schöner Mann, fand Galarda, mit einem klaren, markant gezeichneten Gesicht und

dichtem, braunem Haar, das ihm in Locken in den Nacken fiel. Ein Mann, der über eine ungewöhnliche Stärke verfügte und den durchtrainierten Körper eines Kriegers und Athleten besaß. Er strahlte eine solch eindringliche Autorität aus, daß jedermann in dieser Burg nur ungeduldig darauf zu warten schien, jeden seiner Wünsche schon im voraus aus dem Blick seiner Augen lesen zu dürfen. Wenn Peire es ihr nicht gesagt hätte, hätte sie niemals geglaubt, daß dieser Mann bereits die Mitte der Vierzig überschritten hatte. Er sieht aus wie ein aus der Dichtung getretener Lancelot, dachte sie. Wenn ich ein junges Mädchen wäre, würde ich mich auf der Stelle in ihn verlieben und anbetend vor ihm zu Boden sinken. Ich würde mich dem Seigneur von Montfort und Epernon schenken, ohne weiter einen Gedanken daran zu verschwenden. Galarda lächelte innerlich. Wie gut, daß ich kein junges Mädchen mehr bin. Wie gut, daß ich nun weiß, daß man keinem Mann blind vertrauen kann. Wie gut für mich und alle heuchlerischen Sittenrichter dieser Welt.

Simon de Montfort entschudigte seine Frau Alix, die bei der Königin von Frankreich zu Gast war. Dann gab er das Zeichen für das Essen. Während Gang für Gang serviert wurde, bemerkte Galarda, daß der Seigneur von Montfort und Epernon nur wenig Wein zu sich nahm und mäßig aß. Alle seine Handlungen und Gesten waren von einer Selbstbeherrschung gezeichnet, die Galarda Bewunderung und einen Hauch von Furcht abnötigten. Wie mußte dieser Mann wohl sein, wenn er seine Selbstkontrolle aufgab? Er würde einem ungebändigten Sturm gleichen, dachte die Frau, und Gott gnade jenen, die ihm dann im Weg stehen mochten.

Als Montfort und seine Gäste ihre Hände in den Wasserschalen gereinigt und sie an den Handtüchern getrocknet hatten, zogen sich die Musikanten und die Pagen diskret zurück.

»Ich dachte, daß es besser ist, wenn wir das folgende unter uns besprechen.«

Peire de Gedevan nickte ihm zu. »Ich danke Euch für diese Aufmerksamkeit, Seigneur.«

»Wenn Ihr gestattet, daß wir gleich zum Kern der Sache kommen ...«

»Ich ersuche Euch darum«, sagte Peire.

»Die Ritterschaft der Île de France würde sich beinahe in ihrer Gesamtheit einem Kreuzzug gegen die Häretiker des Südens anschließen.«
»Das ist eine erfreuliche Aussicht, Seigneur.«
»Vorausgesetzt, daß es ein wahrhafter Kreuzzug ist, der ihnen den Ablaß aller Sünden verspricht.«
»So ist es gedacht.«
»Und dieser Kreuzzug müßte, wie das Gesetz es erfordert, von seiner Heiligkeit, dem Papst, ausgerufen werden.«
Peire blickte kurz zu den kostbaren, farbenprächtigen Wandbehängen hin. »Wird der König von Frankreich es seinen Rittern gestatten, das Kreuz zu nehmen?«
»Das wäre eine Frage des Anlasses.«
»Wie meint Ihr das, Seigneur?« fragte Galarda.
»Ganz einfach, Domna. Wenn der Anlaß zu diesem Kreuzzug eine schändliche Tat ist, die die Ehre der Kirche besudelt, wird der König wohl oder übel zustimmen müssen.«
Peire sah Montfort an. »Solche Anlässe ließen sich schaffen.«
»Das betrifft mich nicht, Senher.«
»Ich hatte nicht an Euch gedacht, Seigneur.«
Montfort lachte. »Das glaube ich gerne.« Er legte seine Hand auf Peires Arm. »Hört mir gut zu, Gedevan. Ich bin ein Mann von Ehre, der seinen Namen nicht durch irgendwelche Winkelzüge beschmutzt. Schafft die wahren und von Gott gesegneten Voraussetzungen für einen Kreuzzug, und die besten Ritter Frankreichs werden dem Abt von Citeaux folgen. Ich verachte die Ketzer und die Heiden. Ich habe sie im Heiligen Land bis aufs Messer bekämpft. Aber ich ziehe nur in euren Süden, wenn der Papst selbst es will, daß die Häresie ausgerottet wird. Versteht Ihr das, Senher?«
»Nicht alle in Frankreich denken so edel, Seigneur.«
»Ich bin nicht jedermann, Senher. Ich bin Simon de Montfort, Graf von Leicester und Epernon. Wenn ich komme, werden Tausende folgen.«
Peire nickte. »Die Kirche könnte viele Lehen in der Occitanie einziehen. Sie besitzt die Macht dazu.«
Montfort stand auf, ging zu dem Kamin und legte einen frischen

Holzscheit auf die Glut. Als er sich umdrehte, lächelte er. »Ich will kein Lehen, Senher. Ich will eine Grafschaft.«
Peire schwieg kurz. »Welche?« fragte er dann.
»Béziers«, sagte der großgewachsene Ritter.
»Die größte nach Toulouse.«
Simon de Montfort zuckte mit den Schultern und schritt zu dem Tisch zurück. »Besprecht Euch mit dem Abt von Citeaux.«
»Für Béziers wird es viele Bewerber geben«, meinte Peire.
»Arnaud-Armaury kennt mich. Er weiß, was meine Hilfe wert ist. Denkt darüber nach, Senher.«
»Es wird nicht meine Entscheidung sein«, sagte Peire fast ratlos.
»Béziers und ein vom Papst gesegneter Kreuzzug. Das ist es, was ich verlange.«
Galarda ließ die goldene Kette durch ihre Finger gleiten. »Wenn es jemand bekommt, dann Ihr, Seigneur.«
»Weshalb meint Ihr das, Domna?«
»Ein Gefühl, Seigneur. Ein sehr starkes Gefühl.«
»Ihr solltet auf Eure Gattin hören, Peire de Gedevan«, sagte Montfort lächelnd. »Viele Frauen haben das zweite Gesicht.«
»Würdet Ihr alle Versprechungen einhalten, die Arnaud-Armaury mir gegeben hat?«
»Ihr habt mein Wort darauf.«
Peire nickte. Er griff nach dem leeren goldenen Pokal, der vor ihm stand. »Eine wunderschöne Arbeit.«
»Aus Bagdad, wie man mir sagte«, meinte Simon de Montfort, während er Gedevan betrachtete. »Er gehörte einem Emir, den ich vor Akkon zur Hölle geschickt habe.«
»Ihn allein?« fragte Peire lächelnd.
»Ihn und die etwa hundert Soldaten, die ihn begleitet haben.«
»Wieviel Mann hattet Ihr an Eurer Seite, Seigneur?« fragte Galarda.
»Zwölf.«
»Zwölf?«
»Ja, Domna. Zwölf.«
Peire stellte den Goldpokal auf seinen Platz zurück. »Arnaud-Armaury wird die Führung des Kreuzzuges nicht abgeben wollen, Seigneur«, meinte er abrupt.

»Die ersten, großen Siege werden sein Verdienst sein«, sagte der Graf von Leicester. »Den Rest erledige ich.«
»Und die geistliche Führung des Kreuzzuges verbleibt zur Gänze bei ihm?«
»Solange der Papst und er es wünschen.«
Peire schwieg kurz.
»Damit wird er einverstanden sein können.«
»Dann überlassen wir die letzte Entscheidung dem Ratschluß Gottes.«
Peire nickte. »Ich glaube, wir haben heute ein Übereinkommen geschlossen, Seigneur.«
»Zum Wohle der Christenheit, wie ich hoffe.«
»Ich hätte meine innigsten Wünsche nicht besser ausdrücken können, Seigneur.«
Simon de Montfort betrachtete unvermittelt das Gesicht Peires. »Kennt Ihr einen Jordas de Gedevan, Senher?«
»Was wißt Ihr von ihm?«
»Er ist mir in Venedig begegnet. Er und ein Freund El Cavaliers.«
»Jordas war mein Sohn.«
»Ist er gestorben?«
»Nein.«
»Ich verstehe«, sagte Montfort. Er wandte sich Galarda zu. »Meint Ihr nicht auch, Domna, daß es höchste Zeit für die Musikanten und die Gaukler ist? So viel Politik ist nichts für einen Soldaten wie mich.«
»Auch mich ermüdet sie«, pflichtete Galarda ihm bei.
Simon de Montfort klatschte in die Hände. Ein junger Page erschien im Türbogen und verbeugte sich. »Das Fest wird fortgesetzt«, sagte der Seigneur von Epernon. Dann beugte er sich zu Peire de Gedevan. »Ihr solltet glücklicher aussehen, Senher.«
»Weshalb?«
»Weil Ihr mit dem heutigen Tag die Occitanie so gut wie erobert habt.« Er griff nach dem kostbaren Pokal. Ein Knappe kam angelaufen und füllte ihn mit rotem Wein. »Der Süden ist nun unser, Peire de Gedevan. Auf Gedeih und Verderb in unsere Hände gegeben.«
»Ja«, sagte Peire langsam. »Auf Gedeih und Verderb.«

»Mich stimmt es fröhlich«, sagte Simon de Montfort und lächelte.

Robert fühlte sich in Sarvas wohl. Er verspürte nichts von jener Beklemmung, die Brian empfand, wenn er durch Jaufres Burg und Garten spazierte. Vielleicht war es auch der Einfluß dieser neuen Frau an Roberts Seite, Theodosia, die Geliebte, die er aus Konstantinopel mitgebracht hatte, die den Normannen in eine heitere und ausgewogene Gelassenheit versetzte.
Die Byzantinerin hatte sich in der Occitanie erstaunlich schnell zurechtgefunden. Der Süden mit seinem Licht und seiner Lebenslust kam ihrem Temperament entgegen, ließ sie die Fremde weniger spüren, als sie befürchtet hatte. Schon nach ihren ersten Eindrücken hatte sie Robert de Bantrac bedrängt, die Partei der Katholiken zu ergreifen. Ihre Überzeugung, daß nichts und niemand der lateinischen Kirche widerstehen könne, war fest und unerschütterlich.
Brian ließ Gaelle Zeit, sich von den Strapazen der Reise zu erholen, beließ ihr auch die Freude, an den mannigfaltigen Jagden und Festen der Senhers des Minervois teilzunehmen, bis sie sich im November 1206 zur letzten Etappe ihrer Reise durch die Occitanie aufmachten: auf ihren Heimweg nach Béziers.

Das Licht war klar und weittragend, als Gaelle und Aude an einem kalten Februartag ausritten. Sie waren in Béziers zurückgeblieben, während Jordas in Begleitung Brians seine Klage gegen Alpais de Parzié und Ana de Ciornac in Toulouse betrieb.
Die Landschaft erschien durchscheinend, so wie es öfter im Winter im Gebiet des Biterrois der Fall war. Sie konnten die Pilger schon von weitem erkennen, klargeschnittene Bilder von Büßern in dieser glashellen Ebene, die in braunen Kutten dem mächtigen Kreuz folgten, das einer der Ihren ihnen singend vorantrug. Gaelle freute sich an der Weite der gefrorenen Felder und der scharfen Luft, die sie an Stirn und Wangen spürte und die ihren Atem sichtbar machte, als sie mit Aude die Straße nach Lodève entlanggaloppierte. Es war bereits jetzt etwas von dieser behaglichen Freude in ihnen, die sie wiederfinden würden, wenn sie später in ihre geheiz-

ten, wohlvertrauten Häuser zurückkommen würden. Sie dachte daran, daß das Gefühl der Weite und der Ferne dem Menschen wohl doppelt kostbar und freudig erschien, wenn er wußte, daß das Vertraute und das Altbekannte auf ihn warteten. Gaelle fühlte, daß Aude Ähnliches verspürte, und lächelte ihrer Freundin zu, als der Anführer der Pilger, ein kräftiger Mann mit einem von der Kapuze seines Mantels halbverdeckten Gesicht sich ihnen in den Weg stellte.

»Domnas«, rief der Mann den Frauen zu. »Jesus Christus sei mit euch.«

»Jesus Christus sei mit dir«, sagte Gaelle freundlich, als Aude aufschrie und ihr Pferd wendete. »Gaelle«, rief sie noch, als die beiden Pfeile ihr Pferd in den Hals trafen, das Tier aufwieherte, strauchelte, stürzte und die junge Frau aus ihrem Sattel an die Seite des Weges geschleudert wurde. Drei Männer zerrten die sich heftig wehrende Gaelle von ihrem Pferd, rissen sie zu Boden und fesselten sie. Sie sah, wie der von der Härte des Sturzes taumelnden Aude die Hände auf den Rücken gebunden wurden.

»Das sind Leute von...«, rief Aude noch, bis einer der Pilger ihr einen Becher an den Mund setzte und sie mit Gewalt dazu brachte zu trinken.

»Das wird auch dir schmecken«, sagte ein Pilger mit einem harten Soldatengesicht zu Gaelle, als er ihr seinerseits einen Becher an den Mund setzte. Gaelle wandte ihren Kopf ab, als der Mann sie mit ganzer Kraft an den Haaren riß und sich auf ihre Brust kniete. Die junge Frau schrie vor Schmerzen laut auf. »Trink«, sagte der Pilger mit dem Soldatengesicht und der beinahe freundlichen Stimme, »und es wird dir nicht mehr als das passieren...«

Gaelle nickte und würgte die ölige, bittere Flüssigkeit hinunter. Sie sah noch das schemenhaft werdende Gesicht des Mannes und den in immer schnelleren Wellen treibenden, blaßgrauen Himmel, bevor sie in die Tiefe und in die sich vor ihr bewegende, kreisförmige Dunkelheit fiel.

Die Pilger zogen den beiden Frauen Kutten über und legten sie auf zwei Bahren. Sie hoben die Bahren hoch und schlugen eine Richtung ein, die sie von Béziers wegführte. Niemand hatte sie beobachtet. Wenn ihnen jetzt jemand begegnete, so würden sie ihm als ein Trupp von Jüngern des Herrn erscheinen, der zwei Kranke zu den wundertätigen Gebeinen eines Heiligen führte, auf daß ihnen Genesung und Gnade zuteil wurde. Der Trupp durchquerte singend und hinter dem Kreuz marschierend die lichtklare Landschaft des Biterrois, eine Kavalkade des Glaubens, die einem fernen, mildtätigen Ziel zustrebte.

Die Benediktinermönche, die vor Audes Haus um Wasser baten, schienen von sehr gläubiger Art und dabei zutiefst in ihre tröstlichen Gebete versunken zu sein. Als man ihnen öffnete, wurden die beiden Wächter mit Messerstichen zu Fall gebracht. Die alte, grauhaarige Frau, die bei Aude den Haushalt leitete, schrie auf und flüchtete sich über den kleinen Hof in das Innere des Hauses. Flêche war es, der an der Tür, mit seinem Schwert bewaffnet, ihren Rückzug deckte. Die übrigen Männer des Hauses liefen, mit Bogen versehen, zum Dach hinauf, während drei weitere bewaffnete Diener den aus vielerlei Wunden blutenden Flêche in das Haus schleppten und die schwere Holztüre hinter sich zuzerrten. Als die Bogenschützen zwei der Mönche getötet hatten und die anderen erkannten, daß ihr Überraschungsangriff fehlgeschlagen war, zogen sie sich durch das offene Tor zurück und flohen in Richtung des Hauptplatzes. Obwohl die alte Dienerin sofort die Stadtwache alarmierte, wurde keiner der als Mönche verkleideten Männer gefunden. Die, die im Hof lagen, waren tot und konnten nichts mehr aussagen.
Der kleine Jaufre, den man hatte entführen wollen, war durch den Lärm nicht aufgeweckt worden. Er schlief still und friedlich vor sich hin, leise atmend und von Welten träumend, deren Bilder niemand der Beteiligten auch nur erahnen konnte.

20. Kapitel

SARVAS, CIORNAC, PARZIÉ
Februar bis März 1207

Sie saßen in dem Saal, in dem Brian mit Jaufre de Sarvas gerungen hatte, damals, als sein dunkelhaariger Freund seinen Entschluß kundgetan hatte, am Kreuzzug teilzunehmen, damals, als die spöttischen Blicke Flamenas jeder ihrer Gesten und Handlungen gefolgt waren.
Jetzt, an diesem Abend, sechs Jahre und tausend Ereignisse später, waren sie zu fünft, und niemand unter ihnen hatte irgendein Verlangen nach Spiel, Unterhaltung oder den berückenden Finessen der Frauen.
»Aude wurde nach Parzié gebracht«, sagte Uc. »Gaelle nach Gedevan.«
»Der Teufel hole Alpais«, sagte Jordas, der blaß und müde aussah.
»Warum« fragte Brian, dessen Lippen einem Strich glichen, »warum hat man Gaelle von Aude getrennt?«
»Auf einen Wunsch Anas hin«, meinte Courtrain d'Erbil. »Ihre Familie hat mich seit jeher gehaßt.« Er blickte zu seinem Sohn hin. »Und Ana de Ciornac hat noch eine offene Rechnung mit dir zu begleichen.«
»Wir werden Aude aus Parzié und Gaelle aus Gedevan herausholen«, stellte Robert de Bantrac fest.
Uc schüttelte den Kopf. »Parzié ist kein Problem. Gedevan schon.«
»Weshalb ist für dich Parzié kein Problem?« fragte Courtrain.
»Es gibt dort einen Geheimgang, der nur mir, Jordas, Brian und Aude bekannt ist«, antwortete Uc. »Wir könnten leicht Truppen in die Burg schleusen.«

»Was ist, wenn Aude rund um die Uhr bewacht wird?« meinte Jordas. Er wirkte fahrig und ungeduldig, als er danach fragte. »Alpais könnte sie noch im letzten Augenblick töten lassen.«
»Sie wird frei sein, wenn wir die Burg stürmen.«
Jordas sah ihn an. »Wer garantiert mir das?«
»Ich«, sagte Uc. »Ich garantiere Euch das.«
Jordas sah von ihm weg, blickte in das Feuer des Kamins.
»Das könnte glücken«, meinte Courtrain. »Ein Voraustrupp unter Uc, der Aude in Sicherheit bringt. Während sich alles auf ihn und seine Leute konzentriert, fällt Jordas mit der Hauptmacht über Alpais' Söldner her.« Courtrain nickte. »Wenn alles genau durchdacht ist, müßte es gelingen.«
Jordas blickte zu Uc hin. »Ich will Aude gesund zurückbekommen«, sagte er.
»Das werdet Ihr«, sagte Uc und sah ihm in die vor Schlaflosigkeit geschwollenen Augen. »Das werdet Ihr.«
»Und Gaelle?« fragte Brian.
»Ana wird ihr nichts tun«, meinte Courtrain. »Sie wird dich wollen.«
»Sie kann mich bekommen, wenn sie Gaelle freiläßt.«
»Ich verliere äußerst ungern einen guten Mann wie dich«, sagte Courtrain. Er wandte sich Jordas zu. »Gibt es in Gedevan keine Geheimgänge?«
»Doch«, sagte der junge Mann mit einer müden, plötzlich alt klingenden Stimme. »Aber Ana kennt sie. Sie werden längst zugemauert sein.«
Robert de Bantrac begann ungeduldig auf den Tisch zu klopfen. »Dann muß unser Angriff während des Austausches erfolgen. Knapp bevor Brian sich in die Hände Anas begibt.«
»Vergiß diese Möglichkeit, Robert«, sagte Jordas. »Vor Gedevan ist im Winter nur eine morastige Ebene. Eine Ebene, die von Anas Armbrustschützen gut überblickt werden kann.«
»Dann wird sich Brian ihr eben schutzlos ausliefern müssen«, sagte Courtrain.
»Ihr glaubt doch nicht, daß ich ihn ohne Hilfe zugrunde gehen lasse?« fragte Robert de Bantrac, der in das Licht der Kerzen geblickt hatte, die auf dem Tisch standen.

»Wer verlangt das von dir?«
Robert schüttelte den Kopf. »Ihr sprecht nicht wie der Courtrain d' Erbil, den ich in Outremer kennengelernt habe.«
Courtrain lächelte. »Du meinst, daß ich alt geworden bin?«
Robert zuckte mit den Achseln. Er blickte zu Brian und schwieg dann.
»Ist in Béziers alles in Ordnung?« fragte Jordas Uc.
»Das Haus, in dem sich Euer Sohn befindet, wird von Leif, vier katalanischen Söldnern und zehn gutbewaffneten Männern bewacht. Ich habe sie selbst ausgesucht, als ich in die Stadt kam und von dem Überfall erfuhr. Seid ohne Sorge, Senher.«
»Was ist, wenn Alpais Aude mißhandelt?« fragte Jordas plötzlich mit klarer, dann brechender Stimme. »Was dann?«
»Bleibt ruhig, Senher.« Uc legte seine Hände flach auf den Tisch. »Alpais wird ihr nichts tun. Sie will, daß Ihr Eure Klage zurückzieht. Daß Aude endgültig und für immer auf Parzié verzichtet. Wenn sie Eurer Frau etwas antäte, hätte sie alles verloren.«
»Es gibt andere Qualen als nur körperliche«, sagte Jordas.
Uc sah an ihm vorbei. »Sie wird ihr nichts tun, Senher. Nichts.«
»Und Gaelle?« fragte Brian.
»Ihr habt El Cavalier hinter Euch«, meinte der Vierschrötige. »Auch Ana de Ciornac wird den Bogen nicht überspannen können.«
»Aber es gibt eine Grenze, Uc, nicht wahr? Es gibt eine Grenze, bis zu der sie gehen kann.«
»Einen Spielraum für das Böse gibt es immer«, erwiderte der Vierschrötige.
»Ich kann bis zu achthundert Mann aufstellen«, sagte Robert de Bantrac.
Courtrain legte seine Hand auf die des Normannen. »Hundert sind für Parzié mehr als ausreichend. Und für Gedevan werden wir keinen einzigen benötigen.«
»Weshalb?« fragte Robert überrascht.
»Weil wir Ana nicht hindern werden, unseren Troubadour in ihr Verlies zu stecken.«
»Dein Humor ist überaus sonnig«, sagte Brian.
»Nur an frostigen Wintertagen wie diesen«, erwiderte Courtrain.

»Ich hoffe, daß es dich nicht allzusehr stört, ein wenig gefoltert zu werden, Brian?«
»Also habt Ihr einen Plan«, stellte Robert fest.
»Ja«, sagte Courtrain. »Ich habe einen Plan.«
»Was ist, wenn er mißlingt?« fragte Brian.
Courtrain zuckte mit den Achseln. »Dann bist du ein toter Mann, Brian.«

Ana saß nahe dem Kamin, als Gaelle in das Zimmer geführt wurde. Die Domna de Ciornac bedeutete dem Basken, den Raum zu verlassen.
»Bleib in Rufweite«, sagte die Frau mit dem hennagefärbten Haar und dem hermelingefütterten Mantel. Der Baske nickte und zog sich zurück.
Gaelles Haare hingen in Strähnen über ihr Gesicht, und der Pilgermantel, den sie noch immer trug, war schmutzig und mit altem Stroh verklebt.
Ana betrachtete sie freundlich lächelnd. »Es ist ungemütlich dort unten«, sagte sie. »Ungemütlich und kalt.« Sie wies auf das Fell, das neben dem Kamin lag. »Setz dich dorthin, und wärme dich auf.« Sie hatte einen Ring von ihrem Finger gezogen und betrachtete ihn aufmerksam.
Als Gaelle Platz genommen hatte, hob Ana den Kopf und sah sie an. »Möchtest du auf ewig im Verlies bleiben?«
»Nein«, antwortete Gaelle.
»Ich sehe, daß du eine vernünftige Frau bist. Das freut mich.«
Ana ließ den Ring zwischen ihren Fingern hin und her gleiten und umschloß ihn dann, eine kleine, knochige Faust ballend, an der die Sehnen und Adern wie gespannte, schmale Bänder hervortraten.
»Du hättest dich nicht wiederum diesem Gaukler an den Hals werfen sollen. Er wird nie zu etwas taugen.«
»Das ist nicht der Grund, weshalb Ihr Aude und mich entführt habt.«
Ana lachte kurz auf. »Alpais hat euch entführen lassen. Nicht ich. Ich habe mir dich nur als Gast erbeten. Alpais trägt die Verantwortung für alles, was geschehen ist.« Ana schüttelte bedauernd den Kopf. »Sie ist kein guter Mensch, Gaelle. Sie ist ganz und gar kein

guter Mensch.« Sie betrachtete wiederum den Ring, den sie in ihrer Hand hielt. »Dein Troubadour hat eine Frau vernichtet, die mir nahestand. Ein Mädchen, dem er die Ehe versprochen hatte. Er hat sein Gelöbnis nicht gehalten. Das Mädchen hieß Isabella. Sie hat versucht, sich zu töten.« Ana blickte Gaelle an. »Das ist eine große Sünde, Gaelle de Vidars. Die größte Sünde gegen das Gebot Gottes.«

»Diese Frau lebt«, sagte Gaelle.

»Sie wollte nie mehr einen Mann berühren. Auf eine gewisse Art hat sie den Verstand verloren.« Ana beugte sich vor. »Der Troubadour hat sie so gewiß getötet, meine Liebe, als hätte er sie mit seinen eigenen Händen erwürgt.«

»Er leidet heute noch darunter.«

Der Ausdruck in Anas Gesicht wurde freundlich. »Tut er das? Wie gut. Wie schön.« Ana lehnte sich in ihrem Stuhl zurück. »Wahrscheinlich hat er ein hübsches Lied daraus gemacht und ist dabei in Selbstmitleid ertrunken. Er ist nur eine kleine Ratte, Gaelle de Vidars.«

»Jedenfalls betrügt er nicht wie Ihr.«

Ana lächelte. Sie griff nach dem Becher, der neben ihr auf dem Tabouret stand. Sie nahm einen kleinen Schluck. »Willst du Wein, Gaelle?« fragte sie dann.

»Ja«, antwortete die blonde Frau.

Ana schüttete ihr den Inhalt des Bechers ins Gesicht. »Dann trink schön, du kleine Hure. Leck dir dein Gesicht ab. Zeig, wie flink deine Zunge ist.«

Gaelle strich sich mit dem Ärmel des Pilgermantels über Stirn und Augen. Ana betrachtete sie forschend. »Woran denkst du jetzt? Daß du mich das alles eines Tages bezahlen lassen wirst?«

»Ja«, sagte Gaelle. »Daran denke ich.«

»Hör mir zu, kleine Kaufmannstochter. Du kannst nichts gegen mich unternehmen. Gar nichts.«

»Und weshalb?«

»Weil ich den Erzbischof von Toulouse hinter mir habe. Foulques de Marseille ist ein guter Freund meines verstorbenen Mannes gewesen.« Ana lächelte und blickte in das Kaminfeuer. »Ein ehemaliger Troubadour, der es noch zu einem Heiligen bringen wird.«

Sie zwinkerte Gaelle beinahe vertraulich zu. »Selbst Alpais weiß nichts davon.«
»Euer Besitz liegt in der Grafschaft Béziers.«
»Seine Eminenz Foulques ist der Erzbischof der ganzen Occitanie. Die anderen Bischöfe zählen nicht.«
»Und wenn ich mich an den Grafen von Toulouse wende?«
»Würde es dir nichts nützen. Dieses lüsterne Schwein hat im Augenblick zu viele Sorgen, um sich auch noch mit seinem Erzbischof zu überwerfen.« Ana legte ihre Hände auf die Sessellehne. »Nein, Gaelle de Vidars, du wirst nichts gegen mich unternehmen können. Ebensowenig wie deine Freunde, die sich vergeblich darüber den Kopf zerbrechen, wie sie mich in ihre Hände bekommen könnten. Du bist hilflos, Gaelle. Mir und meinen Launen ausgeliefert.«
Sie bog ihre rechte Hand leicht auf und ließ sie wieder auf das Holz der Lehne zurücksinken. »Weißt du, weshalb ich dich in dieses Verlies sperren ließ?«
»Um mich zu demütigen.«
Ana nickte zögernd. »Ja«, bestätigte sie. »Ein wenig wohl auch deshalb. Aber das ist ganz sicher nicht der alleinige Grund, meine kleine Freundin.«
Die Frau in dem blauen Brokatkleid blickte Gaelle gelassen an. »Ich will, daß du nur ein wenig von dem verspürst, was ich mit deinem Brian de Martial anstellen werde. Für dich ist schon der Kerker eine Art Hölle. Für ihn wird er zum einzigen Paradies werden, das ihm auf Erden noch bleibt.«
Gaelle schwieg. Ana betrachtete sie forschend. »Willst du nicht wissen, was ich mit ihm anstellen werde?«
»Nein.«
Ana lächelte. »Du verfügst über Phantasie, kleine Kaufmannstochter. Du wirst es dir vorstellen können.«
Gaelle wandte der Frau ihr Gesicht zu. »Wie wollt Ihr ihn in Eure Hände bekommen?«
»Er hat sich angeboten, sich gegen dich austauschen zu lassen.« Ana lächelte spöttisch. »Ein Held von einer Ratte.«
»Ich werde alles tun, um das zu verhindern, Domna«, sagte Gaelle mit ruhiger Stimme.

»Wie? Wie willst du das verhindern?«
»Ich könnte mich töten.« Sie blickte zu Ana hoch. »Oder Euch.«
Ana schüttelte den Kopf. »Das glaube ich nicht, Kaufmannstochter. Ich werde dich der Obhut zweier sehr kräftiger Mägde übergeben. Du wirst gut bewacht werden. Tag und Nacht.«
»Weshalb haßt Ihr alles, was mit Brian zusammenhängt?«
»Das habe ich dir bereits gesagt, Gaelle de Vidars.«
»Nichts von dem erklärt Eure Grausamkeit.«
Ana betrachtete sie belustigt. Der Ring, den sie mit ihrer Hand drehte, funkelte im Licht des Kaminfeuers. »Schönheit, Liebe, Milde... Davon spricht dein Troubadour doch immer? Nichts davon ist Teil dieses Lebens. Nichts davon ist Teil der Wirklichkeit. Der Starke schlägt den Schwachen und der Schwache den Hilflosen. Das ist das Gesetz dieser Welt.«
Die Frau mit dem hennagefärbten Haar hob Gaelles Kinn an und zwang sie, ihr in die Augen zu sehen. »Ich hasse meinen Bruder Peire und werde ihn eines Tages töten. Aber ich achte ihn. Vor deinem Troubadour, kleine Kaufmannstochter, kann ich nur ausspucken.«
»Nichts wird so werden, wie Ihr glaubt, Ana de Ciornac.«
Ana ließ ihre Hand von Gaelles Kinn gleiten und nach unten, auf die Lehne des Stuhls sinken. »Wir werden sehen, kleine Kaufmannstochter.«
Gaelle schüttelte den Kopf. »Ihr haßt nicht so sehr ihn als die Welt, die er verkörpert. Ihr haßt die Liebe, weil das Leben Euch um sie betrogen hat. Ihr ekelt mich an.«
»Tue ich das?« Ana schlug Gaelle mit dem Handrücken ins Gesicht. »Tue ich das wirklich?« sagte Ana, als sie mit der flachen Hand nachschlug. Ein kleiner Blutstropfen trat aus Gaelles Unterlippe. Ein Finger Anas glitt über die Lippen der blonden Frau. Ana führte den Finger an ihren Mund. »Es gibt Welten der Wollust, von denen du nichts weißt«, sagte die Frau mit dem hennagefärbten Haar leise.
»Eines Tages wird Euch die Hölle verschlingen, Ana de Ciornac.«
»Es gibt keine Hölle außer jener, die ich selbst erschaffe«, sagte die schlanke Frau lächelnd. Sie hielt den Ring hoch. »Wenn du mich verläßt, werde ich dir diesen Ring schenken. Er soll dich zeitlebens

an diesen Troubadour erinnern. Und daran, bei wem und wo er sich befindet«.
Ana de Ciornac lächelte. »Eine kleine Erinnerung für immer, kleine Kaufmannstochter. Eine Erinnerung für alle Zeit.«

Einmal alle zwei Wochen durften drei von Anas Leuten in das einige Meilen von der Burg entfernt liegende Dorf reiten. Diesmal waren es einer ihrer baskischen Leibwächter und zwei Söldner aus der Gascogne. Als die Männer es sich in der Schenke bequem gemacht und ihren Wein bestellt hatten, warfen zwei der schläfrig wirkenden Gäste an dem rückwärtigen Tisch ihre Mäntel ab und holten aus den unförmigen Packen, die neben ihnen lagen, ihre Armbrüste hervor, während drei andere mit gezogenen Schwertern vor dem Tisch von Anas Leuten Aufstellung nahmen.
»Wir sind Männer der Ana de Ciornac«, sagte der älteste der Söldner. »Wer uns anrührt, wird kein langes Leben haben.«
»Im Augenblick würde ich keinen Dernier auf euer Leben verwetten«, sagte der graubärtige Mann, der neben dem breitschultrigen Riesen stand.
»Was wollt ihr?« fragte der älteste von Anas Söldnern.
Der Graubärtige lächelte. Dann sagte er es ihm.

»Wie bist du damals entkommen, als dein Vater starb?« fragte Alpais.
Aude blickte kurz auf ihre Hände und dann der dunkelhaarigen Frau ins Gesicht. »Durch den Gang unter dem Turm.«
Alpais musterte sie. »Gibt es sonst noch Geheimgänge in Parzié?«
»Ich weiß von keinem.«
»Wir werden den Turmgang vermauern«, sagte Alpais zu Miquel, der nickte.
Alpais legte die Stickerei, an der sie gearbeitet hatte, zur Seite.
»Ich will dir nichts Böses, Aude. Ich will nur, daß du die Verzichtserklärung auf Parzié unterzeichnest. Das und die Zurückziehung deiner Klage würde mir genügen.«
Aude schüttelte den Kopf. »Parzié gehört meinem Sohn. Nur ihm.«

»Du irrst, Aude«, sagte Alpais freundlich. »Parzié ist mein Eigentum. Es ist mir rechtmäßig zugefallen.«
»Ja. Nachdem ihr meine Mutter ermordet habt.«
Die Frau mit den harten, blaßblauen Augen sah sie erstaunt an. »Wer behauptet, daß ich deiner Mutter ein Leid angetan hätte?«
»Jedermann.«
Alpais schüttelte angewidert den Kopf. »Die Welt ist voll von Verleumdern. Deine Mutter starb eines natürlichen Todes. Die ganze Burg war mein Zeuge.«
»Und Uc?«
»Hat meinen Mann getötet. Der Himmel strafe ihn dafür.«
Aude sah sie an. »Weshalb hat er Gui umgebracht?«
»Ich weiß nicht«, sagte die dunkelhaarige Frau. »Er muß verrückt geworden sein. Vielleicht war er es immer. Er war voll von Haß auf mich und meine Familie.«
»Uc war der besonnenste Mensch, dem ich in meinem Leben begegnet bin.«
»Hast du das nicht auch von Jordas gedacht? Und doch hat er deinen Vater getötet.«
Aude blickte zornig auf. »Es war ein Unfall.«
»Das mußte er dir wohl erzählen. In Wahrheit hat er Guillem erschlagen. Selbst deine Mutter wußte es.«
»Meine Mutter?«
Alpais nickte. »Sie hat es mir anvertraut. Uc hatte es ihr gebeichtet.«
»Das glaube ich nicht«, sagte Aude.
»Ich habe Zeugen«, erwiderte Alpais sanft. »Es ist die lautere Wahrheit.«
»Also ist dein Sohn das Kind eines Mörders. Des Mörders deines eigenen Vaters«, warf Miquel ein.
»Sei still, Miquel«, sagte Alpais begütigend. »Das hättest du nicht aussprechen müssen.«
Aude blickte von Alpais zu Miquel. »Ihr lügt«, sagte sie. »Der Teufel soll euch holen.«
Alpais' Stimme wurde härter. »Nein, Aude. Wir lügen nicht. Ich besitze eine Niederschrift all dieser Geschehnisse. Beglaubigt von all jenen, denen der wahre Tatbestand bekannt war.«

»Bezahlte Zeugen gibt es viele.«
Alpais schüttelte enttäuscht ihren Kopf. »Ich brauchte niemanden zu bestechen, Aude. Alles lag klar zutage.«
»Weshalb hast du mich dann entführen lassen, Alpais? Weshalb hast du dieses Risiko auf dich genommen, wenn alles so einfach ist?«
Die Dunkelhaarige verschränkte die Hände ineinander. »Ein Prozeß kostet Geld. Geld, das ich nicht in diesem Ausmaß besitze, um einen jahrelangen Rechtsstreit durchzuhalten. Es ist für alle am schmerzlosesten, wenn du unterschreibst, Aude.«
»Nein«, sagte Aude und schüttelte den Kopf. »Beweise, was du behauptet hast. Beweise es vor Gericht.«
»Ich kann keinen Prozeß durchhalten, Aude.«
»Was schert mich das?«
Alpais nickte. »Wir sollten am Grab deiner Eltern beten.« Die dunkelhaarige Frau sah Aude an. »Meinst du das nicht auch?«
»Ich will seit Tagen das Grab meiner Eltern sehen.«
»Dann sei es dir jetzt erfüllt.« Alpais blickte zu ihrem Sohn hin. »Wir brauchen eine Fackel, Miquel.«

Sie verließen das Haupthaus und gingen über den Burghof zu dem Wehrturm hin. Der Söldner salutierte, als er Alpais erblickte.
»Wir wollen zur Gruft, Tabesas«, sagte die Dunkelhaarige. Der Söldner nickte und ging mit der Fackel, die Miquel ihm gereicht hatte, die Stufen der steinernen Wendeltreppe hinunter. Als sie den Gang zur linken Seite betraten, nahm Alpais ihm die Fackel aus der Hand. »Warte hier, Tabesas«, sagte sie. Dann ging sie den modrigen Weg entlang, der vor einer geöffneten Türe endete.
»Ist dort das Grab?« fragte Aude.
»Ja«, bestätigte Alpais.
Als sie bei dem Türbogen angelangt waren, blieb Alpais stehen.
»Geh nur hinein, Aude«, sagte sie. »Gehe nur voran und bete.«
»Ich sehe nichts«, sagte Aude.
»Ich werde dir leuchten«, meinte Alpais mit sanfter, mitfühlender Stimme. Sie trat neben Aude. Dann ließ sie die Fackel plötzlich über die Särge kreisen. Aude schrie. Sie schrie und schrie und preßte ihre Hände vor die Augen. Die beiden Särge waren offen. Ratten beweg-

ten sich aufgeregt zwischen zerbissenen Knochen hin und her und suchten Schutz in den zerfressenen Totenköpfen.
Alpais schlug Aude ins Gesicht. Das Schreien der jungen Frau verwandelte sich in Schluchzen.
»Wollten wir nicht beten, mein Kind?« fragte Alpais, während Miquel leise lachte.
»Warum hast du das getan?« fragte Aude. »Warum hast du die Särge nicht verschlossen?«
Die Fackel der dunkelhaarigen Frau strich von neuem über die zerstörten Gebeine.
»Damit wir uns unserer Sterblichkeit bewußt werden, Aude. Damit niemand vermeint, seinem Schicksal entgehen zu können.« Sie ergriff Aude an den Schultern und schüttelte sie. Das Licht der Fackel schwankte mit ihren Bewegungen hin und her und warf ein pendelndes, rotgoldenes Licht an die feuchte, von Ungeziefer übersäte Decke. »Wirst du nun unterzeichnen, kleines Mädchen?« Aude riß sich von ihr los und preßte ihr Gesicht an die Wand der Gruft.
Miquel lachte. »Sie wird es schon einsehen.«
Alpais nickte. »Wir holen dich in einigen Stunden ab, Aude.«
Sie steckte die Fackel in eine der Halterungen, die an den Mauern der Grabstätte befestigt waren, und rief nach dem Söldner. Bevor sie ging, wandte sie sich noch einmal an die junge Frau.
»Vergiß nicht, auch für dein vergängliches Leben zu beten. Es wäre sehr vernünftig, es noch rechtzeitig zu tun.«
Dann zog Alpais die Tür zum Eingang der Gruft hinter sich zu.

Ana betrachtete den Basken, der auf der roh gefertigten Trage vor ihr lag.
»Sein Pferd ist auf dem morastigen Weg ausgeglitten und hat ihn aus dem Sattel geworfen«, sagte der Gascogner. »Als er auf dem Stein aufgeprallt ist, muß er sich das Genick gebrochen haben.«
»War er sofort tot?«
Der andere der beiden Gascogner nickte. »Als wir bei ihm angelangt waren, hat er kein Lebenszeichen mehr von sich gegeben.«
»Er war ein guter Mann«, meinte Ana.
Der jüngere der beiden Gascogner bewegte zustimmend seinen

Arm, als wollte er den ganzen Erdkreis umfassen. »Das war er, bei Gott! Der beste companho, den man sich denken kann. Niemand konnte so saufen und huren wie er.«
»Wir werden Ersatz für ihn brauchen.«
»Ich habe einen Bruder, Domna...«
Ana blickte ihn an. »Noch einen?« Sie zeigte auf ihn und den jüngeren Gascogner. »Ihr seid doch schon Brüder?«
Der ältere der beiden zeigte seine gefleckten Zähne. »Wir haben noch drei davon, Domna.«
Ana lächelte. »Gott helfe mir.«
Der Gascogner schüttelte den Kopf. »Zwei davon scheiden aus. Der eine lahmt, und der andere ist ein Mönch.«
»Schick mir deinen Bruder«, sagte Ana. »Ich werde ihn mir ansehen.«
»Danke, Domna«, sagte der ältere der beiden Söldner.
Ana warf noch einen gleichgültigen Blick auf das zertrümmerte Gesicht des Toten. »Trotzdem«, sagte sie. »Er war ein guter Mann.« Dann wandte sie sich ab und ging zum Wohngebäude hinüber.
»Der beste, Domna«, rief ihr der jüngere der Gascogner nach. »Der allerbeste.«

Als Aude aus der Gruft nach oben gebracht wurde, schwankte sie. Es waren Miquel und ein Söldner, die sie stützten und zu Alpais brachten.
»Ich hoffe, deine Gebete waren allen von Nutzen?« fragte die dunkelhaarige Frau.
»Gott verfluche dich«, sagte Aude.
Alpais schüttelte den Kopf. »Gott verdammt nur die Schwachen.« Sie deutete auf das Pergament, das vor ihr lag. »Wirst du unterzeichnen?«
»Niemals«, erwiderte Aude.
Alpais lächelte. »Es gibt selten ein Niemals in dieser Welt, auf das man sich zur Gänze und beruhigt verlassen könnte.« Sie rief ihren Sohn zu sich. »Wir werden die Domna Aude dem frommen und seelenbildenden Werk der Meditation überlassen. Du wirst ihr im Holzlager eine kleine Liege bereiten. Die Schießscharte wird vom Zimmermann zugenagelt. Ich wünsche, daß es ein ruhiger, dunkler

Ort ist, an dem man den Tag nicht von der Nacht unterscheiden kann.«

»Soll ich ein Kohlebecken in das Lager bringen lassen?« fragte Miquel.

»Wozu? Der Wert wahrer Askese liegt in der Züchtigung des Körpers.« Sie blickte zu Aude hin. »Bist du damit einverstanden, Aude?«

»Du wirst mich nicht brechen, Alpais.«

Die Frau mit den blaßblauen Augen sah sie amüsiert an. »Ich vielleicht nicht. Aber die Dunkelheit, die Kälte und der Hunger werden es für mich tun. Ich wünsche dir einige schöne Tage und Nächte, Aude.«

Alpais griff nach ihrer Stickerei und wandte sich ab, während Miquel und der Söldner Aude aus dem warmen, behaglichen Raum wegführten und sie zum Westturm brachten.

»Wann findet der Austausch statt?« fragte Brian, der sich über dem Feuer die Hände wärmte.

»Morgen. Um Mittag. Wenn du die Burg betreten hast, wird ein Bote zu Jordas und Uc reiten. Sie werden dann Parzié in der Nacht angreifen.« Courtrain schenkte ihm ein ermutigendes Lächeln.

»Dieser Baske...«, sagte Brian. »War es notwendig, ihn zu töten?«

»Du hättest ihn natürlich auch adoptieren können«, meinte Robert de Bantrac, der hinter ihn getreten war und frisches Holz auf das Feuer legte.

»Das ganze Dorf ist mit deinen Leuten besetzt. Du hättest ihn gefangennehmen sollen, Robert.«

Robert setzte sich neben den Troubadour. »Hör mir zu, mein Freund. Es hat mir Freude gemacht, ihn zu töten.« Er legte seine mächtige Hand auf Brians Schulter. »Ich habe dabei auch an Gaelle gedacht.«

»Das hilft ihr nicht.«

Robert zog seine Hand von Brians Schulter zurück. »Du warst nie ein Krieger. Du warst immer ein verkappter Priester.«

Brian schüttelte den Kopf. »Ich war Zeit meines Lebens ein Ritter, mein guter Robert. Was immer du darunter verstehen magst.«

Robert betrachtete ihn mürrisch. »Ja, wahrscheinlich bist du das. Ein Ritter. Ein gottverdammter, verfluchter Ritter. Aber kein Krieger.« Er beugte sich vor. »Was glaubst du, hätten die beiden Gascogner Ana de Ciornac erzählen sollen, wenn ich dem Basken nicht das Genick gebrochen hätte? Daß er sich auf Pilgerreise nach Compostela begeben hat? Dieser Sohn einer läufigen Bergziege wollte sich nicht bestechen lassen, companho, falls du es vergessen haben solltest.«

»Werden die beiden Gascogner uns verraten?« fragte Brian Courtrain d'Erbil.

Der Graubärtige schüttelte den Kopf. »Nein. Nicht mit dem toten Basken im Geleit. Ana würde ihnen niemals mehr vertrauen. Sie würde sie hängen lassen, wenn sie die wahren Hintergründe erführe.«

»Und außerdem sind sie geldgierig«, warf Robert ein.

»Sehr geldgierig«, bestätigte Courtrain lächelnd.

Brian stand auf und ging zu den Pferden. »Ich sehe mir die Burg noch einmal an.«

»Das Verlies liegt unter dem Nordturm«, sagte Robert.

Brian schwang sich in den Sattel. »Ich werde es früh genug kennenlernen«, meinte er. Er winkte ihnen zu und lenkte sein Pferd zur Seite, auf die nebelige, morastige Ebene hin.

»Reite nicht zu nahe an die Mauern heran«, rief ihm Courtrain nach. »Laß dich von keinem übereifrigen Armbrustschützen erwischen.«

»Es wäre schade um jeden Ritter auf dieser Welt«, pflichtete Robert Courtrain bei. »Es gibt so wenige von ihnen.«

Der Graubärtige blickte seinem Sohn nach. Er war sich nicht sicher, ob Brian sie noch gehört hatte.

Ana saß auf der Bank, als Gaelle den Wohnraum betrat. »Nimm Platz«, sagte sie und klopfte auf die freie Stelle neben sich. Gaelle setzte sich neben die Frau, die einen weißgrau gefleckten Pelz über ihre Schultern geworfen hatte.

»Was wollt Ihr?« fragte Gaelle.

»Mich bei dir entschuldigen«, erwiderte Ana.

»Wofür?« fragte Gaelle mißtrauisch.

»Daß ich dich ins Verlies werfen ließ. Daß ich so übel von deinem Brian de Martial gesprochen habe.« Die schlanke Frau bewegte mit einer geschmeidigen Geste ihre sehnigen, alten Hände. »Ich war in Zorn. Der Haß der Vergangenheit hat mich blind gemacht.« Ana sah sie an. »Haß ist etwas Entsetzliches.«
»Dann verzichtet Ihr auf den Austausch?«
Ana überging die Frage. »Vielleicht wurde Brans de Sislay tatsächlich ein anderer Mensch, als er sich in Brian de Martial verwandelte. Vielleicht bin ich nur Gespenstern nachgejagt.«
»Verzichtet Ihr auf den Austausch?« fragte Gaelle ein weiteres Mal.
»Richard Löwenherz hat viel von ihm gehalten. Richard mochte keine Feiglinge.« Die Frau in dem Pelz senkte den Kopf und betrachtete ihre ineinander verschränkten Hände. »Ich glaube auch kaum, daß eine Frau wie du ihn lieben könntest, wenn er nicht Mut und Ehre in sich hätte.«
»Der Austausch«, beharrte Gaelle. »Was ist damit?«
Ana blickte sie von der Seite an.
»Ich werde dich freilassen, Gaelle. So wie ich es dir versprochen habe.«
»Und Brian?«
»Ich glaube nicht, daß mir an Brian de Martial noch etwas liegt.«
Gaelle betrachtete Ana aufmerksam und voller Wachsamkeit. »Warum?«
Ana lächelte sie an. »Ist er nicht ein wertvoller Mensch?«
»Ja«, antwortete die junge, blonde Frau. »Das ist er.«
»Ich wollte ihn als Sicherheit. Falls Alpais von Jordas und seinen Freunden in eine Falle gelockt werden würde.«
»Was ist mit Aude?«
»Es geht ihr gut.« Ana zog den Pelz über ihrer Brust zusammen. »Sie wird sich mit Alpais einigen.«
Gaelle starrte sie überrascht an. »Das glaube ich nicht.«
»Doch. Sie wird es tun, meine Liebe. Und deshalb brauche ich weder dich noch Brian.«
»Dann kann ich gehen?« Gaelle machte Anstalten aufzustehen, als Anas Hand ihren Arm umklammerte und sie auf die Bank zurückzog.

»Nicht so hastig, mein Kind. Vorher will ich noch etwas von dir wissen.«
»Was?«
»Wie es ist, wenn man einen Mann wie Brian de Martial liebt?«
Gaelle betrachtete kurz das freundlich lächelnde Gesicht Anas, bevor sie sprach.
»Es ist wie die Erfüllung eines tief in einem liegenden Wunsches. Eines wortlosen Wunsches, der von Sehnsucht, Verlangen und Geduld getragen wird. Es ist wie die Hoffnung nach Weite und Träumen, wie ein sonderbares, nicht deutlich erkennbares Gespinst von Körper, Geborgenheit und Fürsorge.«
Ana nickte freundlich. Sie bedeutete Gaelle mit einer Geste weiterzusprechen.
»Es ist, als wäre man an einem unbekannten Meer, dessen Wellen einen zuerst kaum berühren, dann erfassen, immer mehr und kräftiger und stärker, um schließlich über einen hereinzubrechen, unvermutet und erlösend. Es ist, als wäre man von nichts mehr getrennt. Als wäre in Wahrheit alles eins.«
Ana nickte. »Du wünschst dir sicher ein Kind von ihm?«
»Ja«, sagte Gaelle. »Das tue ich.«
Ana seufzte leise. »Welch eine heile und schöne Welt. Wie schade, daß ich sie nie kennenlernen durfte.« Sie strich Gaelle über die Wange. »Sowenig wie du.«
Die blonde Frau zuckte zurück. »Weshalb?«
»Er war um eine Spur zu mutig, dein Brian. Er ist zu nahe an die Mauern herangeritten. Ein Armbrustpfeil hat ihn getroffen. Ich habe ihn im Hof aufgebahrt.«
Gaelles Gesicht wurde wächsern. »Er ist tot?«
»Ich wollte es nicht«, sagte Ana de Ciornac. »Ich wollte es wirklich nicht.«
Ana ging zum Fenster und schlug die Läden auf. »Sieh nur. Dort liegt er.«
Gaelle blickte in den Hof hinunter. Auf einer Bahre lag ein mit einem schwarzen Tuch bedeckter Leichnam.
Gaelle stürzte aus dem Raum. Es gab nur noch einen Gedanken: Brian war tot, jetzt und für alle Zeit.
Sie lief die steinerne Wendeltreppe hinab, vorbei an den Wachen,

vorbei an dunklen Gängen, vorbei an den entzündeten Fackeln, deren rotrußiges Licht sie durch einen sich wirr drehenden Schleier wahrnahm, während ihr die Tränen über das Gesicht liefen. Sie durchquerte den holzgetäfelten Vorraum, lief vorbei an den aufblickenden Mägden, Knechten und Söldnern, lief in Panik hin zu dem mit schwarzem Tuch bedeckten Leichnam, während eine Welt in ihr starb, plötzlich, unvermutet und sie wie durch einen Sog mit sich ziehend. Sie schluchzte vor Angst, Qual und einer mühsam beherrschten Hysterie, als sie das Tuch von dem Leichnam riß und dann erstarrte, als ein ihr fremdes, zertrümmertes Gesicht sie aus blicklosen und toten Augen anstarrte.
Brian war nicht tot, und doch wurde sie immer noch von dem Entsetzen vor einer Welt umklammert, in der es Brian nicht mehr gab, in der all die Hoffnungen gestorben waren, die ihr den Mut zu einem anderen Leben gaben, in der all die Wünsche zerbarsten, die ihr Leben ausmachten, in der das Nichts einer leeren Vergangenheit sie wieder ergreifen und zerstören wollte, in der der Schmerz sie vom Licht und der Welt trennen würde, unweigerlich und endgültig. Nur langsam tauchte sie auf aus dieser Welt der schmalen, ineinander verwobenen Abgründe, trat heraus aus ihrer Angst, streifte sie ab. Als Gaelle das Zittern ihres Körpers unter Kontrolle hatte, erhob sie sich von dem Toten, der vor ihr lag, und schrie zu Anas Fenster hinauf. Sie schrie mit aller Kraft, zu der sie fähig war.
»Warum habt Ihr das getan? Warum?«
Ana betrachtete sie. Es war ein sonderbarer Blick. Voller Haß und voller Enttäuschung, voller Fragen, voller Wut und voller Erbitterung.
»Warum?« schrie Gaelle von neuem. »Warum habt Ihr das nur getan?«
»Weil ich das Bild der Liebe sehen wollte«, sagte Ana leise flüsternd, unhörbar für jeden außer ihr, und zog die Fensterläden schnell und mit einem Ruck zu, alles aussperrend, das sie nun nicht mehr erblicken wollte, die hübsche, blonde junge Frau, die Mauern der Burg, die sie umschlossen, Tag für Tag, und die vom Nebel verhangene Weite, die außerhalb, sehr weit weg, sich matthell in einem trüben Winterhimmel verlor.

21. Kapitel

CIORNAC, PARZIÉ
März 1207

Am nächsten Morgen standen sich die beiden Trupps vor Gedevan gegenüber. Ana trug einen roten Mantel, stach dabei hell und deutlich aus der Farblosigkeit des Tages heraus, während sie Gaelle das verabredete Zeichen gab. Die blonde Frau setzte sich langsam in Bewegung, ritt über den schweren, regennassen Boden, während die Armbrust- und Bogenschützen auf beiden Seiten ihre Waffen gespannt hielten. Als Courtrain d'Erbil sah, daß Gaelle den vorgeschriebenen Teil ihres Weges zurückgelegt hatte, winkte er Brian, seinerseits loszureiten. Als sie nur einige Meter voneinander getrennt waren, sah der Graubärtige, daß Gaelle ausscheren und zu Brian wollte.
»Nein«, schrie er. »Tut es nicht!«
Seine Stimme hallte über die Ebene, die sich vor Gedevan erstreckte, ein Schrei in der Stille, die jetzt nur von Pferdehufen, die auf dem Boden scharrten, durchbrochen wurde.
Die blonde Frau zügelte im letzten Augenblick ihr Pferd, warf Brian, der ihr beruhigend zunickte, noch einen letzten Blick zu und hatte den Troubadour dann hinter sich gelassen. Sie erreichte Courtrain d'Erbil beinahe in demselben Augenblick, in dem Brian zu Anas Trupp stieß. Der Graubärtige legte seine Hand auf ihre Schulter.
»Seid Ihr wohlauf?«
»Ja«, sagte Gaelle und drehte sich zur Seite, um Brian zu suchen. Anas Leute hatten ihn umstellt und führten ihn mit sich zu der Zugbrücke, die sich über den Burggraben spannte. Sie öffnete den

Mund, um etwas zu sagen, brachte aber keinen Laut hervor. Robert und Courtrain nahmen sie in ihre Mitte und ritten nach Süden, dem Dorf zu, das hinter den kahlen Wäldern und dem windgepeitschten Gesträuch lag.

»Ich werde dich töten, Troubadour«, sagte Ana freundlich, als Brian mit gefesselten Händen vor ihr stand. »Aber nicht heute. Nicht an einem Sonntag.«
Courtrain hat sich nicht getäuscht, dachte Brian. Er wußte von diesem sonderbaren Skrupel, der sie davon abhielt, am Tag des Herrn eine Hinrichtung zu befehlen. Der einzige Skrupel, den sie besaß, hatte Courtrain gemeint.
»Ich werde dich heute nicht besonders quälen, mein Freund. Im Gegenteil. Ich werde dich wie einen Gast behandeln. Wie einen sehnlichst erwarteten, zutiefst von Herz und Gemüt erwünschten Gast.«
Sie lächelte zuvorkommend. »Jedenfalls bis es Nacht wird.«
Dann wandte sie sich an die beiden Basken, die neben Brian standen.
»Habt ihr ihn nach Waffen durchsucht?«
»Er hat keine, Domna«, sagte der größere der beiden.
»Bindet ihm die Hände los. Ihr verlaßt mich keinen Augenblick, solange er in meiner Nähe ist.«
Der größere der beiden Basken nickte, während der andere Leibwächter Brians Handfessel mit seinem Messer durchschnitt.
»Nimm Platz, Brans de Sislay«, sagte Ana.
»Brian de Martial«, antwortete der Troubadour. »Nennt mich Brian de Martial.«
»Ich vergaß«, sagte Ana und bewegte graziös ihr mit goldenen Reifen geschmücktes Handgelenk. »Brans ist tot.«
»Ja«, antwortete der Troubadour. »Das ist er.«
»So wie auch Brian de Martial es bald sein wird.«
»Warum wollt Ihr mich töten, Domna?«
»Isabellas wegen.«
»Sie lebt. Mein Tod wäre ein hoher Preis für einen Irrtum.«
»Irrtum? Ist die Zerstörung eines Menschen nur ein kleiner Fehler, über den man ungestraft hinweggehen kann?«

»Dies aus Eurem Mund zu hören klingt ebenso sonderbar wie überraschend, Loba.«
Ana beugte sich vor. »Ich habe sie geliebt, Namenloser.«
Brian griff nach einem der Pokale voll Wein, die ein Page gebracht hatte. »Mein Tod würde Euer Ende sein, Domna. Raimond de Toulouse wird Gedevan von Euch einfordern.«
Ana lachte fröhlich. »Der Erzbischof ist mein Freund.«
»Foulques?«
»Foulques de Marseille, Erzbischof von Toulouse.«
Brian schüttelte bedächtig den Kopf. »Foulques allein wird Euch als Stütze zu wenig sein. Die Dinge sind zu sehr in Fluß, als daß man sich auf einen Mächtigen allein verlassen sollte.«
»Überlaß das mir, Troubadour.« Ana schwieg kurz. Dann betrachtete sie ihn aufmerksam. »Du wirst zu meinem Experiment werden, Brian. Wieviel Qual kann ein Mensch ertragen, bis er alles verrät, woran er glaubt.«
»Was würde das beweisen?«
»Daß ich recht habe.«
»Nein«, sagte Brian. »Es würde nur beweisen, daß der Schmerz mächtiger als die Vernunft ist.«
»Mächtiger auch als die Liebe, Troubadour.«
»Es ist nicht derselbe Mensch, der vor und während der Folter zu Euch spricht.«
Ana stand auf und ging zu dem Fenster, dessen Läden jetzt offenstanden. Sie blickte auf die nebelverhangene Landschaft und wandte sich dann wieder Brian zu.
»Unter der Folter spricht der wahre Mensch, das von allen Illusionen und Hoffnungen entblößte Tier, dieses animalische Wesen, das er in Wirklichkeit ist, immer war und auf ewig sein wird.«
»Ihr scheint Euch eine Welt zu wünschen, in der die Menschen aus der Qual heraus leben.«
»Es wäre eine echte und unverfälschtere Welt, Troubadour. Eine von Lügen bloßgelegte.« Ana blieb bei ihm stehen und legte ihm die Hand auf die Schulter. »Es gibt nur zwei Klassen von Menschen auf dieser Welt, mein Freund. Die Mächtigen und die Hilflosen. Und sie alle streben nur nach dem Genuß des Leiblichen und dem Vermeiden jeden Schmerzes. Das ist die Wahrheit deines von dir so

großartig, so intensiv malerisch und so verlogen besungenen Lebens. Cortezia, Joi, Joven, Largueza, Mezura werden zu bloßen Wörtern, wenn es dir auf der Streckbank die Muskeln und die Sehnen zerreißt. Dann wirst du kaum von Höfischkeit, Freude, Jugend, Freigebigkeit und dem Maß in allen Dingen singen. Ich fürchte, Brian de Martial, dein Gesang wird mehr einem tierischen Schreien ähneln als dem berückenden Klang der Sehnsucht und jenem der Liebe.«

Brian legte seine Hand auf die ihre. Sie fühlte sich warm und lebendig an. »Und was beweist das, Domna?«

»Daß ich im Augenblick die Macht verkörpere und du die Hilflosigkeit.«

»Ich habe selten einen Menschen gesehen, der so ohne Glauben ist wie Ihr, Domna.«

»Glaube ich denn nicht?« Anas Lächeln war schmal.

»An die Grausamkeit wahrscheinlich. An die Hoffnungslosigkeit. An die Verzweiflung.«

Ana beugte sich zu ihm vor. »Das wird bald auch dein Glaube sein, Troubadour.«

Brian strich ihr sanft eine Haarsträhne aus dem Gesicht. »Nein, Domna.«

Anas Gesichtsausdruck wurde ebenso forschend, wie er belustigt wirkte. »Du liebst doch deine Gaelle?«

»Ja«, sagte der Troubadour. »Das tue ich.«

»Auf der Streckbank wirst du deine Liebe mit allem, was dir zu Gebote steht, ja sogar mit Obszönitäten verleugnen.«

»Niemals«, sagte Brian freundlich und bestimmt. »Niemals, Domna.«

Anas Gesicht entspannte sich. Sie lehnte sich in ihrem Sessel zurück.

»Warten wir die Nacht ab, Troubadour«, sagte sie lächelnd.

Aude taumelte im Licht, das ihr entgegenschlug, als der Söldner sie aus ihrem Gefängnis holte. Die junge Frau wirkte blaß, erschöpft und kraftlos, als Miquel sie in den großen Saal führte. Alpais betrachtete sie mit unbewegtem Gesicht.

»Setz dich«, sagte sie dann.

Aude nahm in einem der Sessel Platz.
»Ich habe ein Schreiben von Jordas bekommen«, sagte Alpais. »Er bittet dich darin, auf Parzié zu verzichten. Um deines Sohnes und seinetwillen.«
»Das glaube ich nicht«, erwiderte Aude mit trockener, heiserer Stimme.
»Bring ihr Wasser«, sagte Alpais zu Miquel. Ihr Tonfall klang scharf und bestimmt. Der junge Mann erhob sich und verließ den Saal.
»Lies selbst«, meinte Alpais und schob Aude ein Blatt Pergament über die gepflegte, spiegelnde Tischplatte zu.
Aude ergriff das Blatt und las es mit zusammengekniffenen Augen.
»Kannst du die Schrift erkennen?« fragte Alpais.
»Ja«, sagte Aude und schloß kurz die Augen.
»Ist dir nicht gut?« fragte Alpais.
»Meine Augen. Sie gewöhnen sich nur mühsam an die Helligkeit.«
»Laß dir Zeit«, antwortete die dunkelhaarige Frau.
Aude trank gierig von dem Wasser, das Miquel ihr gebracht hatte.
»Warum hast du sie so verwahrlosen lassen?« fragte die Frau mit den blaßblauen Augen ihren Sohn.
»Es war dein Befehl«, sagte Miquel.
»Ich sprach von Dunkelhaft, aber nicht davon, ihr jede Pflege zu verweigern.«
»Dann habe ich dich falsch verstanden.« Miquel zuckte mit den Achseln.
»Das hast du. Das hast du ganz und gar.«
Aude griff von neuem nach dem Pergament und las es langsam und mit Sorgfalt.
»Ist es die Schrift von Jordas?« fragte Alpais.
»Ja«, bestätigte Aude mit müder Stimme und ließ das Blatt auf den Tisch zurückfallen.
»Es wäre besser, du würdest unterzeichnen.«
Aude schwieg. Sie betrachtete Alpais und Miquel.
»Ihr habt meine Verzichtserklärung sicherlich bei der Hand«, sagte sie.

»Sie wartet seit einer Woche auf dich.«
»Dann gebt sie mir.«
Alpais ging zu der Truhe, die an der Wand stand, und öffnete sie. Sie entnahm ihr eine dünne Pergamentrolle.
»Wir brauchen Zeugen«, sagte sie zu Miquel. »Hol zwei der Ritter. Und auch die metissa. Sie ist ab jetzt Aude als Magd zugeteilt.«
»Es ist besser so«, sagte Alpais beinahe freundlich zu der jungen Frau. »Jordas hat es verstanden.«
»Ja. Jordas ist klug.«
»Du auch.«
»Ich bin erschöpft. Welchen Tag haben wir heute?«
»Sonntag.«
Aude nickte. »Gibt es keinen Perfectus in der Nähe?«
»Weshalb?«
»Ich möchte ihn um Rat fragen.«
Alpais betrachtete sie forschend. »Um welchen Rat?«
»Was Jordas, mein Sohn und ich ohne Parzié anfangen werden.«
»Ihr seid jung. Es gibt tausend Möglichkeiten, die euch noch offenstehen.«
Aude sah an ihr vorbei, zum Fenster hin. Ihre Augen blinzelten noch immer, wenn ihr Blick auf einen Lichtstrahl traf.
»Was ist mit Fays?«
»Sie ist in das Razès gezogen.«
»Also gibt es keinen Perfectus mehr in der Nähe von Parzié?«
»Keinen.«
»Sie meiden Euch.«
»Das bezweifle ich.«
»Doch«, meinte Aude und nickte, als hätte sie unvermittelt eine neue Wahrheit erkannt. »Sie meiden Euch.«
Als Miquel mit den beiden Rittern den Saal betrat, rollte Alpais das Pergament auf und legte es vor Aude hin. Die dunkelhaarige Frau beschwerte es mit einem Tintenfaß. Aude las es halblaut, las ihren endgültigen und auf immer geltenden Verzicht auf Parzié, der auch Jordas, ihren Sohn Jaufre und all ihre künftigen Kinder aus dieser oder einer anderen Ehe mit einschloß.
Sie nickte neuerlich, griff nach der Feder, tauchte sie in das Tintenfaß ein und strich den Text mit einem glatten Strich durch.

»Du wirst Parzié nie von mir bekommen«, sagte sie leise zu Alpais.
»Aber der Brief von Jordas ...«
»Ist gefälscht, meine arme Alpais. Schade um all die Mühe, die du dir gegeben hast. Nur kennst du die Geheimmarkierung nicht, mit der wir unsere Schreiben kennzeichnen.«
»Bring sie wieder in die Dunkelhaft zurück«, sagte Alpais tonlos.
»Man könnte auch andere Maßnahmen gegen sie ergreifen«, sagte Miquel, als Aude aufstand.
»Ich werde darüber nachdenken«, sagte Alpais und ließ die junge Frau nicht aus den Augen. »Bei Gott, ich werde darüber nachdenken.«

Ana stand in dem Verlies vor dem halbnackten Brian, der, mit Ketten gefesselt, zu der Wand mit den brennenden Fackeln hinsah.
»Die Tage der blumigen Worte sind nun wohl vorüber, Troubadour«, sagte sie.
Brian schwieg, sah von ihr weg und betrachtete den kräftigen Basken an seiner Seite, der die Lederpeitsche locker zusammengerollt in der Hand hielt. Er spürte, wie sich trotz der Kälte ein Schweißfilm auf seiner Stirn bildete.
»Dreißig Schläge?« fragte der Baske.
»Nein«, sagte Ana. »Wir wollen ihn ohne Beschönigung auf das Künftige einstimmen. Fünfzig Schläge.«
»Was ist, wenn er stirbt?« fragte der Baske.
Ana lächelte leicht. »Das ist ein Ritter, òme. Ritter sterben nicht so leicht.«

Der Söldner auf dem südlichen Turm von Gedevan begrüßte den Gascogner herzlich. Er haßte die Monotonie der Nachtwachen, und das Erscheinen dieses fröhlichen und stets zu Späßen aufgelegten Freundes bereitete ihm Freude. Der Gascogner schlug ihm mit der Hand auf die Schulter. »Eine ruhige Nacht«, sagte er.
»Ruhig und langweilig.«
»Wann wirst du abgelöst?«
»Bei Morgengrauen«, sagte der Söldner.
»Da ist es noch lange hin.«

Der Söldner grinste. »Ich hätte nichts gegen ein wenig Schlaf dazwischen.«
Der Gascogner lächelte seinerseits. »Ich werde dir dazu verhelfen, companho.«
»Wirklich?«
»Verlaß dich auf mich«, sagte der Gascogner, umfaßte freundschaftlich die Schulter seines Kameraden und trieb ihm das Messer bei der Schläfe in die Stirn. Dann ließ er ihn schnell fallen, damit das Blut nicht sein Wams beschmutzte. In der Wachstube des Westturms würde es keine Schwierigkeiten geben. Es war nur ein Mann darin, und der schlief wie ein Toter. Der Gascogner lächelte, als hätte er an ein Wortspiel gedacht. Es hatte keinen Zweck, den Dolch jetzt zu reinigen. Das konnte er noch immer tun, wenn er ihn nicht mehr benötigte.

Der Mann auf dem Nordturm wandte sich um, als der Gascogner zu ihm trat.
»Wo zum Teufel hast du gesteckt«, fragte er seinen jüngeren Bruder. »Ich werde jeden Augenblick abgelöst.«
»Ich hatte zwei Leute zu erledigen«, sagte der Jüngere. »Und ich mußte über den Burghof unbemerkt in diesen Turm.«
»Wieviel Mann sind in der Wachstube?«
»Wie immer, Bruderherz. Zwei. Ich habe ihnen erzählt, daß ich dir eine Nachricht des Hauptmanns überbringen soll.«
»Etwas Dümmeres ist dir nicht eingefallen?«
Der jüngere der beiden lächelte. »Wozu sich eine besonders raffinierte Geschichte ausdenken? In kurzer Zeit sind sie beide tot.«
Der Ältere blickte in die Dunkelheit der Nacht. Er konnte noch nichts erkennen. Sie warteten auf sein Zeichen. Soldaten. Verläßlich und genau.
»Hast du sonst alles vorbereitet?«
»Alles. Mach dir keine Gedanken, Bruderherz.«
Unter der Turmluke war das Geräusch von Schritten zu vernehmen.

Courtrain und Robert fanden das Boot an der verabredeten Stelle vertäut. Sie krochen in den flachen Nachen, legten sich auf seinen

Boden und stießen sich vom Ufer ab. Robert steuerte mit einem kleinen Ruder, das an der Seite des Kahns befestigt war. Als sie unter dem Nordturm angelangt waren, band Courtrain das Boot an den Haken, der frisch unter das Mauerwerk geschlagen war. Er stieß einen leisen, kaum hörbaren Pfiff aus. Das mit der Dunkelheit verschwimmende Gesicht eines Mannes blickte von den Zinnen zu ihnen herab. Dann zog sich der Kopf zurück, und eine Strickleiter wurde zu ihnen hinuntergeworfen. Courtrain kletterte als erster hinauf. Als er die Zinnen des Turmes erreicht hatte, half der Gascogner ihm, die Plattform zu betreten.

»Ist alles so geschehen, wie wir besprochen haben?« flüsterte der Graubärtige dem Söldner zu. Der Gascogner nickte und beobachtete Robert, dessen Gewicht die Strickleiter in beängstigendes Schwanken brachte. Der Söldner atmete erleichtert auf, als er und Courtrain den Normannen auf die Plattform des Turmes zogen.

Robert fluchte. »Wenn ich Brian tragen muß, dann reißt diese verdammte Strickleiter«, sagte er.

»Wo ist die Domna?« fragte Courtrain.

»Bei dem Troubadour. Im Verlies.«

»Dann braucht ihn niemand über die Strickleiter hinunterzutragen, Robert.«

»Gott gebe es«, sagte der Normanne.

Der Gascogner führte Courtrain und Robert in die Wachstube, wo sein Bruder sie erwartete. Ein Mann lag vor der Bank, Gesicht und Brust blutverschmiert, mit klaffender, aufgespaltener Kehle.

»Das Aas hat sich gewehrt«, sagte der Jüngere und deutete auf den Toten.

»Er hat nicht geschrien?« fragte Robert.

Der Gascogner schüttelte den Kopf. »Bei Gott, wofür haltet Ihr mich?«

»Für einen reichen Mann«, erwiderte der Normanne.

»Niemand hört diese Worte lieber als ich«, sagte der Gascogner.

Courtrain suchte zwei Messer in den Waffenhalterungen aus, von denen er eines Robert zuwarf. »Wie viele Leute sind im Verlies?«

»Drei. Eine Schildwache steht vor dem Kerkertrakt. Ein Baske bewacht die Türe der Zelle. Ein zweiter ist bei der Domna.«

»Was haben sie mit dem Troubadour gemacht?«

»Ich weiß nur, daß er gepeitscht werden soll.«
Courtrain warf dem Gascogner Speere zu.
»Ich arbeite lieber mit dem Messer«, sagte der Jüngere.
»Nur für alle Fälle«, erwiderte der Graubärtige.
Der ältere der beiden Söldner ging ihnen voran, als sie die steinerne Wendeltreppe hinunterschritten. Die Schildwache, die neben den Fackeln bei der eisernen Türe stand, betrachtete ihn mißtrauisch. »Was willst du?« fragte der Mann.
»Der Hauptmann will mit dir sprechen.«
Der Wachmann leckte sich unruhig die Lippen, nickte, griff dann zu seinem Schwert, erstarrte, als der ältere der beiden Gascogner ihm die Lanze durch den Körper trieb. Der Gascogner und Robert fingen den stürzenden Mann auf.
»Kennst du die Schlüssel für die Eisentüre?«
»Ich hatte hier oft genug Wache, òme«, sagte der Gascogner. »Wenn ich die Türe öffne, hört der Baske das Geräusch. Er wird überrascht sein und zu uns kommen.«
»Ich übernehme ihn«, sagte Robert.
Der Gascogner schloß die eiserne Türe auf. Der Baske blickte um die Ecke des Ganges.
»Was machst du hier?«
»Wir haben ein Feuer im Haupthaus«, sagte der Gascogner.
»Mach keine dummen Witze.«
»Verständige die Domna.«
Der Baske schüttelte verneinend den Kopf, als Robert vortrat und ihm den Speer in die Brust schleuderte. Der Baske wankte kurz, tastete sich noch einen halben Schritt voran, bevor er vornüber stürzte und laut und hart auf dem Boden aufschlug.
»Wie ist der Kerker verschlossen?« sagte Courtrain hastig. »Mit einem Riegel?«
»Nur mit einem Schloß.«
»Wo sind der Hammer und das Brecheisen?« fragte der Normanne.
»Hier«, sagte der jüngere der beiden Brüder und reichte Robert die Werkzeuge.
Der Riese lief zu der Türe, vor der der tote Mann lag, und schlug mit dem Hammer und dem Eisen gegen das Schloß. Beim dritten

Versuch sprang es auf. Der Baske, der sich in dem Kerker befand, stürzte heraus und lief ungedeckt in die Lanze Courtrains. Der ältere der Gascogner versetzte ihm im Fallen einen Rückhandschlag mit seinem Schwert. Der Baske schrie schrill auf, wälzte sich im Staub und blieb dann liegen.

Ana hielt ein zugespitztes Eisen über das Herz Brians, der auf dem Rücken lag. Das Stroh unter ihm war blutgetränkt.

»Wenn du nur einen Schritt näher kommst, Courtrain, dann werde ich ihn töten.«

»Warum hast du es nicht schon getan?«

»Wenn er tot wäre, würde ich es wohl in kürzester Zeit auch sein.«

Courtrain nickte. »Ana«, brüllte Robert plötzlich, und als die Frau für einen Augenblick in seine Richtung sah, schleuderte Courtrain seinen Dolch, der sich in den Oberarm der Frau bohrte. Ana schrie auf und ließ das zugespitzte Eisen zu Boden fallen. Während Robert die Frau in die Höhe riß, legte Courtrain prüfend seine Finger auf Brians Lippen. Dann drehte er ihn kurz zur Seite und betrachtete seinen von Peitschenschlägen zerfetzten Rücken.

»Er hat dafür gebüßt, daß er Gaelle zuerst herausholen wollte.«

»Hätte er anders handeln können?« fragte Ana und zog sich mit einem Ruck den Dolch aus dem Oberarm.

»Nein.«

»Willst du mich nicht verbinden lassen, Courtrain?« fragte sie dann.

»Ich würde dich gerne verbluten lassen, Ana«, erwiderte Courtrain. Er nahm ihr den Dolch aus der Hand.

Ana lachte stöhnend. »Das würdest du nie fertigbringen. Du nicht und dein Sohn nicht.« Sie lachte von neuem, während das Blut ihr bis zu den Fingerkuppen rann. »Zwei Namenlose. Zwei gottverdammte Schatten, die einer ebenso lächerlichen wie albernen Ritterlichkeit nachleben.«

»Habt ihr unverdünnten Essig in der Wachstube?« fragte Courtrain den jüngeren der beiden Gascogner.

»Ja. Auch Verbandszeug.«

»Hol es«, sagte der Graubärtige. Der Gascogner nickte und den verließ Kerker. Man hörte seine Schritte, als er zur Treppe lief.

»Wie willst du die Burg verlassen, Courtrain?« fragte Ana, als Robert ihr mit einem Stück Seil den Arm oberhalb der Wunde abband.
»Durch deine werte Hilfe, Ana.«
»Was ist, wenn ich euch nicht folge?«
Robert streckte seine Hand aus, hob ihren Kopf und blickte ihr ins Gesicht. »Dann breche ich Euch das Rückgrat entzwei, Domna.« Abrupt ließ er ihr Kinn los und trat zur Seite.
Ana blickte zu Courtrain. Sie wischte mit der linken Hand das Blut vom Arm. »Ich glaube beinahe, daß dieser Bursche es ernst meint.«
»Ich an deiner Stelle würde es ernst nehmen, Ana.«
»Wie hast du die Gascogner auf deine Seite gezogen?«
»Ich habe an ihre Ehre appelliert.«
Ana lachte. »Fahr zur Hölle, Courtrain.«
»Dort bin ich schon.«
Als der jüngere der Gascogner den Essig gebracht hatte, wusch Courtrain sorgfältig Brians Rücken damit ab. Der Troubadour begann zu stöhnen und unverständliche Worte vor sich hin zu murmeln. Courtrain umwickelte seinen Oberkörper mit essiggetränkten Tüchern. Dann nahm er Anas Mantel, zerschnitt ihn und band Teile davon mit Hilfe der Gascogner über Brians Rücken fest.
»Du wirst ihn tragen müssen, Robert«, sagte er.
»Die Gascogner sollen es tun. Ich will die Frau an meiner Seite haben.«
»Weshalb?« fragte Courtrain.
»Weil ich nicht die geringste Hemmung hätte, sie zu töten.«
Courtrain nickte. »Wahrscheinlich hast du recht.« Dann ging er zu Ana, schüttete Essig über die Wunde an ihrem Oberarm und verband sie mit aller Sorgfalt.
Als sie den Burghof überquerten, hatte der Normanne sein Messer an Anas Kehle gelegt. Die beiden Gascogner trugen Brian, während Courtrain d'Erbil, alles genau und aufmerksam überwachend, den Abschluß der Gruppe bildete.
»Richtet sechs Pferde her!« schrie Ana über den Burghof, der jetzt, vor der mitternächtlichen Stunde, belebt wirkte wie am hellichten

Tag. Menschen mit Fackeln liefen durch die Dunkelheit, beleuchteten das Herrenhaus, die Ställe und die Wachstube bei der mittleren Mauer. Tanzende, unruhige Lichter, die kurz die Nacht entzweirissen.
»Niemand folgt mir bis zur Zeit der Laudes. Wenn ich bis zum Morgengrauen nicht zurück bin, dann reitet zur Domna Alpais und sagt ihr, daß ich tot bin. Sie wird wissen, was sie zu tun hat.«
Sie bestiegen die Pferde, die ihnen eilig gebracht wurden, während Brian sorgfältig über das seine gelegt und festgebunden wurde. Das Fallgitter wurde hochgezogen und die Zugbrücke herabgelassen. Robert ritt an der Seite der Domna de Ciornac dem kleinen Trupp voran, sein Schwert an ihre Brust gelegt. Courtrain folgte mit Brian, während die beiden Gascogner, die Fackeln tragend, den Abschluß bildeten.
»Folgt uns jemand?« fragte Courtrain den Gascogner, der sich kurzfristig hatte zurückfallen lassen.
Der Gascogner gab seinem Pferd die Sporen und schloß zu dem Graubärtigen auf. »Niemand, Senher.«
»Meine Befehle werden immer befolgt, Courtrain«, sagte Ana lächelnd.
»Sie müssen vor dir zittern wie vor dem Teufel selbst.«
»Ja«, sagte Ana. »Ich denke, das tun sie.«
Bei dem Wäldchen erwarteten sie an die dreißig Reiter.
»Ist alles gut verlaufen, Senher?« fragte ihr Kommandant Robert.
»Vorzüglich«, sagte der Normanne und zog sein Schwert von Anas Körper zurück.
»Siehst du diese Reiter hier?« fragte Courtrain.
Ana zuckte mit den Schultern. »Sie sind nicht zu übersehen, Courtrain.«
»Dreißig schwerbewaffnete Kavalleristen, die deine Burg im Auge haben. Sie werden bis morgen abend hier Wache halten.«
Ana lächelte. »Du meinst, ich sollte davon absehen, euch zu verfolgen.«
»Das solltest du, wenn dir dein Leben lieb ist.«
»Dann kann ich jetzt zurückreiten?«
»Ich würde sie hängen«, meinte der Normanne. »Es würde uns viel Ärger ersparen.«

Courtrain lächelte. »Er glaubt nicht an die Cortezia, Ana.«
»Ich auch nicht, Courtrain.«
»Was würdet ihr doch für ein wunderbares Paar abgeben.«
»Bis zum nächsten Mal, Courtrain«, sagte die Frau.
»Es wird kein nächstes Mal geben. Das nächste Mal würde ich dich töten.«
Sie deutete auf Brian. »Ich weiß, daß ich dafür zahlen muß.«
»Ja, das wirst du. Eines Tages.«
»Ich an deiner Stelle würde mich nicht fortreiten lassen.«
»Ich weiß.«
»Du hast keinen wahren Mut, Courtrain. Es fehlt dir an der belebenden Lust zu töten.«
Ana wandte sich an Robert. »Schade, daß du auf der falschen Seite stehst, Normanne.« Dann gab sie ihrem Pferd die Sporen und ritt zu ihrer Burg zurück.
Als sie das Dorf erreichten, kam Brian zum ersten Mal wieder zu vollem Bewußtsein. Als er Gaelle neben seinem Bett sitzen und Courtrain und Robert auf sich herabblicken sah, hob er kurz die Hand zum Zeichen des Sieges. Er wollte noch etwas sagen, etwas für ihn Wichtiges, aber die Erschöpfung war stärker, und ohne es zu wollen, fiel er in eine tiefe, bildlose Ohnmacht.

Die fünf Leute, die Uc durch den Geheimgang in die verlassene Kapelle von Parzié folgten, waren erfahrene und erprobte Soldaten, Kastilier, die in den Kriegen gegen die Muselmanen mit allen Stoßtruppaktionen vertraut gemacht worden waren, die der menschliche Geist nur ersinnen konnte.
»Dort drüben«, sagte leise ein bärtiger Kastilier namens Gomez und wies auf den Wachtposten, der vor dem Herrenhaus stand.
»Eine Wache vor dem Hauptturm, eine vor dem Herrenhaus und eine vor den Lagerräumen«, flüsterte Uc zurück, der sich mit dem Spanier unter dem vorgewölbten Dach der Kapelle an die Mauer preßte, Schatten in tiefer Nacht, die selbst bei diesem Himmel, der nun zwischen aufreißenden Wolken einen zunehmenden Mond zeigte, nichts von den beiden Männern preisgab.
»Wir müssen sie alle gemeinsam angreifen«, sagte der Kastilier mit leiser Stimme.

Uc schüttelte den Kopf. »Zuviel Lärm. Dann veranstalten die Söldner auf den Mauern eine Treibjagd auf uns.« Er blickte noch einmal über den hellschimmernden Burghof. »Ich werde die Wache beim Herrenhaus übernehmen.« Uc drückte die Schulter des Spaniers. »Du mußt ungesehen bis zu dem Heuwagen dort kommen. Von dort kannst du mit deiner Armbrust den Mann vor dem Hauptturm erledigen.«

»Und dann?«

Uc flüsterte Gomez ins Ohr. Der Kastilier nickte und trat in die Kapelle zurück, um seine Leute zu instruieren. Sie warteten, bis sich neuerlich Wolken vor den Mond geschoben hatten. Dann lief Uc, so leise er nur konnte, von der Kapelle zur Ecke des Haupthauses. Die Wache döste vor sich hin. Uc atmete auf. Gut, dachte er, als er den Mann erkannte. Dann warf er einen Stein vor die Füße des Wachtpostens. Der Mann zuckte zusammen, herausgerissen aus seinem leichten Halbschlaf. Er trat vor und sah in die Richtung des Burghofes. Das Metall der Klinge, die sich an seine Schlagader legte, war kalt und brennend in einem.

»Lemozas, mein Freund«, sagte Uc mit leiser Stimme. »Ich hoffe, du willst nicht sterben?« Lemozas drehte kaum merklich den Kopf und erkannte Uc aus den Augenwinkeln heraus.

»Wo ist das Mädchen?« fragte Uc.

»Im Holzlager«, sagte Lemozas kaum hörbar.

Uc nickte. »Lemozas«, flüsterte er. »Es gibt für dich nur mehr zwei Möglichkeiten in dieser schönen Welt.«

»Welche?«

»Ein toter oder ein reicher Mann zu werden.« Er drehte Lemozas' Kopf nach vorne.

»Sieh hin«, sagte er dann. Lemozas und Uc beobachteten, wie Gomez den Schutz des Heuwagens ungesehen erreichte. Der Kastilier legte die Armbrust an seine Schulter, zielte und schoß dann den Bolzen ab. Der Wachtposten vor dem Hauptturm fiel nach rückwärts, streckte die Hände am Boden aus, drückte sie dann an seine Brust, als wollte er das Leben, das ihn verließ, noch einmal fassen, es festhalten oder es auch nur mit letzter Anstrengung für einen kurzen und flüchtigen Augenblick ergreifen. Dann lag der Mann ruhig und tot am Boden.

»Entscheide dich, Lemozas«, sagte Uc.
»Was soll ich tun?« fragte Lemozas mit gepreßter Stimme.
»Du gehst zu dem Wachtposten beim Lagerhaus. Mache ihn darauf aufmerksam, daß etwas Ungewöhnliches im Burghof vor sich geht.«
»Und dann?«
»Dann töte ihn.«
Lemozas nickte und schritt eilig zu der Wache bei den Lagerräumen. Der Söldner beobachtete ihn mit überraschtem Gesicht.
»Was ist, Lemozas?« fragte er halblaut.
»Irgend etwas stimmt heute nicht. Irgend etwas geht hier vor sich, das mich unsicher macht.«
»Ich habe nichts bemerkt.«
In diesem Augenblick riß Gomez die Fackel, die über dem Eingang des Hauptturms hing, aus der Halterung, lief zu dem Heuwagen und zündete ihn an. Innerhalb des Zeitraumes einiger Herzschläge brannte der Karren lichterloh.
»Dort«, rief Lemozas, als Gomez aus dem Schein des brennenden Wagens in die Dunkelheit zurücklief. Der Wachtposten hob die Lanze, um auf den Spanier zu zielen, als Lemozas ihm sein Schwert in die Brust stieß. Zwei Männer stürzten aus dem Eingang des Haupthauses, als Uc einen schrillen Pfiff ausstieß. Er wehrte die beiden Männer mit seinem Schwert ab, hielt sie auf Distanz, bis die vier Kastilier, die in der Kapelle auf das Signal gewartet hatten, zu ihm stießen und die beiden Söldner in das Haupthaus zurücktrieben.
»Bringt Alpais und Miquel in eure Gewalt«, schrie Uc und lief dann im Zickzack über den Burghof. Gomez hatte Lemozas bereits erreicht. Er sah, daß sie dem toten Wachtposten die Schlüssel abnahmen, während Söldner und Ritter aus dem Hauptturm und dem ostwärts gelegenen Seitentrakt strömten. Die Pfeile und Bolzen von der Mauer verfehlten ihn um einige Ellen. Gib Gott, daß der Himmel nicht wieder aufreißt. Gíb Gott, daß es dunkel bleibt, dachte Uc. Die Söldner waren als erstes zu dem brennenden Wagen gelaufen. Jetzt erst, als Lemozas bereits die Türe zu den Lagerräumen aufschloß, sah er, wie zwei der Ritter, die von der rechts von ihnen gelegenen Mauer hergelaufen kamen, in seine Richtung deuteten.

Er nahm die Fackel, die einige Schritte von der Tür befestigt war, an sich und folgte hastig Gomez und Lemozas in die Dunkelheit der Lagerräume. Sie verriegelten die Tür von innen, während Gomez zur Schießscharte lief.
»Der Wagen gibt dir Licht genug«, sagte Uc. »Versuche keine Kunststücke. Ziel auf ihre Brust.«
»Ich mache das nicht zum ersten Mal, hombre«, erwiderte der Kastilier, legte an und schoß.
Lemozas und Uc liefen die Treppe entlang zu dem Holzlagerraum. Uc schlug das Schloß mit seinem Schwert entzwei und stieß die Türe auf.
Aude erhob sich mühsam, als sie den Raum betraten. Als sie Uc erkannte, der sie im Schein der Fackel betrachtete, murmelte sie heiser seinen Namen. Dann legte sie ihren Kopf auf seine Schulter und begann zu weinen. Uc schwieg und preßte die junge Frau an sich.
»Schlag die Läden entzwei«, rief er dann Lemozas zu. Als der Söldner das Holz vor der engen, hochragenden Schießscharte zertrümmert hatte, zog Uc einen in Öl getränkten Pfeil aus seinem Köcher hervor und spannte ihn in seinen Bogen ein. Lemozas, der nun die Fackel hielt, entzündete den Pfeil, während Uc zu der länglichen Öffnung in der Mauer schritt und den brennenden Pfeil in die Dunkelheit der Nacht schoß.
»Was bedeutet das?« fragte Lemozas.
»Daß Aude in Sicherheit ist. Daß Jordas mit hundert Mann die Burg stürmen wird.«
»Wie?«
Uc lächelte Aude zu. »Über einen Geheimgang, von dem nur wenige wissen.«
»Dann ist Alpais de Parzié verloren«, stellte der Söldner nüchtern fest.
»Du hast die richtige Wahl getroffen, Lemozas.« Er strich Aude über das Haar. »Geht es Euch besser?« fragte er.
»Weshalb habt ihr euch so lange Zeit gelassen?« fragte die junge Frau.
»Wir mußten abwarten, bis Courtrain Gaelle und Brian aus Ciornac herausgeholt hatte.«

»Sind sie in Sicherheit?« fragte Aude.
»Ich denke doch«, meinte Uc. »Sonst hätten wir kaum das Zeichen zum Angriff bekommen.«
»Wenn ich nicht gewußt hätte, daß ihr eines Tages über den Geheimgang in die Burg einbrechen würdet, hätte ich wahrscheinlich aufgegeben.«
»Das hättet Ihr niemals, Domna«, sagte Uc und sah sie an. »Niemals.«
Lemozas war inzwischen zu Gomez hinuntergelaufen, der noch immer bei der Schießscharte stand und Bolzen auf Bolzen verschoß.
»Da«, schrie Lemozas und deutete nach vorne.
Jordas und seine Leute strömten in einer aufgefächerten Linie auf den Hauptturm, das Haus der Ritter und die Mauern zu. Etwa vierzig Mann mochten schon über die Kapelle eingedrungen sein. Die Gefechte im Burghof waren kurz und blutig.
Nach einer Stunde hatten sich die überlebenden Söldner und Ritter der Domna Alpais ergeben. Auf dem Hof zusammengetrieben, warfen sie ihre Waffen auf den Stoß von Lanzen, Bogen und Armbrüsten, der vor ihnen lag. Die Ritter durften, nach Brauch und Sitte, Jordas formell und mit allen Ehren ihre Schwerter überreichen und wurden auf ihr Ehrenwort hin in Freiheit gelassen. Die Söldner setzten sich nahe des ausgebrannten Karrens auf den Boden und blickten stumm vor sich hin.
Jordas nahm Aude in seine Arme, küßte und streichelte sie, während die Soldaten Roberts ihnen zujubelten und auf ihre Schilde klopften. Dann überließ er seine Frau der Pflege der metissa, zu der Aude seit jeher Vertrauen gehabt hatte. Langsam, furchtsam zuerst und schließlich, als sie sahen, daß ihnen nichts geschah, waren die Mägde und Knechte schneller aus dem Garten zum Gesindehaus zurückgekehrt. Sie bejubelten die neue Domna von Parzié und ihren Gatten, den Senher von Gedevan. Jordas, Uc und Gomez schritten auf das Herrenhaus zu. »Habt ihr die beiden?« fragte der spanische Hauptmann seine Söldner.
»Die Domna hat sich im Saal eingesperrt. Ihr Sohn war nicht im Haus.«
»Miquel zählt nicht«, sagte Jordas.

»Ich würde das nicht so sehen«, meinte Uc.
Sie gingen schweigend die Treppe zum Saal hinauf. »Brecht die Türe auf«, sagte Jordas, als sie beim Vorraum angelangt waren. Die Kastilier zerhieben die Verankerung, in der sich das Schloß befand.
»Wer bekommt die Frau?« fragte Gomez.
»Uc«, sagte Jordas. »Uc bekommt sie.«
»Wartet hier«, sagte der Mann. Dann stieß er die Türe zum Vorraum des Saales auf. Er hielt Schwert und Dolch in seinen Händen, als er durch den steinernen, bogenförmigen Durchgang in den Saal trat. Alpais stand bei dem Fenster und sah in die Dunkelheit hinaus.
»Uc?« fragte sie.
»Domna«, sagte er.
Alpais drehte sich um. »Ich wußte, daß sie dich schicken würden.«
»Ich habe einen Eid geleistet, Domna«, sagte Uc.
»Welchen?«
»Den, Euch zu töten.«
Alpais nickte zerstreut. »Wo ist Miquel?« fragte sie dann.
»Wir suchen ihn noch.«
»Und Aude?«
»Ist wohlauf.«
Alpais sah ihn mit ihren blaßblauen Augen an. »Sie zu entführen war Anas Idee.«
»Nein«, sagte Uc. »Das war Eure Überlegung, Domna.«
»Die Wahrheit, Uc, ist etwas sehr Zweischneidiges.« Sie drehte sich wieder zum Fenster hin.
»Es ist Zeit, Domna.«
»Ich will Abschied nehmen.«
»Es hat Euch nie gehört.«
Alpais schüttelte den Kopf. »Sechs Jahre lang war Parzié mein Eigentum.«
»Durch Mord, Domna.«
Die dunkelhaarige Frau zuckte mit den Achseln. »Du hast in dieser Nacht heute mehr Menschen getötet, als ich es jemals in meinen bösesten Träumen gewagt hätte.«

»Ich habe ein Unrecht bekämpft.«
»Ich habe auch gekämpft, Uc.« Sie wandte sich ihm wieder zu. »Was werdet ihr mit Miquel tun, wenn ihr ihn findet?«
»In Eisen legen.«
»Laßt ihn laufen. Er ist ein ebenso großer Schwächling wie sein Vater. Es genügt, daß du Gui umgebracht hast, Uc.«
»Im Kampf, Domna.«
»Ja«, sagte Alpais und lächelte. »Im Kampf.« Sie blickte Uc mit ihren kalten Augen an. »Wirst du Miquel laufenlassen, Uc, wenn ich dich darum bitte?«
»Ich werde mit Jordas darüber sprechen.«
Die Dunkelhaarige schüttelte den Kopf. »Es ist nicht leicht, die Schwelle vom Leben zum Tod zu überschreiten, Uc. Mache es mir leichter, òme.«
Der Mann zögerte. »Ich werde mich für Euren Sohn einsetzen«, sagte er dann. »Ihr habt mein Wort.«
Alpais nickte und trat zu Uc. »Das Herz?« fragte sie.
»Ja. Das Herz.«
»Dann mach schnell, Uc«, sagte sie, hakte die Schließe auf und ließ den Mantel von ihrem nackten Körper fallen. Sie drehte ihm ihre linke Seite zu, hob ihren Arm und legte ihn an ihren Nacken.
Der Stich des Vierschrötigen kam beinahe ansatzlos und mit voller Wucht. Alpais riß die Augen auf, während ihre Hand sich in Ucs Schulter festkrallte. »Ich . . . .«, sagte sie noch, während der Blick ihrer blaßblauen Augen glanzlos und matt wurde. Uc trat zur Seite. Die Frau griff nach dem Messer, das in ihrem Körper steckte, knickte ein und fiel vornüber, eine Hand ausstreckend und einen Sessel mit sich reißend. Sie umfaßte die Lehne des kostbar geschnitzten Stuhls und rollte dann zur Seite. Blut breitete sich unter ihrem Körper aus, während ihre Augen leblos zu dem offenen Fenster blickten, vor dem sich in der Dunkelheit die Weite der Landschaft von Parzié erstreckte. Uc beugte sich über die Frau und zog das Messer aus ihrer Brust.
Er hatte Arnaude de Parzié gerächt. Er hatte seinen Eid gehalten. Die Domna Alpais war tot.

22. *Kapitel*

SARVAS, TOULOUSE, PARIS, ROM
April bis September 1207

»Ich möchte, daß du nach Toulouse gehst«, sagte Courtrain zu Brian.
Sie saßen im Garten von Sarvas, und die Aprilsonne war bereits kräftig und stärkend, ein Bote des wiederkehrenden Lebens, das in seiner ewigen Hoffnung den Bogen von Jahr zu Jahr schlug.
»Was soll er dort?« fragte Gaelle brüsk, während Robert, Theodosia und Courtrain auflachten.
»Domna Gaelle«, sagte der Graubärtige. »Ich fürchte, meine Vorschläge beginnen mitunter Euer Mißtrauen zu erregen.«
»Wir wollen jetzt endlich in Béziers leben, Senher. Wir sind im letzten Jahr genügend gewandert. Wir sind entführt und niedergeschlagen worden und haben all die Freuden der Verliese von Ciornac kennengelernt. Wir haben erreicht, daß Aude und Jordas nun die alleinigen Besitzer von Parzié sind. Was sollen wir noch tun, bevor wir den Frieden des Alltäglichen finden dürfen?«
»Der Auftrag Pedro d'Aragons wird nicht ewig dauern, Domna«, sagte Courtrain und schenkte Gaelle ein ebenso vertrauliches wie charmantes Lächeln.
»Gaelle wird mich begleiten«, stellte Brian mit einem amüsierten Seitenblick auf sie fest.
»Und mein Handelshaus?« fragte die blonde Frau, deren Widerstand bereits halb gebrochen schien.
»Du hast doch mit Reb David einen vorzüglichen Geschäftsmann in deinen Diensten«, meinte Theodosia. »Er wird dich ruhig noch einige weitere Monate vertreten können, ohne daß du zu Schaden

kommst. Du brauchst dir überhaupt keine Sorgen zu machen, Gaelle.«

»Was soll ich in Toulouse?« fragte Brian.

Courtrain lächelte Gaelle zu. »Du und die Domna de Vidars, ihr werdet beide zu meinen Vertretern beim Grafen von Toulouse ernannt. Raimond ist von den päpstlichen Legaten einem starken Druck ausgesetzt. Er darf sich der Kirche gegenüber zu keinerlei Provokationen hinreißen lassen.«

»Welchen Status habe ich?«

Courtrain lächelte noch breiter. »Du und die Domna de Vidars, ihr besitzt beide den Rang eines halboffiziellen Abgesandten des Königs von Aragon.«

»Über welche Vollmachten verfügen wir?« fragte Brian und blinzelte Gaelle vertraulich zu.

»Dem Standpunkt des Pedro d'Aragon Gehör zu verschaffen.«

»Inoffiziell oder halboffiziell?«

Courtrain nippte an seinem Zitronensaft. »Das kommt darauf an, mit wem ihr sprecht. Ob mit kirchlichen Vertretern oder mit dem Grafen selbst.«

Robert lachte laut auf. »Ihr werdet das erste Liebespaar auf Erden sein, das gemeinsam als Gesandte auftreten darf. Ihr werdet Geschichte schreiben.«

»Für die Größe der Occitanie«, warf Theodosia lächelnd ein.

Gaelle bestand darauf, daß sie vor ihrer Reise nach Béziers zurückkehrten. Sie inspizierte das Warenlager des Handelshauses Vidars, prüfte Verträge und den Finanzstand ihres Unternehmens, nahm in die Buchhaltung Einsicht und besprach sich mit Reb David über die Handelsaufträge, die sie anstreben, durchführen oder auch verwerfen sollten. Brian betrachtete Gaelles brüske und unmittelbare Verwandlung in eine selbstbestimmende Geschäftsfrau mit sanfter und abgeklärter Ironie. Es schien ihm, als würde sie mühelos ein neues Wesen über das eigentliche streifen, als würde ein Teil ihres Seins, der ihm fremd war, unerwartet und beherrschend an die Seite jenes treten, das er liebte und verehrte. In diesen Tagen hatte der Troubadour geziemenden Respekt vor der Autorität und der Selbständigkeit seiner jungen Geliebten. Er tat, was ein Mann in

einer solchen Situation tun mußte, um sein inneres Gleichgewicht nicht zu verlieren. Er trank mit Flêche gelassen einen Krug guten Weines und besprach sich mit ihm in endlosen Diskussionen über die Kunst, den Kampf, die Welt und das Leben.
Mitte Mai reisten Brian, Gaelle und Leif nach Toulouse.
Es war in der ersten Juniwoche, als sie dem Grafen von Toulouse ihre Aufwartung machten. Als Brian ihre Beglaubigungen vorgewiesen hatte, wurden sie ohne Umwege in den großen Saal des Chateau Narbonnais geführt, in jenen Saal, in dem auch, vor nun beinahe sechs Jahren, die Gerichtsverhandlung gegen Peire de Gedevan stattgefunden hatte. Der prachtvolle Saal war beinahe leer. Brian erkannte auf den ersten Blick nur den Grafen und den unverändert jung und gewitzt wirkenden André de Dorbal. Die Frau auf dem erhöhten Sessel mußte Eleonore d'Aragon, die Gattin des Grafen, sein. Der Geistliche, der mit betretenem Gesicht zu ihrer Rechten stand, war dem Troubadour gänzlich fremd.
Der Graf von Toulouse war mit einem seidenen Bliaut bekleidet, dessen kunstvoll gelegte Falten sich nicht veränderten, auch jetzt nicht, als er in dem weiten, langgestreckten Saal auf und ab schritt. Eine schwere, mit Smaragden besetzte Goldkette hing ihm um den Hals. Sein Gürtel war mit Rubinen und gelblichen Topasen besetzt.
Der Graf schrie wortreich auf den Geistlichen ein, während seine ringgeschmückten Finger im Rhythmus seiner Gestik einen Tanz farbiger Lichter erzeugten.
»Er hat die Exkommunikation bestätigt«, schrie der Herr von Toulouse, Lehnsherr von Radèz, Albi, Béziers, Markgraf der Provence und Herzog von Narbonne. »Innozenz hat meine Exkommunikation bestätigt!«
»Euer Gnaden ...«, versuchte der Geistliche einzuwerfen.
Der Graf von Toulouse schwenkte das Papier, das er in der Hand hielt, vor dem Geistlichen auf und ab. »Wollt Ihr es lesen, Rabastens?«
»Ich kenne es, Euer Gnaden«, erwiderte der Geistliche zaghaft.
Raimond de Toulouse entfaltete das Schreiben und las nun selbst mit vor Wut erstickter Stimme vor: »Bedenkt, daß Ihr nicht aus Eisen seid, daß Euer Körper wie der jedes anderen Menschen ist, daß Gott, unser aller Herr, auch Euch mit Lepra, Fieber oder Läh-

mung strafen kann. Er kann Euch in ein Tier verwandeln wie den König von Babylon.«

Raimond zerknüllte das Papier in seiner Hand. »Wahrscheinlich wünscht er sich das sehnlichst vom Himmel und von allen Heiligen. Bin ich ein Kind, daß man mir mit solchen Dummheiten drohen darf?«

»Wenn Ihr gestattet, Euer Gnaden«, begann André de Dorbal mit seiner melodiösen Stimme.

Der Graf von Toulouse wirbelte herum. »Ihr schweigt, Dorbal! Ihr seid von jedermann bestochen! Ihr dient mir, John von England und dem Grafen von Flandern! Wer hat Euch sonst noch gekauft? Otto von Braunschweig oder Philipp von Schwaben?«

»Otto von Braunschweig«, antwortete der junge Mann zögernd.

»Und der Papst? Habt Ihr Euch auch an ihn verdingt?«

»Daß ich bestechlich bin«, erwiderte Dorbal mit Würde, »heißt noch lange nicht, daß ich zum Verräter werde.«

»Zur Hölle mit Euch, Dorbal«, schrie Raimond.

»Wie Ihr meint, Euer Gnaden.«

Der Graf von Toulouse nahm seinen Gang durch den Saal wieder auf.

»Was wirft mir dieser Papst vor? Lügen und Nichtigkeiten! Die Verwüstung der Weinberge von Condeil; die Verletzung des Friedens während der Fastenzeit; die Vertreibung des Bischofs von Carpentras; die Umwandlung von Klöstern in Festungen; die Beschäftigung von Juden als gräfliche Würdenträger; die Anwerbung von aragonesischen Söldnern, die die Umgebung von Arles verwüstet hätten; den Schutz der Häretiker und meine Weigerung, gegen sie vorzugehen!«

Er drehte sich wieder dem Geistlichen zu. »Hat dieser Papst noch immer nicht begriffen, daß Söldner keine singenden, freundlichen Hirtinnen sind? Daß bei ihrem Einsatz durchaus ein paar Weinberge zu Schaden kommen können? Daß sie sich nicht unbedingt an die Fastenzeit halten, wenn sie zu Plünderungen aufbrechen? Was tun sie denn in seinem verdammten Italien? Palmwedel schwenken?«

»Wir haben Gäste«, sagte Eleonore d' Aragon und blickte in Richtung Brians und Gaelles. »Du solltest sie begrüßen.«

»Wer seid ihr, bei allen Teufeln?« brüllte Raimond den Troubadour und die junge Frau an. »Wie lange hört ihr mir schon zu?«
Brian verneigte sich, ebenso wie Gaelle. »Wir sind Abgesandte El Cavaliers, Euer Gnaden«, sagte er. »Wir sollen Euch zu Diensten sein.«
Raimond schritt ihnen entgegen. »Wie? Wie wollt ihr mir zu Diensten sein?«
»Wie Euer Gnaden befehlen.«
»Der Mann ist Brian de Martial, Euer Gnaden«, sagte Dorbal mit seiner kultivierten und lässigen Stimme. »Ein enger Vertrauter der verblichenen Herzogin von Aquitanien und ihres Sohnes, Richard von England. Die Domna ist Gaelle de Vidars, eine Dame mit ausgezeichneten Beziehungen zu den Bürgern von Béziers und zur Judengemeinde von Narbonne.«
Der Graf von Toulouse betrachtete Brian und Gaelle aufmerksam. »Sind sie zuverlässiger als Ihr, Dorbal?« fragte er.
»Um vieles, Euer Gnaden«, antwortete der junge Mann.
Raimond nickte. »Ihr dürft der Gräfin eure Aufwartung machen«, sagte er.
Brian ließ sich auf einem Knie vor Eleonore von Aragon nieder, während Gaelle zu ihr schritt, knickste und ihr die Hand küßte.
»Ihr könnt Euch ruhig erheben, Brian de Martial«, sagte die dunkelhaarige Frau mit dem klaren, schönen Gesicht. »Wie Ihr gehört habt, findet heute mehr ein harmonischer Gedankenaustausch zwischen dem Grafen und seinen engsten Vertrauten statt, denn eine offizielle Versammlung des Grafschaftsrates.«
»Ich danke, Euer Gnaden«, sagte der Troubadour lächelnd und erhob sich.
»Der Mann zu Eurer Rechten ist Seine Gnaden, Raymond de Rabastens, ehemaliger Bischof von Toulouse, bevor es seiner Heiligkeit gefiel, uns mit Foulques de Marseille zu beglücken. André de Dorbal scheint Ihr bereits zu kennen.«
Brian verbeugte sich vor dem Geistlichen und nickte Dorbal zu. »Wir sind uns vor Jahren begegnet. Zu einer Zeit, als die Herzogin von Aquitanien noch lebte.«
»Ihr habt Ihr auch gedient?« brüllte der Graf von Toulouse, als er zu Dorbal hinsah.

»Nur kurz«, antwortete Dorbal. »Diese Zeit zählt kaum, Euer Gnaden.«
»Für wen, bei allen Heiligen, habt Ihr denn noch nicht spioniert, Dorbal?« Die Stimme Raimonds überschlug sich jetzt.
»Für den Papst, den Emir von Ägypten, den König von Leon ...«
»Ich werde Euch hängen lassen, Dorbal!«
»Dann würden Eure Nachrichten aus England und Aquitanien an Frische verlieren, Euer Gnaden. Euch diene ich von Herzen. Ihr seid der einzige, der mich nie bezahlt.«
Die Gräfin begann zu lachen, während Raimond de Toulouse Dorbal mit zusammengekniffenen Augen betrachtete.
»Nur ein guter Rat kann Euch jetzt noch vor dem Henker retten, Dorbal.«
»Ihr wollt den Wünschen des Papstes nicht nachgeben, Euer Gnaden?«
»Eine Unterwerfung wäre das Eingeständnis meiner Schuld. Sie würde alles nur noch schlimmer machen.«
Dorbal strich sich mit einem seiner gepflegten Finger über die Wange. »Dann wird sich der Papst an den König von Frankreich wenden. Der König ist Euer Lehnsherr. Da Ihr nun für vogelfrei erklärt werdet, wird er Philipp empfehlen, Eure Güter einzuziehen. Des weiteren wird er ihn drängen, den Kreuzzug gegen die Occitanie zu genehmigen. Für ein solches Unternehmen benötigen er und Arnaud-Armaury den Glanz und die Kampfkraft der französischen Ritterschaft.«
»Bereits mein Vater hat einen Kreuzzug gegen die Häresie in der Occitanie verlangt. Und was ist geschehen, Rabastens?«
»Nichts«, antwortete der Geistliche.
»Dennoch werdet Ihr von allen Seiten bedrängt, Euer Gnaden.«
»Diese Festellung ist noch lange kein Rat, Dorbal.«
»Nur eine sehr flüchtige Betrachtung Eurer mehr als prekären Situation, Euer Gnaden. Aber sie alleine nötigt uns anzuerkennen, daß Frieden nur mit Hilfe Philipps von Frankreich erreicht werden kann. Im Westen steht Pedro d'Aragon bereit, Euch zu helfen. Von Otto von Braunschweig habt Ihr nichts zu befürchten.« Dorbal schwieg kurz und spitzte seine Lippen. »Ja«, sagte er dann, »wenn man die Situation objektiv beurteilt, müßt Ihr Euch um jeden Preis

mit Philipp einigen. Dies verschafft Euch auch jene Atempause, die Ihr benötigt, um den Folgen der Exkommunikation entgegenzuwirken.«
Raimond de Toulouse wandte den Kopf. »Was meint Ihr, Rabastens?«
»Eine inoffizielle Gesandtschaft in Paris könnte mit einigem Geschick Philipps Abneigung gegen den Papst noch verstärken, ohne Euch zusätzlich zu kompromitieren. Die Exkommunikation, die der Legat Pierre de Castelnau und der Papst über Euch verhängt haben, ist durch nichts begründet. Die occitanische Geistlichkeit wird sie negieren. Paris könnte sich dieser Haltung anschließen.«
»Nicht aber Foulques de Marseille.«
»Niemand hört auf diesen bekehrten Troubadour, Euer Gnaden.«
Raimond nickte, ging quer durch den Saal und nahm neben seiner Gattin Platz. »Ich glaube, ich weiß, wen Ihr mir für diese Gesandtschaft empfehlen werdet, Dorbal.«
André de Dorbal nickte. »Den Senher Brian de Martial und die Domna Gaelle de Vidars.«
»Weshalb, Dorbal?«
»Einen Berufsdiplomaten zu schicken würde dieser inoffiziellen Gesandtschaft eine Bedeutung beimessen, die die Kirche zu unmittelbaren Gegenmaßnahmen treiben könnte.« Der junge Mann verneigte sich leicht vor Gaelle. »Wenn dagegen eine zauberhafte Frau und ein Troubadour bei Philipp intervenierten, so bliebe die erwünschte, halbdiplomatische Wertung dieser Mission gewahrt.« Dorbal lächelte Brian zu. »Wir könnten uns mit Leichtigkeit von ihr lossagen, wenn sie erfolglos wäre.«
»Und wenn sie erfolgreich ist?«
»Dann bleibt alles ein Werk des Grafen von Toulouse.«
Raimond sah kurz zu seiner Frau hin, die ihm kaum merkbar zunickte. »Und wie stellt ihr euch dazu?« fragte der Graf Brian und Gaelle.
»Wir würden uns durch Euer Vertrauen geehrt fühlen«, antwortete der Troubadour.
»Wir werden die Einzelheiten eurer Mission heute abend besprechen.« Er lächelte ihnen freundlich zu. »Ihr dürft euch bis dahin zurückziehen.«

Brian und Gaelle verbeugten sich vor dem Grafen und der Gräfin und gingen zur Tür.
»Dient Ihr eigentlich auch dem König von Frankreich, Dorbal?« hörten sie den Grafen noch fragen.
»Nur ab und zu, Euer Gnaden. Nur dann, wenn ...«
»Ihr gehört doch gehängt, Dorbal!« brüllte der Graf von Toulouse mit der Lautstärke eines gereizten Stieres. »Ihr gehört um jeden Preis gehängt!«
»Ich bitte Euer Gnaden zu bedenken ...«, vernahmen sie noch aus der Ferne.
Dann schloß Brian leise die Tür hinter sich und Gaelle.

Paris war die größte Stadt des Abendlandes. In ihren Mauern beherbergte sie an die hunderttausend Menschen und die bedeutendste Universität der Erde. Paris war es, das die großartigste Philosophie und Theologie seit den Tagen Plotins hervorgebracht hatte. Paris schenkte der Welt die Vorstellung, daß die Schönheit alles Seienden unzerstörbar und für alle Ewigkeit gedacht war. Hier wurde das Christentum mit der Genialität des Schöpferischen verbunden, hier wurde der Menschheit das erste weltliche Ideal seit den Tagen des antiken Griechenlands geschenkt, das des ritterlichen Geistes, ein Vorbild für jedermann, ein Ziel, das jeder Mann und jede Frau für sich anstreben konnte und sollte. Der Aspekt der Höfischkeit würde sich so harmonisch mit der Stärke, der Tapferkeit und der Kraft der Weisheit verbinden. Ein neuer Mensch sollte geschaffen werden in diesem Universum, diesem wechselvollen, göttlichen Spiel der Schönheit, aus dem die Wahrheit wie Kaskaden des Lichts entsprang. Abälard und Anselmus hatten neue Welten geboren, als sie das Wissen nicht als überkommenes Erbe der Vergangenheit, sondern als erschaffende Tätigkeit des Geistes auswiesen, ein Wissen, das täglich neu zu erringen und zu vervollkommnen sei. Über dieser Stadt schwebte der spürbare Drang nach himmelstürmender Vollkommenheit. Paris war der Gedanke, der die Fesseln des Überkommenen zerriß und die Menschheit zu einer neuen Zukunft, strahlend und hell, hinführen würde. Paris wußte. Der Rest der Menschheit ahnte.
Brian und Gaelle wurden, als sie das Schloß am Ufer der Seine

betreten und sich ausgewiesen hatten, von dem Haushofmeister in die Stube eines Schreibers geschickt.
Der Mann stand an seinem Pult und schien sich durch nichts unterbrechen zu lassen. Er war nicht allzu groß, von der Statur her eher schmächtig und schien auf einem Auge kaum noch etwas zu sehen. Wenn seine Feder über das Pergament kratzte, runzelte er angestrengt die Stirne und schob kaum merkbar seine Zungenspitze zwischen den Lippen nach vorne. Überall an der neuen Burg der Könige von Frankreich wurde noch gebaut. Die halbe Stadt, so schien es Brian, war eine Baustelle. Die Mauern von Paris wurden ausgedehnt, ständig alte Häuser geschliffen und unentwegt neue errichtet. Auch vor dieser Stube trommelte ein Zimmermann auf einen hörbar widerspenstigen Nagel. Der Schreiber schien davon nicht irritiert zu sein. Er hob den Kopf, schloß seine Augen, sinnierte kurz und schrieb dann weiter.
»Verzeiht«, sagte Brian.
Der Schreiber wandte den Kopf und sah ihn an. »Ja?« fragte er.
»Uns wurde gesagt, daß man uns von hier aus zum König von Frankreich führen würde.«
Der Schreiber schüttelte den Kopf. »Das kann nicht sein«, sagte er bedächtig.
»Weshalb?«
»Weil ich der König von Frankreich bin.«
Brian und Gaelle beugten ihr Knie. »Verzeiht uns, Sire, daß wir Euch nicht gleich erkannt haben«, sagte der Troubadour.
Philipp der Zweite von Frankreich ergriff Gaelles Hände. »Nicht doch, Madame. Kein Fremder hat mich auf den ersten Blick hin als den König erkannt. Das ist mein Los. Ich fürchte, mein Küchenmeister sieht majestätischer aus als ich.«
»Ich bin Euch in Outremer zu meinem Leidwesen nie begegnet, Sire«, sagte der Troubadour.
»Wir mochten uns nicht besonders, Richard und ich. Wir waren wie Feuer und Wasser.«
»Ihr hattet Outremer bereits vor meiner Ankunft verlassen, Sire.«
»Das war Richards Schuld. Dieser Mann hat mich bis in meine tiefsten Alpträume hinein verfolgt. Einen weiteren Monat hätte ich

ihn nicht ertragen.« Er betrachtete Brian belustigt. »Ihr wart mit ihm befreundet?«
»Ja«, sagte der Troubadour. »Doch.«
»Nun, Ihr seid Provençale. Vielleicht erleichtert dies, Menschen wie Richard zu verstehen. Ein normannischer Occitane mit einem englischen Vaterland! Wußtet Ihr, daß ich nervöse Ausschläge bekam, wenn ich mit ihm sprach?«
»Nein, Sire.«
Philipp von Frankreich schüttelte vor Verwunderung den Kopf. »Ich hatte den Eindruck, mein Körper sei mit kleinen Löwenherzen tätowiert.«
»Er hatte seine Schwächen, Sire.«
»Er hatte nur Schwächen, mein Freund. Bis auf seine unglaubliche, unvergleichliche und übermenschliche Tapferkeit.«
Er deutete auf eine schlichte Holzbank.
»Bitte nehmt Platz«, sagte der König von Frankreich. »Ihr müßt die Enge des Raumes entschuldigen. Aber in meinem Thronsaal sind heute Handwerker. Die Decke, ihr versteht?«
»Wir verstehen sehr gut, Sire«, sagte Gaelle lächelnd.
Philipp zog einen Stuhl zu sich heran und setzte sich. »Laßt mich rekapitulieren, was ich über euch weiß... Brian de Martial, Troubadour und Ritter, geboren als Brans de Sislay, Sohn des Roger de Sislay, nunmehr Courtrain d'Erbil genannt, der unter dem Decknamen El Cavalier Berater des Königs Pedro von Aragon ist. Brian de Martial ist ein mutiger und beherzter Ritter und ein guter Troubadour. Neigt beizeiten dazu, seine Utopien als Wahrheiten zu verkennen. Befreundet mit Robert de Sarvas und Jordas de Gedevan. Hat Dandolo im Kreuzzug gegen Konstantinopel tapfer die Stirn geboten.« Philipp sah den Troubadour an. »Trifft das in etwa die Wahrheit, Brian de Martial?«
Der Troubadour lächelte. »In etwa, Sire.«
»Gaelle de Vidars«, setzte Philipp fort, »Besitzerin der Handelshäuser der Vidars in Béziers und Narbonne. Eine ebenso schöne wie kluge Frau. Die Domna des Brian de Martial. Weltzugewandt, poetisch und sachlich in einem. Ehemals verheiratet mit Bernatz de Couerlas, der bei einem Turnier zu Tode kam. Besitzt großen Einfluß in den Städten des Südens. Befreundet mit dem Kaufmann und

Kabbalisten Baruch ben Gerson.« Der König blickte sie freundlich an. »Wußtet Ihr, daß die Kabbala von der Occitanie ihren Ausgang nahm?«
»Das wußte ich nicht, Sire«, erwiderte Gaelle.
»Doch, doch«, insistierte der König von Frankreich. »Der Bahir wurde dort verfaßt. Abraham ben Isaac de Narbonne und Jakob de Lunol waren die herausragendsten Vertreter dieser Lehre. Ich habe erst kürzlich einen Professor unserer Universität darauf hingewiesen. Die Occitanie ist von einer geistigen Fruchtbarkeit, die bewundernswert ist.«
»Es freut mich, daß Ihr das so seht, Sire«, sagte Gaelle.
»Gaelle de Vidars«, fuhr der König fort, »ist im Auge zu behalten. Ihre Verbindungen nach Konstantinopel, Genua, Pisa und Sizilien könnten sie bei einem Konflikt im Süden zu einer Drahtzieherin des Widerstandes werden lassen.« Philipp lächelte ihr zu. »Was haltet Ihr von meinen Informanten, Domna?«
»Sie sind sehr tüchtig, Sire.«
Philipp faltete die Hände über seinem Bauch. »Ich bin beglückt, das zu hören. Ich werfe ungern mein Geld zum Fenster hinaus.«
»Wir kommen wegen des Grafen von Toulouse«, sagte Brian.
»Mehr wegen seiner Exkommunikation, denke ich.«
»Dies ist von seiner Person nicht mehr zu trennen, Sire.«
Der König wandte sich Gaelle zu. »Wußtet Ihr, Domna, daß ich vier Jahre lang exkommuniziert war?«
»Ich habe davon gehört, Sire.«
»Einer Frau wegen, Domna. Ich liebte sie über alles. Eine Zeitlang spekulierte ich mit dem Gedanken, zum Islam überzutreten.«
»Ihretwegen?« fragte Gaelle.
»Nur so hätte ich sie ohne das Einverständnis des Papstes heiraten können. Zu meinem Leidwesen hatte ich bereits eine Ehefrau, mit der mein Glück unter diesen Umständen notgedrungen sehr eingeschränkt blieb.«
»Und warum seid Ihr nicht zum Islam übergetreten, Sire?«
»Meine Bischöfe haben mich abgehalten. Sie wollten ihren Lebensabend nicht als Mullahs beschließen.«
Gaelle blickte ihn lächelnd an. »Also hat der Papst Euch besiegt?«

Philipp schüttelte den Kopf. »Nein, Domna. Aber er hat mein Volk besiegt. Die Angst vor der Hölle und der ewigen Verdammnis waren wohl zu stark für all diese einfachen Seelen.« Der König von Frankreich lachte plötzlich. »Brian de Martial, ich höre förmlich Eure Gedanken. Wollt Ihr sie mir und Eurer Domna nicht darlegen? Was schließt Ihr aus meinem kleinen und wirren Geplauder?«
»Daß Ihr nicht unbedingt ein Freund des Papstes seid, Sire.«
»Und weiter, Senher?«
»Daß Ihr wißt, daß es gegen die Macht der Kirche kaum ein Gegengewicht gibt, Sire.«
Philipp schüttelte den Kopf. »Das würde ich nicht so formulieren, de Martial. Man kann sich der Kirche gegenüber als durchaus großmütig erweisen, ohne der Religion eine Behinderung der eigenen Pläne zu gestatten. Was man jedoch nicht darf, Senher, ist die Kirche ohne Unterlaß zu provozieren. Vergeßt nicht, daß sie sich als Christi Arm auf dieser Erde fühlt.«
»Ist sie das auch, Sire?«
»Ja, das ist sie wohl, de Martial.«
»Was könnte der Graf von Toulouse also tun, Sire?«
Philipp lächelte. »Was der Graf tun und lassen will, de Martial, ist nicht meine Angelegenheit. Es geht wohl mehr darum, was ich tun werde, wenn der Papst sich an mich wendet. Ihr könnt Euch wohl denken, was er verlangt?«
»Daß Ihr Euch an die Spitze eines Kreuzzuges stellt, der die Occitanie dem päpstlichen Stuhl unterwerfen soll. Die Vernichtung der Häresie. Die Unterwerfung des provençalischen Adels und der freien Städte.«
Philipp von Frankreich lehnte sich in seinem Sessel zurück. »Ich denke auch, daß er mir ähnliches übermitteln wird. Was wäre wohl die Folge, wenn ich seiner Aufforderung nachgeben würde?«
»Ein jahrelanger Krieg, Sire.«
»Oder ein schneller Sieg.«
»Das bezweifle ich, Sire.«
Philipp schloß kurz die Augen.
Als er sie öffnete, war der Ausdruck seines Gesichtes konzentriert und angespannt.
»Raimond soll darauf verzichten, formell ein Reich des Südens zu

errichten. Allianzen sind ausreichend zu seinem Schutz. Es ist in keinem Falle notwendig, daß die Occitanie Pedro d'Aragon die Königskrone anbietet.«
Brian schwieg. »Was könntet Ihr dem Grafen von Toulouse als Gegenleistung anbieten, Sire?« fragte er dann.
»Die Neutralität Frankreichs. Ich werde dem Papst ausrichten lassen, daß ich nicht gleichzeitig gegen England und den Süden Krieg führen kann. Wenn er an meine Barone appelliert, so behalte ich mir das Recht vor, sie jederzeit nach Frankreich zurückrufen zu dürfen.«
»Bedingungen, auf die der Papst nie eingehen wird, Sire.«
»Ihr sagt es, Brian de Martial. Bedingungen, die einen Kreuzzug verhindern sollten. Bedingungen, die Raimond de Toulouse kostbare Zeit verschaffen werden.«
»Und Euch, Sire.«
Philipp nickte. »Ich habe John von England die Normandie, die Maine und die Bretagne abgenommen. Die englische Ritterschaft wird das nicht auf ewige Zeiten akzeptieren.«
»Ebensowenig wie sich der Kaiser ein starkes Frankreich wünscht.«
Der König von Frankreich schlug die Beine übereinander. »Ja, wir dürfen Otto von Braunschweig nicht ganz vergessen. Er ist zäh, wie nur ein Deutscher es sein kann.«
»Vielleicht«, sagte der Troubadour, »ist Frankreichs Lage gar nicht so einfach, daß es sich erlauben kann, Bedingungen an den Grafen von Toulouse zu stellen? Vielleicht benötigt es den Süden als Verbündeten?«
Philipp stand auf. Er ging zu dem offenen Fenster und machte ein Zeichen mit der Hand. Die Geräusche der Zimmermänner und Maurer verebbten mit einem Schlag. Dann wandte er sich an Brian. »Hört zu, Troubadour. Ich habe John von England vor mir her gejagt. Ich werde auch Otto von Braunschweig schlagen. Wißt Ihr warum, de Martial?«
»Weil Ihr ein großer Stratege seid, Sire.«
Philipp wiegte nachdenklich den Kopf. »Ein besserer als Richard allemal. Aber auch das würde mir nichts nützen, wenn ich nicht etwas zur Hand hätte, das in Europa unvergleichlich ist: die französische Ritterschaft. Die beste und tapferste Kavallerie der Erde,

Senher. Nichts konnte und kann sie aufhalten. Kein Byzanz, kein England, kein Deutschland und auch keine Occitanie. Wenn ich meinen Rittern die Erlaubnis gebe, nach Süden zu ziehen, wird es bald keine provençalischen Grafen und Herren mehr geben. Aber sehr viele Tote. Sehr viele zerstörte Burgen. Euer Herr, Raimond von Toulouse, leistet sich den Luxus, die größte häretische Bewegung des Abendlandes in seinen Ländern zu dulden. Welchen Sinn hat es, die Ungläubigen in Outremer zu bekämpfen, wenn das Abendland selbst in Dutzende von Sekten zerfällt?«
»So einfach ist es nicht, Sire...«
»Für den Papst ist es so einfach. Für meine Ritterschaft ist es so einfach. Für alle Welt außerhalb jener des Südens ist es so einfach, Brian de Martial. Nur ich bin in der Lage, den Herzog von Burgund, den Grafen von Nevers, den Grafen von Montfort und all die Tausenden anderen, die darauf brennen, sich in der Occitanie neue Besitztümer zu erwerben, davon abzuhalten, einem Kreuzzug zu folgen. Ich bin bereit, dies zu tun. Ich verlange einen Preis hierfür. Der Graf von Toulouse wird ihn bezahlen. Versteht Ihr das, Brian de Martial?«
Der Ausdruck des Gesichts Philipps von Frankreich war nun bar jeder lässigen Freundlichkeit.
»Ich werde dies dem Grafen von Toulouse übermitteln«, sagte der Troubadour steif.
»Tut das«, erwiderte Philipp von Frankreich. »Tut das.«
»Das Katharerproblem ist kaum lösbar, Sire«, warf Gaelle ein.
Der Blick des Königs wurde wieder sanft und liebenswürdig, als er die blonde Frau betrachtete. »Eines Tages wird Raimond es lösen müssen. Oder er wird untergehen.«
»Das hieße Bürgerkrieg«, meinte Gaelle. »Das hieße das Ende all unserer Freiheiten.«
»Manche Probleme sind nur mit Gewalt zu lösen, Domna.« Der König von Frankreich setzte sich wieder in seinen Stuhl. »Raimond muß die Häresie zerschlagen. Oder wenigstens so tun, als bemühte er sich darum.«
»Beides hieße den Untergang der Gärten des Lichts«, sagte Gaelle.
»Der Gärten des Lichts?« fragte der König erstaunt.
»Wir in der Occitanie meinen, sie geschaffen zu haben.«

»Die Gärten des Lichts«, wiederholte Philipp von Frankreich leise. »Welch ein hübscher Traum.«
»Für uns ist es kein Traum.«
»Ja«, sagte der König und blickte auf seine Hände. »Für Euch nicht.« Dann stand er auf, ging zu dem Fenster und winkte kurz mit der rechten Hand hinaus. Zögernd setzten die Geräusche der Bauarbeiter wieder ein.
Philipp blickte zu Gaelle. »Ihr könnt dem Grafen von Toulouse ausrichten, daß meine Bedingungen kaum so gemäßigt ausgefallen wären, wenn er nicht so eine hübsche Botschafterin zu mir geschickt hätte.«
Gaelle lächelte. »Ich danke Euch, Sire.«
»Und nun müßt Ihr mich entschuldigen, mes amis.«
»Wir verstehen«, sagte Gaelle amüsiert. »Die Handwerker in Eurem Thronsaal, Sire.«
Philipp blinzelte ihr freundlich zu. »Die Sorgen wollen kein Ende nehmen, Domna.«
»Gibt es noch ein letztes Wort, das Ihr mir für den Grafen von Toulouse mitgeben wollt, Sire?« fragte Brian.
Philipp dachte kurz nach. »Sagt ihm, daß es besser ist, wenn die anderen untergehen, als man selbst.«
»Ist das eine Weisheit der Professoren Eurer Universität, Sire?«
»Nein, Senher«, sagte Philipp von Frankreich und lächelte breit. »Das ist eine Weisheit der Könige.«

»Ich habe mich über dich erkundigt, Paolo von Ravenna«, sagte der Papst zu dem stummen Soldaten, der in dieser Nacht wieder zur Wache eingeteilt war. »Du bist ein Sohn umbrischer Bauern?«
Paolo von Ravenna nickte.
»Bauern«, sagte der Papst, »haben seit jeher unter den Greueln des Krieges am meisten gelitten. Bauern waren immer die ersten Opfer von Plünderungen und Gewalttaten. Mit Recht verabscheuen sie den Krieg.«
Der Soldat nickte von neuem. Der Papst blickte kurz und nachdenklich an ihm vorbei. »Folge mir«, sagte er dann. Der Soldat deutete mit einer hilflosen Handbewegung auf den Platz, den er nicht verlassen durfte.

»Ich übernehme die Verantwortung dafür, Paolo. Ich bin der Papst. Ich bin der Herr der Christenheit, mein Sohn.« Der Papst ging in seinen spartanisch möblierten Arbeitsraum zurück und forderte Paolo auf, sich zu setzen. Der Soldat zeigte bestürzt auf Innozenz III., der vor ihm stehenblieb. Beinahe entsetzt wies er mit einer Fülle von Gesten darauf hin, daß er sich vor seiner Heiligkeit nicht niedersetzen könne.

»Tue, was ich dir sage«, befahl der Papst beinahe mürrisch.

Der Soldat setzte sich mit einem verwunderten, fast ängstlichen Blick auf den Rand einer hölzernen Truhe.

Der Papst hatte begonnen, in dem Raum auf und ab zu gehen.

»Wußtest du daß es alleine in Mailand achtzehn Glaubensbekenntnisse gibt? Daß das wahrhaftige, das unsere, nur eines von ihnen darstellt?«

Paolo schüttelte verneinend den Kopf.

»Menschen sind aufgetaucht, die glauben, für alles eine Lösung zu wissen. Und versagt eine ihrer Meinungen, so zaubern sie ohne jegliches Schamgefühl eine neue hervor, als wären Wahrheiten billiger Tand, den man auf den Märkten erstehen kann. Sie drängen ihre Wahrheit ihren Mitmenschen auf, als würden sie Tuch oder Seide verkaufen. Wird eine ihrer Erkenntnisse umgeworfen, so setzen sie jedermann eine zweite vor, die sie, ohne sich zu scheuen, innerhalb weniger Zeit durch eine dritte ergänzen. Welchen Freibrief haben diese Menschen, über die Seelen anderer zu verfügen, um ihre krummen Ziele und ihre selbstherrlichen Absichten durchzusetzen? Vermeinen sie, daß die von Gott geschaffenen Seelen knetbar wie Teig sind? Sie geben sich als Hirten der Weisheit aus, und die große Masse folgt ihnen, von Fehlentscheidung zu Fehlentscheidung, von einem talmigoldenen Wissen bis hin zu der verfälschten Parodie jeglicher Erkenntnis. Die Häresie, Paolo, ist nur das theologische Zerrbild dieser Geisteshaltung, die kein anderes Wissen mehr zu benötigen scheint, als jenes, das man sich für seine eigenen Zwecke schafft.«

Der Papst ergriff die Lehne seines Stuhles.

»Manche sprechen voll Bewunderung von der katharischen Irrlehre. Aber kann Gott die Welt durch das Böse geschaffen haben? Ist dies nicht ein lästerlicher Frevel an der lichterfüllten Schönheit des

Seins? Die Katharer sind stolz auf ihre Perfecti, ihre Vollkommenen. Begreift die Welt denn nicht, welcher Abgrund an Angst sich auftut, wenn nur wenige Menschen mit Sicherheit des Himmels und seiner Freuden gewärtig sein dürfen? Erkennt denn niemand, daß hier der Keim zu einer ebenso furchtbaren wie umbarmherzigen Herrschaft einiger weniger Auserwählter gelegt wird? Ich weiß, daß die katholische Kirche voller Fehler ist. Aber sie kennt die Gnade der Taufe, die jeden Menschen von Geburt an auf den Weg der Erlösung führt, gleich welcher Abkunft und welchen Standes er ist. Begreift denn niemand, welchen erschreckenden Welten dämonischer Gewalt wir entgegengehen, wenn nur mehr einige wenige diese Erlösung vermitteln können? Der Furcht, Paolo, wird eines Tages kein Ende sein. Die Angst wird die Menschen zu fügsamen Lämmern erstarren lassen.« Der Papst schwieg kurz. »Hast du mich soweit verstanden, Paolo von Ravenna?« fragte er dann.

Der stumme Soldat nickte.

»Ich will keine Herrschaft der Priester, sowenig wie ich mir eine der Geldleute und der Seelenverkäufer wünsche. Ich will nur eine Welt, in der das barmherzige Wissen der Evangelien all die Verirrungen der menschlichen Hybris im Zaume hält. Ich habe nicht nur an Könige und Fürsten zu denken, sondern auch an all jene, die ihr Leben in Arbeit und Sorge führen. Sie sind es, die das Evangelium anspricht. Sie sind es, die seine heiligen Wahrheiten schützen. Soll ich sie nun dem Wechselspiel von Seelenhändlern und erbarmungslosen Machtmenschen ausliefern? Die Häresie bedeutet nicht, in Freiheit zu denken. Die Häresie ist der Zusammenbruch der geistigen Gemeinschaft, die uns die Erlösung von unserer Pein und das unvergleichliche Licht des Göttlichen verspricht. Sollen all die Gläubigen nun wieder in die Barbarei des Unmenschlichen zurückfallen? Sollen sie wieder das Opfer jener werden, die stets und immer nur auf das Recht der Starken pochen?«

Paolo von Ravenna schüttelte den Kopf.

»Ich, Paolo, muß die Häresie bekämpfen. Ich bin der Wahrer von tausend Jahren Wissen. All des Wissens um die Schwäche, die Hinfälligkeit und die Stärke des Menschen. Wenn ich aber die Häresie bekämpfe, Paolo, werden Zehntausende Menschen sterben, werden Bauern, wie deine Eltern es sind, von Haus und Hof verjagt wer-

den, werden Ungerechtigkeit und die Geißel des Krieges herrschen.«
Der Papst sah den Soldaten an.
»Ist all das, was ich anstrebe, es wert, daß Menschen wie jene deiner Familie Not und Entsetzen erleiden? Ist es das wert, daß Menschen wie du in den Kampf und in den Tod geschickt werden? Gib mir eine Antwort, Paolo aus Ravenna. Ist es das wert?«
Der Soldat stand auf und schwieg. Er schwieg sehr lange. Schließlich nickte er. Dann beugte er sein Knie, küßte den Ring des Papstes und verließ mit einer Verbeugung den Raum.

23. Kapitel

ST. GILLES

November 1207 bis Juni 1209

Raimond de Toulouse hatte die Vorschläge Philipps von Frankreich zur Kenntnis genommen und sie über das höfische Treiben in Chateau Narbonnais bald wieder in Vergessenheit geraten lassen.

Im November des Jahres 1207 reisten Brian, Gaelle und Leif nach St. Gilles. Courtrain d'Erbil, der immer noch an die Kraft und Größe eines zum Kampf entschlossenen Südens glaubte, hatte sie gebeten, in einer weiteren Mission dem Grafen von Toulouse die neue Taktik des Königs von Aragon zu erläutern. In Narbonne war Baruch ben Gerson zu Brian und Gaelle gestoßen, da er hoffte, in Marseille ein seit längerer Zeit geplantes Geschäft mit sizilianischen Kaufleuten zu einem guten Ende führen zu können.

In Melgueil übernachteten sie.

»Denkst du, daß Raimond auf dich hören wird?« fragte Gaelle Brian im Zimmer des Gasthofes, wo sie sich einquartiert hatten.

»Auf uns«, verbesserte der Troubadour sie lächelnd. »Ob er auf uns hören wird.«

»Ich bin nur deinetwegen hier. Das ist der einzige Grund, weshalb ich dich auf diesen Reisen begleite.«

»Du glaubst nicht an diese Mission.«

Gaelle betrachtete ihn kurz, bevor sie antwortete. »Ich sehe nur, daß du dich wieder in deine Träume verstrickst.«

»Und wenn es so wäre?«

»Die Mächtigen dieser Welt sind keine Träumer. Sie verlangen nur. Deine Gegenwart und deine Zukunft. Manchmal auch dein ganzes Leben.«

»Du hast Angst, daß ich mich wieder darin fange?«
»Ich verspüre keine Angst. Nur Trauer darüber, daß es wieder geschehen könnte. Die Zeit, Brian, vergeht auch für uns.«
»Ich verlasse dich niemals mehr, Gaelle.«
»Sag nicht niemals, Troubadour. Du kannst Zuflucht in vielen Welten finden. Ich nur in einer.«
»Diesmal ist mein Leben an das deine gefesselt, mieu amor.«
»Gut«, sagte Gaelle, »eines Tages erinnere ich dich daran.«
»Wenn du es jemals tun mußt.«
»Ja«, sagte die blonde Frau. »wenn ich es tun muß.«

Am Abend schien Gaelle wie verwandelt.
»Komm zu mir, Troubadour«, sagte sie belustigt, als sie sich in dem Zimmer des Gasthofs auf das Bett fallen ließ. Als Brian sich zu ihr beugte, zog sie ihn an sich. »Wirf die Vergangenheit von dir, Brian. Laß uns den Tag spüren, mein Sänger. Laß nicht die Zeit entgleiten für uns, mieu amor.«
»Ich war den ganzen Tag über in Gedanken«, sagte der Troubadour, als Gaelle die Arme um ihn legte.
»Ich weiß.«
»Willst du wissen, woran ich zuletzt gedacht habe?«
»Unbedingt«, sagte die blonde Frau und begann an seinem linken Ohrläppchen zu knabbern.
»An ein aquitanisches Sprichwort.«
»Wie lautet es?« fragte Gaelle, bevor sie mit ihrer Zunge sein Ohr erkundete.
»Die erste Frau ist eine Sklavin, die zweite eine Gefährtin, die dritte ein Tyrann.«
»Und?«
»In einem gewissen Sinne bist du meine erste und meine dritte Frau in einem. Was stellst du nun in Wirklichkeit dar, Gaelle? Eine tyrannische Sklavin oder eine sklavische Tyrannin?«
»Ich kenne auch ein Sprichwort, Brian. Eines aus Kastilien.«
»Welches?«
»Die Frau und die Laute muß man gut zu stimmen wissen.«
»Du weichst mir aus«, sagte Brian, als die Frau die Schnüre seines Hemdes löste.

»Keineswegs«, meinte Gaelle.
»Weshalb nicht?«
»Ich bin eine Tyrannin, wenn du mich vergißt. Ich bin deine Gefährtin, wenn dein Denken und dein Fühlen um mich kreisen.«
»Und meine Sklavin wirst du nie?«
»Die Vidars sind keine Sklaven, mieu amor.«
»Du enttäuschst mich«, sagte der Troubadour, als sie seinen Gürtel löste.
»Sklaven sind waffenlos. Ich nicht.«
»Zeig mir deine Waffen«, sagte Brian.
Gaelle lachte leise auf. »Du mußt sie dir schon erobern.«
Als sie einander umarmten, schien es Brian, als würde alle Vergangenheit von ihm weichen, mit einer Leichtigkeit und Mühelosigkeit, die ihm das Glück, die blonde Frau neben sich umfassen zu können, seltsam klar, stark und unbegrenzt erscheinen ließ. Er liebte sie, nur sie, und alle Zeit, alles Hoffen, alles Wünschen waren in der Wärme dieses Körpers neben ihm geborgen. Schätze, die ihn vergessen ließen, die ihm die Zukunft und das unbegrenzte Vertrauen schenkten, jenes, das alle Hindernisse beseitigte und alle Zweifel zum Verlöschen brachte.
Als sie aneinandergeschmiegt nebeneinander lagen, berührte Gaelle zart seine Lippen, strich ihm mit dem Finger über die Kanten seines Kinns und küßte seine geschlossenen Augenlider. »Du bist ein unvergleichlicher Sänger des Schönen«, sagte sie.
»Ich habe die richtige Laute, die ich stimmen kann, meine Schöne.«
»Dies ist ein Tag der Sprichwörter«, sagte Gaelle mit leichter Ironie in der Stimme.
»Die Frau ist eine Festung und der Mann ihr Gefangener, Gaelle.«
»Ein weiteres Sprichwort aus Aquitanien?«
»Nein«, sagte Brian, »es ist von dir.«
»Ich kenne es gar nicht«, sagte Gaelle erstaunt.
»Aber du lebst es mir vor, meine Schöne. Tag für Tag und Nacht für Nacht.«
Gaelle lachte laut auf. Sie lachte noch leise, als der Troubadour sie umfaßte und ihr Gesicht mit Küssen bedeckte. Die Gespenster des

Tages schienen gebannt. Ihr Troubadour war in die Wirklichkeit zurückgekehrt. In die Wirklichkeit, in das Jetzt und nun auch zu ihr. Diesmal umfaßte sie ihn mit einer Leidenschaft, die der sanften Umarmung von vorhin in nichts glich. Sie hatte ihn wiedergewonnen. Sie würde ihn immer wiedergewinnen. Immer. Immer und zu jeder Zeit.

St. Gilles war keine große, aber eine ungemein lebendige und reiche Stadt. Von hier aus schifften sich die Pilger, die mit Booten die Rhone herunterkamen, nach Outremer ein. Hier legten auch all die Schiffe an, die Gewürze, Seide, Heilmittel, Weihrauch, Pergament, Teppiche und Pelze nach Norden, nach Lyon, nach Burgund und nach Frankreich schickten. Die ganze Stadt und ihr Hafen waren auf dem Empfang und die Verköstigung von Fremden eingerichtet.

Eilig wurden Brian und Gaelle von einem buntgekleideten Pagen zum Grafen Raimond de Toulouse gerufen.

Der Graf war diesmal in Scharlachrot gekleidet, trug eine Edelsteinkette um den Hals und einen goldenen Gürtel um seine Hüften. Zwei berückend schöne Mädchen und der unverzichtbare André de Dorbal waren sein ganzes Gefolge, als sie in die luxuriös ausgestatteten Privatgemächer des Grafen geführt wurden.

Raimond von Toulouse begrüßte sie leutselig. »André de Dorbal ist Euch ja bestens bekannt...«

»Ich sehe mit Freuden, daß Euer Gnaden ihn nun doch nicht gehängt hat«, antwortete Brian.

»Der Senher de Dorbal ist zu wertvoll, um auf einem Schindanger zu verwesen«, meinte der Graf mit fröhlicher Stimme. »Noch«, setzte er dann mit einem Seitenblick auf André hinzu. Er deutete auf die beiden Mädchen. »Und dies sind Domna Aliana und Domna Braida, zwei junge provençalische Mädchen, die mir von ihren Familien anvertraut wurden, damit ich sie in den höfischen Tugenden der Keuschheit und des sittsamen Benehmens unterweise.«

André de Dorbal erstickte beinahe an einem Hustenanfall, den zu unterdrücken ihm scheinbar unmöglich war.

»Nehmt Platz«, sagte der Graf, Dorbal mit der ihm eigenen Grandezza ignorierend. »Nehmt Platz und berichtet mir.« Die Finger des

Grafen umfaßten seine edelsteingeschmückte Halskette. »Ihr wißt, daß Ihr seit Eurem Erfolg bei Philipp von Frankreich mein vollstes Vertrauen genießt.«

»Wir danken Euer Gnaden«, antwortete Gaelle, die von den beiden Mädchen mit Interesse gemustert wurde.

Raimond beugte sich vor. »Der König ließ mir ausrichten, hätte er sein Herz nicht schon an die Dame Agnès vergeben, dann wäret Ihr es gewesen, die den Platz an seiner Seite gefunden hätte.«

»Die Domna de Vidars ist außerordentlich geschmeichelt über dieses Kompliment«, sagte Brian. »Sie wird es ihr Leben lang pflegen, gleich einem jungen Sperling, den sie an ihrer Brust wärmt.«

André de Dorbal hustete von neuem. Der Graf wandte sich ihm zu. »Ihr solltet einen Arzt aufsuchen, Dorbal«, meinte er. »Ihr scheint der Pflege zu bedürfen.«

»Wie Euer Gnaden meinen«, sagte der junge Mann mit dem gelockten Haar.

»Berichtet«, wiederholte der Graf mit jovialem Tonfall. »Berichtet mir von meinem Freund und Schwager Pedro.«

»Der König von Aragon, Euer Gnaden«, sagte Brian, »ist nicht gewillt, den Plan eines Reiches des Südens aufzugeben. Seiner Ansicht nach haben sich nur die Voraussetzungen dafür geändert. Dachte man früher, daß eine Achse mit England unverzichtbar sei, so scheint es dem König nun, daß Ihr schnellstens zu einem Bündnis mit Frankreich kommen solltet. Geht scheinbar auf Philipps Bedingungen ein. Des weiteren rät er Euch, die Ausübung des katharischen Glaubens der Form und dem Schein nach zu verbieten. Schließt mit dem Papst ein Bündnis, das Euch nach Eurem Gutdünken ermächtigt, gegen die Katharer vorzugehen. Unterstützt die Bemühungen des Mönches Dominikus, indem Ihr die occitanische, katholische Geistlichkeit zur Missionierung ihrer katharischen Brüder auffordert. Ruft einen Kreuzzug der Liebe ins Leben, der sich auf die Bergpredigt stützt. Der Papst würde einer solchen Offensive gegenüber wehrlos sein. Seid einfach schneller und gewitzter als der Heilige Stuhl.«

Der Graf von Toulouse, der Brian vorgebeugt zugehört hatte, lehnte sich nun in seinem Sessel zurück. »Sind das Eure eigenen Worte, Senher de Martial?«

»Es sind die Worte El Cavaliers.«
»Wo ist El Cavalier jetzt?«
»Er ist zum König nach Saragossa zurückgekehrt.«
Der Graf stand auf und lächelte Braida zu. »Wie soll ich ein Bündnis mit meinem Lehnsherren, dem König von Frankreich, schließen? Welche Art von Bündnis meint Pedro?«
»Ein militärisches, Euer Gnaden.«
Raimond schüttelte den Kopf. »Das würde mich in einen Krieg mit England verwickeln.« Er sah zu Dorbal hin. »Auf lange Sicht jedenfalls.«
Brian folgte ihm mit dem Blick. Die Mädchen beobachteten den Troubadour. Aliana nickte bestätigend.
»Euer Gnaden, es gibt auch militärische Bündnisse, die nur der Verteidigung dienen.«
Der Graf von Toulouse machte eine weitausholende, verneinende Geste mit seinen ringgeschmückten Fingern. »Nein, de Martial. Wenn mein Freund Philipp mit der einen Hand gibt, so hält er mit Sicherheit die andere auf, um seinen Lohn dafür zu bekommen. Ich kenne ihn besser als Ihr.«
»Was haltet Ihr von dem Gedanken, die Bestrebungen des Dominikus zu unterstützen?«
Raimond sah kurz zum Fenster hinaus. Es war mit geschliffenen und milchigen Glasstückchen besetzt.
»Gäbe es Foulques de Marseille nicht, so würde ich es versuchen. Aber jedermann in der Occitanie weiß, daß er der Wachhund Arnaud-Armaurys und des Papstes ist. Die ganze occitanische Geistlichkeit zittert vor ihm.«
»Auch ein Foulques könnte von den Ereignissen überrascht werden.«
Der Graf von Toulouse winkte ab. »Zu kompliziert, mein Freund. Zu kompliziert und zu riskant. Diese Kreuzzugsbewegung könnte auch gegen mich gesteuert werden. Dann wäre ich zur Gänze Gefangener der Geistlichkeit.«
»Wenn Ihr jetzt die Initiative ergreift, Euer Gnaden, dann könnt Ihr noch alles gewinnen.«
Raimond schüttelte den Kopf. »Initiativen kosten nicht nur Kraft, sondern bergen stets auch ein unkalkulierbares Risiko in sich.«

»Wenn ich mich einmischen dürfte, Euer Gnaden …«, sagte André de Dorbal.
»Nein«, sagte der Graf von Toulouse. »Das dürft Ihr nicht.«
Gaelle blickte zu dem Herrn der Occitanie auf. »Also müssen wir El Cavalier mitteilen, daß Ihr alle Vorschläge des Königs von Aragon verwerft?«
Raimond sah sie lächelnd an. »Eurer schönen Augen wegen werde ich alles noch einmal überdenken. Ich werde Euch meine Entscheidung in einem Monat mitteilen.«
»Das ist ein verlorener Monat, Euer Gnaden«, entgegnete Brian.
»Senher de Martial, Ihr beginnt mich zu langweilen«, meinte der Graf.
Braida flüsterte Raimond etwas ins Ohr. »Ja«, sagte der Graf von Toulouse. »Das ist eine vorzügliche Idee. Wir werden ein Fragespiel über die Liebe abhalten.«
Brian setzte noch einmal zum Sprechen an, fing Dorbals Blick auf, beugte das Knie und verließ schweigend den Saal.

Es war an einem Sonntag im Monat Dezember, als sie gemeinsam mit Leif die Straße nach Arles entlangritten.
»Er will es nicht sehen«, sagte Brian. »Er will die Wirklichkeit nicht mehr erkennen.«
»Er ist der Graf von Toulouse«, meinte Gaelle. »Der Urenkel eines der Eroberer von Jerusalem und Outremer. Der allerchristlichste Herr der Occitanie. Er verachtet die Kirche, ist aber blind der Möglichkeit gegenüber, daß sie sich eines Tages gegen ihn wenden könnte.«
»Ich wollte, er würde noch rechtzeitig aus seinen Träumen erwachen«, meinte Brian.
Die beiden Reiter näherten sich ihnen aus einer nebeligen Ferne, undeutlich und schemenhaft. Sie schienen die Nebelschwaden zu durchschneiden, kurz sichtbar in ihren Panzern, um dann wieder vom dahinziehenden, trüben Dunst verdeckt zu werden, Schemen aus der Feuchtigkeit des Flusses und den Bewegungen des Windes. Als sie bereits auf Rufweite waren, erkannten Brian und Gaelle sie.
»Mein Gott«, sagte die Frau, als sie des älteren der beiden ansichtig wurde.

»Alle Wege führen zu Euch, Brian de Martial«, sagte Peire de Gedevan, der seinen Hengst zügelte.
»Willkommen, Miquel.« Der Troubadour betrachtete den jüngeren Mann. »Ich sehe, daß du sehr schnell einen neuen Herrn gefunden hast. Schäme dich seiner nicht. Er ist deiner Mutter würdig.«
»Es ist lange her, daß wir uns auf einer Straße begegnet sind, Troubadour«, meinte Gedevan. Man konnte seinen Atem erkennen, als er sprach.
»Sechs Jahre.«
Peire nickte. »Damals, als ich das katharische Dorf ausrottete. Ich hätte dich töten sollen.«
»Ihr habt es nicht getan.«
»Es war ein Fehler. Ich könnte es nachholen. Miquel und ich sind gepanzert. Du nicht.«
Brian schüttelte den Kopf und wies auf Leif. »Dieser Mann ist in voller Rüstung. Miquel zählt nicht. Ich würde nicht zu viele Gedanken daran verschwenden, Peire.«
»Laßt es mich versuchen«, sagte Leif leise und hob seine Doppelaxt.
»Vor den Augen der Domna sollte kein Blut fließen«, meinte Peire lächelnd. »Sie hat es schon in Parzié und vor Sarvas nicht geschätzt.« Gedevan legte den Kopf zur Seite. »Wer weiß, was mit ihr geschehen wäre, wenn du sie damals nicht befreit hättest? Vielleicht wäre heute sie und nicht Galarda meine Frau?«
»Fahrt zur Hölle, Senher«, sagte die blonde Frau.
Peire lachte. »Wir hätten gut zusammengepaßt, Dame de Vidars. Besser, als Ihr es jemals glauben würdet.«
»Wohin wollt Ihr?« fragte Brian.
»Nach St. Gilles, Troubadour.«
»Weshalb?«
»Mir und Miquel ist es nach einer geistigen Reinigung, de Martial.«
Der junge Mann lachte.
»Vielleicht sollte ich euch doch aufhalten«, meinte Brian nachdenklich.
»Ich würde es besser nicht versuchen, Troubadour. Ich gehöre zum Trupp des päpstlichen Legaten Arnaud-Armaury. Es sei denn, Trou-

badour, du willst eiligst vor den Richtstuhl des Abtes von Citeaux.«
Peire kniff die Augen zusammen. »Gib die Straße frei, Troubadour. Oder ich hetze dir Arnaud-Armaury auf den Hals.«
Brian ritt auf Peire zu und legte ihm seine Hand auf den Arm. »Eines Tages bekommen wir dich, Peire de Gedevan. So wie wir Alpais de Parzié bekommen haben.«
Peire lächelte Brian zu. »Ich habe dir versprochen, dich häuten zu lassen, de Martial. Ich habe versprochen, eines Tages alle zu töten, die mir meinen Sohn geraubt haben. Ich pflege meine Versprechen zu halten, Gaukler.«
Die beiden Reiter wurden ebenso schnell vom Nebel verschluckt, wie sie aus ihm aufgetaucht waren. Brian sah ihnen nach, bis nur mehr die milchiggrauen Schwaden zu erkennen waren, die vom Fluß herübergeweht wurden.
»Ihr hättet mich sie töten lassen sollen«, sagte der Däne.
»Das war nur ein vorübergehender Spuk im Nebel, Leif.«
»Sie werden uns Schwierigkeiten bereiten«, meinte Gaelle.
»Ich hätte sie töten sollen«, beharrte der Däne. »Ich hätte sie alle beide töten sollen.«

Der Zisterziensermönch stand in der Mitte des Saales, und nichts in seiner Haltung oder Gestik versuchte seine Verachtung für den Grafen von Toulouse und seine Höflinge zu verbergen. Brian wußte, daß Pierre de Castelnau, wie beinahe alle in diesem Audienzsaal, aus der Occitanie stammte, aber in seinem Auftreten lag kaum etwas von der Toleranz und der Lebensfreude des Südens.
»Ihr alle hier habt Gott und die Kirche verraten«, donnerte der päpstliche Legat. »Ihr alle habt wissentlich oder unwissentlich der Häresie Vorschub geleistet.« Pierre de Castelnau schritt zu einer Frau und riß ihr den Kopfputz herunter. »Tand, ja, den liebt ihr.« Er wog die Goldkette eines Höflings in seiner Hand, bevor er sie mit angewiderter Miene aus seinen Fingern gleiten ließ. »Gold, danach giert ihr. Unkeuschheit, danach lebt ihr. Ihr seid, bei Gott, wahrhafte und seelenlose Abbilder des von der Kirche verworfenen Grafen.«
Der Graf von Toulouse erhob sich brüsk von seinem Sessel, der auf einem erhöhten Podest stand.

Der Zisterziensermönch deutete mit ausgestreckter Hand auf Raimond de Toulouse.
»Hast du nicht immer die Unreinen der Unreinen beschützt, diese Maden im Körper des Volkes, all diese Häretiker, diese Juden und diese Sarazenen, die seit Jahren wie ein Geschmeiß über die Occitanie hergefallen sind? Brichst du nicht Kriege vom Zaun, wie es dir und deiner Selbstherrlichkeit gefällt? Hast du jemals auch nur eine Maßnahme ergriffen, die die Ketzer dazu gezwungen hätte, von ihrem triumphierenden Hochmut abzulassen? Bist du nicht vielleicht selbst ein Häretiker, Raimond de Toulouse? Ein Abtrünniger, der über die Vernichtung des rechten Glaubens nachgrübelt?«
»Wenn du nicht sofort schweigst, Mönch ...«, rief der Graf und legte die Hand an den Griff des Dolches.
»Ich bin der päpstliche Legat«, sagte Pierre de Castelnau. »Ich bin die Stimme des Papstes, die du vernimmst, Raimond de Toulouse!«
»Das Haus Toulouse war immer katholisch!« schrie der Graf.
»Bis du gekommen bist, Raimond! Bis du dem Unglauben und dem babylonischen Treiben von Huren, Juden und Sektierern Tür und Tor geöffnet hast! Bis du die Welt auf den Kopf gestellt hast! Bis du, Raimond, der Welt beweisen wolltest, daß sich das Böse ungehemmt und in Freude in deinen Ländern entfalten konnte! Bis du aller Welt gezeigt hast, daß du nur der Herrscher des Auswurfs und nicht jener der wahren Senhers und Bürger der Occitanie bist!«
Der Graf lief die Treppen des Podestes hinab, während André de Dorbal und Raymond de Rabastens sich förmlich an ihn hängten, um ihn zurückzuhalten. »Nimm das zurück, Mönch«, schrie der Graf mit vor Wut beinahe unkenntlicher Stimme. »Nimm das zurück, oder ich lasse dich hängen!«
»Willst du den Papst in meiner Person henken, Raimond de Toulouse?« fragte der Zisterziensermönch.
»Wärst du ein wahrer Mann, Mönch, ich würde dich mit meinem Schwert in zwei Teile spalten!«
»Wärst du ein Graf, ich würde dir mit Ehrerbietung begegnen!«
Ein Schweigen lag plötzlich über dem Saal.

»Geh, Mönch«, sagte der Graf von Toulouse schließlich mit leiser Stimme. »Geh und laß dich in der Occitanie nie mehr blicken.«
Der Zisterziensermönch schüttelte den Kopf und blickte den Herrn der Occitanie unverwandt an. »Bekennst du, Raimond de Toulouse, dich schuldig, jene Verbrechen der Heiligen Katholischen Kirche gegenüber begangen zu haben, die zu deiner Exkommunikation geführt haben?«
»Nein, verfluchter Mönch«, sagte der Graf. Er stieß brüsk André de Dorbal zurück, der ihm etwas ins Ohr flüstern wollte.
Der Zisterziensermönch und der Herr der Occitanie standen sich, nur einige Schritte voneinander getrennt, gegenüber. Die Hände des Grafen von Toulouse öffneten und schlossen sich beinahe unkontrolliert, ballten sich schließlich zu Fäusten, an denen Adern und Sehnen hervortraten.
»Geh, Mönch«, sagte Raimond de Toulouse.
»Von heute an«, antwortete Pierre de Castelnau mit ruhiger und lauter Stimme, deren Tonfall immer stärker und eindringlicher wurde, »bist du der Feind Gottes und aller Menschen. Deine Untertanen sind von jeglichem Eid dir gegenüber befreit. Der, der dich absetzt, hat das Recht auf seiner Seite. Wer dich tötet, Raimond de Toulouse, wird den Segen der Kirche empfangen!«
»Und wer dich tötet, besitzt den Segen des Hauses Toulouse!« schrie der Graf.
Pierre de Castelnau ließ seinen Blick zuerst auf den Grafen und dann über die Versammlung schweifen. »Ihr habt es alle gehört«, sagte er. »Ihr habt gehört, was der Graf mir angedroht hat.« Dann drehte sich der Zisterziensermönch um und verließ wortlos den Saal.
»Was bedeutet das?« fragte Gaelle.
»Wenn nicht schnell etwas geschieht, dann bedeutet das Krieg«, sagte Brian, bevor er sich André de Dorbal und Raymond de Rabastens anschloß, die dem schweigenden und starr vor sich hin blickenden Grafen in seine Privaträume folgten.

»Alles ist gut verlaufen«, sagte Peire de Gedevan zu dem jungen Mann.
»Wie gut?«

»Der Graf von Toulouse und der päpstliche Legat haben sich mit dem Tod bedroht.«
»Ich hatte mir alle Mühe gegeben, Pierre de Castelnau in Wut zu versetzen«, meinte der junge Mann.
»Es ist Euch gelungen.«
»Was nun?«
Peire strich sich über seinen Bart. »Wollt Ihr, daß ich es tue?«
»Alles bleibt Euch überlassen.«
»Alles?«
»Alles«, bestätigte der jüngere Mann. Dann schwieg Arnaud-Armaury, Abt von Citeaux und erster Legat seiner Heiligkeit des Papstes.

André de Dorbal wischte sich über die Stirne. »Ihr reitet schnellstens Pierre de Castelnau nach, Brian de Martial. Richtet ihm aus, daß der Graf sich bei ihm entschuldigen will.«
»Will er das?« fragte der Troubadour.
»Natürlich nicht, de Martial. Aber ich und Raymond de Rabastens werden Castelnau so lange zusetzen, bis er in aller Öffentlichkeit diese zweite Exkommunikation des Grafen aufhebt.«
»Wie wollt Ihr das erreichen?«
André de Dorbal legte den Finger auf seinen Mund, machte das Zeichen des Schweigens. »Wir haben unsere Wege, Brian de Martial. Es ist nicht nötig, daß Ihr sie kennt. Fragt weniger und reitet los.«
»Meine Beglaubigung?«
André de Dorbal zog ein Stück Pergament aus seinem Wams. »Hiermit seid Ihr der außerordentliche Gesandte des Grafen.«
Brian nickte. »Was ist, wenn er nicht umkehren will?«
»Er muß umkehren, de Martial«, sagte Dorbal mit leiser und gehetzter Stimme. »Tut Euer Bestes.«
»Ich will es versuchen«, sagte Brian zweifelnd. »Ich will es zumindest versuchen.«

»Du weißt, was du zu tun hast, Miquel?« fragte Peire de Gedevan.
»Es war nicht schwer zu begreifen«, antwortete Miquel und lachte.
Peire sah ihn an. »Ich erwarte dich auf dem Weg nach Beaucaire.«

»Ich werde kommen.«
»Gut«, sagte der Mann mit dem weißen Haar. »Gut.«

Am 14. Januar 1208 erhob sich Pierre de Castelnau noch vor Morgengrauen in dem Gasthof, in dem er genächtigt hatte. Er zelebrierte die Messe und begab sich dann in Begleitung des Bischofs von Couserans zur Rhone, um an das andere Ufer überzusetzen, als im Nebel ein Reiter auftauchte und dem päpstlichen Legaten seine Lanze durch Brust und Rücken bohrte. Ein zweiter Mann, der in unmittelbarer Nähe des Ortes gesehen wurde, ritt nach begangenem Mord nach Nordwesten, in Richtung der Festung und Stadt Beaucaire. Als Brian de Martial am Schauplatz auftauchte, war Pierre de Castelnau bereits tot. Man hatte den Troubadour zu spät losgeschickt. Trotz seines Entsetzens über das Geschehene überraschte es Brian nicht sonderlich. Alles, was der Graf von Toulouse anordnete, kam zu spät. Zu spät für ihn und zu spät für die Occitanie.

Peire de Gedevan erwartete Miquel in dem Hohlweg, der auf dem Weg nach Beaucaire lag. »Er ist tot, nicht wahr?« fragte Peire.
Miquel lachte. »Toter als ein verwestes Aas.«
»Hier«, sagte Peire und reichte Miquel eine Börse. »Zähl nach.«
Der junge Mann öffnete die Geldkatze und griff nach den Goldstücken, die er zum Teil mit seiner Faust umfaßte. »Das dürfte stimmen«, sagte er. Als er aufblickte, bemerkte er, daß der Weißhaarige sein Schwert gezogen hatte.
»Was soll das, Peire?« flüsterte er heiser.
»Ich mag dich nicht, Miquel«, sagte der Weißhaarige. Dann hieb er mit seinem Schwert mit voller Wucht gegen den Hals von Miquel. Der junge Mann fiel vom Pferd zu Boden, den Nacken zum Teil vom Rumpf getrennt.
»Ich habe dich nie gemocht, Miquel«, wiederholte Peire. »Und ich brauche keine Zeugen.«
Dann stieg er vom Pferd, bückte sich und hob das herabgefallene Gold vom Boden auf.

Als der Papst die Nachricht von der Ermordung Pierre de Castelnaus erhielt, schwieg er zwei Tage lang. Für ihn wie für alle Welt stand es außer Zweifel, daß Raimond de Toulouse der Urheber des Attentats war. Zu deutlich und unverhohlen hatte der Graf Todesdrohungen gegen den päpstlichen Legaten ausgestoßen. Schließlich, nach zwei Tagen, an denen der Papst auch Trank und Speise verweigerte, berief der Heilige Vater das Kollegium der Kardinäle ein. Der Kreuzzug gegen die Occitanie wurde nun formell beschlossen. Als Arnaud-Armaury in Rom eintraf, verabsäumte er nicht, dem Papst und der Kurie die nötigen Ratschläge zu geben, wie man in dieser Situation am sinnvollsten gegen den Antichrist vorgehen sollte. Man würde auch nach Frankreich und Deutschland begeisterte, von ihrer Mission erfüllte Mönche schicken, die unter der Ritterschaft und dem einfachen Volk predigen sollten, daß all jenen, die das Kreuz nähmen, der Ablaß ihrer Sünden gewährt sei.

Raimond reiste bald nach der Verkündung der neuerlichen Exkommunikation nach Paris, um Philipp von Frankreich zu treffen. Der König erklärte, auch weiterhin zu jenen Aussagen zu stehen, die er bereits Brian und Gaelle gegenüber getan hatte. Niemand verstand, weshalb der Graf von Toulouse sich dann an Philipps Todfeind, Otto von Braunschweig, um Hilfe wandte.

Als Philipp von Frankreich von diesem Schritt des Grafen von Toulouse erfuhr, gab er seinen Widerstand gegen den Kreuzzug auf. Er erklärte, daß zwar kein Mitglied des Königshauses daran teilnehmen würde, daß er aber jedem seiner Lehensleute gestatte, dem Aufruf des Papstes zu folgen.

Raymond-Roger de Trencavel, Neffe Raimonds und Vizegraf von Béziers, machte sich erbötig, mit dem Grafen eine militärische Allianz zu bilden, die die ganze Macht der Occitanie in einem gemeinsamen, zielbewußten Vorgehen zusammengeschlossen hätte. Zu aller Erstaunen lehnte Raimond de Toulouse dieses Angebot ab. Er entschloß sich, eine Gesandtschaft zum Papst zu schicken. Er sei ein katholischer Fürst, erklärte der dreiundfünfzigjährige und farbenprächtige Prinz des Südens. Er habe von der Kirche nichts zu befürchten.

Inzwischen formierte sich der von Arnaud-Armaury und Peire de Gedevan seit vier Jahren vorbereitete Kreuzzug. Um die prachtvollen Zelte der hohen Herren, wie Simon, Graf von Leicester, Eudes,

Herzog von Burgund, Hervé, Graf von Nevers, Gaucher, Graf von Saint-Pol, Guilleaume, Seneschall des Anjou, den Erzbischöfen von Bordeaux, von Sens und von Autun, lagerten die einfachen Ritter mit ihren Knappen und ihren Truppen. Alle großen und kleinen Seigneurs waren mit ihren Bogen- und Armbrustschützen, Sergeanten, Söldnern und all dem lärmenden Fußvolk gekommen, das jedem großen militärischen Zug wie ein Heuschreckenschwarm folgte. Männer, die die Wurf- und Steinschleudermaschinen bedienten, Stallknechte, Schmiede, Zimmermänner, Sappeure und all die Kriegsknechte, die man für die Pionierarbeiten benötigte. Und schließlich auch das bunte Volk der Landstreicher, Huren und der Rottenführer, die sich bei jedem kriegerischen Unternehmen einfanden, das Geld und Beute versprach.
Himmlischer und irdischer Gewinn stand in Aussicht. Die kleinen, ständig verschuldeten Seigneurs sahen ihre Zeit gekommen, ebenso wie die durch die Lande ziehenden Söldnerbanden, die die Kriege der letzten zwanzig Jahre auf die Landstraßen geworfen hatten. Der Kreuzzug war eine Angelegenheit der Seele und der Geldbörsen. Beides war verführerisch genug, um hundertausend Menschen, Ritter, Söldner, Dirnen, Ausgestoßene und Beutegierige, die Rhone hinunter nach Süden ziehen zu lassen.
Im Juni des Jahres 1209 trat Raimond, Graf von Toulouse, begafft von seinen Untertanen, Oberkörper und Füße nackt, vor die Bischöfe und Äbte, die sich vor der Kirche von St. Gilles versammelt hatten. Eine Kerze in der Hand haltend, den Strick um den Hals gebunden, kniete sich der pracht- und prunkliebende Herrscher des Südens vor dem päpstlichen Notar Milon nieder und flehte die Kirche an, ihn wieder in ihre Gemeinschaft aufzunehmen. In allen Punkten, die zu seiner Exkommunikation geführt hatten, bekannte er sich ausnahmslos schuldig. Nachdem er somit deutlich und inständig um Vergebung gebeten hatte, wurde der Graf an dem Strick, der um seinen Hals befestigt war, nach draußen geführt und von Mönchen und Klerikern ausgepeitscht. Schließlich und endlich bat der Graf von Toulouse mit blutendem Oberkörper, sich dem Kreuzzug gegen die Occitanie anschließen zu dürfen. Eine Bitte, die ihm schließlich, nach einigem Zögern, gewährt wurde.
Der Graf hatte akzeptiert, daß sein eigener Vasall, Freund und Nef-

fe Raimond-Roger de Trencavel als das erste Opfer des Heeres ausersehen war.
Der Kreuzzug gegen den Süden setzte sich in Bewegung. Die Unterwerfung Trencavels, des Vizegrafs des Südens, wurde abgewiesen.
Das erste Ziel der Eroberung war von Arnaud-Armaury längst festgelegt worden.
Eine Stadt im Biterrois.
Eine reiche Stadt.
Eine Stadt namens Béziers.

Aus dem Diarium des Herrn von Guzman
genannt
DOMINIKUS

Ich habe versagt. Versagt vor dem Antlitz Gottes und dem Urteil der Menschen. Keine fünfhundert Katharer oder Waldenser sind von mir innerhalb dieser letzten Jahre bekehrt worden. Ich hatte gehofft, daß ich die Häretiker aus dem dunklen Gefängnis ihres hoffnungslosen Unglaubens befreien könnte. Ich bin allein geblieben. Allein mit meinem Freund Diego d'Osma, der nun, bei seinem Versuch, Geld für unser Werk zu finden, in unserer Heimat Kastilien verstorben ist. Die Welt glaubt nicht an den Frieden des Evangeliums. Die Welt glaubt an die Macht. An die Macht, den Krieg und das Verderben. Selbst an einem Ort des Lichts, wie es die Occitanie ist, haben sich die Schatten des Unverständnisses und der blanken Gier herabgesenkt. Die Liebe Gottes wird verzerrt, zu einem erbitterten Handel zwischen einer verständnislosen katholischen Orthodoxie und einer störrischen katharischen Geistlichkeit herabgewürdigt. Als uns die Nachricht vom Tode Pierre de Castelnaus erreichte, haben die Katharer gejubelt, als sei das Reich Gottes auf Erden herabgestiegen. Sie sind nicht besser als jene katholischen Bischöfe, die mit Hurerei und ihrer Sucht nach Geld unseren Glauben Stunde für Stunde beschmutzen. Die Erneuerung des Glaubens muß von den einfachen Leuten getragen werden, jenen, die die Erkenntnisse der tagtäglichen Mühsal und den Geschmack des schöpferischen Wunders, das sich in jedem Augenblick in ihm offenbart, noch nicht verloren oder vergessen haben. Nur von hier aus kann der Glauben an die Wahrheit der Erlösung von neuem Wurzeln fassen. Nur von hier aus können die Dogmen der Kirche, gereinigt vom Aberglauben, ihre ursprüngliche Kraft wiedergewinnen, um der Menschheit jene Erkenntnis zu bringen, die ihr das Licht und die süße Lehre Christi wieder verständlich machen. Gestern noch sprach ich mit einem Troubadour, der sich Brian de Martial nennt, über die Notwendigkeit des Schönen und der Aufrichtigkeit. Obwohl mir dieser Mann als kein besonders orthodoxer Katholik erschien, berührten mich seine Worte tief. Er forderte Gleichheit, Liebe und wahre Ehre für die Menschen. Nur wenn wir alle die Innigkeit und die Bedeutung dieser Worte in unsere Seelen aufgenommen hätten, bestünde die Hoffnung, daß wir die Geißel des Krieges und die kindischen Machtspiele der Großen durch die Kraft unserer Unbeugsamkeit auf alle Zeit hin unmöglich machen könnten. Aber wie dorthin gelangen, fragte ich, da niemand zuhört, da niemand begreifen und niemand verstehen will? Vielleicht müsse alles immer von neuem begonnen werden, meinte er, von einigen Gerechten, die von Generation zu Generation die Wahrheit verkündeten, bis sie eines Tages unauslöschlich in den Geist aller Menschen gebrannt sei. Vielleicht gingen wir alle nur einen langen Weg durch die Jahrtausende, bis eines Tages endlich alles sich erfülle, wovon die Lieder, die Träume und die Religionen sprächen. Ich weiß nicht, ob dieser Troubadour recht hat. Ich weiß nur, daß unzählige Männer und Frauen auf dieser Erde sehnlichst auf das Licht warten, das sie aus der Hölle der Ichbezogenheit in den weiten Raum des Miteinander führen kann. Der Teufel ist das Nichtverstehen. Satan ist die Sprachlosigkeit. Die Hölle ist das Unvermögen, seiner Liebe Ausdruck zu geben. Alle Sünde ist das Spiegelbild dieses Schweigens, das die Menschen voneinander trennt und das sie gierig, bösartig und mörderisch werden läßt.

Jetzt wurde ein Kreuzzug ausgerufen. Begreift denn niemand,

daß man über den Leichen unterschiedlich Denkender nur einen Friedhof, aber nicht ein Reich des Segens und der Barmherzigkeit errichten kann? Die Schwerter der Sonne werden gegen jene aus gehärtetem und tödlichem Eisen getauscht. Es wird dunkel.
Das Licht verlischt.
Gott verzeihe mir.
Ich habe versagt.
Versagt vor Seinem Antlitz und versagt vor dem Urteil der Menschen.

24. Kapitel

BÉZIERS, CARCASSONNE
Juli 1209 bis August 1209

»Wenn du in Béziers bleibst, dann werde ich dich nicht alleine lassen«, sagte Gaelle in aller Entschiedenheit.
Sie saß in ihrem getäfelten Arbeitsraum. Der Sonne wegen hatten sie die Läden geschlossen. Streifen des Sonnenlichts fielen durch die Fugen des Holzes und warfen helle Linien auf die Gobelins an den Wänden.
»Das ist nicht notwendig, Gaelle. Es ist besser, du begibst dich nach Couerlas. Die Verwandten deines verstorbenen Mannes werden dich aufnehmen.«
»Also glaubst du doch an eine Gefahr?« Die blonde Frau sah ihn an.
Der Troubadour blickte zu ihr. Er versuchte dem Ausdruck seines Gesichts eine Gelassenheit zu geben, die er nicht verspürte. »Jede Belagerung birgt unkalkulierbare Risiken in sich. Wurfgeschosse könnten dieses Haus treffen. Feuer könnte ausbrechen und ganze Stadtteile in Schutt und Asche legen. Ich habe die Belagerung von Konstantinopel erlebt, Gaelle. Schlimmeres kann es unter der Sonne kaum mehr geben. Ich weiß, wie man sich in Schutz bringt, wenn Gefahren drohen.«
Die Frau schüttelte den Kopf. »Ich will dich nicht verlassen, Brian.«
»Wenn du hier bei mir bliebest, würde ich mich die ganze Zeit um dich sorgen, mieu amor.«
Gaelle hob den Kopf. »Was ist, wenn die Stadt genommen wird?«
»Béziers wird sich halten. Die meisten aus dem Kreuzfahrerheer

haben sich nur die vom Papst geforderten vierzig Tage verdingt. In der Zwischenzeit wird Trencavel Truppen ausgehoben haben und den Belagerern in den Rücken fallen.« Brian ergriff Gaelles Hände. »In vierzig Tagen ist dieser Spuk vorüber.«
Die hellen Augen der Frau beobachteten ihn aufmerksam.
»Warum willst du wirklich hierbleiben, Troubadour?«
»Weil ich dabeisein will, wenn der Süden diese aufgehetzten und von Beutegier verblendeten Franzosen, Wallonen, Deutschen und Italiener zurückschlägt. Weil der Süden die letzte Hoffnung für eine vernünftigere und menschliche Welt darstellt. Wenn er unterliegt, geht all das verloren, wofür ich seit fünfzehn Jahren gekämpft habe. Deshalb.«
Gaelle schüttelte den Kopf. »Das ist nicht die ganze Wahrheit, Brian.«
»Nein«, erwiderte der Troubadour nach einem Augenblick. »Das ist nicht die ganze Wahrheit.«
»Weshalb bleibst du also sonst noch?«
Der Troubadour lächelte voller Selbstironie. »Meiner Parage wegen.«
»Das ist nur ein Wort.«
»Nicht für mich.«
Gaelle schwieg kurz. »Hat Courtrain dich gebeten, ihn hier zu vertreten?«
»Nein.«
»Ich habe das Gefühl, daß ich nicht gehen dürfte.«
»In vierzig Tagen, Gaelle, sind wir wieder beieinander.«
Gaelle löste sich von ihm und warf den Kopf in den Nacken. Ihre Haare, hell im Halbdunkel des Zimmers, fielen ihr über Brust und Schulter. Schönheit des Augenblicks. Goldener, tonloser Klang.
»Einmal mehr kannst nur du die ganze Welt retten, Troubadour«, sagte sie.
»Ich bin ein Ritter, Gaelle«, sagte Brian sanft, als er ihr Haar berührte.
»Mut und Freigiebigkeit, Mitgefühl und Tapferkeit«, sagte sie mit müder Stimme. »Du bist ein Narr, Ritter. Die Welt ist anders.«
»Ich lebe sie auf meine Weise.«
»Ich weiß«, sagte die blonde Frau. »Ich weiß es seit langem.«

»Ich liebe dich, Gaelle.«
»Ja«, sagte die Frau. »Mich und dein vollkommenes Lied.«
»Vielleicht finde ich es jetzt. Hier, in Béziers.«
Die Frau lächelte plötzlich. »Paß auch auf Flêche auf, Ritter«, sagte sie dann.
Brian nickte. »In vierzig Tagen, Gaelle. In vierzig Tagen sehen wir einander wieder.«
»In einer Ewigkeit«, sagte die blonde Frau und legte die Hand auf seine Wange. »In einer Ewigkeit sind wir wieder zusammen.«

Bevor der Vizegraf des Südens, Raymond-Roger de Trencavel, mit einigen wenigen Bewaffneten und den Juden von Béziers die Stadt verließ, übergab er den Oberbefehl einem altgedienten und kriegserfahrenen Ritter, Bernatz de Servian, den trotz der Größe der Bedrohung kein allzu schweres Amt zu erwarten schien. Béziers war uneinnehmbar. Auf einem sanft ansteigenden Hügel, der auf der einen Seite von dem Fluß, der Orb, und auf der anderen von der mit Weinstöcken übersäten Ebene begrenzt war, erhob sich eine durch und durch wehrhafte Stadt, mit Mauern, Türmen und Wällen, die der größten Kreuzfahrerburgen Outremers würdig waren.
Am frühen Morgen des 21. Juli 1209 kam endlich der Bischof von Béziers, Reginald de Montpeyroux, vom Kreuzfahrerheer in die Stadt zurück.
Brian, Flêche und tausend andere gingen, schritten, liefen vor die Mauern der Stadt, hin zum Bischofspalast. Reginald de Montpeyroux stand auf der obersten Stufe der Treppe, die zum Kirchentor führte.
»Brüder in Christo«, sprach der Bischof, »der päpstliche Legat Arnaud-Armaury verlangt die Auslieferung aller Katharer, die sich in der Stadt befinden.«
Pfiffe und Wutschreie ertönten aus der Menge. Der Bischof machte eine begütigende Geste. Langsam ebbte der Lärm ab.
»Jedem Katharer, der sich von seinem Irrglauben befreit und in den Schoß der Heiligen Römischen Kirche zurückkehrt, wird nach einer geziemenden Buße vergeben werden.«
»Was geschieht mit jenen, die auf ihrem Glauben beharren?« rief eine helle Frauenstimme.

»Man wird sie richten.«
»Wie?« Einige Stimmen riefen wirr durcheinander, stellten weitere Fragen.
»Durch den Tod des reinigenden Feuers.«
Der Tumult, der nun losbrach, hinderte den Bischof, weiterzusprechen. Einige der Einwohner von Béziers versuchten den Kordon der Wachen zu durchbrechen, der vor der Kirche gezogen worden war.
»Ich habe es nicht so bestimmt«, rief der Bischof. »Ich habe es nicht so gewollt. Ich bringe euch die Bedingungen des Kreuzfahrerheeres!«
Zwei der Konsuln der Stadt traten von der Seite der Treppe zu dem Bischof.
»Laßt ihn sprechen«, schrie der eine von ihnen. »Bei Gott, das ist unser aller Reginald de Montpeyroux und nicht der Zisterzienser Arnaud-Armaury!«
Langsam, sehr langsam kehrte wieder Ruhe in der bunten und aufgebrachten Menge der Einwohner von Béziers ein.
»Biterrois, Einwohner Béziers«, rief der Bischof, »hört mir zu. Der päpstliche Legat verlangt, daß ihr eure Stadt dem Heer übergebt. Ihr habt sie kampflos und friedlich zu räumen. Da der Graf von Béziers, Albi, Razès und Carcassonne, Raymond-Roger de Trencavel, sich dem Willen des Papstes widersetzt hat, kann er nicht weiterhin euer Herr bleiben. Der päpstliche Legat ist es, der euch zu gegebener Zeit einen neuen Grafen benennen wird. All euer Gut wird euch im Falle einer einvernehmlichen Übergabe der Stadt von Arnaud-Armaury und den Führern des Heeres als euer unantastbares Eigentum garantiert.«
Zum ersten Mal an diesem Morgen lachten vereinzelt Menschen. Dann ertönten wieder Rufe der Wut und des Zorns. Der Bischof machte eine beruhigende Geste. Stille kehrte ein, als der alte Mann neuerlich zu sprechen begann.
»Ich flehe euch an, meine Brüder, diese Bedingungen anzunehmen. Der päpstliche Legat und das Heer sind zu allem entschlossen. Sie wollen euren Tod, wenn ihr diesen Forderungen nicht zustimmt.«
»Dieses Heer ist zu groß!« schrie eine Männerstimme. »Ich habe

es auf der Straße nach Montpellier gesehen. Niemals können sie sich über Monate hinweg halten! Sie werden an Hunger und Durst krepieren!«
»Und sich vorher an unseren Mauern die Köpfe einrennen«, gellte eine zweite Stimme über den Platz.
»Laßt uns abstimmen«, rief einer der beiden Konsuln, die den Bischof in Schutz genommen hatten. »Wollt ihr die Stadt übergeben?«
Ein Aufschrei der Verneinung brandete ihm entgegen.
»Wollt ihr die Katharer ausliefern?«
Haß und Wutschreie mengten sich in das Nein der Menge, formten es zu einer Drohung, die einer Kriegserklärung glich.

Béziers war von Flüchtlingen überfüllt.
Gott gib, dachte Brian, als er durch die dichte Menschenmenge hastete, um zur Burg zu gelangen, daß keine Seuchen ausbrechen. Es sind zu viele Menschen in dieser Stadt. Wenn die Belagerung über die vierzig Tage hinaus andauern würde, wären Probleme unausweichlich. Gott gib, daß die Kreuzfahrer sich zerstreuen.
»Dort«, sagte Bernatz de Servian, als Brian auf dem Wehrgang zu ihm trat. Er wies auf die Ebene vor der Stadt. »Die Banner von Nevers, Burgund, Toulouse, Bordeaux und Montfort.« Er blickte zu Brian hoch. »Auf wieviel Mann schätzt Ihr sie?«
»Etwa hunderttausend.«
Servian nickte. »Die größte Armee, die die Occitanie je gesehen hat.«
»Christen«, sagte Brian. »Christen, die sich mit Christen schlagen.«
»In Konstantinopel habt ihr ähnliches gesehen, denke ich.«
Brian schüttelte den Kopf. »Das Heer war kleiner. Und es kämpften keine Katholiken gegen Katholiken.«
Servian legte seine gepanzerte Hand auf den Stein der Zinnen. »Dieser Papst ist verrückt geworden, sage ich Euch.«
»Nein«, erwiderte Brian. »Das ist er nicht. Er hat nur Angst.«
»Vor den Katharern? Vor dem Süden?«
»Er hat Angst davor, daß es verschiedenartige Himmel auf Erden geben könnte.«

»Ihr drückt Euch in Rätseln aus, Senher.« Servian suchte mit seinem Blick die Bewegungen im Lager der Kreuzfahrer abzuschätzen. »Und diese Leute dort? Was haltet Ihr von deren Absichten?«
»Sie suchen Beute.«
»Das begreife ich sofort«, sagte Servian. »Das verstehe ich auch ohne besondere Erklärungen.«
Der Ausdruck seines Gesichts wurde unvermittelt konzentriert und angespannt. »Nevers. Nevers wird bald attackieren. Ein erster Versuch, unsere Kampfkraft abzuschätzen.«
»Und? Was meint Ihr dazu?«
Servian lächelte. »Daß unsere Bürgermilizen nun zeigen können, was in ihnen steckt.« Er winkte seinen Adjutanten. Als er an Brian vorüberging, faßte er ihn am Arm. »Kommt mit mir zum Tor von St. Jacques. Wenn ich Nevers wäre, würde ich dort angreifen.« Der kleingewachsene Ritter lief den Wehrgang entlang, während seine Adjutanten ihm eilig folgten.
Der Angriff der Truppen des Grafen Hervé von Nevers wurde von den Milizen der Stadt Béziers blutig zurückgeschlagen. Alles entwickelte sich so, wie der Vizegraf des Südens, Raymond-Roger de Trencavel, es erwartet hatte. Die Kreuzfahrer würden an den Wällen von Béziers so lange verbluten, bis er ein genügend großes Heer aufgestellt hätte, mit dem er die Invasoren aus dem Norden in alle Winde zerstreuen konnte. Béziers war uneinnehmbar.

Es war am 22. Juli des Jahres 1209, als bewaffnete Einwohner von Béziers durch das Tor von St. Jacques drängten, um Kreuzfahrer, die sich in der Orb erfrischten, zu töten. Die Fahnen von Béziers und Trencavel schwenkend, ertränkten sie eine Reihe von Söldnern und einen italienischen Ritter.
Als der Söldnerhauptmann der katholischen Armee dies sah, sammelte er rasch Tausende seiner Leute um sich, denen sich eine ähnlich große Anzahl von Söldnern anschloß. Er lief mit seiner Armee zu den Ufern der Orb hinunter und attackierte die überraschten Biterrois. Die übermütigen und siegestrunkenen Bürger von Béziers wurden von Panik ergriffen und fluteten in die Stadt zurück, dichtauf gefolgt von den Söldnern. Angesichts der tumultartigen Kämpfe vor dem Tor St. Jacques gelang es den Milizen Bernatz de

Servians nicht mehr, die Fallgitter herabzulassen. In ihrem Wunsch, ihre Mitbürger zu retten, verabsäumten es die Biterrois, das Tor vor den nachdrängenden und mordenden Söldnern zu verschließen. Die Panik nahm solche Ausmaße an, daß ein großes Flüchten in die Stadt hinein begann, während die losgelassenen Rotten alles töteten, das ihnen über den Weg lief. Brian und Flêche befanden sich vor dem Handelshaus der Vidars, als die vor Angst schreiende und brüllende Menge vor den fünfzehntausend eingedrungenen Söldnern blindwütig durch die engen Gassen von Béziers flüchtete, einander wegstoßend, zu Boden werfend und niedertrampelnd. Brian und Flêche zogen ihre Schwerter, um sich gegen die Eindringlinge zu verteidigen, wurden aber von der Masse der panisch Flüchtenden aufgesogen, wurden mitgezogen, hin zu einem Ziel, das niemand kannte und das jeden erwartete.
Kinder wurden zerrissen, wurden von Söldnern zerstückelt, Männer enthauptet, erschlagen, zu Brei getrampelt, denn der Tod, er war überall. Hirn und Hände, Füße, Beine lagen verstreut auf Straßen, in wohnlichen Zimmern und auf begrünten schattigen Dächern, lagen in Seen von Blut, in denen Verfolger wie Verfolgte ausglitten. Eingeweide quollen aus den Gedärmen von Menschen, Köpfe mit leeren Augenhöhlen, zerfetzte Leiber, Bilder, die die Hölle ausgespien zu haben schien, zeigten sich in jedem Teil der Stadt, denn der Tod, er war überall. Die Söldner mordeten ohne Unterlaß, rissen Herzen aus noch lebenden Körpern, machten Beute, schlitzten Frauen von der Vagina her auf, durchschnitten Kehlen, verbrannten Menschen lebendigen Leibes. Es gab kein Entkommen in dieser überfüllten Stadt, denn der Tod, er war überall. Es war keine Frage mehr, ob jemand Katharer oder Katholik war, denn es ging um die Lust am Morden, am Töten, es ging um die Frage, ob jedermann genügend erbeuten konnte. So stiegen sie über Leichenhaufen, in denen Greise, Kinder, Frauen und Männer begraben waren, erschlugen, quälten, trennten Glieder von Sehnen und Nerven, schlugen zu, wahllos und entschieden inmitten all der gräßlich Schreienden, unbarmherzig, gnadenlos und an allen Orten, denn der Tod, er war überall. Leichen verstopften die Abwasserrinnen, Menschen torkelten als schreiende, kurzlebige Fackeln in die Haufen jener, die noch lebten und verzweifelt einen Winkel suchten,

um sich zu verkriechen, vergeblich, kreischend und tierisch brüllend in der erkannten Zwecklosigkeit, denn der Tod, er war überall. Kurzfristig, für Augenblicke hielt dieser alles mit sich ziehende höllische Tanz inne, wenn die Leichenberge so hoch waren, daß die Söldner sie übersteigen mußten, um den Flüchtenden wieder nachsetzen zu können. Aber dann brach alles wieder von neuem herein, nun bereits in der bluttrunkenen Gleichförmigkeit des weiteren Zerschlagens von Körpern, des Aufschlitzens von Leibern, des Kindermordes und des Verbrennens, des Schreiens, des Todesröchelns und der Freude an Tortur und Qual, so lange, bis neue Hügel aus Leichen sich türmten, auf die Menschen aus Fenstern gestoßen wurden, Sterbendes zu Sterbenden, denn der Tod, er war überall.

Als die Kreuzritter sahen, daß die Söldner in die Stadt eingedrungen waren, schwangen sie sich in die Sättel ihrer Streitrosse und folgten den Plünderern. Inmitten des Wahnsinns dieses unausgesetzten Mordens entrissen sie den Söldnern ihre Beute, trampelten über zerfetzte Menschen, da und dort noch eine vor sich hinwankende Gestalt erschlagend, sicherten sich Gold, Stoffe und kostbare Gefäße, während die Söldner, knöcheltief in Blut und Gebeinen stehend, lauthals und hilflos in ihrer Wut gegen diese Ungerechtigkeit der Seigneurs protestierten.

Als die Ritter aufgebrochen waren und Arnaud-Armaury gefragt wurde, wie man die Katholiken von den Katharern unterscheiden sollte, meinte der Abt von Citeaux, daß man sie alle erschlagen möge, denn Gott, Gott würde die Seinen erkennen. Nun, sie erschlugen sie alle, diese Ritter des Herrn, erschlugen jene, die noch nicht unter den Lanzen, Schwertern und Dolchen der Söldner gestorben waren, jene, die noch immer nach einem Ausweg suchten, in Kellern, in Latrinen, versteckt zwischen Fässern und Kisten. Sie erschlugen sie sachlicher, als die Söldner es getan hatten, schnell, blitzartig, meist mit einem kaum sichtbaren Schlag ihrer Klingen, denn nirgendwo war für die Flüchtenden Hoffnung, denn nirgendwo war für sie Entkommen, denn der Tod, er war überall.

Brian hatte sich mit Flêche in die Kirche der heiligen Magdalena zurückgezogen, der St. Madeleine, in die bereits an die zweitausend

Menschen geflüchtet waren, Menschen, die gemeinsam das »dies irae« mit ihren katholischen Priestern sangen. So wie acht Jahre zuvor, damals, als er von Gaelles Haus fortgejagt worden war, stand Brian auch diesmal unter dem Relief des segnenden Christus. Flêche blickte mit leeren Augen vor sich hin. Als Brian ihn ansprach, antwortete er nicht. Der Troubadour bemerkte, daß er die Schneide seines Schwertes über die blutende Innenfläche seiner Hand zog. Brian rüttelte ihn an den Schultern. Der Joglar hob den Kopf und blickte an ihm vorbei, während Speichel sein Kinn herabfloß. Flêche würde keine Lieder mehr singen. Der Joglar war wahnsinnig geworden.

Diesmal waren es nicht die Söldner, die die Kirche stürmten, sondern die Ritter des Papstes. Schweigend und gezielt töteten sie am Tag der heiligen Magdalena in der ihr geweihten Kirche all diese Menschen, die, ihrer ansichtig, aufsprangen, gegeneinanderstießen und übereinanderfielen. Zwei Priester, die sich mit dem Kreuz in der Hand den Rittern entgegengestellt hatten, wurden in Stücke gehackt. Blut troff von den Bildern an den Wänden der Kirche, bildete mit menschlichen Gliedern und dem Inhalt von Eingeweiden eine matschige Masse, auf der die Ritter mühsam vordrangen, über Tote hinwegsteigend und Hügel von Leichen hinter sich lassend. Menschen schrien ohne Unterlaß, und das Schreien übertönte das Läuten der Glocken, die das Ende einer Welt ankündigten. Hirn spritzte auf das Gemälde des heiligen Georg, als vor Brian zwei Halbwüchsige erschlagen wurden. Er hob das Schwert inmitten des Grauens, inmitten dieses Ausbruchs des Undenkbaren, inmitten des wirren Spiels von Tod und unaussprechlichem Entsetzen, hob das Schwert unter dem Bild des segnenden Christus und begann auf die Ritter vor ihm einzuschlagen, während unter dem Dach der Kirche die letzten Lebenden einer ganzen Stadt in Schmerz und Hoffnungslosigkeit verendeten.

»Der ist für mich«, hörte er noch eine Stimme sagen, bevor der Schlag ihn am Kopf traf und er zu Boden sank, die blutgetränkte Leiche eines Mädchens umarmend, dessen aufgespaltener Kopf ihm das letzte fletschende Grinsen der Hölle schenkte. Dann gab es keine Welt mehr für Brian de Martial. Dann gab es nur noch das Nichts.

Als die Söldner erkannten, daß die Ritter sie um ihre Beute betrogen hatten, setzten sie Béziers in Brand. Alles, Beute wie Tote verbrannte, in einem riesigen Feuer, das den Himmel des Südens rötete.
Am Morgen des 22. Juli 1209 bevölkerten fünfundzwanzigtausend Menschen Béziers. Am Abend desselben Tages war die Stadt und alle, die in ihr gelebt hatten, von dem Heer des päpstlichen Legaten Arnaud-Armaury ausradiert. Béziers war gestorben. Schnell und doch unter entsetzlichen Schmerzen. Der Tod. Er war überall gewesen.

»Weshalb zieht Ihr Euch zurück?« fragte Simon de Montfort den riesigen Normannen, der sein Pferd sattelte.
»Ich wollte an einem Kreuzzug teilnehmen, Seigneur«, antwortete Robert de Bantrac. »Nicht an einem Schlachtfest.«
»Ihr habt die Stadt verlassen, als die Kämpfe der Ritter begannen.«
»Welche Kämpfe?« fragte der Normanne. »Habt Ihr Kämpfe gesehen, Seigneur? Ich für meinen Teil habe nur ein bestialisches Morden betrachten dürfen.«
»Béziers wurde erobert, Seigneur.«
Robert deutete auf die Stadt, in der noch einzelne Stadtviertel brannten und Flammen und Ruß zum Himmel schickten. »Das war eines Ritters nicht würdig, Seigneur.«
»Bin ich kein Ritter, de Bantrac?« fragte Montfort mit scharfer Stimme.
»Ja. Ein päpstlicher.«
»Wollt Ihr mich beleidigen, Robert de Bantrac?«
»Kann ich Euch damit beleidigen, Graf?«
»Geht«, sagte Simon de Montfort nach einem Augenblick. »Verlaßt das Heer.«
»Das wollte ich soeben tun, Graf.«
»Wir werden uns wiedersehen, Bantrac. In Kürze. Und dann werdet Ihr nicht unter dem Schutz des Kreuzes stehen.«
Der Normanne blickte den hochgewachsenen Franzosen an.
»Das hoffe ich, Seigneur. Nach dem, was in Béziers passiert ist, erhoffe ich es mir von ganzem Herzen.« Bantrac wollte sich abwen-

den, hielt dann aber in seiner Bewegung inne. »Paßt gut auf den Mann auf, den Ihr aus der Stadt herausgebracht habt.«
»Kennt Ihr ihn?«
»Ich habe ihn nie gesehen«, log der Normanne.
»Weshalb interessiert er Euch dann?«
»Weil er der einzige Überlebende ist. Ihr besitzt damit eine unbezahlbare Rarität, Graf«, sagte Robert de Bantrac. Dann winkte er seinen Leuten, mit ihren Vorbereitungen für den Aufbruch weiterzumachen, während Montfort sich brüsk umdrehte und in sein prunkvolles Zelt zurückging.
Brian de Martial lag auf einer Decke, während der Arzt die Wunde an seinem Kopf säuberte.
»Wie geht es ihm?« fragte Montfort.
»Ihr habt einen guten Schlag, Graf.«
»Ich habe nur mit der flachen Klinge zugeschlagen.«
»Er war dennoch Stunden bewußtlos«, sagte der Arzt.
»Und jetzt?«
»Kommt er langsam zur Besinnung.«
»Kann ich mit ihm reden?«
Der Arzt zögerte. Dann fing er den Blick Montforts auf und antwortete rasch: »Wenn Ihr es wünscht, Euer Gnaden.«
»Dann laßt uns allein.«
Der Arzt verneigte sich, als er die Zeltplane zurückschlug. »Wie Ihr befehlt, Graf.«
Simon de Montfort betrachtete den Troubadour, der ihn stumm ansah.
»Venedig«, sagte der Graf. »Dort hast du mir das Leben gerettet.«
»Ich weiß«, sagte Brian.
Montfort lächelte. »Nun war ich an der Reihe.«
»Die anderen?«
»Sie sind alle tot.«
»Weshalb hat Arnaud-Armaury das getan?«
Montfort setzte sich auf einen ledernen Klappstuhl, der an der Seite von Brians Liege stand. »Zur Abschreckung, Freund der Heiden. Béziers ist tot. So vollständig tot, daß der Süden sich uns schon aus Entsetzen unterwerfen wird.«

»Gott verfluche diesen occitanischen Zisterzienser«, sagte der Troubadour.
»Gott wird Arnaud-Armaury segnen, mein Freund. Ein Hort der Häresie ist beseitigt worden.«
Brian versuchte seinen Kopf zu bewegen. Ein Stich durchzuckte ihn, als er sich zur Seite drehen wollte. »Ihr habt Béziers nie gekannt, Montfort«, sagte er.
Der Graf stützte sein Kinn auf die Faust der rechten Hand und sah den Troubadour abschätzend an. »Bist du Katharer?«
»Nein.«
»Aber Freunde von dir?«
»Ja.«
»Dann bist du wohl doch ein Freund der Heiden.«
»Hört mir zu, Montfort. Menschen, die ich gemocht habe, sind in Béziers auf erbärmliche Art gestorben. Ich habe keine verdammte Lust, mit einem katholischen Fanatiker über das Heidentum zu streiten.«
»Du tust mir unrecht, Brian de Martial.«
Brian schloß für einen Moment die Augen. »Ihr erinnert Euch an meinen Namen. Ihr habt ein gutes Gedächtnis.«
»Ich erinnere mich sogar daran, daß du dich als Troubadour bezeichnet hast.«
»Ich hatte es vergessen.«
»Ich nicht«, sagte Montfort. Einen Augenblick lang herrschte Schweigen.
»Was wird nun mit mir?« fragte Brian.
»Du wirst mich wohl begleiten müssen, Troubadour. Du bist mein Gefangener.«
»Wohin begleiten?«
»Nach Carcassonne. Wo wir Trencavel aus seinem malerischen Fuchsbau treiben werden.«
Brian tastete mit der Hand nach seiner Wunde. Sie blutete nicht mehr. »Wenn ich Euch begleite, müßt Ihr mir etwas versprechen.«
»Was wäre das?«
»Es liegt eine Burg auf Eurem Weg. Couerlas. Ihr müßt sie verschonen.«

»Weshalb?«
»Meine Domna lebt dort.«
Montfort nickte. »Wir werden Couerlas umgehen.«
»Danke.« Brian blickte zur Seite, zu Montfort hin. »Verständigt sie darüber, daß ich noch lebe und gesund bin. Sagt ihr auch, daß Flêche tot ist.«
»Ich werde einen Boten schicken, de Martial. Ich verspreche es dir.«
»Wie lange muß ich Euch begleiten?« fragte der Troubadour.
»Bis ich der neue Graf von Béziers, Carcassonne, Albi und Razès bin.«
Diesmal drehte Brian mit Gewalt den Kopf zur Seite, obwohl er glaubte, daß sein Gehirn vor Schmerz zerbersten müßte. »Ihr seid verrückt, Montfort«, sagte er.
Der Graf von Leicester lächelte. »Ich denke nicht, Brian de Martial, daß ich das bin. Ich glaube, daß du bald erleben wirst, daß ich vom Papst mit allen Ehren zum Vizegraf des Südens erkoren werde.«
»Mein Gott«, flüsterte Brian.
»Ist das nicht ein vorzüglicher Beginn unserer Bekanntschaft, Troubadour?« sagte Simon de Montfort. »Ist das denn nicht ein prächtiger Anfang?«

Brian lag in jener Nacht wach. All das Schreckliche, das er in Béziers erlebt hatte, trieb in zerrissenen, in zerfetzten Bildern durch seine Gedanken. Immer und immer wieder sah er sich fallen, sah er sich das Mädchen mit dem gespaltenen Kopf umarmen, während der süßliche Geruch des Todes ihm in Mund und Nase drang. Immer wieder sah er Flêche vor sich, der sich mit der Klinge seines Schwertes blutige Linien in die eigene Hand schnitt. Immer von neuem erblickte er den Hügel von Toten, der an einem der Seitenaltäre der Heiligen Jungfrau lag, Menschen, die in grotesken Stellungen übereinandergefallen waren, in der letzten Hoffnung, dem Unausweichlichen zu entkommen. Menschen, die in Seen von Blut ruhten.
Dann dachte er an Gaelle. Er dachte daran, daß sie ihre Heimat verloren hatte. Béziers war tot. Sie hatte kein Zuhause mehr. Alles war

in Béziers gestorben. Vielleicht auch ein Teil von ihr. Vielleicht ein Teil von ihnen beiden. Er wußte es nicht. Er wußte nur, daß er Flêche nicht hätte bei sich behalten dürfen. Flêche würde keine Lieder der Schönheit mehr singen. Vielleicht waren auch seine, Brians Lieder für immer gestorben, an diesem langen Tag des schnellen Todes.
Simon de Montfort. Wieviel Anteil hatte er an dieser Metzelei gehabt? Mit wieviel Schuld war er behaftet? Montfort hatte ihm das Leben gerettet. Wäre er lieber mit den anderen gestorben?
Brian de Martial dachte lange über diese Frage nach. Nein, sagte er sich dann. Ich bin froh, daß ich lebe. Trotz all dieser Toten. Trotz des Entsetzens, das ich verspürt habe. Aber warum wurde gerade ich gerettet? Warum nicht ein Kind, eine Frau oder ein alter Mensch? Warum gerade ich? Ich bin sündig und schwach. Ich verdiene diese Rettung nicht. Zufall, hätte Jaufre gesagt. Vielleicht sind Gott und der Zufall dasselbe. Vielleicht ist alles andere Lüge. Vielleicht ist nichts wahr, von dem wir vermeinen, es zu wissen.
Irgendwann, Stunden später, inmitten all dieser Fragen, fiel der Troubadour in einen unruhigen Halbschlummer. Er sah sich das Mädchen mit dem entstellten Grinsen umarmen. Immer wieder. Immer von neuem. Die ganze Nacht über.

Narbonne unterwarf sich am 24. Juli, Arles einige Tage darauf. Das Entsetzen, das von der vollständigen Zerstörung Béziers ausging, zwang Narbonnes Vizegrafen Aimery, alle Bedingungen anzunehmen, die Arnaud-Armaury und das Heer ihm auferlegten. Die vollkommene Übereignung des jüdischen Besitzes an die Kreuzfahrer, eine Kreuzzugssteuer auf alle Häuser und Grundstücke der Stadt und die Auslieferung aller Häretiker an ein Gericht, das sich aus Geistlichen von Narbonne und jenen der Armee zusammensetzen würde. Die occitanischen Burgen, die auf dem Weg von Béziers nach Carcassonne lagen, öffneten ihre Tore und unterwarfen sich dem Urteil des Papstes und dem seiner Legaten. Nur Couerlas wurde zum allgemeinen Erstaunen des Heeres von den Truppen umgangen und entging jeglicher Verpflichtung, auch jener, Verpflegung und Soldaten für die Kreuzfahrer zu stellen.

Am 28. Juli erschienen im Dunst eines bereits heißen Morgens die Voraustruppen des Heeres auf dem bewaldeten Hügel Le Pech Mary, der der prächtigen Stadt Carcassonne vorgelagert war. Am 31. Juli und 1. August 1209 fand sich dann auch das Gros der Armee auf dem kleinen Höhenzug ein. Das Kreuzfahrerheer schien durch die Zuzüge von gepreßten oder freiwillig mitkämpfenden occitanischen Söldnern noch gewachsen zu sein.
Carcassonne war überfüllter, als Béziers es vor der Belagerung gewesen war. Tausende von Bauern waren geflüchtet, hatten Haus und Hof in Stich gelassen, hatten die Windmühlen zerstört und ihre Vorräte verbrannt. Béziers hieß das Wort, das diese Menschen über Nacht und in Massen zu Flüchtlingen gemacht hatte. Béziers war das unaussprechlich Entsetzliche, das unsagbar Furchtbare, jenes unvergleichlich Monströse, das zum ersten Mal seit Menschengedenken Katholiken Katholiken angetan hatten. Die Welt schien aus ihrer Achse gerissen, endgültig und für alle Zeit, und Geist und Verstand weigerten sich zu verstehen, was hier geschehen war und doch niemals hätte geschehen dürfen, ohne daß Himmel und Erde sich ein für allemal verkehrten, ohne daß Ehre und Menschlichkeit den dunklen Mächten auf ewig zum Spott gereichten.
Am 3. August, nachdem das »Veni Sancte Spiritus« erklungen war, griff das Heer Carcassonnes Vorort Le Bourg an. Die ungenügenden Verteidigungswälle waren schnell bezwungen. Aber in den Straßen und den Häusern entspann sich ein erbitterter Kampf. Trencavel verteidigte mit seinen Leuten jede Elle des Vorortes. Nach zwei Stunden zähen und blutigen Ringens mußte sich der Vizegraf, angesichts der Gefahr eines Umfassungsmanövers der Kreuzfahrer, mit seinen Rittern und den Einwohnern von Le Bourg in die Stadt Carcassonne zurückziehen. Zu Tausenden lagen Tote und Verwundete auf den umliegenden Wiesen und in den Straßen des Vorortes. Le Bourg wurde angezündet; Carcassonne war nun endgültig vom dringend benötigten Wasser des Flusses Aude abgeschnitten, während sich die Anzahl der Flüchtlinge, die es beherbergte, um weitere zweitausend vermehrte.
»Morgen nehmen wir den zweiten Vorort Le Castellare«, sagte Simon de Montfort, als er mit von Rauch und Blut beschmutzter

Rüstung zu Brian de Martial kam. »Und du wirst mit dabei sein, Troubadour.«
»Ich werde mich weigern, gegen meine Landsleute zu kämpfen«, antwortete der Troubadour.
»Wer hat dir gesagt, daß du kämpfen mußt?« erwiderte Montfort, während ein Knappe ihm aus seinem Kettenpanzer half. »Ich habe nur gesagt, daß du Augenzeuge sein wirst.«
»Weshalb?«
»Um Courtrain d'Erbil anschaulicher von unseren Siegen berichten zu können.«
Brian schwieg.
»Im Heer«, fuhr Simon de Montfort fort, »ist ein Occitanier, der mir interessante Dinge über dich erzählt hat, Troubadour.«
»Wie heißt er?«
»Peire de Gedevan. Ein alter Bekannter von mir. Ein guter Freund Arnaud-Armaurys.«
Brian faßte nach einem tiefhängenden, jungen Ast des Baumes, neben dem er stand, bog ihn nach vorne und ließ ihn unvermutet zurückschnellen. »Er war es, der Pierre de Castelnau hat töten lassen. Nicht Raimond de Toulouse.«
Simon de Montfort sah ihn einen Moment lang schweigend an. »Hast du Beweise dafür?«
Brian schüttelte den Kopf. »Nein.«
»Dann würde ich in Zukunft darüber schweigen, Troubadour. Arnaud-Armaury könnte dich aufs Rad spannen lassen.«
»Was hat Peire Euch über mich erzählt?«
»Daß du gefährlich bist, de Martial.«
Brian lachte kurz auf. »Wenn ich wirklich gefährlich wäre, würde er nicht mehr leben.«
Simon de Montfort zog einen wollenen Mantel über seinen Körper. »Vielleicht liegt es daran, daß du ein Ritter bist, Troubadour.«
»Vielleicht.«
Montfort betrachtete Brian lächelnd. »Schade, daß du kein guter Katholik bist, de Martial. Ich glaube beinahe, daß du mein Freund hättest werden können.«
»Ja«, antwortete der Troubadour. »Schade, daß ich kein rechtgläubiger Katholik bin.«

Le Castellare warf den ersten Angriff der Kreuzfahrerarmee blutig zurück. Steine, Pfeile und Armbrustbolzen richteten Verheerungen in den Reihen der Angreifer an.

»Dort!« schrie Simon de Montfort, als er mit der Hauptmacht zurückwich. »Siehst du den Ritter, der vor dem Turm liegt. Er lebt noch.« Er wandte sich an Brian de Martial. »Hilfst du mir, ihn herauszuholen?«

»Ist er Euch verpflichtet?«

»Nein«, sagte Montfort verwundert.

»Dann helfe ich Euch«, sagte der Troubadour.

»Weshalb?«

»Pour l'amour de dieu, Simon de Montfort.«

Sie liefen beide im Zickzack über die Ebene, während einige überraschte und erschreckte Rufe der Kreuzfahrer ihnen folgten. Es war beinahe eine Viertelmeile, die sie zurückzulegen hatten, inmitten eines Pfeilhagels und der Armbrustbolzen, die an ihnen vorbeizischten, inmitten all der Steine, die ihnen entgegengeschleudert wurden, Steine, die hart und schwer neben ihnen aufprallten. Als sie beinahe bei dem verwundeten Ritter angelangt waren, stieß Brian Simon de Montfort gegen die Brust, während er selbst sich nach rückwärts fallen ließ und sich schnell zur Seite rollte. Dort, wo sie gestanden hatten, schlug ein Fels von einem Stein auf den Boden, schleuderte Erde, Gras und Splitter in die Höhe. Sie rappelten sich beide auf, liefen noch ein kurzes Stück und warfen sich dann neben dem Ritter nieder.

»Das ist das zweite Mal, daß du mir das Leben rettest«, flüsterte Simon de Montfort mit einem schwachen Lächeln. Er rang nach Atem.

»Pour l'amour de dieu«, antwortete Brian keuchend.

»Das ist ein guter Schlachtruf.« Der großgewachsene Franzose schulterte den Verletzten, während Brian ihm mit Montforts Schild den Rücken deckte.

»Sie zielen verdammt schlecht, deine Provençalen«, sagte Montfort, während er lief und nach Luft schnappte.

»Das tun sie mit Absicht«, rief der Troubadour, dessen Schild mit Pfeilen gespickt war.

»Weshalb?«

»Weil sie Sinn für Größe haben.«
Als sie die Linien der Kreuzfahrer erreicht hatten, brandeten ihnen Jubel und Hochrufe entgegen. Der Graf von Nevers und der Herzog von Burgund umringten mit ihren Leuten Simon de Montfort und den verletzten Ritter, klopften dem Grafen von Leicester auf die Schulter und zählten bewundernd die Anzahl der Pfeile, die wirkungslos in seinem Kettenpanzer steckengeblieben waren.
Später, als sich die Aufregung gelegt hatte und man sich eingestehen mußte, daß der Angriff gegen Le Castellare ein blutiger Mißerfolg gewesen war, kam Simon de Montfort zu Brian.
»Ich an deiner Stelle hätte es nicht getan.«
»Doch. Ihr hättet es getan.«
»Du«, sagte der Graf, »du hättest es getan, mußt du nun sagen. Du duzt mich ab jetzt, Troubadour.«
»Gut«, erwiderte Brian und zuckte mit den Achseln. »Wenn du es willst.«
»Du bist ein verdammter und von Gott verfluchter, arroganter Kerl, Troubadour.«
»Nein«, sagte Brian und schüttelte den Kopf. »Ich glaube nicht, daß ich das bin.«
Simon de Montfort grinste. »Jedenfalls bist du zu einem Helden des Kreuzfahrerheeres geworden.«
»Pour l'amour de dieu«, sagte Brian. Sein Lächeln war voller Ironie.
»Was bedeutet das für dich?«
»Cortezia. Joven. Joi. Larguenza. Mezura.«
Simon de Montfort schlug ihm lachend die Hand auf die Schulter. »Das ist Gotteslästerung, verdammter Heide.«
»Nicht für mich.«
Der Graf von Leicester blickte ihn belustigt an. »Vielleicht war der Mann, den wir gerettet haben, einer der ärgsten Schlächter, die in Béziers gewütet haben.«
»Vielleicht.«
Simon de Montfort kniff die Augen zusammen. »Das würde dich nicht stören, Troubadour?«
»Nein.«
»Weshalb?«

»Weil ich es der Ehre Gottes wegen getan habe, Simon.«
Der Graf schwieg kurz. Seine Stimme hatte einen Unterton von Hochachtung, als er antwortete. »Fahr zur Hölle, du Teufel von einem Schurken. Fahr zur Hölle, du einziger Bruder meiner Seele.«

Nach dem Mißerfolg bei Le Castellare beschloß der Rat des Kreuzfahrerheeres, die Angriffspläne in erster Linie auf den Einsatz von Belagerungsgerät zu stützen.
Eine Intervention Pedro d'Aragons zugunsten Trencavels war von keinem Erfolg gekrönt. Jede ehrenvolle Übergabe des Vizegrafen wurde strikt abgelehnt. Die Angriffe gingen in der glühenden Augusthitze weiter. Tag für Tag warfen eine Unzahl von Katapulten und Steinschleudern ihre Ladungen auf die Mauern und Häuser von Carcassonne, während die Sappeure die Wälle unterminierten. Tag für Tag stürmten Franzosen, Gascogner, Burgunder, Friesen, Sachsen, Rheinländer, Pikarden, Basken, Normannen und Lombarden gegen die Türme des Vorortes und jene der Stadt an.
Am 9. August waren die Wasservorräte Carcassonnes beinahe erschöpft. Dennoch widerstand die Stadt einer zwanzigfachen Übermacht bis zum 14. August, dem Tag, an dem der Rat des Kreuzzuges sich wie jeden Morgen im Zelt des Grafen von Nevers zu Beratungen traf. Die Besprechungen ergaben, daß Carcassonne in den nächsten Tagen ununterbrochen Sturmangriffen ausgesetzt sein würde, so lange, bis sie endgültig in die Hände der Kreuzfahrer gefallen sei. Carcassonne würde zerstört und seine Einwohner wie jene Béziers behandelt werden. Als der Graf von Auxerre, Pierre de Courtenay, ein entfernter Verwandter Trencavels, davon erfuhr, bat er den Rat, ihn mit einer Forderung zur Übergabe der Stadt an den Vizegrafen zu entsenden. Raymond-Roger de Trencavel akzeptierte, wenn dem Gefolge Auxerres auch der Senher Brian de Martial angehöre.
Am Mittag des vierzehnten August wurde bei der Porte Narbonnaise die Zugbrücke herabgelassen. Trencavel verließ die Stadt mit hundert Rittern, während ihm Auxerre mit etwa dreißig Franzosen entgegenkam. Pierre de Courtenay ritt, nur begleitet von Brian de Martial, auf Trencavel zu.

»Ich bin Euer Verwandter, Graf«, sagte der Herr von Auxerre. »Und ich bitte Euch, Euch zu ergeben. Die nächste Woche könnt Ihr nicht überleben.«
Trencavels Gesicht war alt geworden. Er war nicht mehr der strahlende, lichte Held, der Liebling des Volkes, der er gewesen war, sondern ein müder, von den Strapazen bis in sein Innerstes gezeichneter Mann. »Was sind die Bedingungen?«
»Jeder Soldat, Flüchtling oder Einwohner, hat die Stadt zu verlassen. Die Frauen nur mit einem Hemd bekleidet. Die Männer nackt bis auf ihre Beinkleider. Ihr selbst gebt Euch als Geisel dem Heer in Gewahrsam. Ihr bleibt so lange in Obhut, bis der neue Graf von Béziers, Albi, Razès und Carcassonne vom Rat des Kreuzzuges gewählt ist.«
Trencavel nickte. Dann wandte er sich Brian zu. »Was meint Ihr, Senher?«
»Sie wollen mit Carcassonne wie mit Béziers verfahren.«
Trencavel kniff die Augen zusammen und blickte zur Sonne hoch. »Eine Drohung?«
»Ein Beschluß.«
»Was haltet Ihr von meiner Sicherheit?«
»Wenig«, antwortete der Troubadour.
Trencavel wandte seinen Blick von der Sonne ab und sah zu Pierre de Courtenay. »Und Ihr?«
»Alles hängt vom neuen Grafen ab«, antwortete der Herr von Auxerre.
Trencavel blickte Pierre de Courtenay an. »Die Trencavels waren lange Zeit mächtige Herren des Südens. Es ist nicht leicht, der letzte von ihnen zu sein.«
»Vielleicht verzeiht Euch der Papst, Vetter.«
Trencavel lächelte. Brian bemerkte, daß seine Lippen von der Sonne an manchen Stellen rissig geworden waren und bluteten.
»Was geschieht mit den Juden oder Katharern, die in der Stadt sind?« fragte Trencavel dann.
»Niemand, der die Stadt verläßt, wird nach seiner Religion gefragt werden.«
»Gut«, Trencavel nickte. »Gut.« Er zog sein Schwert und ließ es zu Boden fallen. »Das Leben ist nur eine Brücke, sagt man.«

»Euer Schwert«, meinte Brian. »Es sollte hier nicht so liegenbleiben.«
»Vieles ist nicht so, wie es sein sollte«, antwortete der Vizegraf und ritt zu seinen Rittern, um ihnen seine Kapitulation mitzuteilen.
Es war ein endloser Zug von gedemütigten, durstigen, hungernden und halbnackten Menschen, der am 15. August die Stadt Carcassonne verließ. Sie besaßen nichts mehr. Aber sie lebten. Irgend jemand hatte ein Massaker wie in Béziers verhindert, und Brian de Martial fragte sich, wer es wohl gewesen sein könnte. Sosehr er sich aber auch den Kopf darüber zerbrach, er fand keine Antwort darauf, die ihn zufriedengestellt hätte.

Wie Arnaud-Armaury erwartet hatte, lehnten der Herzog von Burgund und die Grafen von Nevers und Saint-Pol die Vizegrafschaft von Béziers, Albi, Carcassonne und Razès ab. Wie Arnaud-Armaury es längst im geheimen beschlossen hatte, wurde schließlich, nach dem der Höflichkeit geziemenden und gebührenden Zögern, Simon de Montfort et d'Epernon, Graf von Leicester, zum neuen Vizegrafen des Südens bestellt, ein männlicher, prunkvoller Herrscher, der noch am nächsten Tag mit Pomp, in Ehren und gesegnet von der Kirche in die Burg der Herren von Carcassonne einzog. Einige Tage später ließ der – nun neben Raimond de Toulouse mächtigste Mann der Occitanie – Brian de Martial zu sich rufen.
»Willkommen, Brian«, sagte Simon de Montfort, als er in der großen Halle auf ihn zukam. Seine Schritte hallten in dem leeren Raum wider. »Ich hoffe, daß es dir gutgeht.«
»Und ich hoffe, daß es Raymond-Roger de Trencavel nicht allzu schlecht geht.«
»Den Umständen entsprechend. Er befindet sich im Burgverlies.«
»Wie lange willst du ihn dort behalten?« fragte der Troubadour.
»Bis meine Macht gefestigt ist.« Simon de Montfort war stehengeblieben und hatte die Hände hinter dem Rücken verschränkt.
»Er ist unschuldig.«
Simon schüttelte den Kopf. »Kein Graf oder Fürst war je unschuldig.«

»Sonderbar, dies aus deinem Mund zu hören.«
»Ich liebe den Geschmack der Wahrheit, Troubadour. Ich degustiere sie, wie andere das Aroma eines Weines.« Er betrachtete Brian. »Du bist jetzt frei, Brian de Martial. Ich bin der neue Vizegraf des Südens geworden.«
»Von Gnaden des Heeres.«
»Wie so viele Herrscher vor mir.«
»Ein Mann des Nordens«, sagte Brian.
Simon de Montfort setzte sich auf den Rand der massiven Tischplatte.
»Es wird der Occitanie nicht schaden, einen Franzosen als Herrscher zu bekommen. Es wird ein wenig ihre Leichtfertigkeit verringern. Ein Ritter des Nordens ist ein Mann, der begriffen hat, daß wahre Ritterschaft und Christentum notwendigerweise eine Einheit bilden müssen. Der Kampf darf des geistigen Elementes nicht entbehren, Brian. Ihr im Süden unterwerft euch der Dame Venus, aber wir, wir dienen der Jungfrau Maria. Euer Rittertum ist nur eitle, hohle und kraftlose Selbstbespiegelung. Pfauenräder schlagend habt ihr längst eure Sendung vergessen.«
»Während ihr uns in Béziers gezeigt habt, was wahre Ehre ist.«
Simon de Montfort löste sich von dem Rand des Tisches und schritt durch den weiten, langgezogenen Saal zu Brian hin, der noch immer nahe dem Eingang stand.
»Ich wollte das nicht, was in Béziers geschah. Es waren die Rottenführer und die Söldner, die das Massaker zu verantworten haben.«
»Es waren Ritter, die das Schlachtfest in der Sainte Madeleine veranstaltet haben.«
»Männer, die sich für Ritter halten, Troubadour. Die Rüstung allein erschafft noch keinen Streiter Christi.«
»Wer hat das Massaker in Carcassonne verhindert, Simon?« fragte Brian unvermittelt.
»Ich«, antwortete der Graf von Leicester.
Brian trat langsam in den Saal hinein. »Wie ist dir das gelungen?«
Simon lachte. »Ich habe sie darauf hingewiesen, daß wir so leichter Beute machen könnten. Das genügte. Es war ihnen mit einem

Male völlig gleich, ob Häretiker dabei entkommen könnten oder nicht.«
Brian schritt Montfort entgegen. »Und weshalb hast du es wirklich getan?«
»Ich bin kein Schlächter, Troubadour. Ich biete jedem Menschen einen Ausweg an.«
»Auch den Katharern?«
»Du mußt meine Gedanken verstehen, mein Freund, um mein Verhalten besser begreifen zu können. Ich betrachte mich als den Hammer des rechten Glaubens, als einen Löwen der Wahrheit, Brian.«
»Deiner Wahrheit.«
Simon de Montfort machte eine unwillige Geste. »Welcher denn sonst? Ein Mann muß an eine, an seine Wahrheit glauben, Troubadour. Er muß von ihr ebenso durchdrungen sein, wie ihr im Süden es von den Bildern eurer Frauen oder Geliebten seid. Du, Brian de Martial, bist ein Zweifler. Zweifel sind unnütz. Man muß glauben. Einfach nur glauben. Selbst auf das Risiko hin, daß man sein Leben lang in einem Irrtum lebt.«
»Das ist mir zu schlicht.«
»Warum? Weil es dir vielleicht noch schwerer fiele als zu zweifeln?«
Brian schwieg.
»Brian de Martial, der Mensch muß den Mut besitzen, für seine Überzeugung alles und jedes auf eine Karte zu setzen. Glaubt jemand in dieser unbedingten Art an andere Grundsätze, als es die meinen sind, so werde ich ihn achten und ihm die Möglichkeit geben, sein Leben zu retten. Nimmt er dieses Geschenk nicht an, dann wird meine Hochachtung für ihn schlimmstenfalls nur noch größer werden.«
»Du bringst ihn also mit dem gebührenden Respekt um, Simon.«
»Mit dem allergrößten. Aber bevor ich es tue, muß ich ihm einen Ausweg anbieten.«
»Das klingt anders als das, was Arnaud-Armaury dem Heer predigt.«
Simon lachte von neuem. »Eure Seligkeit liegt auf den Spitzen eurer Schwerter? Meinst du das?«

»Unter anderem.«
»Nun, Arnaud-Armaury steht nicht stellvertretend für den Katholizismus, genausowenig, wie dieses Heer es tut. Hier im Süden, Brian, geht es um die Neuverteilung der Macht. Und wenn ich sie eines Tages vollständig errungen habe, Troubadour, dann wird kein Platz mehr für die Arnaud-Armaurys sein.«
»Und der Süden?«
»Wird einen Herrn, eine Sprache und einen Glauben besitzen.«
»Den deinen.«
»So ist es, Brian de Martial.«
»Du bist eine größere Gefahr, als Arnaud-Armaury es je sein könnte, Simon.«
»Das hoffe ich. Das hoffe ich aus ganzem Herzen.« Simon streckte Brian die Hand hin, die der Troubadour ergriff.
»Danke für Carcassonne«, sagte Brian.
»Ich wollte nicht, was in Béziers geschah.«
»Ich glaube dir.«
»Grüße mir deine Domna, Troubadour.«
Brian nickte, wandte sich ab, blieb dann stehen und blickte zu Montfort zurück. »Ich werde dich bekämpfen, Simon. Wo immer ich es kann.«
Simon de Montfort lächelte. »Das weiß ich, du Löwe des Zweifels. Das weiß ich sehr gut.«
»Wir werden uns kaum wiedersehen.«
»Wahrscheinlich nicht.«
»Die Seligkeit liegt nicht auf der Spitze der Schwerter, du Hammer des rechten Glaubens.«
»Nur die Macht, Brian. Nur die Macht.«
»Deine Wahrheit schütze dich und uns, Simon de Montfort.«
Der Franzose lachte. »Und dich deine Dame! Möge sie dich in deinem Lieben so stärken, daß du nie mehr die Kraft aufbringst, meine Wege zu kreuzen. Versinke in ihren Armen, kleiner Troubadour, und überlasse mir das Spiel der Macht. Singe deine Liebe, Brian de Martial, während ich mir die ganze Occitanie zur Braut nehme.«
Brian hörte sein Lachen noch, als er längst den Saal verlassen und den Gang zur Treppe betreten hatte, die hinunter in den Burghof führte.

25. Kapitel

SARVAS, RAZÈS
September 1209 bis November 1209

Der Krieg in der Vizegrafschaft Béziers war nun in eine zweite Phase eingetreten. Simon de Montforts Heer war um jene Männer zusammengeschmolzen, die nur die vierzig Tage dienen wollten, die der Papst von ihnen forderte. Sein Streitmacht war jedoch durch die Verstärkungen, die seine Frau Alix ihm aus dem Norden zuführte, in ihrer Schlagkraft kaum gehemmt. Die Städte der Vizegrafschaft befanden sich bis auf Pamiers, Albi und Lavaur in Händen des neuen Vizegrafen, dessen Absicht es nun war, sich mit seinen meist französischen Truppen der Burgen der einheimischen Senhers zu bemächtigen.
In der Grafschaft Toulouse herrschte, durch die Unterwerfung Raimonds, noch ein gespannter Friede, dem niemand, der den Grafen des Südens und Simon de Montfort näher kannte, auch nur im geringsten traute. Die Occitanie kämpfte oder rüstete sich.
In den Gärten des Lichts dunkelte es.

Brian traf Gaelle in Couerlas nicht an. Die blonde Frau hatte schon eine Woche zuvor, nachdem der Bote Simon de Montforts eingetroffen war, gemeinsam mit Leif die Burg in Richtung Sarvas verlassen. So machte sich der Troubadour unverzüglich auf, um nach Sarvas, zu Robert de Bantrac, zu reiten.
Von einem Bauern geführt, erreichte er das Versteck Robert de Bantracs.
Brian ging auf das Wäldchen zu, von dem aus kleine Rauchschleier dem Himmel zustrebten, während Lozois, sein Begleiter, sich

umdrehte und den Pfad zurückging. Als der Troubadour den schmalen, erst frisch niedergetretenen Weg im Wald betrat, hielt er kurz inne. Der Griff, der sich um seinen Hals legte, zeugte von Erfahrung, und das Messer in der anderen Hand des Unbekannten richtete seine Spitze auf seine ungedeckte Kehle.

»Geht voran«, sagte eine Stimme. »Geht voran und bleibt ganz ruhig und gelassen.«

Robert de Bantrac sah mürrisch vom Feuer auf, als er Brian bemerkte.

»Ist er es, Senher?« fragte der Mann, der Brians Hals umfaßt hielt.

Robert nickte. »Du kannst ihn loslassen, Carles.«

Der Mann an Brians Seite trat von ihm weg und grinste ihn freundlich an. »Nur eine Vorsichtsmaßnahme, Senher«, sagte er.

Neben Bantrac saßen nur seine Geliebte Theodosia und der Pope Nicetas, der als orthodoxer Priester in Sarvas gewirkt hatte.

»Was hast du die ganze Zeit über gemacht, Brian?« fragte der Normanne. »Mit Simon de Montfort Händchen gehalten? Eine Schankdirne aufs Kreuz gelegt? Dem lieben Gott deine unsterblichen Lieder vorgetragen?«

»Ich habe versucht, den Einwohnern Carcassonnes das Leben zu retten«, sagte Brian, der zu Theodosia trat und ihr die Hand küßte.

»Und? Ist es dir gelungen?« De Bantrac warf Holz ins Feuer und betrachtete mit Kennerblick das Fleisch des Hasen, der auf einer Holzstange über den Flammen gegart wurde.

»Auf eine verdrehte Art und Weise«, sagte der Troubadour. »Ja. Doch.«

»Du hättest nach dem Essen kommen sollen, companho«, sagte de Bantrac zu Brian, der, nachdem er auch den Popen begrüßt hatte, sich Robert gegenüber in das Gras der Lichtung setzte. »Das Fleisch wird nicht für fünf reichen. Vier Esser sind schon zuviel.«

»Was zum Teufel machst du hier, Robert? Solltest du nicht bei den Kreuzfahrern an der Seite Arnaud-Armaurys knien und unentwegt Gebete zum Himmel schicken? Solltest du nicht Psalmen singen, damit auch noch die letzte Waffe des Heeres mit Gottes Segen behaftet ist?«

»Béziers«, sagte Robert, als er Theodosia sein Messer reichte, damit sie das Fleisch des Hasen prüfte. »Ich wollte nicht mitmachen. Als ich das Heer verließ, hat Montfort mir seine Rache angedroht.«

»Über Sarvas weht Peires Fahne«, stellte Brian fest.

»Sie paßt nicht in die Landschaft. Das grelle Rot schlägt sich mit dem kalkigen Weiß der Berge.«

»Vielleicht könntest du mir nur kurz erzählen, wie sie dorthin gekommen ist?«

Robert griff nach dem Weinschlauch und nahm einen kräftigen Schluck. »Als ich das Heer verlassen wollte, hielt Arnaud-Armaury mich auf. Diese kleine Ratte warf mir vor, mit einer griechisch-orthodoxen Frau zusammenzuleben. Ja, er mutmaßte sogar, ich könnte heimlich mit ihr verheiratet sein.«

»Und dann?«

»Dann stellte er mich vor die Wahl, exkommuniziert zu werden oder die Heidin Theodosia zu verstoßen.«

»Worauf du dich jammernd zu seinen Füßen niedergeworfen hast«, sagte Brian lächelnd.

»Ich wollte ihn in den Hintern treten, aber Carles hat mich zurückgehalten.«

»Mit Mühe«, warf der dunkelhaarige Mann mit dem strahlenden Lächeln ein. Er deutete auf Robert. »Der Senher ist sehr kräftig.«

Brian blickte belustigt zu dem Normannen hin. »Wie hat er dich exkommuniziert?«

»Wie ein haschischtrunkener, levantinischer Obstverkäufer. Selbst in Sizilien sind mir keine solchen Verrückten begegnet.«

»Und deine Ritter?«

»Waren allesamt katholisch. Sie sind vor mir zurückgewichen, als hätte ich den Aussatz gehabt. Der Graf von Saint-Pol hat sie in seine Dienste genommen. Nur Carles und seine Söldner sind bei mir geblieben.«

»Damit hättest du Peire dennoch Schwierigkeiten bereiten können.«

»Wie?« warf Theodosia ein. »Gedevan ist mit tausend Mann vor Sarvas aufgetaucht. Ich saß mit nur fünfzehn in der Burg. Arnaud-Armaury hat Robert sein Lehen aberkannt und es auf Peire übertragen.«

»Und diese fünfzehn Kanaillen sind sofort zu Gedevan übergelaufen. Theodosia und Nicotas mußten die Burg verlassen.«
»Was ist mit deinen Söldnern?« fragte Brian Carles.
»Haben sich mit Bedauern von mir verabschiedet«, sagte der Hauptmann. »Der Senher hatte kein Geld mehr.«
»Sind sie nun auch bei Peire de Gedevan?«
»Wie habt Ihr das nur erraten?« fragte Carles lächelnd.
Robert tranchierte den Hasen in fünf beschämend kleine Teile. »Theodosia und Nicetas waren für Peire keine Gefahr. Aber ich bin eine. Er läßt nach mir suchen.«
Brian gab sich einen Ruck und stellte die Frage, die ihm die ganze Zeit über auf der Zunge lag. »Hast du Gaelle getroffen?«
»Einer der Leute von Lozois hat mit ihr gesprochen. Sie kam nach Sarvas, als Peire bereits die Burg besetzt hatte. Sie hinterließ nur die Nachricht, sie ginge in das Razès.«
»Wer war bei ihr?« fragte Brian mit plötzlich heiserer Stimme.
Theodosia lächelte. »Nur Leif.«
Der Troubadour fühlte eine tiefe, eine unendliche Erleichterung. Seit Couerlas quälte ihn die Frage, was Gaelle bewogen haben könnte, ohne eine Nachricht für ihn die Burg zu verlassen. Ein anderer Mann war es jedenfalls nicht, der sie dazu getrieben hatte. Und sie war gesund. Am Leben und gesund.
»Mach dir keine Sorgen um sie«, sagte de Bantrac, als er in das Fleisch des Hasen biß. »Leif ist bei ihr.«
»Er macht sich Sorgen, Robert«, erwiderte Theodosia. »Er ist voller Sorgen und voller Glück in einem.«
»Das war er sein ganzes Leben lang«, sagte Robert. Er sah Brian zornig an. »Jetzt bin ich wieder dort angelangt, wo ich als Knappe war. Ein heimatloser Normanne ohne Besitz und ohne Geld.«
»Kann dir deine erste Frau nicht helfen?«
Robert verschluckte sich beinahe. »Beim Himmel, sie ist eine Gesana. Die Gesanas waren bereits katholisch, als Jesus noch über den See Genezareth wandelte. Sie würden alle Hundemeuten des Lauraguais auf einen Exkommunizierten hetzen.« Er spuckte einen Knochen aus. »Hast du kein Geld mehr?«
»Mein Besitz ist in Béziers verbrannt. Meine ganze Barschaft besteht aus fünf Goldmünzen.«

»Das ist immerhin mehr, als ich besitze.« Robert warf mit traurigem Blick die letzten Hasenknochen in das Feuer. »Ich werde auf meinem eigenen Land verhungern.«
»Das nun Peire de Gedevan gehört.«
»Zur Hölle, Brian, ich bin ein Faidit. Ein von seinem Besitz vertriebener occitanischer Ritter. Es gibt schon über hundert Faidits in Trencavels ehemaligen Gebieten.«
»Weißt du schon, was du tun wirst?«
»Das wollte ich dich fragen, Brian. Courtrain d'Erbil soll wieder im Land sein, sagt man.«
»Ich habe nichts davon gehört.«
Robert neigte sich Brian zu. »Ich kann hier nicht warten, bis Gedevans Soldaten mich finden.«
»Wir werden über Fonrès ziehen. Ich kenne dort einen Priester, der uns mit dem Nötigsten ausstatten wird.«
»Ein katholischer?«
»Ein guter Priester. Ein wahrer Mann Gottes.«
»Und dann?«
»Werden wir uns auf die Suche nach Gaelle und Courtrain d'Erbil machen.«
»Wie?«
»Mit Hilfe eines Mannes namens Rotgers Cernas.«
Robert kniff die Augen zusammen. »Wie gut, daß du Gott und die Welt kennst, Brian.«
»Bislang kenne ich nur die Welt, companho«, antwortete der Troubadour. »Und selbst die ist mir ein Rätsel.«

Sie waren ein sonderbarer Pilgerzug, der nun auf den Wegen des Razès und des Schicksals voranschritt. Robert, ein Normanne, der alles verloren hatte, ein Troubadour, der seine Domna suchte, eine Griechin, die sich von Konstantinopel unfreiwillig in die Berge der Occitanie geflüchtet hatte, ein orthodoxer Pope, der nur eine Gläubige besaß, und ein Söldnerhauptmann, dem seine Truppen abhanden gekommen waren.
Als die Häuser von Fonrès vor ihnen auftauchten, verspürte Brian eine sonderbares und angenehmes Gefühl von vertrautem Wiedererkennen. Er und die anderen gingen über den von der Sonne auf-

geheizten Hauptplatz vor der kleinen Kirche. Einige Frauen beäugten sie mißtrauisch. Brian hörte, wie Türen und Fenster verriegelt wurden.
»Sie werden uns mit Dreschflegeln verjagen«, knurrte Robert, als er auf den leeren, staubigen Platz blickte. »Dann, wenn die Männer von ihrer Arbeit zurückgekehrt sind.«
»Wir werden sehen«, erwiderte Brian und trat in die dunkle Kühle der kahlen Kirche. »Pater Antoni«, rief er, als er sich in dem kleinen Kirchenschiff umsah. Alles war unverändert. Es schien ihm, als wäre es erst gestern gewesen, daß er mit Gaelle hier genächtigt hatte. »Pater Antoni«, rief er ein zweites Mal, als der bullige Priester unvermittelt aus der Sakristei auftauchte.
»Was wollt Ihr?« fragte der Pfarrer mißtrauisch.
»Ich bin Brian de Martial. Der ehemalige Gesandte des Vizegrafen Raymond-Roger de Trencavel.«
»Bei Gott«, rief der Priester. »Bei Gott.« Er umarmte Brian mit aller Kraft. »Lebt der Vizegraf noch?«
»Ich hoffe es, Pater.« Er schritt mit dem Priester zu der Eingangstüre. »Das sind Freunde von mir. Roger de Bantrac, ein exkommunizierter Faidit ...«
»Wer hat ihn exkommuniziert?« unterbrach ihn der Priester. »Ein Bischof der Occitanie?«
»Arnaud-Armaury, der Abt von Citeaux.«
»Das zählt nicht«, wehrte der Priester ab. »Die Occitanie hat mit Citeaux nichts zu schaffen. Und wer ist die Domna?« fragte er, als er den Kopf vor der in zerrissenen Kleidern vor ihm stehenden Theodosia beugte.
»Eine griechisch-orthodoxe Dame, die mit dem exkommunizierten Senher durch gegenseitiges Versprechen verheiratet ist.«
Der Priester zuckte nicht mit der Wimper. »Ihr seid die erste orthodoxe Gläubige, die ich in meinem Leben sehe«, sagte er, Theodosia anlächelnd.
»Dann wird Euch die Anwesenheit eines griechisch-orthodoxen Popen um so mehr freuen, Pater Antoni.« Brian wies auf den bärtigen byzantinischen Priester. »Nicetas aus Konstantinopel.«
»Ich bin sehr froh, Eure Bekanntschaft zu machen, Ehrwürden«, sagte der bullige Pfarrer. Er deutete auf Carles. »Angesichts der bis-

herigen Sachlage kann dieser Herr hier nur mehr ein neapolitanischer Muselmane sein.«
»Ich muß Euch enttäuschen, Pfarrer Antoni. Dieser Mann ist nur ein ehemaliger Söldnerhauptmann. Ein katholischer noch dazu.«
Der bullige Priester nickte. »Werdet ihr verfolgt?«
»Eine Gruppe von Söldnern ist hinter diesem großgewachsenen Ritter her.«
»Ihr könnt nicht im Dorf bleiben. Ich will keine Routiers hier. Drei Meilen von hier ist ein Wald. Dort kann ich euch unterbringen.«
»Wir brauchen Pferde, Hochwürden. Und Nahrung für mehrere Tage. Wir müssen in das Razès. Wir wären Euch auch dankbar...«
»Ja?«
»Wenn Ihr einen Boten an einen occitanischen Reiterführer namens Courtrain d'Erbil schicken würdet, der ihm mitteilt, wohin wir uns begeben.«
»Ist dieser Courtrain d'Erbil in der Nähe von Fonrès?«
»Wahrscheinlich.«
»Dann läßt es sich machen«, sagte der Priester. »Habt ihr Geld für die Pferde?«
»Fünf Goldstücke, Pater Antoni.«
»Dafür bekommt ihr hier nicht einmal einen Esel. Ich kenne meine Schäfchen.«
Theodosia zog eine schwere goldene Kette über ihren Kopf. »Reicht das für vier Pferde, Hochwürden?«
Der Priester wog die Kette in der Hand. »Das ist selbst für den Unerbittlichsten aller katharischen Händler ausreichend. Und nun müßt ihr fort. Übel genug, daß euch einige Kinder gesehen haben. Erwachsene können schweigen. Kinder nicht immer.«
Die Bemerkung über die Söldner hatte den Priester in eine ungewöhnliche Eile versetzt. Er raffte sein Gewand und lief zum Pfarrgebäude, während Brian, Robert und die anderen sich zu der Wiese begaben, die vor dem Dorf lag. Pater Antoni kam ihnen mit einem Pferd nachgeritten und führte sie zu dem Wald, von dem er gesprochen hatte.
»Hier seid ihr einigermaßen sicher«, sagte er. »Vergeßt nicht, eine Wache aufzustellen. Ich werde morgen die Pferde und einige

zusätzliche Waffen bringen.« Er wandte sich Brian zu. »Erinnert ihr euch noch an Ratiers, mit dem wir zusammengegessen haben?«
Brian nickte. »Ja«, sagte er.
»Ratiers wird euch mit den Lebensmitteln versorgen. Brecht dann sofort auf.«
»Was werdet Ihr den Söldnern sagen, wenn sie zu Euch kommen sollten?« fragte Robert.
»Daß wir euch nie gesehen haben«, antwortete der Priester überrascht.
»Wollt Ihr das beschwören?«
Das Gesicht des Priesters wurde rot vor Zorn. Er griff nach seinem Brustkreuz und hielt es Robert entgegen. »Wenn Ihr es wünscht, dann bei diesem hier.«
Der Normanne nickte und wandte sich ab.
»Er hat es nicht so gemeint«, sagte Brian.
»Wir sind es, die in Gefahr sind. Söldner foltern gerne. Oder hat ein Faidit das bereits vergessen?«
»Er hat es nicht so gemeint, Pater Antoni.«
»Bei Gott, dieses Land wird von Franzosen, Deutschen und Lombarden überfallen, und schon beginnen wir Occitanier an unserer Parage zu zweifeln.«
»Entschuldigt«, sagte Robert zu dem Priester. »Ich bin ein geborener Normanne. Normannen wären zu so etwas fähig.«
»Aber nicht ein Mann der Occitanie!«
»Ich glaube Euch«, sagte Robert jetzt lächelnd. »Entschuldigt«, wiederholte er.
Der Pfarrer nickte unwillig. »Ihr seid ein recht groß geratener Bursche«, sagte er.
»Und Ihr seid breit wie ein Stier.«
»Wenn ich nicht die Kutte anhätte, würde ich Euch zu Boden werfen.«
»Das glaube ich Euch.«
»Normannen«, knurrte der Priester. »Normannen.«

Von Rotgers Cernas als Mönche verkleidet, zogen Brian und seine Freunde an Fanjeaux und an Limoux, die bereits von Montforts

Leuten besetzt waren, vorüber. Niemand hatte sie belästigt, aber das Unbehagen, mit nur wenigen Männern und einer Frau durch ein umkämpftes Gebiet zu ziehen, hatte sie nie verlassen.
Jetzt, Mitte September, marschierten die Truppen des neuen Vizegrafen noch in Reih und Glied die Straßen entlang und hielten sich vor allzu großen Plünderungen zurück. Dennoch war der Weg der Reisenden von abgebrannten Bauernhöfen und zerstörten Windmühlen gesäumt.
Das Dorf, das sie südlich von Limoux betraten, schien menschenleer, bis auf die Gehängten, die beiderseits des Weges zur Kirche an den Bäumen hingen. Sie hätten sie nicht bemerkt, wenn Theodosia nicht plötzlich aufgeschrien und mit ausgestrecktem Arm auf die kleine Allee gedeutet hätte. Robert und Brian bedeuteten Carles, Theodosia und dem Popen bei der Schmiede zu warten und schritten den Weg zur Kirche hinan. Die Gesichter der Erhängten waren verzerrt, und blauschwarze Zungen quollen aus ihren verzogenen Mündern. Der Wind ließ die Leichteren von ihnen hin und her schaukeln. Stumme, groteske Puppen, die einstmals voller Leben gewesen waren. Gemarterte, deren Lachen und Weinen auf ewige Zeit verklungen war.
»Bauern«, sagte Robert und betrachtete angewidert die Toten. »Wehrlose Bauern. Bei Gott, Montforts Leute sind wahre Helden.«
Brian war zu den verloschenen Feuerstellen vor der Kirche gegangen. Er zuckte zurück, als er sie betrachtete. Der Wind wirbelte Aschen- und Knochenreste auf, trieb die leichteren Teile vor sich her, quer über den kleinen Platz, hin zu den Gärten und zu dem Friedhof, die seitlich von ihm lagen. Robert hatte Brians Reaktion beobachtet und war zu ihm geschritten.
»Katharer«, sagte er. »Häretiker, die sie verbrannt haben.«
»Und die Gehängten?«
»Die Lust am Töten. Die Freude über die Plünderungen.«
»Oder die Bauern haben die Katharer nicht schnell genug ausgeliefert«, meinte Brian.
Robert nickte. »Es ist keine Frau unter ihnen«, stellte er fest.
Der Wind schlug eine offene Tür gegen die Holzwand eines Hauses. Robert zog seine Axt. »Es ist zu ruhig hier«, sagte er und blick-

te auf die Gebäude, die ihnen zur Seite lagen. »Irgend etwas stimmt hier nicht.«
»Wie gut ist Carles?«
»Sehr gut«, antwortete Robert.
»Und der Pope?«
»Er kann kämpfen.«
»Gehen wir zur Schmiede zurück.«
»Die Frauen«, sagte der Normanne. »Zuerst müssen wir die Frauen finden.«
Sie fanden sie am Friedhof. Die halbnackten Leichen der Frauen und Kinder waren wahllos über die Grabsteine geworfen.
»Dieses Kind hier lebt noch«, sagte Brian unvermittelt und hob ein Bündel von einem Grab auf.
»Was willst du mit ihm tun?« Robert blickte über die Toten hinweg zur Straße. Die Türe des Hauses wurde noch immer hin und her geworfen.
»Es mitnehmen.«
»Es ist zu klein. Es wird sterben.«
»Wir werden sehen«, meinte der Troubadour.
»Kein Hund, keine Katze«, murmelte der Normanne, als er das Dorf beobachtete.
»Alle anderen sind tot«, sagte Brian. Sein Blick glitt über die Häuser um ihn.
»Laß uns zur Kirche gehen.« Der Normanne blickte unbeteiligt zur Seite. Brian trug das Kind in den Armen, als sie vor der Kirche anlangten.
»Bring das Kind in die Kirche«, sagte Robert, als er sich auf die Steinstufen vor dem Portal setzte. Brian legte das Kind auf den Altar, bekreuzigte sich, verließ die Kirche und setzte sich dann neben Robert.
»Wo sind sie?« fragte der Troubadour leise.
»In den Häusern. In den Scheunen.«
»Wenn wir laufen, müßten wir es bis zur Schmiede schaffen.«
»Zu spät. Sie sind bereits hinter der Sakristei.« Der Normanne stand auf. »Bleib hier sitzen, und halte dein Schwert griffbereit.« Er blickte zur Kirche, warf dann die Kapuze seines Ordensgewandes zurück und ging einige Schritte die kleine Straße entlang.

»Achtung, Carles«, brüllte er plötzlich mit seiner lautesten Stimme. »Routiers!«
Die Söldner kamen von überall her, brachen aus den Häusern und Scheunen heraus, schwangen sich über Gartenzäune und kamen aus den Ställen angelaufen. Etwa fünfzehn von ihnen griffen Brian und Robert an, während die anderen in Richtung Schmiede liefen. Brian und Robert kämpften mit dem Rücken zur Kirchenmauer, brüllend, fluchend und die Waffen schwingend. Der Troubadour fühlte sich an den Kampf vor der Moschee in Konstantinopel erinnert, dachte an Al-Tustari, dachte an Jaufre und spürte unvermutet die gleiche Lust am Kampf, die er auch damals gefühlt hatte. Robert ließ seine Axt kreisen, ließ sie auf- und abschnellen, trat nach vorne, um zuzuschlagen, wich aus, um Schlägen zu entgehen, und hieb dann unvermittelt zu, während unter dem Schreien des Getroffenen das Blut seine Kutte bespritzte. Als fünf Tote und Verwundete vor ihnen lagen, rief ein Mann mit kantigem Gesicht einen Befehl. Die Söldner wichen zurück, Erleichterung im Gesicht und die Augen voller Haß.
»Wir haben die Frau«, sagte der mit dem kantigen Gesicht.
»Lebt sie?« fragte Robert.
»Alle drei sind am Leben.«
»Die Frau muß überleben«, sagte der Normanne.
»Wenn ihr euch ergebt, wird sie es.«
»Welche Sicherheit kannst du mir dafür geben?«
»Mein Wort«, sagte der mit dem kantigen Gesicht.
Robert spuckte vor sich zu Boden. »Du schwörst bei deinem Leben, bei Gott und der Jungfrau Maria, daß die Frau gesund und heil nach Limoux kommt.«
»Ich schwöre.«
Robert warf ihm seine Axt zu Füßen, während Brian zögernd sein Schwert fallen ließ.
»Bringt sie zur Schmiede, und sperrt sie zu den anderen«, sagte der mit dem kantigen Gesicht.
Als sie die Schmiede betraten, warf sich Theodosia Robert an die Brust. Sie schien unverletzt. Der Pope rieb sich mit schmerzverzerrtem Gesicht den Kopf, während Carles, trotz seiner klaffenden Stirnwunde, zu lächeln versuchte.

»Ich werde alt«, sagte er. »Diese Hurensöhne sind über das Dach eingedrungen.«
Einer der beiden Söldner, die Wache hielten, trat Carles in die Rippen. Der Mann stöhnte und rollte sich zur Seite. Das Blut, das von seiner Stirn herabrann, vermischte sich mit Lehm des Bodens.
»Fesselt sie«, sagte der mit dem kantigen Gesicht. »Nur die Frau nicht.«
Der Pope sagte etwas auf griechisch. Dann flackerte das Entsetzen über seinen Fehler in seinem Gesicht auf.
»Was ist das für eine Sprache?«
»Ein kampanischer Dialekt«, sagte Brian. »Er ist Italiener.«
»Mir klang es nach Griechisch«, sagte der mit dem kantigen Gesicht.
»Kampanisch«, wiederholte der Troubadour.
»Es ist gleich«, stellte der Capitan fest. »Er wird so und so sterben.«
Dann ging er zur Tür der Schmiede und verließ den Raum.
Die Söldner fesselten ihnen die Hände auf dem Rücken. Robert lehnte sich gegen den Amboß, während Theodosia ihm die verklebten Haare aus der Stirne strich und ihn voller Angst betrachtete.
»Ich hätte uns einen besseren Tod gewünscht«, sagte Robert.
»Ich hoffe, es geht schnell«, erwiderte Brian. »Ich will nicht allzuviel daran denken.«
Der Pope begann leise vor sich hin zu beten.
»Ihr dürft nicht sterben«, sagte Theodosia voller Entsetzen. »Versprecht ihnen Geld.«
Als der Capitan nach einiger Zeit die Schmiede betrat, sagte der Söldner, der Carles den Tritt versetzt hatte: »Sie haben über Geld gesprochen.«
»Habt ihr welches bei euch?« fragte der Capitan neugierig.
»In drei Tagen könntet ihr es haben«, antwortete Theodosia schnell.
»In drei Tagen sind wir längst auf dem Weg nach Albi, kleine Hure.«
Er winkte den beiden Söldnern. »Bringt sie zum Platz vor der Kirche.«
Theodosia begann zu schreien. Sie schrie den ganzen Weg bis zu

dem Kirchentor. Dann versetzte ihr der Capitan zwei harte Schläge ins Gesicht. »Hör auf, oder ich lasse dich kreuzigen.«
Die Frau barg den Kopf in ihren Händen und weinte mit erstickter Stimme weiter.
»Hör zu«, sagte der Capitan zu Robert. »Du großes occitanisches Schwein wirst verbrannt. Und während du vor dich hin röstest, werden wir uns mit deiner Möse von Frau ein wenig vergnügen. Es wird dein Abschiedsblick auf diese schöne und unvergleichliche Welt sein.«
Robert wandte kurz den Kopf. Er schien etwas zu betrachten, bevor sein Blick sich wieder dem Söldner zuwandte. Seine Stimme klang plötzlich seltsam unbeteiligt. »Du hast geschworen, sie heil und gesund nach Limoux zu bringen.«
Der Capitan grinste. »Eine wenig Spaß wird ihrer Gesundheit nicht schaden.«
»Nein«, schrie Theodosia gellend. »Nein!« Der Capitan trat ihr in den Bauch. Die Frau krümmte sich aufstöhnend auf dem Boden.
Einige Vögel zogen krächzend über den Ort und flogen dann flach, immer engere Kreise ziehend, zum Friedhof hin. Die Söldner banden Robert auf dem schnell errichteten Scheiterhaufen fest, während Theodosia zu Boden geworfen und ihr Kleid in die Höhe geschoben wurde. Sie begann wieder zu schreien.
Der Capitan ging kurz zu ihr hin, hob die Hand, um sie neuerlich zu schlagen. Er wollte noch etwas sagen, aber der Armbrustbolzen, der sich in seine Kehle bohrte, ließ ihn aufstöhnend nach vorne fallen. Verwirrt griffen die Söldner, die nun allesamt auf dem Platz vor der Kirche versammelt waren, zu ihren Waffen. Zwei weitere Armbrustbolzen ließen einen der Routiers zu Boden taumeln. Dann kamen die Reiter die kleine Allee hinuntergefegt. Sie hieben mit ihren Schwertern auf die flüchtenden Routiers ein und machten sie erbarmungslos nieder. Sie trieben die Söldner vor sich her wie das Wild auf einer Treibjagd und schlachteten sie ohne Gnade. Als auch der letzte tot war, kam der Anführer der Kavalleristen langsam zu ihnen geritten.
»Willkommen, Brian«, sagte er.
»Sei gegrüßt, Courtrain«, antwortete der Troubadour.
Der Mann mit dem grauen Bart gab zweien seiner Leute das Zei-

chen, die Gefangenen zu befreien. Dann kniete er sich neben Theodosia nieder, legte ihren Kopf in seinen Schoß und strich der weinenden Frau über das Gesicht.
»Schön, daß Rotgers Bote dich doch noch gefunden hat«, sagte Brian.
»Wir sind seit zwei Tagen auf eurer Spur. Gerade, als ihr das verdammte Dorf hier betreten habt, hatten wir euch gesichtet.« Courtrain wandte sich de Bantrac zu, der von dem Pfahl bei dem Holzstoß losgebunden wurde. »Es tut mir leid, Robert«, sagte er. »Aber wir mußten warten, bis die Söldner alle auf einem Platz waren. Wenn nur einer von ihnen entkommen wäre, hätten wir noch heute Montforts Leute auf unseren Fersen.«
Der Normanne nickte und kniete sich neben Theodosia nieder. Die Frau richtete sich auf und umarmte ihn. »Ich habe die Armbrustschützen auf den Dächern bemerkt«, sagte Robert.
Courtrain deutete auf die toten Routiers. »Die hier hatten keine so guten Augen.«
»Das sind keine Krieger. Das ist Abschaum«, meinte der Normanne, während er Theodosia umarmt hielt und sie zärtlich streichelte.
»Begraben wir die Leichen?« fragte Brian.
»Gott verzeihe mir diese Sünde, aber wir haben keine Zeit dafür.«
Brian nickte und ging in die Kirche. Er trat mit dem in Leinen gewickelten Kind wieder zu Courtrain.
»Bist du endlich Vater geworden?« fragte der Graubärtige.
»Auf eine ungewöhnliche Art und Weise.«
Courtrain stieß einen Pfiff aus. Die Reiter begannen sich um ihn zu gruppieren. »Ein Teil meiner irregulären Kavallerie. Lauter Faidits. Lauter Ritter, die von Montfort von ihren Burgen verjagt wurden.«
Brian nickte den Männern lächelnd zu, von denen einige belustigt auf das Kind in seinem Arm wiesen. »Einer unserer Leute ist ernstlicher verletzt«, sagte er dann zu Courtrain und deutete auf Carles.
»Wenn er ein Cavalier ist, wird er bis zu unserem Zielort durchhalten.« Brian wußte, daß Courtrain recht hatte. Ein Ritter oder

Krieger war stolz auf seine Wunden. Er schämte sich nur seines Todes.

»Dann reiten wir«, sagte der Troubadour.

»Willst du nicht wissen, wo es hingeht?« fragte der Graubärtige neugierig.

»Ich weiß es, Courtrain d'Erbil«, erwiderte Brian und lächelte wieder. »Ich weiß es längst.«

Sie ritten die nächsten drei Tage in die Berge östlich der Agly. Während der kurzen Pausen, die sie einlegten, kümmerte sich Theodosia, die nach der unvermuteten Rettung ihre Ausgeglichenheit wiedergefunden hatte, um das kleine Mädchen, das Brian mitgenommen hatte, und um Carles, der hohes Fieber hatte und zeitweise zu delirieren begann.

»Wie weit ist es noch?« fragte Theodosia Courtrain d'Erbil.

»Einen Tag und eine Nacht«, sagte der Graubärtige.

»Ich hoffe, sie überleben es beide«, meinte die Griechin. »Ich hoffe, Gott schenkt ihnen diese Gnade.«

Brian hielt sich während des ganzen Rittes an Courtrains Seite.

»Weshalb bist du in die Occitanie zurückgekehrt?«

Courtrain schüttelte seinen grauen, lockigen Kopf. »Pedro d'Aragon wird langsam erwachsen. Er braucht mich nicht mehr.«

»Ist das der einzige Grund?«

»Nein«, sagte Courtrain d'Erbil. »Ich bin nun über sechzig Jahre alt. Es wird Zeit, heimzukehren.«

»Du hältst dich wie ein Vierzigjähriger.«

»Ich weiß. Und Guillaume de Maréchal ist noch mit über achtzig in seine letzte Schlacht geritten.« Er lächelte. »Dennoch. Es ist Zeit, Brian. Es ist Zeit, zu gehen.«

»Du machst eine ebenso gute Figur wie Montfort. Der Graf von Leicester ist dreiundfünfzig.«

»Möglich. Al-Tustari hat mir einige Kniffe gezeigt, wie man sich jung erhält. Aber niemand mag ewig leben.«

Brian lächelte. »Ich schon.«

Courtrain nickte. »In dreißig Jahren wirst du anders darüber denken. Ich für meinen Teil möchte im Sattel und im Kampf sterben.«

»Als Ritter.«
»Ja, Brian«, sagte Courtrain. »Als Ritter. Als Cavalier.«

Sie erreichten das neuerrichtete Dorf am nächsten Nachmittag. Schon über eine Stunde vorher hatten sie die Wachen entlang des serpentinenartigen Weges bemerkt, den sie entlanggeritten waren. Die Männer grüßten sie erfreut, als sie Courtrain d'Erbil erblickten.
Das Dorf selbst bestand ausschließlich aus Blockhütten, die mehr oder weniger groß waren. Manche glichen aus Holz geschnitzten Hallen. Brian bemerkte sogar eine aus Baumstämmen gefertigte Kirche, die am Rande der Siedlung stand.
Die blonde Frau hielt sich abseits der anderen, und Brian lenkte sein Pferd aus dem Trupp heraus. Er zügelte es kurz und betrachtete sie. Es war fast schmerzhaft für ihn festzustellen, wie sehr er sie liebte. Du bist meine Wahrheit, dachte er. Meine einzige in dieser gottverdammten Welt. Die Frau lächelte ihm zu. Ein Lächeln des Verstehens. Ein Lächeln der Erwartung. Er gab seinem Pferd leicht die Sporen und trabte auf sie zu, während sich die Frau durch das Haar fuhr. Helles, langes Haar, das ihr über die Schultern glitt. Goldene Spuren einer Sehnsucht, die kein Ende hatte.
Als Gaelle zu ihm trat, reichte er ihr das Kind. »Ich habe sie Esclarmonda genannt«, sagte er und stieg vom Pferd.
Gaelle strich dem Kind mit dem Finger über die Lippen. Das kleine Mädchen lächelte. »Sie ist halb verhungert. Wo hast du sie nur gefunden?«
»In einem Dorf südlich von Limoux.«
Die Frau hielt das Kind in ihren Armen und blickte ihn an. »Ich bin froh, dich zu sehen, Troubadour. Du hast mich länger als die vierzig Tage warten lassen.«
Er deutete auf das Kind. »Das ist meine Entschuldigung dafür.«
Gaelle lachte unvermittelt und fröhlich. »Ich liebe dich, du verrückter Narr.«
Brian legte den Arm um ihre Schultern und küßte sie sanft. »Ich liebe dich, mieu amor«, sagte er leise. »Ich liebe dich mehr als alles auf dieser Welt.«
Sie trafen Fays bei den neueingelangten Flüchtlingen. Die kleine,

gedrungene Frau hörte sich ihre Geschichten, die meist Leidenswege bitterster Art beschrieben, geduldig an und teilte ihnen dann ebenso Trostworte wie Essen und Schlafplätze zu. Brian wartete geduldig, bis Fays fertig war. Gaelle war mittlerweile gegangen, um das Kind zu versorgen.
»Wir haben dich früher erwartet«, sagte Fays, als sie zu dem Troubadour trat.
»Ich scheine für jedermann in meinem Leben zu spät zu kommen«, erwiderte Brian.
»Manchmal«, sagte Fays. »Manchmal bist du zu spät gekommen.«
»Diesmal nicht?«
»Nein«, meinte Fays. »Diesmal nicht. Hast du nicht bemerkt, wie sie dich angesehen hat?«
Brian nickte. »Béziers«, sagte der Troubadour nach einer Pause. »Ich muß mit dir darüber sprechen.«
»Nicht heute«, sagte die kleine Frau. »Komm mit mir. Ich zeige dir unser Dorf.« Sie nahm Brian und zog ihn mit sich. Sie wies auf die langgestreckten Holzhäuser. »Dort bringen wir die Flüchtenden unter.«
»Katharer?«
»Katharer, Katholiken, Juden.« Sie blickte zu Brian hoch. »Ein Freund von dir ist auch darunter.«
»Wer?«
»Baruch. Baruch ben Gerson.«
»Wo ist er?« fragte der Troubadour.
Fays legte ihren Arm auf den Brians. »Sprich morgen mit ihm. Schenke dir heute Frieden. Jage dich nicht immer selbst so lange, bis du beinahe deine Seele verloren hast.« Die Frau deutete auf die Kirche. »Dort beten die Katholiken.« Sie wies auf ein kleines Gebäude. »Dort die Juden.« Sie lächelte. »Den Katharern genügt der Himmel über ihnen.«
»Ein Abbild der Occitanie, das sich in den Bergen versteckt.«
»Vielleicht. Auf eine bizarre Art und Weise«, bestätigte Fays. »Gaelle hat das Geld aufgetrieben, damit wir den Flüchtenden helfen können, nach Aragon zu entkommen. Sie hat es aus Perpignan kommen lassen.«

»Ich wußte gar nicht, daß es in Perpignan eine Filiale des Handelshauses Vidars gibt.«
»Es gibt viel, was du nicht weißt, mein Freund.«
»Wie lange glaubt ihr das Dorf hier halten zu können, ohne daß ihr entdeckt werdet?«
»Bis Ende November, denke ich. Dann kommt der Schnee, Brian. Gaelle und ich werden uns von hier zurückziehen.«
»Wohin?«
»Ich weiß es noch nicht. Gaelle mußt du wohl selbst fragen.«
Der Troubadour spürte mit einem Male die Anstrengungen der letzten Tage. Er fühlte sich müde und zerschlagen. »Wo kann ich schlafen, Fays?«
»Bei Gaelle.« Fays deutete auf ein kleines Blockhaus nahe der Kirche. »Dort. Dort wohnt sie.«
Brian nickte ihr dankend zu und wollte sich auf den Weg zu den Ställen machen, um seinen Packen zu holen, als Fays ihn am Arm zurückhielt. »Ein Mönch aus Pamiers war hier. Er hat sich nach dir erkundigt.«
»Ein Mönch?« fragte Brian verblüfft. »Ein Mönch, der euch nicht an Arnaud-Armaury verraten hat?«
»Dieser würde es nie tun.«
»Wie heißt er?« fragte Brian.
»Dominikus«, sagte die Perfecta. »Dominikus.«

Er und Gaelle lagen eng aneinandergedrängt in dem schmalen Bett. Das Kind war in einer Wiege untergebracht, die die blonde Frau wie aus dem Nichts herbeigezaubert hatte.
»Willst du das Mädchen behalten?« fragte Brian und deutete auf die Wiege.
»Was denkst du?«
»Daß es bei dir bleiben wird.«
Gaelle lachte leise. »Du bist ein kluger Mann, Troubadour.«
»Béziers...«, begann Brian, als Gaelle ihn unterbrach.
»Ich hatte große Angst um dich«, sagte die blonde Frau, deren Kopf an seiner Schulter lag.
»Ich bin der einzige, der überlebt hat.«
»Und jetzt fühlst du dich schuldig.«

»Ja«, sagte der Troubadour.
»Schuldig wegen Flêche und all den Tausenden, die um dich herum gestorben sind.«
»Ja«, sagte Brian. »Schuldig und verzweifelt.«
»Es ist ein Wunder, daß du überlebt hast«, sagte Gaelle. »Nicht weniger und nicht mehr.«
»Ich bin kein Mensch, dem Wunder widerfahren.«
»Du bist ein Mann, dem ständig Wunder begegnen.« Sie drückte ihre Lippen an seinen Hals. »Sprich mit Fays darüber.«
»Die Schuld ...«
»Die Schuld ist eine Frage Gottes, Troubadour. Wir sind nur schwache und leichtfertige Menschen. Wir wissen sehr wenig über sie.«
Brian schwieg und schloß kurz die Augen. »Dieses Kind scheint ebenso müde wie ich zu sein«, sagte er und deutete auf die Wiege.
»Es schläft. Es schläft sich gesund.« Die Frau streichelte behutsam Brians Gesicht. »Du hast mir gefehlt, Troubadour«, sagte sie dann.
»Ich hatte nicht gleich verstanden, wohin du gegangen bist.«
»Nachdem Sarvas von Peire besetzt war, gab es nur mehr den einen Weg.«
»Ich habe es begriffen. Ein wenig spät, bei Gott, aber ich habe es begriffen.«
»Ich bin glücklich, Brian. Zum ersten Mal hast du nicht nach einem Traum, sondern nach mir gesucht.«
»Du bist mein Einziges, Gaelle.«
»Ich hatte Angst, daß du dein Versprechen, zu mir zurückzukehren, nicht halten würdest.«
»Ich liebe dich. Ich wollte dich finden.«
Gaelle lachte wieder. »Du kluger Mann. Du starker Mann.«
Er umfaßte und küßte sie.
»Du bist meine Welt, Gaelle«, sagte er und erschrak vor der Größe seiner Worte.
Die blonde Frau legte ihm zart den Finger auf den Mund. »Sag nicht mehr über uns, als du halten kannst.«
»Bei Gott, ich weiß, wovon ich spreche. Zuviel ist aus den Fugen geraten, als daß ich nicht begriffen hätte, wohin ich gehöre.«
»Du bist ein Wanderer, Brian. Selbst wenn ich dich an die Wand

ketten würde, wärst du noch immer auf der Wanderschaft. Auf der Suche nach dem Vollkommenen.« Sie räkelte sich entspannt neben ihm. »Ich habe es längst begriffen.«
»Eines Tages wird es damit ein Ende haben.«
»Ja«, sagte Gaelle und drückte ihn an sich. »Eines Tages.«
Sie liebten sich die ganze Nacht bis zum Morgengrauen. Manchmal, wenn Brian für kurze Zeit einschlief, stand Gaelle auf und sah nach dem Kind.
Das Mädchen schlief tief und fest. Es schlief und lächelte im Traum.

»Béziers. Es hat dich aus dem Gleichgewicht gebracht, Troubadour«, sagte Fays, als Brian ihr seine Geschichte erzählte.
»Das hat es.«
Fays sah ihn an, als sie kurz auf dem Waldweg innehielten. »Hör zu, Brian. Was um dich herum geschieht, kannst du oft genug nicht ändern. Nenne es Schicksal, Gott oder die Hölle, aber laß es nicht zu deinem Leben werden. Versuche einfach durch dein Glück, Glück in diese Welt zu bringen. Etwas anderes kannst du nicht tun.«
»Und es begreifen?«
»Das kann wohl niemand.«
»Du«, fragte der Troubadour. »Begreifst du es?«
»Ich will es nicht mehr begreifen«, antwortete die Perfecta.
»Weshalb?«
»Weil ich es nicht mehr will.« Die kleine Frau schüttelte den Kopf. »Bei Gott, bist du ein starrsinniger Mann.« Sie zog ihn auf eine bemooste Stelle am Rande des Weges nieder. »Brian, versuche diesen Fragen über den Verlauf deines eigenen Lebens nahezukommen. Was bist du zu allererst, Brian de Martial?«
Brian zögerte kurz. »Ein Ritter, denke ich.«
»Was ist ein Ritter in deinen Augen?«
»Ein Mann von Ehre. Ein Mann von Ehre, der sich für die Schwachen einsetzt.«
»Gut«, sagte Fays und nickte mit dem Kopf. »Und was setzt das voraus?«
»Ich verstehe deine Frage nicht.«

»Ich meine, daß ein solcher Mann wohl vor allem stark und mutig sein muß; daß er Würde und ein ausgeprägtes Gefühl für das Richtige besitzt. Bist du hier meiner Meinung?«
Brian nickte.
»Das ist die Aufgabe deines Lebens, die du zu stärken hast. Was nützen die Fragen nach dem Unbeantwortbaren? Du hast den Weg eines Ritters erwählt. Geh ihn einfach. Finde Gott auf diese Weise.«
»Ist das so einfach?«
»Vielleicht noch einfacher. Du bist doch Troubadour, Brian. Hast du nie darüber nachgedacht, was Joi, Cortezia, Mezura, Largueza und Joven in Wahrheit bedeuten?«
»Ich bin mir nicht mehr sicher, Fays. Seit Béziers bin ich mir kaum noch etwas sicher.«
»Cortezia«, sagte Fays, »bedeutet nicht nur Höfischkeit und gute Manieren, Brian. Es ist auch der Respekt vor dem Leben; Joi ist nicht nur die Freude über die Liebe zu einer Domna, sondern die Freude über die Erkenntnis, daß in dieser Existenz alles mit allem verbunden ist; Largueza ist nicht nur Freigiebigkeit, sondern auch die Rückerstattung der Gaben deines Lebens an das Sein; Joven ist nicht nur Jugend, sondern die Fähigkeit der inneren Erneuerung, und dies, mein Freund, ein ganzes Leben lang; Mezura ist nicht nur Maß, sondern auch das Begreifen der Unsinnigkeit aller Extreme. Umfasse einfach all dein Leben mit diesen Begriffen von Cortezia, Mezura, Joi und Joven. Gehe den Weg des Troubadours ebenso wie den eines Ritters in all seiner letzten Konsequenz. Auch du wirst dann eines Tages keine Fragen mehr stellen wollen, weil es einfach keine Fragen mehr für dich gibt, Brian.«

Der Mann mit dem blonden, gekräuselten Haar, den träumerischen blauen Augen und den zarten, sensiblen Händen klopfte den Staub von seinen Sandalen, als er sich auf den umgestürzten Baum niedergesetzt hatte.
»Seid wann seid Ihr bewaffnet?« fragte Brian und deutete auf die Ausbuchtung, die das Kurzschwert in seinem Gewand zeigte.
Der Mann lächelte sein unwiderstehliches Lächeln. »Es sind zwei Attentate auf mich verübt worden, seit wir uns das letzte Mal sahen. Es sind wirre Zeiten.«

»Könnt Ihr mit einem Schwert umgehen, Frater?«
Der Mönch schenkte ihm einen milden Blick. »Ich bin Kastilier. Spanier.«
Brian legte die Beine übereinander und verschränkte seine Hände über seinen Knien. »Weshalb habt Ihr mich gesucht, Frater?«
»Weil Ihr mir geholfen habt, aus meiner Ratlosigkeit herauszufinden«, sagte Dominikus de Guzman. »Ich wollte Euch dafür danken.«
»Ihr tut mir mehr Ehre an, als ich es verdiene.«
»Nein«, wehrte Dominikus ab, »es war sicher eine Fügung Gottes, daß wir uns begegnet sind. Ich hatte das Gefühl, versagt zu haben. Versagt vor Gott. Versagt vor dem Urteil der Menschen.«
»Ich konnte nichts tun, um Euch davon zu befreien, Frater.«
»Ihr habt sehr viel getan«, sagte der Mann, der eines Tages ein Heiliger werden sollte. »Ihr habt Gleichheit, Liebe und wahre Ehre für alle Menschen gefordert. Ihr meintet, daß wir immer, von Tag zu Tag, stetig, die heilige Aufgabe hätten, die Innigkeit und Bedeutung dieser Worte allen Menschen dieser Welt zu verkünden.«
»Ja«, sagte der Troubadour. »Das habe ich gesagt.«
»Seht, mein Freund, ich muß den Wegen der Kirche folgen. Sosehr ich diesen Kreuzzug auch mißbillige, ich kann ihn nicht ungeschehen machen. Ich werde ihn nie offen verurteilen können.« Dominikus blickte kurz zu dem hellen, wie blankpolierten Himmel auf. »Ich habe jahrelang darum gekämpft, eine große Bewegung der Bekehrung in der Occitanie zu erwecken. Eine Bewegung, über die die Katharer und Waldenser in den Schoß der Kirche hätten zurückfinden können.« Er schwieg kurz. »Man hat uns im Stich gelassen, d'Osma und mich. Zu zweit waren wir zu schwach.« Dominikus wandte sich Brian zu, und sein Lächeln war nun voller Selbstironie. »Wißt Ihr, wie viele Anhänger ich bisher für mich gewonnen habe? Sechs. Ganze sechs Männer, Brian de Martial.«
»Ihr habt dennoch nicht versagt, Frater.«
»Sagen wir, daß ich gelernt habe. Ich werde mich auch in Zukunft nicht an der Verfolgung der Häretiker beteiligen. Ich bin und bleibe Gottes störrischer Freund, de Martial. Nur habe ich mich jetzt ein für allemal zu einem Weg entschlossen, den ich bis zum Ende meines Lebens gehen werde.«

»Zu welchem?« fragte der Troubadour.
»Dieses Blutbad, das jetzt in der Occitanie stattfindet, kann sich jederzeit und überall wiederholen. Man muß seine wahren Ursachen erkennen.«
»Und was sind für Euch seine wahren Ursachen?«
»Was eint all diese Sektierer?«
»Ihr Glauben.«
Dominikus verneinte höflich. Alles an diesem Mann war höflich.
»Ich liebe den Geruch der Feuchtigkeit und des Harzes«, sagte er unvermittelt. »Ihr auch?«
»Sehr. Es ist wie ein Zeichen des frühen Herbstes.«
»Nein«, fuhr Dominikus ebenso unvermittelt fort, wie er seinen Gedankengang unterbrochen hatte. »Es ist der Haß auf die katholische Kirche, die sie eint. Es gibt ebenso viele katharische Lehren, wie es Katharer gibt. Bei den Waldensern ist es kaum besser. Warum meint Ihr, hassen sie alle zusammen die Heilige Katholische Kirche?«
»Ihr werdet es mir sagen, Frater.«
»Weil sie plump geworden ist. Weil sie korrupt wurde. Deshalb hassen sie sie. Deshalb gibt es den Nährboden für all diese obskuren Sekten. Ich plane aus diesem Grunde einen Orden zu gründen, Brian de Martial. Einen Orden der Armen für die Armen. Eine Gemeinschaft, die den Menschen Brot und Würde geben wird.« Er blickte neuerlich Brian mit seinen sanften, blauen Augen an. »Und damit die Ehre.«
»Das alles wollt Ihr mit diesem Orden erreichen?«
»Mehr noch, de Martial. Die Bekehrung all jener, die sich der Kirche entfremdet haben. Das Miteinander an Stelle des Gegeneinanders. Das Ende des Schweigens.«
»Das ist viel, Frater.«
Dominikus blickte jetzt belustigt. »Ich will noch mehr als dies, Troubadour. Ich werde einen langen Weg zur Macht antreten. Zu all den Zentren der Macht, die es innerhalb der Kirche gibt. Eines Tages sollen die Päpste von uns gestellt werden und nicht mehr von Cluny oder Citeaux. Ich will, wenn Euch dieser Ausdruck nicht allzusehr mißfällt, die Kirche an Haupt und Gliedern erneuern.«

Brian blickte ihn schweigend an. »Das ist ein Programm für hundert Jahre«, sagte er dann.
»Fünfzig«, berichtigte ihn Dominikus. »Fünfzig Jahre. Mehr benötigen wir nicht. Brian de Martial, von allen Argumenten ist das Argument der Autorität das schwächste. Ich will Macht, um überzeugen zu können. Ich will Macht, um gierige Äbte, Bischöfe und Kardinäle in Zaum zu halten. Um sie wieder an die Grundsätze der Bergpredigt zu erinnern.«
»Wenn es jemandem gelingt, dann Euch.«
»Ich danke Euch für Euer Vertrauen«, sagte der höfliche und sanfte Mönch. Dann zog er ein Manuskript aus seiner Kutte. »Das ist für Euch, Brian de Martial. Mein Diarium. Mein Tagebuch bis zum heutigen Morgen.«
»Warum vertraut Ihr mir das an?« fragte der Troubadour erstaunt.
»Ich habe das Gefühl, Euch etwas schuldig zu sein, de Martial. Wenn Ihr dieses Buch in Euren Händen habt, könnt Ihr jeden Handel mit der Kirche abschließen. Falls sie Euch und Eure Domna bedrohen sollte.«
»Ich danke Euch.«
»Das ist natürlich nicht der einzige Grund«, meinte Dominikus schmunzelnd. »Es sind die Gedanken eines Suchenden. Auch Ihr, Brian de Martial, seid ein solcher. Kurzum, ich wünsche mir einen Leser.«
»Ihr begeht die Sünde der Eitelkeit, Frater«, sagte der Troubadour amüsiert, als er die Pergamentrollen in seinem Wams verstaute.
»Wissentlich, mein Freund. Ich werde sie beichten.« Er blickte auf die Landschaft, die klar und sonnenüberflutet zu ihren Füßen lag. »Ich werde nie begreifen, wie die Katharer die Welt als eine Schöpfung des Bösen betrachten können.«
»Ihr wart nicht in Béziers.«
»Ich habe anderes gesehen. Nichts davon konnte mein Gottvertrauen ins Wanken bringen.« Er stand auf. »Grüßt Fays von mir. Wäre sie Katholikin, würde sie die Kirche eines Tages seligsprechen.«
»Nur hat sie sich vom Katholizismus abgewandt.«
»Das sind Fehler, die ich in Zukunft ändern möchte. Jeder Recht-

gläubige, wie immer er auch fühlen mag, soll Platz im Schoß der Kirche finden.« Er schwieg. Dann legte er seine Hand auf die Schulter des Troubadours. »Gott schütze Euch, Brian de Martial.«
»Gott gebe Euch die Kraft, die Welt zu verändern, Frater.«
»Wißt Ihr, wie mein Orden sein soll? Wie ein Garten, schön und großzügig, voller Duft und guter Laune.« Er lächelte neuerlich. »Umarmt die Domna Gaelle de Vidars von mir. Sie ist eine entzückende junge Frau.«
»Wann habt Ihr sie denn kennengelernt, Frater?«
»Das letzte Mal, als ich Euch hier suchte.« Er winkte Brian zu, ging und blieb dann nach einigen Schritten stehen. »Ich habe in allem, was ich tat, nach Vollkommenheit gestrebt. In manchem bin ich ihr nahegekommen. In einem aber werde ich stets unvollkommen bleiben. Viel lieber als mit Euch, Brian de Martial, oder mit all meinen Freunden im Glauben, habe ich mich stets mit schönen jungen Frauen unterhalten.«
Dann schritt Dominikus de Guzman gemessen den Waldweg des Berges hinab, dem Tal, der Welt und seinen Plänen zu.

In diesem Herbst des Jahres 1209 schien es Brian de Martial, als sei er seinem vollkommenen Lied näher gekommen. Er empfand die Welt als klar und licht in jener Zeit, und über allem schien eine befreiende Trägheit der Leichtigkeit zu liegen. Die Zeit floß in langsamer Behutsamkeit. Es war die Herbstsonne, die ihm eine wunderbare Ahnung verlorener Paradiese wiederbrachte, eine goldene Sonne, die sich über die ermattete Landschaft ergoß, zwischen Ästen aufleuchtete und scharfgezeichnete Schatten auf den nach Moos und Pilzen riechenden Boden warf. Eine Bernsteinsonne, die alles durchdrang, Gedanken und Seelen, eine flüssige, golddunkle Kraft, die in dem Rot der Blätter die Ahnung der Ewigkeit verkündete und Spuren der Vergänglichkeit auf mit Laub bedeckten Wegen zeichnete. Eine Sonne, die mächtig war und doch den Menschen freundlich, eine Sonne, die er in Liedern Gaelle schenkte, mit all ihrem hellen Fluten, Ergreifen und Verströmen.

Nach den ersten zehn Novembertagen begann es zu regnen. Nebel fielen ein und tauchten die Welt in eine milchiggraue Einsamkeit.

Die Wege, die zu dem Dorf hinaufführten, wurden schlammig und waren nur mehr mit Mühe zu begehen. Immer wieder prasselte der Regen auf die Holzdächer, rann die Baumstämme entlang herab in die aufgewirbelten Pfützen, wurde zu schräg herabfallenden, vom Wind gepeitschten, silbernen Schleiern, die das Dorf von der Welt aussperrten. Am vierzehnten November befahl Fays den Abmarsch ins Tal, während die letzten Flüchtlinge von Courtrains Leuten nach Foix oder Aragon gebracht wurden.

Die Tage des bernsteinfarbenen Lichts waren vorüber.

26. Kapitel

SARVAS, GEDEVAN, CIORNAC
Herbst 1210

Im September 1210 erhielt Peire de Gedevan die Abschrift des langersehnten Schreibens, das er von Arnaud-Armaury eingefordert hatte und das nun von Simon de Montfort ausgestellt worden war. Es beinhaltete den Beschluß des Vizegrafen, die Domna Ana de Ciornac, ungeachtet des Lehenseides, den sie ihm geleistet hatte, zu ächten und ihres Besitzes für verlustig zu erklären. Die Domna Ana de Ciornac hätte sich das Eigentum der Burg Gedevan erschlichen und diese gegen alle gesetzlichen Bestimmungen für sich behalten. Die Domna Ana de Ciornac wäre also dazu angehalten, ihre gesamten Besitzungen schnellstmöglich ihrem Bruder Peire zu übergeben. Als Kompensation für Ciornac würde der Domna ein Lehen im Albigeois zugesprochen werden, das zwar kleiner und weniger ertragreich wäre, aber über dessen Nutzen auch ihre Söhne, unter der Voraussetzung des geleisteten Lehenseides, in späterer Zeit verfügen könnten.

»Wird sie sich unterwerfen?« fragte Galarda, als sie neben dem prasselnden Kaminfeuer saß.

»Niemals«, antwortete Peire de Gedevan.

»Was wirst du also tun?«

Peire legte den Brief auf den Schrankkoffer. Dann schritt er zu Galarda und strich ihr sacht über das dunkle Haar. »Das richtet sich danach, was sie vorhat. Gedevan ist im Sturm zu nehmen. Ciornac nicht. Ich an ihrer Stelle würde mich nach Ciornac zurückziehen.«

»Auf dem Weg nach Ciornac also?« Galarda hob ihren Kopf und suchte seinen Blick.

Peire nickte. »Auf dem Weg von Gedevan nach Ciornac werden wir sie bekommen.«
»Weshalb bist du dir so sicher?«
Peire trat hinter sie und umfaßte ihre Brüste. »Einer ihrer Leute ist von mir bestochen. Selbst wenn sie hastig aufbrechen sollte, werde ich es zur rechten Zeit wissen.«
»Es erregt dich, nicht wahr?« fragte Galarda, während sie Peire zu sich zog und mit ihren Fingern seine Lippen berührte.
»Was erregt mich?«
»Der Gedanke, sie in deine Hände zu bekommen.«
»Ich will nicht verhehlen, daß er mir Lust bereitet.«
Die Frau stand auf und zog ihr Hemd über den Kopf. »Ich hasse sie. Sie hat mich gedemütigt. Sie hat auf mich eingepeitscht, als sie dich gefangennahmen.«
Nackt drehte sich Galarda zu Peire und strich mit den Händen über seinen Körper. »Was willst du mit ihr tun? Sie laufenlassen?«
»Das kommt ganz darauf an, welche Gefahr sie für mich bedeutet.«
Galarda zog ihn mit sich zu Boden und rollte sich auf den Teppich. Dann begann sie, die Schnüre seines Bliauts zu öffnen. »Sie ist immer gefährlich«, sagte die Frau, bevor ihr Mund Peires Blößen zärtlich mit Liebkosungen bedeckte.
»Was, meinst du, sollte ich mit ihr machen?« sagte Peire.
Die Frau löste sich von seinem Körper und bog den ihren zurück, stützte sich mit den Händen nach rückwärts auf und bot ihm ihre kleinen, festen, emporgestreckten Brüste dar. »Leg sie in Ketten, Peire.«
Der Mann küßte sanft ihre Brustwarzen. »Das wird mir Schwierigkeiten mit Montfort einbringen.«
»Du hast Arnaud-Armaury hinter dir.«
Die Frau richtete sich auf und drückte den Mann zärtlich und behutsam auf den Teppich zurück. Dann kniete sie sich mit lässiger, aufreizender Langsamkeit über ihn. Ihre Scham befand sich nun dicht über seiner erigierten Männlichkeit.
»Kerkere sie ein, Peire«, sagte sie, bevor sie ihren Körper nach unten sinken ließ, bis die feuchte Mitte zwischen ihren Schenkeln kaum spürbar die Spitze seines Gliedes berührte.

»Wenn ich sie in meiner Gewalt habe, könntest du sie töten«, sagte der Mann mit dem weißen Haar.
»Vielleicht. Vielleicht würde ich es tun«, sagte Galarda, die sich mit einer leicht kreisenden Bewegung sanft herabsinken ließ und das aufragende Glied nun gänzlich in sich aufnahm. Sie stöhnte leise und ließ ihren Kopf genußvoll in den Nacken fallen. »Vielleicht würde es auch mir Lust bereiten, Peire«, sagte sie mit geschlossenen Augen.

Als Ana de Ciornac den Brief Simon de Montforts in Händen hielt, ließ sie ihren Sohn Gonzalgo nach Gedevan kommen.
»Lies«, sagte die Frau mit dem hennagefärbten Haar und hielt Gonzalgo den Brief Montforts entgegen.
»Das bedeutet Krieg«, sagte Gonzalgo, der das Schreiben zu Boden warf.
»Krieg mit wem, du Narr? Krieg mit Montfort?« Anas Stimme war hell und schneidend geworden. »Willst du dich in die Reihen der Faidits begeben? Der landlosen und vertriebenen Ritter?«
Gonzalgo schüttelte den Kopf. »Wir können dem nicht kampflos zustimmen, Loba.«
»Hör zu«, sagte die Frau und zog den Mann an seinem Wams zu sich. »Es geht um dein Erbe, du Narr. Du kannst ein sicheres kleines Lehen in Albigeois bekommen. Oder aber du kämpfst, und wir riskieren, alles zu verlieren.«
»Ciornac ist gut zu verteidigen.«
Ana schlug ihm ins Gesicht. In ihren Augen standen Tränen der Wut, als ihre Hände sich in seinen Schultern verkrallten. »Montfort hat Minerve und Termes eingenommen. Zwei der stärksten Festungen der Occitanie. Der Senher von Cabares hat ihm seinen Besitz kampflos überlassen. Cabares, hörst du, Gonzalgo? Cabares, die Burg der Burgen!«
Gonzalgo hielt die Hände Anas zurück. »Wir werden Gedevan aufgeben und Ciornac halten, Loba. Über Ciornac werden wir mit Montfort verhandeln. Bei dieser Burg muß er ein Einsehen haben.«
»Verstehst du noch immer nicht, du Dummkopf? Das ist alles längst abgesprochen. Gedevan, Sarvas und Ciornac sind der Preis

für Peires Hilfe bei der Aufstellung des Kreuzzuges. Dieses Schwein von Abt hat ihm unsere und Bantracs Güter versprochen.«
»Was versprochen wurde, kann auch wieder rückgängig gemacht werden.«
»Wie?«
»Ich werde Montfort sechshundert Mann aus Ciornac zuführen und zusätzlich zweihundert Söldner für ihn anwerben lassen.«
Für einen Augenblick beruhigte sich die hochgewachsene Frau in dem hellen, grünen Brokatkleid. »Du meinst, daß du das schaffen kannst?«
»Es wird uns die Ernte von drei Jahren kosten.«
»Aber wir könnten Ciornac behalten.«
»Darum geht es uns doch, Loba.«
»Und Gedevan?« fragte die Frau mit dem rötlichen Haar.
»Gedevan mußt du aufgeben.«
»Es gehört mir.«
»Gedevan ist verloren. Darüber können wir mit Montfort niemals verhandeln.«
Die Frau ging zu den Fensterläden und stieß sie auf. Helles, blendendes Licht fiel auf ihr Gesicht.
»Ich würde alles tun, um es zu behalten.«
»Es geht nicht, Loba. Du hast mir selbst vorhin erklärt, warum.«
Die Frau wandte sich ihm zu. »Dann reite nach Ciornac. Treibe das Geld für die Leute auf, die du Montfort schicken willst.«
Gonzalgo nickte. Er drehte sich um und ging zu dem gewölbten Portal, das den Saal mit Gang und Stiege verband.
»Gonzalgo«, rief die Frau.
Der Mann drehte sich um.
»Entblöße unsere Verteidigung nicht. Verdopple die Besatzung von Ciornac.«
»Gut.«
»Dieses Schwein von Peire«, sagte Ana. An ihrer Stirn war eine Ader hervorgetreten, an der man das Pochen ihres Herzens erkennen konnte. »Ich wollte, er würde verrecken, bevor er noch einen Fuß nach Gedevan setzen kann.«
Gonzalgo grinste. »Dieser Krieg wird lange dauern, Loba. Wenn

Montforts Stern zu sinken beginnt, nehmen wir uns wieder Peires an.«

»Geh«, sagte Ana.

Ihr Sohn lächelte ihr zu und verließ den Raum. Sie hörte ihn eilig durch den Gang gehen und dann die Treppe hinunterlaufen.

Gedevan, dachte sie. Gedevan, meine einzige Liebe. Gedevan, meine Kindheit. Gedevan, mein Leben. Dann bemerkte sie, daß dies auch der Name Peires war, und begann zu weinen. Sie weinte vor Wut und Verzweiflung, vor Zorn und Bitterkeit. Warum beließ ihr Gott nicht, was ihr zustand? Warum wandte sich die Macht, diese einzige, offenkundige Wahrheit des Seins, der sie immer vertraut hatte, nun gegen sie? Dann erfaßte sie Zorn über ihre Tränen. Sie griff nach einem Tuch und trocknete die Wangen. Sie ging zu den Fensterläden und schloß sie mit einem Ruck. Es galt nachzudenken, wie sie Peire doch noch überlisten konnte. Sie dachte am klarsten im Dunkeln. Das Dunkel mochte sie. Das Dunkel hatte ihr niemals etwas angetan.

Die letzten drei Jahre bis zum Herbst 1210 waren für Jordas und Aude sehr glücklich. Parzié war wieder in ihre Hand gekommen, und der Krieg hatte ihr Land bislang zur Gänze verschont. Briefe von Gaelle und Brian hatten etwas von dem Entsetzen ahnen lassen, das im Süden der Occitanie herrschte, Faidits, die bei ihnen um Aufnahme baten, hatten ihnen einen direkten Eindruck der Geschehnisse vermittelt, aber die Wirklichkeit, die sie beide durchlebten, war ruhig und friedlich und kaum von äußeren Ereignissen gestört.

Aude hatte einen zweiten Sohn, Raymond, geboren, und Jordas kümmerte sich voller Energie um seine Besitzungen. Simon de Montfort hatte bislang keinen Lehenseid von ihm gefordert, und Jordas war der Überzeugung, daß es am besten wäre, die Dinge in Schwebe zu lassen. Er war der Kämpfe müde. Es gab andere und wichtigere Werte, die sein Leben bestimmten.

Ana de Ciornac hatte ihren Aufbruch mit der ihr eigenen Genauigkeit vorausgeplant. Als Gonzalgo ihr die Nachricht geschickt hatte, daß er die Truppen für den Vizegrafen würde stellen können und daß die Besatzung von Ciornac, wie besprochen, verdoppelt worden sei, hatte sie ihre Ritter zu sich gerufen und ihnen ihre Entscheidung, Gedevan Simon de Montfort zu überlassen, in scheinbarer Ruhe und mit aller Gemessenheit mitgeteilt. Sie hatte ihnen allen, auch den Söldnern, freigestellt, ihr nach Ciornac zu folgen oder sie zu verlassen. Nur etwa die Hälfte ihrer Leute waren letztlich bei ihr geblieben. So verließ sie im Herbst 1210 mit dreißig Bewaffneten und einem Troß von etwa fünfzig Knechten, Frauen und Kindern die Heimstätte ihrer Kindheit. Als sie in Begleitung ihrer baskischen Leibwächter aus der Burg herausgeritten waren, hatte sich Ana de Ciornac nicht mehr umgedreht, um einen letzten Blick auf das zu werfen, was ihr als die einzige Liebe ihres Lebens galt. Sie würde Gedevan erst dann wieder betrachten, wenn es von neuem in ihren Händen wäre. Gedevan hatte sie betrogen. Wie alle und alles auf dieser Welt.

Der Bote, der an dem regnerischen Abend in Sarvas eintraf, wurde zu Peire de Gedevan nicht vorgelassen. Er wartete im Regen, die Kapuze über den Kopf gezogen, bis der Senher von Sarvas sich einen Mantel übergeworfen und zu ihm hinuntergegangen war.
»Es ist besser, man sieht dich nicht in den Räumen der Burg«, sagte Peire, als er den Boten leise begrüßte. Der Regen klopfte mit rhythmischem Klang auf die Schieferdächer der Gebäude, auf die Zinnen der Wälle, auf die hölzernen Wehrgänge, die die Mauern umgaben, rann dann zu Boden, ließ den Lehm auf den ungepflasterten Seitenwegen glitschig werden, formte Pfützen auf dem mit Steinen bedeckten Boden, jenem vor dem Haus des Senhers und jenem vor dem Turm der Ritter.
»Ich begrüße das«, sagte der Bote.
»Wieviel Mann hat Ana bei sich?«
»Etwa dreißig Bewaffnete«, sagte der Mann mit der Kapuze.
»Wann ist sie losgezogen?«
»Heute morgen«, antwortete der Mann. Er wischte sich den Regen von Gesicht und Augen.
»Bis Ciornac braucht sie mit dem Troß fünf Tage. Am dritten, gegen Mittag, können wir sie erreichen.«
»Das meine ich auch.«

»Wann schickt ihr Gonzalgo eine Eskorte?« Peire merkte, daß sich sein wollener Mantel langsam mit dem Wasser des Regens vollsog.
»Gar nicht. Er bleibt mit verstärkter Besatzung in der Burg.«
Peire nickte. »Ahnt sie etwas?«
»Ihr Aufbruch fand in aller Stille statt. Ich glaube nicht, daß sie etwas befürchtet.«
»Du hast gute Arbeit geleistet, companho. Kehrst du jetzt zu ihr zurück?«
Der Mann mit der Kapuze schüttelte seinen Kopf. »Ich habe meinen Abschied genommen. Ich bin nur in der Nähe von Gedevan geblieben, um ihren Abzug zu beobachten.«
»Gut«, sagte Peire de Gedevan.
»Ihr schuldet mir fünfzig Goldstücke.«
»Ja. Natürlich.« Peire griff durch seinen Mantel nach seinem Hosenbund. Dann zog er das Messer und stieß es dem Mann in den Bauch. Der Bote öffnete den Mund, um zu schreien, als Peire die Hand auf sein Gesicht drückte und das Messer im Bauch des Verletzten umdrehte. Der Mann bäumte sich auf, griff kraftlos nach Peires Schulter und sackte dann zu seinen Füßen nieder. Peire bückte sich und wischte sein Messer an dem Mantel des Toten ab.
»Wo soll ich ihn verscharren?« fragte Ramon, der mit einem seiner Söldner aus der Dunkelheit zu Peire getreten war.
»Draußen. Im Wald.«
Ramon stieß mit seinem Stiefel gegen den Toten. »Er war ein guter Informant.«
»Geschmeiß«, sagte Peire. »Bestechliches Vieh.«
Ramon nickte und beugte sich nieder, um mit dem Söldner den Toten aufzuheben. Dann trugen sie ihn zum Burgtor, das ihnen ohne Befehl, wie auf ein geheimes Einverständnis hin, geöffnet wurde.
Der Mann war bei seinem Sturz in eine Pfütze gefallen. Sein Blut färbte das Wasser der Lache rot.
Der Regen, dachte Peire. Der Regen wird das Blut verdünnen, bis es nicht mehr sichtbar ist. Der Regen würde alle Spuren verwischen.

Es war noch dunkel, als sich im Hof von Sarvas die Reiter sammelten. Pferdebeine stampften in lehmige, morastige Erde, wühlten sie weiter auf, während andere Reiter im Klang von auf Stein schlagenden Hufen vom Turm der Ritter herangetrabt kamen. Die Fackeln wurden von Knechten gehalten, unruhige, sich bewegende Lichter, wenn die Männer eilig den Zurufen folgten, die an sie gerichtet wurden. Es waren an die hundert Mann, Ritter, Knappen und Söldner, die Peire um sich versammelt hatte. Flüche hallten durch die Nacht, wenn junge Burschen sich zu lange damit aufhielten, die Gurte der Beinschienen oder der Helme zu überprüfen. Der Regen prasselte auf sie alle herab, hüllte sie in eine dunkeldämmrige, morgenschwere Farbe.

»Sind wir soweit?« fragte Peire.

»In einigen Augenblicken, Senher«, sagte Ramon.

»Der Regen wird uns Zeit kosten.«

»Die anderen auch«, antwortete der aragonesische Söldnerhauptmann. »Wir werden sie gegen Mittag erreichen.«

Peire blickte auf die Reiter. »Ich verlasse mich darauf, daß du diesen Haufen hier so weit in die Hand bekommst, daß es keine Verzögerungen gibt.«

»Es sind gute Leute«, meinte Ramon. »Seid ohne Sorge. Wir werden sie zu Mittag bekommen.«

»Wo ist meine Frau?« fragte Peire.

»Dort«, erwiderte Ramon und wies zur Seite. »Dort kommt sie.«

Die dunkelhäutige Frau trug ein Lederwams, das mit Eisen beschlagen war. Ihre Haare zeigten sich lang und herabfallend unter dem Helm, während sie sich mit einer kurzen Bewegung das Schwert richtete, das um ihre Taille gegürtet war.

»Du wirst nicht kämpfen«, sagte Peire, als die Frau zu ihm herangeritten war.

»Wir werden sehen«, sagte Galarda.

»Ich habe keine Lust, dich in einem Scharmützel zu verlieren.«

»Dann teile mir einen guten Mann zu, der auf mich achtgibt.«

Peire blickte sie stumm an. Dann rief er nach Aimers. Ein junger Mann löste sich von der Gruppe der Ritter und hielt auf Gedevan zu.

»Senher?« fragte er.

»Du begleitest die Domna, wenn es zum Kampf kommt«, sagte Peire. Er lächelte unvermittelt seiner Frau zu. »Sollte sie zum Schwert greifen, dann schlägst du ihr den Weg frei.«
»Ja, Senher«, sagte der Ritter, nickte ihm und Galarda zu und ritt zu seinem Trupp zurück.
»Ich freue mich auf diesen Tag«, sagte die Sarazenin.
Peire hob den Kopf und ließ den Regen über sein Gesicht rinnen. »Er wurde lange genug erwartet.« Er öffnete den Mund und trank einige Tropfen dieses Regens, der vom Himmel fiel. »Von dir wie von mir.«
»Es wird ein Tag der Rache sein.« Galarda lächelte. »Ihr Blut soll wie dieses Wasser fließen.«
Wie in dem Dorf bei Parzié , das ich ausgelöscht habe. Wie damals, als alles begann. Der Kampf, die Vergeltung und das Töten.
»Ich habe neun Jahre auf ihn gewartet«, sagte Peire de Gedevan, senkte den Kopf und blickte auf die Reiter, die sich, wie Schatten, in Zweierreihen hinter ihm formierten.Sie hatten etwas Unwirkliches an sich, als sie schweigend die Burg in dieser regengefärbten Morgendämmerung verließen. Sie glichen einem Trupp des Zwielichts, der sich nur langsam in der milchigbraunen Landschaft verlor. Einer Landschaft, in der die kahlen Bäume wie verformte Kreuze wirkten.

Als Jordas de Gedevan von einem Bauern erfuhr, daß seine Stammburg aufgegeben und verlassen war, ging er unverzüglich zu den Räumen seiner Frau. Er küßte sie, als sie die Mädchen hinausgeschickt hatte, die sie bei ihren Arbeiten unterstützten oder ihr Gesellschaft leisteten.
»Ana hat Gedevan aufgegeben«, sagte er.
»Was?« fragte Aude. »Bist du sicher, daß das keine Falle ist?«
»Ziemlich sicher. Sie soll sich mit ihren Leuten auf dem Weg nach Ciornac befinden.«
Aude dachte einen Augenblick lang nach. »Dann kann dies nur bedeuten, daß Gedevan Peire zugesprochen wurde.«
»Ich werde die Burg besetzen«, sagte Jordas.
»Aber das bedeutet Kampf mit Peire.«
»Dieser Kampf ist nicht zu vermeiden, Aude. Besser jetzt, wenn ich

die Spielregeln bestimmen kann, als zu einem Zeitpunkt, wo er mir seine Bedingungen auferlegt.«
»Wieviel Mann willst du nach Gedevan mitnehmen?«
»Dreißig.«
»Peire wird das Zehnfache an Leuten besitzen.«
»Noch hat er keine Belagerungsgeräte. Noch sind die Mauern der Burg unüberwindlich für ihn.«
Aude setzte sich auf die Truhe und nahm ein Knäuel Wolle in die Hand, das dort lag. Sie betrachtete es kurz und legte es dann unvermittelt zur Seite.
»Du willst die Burg als Druckmittel benützen?«
»Er soll Gedevan bekommen, wenn er uns in Frieden läßt.«
Aude sah ihren Mann an. »Er wird dich nie in Ruhe lassen, Jordas.«
»Ich werde ihn dazu zwingen.«
Aude nickte. »Vielleicht. Wenn du Montfort auf deiner Seite hast.«
»Das werden wir sehen. Das wird uns die Zukunft zeigen.« Er begann nervös in dem Raum auf und ab zu gehen.
»Ich komme mit dir, Jordas«, sagte Aude, die ihm aufmerksam mit ihren Blicken folgte.
»Nein.«
»Doch. Hinter den Mauern Gedevans bin ich ebenso geschützt wie hier. Uc wird inzwischen Parzié für uns halten.«
Jordas blieb vor ihr stehen. »Ich will nicht, daß du dich einer Gefahr aussetzt, Aude.«
»Du bist es, der gefährdet ist, wenn ich nicht bei dir bleibe.«
»Ich reite sofort, Aude.«
»Nein«, sagte die Frau mit Bestimmtheit. »Du wirst einige Zeit warten. So lange, bis ich fertig angezogen bin, Jordas.«
Jordas blickte zweifelnd zu seiner Frau hin. »Ich habe kein gutes Gefühl, wenn du mich nach Gedevan begleitest.«
»Aber ich habe es«, sagte die Frau und lächelte ihm zu. »Ich habe es.«

Von dem mit Büschen überwucherten Hügel aus konnten sie den Trupp erkennen, der sich über die schlammige Straße langsam vorwärtsbewegte. Peire, Galarda und Ramon hatten ihre Pferde am Hang des Hügels zurückgelassen. Die Büsche entzogen sie noch so neugierigen oder aufmerksamen Blicken.

»Von wo sollen wir eine Attacke reiten?« fragte Ramon.

»Von dort«, sagte Peire und wies auf einen Hügel, der etwa eine Meile von ihnen entfernt war. »Von dort aus werden wir angreifen. Der Hang grenzt direkt an die Straße.«

»Sie werden keine Chance haben«, sagte Galarda.

»Nicht die geringste, Domna«, bestätigte Ramon.

Peire und seine Leute ritten langsam zu dem Hügel, den er Ramon bezeichnet hatte. »Los«, sagte er dann, und die Ritter quälten ihre schweren Streitrosse über den regennassen Boden des Hügels nach oben, der Kuppe zu. Schlamm spritzte auf, klatschte auf die Beinschienen der Reiter, auf die Kettenpanzer und auf die bunten, mit Fransen versehenen Satteldecken. Zwei Pferde stürzten, während die Reiter sich mit artistischer Gelenkigkeit aus dem Sattel fallen ließen, um nicht von den schweren Körpern der Tiere zermalmt zu werden. Knappen sprangen von ihren leichten Rössern ab und halfen den Gestürzten wieder auf die Beine. Die Pferde richteten sich mühsam, nach hartem Untergrund suchend, wieder auf, und die Ritter stiegen, unterstützt von den Burschen, aufs neue in die Sättel. Dann hatte die Kolonne der Reiter trotz des Regens und des glitschigen Bodens die Kuppe des Hügels erreicht.

Der Trupp der Ana de Ciornac zog gerade am Hang des Höhenzuges vorüber, als Peire das Zeichen zum Angriff gab. Aufbrüllend ritten Peires Männer den rutschigen Abhang des Hügels hinunter. Wieder stürzten einige Pferde, aber diesmal blieb niemand stehen, um sich um die Reiter zu kümmern. Peires Hundertschaft brach wie entfesselt über die überraschten Bewaffneten Anas herein. Schon beim ersten Ansturm wurden ihre Reihen niedergeritten, während Ana mit ihren baskischen Leibwächtern die Flucht ergriff.

»Dort«, schrie Peire, formierte in aller Eile etwa dreißig Mann um sich und nahm die Verfolgung Anas gemeinsam mit Galarda und Aimers auf.

Sie holten Anas Leute erst fünf Meilen nach dem Schlachtfeld auf der Straße ein. Die sechs baskischen Leibwächter bildeten einen lebenden Wall, der sich mit der Masse von Peires Rittern verkeilte.

Peire, Galarda und Aimers umritten die Straße, quälten sich mühsam durch den Morast der Wiese, bis sie wieder die festere Straße unter sich hatten und die allein dahingaloppierende Ana aufs neue verfolgen konnten. Eine halbe Stunde lang ritten sie hinter der Domna von Ciornac her, ohne die Distanz zwischen ihr und sich zu verringern. Erst als der Fuchshengst Anas nachzulassen begann, konnten sie sich der Frau nähern. Nach einer weiteren Meile war Peire mit ihr gleichauf. Er begann sie mit seinem Schlachtroß von der Straße zu drängen, während Ana mit ihrem Schwert auf ihn einschlug und Gedevan sich mit seinem Schild deckte. Als der Fuchshengst im Galopp in die tiefe, schlammige Wiese gedrängt wurde, knickte er an den Vorderfüßen ein und warf Ana aus dem Sattel. Peire zügelte behutsam sein Pferd auf der rutschigen Straße und ritt dann zu der Frau zurück, die sich mühsam zu erheben versuchte, aufschrie und wieder in den Morast zurücksank.
»Ich habe mir das Bein gebrochen«, sagte sie.
Peire nickte. Er winkte Aimers zu sich. Die beiden Männer wollten die Frau in die Höhe heben, als sie neuerlich laut aufschrie und zur Seite fiel. Aimers legte sie sich über den Rücken und trug sie in ein kleines Wäldchen, das etwa eine Viertelmeile von der Straße entfernt lag.
»Du reitest zurück, Aimers«, sagte Peire de Gedevan.
Der Ritter deutete mit dem Kopf auf Galarda. »Die Domna auch?«
»Die Domna bleibt bei mir. In etwa einer Stunde holt ihr mich von hier ab. Aber keinen Augenblick früher, Aimers.«
»Wie Ihr wünscht, Senher«, sagte der Mann.
Dann ging er zu seinem Schlachtroß und ritt den Weg zurück.
»Liegst du bequem?« fragte Peire, der sich neben Ana niederkniete, während Galarda sie aus einiger Entfernung mit ausdruckslosem Gesicht beobachtete.
»Nur die damastenen Kissen fehlen«, erwiderte die Frau.
»Hier ist der Regen nicht so stark«, meinte der Mann.
»Wunderbar«, antwortete Ana. »Wie erfreulich.«
»Ich bin mir noch nicht sicher, was ich mit dir tun werde«, sagte Peire, lockerte das Band seines Helmes und nahm ihn ab.
»Mach es schnell, Peire. Quäl mich nicht.«

»Ich habe nicht die Absicht, dich zu quälen, Ana.« Er ließ sich neben ihr in den Schlamm nieder.
»Was dann?«
»Wir kennen uns schon sehr lange. Diese Zeit verbindet.«
»Eine Zeit des Hasses.«
»Auch Haß verbindet.« Er schwieg kurz, während Ana sich aufrichtete, an den Oberschenkel griff und dann mit einem Stöhnen wieder zurücksank.
»Du hast mich einmal geliebt, Ana.«
»Du hast mich nie geliebt, Peire.«
»Ich weiß nicht.«
»Als Mädchen hätte ich mich dir geschenkt, wann immer du gewollt hättest.«
»Wir waren Geschwister.«
»Halbschwester. Halbbruder. Niemand hätte es wissen müssen.«
»Es wäre nicht gut gewesen.«
Ana lachte leise. »In dieser Zeit hättest du es mit einem Baumloch getrieben, so geil warst du. Nein«, sagte die Frau und schüttelte den Kopf. »Du hast mich nie geliebt. Du warst ein Betrüger wie jeder Mann.«
»Ich habe dir die Ehe mit dem Senher de Ciornac ermöglicht.«
Ana lachte. »Soll ich dir dafür dankbar sein? Ciornac war ein Schwein. Ein dreckiges, brutales Schwein. Er mußte mich schlagen, damit er die lächerliche Kraft bekam, um sich kurzfristig zu einer Art von Mann zu verwandeln. Es war die Hölle mit ihm, Peire.«
»Du hast Söhne, Ana. Ich habe keinen mehr.«
»Meine Söhne sind mir eine Last, Peire. Stumpfsinnige Burschen, die nicht mir, sondern ihrem Vater gleichen.«
Peire sah zur Straße hin. Eine Regenwand stand zwischen dem Wald und dem braunschmutzigen Weg. Es war kaum heller als zur Zeit der Morgendämmerung.
»Hast du nie geliebt?« fragte er.
»Dich.«
»Außer mir?«
»Isabella. Ein Mädchen, das ein Troubadour zerstört hat.«
»Und sonst?«
»Nur meine Hunde. Sie haben mich nie verraten.«

»Was haben wir nur aus unserem Leben gemacht, Ana«, sagte der Mann mit dem weißen Haar.

»Schlamm«, sagte die Frau und griff neben sich, in die matschige Erde.

»Ja«, bestätigte Peire. »Schlamm.«

»Was wirst du nun tun?«

»Ciornac erobern.«

»Das wird dir nicht gelingen.«

»Doch. Simon de Montfort hat mir Belagerungsmaschinen versprochen. Noch bevor der Winter beginnt, wird die Burg gefallen sein.«

»Und meine Söhne«, fragte die Domna de Ciornac. »Was hast du mit ihnen vor?«

»Ich werde sie einige Jahre ins Verlies sperren. Dann werde ich sie laufenlassen.«

»Weshalb so großmütig, Peire?«

»Sie werden keine Gefahr für mich sein. Ich werde sie verbannen lassen.«

»Und ich?«

Peire schwieg. Er fuhr sich mit der Hand durch die Haare. Das Wasser rann ihm über die Fingerknöchel herunter. »Ich weiß es noch immer nicht.«

»Mach ein Ende, Peire.«

»Ich stand dir näher, als du es je geglaubt hast, Ana.«

»Das ist Zeitalter her, Peire.«

»Warum willst du nur, daß ich dich töte?«

»Du wirst es nicht überleben, Peire. Du wirst mit mir sterben.«

»Vereint im Tod, Ana?«

»Wenn du es so sehen willst«, sagte Ana de Ciornac.

»Ich fürchte den Tod, Ana«, sagte der Mann mit dem weißen Haar.

»Ich nicht. Ich sehne ihn herbei.« Sie lächelte. »Nicht nur mein Bein ist gebrochen. Auch meine Hüfte. Wenn ich überlebe, Peire, werde ich ein Krüppel sein. Eine häßliche, alte und verkrüppelte Frau.«

Peire lachte kurz auf. »Also soll ich dich deiner Schönheit wegen töten?«

»Es soll zu Ende gehen.« Die Frau wischte sich mit der Hand das Regenwasser vom Gesicht. »Es hat alles schon zu lange gedauert.«
»Ein Grund mehr, dich leben zu lassen.«
»Weißt du, warum ich deine Mutter getötet habe?« fragte Ana unvermittelt.
Peire wandte leicht den Kopf und sah von ihr weg. »Warum?« fragte er mit leiser Stimme.
»Weil sie mir meinen Vater geraubt hat. Und dann auch noch dich. Sie war der Grund, weshalb du nicht zu mir finden konntest. Sie hat alles getan, um mich in deinen Augen abscheulich zu machen. Du hast es nicht einmal bemerkt.«
»Wie hast du sie getötet?«
»So wie du vermutet hattest. Sie war nachts auf den Wehrgang gegangen, um frische Luft zu schöpfen. Ich war zu ihr getreten und habe mit ihr geplaudert. Als sie mir den Rücken zuwandte, habe ich sie in die Tiefe gestoßen.«
Peire blickte sie an. »Stimmt das?«
»Ich beschwöre es bei der Jungfrau Maria, wenn du es willst.«
»Hast du nie Reue darüber verspürt?«
»Hast du jemals Reue über all die Leute verspürt, die du für deine Zwecke aus dem Weg geräumt hast?«
»Wohin sind wir nur gekommen?« fragte Peire. Er fragte niemand im besonderen.
»Wir sind Gedevans. Menschen, die vor nichts zurückschrekken.«
»Warum hast du mir das mit dem Mord gesagt?« schrie Peire plötzlich mit seiner ganzen Kraft. »Warum?«
»Weil es so leichter für dich wird, kleiner Peire.«
»Du hättest mir das nicht sagen sollen«, wiederholte Peire und sah in den peitschenden Regen.
»Es ist die Wahrheit.«
»Die Lüge wäre besser gewesen. Sie war all die Jahre besser.«
»Tu es«, sagte Ana leise.
»Es gab Zeiten, da wollte auch ich alles richtig machen.« Peire strich sich über das regennasse Gesicht.
»Wir haben beide verloren, Peire.«

»Ja«, sagte Peire und zog seinen Dolch. »Das haben wir.«
»Peire«, flüsterte Ana, als sie ihn ansah. »Nichts kann uns jetzt noch trennen.«
»Ja«, sagte der Mann. »Nichts.«
»Ich liebe dich«, sagte die Frau.
»Ich liebte dich auch, Ana. Einmal. Früher. Als alles anders war.«
»Ja.« Die Worte Anas waren kaum noch zu vernehmen. »Als alles anders war.«
Peire holte mit dem Dolch aus und stach ihn ihr in die Brust. Die Frau öffnete den Mund, griff mit den Armen nach Peires Rücken und verkrallte sich in seinem Überwurf. Sie zog ihn zu sich, während ihr das Blut aus der Brust trat. Sie zog ihn zu sich, während Peire zugleich auf sie sank. Tränen und Regen liefen ihm über die Wangen, während er sein Gesicht an jenem der sterbenden Frau barg.

Peire de Gedevans Ritter sahen aus der Ferne wie Insekten aus mit ihren Lanzen, die in den Halterungen der Sättel staken, wunderliche und fühlerbehaftete Tiere, die sich über den Morast der Ebene quälten, getrieben von urzeitlichen Instinkten und einer sehr gegenwärtigen Gier.
Jordas beobachtete sie vom überdachten Wehrgang der Mauern aus, Holz und Stein, auf die der Regen nun seit Tagen herabprasselte, in dieser nebelgebärenden Jahreszeit, die die Landschaft in ein mattes, dem Vergessen ähnliches Licht tauchte. Hundert Mann, schätzte Jordas, als er die Augen zusammenkniff und die Leute zählte, die auf Gedevan zugeritten kamen. Hundert Leute, die keinerlei Sturmleitern oder Belagerungsmaschinen mit sich führten. Peire würde vor der Burg bleiben müssen. Es sah ihm nicht ähnlich, sich in ein auswegloses Abenteuer einzulassen. Jordas nickte seinem Hauptmann zu, Aude zu holen.
»Was kann er nur bezwecken?« fragte Jordas seine Frau, die, mit einem Mantel bekleidet, die Stufen zum Wehrgang hinaufgestiegen war und nun neben ihm stand.
»Er wird mit dir verhandeln wollen«, sagte Aude und sah zu den Reitern hin, die nunmehr eine Meile von Gedevan entfernt waren.

»Was hältst du von ihnen?« fragte Jordas, der jetzt Peire, Galarda und Ramon an der Spitze des Zuges ausmachen konnte.
»Sie schmecken nach Tod«, sagte die Frau und zog ihren Mantel enger um sich.
»Woher weißt du das?«
»Sieh dir an, wie sie im Sattel sitzen. Sieh dir an, wie sie sich bewegen, wenn sie sich zur Seite drehen. Blutrünstige Tiere, die ihren Durst gelöscht haben.«
»Du hast eine lebhafte Phantasie.«
Aude schüttelte den Kopf. »Ich fühle es.«
Jordas beobachtete sie. »Wir werden hinunter in den Saal gehen. Sie werden einen Parlamentär schicken.«
»Gut«, sagte die Frau und warf einen letzten forschenden Blick auf die Truppe, bevor sie mit Jordas die Treppen hinunter zu den Räumen des Senhers ging.
Es war Galarda, die, eine weiße Fahne in der Hand haltend, sich von der Reitergruppe löste und allein zum Haupttor der Burg hinritt. Langsam wurde die Zugbrücke heruntergelassen. Hinter dem Fallgitter schätzte der Hauptmann die Entfernung der Frau zu Peires Trupp ab. Zu weit, dacht er, zu weit, um mit einer schnellen Attacke der Frau zu folgen und die Wachen zu überrumpeln. Beruhigt gab er das Zeichen, das Gitter nach oben zu ziehen. Galarda ritt unter ihm durch, hinein in den Burghof, den sie vor zwanzig Jahren zum ersten Mal als Kind betreten hatte. Hier war sie aufgewachsen, hier hatte sie im Mägdetrakt gelebt, bis der Senher sie zu seiner Geliebten gemacht hatte. Gedevan war auch ihre Heimat. Gedevan war ihre einzige Heimat.
Der Hauptmann begrüßte sie höflich und führte sie zum Haupthaus.
»Wenn Ihr mir folgen wollt, Domna«, sagte er, als sie vor den Wohnräumen der Senhers angelangt waren.
»Ich kenne den Weg«, sagte Galarda. »Ich bin ihn tausendmal öfter als Ihr gegangen.«
Der Hauptmann öffnete die Tür zum Zimmer, das Peire immer bewohnt hatte. Aude saß in einem Stuhl und sah ihr entgegen, während Jordas, am Fenster stehend, sich umwandte, als die Sarazenin den Raum betrat.

»Nimm Platz«, sagte er und deutete auf einen Sessel gegenüber Audes und dem seinem.
Galarda betrachtete beide mit einem leichten Lächeln. »Du bist ein Mann geworden, Jordas.« Sie wandte sich Aude zu. »Und Ihr eine Frau.«
»Es ist lange her«, sagte Jordas.
»Ja«, sagte die braunhäutige Frau und setzte sich. »Es ist lange her, daß du mich hintergangen hast.« Sie sah zu Aude hin. »Ihr kennt die Geschichte?«
»Ja«, erwiderte Aude. »Ich kenne diese Geschichte.«
»Ekelt Euch nicht vor ihm, wenn Ihr beizeiten daran denkt?«
»Weshalb sollte ich? Er hat die Liebe zu mir über die Eure gestellt.«
Galarda schüttelte nachdenklich ihren Kopf. »Dennoch ... Handelt so ein Ritter? Nehmt Euch in acht, Domna Aude. Die Gedevans haben alle wildes Blut in sich. Warum sollte Jordas anders als Peire oder Ana sein?«
»Mein Mann ist er selbst. Und ich liebe ihn so, wie er ist, gleichgültig, was immer er getan haben mag.«
»Weshalb bist du gekommen, Galarda?«
»Diese Burg wurde von Simon de Montfort Peire de Gedevan übereignet. Es ist besser, ihr zieht so schnell wie möglich aus ihr ab.«
»Ich kenne diese Order Montforts nicht«, sagte Jordas.
»Soll Peire sie dir zeigen?«
»Ja. Das soll er.«
Galarda schwieg für einen kurzen Moment. »Die Rivalität zwischen Gedevan und Parzié sollte für alle Zeit ein Ende haben«, sagte sie dann.
»Peire braucht nur Frieden zu geben.«
»Vielleicht hat er das auch vor.«
»Ich will es schriftlich. Beglaubigt von Montfort«, sagte Jordas.
Galarda blickte sich in dem Raum um. »Sind das Anas Gobelins?« fragte sie und wies auf die kostbaren aquitanischen Stickereien, die die Wände bedeckten.
»Ja«, erwiderte Aude.
»Wir werden sie verbrennen«, sagte Galarda. Dann blieb ihr Blick

wieder an Jordas haften. »Dein Vater schlägt dir ein Duell vor. Ein Duell um Gedevan.«
»Nur er und ich?«
»Nur du und Peire.«
»Auf Leben und Tod?«
»Auf Leben und Tod.«
»Nein«, sagte Aude, die sich von ihrem Sessel erhoben hatte.
»Deine Frau scheint wenig Vertrauen in deine Kräfte zu setzen«, meinte Galarda spöttisch.
»Seine Reiter müssen verschwinden«, sagte Jordas.
»Nur fünf Mann werden bei ihm bleiben. Fünf Mann von ihm und fünf von deinen Leuten.«
»Nein«, wiederholte Aude entschieden.
»Dem Sieger gehört Gedevan«, bekräftigte Galarda.
»Peire ist mittlerweile fünfundfünfzig Jahre alt«, sagte Jordas.
»Zwei Jahre älter als der unüberwindliche Simon de Montfort. Ich an deiner Stelle, Jordas, würde mich nicht auf seine Gebrechlichkeit verlassen.«
»Ich will es nicht«, sagte Aude.
Galarda sah sie belustigt an. »Soll Euer Mann vor aller Welt als Feigling gelten?«
»Es ist keine Feigheit, wenn er sich weigert, sich mit seinem leiblichen Vater zu schlagen.« Audes Stimme klang zornig und beunruhigt in einem.
»Montfort und die französischen Ritter werden es von einem anderen Blickwinkel her sehen. Für sie hat Ehre eine engere Bedeutung als die Parage der Occitanie.«
»Heute noch?« fragte Jordas.
»Heute noch«, bestätigte Galarda.
»Ich nehme an«, sagte Jordas.
Galarda erhob sich. »Das wird Peire freuen.« Sie blickte zu Jordas. »In etwa einer Stunde, kleiner Senher.«
»Fahrt zur Hölle«, sagte Aude.
»Dann werde ich dort bald auf Jordas treffen«, meinte die Sarazenin, nickte Aude zu und ging zur Tür. Sie wandte sich ein letztes Mal um. »Viel Glück, Jordas. Viel Glück, daß du wenigstens den ersten Durchgang überlebst.« Dann schloß sie die Türe hinter sich.

»Du Narr«, sagte Aude zu ihrem Mann. »Du verdammter Narr. Tötet dich Peire, habe ich dich auf ewig verloren. Tötest du ihn, wirst du es nie verwinden. Es wird dein Leben zerstören, Jordas.«
»Es ist besser, ich besiege ihn. Es ist kein Platz für ihn und mich auf diesem kleinen Fleck Land.«
»Was für großartige Dummheiten du hier erzählst, Jordas. Es ist genug Platz für ihn auf Gedevan und für dich auf Parzié.«
»Ich bin der von Gott eingesetzte Erbe von Gedevan«, sagte Jordas mit plötzlich scharfer Stimme. »Ich. Und niemand sonst.«
»Du kämpfst wieder die Kämpfe einer längst verloschenen Vergangenheit, Jordas. Er hat dich neuerlich überlistet.«
Aude ging zur Tür, öffnete sie und warf sie lautstark hinter sich ins Schloß.

Der Hauptmann selbst half Jordas, sich auf den Zweikampf vorzubereiten. Über die Reithosen zog der Senher von Parzié die Kettenstrümpfe. Dann kamen die ledernen Polster, die auf Brust und Rücken festgebunden wurden. Über die Polster wurde das dicke Kettenhemd geworfen und festgezogen. Nachdem der Hauptmann die eisernen Ärmel und die aus Kettengliedern gefertigte Kappe an seinem Panzer befestigt hatte, zog Jordas das Hemd mit dem Wappen von Parzié über seinen Körper. Dann nahm er das Schwert und band es sich um die Taille. Der Hauptmann befestigte seinen Helm und schließlich die eisernen Sporen. Als Jordas auf das Pferd stieg, ließ er es einige Male im Hof auf und ab traben. Zufrieden mit dem Ergebnis nickte er dem Hauptmann zu. Dann verlangte er Lederhandschuhe. Der ununterbrochene Regen würde die Kettenhandschuhe zu rutschig werden lassen. Der Hauptmann überprüfte die Hufe des Pferdes und reichte Jordas dann die Lanzen, die an der Halterung des Sattels festgebunden wurden.
Jordas blickte nach oben. Nichts war zu erblicken, was darauf schließen ließ, daß der Regen in der nächsten Stunde aufhören könnte. Sie würden durch die Regenwand aufeinander zu galoppieren müssen. Vielleicht hatte Aude recht. Vielleicht war es unsinnig, unter diesen Bedingungen zu kämpfen. Vielleicht war es verrückt, überhaupt zu kämpfen. Er blickte zu Aude, die in ihren Mantel gehüllt seine Vorbereitungen verfolgte. Er nickte ihr mit

einer beruhigenden Geste zu. Das Gesicht seiner Frau blieb ausdruckslos.
Jordas gab dem Hauptmann ein Zeichen, ihr ein Pferd bringen zu lassen. Aude saß auf und ritt schweigend an seiner Seite über den naßglänzenden Burghof. Der Hauptmann und die vier Männer, die er ausgesucht hatte, nahmen hinter ihnen Aufstellung. Dann gab Jordas de Gedevan das Zeichen, das Fallgitter hochzuziehen und die Zugbrücke zu Boden zu lassen. Sie schwiegen auch noch, als sie lostrabten und über die Brücke ritten. Die Zeit zu sprechen war vorüber.
Peire wartete mit Ramon und Galarda etwa hundert Schritte von ihm entfernt. Die übrigen vier Reiter waren weitere fünfzig Schritte hinter ihnen postiert.
Jordas blickte Aude fragend an. Die Frau nickte schließlich und nahm neben dem Hauptmann Aufstellung. Der Senher von Parzié winkte seinen vier Leuten, die langsam hinter sie ritten.
Der Wind zerrte an seinem Überwurf. Regen schlug auf seinen Panzer und glitt in Tropfen und Rinnsalen die Kettenglieder der Rüstung hinunter. Der Boden ist zu tief, dachte er. Ein Stechen war sinnlos. Peire schien es längst begriffen zu haben. In seiner Halterung staken keine Lanzen. Der Weißhaarige hob die Hand, senkte sie und ritt dann mit Galarda und Ramon auf sie zu. Einige Schritte vor ihnen zügelte er sein Pferd. Er betrachtete zuerst Jordas und dann Aude.
»Schwerter«, sagte er schließlich. »Schwerter.«
Jordas nickte.
»Ich habe Ana de Ciornac getötet«, sagte der Weißhaarige beinahe übergangslos. »Und nun werde ich dich töten.«
»Ihr seid Vater und Sohn«, sagte Aude. Der Wind riß ihr die Kapuze vom Kopf. Ihr langes, rotbraunes Haar wehte um ihren Nacken und ihre Schultern.
»Nein«, antwortete Peire und schüttelte den Kopf. »Dank Euch, Domna, nicht mehr.«
»Laß uns beginnen«, sagte Jordas. Er zog die Lederhandschuhe aus und griff nach jenen aus Eisen.
Peire nickte und ritt etwa zwanzig Schritte zurück, stieg von seinem Pferd und gab die Zügel Ramon zum Halten.

Jordas stieg ab, zog das Schwert aus seiner Scheide und ging Peire entgegen. Sein Überwurf flatterte kurz im Wind und klebte dann feucht und naß auf seinem Rücken fest.
Peire setzte den Helm auf, den Galarda ihm reichte, und band ihn unter dem Kinn fest. Dann griff er nach seinem Schild und zog seinerseits sein Langschwert.
»Du hättest mich nicht verlassen sollen«, sagte Peire, als die beiden Männer sich kampfbereit gegenüberstanden.
»Du hättest dieses Dorf nicht auslöschen dürfen«, antwortete Jordas. »Damit hat alles begonnen.«
»Ja«, sagte Peire. »Damit hat alles begonnen.«
Schon der erste Hieb Peires brachte Jordas ins Wanken. Er hatte den Schild hochgehoben, um den Schlag abzuwehren, und stach nun unter Peires Deckung gegen die Beine des Älteren. Peire wich zurück und hieb gegen den Kopf von Jordas, der den Schild hochriß, den Schlag abfing und unter der Wucht des Hiebes kurz mit einem Knie den morastigen Boden berührte. Bis Peire das Schwert neuerlich hochgehoben hatte, stand er wieder auf und schlug einen Seitwärtshieb, den Peire mit dem zu Boden gesenkten Schwert parierte.
»Töte ihn, Peire«, schrie Galarda. »Bedenke, was er uns angetan hat.«
Peires Schläge durchschnitten den Regen, schlugen mit Wucht auf Jordas' Schild und Schwert. Jordas gelang es nur, Peires Beinschienen zu treffen, als er sich blitzschnell bückte, um nach vorne zu schlagen. Der Ältere mußte den Schlag erwartet haben, denn er trieb sein Schwert nach unten und streifte mit voller Wucht Jordas' rechten Arm. Unter den weggerissenen Kettengliedern trat Blut hervor, vermischte sich mit Regen und floß hellrot zu den eisernen Handschuhen hinab.
»Wir haben schon einmal miteinander gekämpft«, sagte Peire, als sie kurz innehielten.
»Vor Jahren.«
»Ich habe dich besiegt.«
»Diesmal nicht«, erwiderte Jordas.
»Unterwirf dich«, sagte Peire. »Ich verlange nicht mehr.«
»Niemals«, rief Jordas aus und begann seinen Vater mit Rückhand-

und Seitwärtshieben vor sich her zu treiben. Holz splitterte vom Schild des Älteren. Dann zuckte das Schwert Peires plötzlich aus seiner Deckung hervor und bohrte sich mit der Spitze in Jordas' Schulter. Blut sprudelte, tiefrot diesmal und in Strömen, so daß der auf sie einklatschende Regen seine ursprüngliche Farbe nicht auslöschen konnte.

»Erkenne mich als deinen Vater an. Bitte mich um Verzeihung«, sagte Peire mit leiser, keuchender Stimme.

»Wofür sollte ich um Verzeihung flehen, Peire?«

»Du hast mich für ein kleines Mädchen verkauft. Damals. Erinnerst du dich nicht?«

»Nein.«

»Dann fahr zur Hölle, Jordas.«

Diesmal schlugen die Klingen mit hellem, klirrenden Geräusch aufeinander. Das Obergewand Jordas' hatte sich rötlich verfärbt. Peire setzte seine Hiebe tiefer und schneller an, während der jüngere der beiden versuchte, gegen den Nacken und Hals des Weißhaarigen zu schlagen. Sie wankten in dem schlammigen Morast umher, der sich um sie herum gebildet hatte, schlugen, deckten sich, hieben, während der Regen auf sie herabstürzte und der Wind ihnen das Wasser wie Schleier vor die Augen trieb.

Dann sah Jordas eine Lücke, packte den Griff seines Schwertes noch fester und machte einen Ausfall. Die Spitze seines Schwertes riß Peires Unterarm der Länge nach auf. Jordas versuchte nachzusetzen und stach gegen Peires Beine, der den Stich mit der flachen Klinge abwehrte.

»Dieser Kampf wird dich das Leben kosten, Peire«, sagte Jordas.

Peire rann das Blut über seinen eisernen Handschuh.

»Das ist nur ein Kratzer, kleiner Senher«, sagte Peire keuchend. »Du benötigst mehr davon, um mich zu töten.«

Er schrie auf und schlug auf Jordas ein. Der Stich Peires schien aus dem Nichts zu kommen und riß eine tiefe Wunde auf Jordas' Oberschenkel. Der Jüngere sank mit den Knien in den Schlamm.

»Es geht zu Ende, Jordas«, sagte Peire, der sein Schwert senkte.

»Warum hast du das mit dem Dorf getan? Es hat dich ein Jahrzehnt deines Lebens gekostet«, sagte der Jüngere, als er mühsam aufstand.

»Weil ich töten wollte, Jordas. Weil ich Lust dazu hatte.«
»Das war der ganze Grund?«
»Ich wollte der Welt ihr Herz herausschneiden.«
»Du bist ein Vieh, Peire.«
»Ich bin dein Vater.«
Jordas setzte das Sarazenenkreuz ein, bedrängte den Älteren, Splitter von Holz aus dessen Schild schlagend. Peire wehrte die schnellen Schläge von Jordas ab, taumelte kurz, schien zu stürzen, bevor er sein Gleichgewicht und seine Sicherheit wiederfand.
Mit diesem Angriff schienen jedoch Jordas' Kraft und Stärke erlahmt zu sein. Nur mühsam wehrte er jetzt die Gegenattacke des Älteren ab, setzte selten genug sein Schwert als Stichwaffe ein.
»Töte ihn, Peire«, rief Galarda von neuem.
Jordas' Schild war unter Peires Hieben zerfetzt. Der Jüngere ließ es von seiner Hand gleiten und umfaßte den Griff seines Schwertes mit beiden Händen.
»Für Jaufre und Al-Tustari, mieu amor«, schrie Aude mit einem Male.
Als er Audes Stimme vernahm, schien Jordas plötzlich aus der Gefangenschaft seiner Erinnerungen zu erwachen. Seine Schläge kamen jetzt unvermutet und mit einer Schnelligkeit, der Peire kaum mehr gewachsen war. Von links wie von rechts hieb Jaufre auf den Älteren ein, zerschlug dessen Schild und trieb ihn vor sich her. Als Peire sein Schwert zum Schlag erhob, schlug Jordas mit voller Kraft gegen die Spitze der Klinge. Peires Schwert wurde ihm aus der Hand gerissen, fiel zur Seite, während der weißhaarige Mann stolperte, nach rückwärts taumelte und in den Schlamm des aufgewühlten Bodens fiel. Jordas ließ sein Schwert fallen, zog seinen Dolch und preßte Peire, der sich aufrichten wollte, mit dem Knie und seinem Körpergewicht auf den Boden zurück.
»Wo soll ich zustechen? Unter das Kinn oder zwischen die Augen?« fragte Jordas, unterbrochen von seinem stoßweisen Atmen. Das Blut von seinem Arm tropfte auf Peires Gesicht.
»Ein verflucht häßlicher Tag, um zu sterben, Jordas«, sagte Peire.
Ramon wollte sich den beiden nähern. Der Hauptmann, der neben Aude stand, zog sein Schwert und lächelte ihn an. Der Katalane blieb stehen und blickte ratlos zu Peire und Jordas hin.

»Du wolltest einen Kampf auf Leben und Tod«, sagte Jordas und senkte die Spitze des Messers zum Hals seines Vaters.
»Dann mach ein Ende«, sagte Peire.
Jordas blickte einen Augenblick von ihm weg. Er sah Galarda, Ramon, den Hauptmann, er sah Aude, sah die nebelverhangene Weite der Ebene und die Leere, die diese Herbstlandschaft in sich barg. Er sah sich und seinen Vater allein in dieser Welt. In diesem Augenblick entschied sich Jordas, hob den Dolch und stach zu. Die Erde spritzte hoch, naß und aufgeweicht, als die Klinge sich neben Peires Hals in die Erde bohrte.
»Du kannst Gedevan haben«, sagte Jordas. »Ich schenke es dir.«
Peire wischte sich Jordas' Blut von seinem Gesicht. »Was willst du für dieses Geschenk?« fragte er.
»Ein ungestörtes Leben auf Parzié.«
»Ruhe vor mir?«
»Ruhe vor dir, Ruhe vor Galarda und all dieser Vergangenheit, die jetzt nicht mehr für mich zählt.«
»Gut. Ich verspreche es dir«, sagte Peire nach einigem Zögern.
»Ich will es schriftlich. In einem Brief an Montfort.«
»Du wirst deinen verfluchten Brief bekommen.«
»Dann steh auf, Peire de Gedevan. Morgen kannst du deine von Gott verdammte Burg in Besitz nehmen.«
Jordas erhob sich und ging schwerfällig zu seinem Pferd zurück, das ihm der Hauptmann, es an den Zügeln haltend, eilig zuführte. Aude ergriff Jordas unverletzte Schulter. Der Mann wandte sich ihr zu. Dann küßte ihn die Frau.
»Du hast verloren, Jordas de Gedevan«, schrie Peire, als er sich aus dem Morast erhoben hatte. »Du hast verloren, weil du mich nicht töten konntest.«
Jordas ritt langsam, mit Aude an seiner Seite, von ihm weg.
»Du bist ein verfluchter Feigling, Jordas! Du konntest deinen Vater nicht töten. Deshalb hast du Gedevan verloren!«
Jordas drehte sich nicht um. Niemand drehte sich zu Peire um, der zu lachen begonnen hatte.
»Alles hast du verloren, Jordas! Deine Jugend, deine Unbeschwertheit, deine Freude und deinen rechtmäßigen Besitz! Wer ist nun der Sieger, mein Kleiner? Wer ist nun der wahre Sieger?«

Als Jordas auf die Zugbrücke der Burg zuritt, hörte er noch immer Peires Stimme aus der Ferne. Dann verwehte der Wind die Worte. Nur das Aufschlagen des Regens auf dem Holz der Brücke war noch zu vernehmen. Der Regen und Audes zärtliche Stimme an seiner Seite.

Im Herbst 1210 belagerte Peire de Gedevan Ciornac und nahm es nach einer einmonatigen Belagerung ein. Diesen Sieg ermöglichte ihm Simon de Montfort, der ihn großzügig mit Belagerungsmaschinen, Angriffstürmen und Katapulten versehen hatte. Peire kerkerte Gonzalgo und seine Brüder ein, mußte sie aber, auf eine Aufforderung Simons hin, an dessen Heer ausliefern. Nach einer kurzen Scheinhaft reihte Montfort die Ciornacs in seine Armee ein.
Im November nahm Peire dann offiziell Besitz von Gedevan, das in der Zwischenzeit von Ramon verwaltet worden war. Peire de Gedevan war nun der Senher von Sarvas, Ciornac und Gedevan und einer der mächtigsten Männer des Südens, so wie er es immer gewollt und erstrebt hatte. Nur Parzié entglitt seinem Einfluß. Als Peire seinen Brief an Simon de Montfort abgesandt hatte, in dem er für Jordas als Herrn von Parzié plädierte, reiste der junge Mann unverzüglich zu dem neuen Vizegrafen des Südens. Montfort hatte keine Bedenken, von dem Mann, der mitgeholfen hatte, ihm in Venedig das Leben zu retten, den Lehnseid entgegenzunehmen. Über die Tatsache, daß Jordas' Frau Katharerin war und daß sein neuer Vasall weitere Katharer in seiner Burg beherbergte, sah der Vizegraf, der in Minerve hundertvierzig Häretiker verbrannt hatte, großzügig hinweg. Er bestand nur darauf, daß Jordas' Söhne, Jaufre und Raymond, katholisch getauft werden müßten, eine Forderung, mit der sich Aude schließlich schweren Herzens abfand.
Über das Duell zwischen Peire und Jordas wurde nie mehr gesprochen.

Als Peire und Galarda unter dem Jubel der Ritter, Knappen, Söldner, Knechte und Mägde zum Herrenhaus von Gedevan schritten, strahlte der Weißhaarige.
»Wie fühlst du dich?« fragte er Galarda leise.

»Wie die Königin des Südens.«
»Du bist eine Königin.«
»Und du?«
»Ein Mann, der seine Ziele erreicht hat«, erwiderte Peire.
»War es ein Jahrzehnt wert?«
»Es war ein ganzes Leben wert«, sagte der Senher von Sarvas, Ciornac und Gedevan. Dann drehte er sich um und winkte seinen Vasallen und Untergebenen zu. Als neuer Jubel aufbrandete, lächelte Peire de Gedevan.

27. Kapitel

TOULOUSE, LAVAUR
März bis Mai 1211

Raimbautz Decarra war an diesem Abend nicht zum Singen aufgelegt. Die Stimmung rund um den großen Tisch seines Speisesaals wirkte gedämpft und bedrückt.

»Simon de Montfort hat alles Land und alle Städte in der Vizegrafschaft Béziers erobert«, sagte der kleine Troubadour. »Nur Lavaur widersteht ihm noch. Der letzte Stützpunkt, der Simon daran hindert, hier in Toulouse einzufallen. Und wenn Toulouse fällt, ist der Süden verloren.«

»Was meint Ihr, wird geschehen?«

»Simon de Montfort wird Lavaur belagern. Eine Stadt, die sich in unserer unmittelbaren Nähe befindet.«

»Man hat mir erzählt, daß die Belagerungsmaschinen schon aufgebaut werden«, sagte Leif.

»Noch hat er zuwenig Truppen, um die Stadt gänzlich einzuschließen«, meinte Enricx, Raimbautz' Sohn. »Es sind viele Perfecti darin«, setzte er hinzu.

»Müssen wir darüber sprechen?« fragte die Domna Galiana und sah Gaelle an, die stumm zu Brian hinblickte. »Jetzt ist nicht die Zeit hierfür.«

»Doch«, meinte Raimbautz. »Wir müssen darüber sprechen, weil sich der Krieg nun Toulouse nähert.«

»Lavaur gehört noch zum Gebiet Trencavels«, sagte Leif.

Raimbautz lächelte freudlos. »Simon de Montfort hat sie zu einer Grenzstadt gemacht. Zu einer belagerten Festung, die zwischen seinen Franzosen und der freien Occitanie liegt.«

»Was ist, wenn Lavaur fällt?« fragte Gaelle unvermittelt.
»Dann wird der Krieg ins Tolosanische getragen werden.« Raimbautz stürzte den Inhalt seines Bechers hinunter. »Dieser verdammte Kreuzzug«, sagte er.
»Wie viele überzeugte Katharer werden sich jetzt in Lavaur befinden?« fragte Brian.
»An die fünfhundert«, meinte Enricx.
»Lauter Perfecti?«
»Vollkommene und solche, die diesen Weg anstreben.«
»Lum und Clartatz«, sagte Raimbautz und stand auf. »Das wollten wir. Licht und Klarheit. Wahrheit und Ehre für jedermann. Wir waren auf dem besten Weg, es zu erreichen. Und nun dies! Béziers. Minerve. Hingeschlachtete Menschen und unzählige Scheiterhaufen, die den Himmel verpesten.«
»Wie viele Tolosaner werden Lavaur unterstützen?« fragte Gaelle, die Brian betrachtete.
»Keine«, antwortete Decarra, als er sich mit erstaunlicher Schnelligkeit zu ihr umwandte.
»Keine«, sagte die blonde Frau und ließ ihren Blick nicht von dem Troubadour. »Niemand wird Lavaur unterstützen, Brian.« Ihr Gesicht wirkte traurig und zornig in einem.
»Und weshalb?« fragte Galiana mit einem Seitenblick auf Gaelle.
»Weil sie alle die Exkommunikation fürchten. Weil ihr Graf ein Gefangener des Papstes ist.«
»Kann der Graf von Toulouse sich nicht von der Autorität des Heiligen Vaters lösen?« fragte die Domna weiter. »Kann er die Fesseln der Kirche nicht von sich werfen?«
»Das wird er gewiß«, sagte Leif. »Dann, wenn es zu spät ist.«
»Es kann doch nicht alles vergebens gewesen sein?« fragte Raimbautz verzweifelt. »Unser Wunsch nach einer Welt der Heiterkeit und des Lichts? Diese Sehnsucht nach einem Sein der bunten Farben und der Musik, nach einer Welt der Freude und des strahlenden Glanzes?«
Einen Moment hallten seine Worte nach, in das Schweigen, das sich ausgebreitet hatte. Dann stand Brian unvermittelt auf.
»Wir werden nicht aufhören, um diese Welt zu kämpfen, Raimbautz«, sagte er.

»Bis zu unserem letzten Atemzug«, rief Decarra bestätigend.
»Ja. Bis zu eurem letzten Atemzug«, sagte Gaelle, während Galiana sie von der Seite betrachtete.

Gaelle und Brian gingen schweigend durch die dunklen Straßen von Toulouse, bis hinunter zu den Ufern der Garonne, an dem die Lagerfeuer der Fischer und Tagelöhner leuchteten. Ein Duft von Fluß und Frühling lag in der nächtlichen Luft und senkte sich über die grünen Ufer.
»Warum hast du Raimbautz nicht gesagt, daß du nach Lavaur gehen wirst?« fragte Gaelle, die unter einem grünenden Baum stehengeblieben war. Die Feuer des Ufers beleuchteten ihr Gesicht.
»Weil er traurig gewesen wäre. Traurig, nicht mit mir kommen zu können.«
Gaelle griff nach einem herabhängenden Ast und betrachtete die Knospen, die aus der harten Rinde sprossen. »Domna Galiana scheint mehr Macht über ihren Mann zu besitzen als ich über dich.«
»Es ist das letzte Mal, daß ich dich verlasse.«
Gaelle ließ den Ast sanft und leicht los. »Wie oft du mir das schon gesagt hast, Brian. Zu oft.« Sie schüttelte den Kopf. »Nein. Diesmal wirst du mich nicht mehr vorfinden, wenn du zurückkommen solltest. Diesmal nicht.« Der Schmerz in ihrer Stimme traf Brian wie ein Schlag.
»Du hast versprochen, meinen Weg mit mir zu gehen, Gaelle.«
»Ich will nicht immer darauf warten, daß mir eines Tages ein wildfremder Mensch von deinem Tod erzählt, Brian. Ich will nicht immer Angst um dich haben.«
Der Troubadour wollte die Frau um die Schulter fassen. Gaelle wandte sich ab.
»Courtrain ist in Lavaur. Robert. Uc.«
»Mir geht es um dich, Brian. Niemand zwingt dich, dorthin zu gehen.«
Brian setzte sich ins Gras. »Vielleicht kann sich Lavaur halten«, sagte er dann.
Gaelle sah ihn an. Ihre Stimme war seltsam kraftlos. »Lavaur wird

das blutigste Massaker dieses Krieges werden. Das letzte Gefecht der Anhänger Trencavels.«

»Und dennoch...«

»Simon de Montfort hat Minerve und Termes erobert. Es gibt keine Stadt oder Burg, die ihm widerstehen könnte. Du weißt es, Brian.«

Der Troubadour schüttelte den Kopf. »Die Zeit ist reif für seine erste Niederlage.«

Gaelle kniete sich im Gras nieder. »Weshalb willst du wirklich nach Lavaur, Brian?«

»Es ist eine Frage der Ehre, Gaelle. Eine Frage der Aufrichtigkeit, der Selbstachtung und des Stolzes. Es gibt ein Gesetz der Freundschaft, dem ich mich nicht entziehen darf, gleichgültig, was geschieht. Würde ich Robert, Courtrain und Uc nicht beistehen, könnte ich mich niemals mehr achten.«

»Weshalb?«

»Ich wäre auf immer und ewig ein Verräter an allem, an das ich mein Leben lang geglaubt habe.«

»Eine Frage der Ehre!« sagte Gaelle. »Was nützt dir deine Ehre, wenn du tot bist?« Sie blickte ihn wütend an. »Was nützen dir alle deine Träume und deine Freundschaften, wenn du ein Leichnam bist? Troubadour, neben den Gesetzen, denen du folgst, gibt es ein wichtigeres und älteres, das du ständig zu vergessen scheinst: das Gesetz des Lebens.«

»Gaelle...«

»Leben«, rief sie jetzt voller Zorn, »ist schwerer, als den Phantasien des eigenen Wesens nachzuhängen. Es erfordert die Annahme der Wirklichkeit, das Begreifen des Tatsächlichen. Lavaur wird fallen, und ihr werdet getötet werden. Du wirst tot sein, erschlagen, ein Gefallener deiner so großartigen und so wunderbaren Ideale. Was nützt mir dein Heldentod, Troubadour, wenn ich dich lebend will?«

Brian faßte sie an der Schulter. »Soll ich mein Leben lang daran denken, ein selbstsüchtiger Feigling gewesen zu sein?« fragte er mit scharfer Stimme. »Willst du mit einem solchen Mann zusammenleben? Alles, woran ich glaube, könnte in Lavaur sterben. Freiheit, Würde, Menschlichkeit.«

»Warum glaubst du nicht endlich an mich?« schrie sie jetzt. »Warum nicht endlich? Hast du dich jemals in meine Lage versetzt? Hast je darüber nachgedacht, was ich fühle, was ich empfinde und was mich quält? Hast du je über meine Angst um dich nachgedacht, über meinen Stolz und meine Selbstachtung? Kümmert es dich denn nicht, was ich spüre, was ich durchmache?«

Ihre Augen funkelten ihn an. Dann schwieg sie und wandte das Gesicht ab.

»Wenn ich aus Lavaur zurückkomme, Gaelle, werde ich bei dir bleiben.« Brians Stimme war jetzt sehr leise und sanft. Er strich ihr das Haar aus dem Gesicht. »Auf immer bei dir.«

»Du wirst sterben«, sagte Gaelle und hob den Kopf. »Du wirst tot vor Lavaur liegen, und alles wird vergebens gewesen sein.«

»Nein. So wird es nicht kommen, mieu amor.«

»Doch«, sagte die Frau. »Doch. So wird es sein.« Sie blickte ihn an. »Ich bin keine Frau, die untätig auf das Ende warten kann, Brian. Meine Kraft ist von deiner Rastlosigkeit erschöpft. Deine ewige Suche nach dem Vollkommenen hat mir beinahe meine letzten Kräfte geraubt. Ich will nicht das willenlose Beiwerk deiner Träume sein, Troubadour. Ich will leben.«

»Mit mir?«

Sie sah ihn an. »Mit dir wäre es vollkommen. Wenn es diesen Krieg nicht gäbe.«

»Ich muß gehen. Ich muß nach Lavaur gehen, Gaelle.«

»Ja«, sagte sie. »Natürlich.« Sie blickte von ihm weg. »Du wirst mich nicht mehr in Toulouse vorfinden. Wenn du überleben solltest.«

»Ich werde dich suchen. In jedem Teil dieser Welt. Du bist mein Licht und meine Sehnsucht, Gaelle.«

»Lavaur ist es.«

»Nein«, sagte der Troubadour mit Entschiedenheit. »Du bist es. Und du weißt es.«

Gaelle hob einige Kieselsteine vom Boden hoch und wog sie in ihrer Hand. »Ich werde Esclarmonda eines Tages von dir erzählen. Ich werde ihr von einem großen Träumer erzählen, der ruhelos die Welt durchstreifen mußte, weil ihm seine Träume den Blick auf die Erfüllung verbargen.«

»Ich werde ihr diese Geschichte selbst erzählen, Gaelle.«
»Ich glaube nicht, Troubadour. Lavaur wird das Ende sein.« Sie ließ die Steine aus ihrer Hand zu Boden fallen.
»Vielleicht«, sagte Brian. »Aber anders, als du es glaubst.«
»Ich sehe deine Wahrheit nicht. Ich sehe nur Entsetzen und Tod.«
»Wohin willst du gehen?« fragte der Troubadour nach einem Augenblick.
Gaelle schüttelte den Kopf. »Es hat keinen Sinn, wenn du es weißt.«
»Ich liebe dich, Gaelle«, sagte Brian mit einer sehr klaren Stimme.
»Ich weiß«, antwortete die Frau. »Das macht es auch so schwer.«
»Ich werde dich wiederfinden«, meinte der Troubadour.
»Wir werden sehen«, antwortete Gaelle beinahe geistesabwesend. Sie griff in die Tasche ihres Mantels und reichte Brian eine Figur. Einen elfenbeinernen, geschnitzten König. »Hier«, sagte sie. »Das gehört dir.«
»Warum gibst du ihn mir?« fragte der Troubadour.
»Wenn du überlebst, dann schenke ihn jemandem, den du dein Leben lang nicht mehr verlassen wirst. Ich brauche ihn jetzt nicht mehr.«
Brian umschloß die Figur mit seiner Hand und betrachtete die Frau.
»Was ist mit Theodosia und Leif?«
»Ich werde sie mit mir nehmen. Du wirst alleine nach Lavaur gehen müssen, Troubadour.« Sie schwieg und blickte um sich. »Es war Frühling wie dieser, als wir uns das erste Mal begegnet sind«, sagte sie schließlich.
»Es war für mich der Beginn eines zweiten Lebens.«
»Ja, das hätte es sein können.« Sie schüttelte den Kopf. »Was verspielst du nur, Troubadour.«
»Ich ...«
»Du verläßt mich einmal zu oft, Brian«, unterbrach sie ihn.
»Es ist mein letzter Weg.«
Gaelle stand auf. Sie atmete tief den Geruch des frischen Grases ein.
»Ein Weg der Ehre. Ein Weg der Selbstachtung.«

»Ja«, antwortete Brian.
»Nein«, sagte sie. »Es ist ein Weg in den Tod.«
Der Troubadour schwieg und sah sie an. Die Frau erwiderte seinen Blick. Dann drehte Gaelle sich um und ging vom Ufer in die Dunkelheit der Stadt zurück.

Als der Alarm in Lavaur gegeben wurde, rüttelte Brian Robert de Bantrac wach. Der Riese fuhr sich über die Augen, stand schlaftrunken auf und lief hinter dem Troubadour her, der sich zu dem Verteidigungsabschnitt begab, der Courtrain d'Erbil unterstand. Ein Angriffsturm wurde gegen die Mauern geschoben. Die Armbrustschützen schossen gezielt ihre Bolzen ab, während die Bogenschützen auf Ucs Kommando warteten, bevor sie die Pfeile einlegten und sie auf die Männer auf der Rampe des Turmes richteten.
»Habt ihr gut geschlafen?« fragte Courtrain d'Erbil, der die Behälter mit siedendem Öl und heißem Pech betrachtete.
»Mäßig«, sagte Brian, während er zu dem näher kommenden Angriffsturm hinblickte.
»Und verdammt kurz«, setzte der Normanne hinzu. »Das waren die ersten drei Stunden Schlaf seit zwei Tagen.«
»Das müßt ihr den heiligen Männern dort erklären«, meinte Courtrain d'Erbil und deutete auf die Kreuzfahrer, die auf der Rampe des Turmes darauf warteten, daß sie nahe genug waren, um auf die Mauern übersetzen zu können.
Ucs Bogenschützen schossen jetzt ihre Pfeile ab, und drei der Soldaten, die nur halb verdeckt hinter der Rampenwand gestanden hatten, fielen getroffen und schreiend gegen sie, drückten sie auf und stürzten in die Tiefe. Für einen Augenblick standen die Ritter ungedeckt. »Jetzt«, rief Courtrain, und die Armbrustschützen durchschlugen mit ihren Bolzen die Kettenpanzer einiger Kreuzritter. Männer stürzten um sich schlagend ins Innere des Angriffsturms, bevor es einigen Knechten gelang, die Klappe des Turms wieder nach oben zu ziehen.
»Was sollen wir tun?« fragte Brian.
»Einigen wird es gelingen, die Mauern zu erreichen. Für diesen Fall brauchen wir gute Schwertkämpfer, companho.«
Sie preßten sich gegen die von den Bombardierungen halb zer-

schlagenen Zinnen, als ein Pfeilhagel von dem Turm aus auf sie niederging. Brian sah, daß einige der Armbrustschützen zu Boden fielen, andere mit sich rissen und hinunter, den Häusern der Stadt zu stürzten.

Als die Angriffsrampe gegen die Mauer schlug, hob Courtrain die Hand. Soldaten schütteten den anstürmenden Kreuzfahrern siedendes Öl und heißes Pech entgegen. Schreie durchschnitten den Lärm, als Uc seinen Bogenschützen den Befehl zum Schießen gab. Männer brachen unter den Pfeilen, die sie trafen, zusammen, während andere, kaum oder nicht getroffen, von der Rampe auf die Mauern sprangen. Uc schlug mit der Axt auf sie los, während Courtrain, Brian und Robert mit gezückten Schwertern auf sie zuliefen. Es war ein Gefecht auf kleinstem Raum, und die Axt Ucs richtete ebenso große Verheerungen unter den Angreifern an wie die Schwerter Courtrains und seiner Männer. Brian sah, wie Robert einen Kreuzfahrer hochstemmte und über die Mauer in die Tiefe warf. Er spürte, wie sein Schwert in Körper drang, Leiber verstümmelte und Glieder abhackte. Es war ein blutiges Gemetzel, das ebenso Stunden oder auch nur die Bruchteile einiger Minuten gedauert haben mochte. Brian kannte dieses Erstarren der Zeit im Augenblick des Kampfes, wo alle Gefühle des Vergehens sich verloren und nur mehr das erregte Schlagen des eigenen Herzens die Dauer der Vergänglichkeit maß. Dann bewegte sich die Zeit wieder, er sah, wie Robert einen Morgenstern ergriff und auf die noch verbliebenen Kreuzfahrer einschlug, während Courtrain mit zwei Männern focht und sie mit gezielten Rückhand- und Vorhandschlägen tötete. Langsam, knarrend zog sich der Angriffsturm wieder von der Mauer zurück, während man über die nun offene Rampe die Toten und Verwundeten in ihm liegen sah. Einzelne Pfeilschüsse wurden noch auf sie abgegeben, Pfeilschüsse, die keinen Schaden mehr anrichteten.

»Wie viele Männer haben wir verloren?« schrie Courtrain Uc zu.

»Acht«, antwortete dieser.

Courtrain nickte. »Sie werden es auf diesem Abschnitt heute nicht mehr versuchen.«

»Heute nicht«, sagte Uc. »Erst morgen wieder und dann all die nächsten Tage.«

»Ein Tag Ruhe ist schon viel.«
Uc nickte. »In Lavaur ist es eine Ewigkeit. Eine beseligende Ewigkeit.«
Courtrain d'Erbil schickte Uc, Robert und Brian in ihre Unterkünfte. Für diesen Tag erwartete er nichts Außergewöhnliches mehr. In der Nacht würde man sehen. Die Nacht würde sie wieder auf ihren Plätzen vorfinden.
Brian teilte sich mit Uc und Robert den Speisesaal eines Bürgerhauses von Lavaur. Robert legte sich auf seine Decken, die auf dem Steinboden lagen, und schlief augenblicklich ein.
»Du hast keine Skrupel zu töten, Uc, nicht wahr?« fragte der Troubadour.
»Und Ihr, Senher?« Uc sah ihn spöttisch an.
»Ich tue es. Aber ich halte es für eine Sünde.«
»Haben wir diese Kreuzritter eingeladen, unser Land zu verwüsten, Städte auszurotten und Unschuldige zu verbrennen?«
»Dennoch ist es Sünde.«
»Die Welt ist nicht so, wie Ihr sie Euch wünscht«, sagte Uc und legte sich auf den Rücken.
Brian schwieg kurz. »Weshalb hast du Aude und Jordas verlassen?« fragte er dann.
»Aude braucht mich nicht mehr. Sie ist jetzt eine erwachsene Frau. Und Jordas ist längst zu einem Mann gereift, der sie beschützen kann.«
»Gibt es etwas, das du in deinem Leben bereust, Uc?«
»Ich wäre gerne ein Vollkommener geworden.«
»Dann hättest du kein Krieger sein dürfen.«
»Ich war es Audes wegen.«
»Weshalb?«
»Solange ich das Gefühl hatte, daß sie Schutz brauchte, mußte ich der Mann bleiben, der ich war.«
Brian drehte sich zur Seite und betrachtete Uc verwundert. »Dann hast du Aude dein Leben geschenkt?«
»Nennt es, wie Ihr wollt.«
»Weshalb nur, Uc«, fragte Brian. »Weshalb nur?«
Uc wandte sich ihm zu. »Weil ich ihr natürlicher Vater bin, Troubadour.«

Der Troubadour schwieg lange. »Weiß sie es?« fragte er dann.
»Nein«, sagte Uc. »Und sie wird es auch nie erfahren.«
»Weshalb?«
»Weil wir alle in Lavaur sterben werden, Senher.«
Dann zog Uc die Decke über sich und gab vor zu schlafen. Brian lag noch längere Zeit wach. Sie alle hatten in einer sonderbaren, undeutlichen Beziehung zueinander gestanden. Er und alle Menschen, denen er im Laufe seines Lebens begegnet war. Es war, als ob Kreise ineinandergriffen, um eine endlose Kette von Verbindungen zu schaffen, die keinen Anfang und kein Ende hatte.
Je mehr er über das Leben nachdachte, desto weniger Antworten fand er. Er glitt mit diesem Gedanken in eine Art Dämmern, in dem seine Gefühle sich jagten und wieder verloren. Schließlich fiel er in einen tiefen, in einen schweren und in einen dunklen Schlaf.

Die Nacht war lau und angenehm, als Brian und Robert de Bantrac Wache auf den Mauern von Lavaur hielten. Um die Stadt herum loderten die Feuer des Kreuzfahrerheeres, in einer Landschaft des mattschwarzen Dunkels, die in Flammen gesetzt zu sein schien. Die Nacht war mondlos, und die Sterne leuchteten hell, waren gut sichtbar in einer Ferne, die weit von dem entfernt zu sein schien, was die Menschen hier auf Erden bewegte.
Der Normanne rief zwei der Soldaten und gab ihnen Order, die Bewegungen im Lager der Kreuzfahrer genau und aufmerksam zu beobachten. Dann setzte er sich mit Brian de Martial hinter eine zersplitterte Zinne, bereit, bei der leisesten Gefahr wieder auf seinem Posten zu sein.
»Hast du deine Antwort gefunden?« fragte der Troubadour, der in die dunkle, stille Stadt hinabsah.
»Welche?« fragte der Riese.
»Woher all die farbenprächtigen Entscheidungen des Schicksals kommen? Wozu wir leben?«
»Ja. Doch«, antwortete Robert.
»Erkläre es mir.«
Der Normanne sah ihn an. Sein Blick war in der Finsternis nur schwer zu erkennen. Das Licht einer Fackel warf ab und zu einen

zuckendenden Schein über sein unrasiertes Gesicht. Dann verschmolzen die Augen Roberts wieder mit der Nacht, die sie umgab.
»Courtrain d'Erbil hatte recht. Wir sind nur Wanderer auf einer Brücke. Nichts ist beständig, alles vergeht«, sagte er.
»Und das Schicksal?«
»Ist dieses Vergehen. Nicht mehr. Was ist das ganze Leben, wenn die Ewigkeit es spiegelt? Ein Spiel. Ein Kinderspiel für einen Augenblick.« Robert schwieg kurz. »Es sind die einfachen Dinge, die zählen. Diese Nacht vielleicht.«
»Und Theodosia?«
»Ich liebe sie. Ihretwegen möchte ich Lavaur lebendig verlassen.«
»Und wozu sind wir dann da, companho? Wozu gibt es uns?«
»Für diese einfachen Dinge.«
»Erklär mir das.« Brian streckte das rechte Bein aus und rückte sein Schwert zurecht.
»Was gibt es hier zu erklären, Brian? Es sind Bilder. Abdrücke deiner Seele. Der Geschmack der Haut Theodosias. Ein Baum, der sich im Wind bewegt. Ein Reiter, der sich dir auf einer Straße nähert. Der Ton einer Kirchenglocke. Die Behaglichkeit, an einem kalten Wintertag ein warmes Bett vorzufinden. Einfache Dinge. Klare Wahrheiten.«
»Und der Tod?«
»Ist nur das Ende unseres Mühens. Dann kommen die Nacht, das Licht und die Ewigkeit.«
»Du scheinst von der Last deiner Suche erlöst, Robert.«
»Ich habe Theodosia gefunden. Eine zierliche, lebensfrohe Frau. Eine Frau, die mich liebt. Das klärt manche Frage.«
»Die Liebe einer Frau?«
Brian vermeinte, Robert in der Dunkelheit lächeln zu sehen.
»Muß ich gerade dir dieses Geheimnis erklären, Troubadour? Das Leben ist sehr einfach, wenn du es auf seine Grundlagen zurückführst. Wir werden geboren, wir sind und wir sterben. Welche Aufregung um so eine simple Tatsache.«
»Und die Schönheit?«
»Ist überall.«

»Auch hier in Lavaur?«
»Es gibt auch eine Schönheit des Kampfes«, sagte Robert. »Aber du verstehst das nicht. Du bist kein Krieger.« Robert lachte jetzt leise. »Nur ein Ritter«, sagte er dann.
»Was wirst du tun, Robert, wenn du Lavaur verläßt?«
»Weiterkämpfen. Weiter für eine freie Occitanie streiten.«
»Mit Theodosia?«
»Mit ihr und allen Freunden, die ich besitze.«
»Ein Normanne und eine Griechin. Hoffnungen des Südens.«
»Ihr habt uns eingefangen mit eurem Lum und eurer Clartatz.«
»Weshalb?«
»Es gibt nichts Besseres.« Das Licht der Fackel streifte wieder Roberts Gesicht. Er hatte die Augen geschlossen. »Und du?« fragte er. »Was fühlst du?«
»Es gibt ein Lied darüber.«
»Sing es mir«, sagte der Normanne. »Die Nacht ist noch lang.«
»Atressi com la candela«, begann Brian leise.

»que si meteissa destrui
per far clardat ad autrui
chant on plus trac greu martire
per plazer de l'autra gen
e car a dreg escien
sai qu'eu fatz folhatge
qu'ad autrui don alegratge
et a mi pena e tormen
nula res si mal m'en pren
no me deu planher del damnatge

Gleich einer Kerze
Die sich selbst zerstört
Um anderen das Licht zu schenken
So singe ich, wenn ich das stärkste Leid empfinde
Um Lust und Freude zu bereiten
Und weil ich sehr gut weiß
Daß ich in tiefste Torheit falle
Indem ich allen Heiterkeit

Und mir selbst nur Qual bereite
So soll doch niemand, wenn mir Böses widerfährt
Mich meines Unglücks wegen schelten.«

Robert stand auf. »Ein gutes Lied für diese Nacht«, sagte er. Dann brüllte er die beiden Soldaten an. »Ihr sollt Wache halten und keinem verrückten Troubadour lauschen!«
Brian stellte sich neben Robert, nahe der zerborstenen Zinne. Der Normanne deutete auf die Feuer des Lagers.
»Was, glaubst du wohl, würden sie sagen, wenn sie dich hören könnten?«
»Sie würden mich fragen, ob das Licht Gottvater sei.«
»Sie sind hundert Jahre hinter uns zurückgeblieben.«
»Aber es sind wahrhaft gute Krieger, Robert.«
Der Normanne lachte. »Keine Ritter?«
»Nein«, antwortete Brian. »Keine Ritter. Keine Kämpfer, die Pardon geben.«
»Dann möchte ich, daß die Tage endlos wären«, sagte Robert.
»Wenn wir aus Lavaur herausgekommen sind, wird es wieder der Fall sein.«
»Wenn.«
»Du hast die Pflicht, auch für meine Lieder zu siegen, verdammter Normanne.«
»Das gibt mir wieder Mut«, sagte Robert und grinste im Licht der Fackel.

Durch die Kämpfe um Carcassonne geübt, hatten die Kreuzfahrer wieder eine Chatte gebaut, einen Angriffsturm, der den Sappeuren Gelegenheit geben sollte, die Mauern von Lavaur zu untergraben.
»Hier«, sagte Courtrain d'Erbil, der die Annäherung des Turmes beobachtet hatte. »Hier graben wir den Ausfallgang.« Er deutete auf die dicke Mauer, die ihnen noch Schutz und Sicherheit bot. Dann lief er, gefolgt von Brian und Robert, den Weg hinauf zum Wehrgang.
Uc erwartete ihn bereits und wies auf den großen Turm, der sich, leicht schwankend, aber unbeirrt, dem Stadtgraben näherte.
»Die Domna Girauda und Aimerigatz de Montréal haben anfragen lassen, ob Ihr Verstärkung braucht, Senher?«

Die Domna Girauda war die Titularherrin der sonst unabhängigen Stadt. Aimerigatz war ihr Bruder und der ehemalige Senher von Montréal, das er Simon de Montfort nach der Niederlage des Raymond-Roger de Trencavel überlassen mußte.

»Noch nicht, Uc. Noch schaffen wir es alleine. Wie viele der Armbrust- und Bogenschützen sind noch einsatzfähig?«

»Vierundvierzig, Senher.«

»Das reicht für diese Chatte, meinte Courtrain. »Noch reicht es.«

Dieser Angriffsturm war weniger für die Erstürmung der Mauer geplant, als für die Sicherheit jener Kriegsknechte, die in tagelanger Arbeit den Stadtgraben mit Holz und Strauchwerk auffüllen sollten. Dann würde die Chatte bis an die Wälle herangeführt werden, und die Sappeure würden in ihrem Schutz die Mauern untergraben und sie zum Einsturz bringen.

»Ist das siedende Öl bereit?« fragte Courtrain. Er sah zu dem Turm hinüber, der wie ein grotesker Riese aus Holz und Metall auf die Mauern zu schwankte. »Die Fackeln für die Pfeile?«

»Alles ist bereit, Senher«, antwortete Uc.

Die Chatte kam vor dem Stadtgraben zum Stehen. Ein Pfeilhagel deckte Courtrains Männer ein.

»Ich glaube nicht, daß sie auf die Mauern übersetzen werden«, sagte Brian.

»Du hast verdammt recht«, sagte der Normanne, der sich wie Brian mit seinem Langschild hinter die zerbrochenen Zinnen gekauert hatte. »Wir sind hier nur als verfluchte Zielscheiben postiert.«

»Los«, schrie Courtrain unvermittelt zu ihnen hin. »Kommt zu mir! Du, Brian, deckst uns. Hilf mir, Robert«, sagte er und wies auf den Kessel mit siedendem Öl. Er und der Riese kippten das Gefäß über die Mauer. Das Öl stürzte in den Stadtgraben. Zwei der Kriegsknechte des Kreuzfahrerheeres torkelten und schrien, während ihre Kleidung und ihre Körper von dem Öl versengt wurden.

»Die Brandpfeile«, schrie Courtrain. Dort, wo das Öl noch nicht brannte, schossen die Soldaten Brandpfeile in die Tiefe. Einige von ihnen setzten die ölige Spur in Flammen. Feuer schossen von neuem hoch und legten sich wie eine Wand vor das Fundament der Chatte.

»Jetzt die Armbrüste«, schrie Courtrain Uc zu. Während die Bogenschützen von Lavaur auf die Angriffsrampe zielten, beugten sich die Männer mit den Armbrüsten über die Mauer. Sie schossen auf die flüchtenden Kriegsknechte des Heeres. Männer stürzten im Laufen, rissen die Arme nach oben und blieben dann reglos auf der Erde liegen, während hinter ihnen ein auf und ab zuckendes Feuer die Ölspur auffraß.

Die Chatte ruckte plötzlich, bewegte sich dann schwerfällig und zog sich etwa eine Viertelmeile zurück.

Jubel brandete von den Wällen von Lavaur auf.

»Ein zweites Mal gelingt uns das nicht«, sagte Courtrain d'Erbil. »Beim nächsten Mal werden sie Schutzrampen eingezogen haben. Dick wie ein Männerarm und getränkt mit Wasser.«

»Für diesmal hat es geholfen«, sagte Brian.

»Für diesmal«, bestätigte Robert. »Für dieses Mal schon.«

Die Domna Girauda war eine zarte, schöne und zerbrechliche Frau. Sie war nicht nur klug und belesen, sondern auch ein weiblicher Troubadour, eine Troubaritz. Als Brian den nur spärlich besetzten Saal der Burg von Lavaur betrat, erhellte sich das Gesicht der schwarzhaarigen Schönheit.

»Brian de Martial«, rief sie, als sie ihm in ihrem kostbaren, gelblichen Satinkleid entgegentrat. Eine goldgefaßte Bernsteinkette schlang sich um Hals und Busen. In ihr Haar waren bunte Frühlingsblumen geflochten. »Wie bin ich froh, Euch endlich näher kennenlernen zu dürfen.« Ihre Stimme klang hell und fröhlich.

»Die Ehre, Domna, liegt ganz auf meiner Seite.«

In dem von Kerzen üppig erleuchteten Saal mochten sich vielleicht vierzig Frauen befinden, aber nur zwölf Männer. Es war nicht verwunderlich, dachte Brian. Die meisten der Senhers waren draußen, bei den Mauern.

Brian verbeugte sich, ergriff die Hand der Domna Girauda und küßte sie.

»Ihr habt Bemerkenwertes bei der Abwehr unserer Feinde geleistet«, sagte die Frau und blickte ihn mit ihren großen Augen an.

»Nicht mehr als ein einfacher Soldat«, sagte Brian.

»Ihr seid zu bescheiden«, meinte die Domna, winkte einem Pagen mit einem Tablett voll ziselierter, geschwungener Silberbecher mit Wein und reichte Brian einen der gefüllten Pokale. Ihre schlanken Hände waren mit kostbaren Ringen geschmückt.

»Wir sprechen gerade über die Mystik der Troubaritz«, sagte die junge Frau, als sie Brian zu einer Gruppe von Frauen und zwei Männern geleitete, die nahe beim Kamin standen. »Eine Mystik, die sich wohl kaum von jener eines Troubadours unterscheiden wird.«

»Was meint Ihr dazu, Brian de Martial?« fragte ein massiger Mann, der beinahe so groß wie Robert de Bantrac zu sein schien, aber wohl das Doppelte wog.

Brian verneigte sich vor Aimerigatz, dem Bruder der zierlichen Domna Girauda. Der ehemalige Senher von Montréal blickte ihn freundlich an. »Ich verstehe zu wenig von dieser Kunst, um wahrhaftig mitsprechen zu können«, setzte er hinzu.

»Die Liebe ist die Quelle der Bereicherung der Seele und des Geistes«, sagte Brian, als er von seinem Becher getrunken hatte. »Ein Weg der moralischen Vervollkommnung. Ein Troubadour oder eine Troubaritz betet das Schöne und Geliebte an, wie andere Menschen es vielleicht mit einem Heiligen tun. Der geliebte Mensch zwingt uns zu Boden, weil wir ihn lieben, verehren und nach ihm streben. Für ihn tun wir alles, was gut und wahrhaftig ist. Oder, um es noch einfacher auszudrücken, durch ihn geraten wir in die Lage, dies alles tun zu können. Dies erscheint mir die Grundlage der Mystik der Troubadoure zu sein.«

»Siehst du das auch so, Schwester?« fragte Aimerigatz.

»Ich würde noch hinzufügen, daß die Liebe die einzige Tugend ist, derer der Mensch bedarf«, sagte die schwarzhaarige Frau.

»Nicht die Treue?« fragte der zweite Mann in der Gruppe der Menschen, die die Domna umstanden.

»Nur die Liebe ist Tugend. Wenn sie tief und echt ist, dann ist sie auch Treue, Wahrheit und jeglicher Wert, der sich in menschlichen Begriffen ausdrücken und erfassen läßt.«

»Und Joi?« fragte eine Frau mit hellem, hochaufgestecktem Haar und einem herzförmigen, sanften Gesicht, dessen Haut glatt wie eine frischgeprägte Münze schien.

»Joi ist die unio mystica der Freude«, sagte Brian.

Aimerigatz lachte. »Das ist mir zu hoch, de Martial.«

»Wer wirklich liebt, der kennt keine Grenzen mehr. Er liebt durch seine Domna die ganze Welt. Es gibt keine Trennungen mehr zwischen ihm und dem Außen, Senher.«
»Das klingt wie die Liebe zu Gott«, sagte ein schwarzgekleideter Perfectus, der zu ihnen getreten war. Brian erkannte in ihm Giraud de Gourdon, einen der beiden Vollkommenen, die mit ihm in die Stadt gekommen waren.
»Die Liebe zu Gott ist dem gewöhnlichen Menschen nur in Ansätzen zugänglich. In der Liebe zur Frau finden wir den Weg, der unserem Menschsein gemäß ist. Die geliebte Frau ist unser Licht.«
Die Domna Girauda klatschte in die Hände. »Das ist das Glaubensbekenntnis der Troubadoure!« sagte sie erfreut.
»Und es sollte mein eigenes sein«, murmelte Brian für sich.
»Meint Ihr das auch?« fragte einer der Perfecti, der Brian aufmerksam betrachtete.
»Ich würde es mit den Worten der Domna noch umfassender darstellen. Es ist das Glaubensbekenntnis des Südens. Es ist die Grundlage der Kultur der Occitanie.«
»Ihr seid Katholik, Brian de Martial?« fragte der Perfectus.
»Ja, Vollkommener. Ein Katholik des Südens.«

Der unterirdische Gang, der zu dem Angriffsturm führte, war am nächsten Morgen fertiggestellt. Courtrain, Brian, Robert und Uc hatten darum gebeten, den ersten Ausfall durchführen zu können. Zwanzig Männer folgten ihnen, als sie den beinahe mannshohen Gang betraten. Sie tasteten sich mit Fackeln durch die feuchte Erde, die als Schacht unter der Stadtmauer in die Tiefe des ihr vorgelagerten Grabens führte. Der Ausgang des Ganges war mit losem Buschwerk verkleidet.
Courtrain d'Erbil hob die Hand, und Brian und die anderen blieben stehen. Er sah zwischen den Blättern der Büsche ins Freie. Dann schob er das Blattwerk beiseite und kroch in den Burggraben. Brian, Robert und die übrigen folgten ihm.
Die Chatte ragte Stockwerke hoch neben ihnen auf. Langsam, bemüht, keinen Lärm zu machen, näherten sie sich dem Angriffsturm. Dann, mit einem Male, sprang Courtrain hoch, schlug auf die Wache ein, die vor der Chatte stand, und warf die erste Brandfackel.

Brian, Robert und Uc waren einige Augenblicke später mit ihm gleichauf. Die Bogenschützen zielten auf die Kriegsknechte, die versuchten, den Burggraben mit Holz aufzufüllen. Ritter sprangen von dem unteren Teil des Angriffsturmes und stürzten auf Courtrain und die anderen los. Soldaten bemühten sich, das Feuer zu löschen, das einen Teil des Turmes ergriffen hatte. Kriegsknechte fielen, von Pfeilen durchbohrt, in den Graben. Schwerter klirrten, Männer schrien und brüllten, während die Armbrustschützen von der Rampe aus zu ihnen hinunterzielten.
»Waren das alle Fackeln?« schrie Courtrain.
»Alle«, rief Uc.
»Dann zieht euch zurück! Schnell.«
Courtrain, Brian, Robert und Uc täuschten eine eilige Flucht vor. In dem Abstand, der plötzlich zwischen ihnen und den Kreuzfahrern lag, war es ein Leichtes für die Bogenschützen Lavaurs, die Ritter des Heeres mit ihren Pfeilen zu treffen. Die Verfolgung stockte plötzlich.
Courtrain und die anderen liefen den Abhang hinunter, hinein in den Graben und dann hin zu dem Schacht. Ein Bogenschütze deckte ihren Rückzug, bis auch er ihnen folgte. So schnell als möglich rollten sie eine Steinplatte vor den Eingang. Dann liefen sie keuchend durch das Erdreich des Ganges, bis sie innerhalb der Stadtmauern wieder auftauchten. Die Männer, die den Schacht provisorisch vermauern würden, warteten schon auf ihren Einstieg in den Gang.
»Was ist mit der Chatte?« fragte Courtrain, der nach Atem rang.
»Der ganze untere Teil steht in Flammen«, schrie Aimerigatz, dessen Gesicht vor Begeisterung gerötet war. »Sie rollen sie gerade in ihr Lager zurück. Die nächsten Tage haben wir nichts von ihr zu befürchten.«
»Gut«, sagte Courtrain d'Erbil und ließ seinen Blick über seine Leute wandern. »Und das, ohne einen Mann zu verlieren.«
»Man merkt, daß ihr in Outremer wart«, sagte Aimerigatz aufgeräumt.
»Ja«, sagte Courtrain und lächelte plötzlich. »Das Heilige Land ist für vieles gut.«

Aber auch Courtrains Listen konnten nicht verhindern, daß die Kreuzfahrer eine neue Chatte bauten. Die Verteidiger Lavaurs konnten nur dem übermächtigen Heer zusehen.
Als die neue Chatte wieder vor den Mauern von Lavaur lag, wurden die Ausfälle aus der Stadt häufiger. Die Kreuzfahrer begannen nun vor dem Schacht grünes Holz und grünes Reisig zu verbrennen. Die Dämpfe und der Rauch, der in den Gang drang, machten ihn mit der Zeit unpassierbar. Schließlich gelang es, den Angriffsturm über den Stadtgraben zu ziehen. Die Sappeure gruben ihren Stollen unter die Stadtmauer, den sie in bewährter Weise mit Holz abstützten. Dann, als die unterminierte Fläche groß genug war, zündeten sie die Pfosten an und brachten sich in Sicherheit.
Als die Balken zusammenbrachen, stürzte ein Teil der Stadtmauer ein. Am 2. Mai 1211 konnten Aimerigatz und Courtrain d'Erbil den ersten Angriff des Kreuzfahrerheeres noch zurückschlagen. Aber die Verluste der Verteidiger von Lavaur waren verheerend gewesen.
In dieser Nacht vom zweiten auf den dritten Mai schlief niemand in der Stadt. Jedermann wußte, daß in den Morgenstunden Tausende Ritter, Knappen, Soldaten, Söldner und Kriegsknechte auf die Bresche zustürzen würden. Jedermann wußte es, und jedermann wußte, daß Lavaur dem Tode geweiht war.
»Trink«, sagte Courtrain d'Erbil und reichte Brian den Weinschlauch, als sie wie hundert andere inmitten der Mauertrümmer vor den Feuern saßen und warteten. Brian nahm einen tiefen Schluck und strich sich über seine entzündeten Augen.
»Laß uns sprechen«, sagte der Graubärtige. »Laß uns mit unseren Wörtern Teppiche des Wissens und der Blasphemie ausbreiten.«
Aus der Ferne ertönte die klagende Melodie einer Fiedel. Ein Mann, der Abschied nahm. Abschied von vielem.
Courtrain blickte nach oben. »Eine klare Nacht. Eine gute Nacht zum Reden.«
»Ich habe keine Lust zu sprechen«, sagte der Troubadour.
»Weshalb?«
»Weil wir morgen allesamt tot sein werden.«
Courtrain d'Erbil griff nach dem Weinschlauch und nahm einen tiefen Schluck. »Du enttäuschst mich, Sohn. Du bist ein Mann des

Südens. Wir sollten immer reden wollen. Wir haben das Schweigen nie gelernt.«
»Hast du keine Angst zu sterben?«
»Keine besondere«, sagte der Graubärtige.
»Und wozu haben wir gekämpft?«
Courtrain schwieg kurz. »Wenn ich das Wahre, Edle und Schöne bedroht sehe, Brian, dann kämpfe ich darum, daß es bestehen bleibt, dann kämpfe ich darum, daß es die Erde auch weiterhin heller und bunter macht. Nicht ich wähle die Waffen. Derjenige, der die Liebe, die Toleranz und die Erkenntnis ausrotten will, der ist es, der mir die Wahl der Waffen aufzwingt. Gegen Simon de Montfort kannst du nicht mit Rosensträußen kämpfen.«
Brian griff nach dem Weinschlauch und trank. »Für die Ewigkeit gesprochen, Courtrain.«
»Nur für den Augenblick, mu fils. Nicht mehr.«
Als er den Weinschlauch absetzte, blickte Brian zu Courtrain hin.
»Was ist dein Augenblick der Wahrheit, Cavalier?«
»Jetzt, hier, das ist der Augenblick der Wahrheit.« Courtrain lächelte. »Frei von allen Fesseln der Zeit läßt sich das Wirkliche erkennen.«
»Das klingt wie eine recht große Wahrheit, Courtrain.«
Der Graubärtige lächelte von neuem. »In dieser Nacht haben wir Zeit für viele von ihnen, Brian.«
Der Troubadour trank aus seinem Weinschlauch. »Hast du immer danach gelebt, Courtrain? Deiner Wahrheit und deiner Wirklichkeit folgend?«
»Meistens.«
»Und woran erkenne ich, daß diese große, goldene Wahrheit mich endlich berührt?«
Brians Stimme klang unvermittelt zynisch.
»Dann, wenn du siehst, daß alles, was du getan hast, nichtig ist, daß alles, was du tun wirst, nichtig ist, und dennoch ist alles voll des Glanzes und der Fülle.«
Brian nickte. »Das gefällt mir, Wanderer.« Sie schwiegen beide. Die Musik in der Ferne war jetzt wilder und rhythmischer geworden.
»Weshalb bist du nach Lavaur gekommen, Brian?« fragte d'Erbil schließlich.

»Aus Anständigkeit. Was immer ich auch gesagt habe, mehr war es nicht, das mich hierhergetrieben hat.«

»Das ist ein guter Grund, Brian.«

Brian warf Holz ins Feuer. »Du hättest Pedro d'Aragon und seinen Hof nicht verlassen müssen. Was hat dich bloß wieder in die Occitanie geführt?«

»Mein Gefühl für das Richtige. Für die Endgültigkeit einer Entscheidung.«

»El Cavalier«, sagte Brian mit dem Anflug eines Lächelns. »Der Ritter.«

»Du kannst nur so leben, Brian.«

»So sind wir wieder jenseits des Meeres.«

»In Outremer. In einem Outremer, das wir nie verlassen haben.«

Die Musik in der Ferne riß unvermittelt ab.

»Es wird nicht mehr lange dauern, dann dämmert es«, sagte Brian, der kurz zum Himmel aufblickte.

»Ja«, sagte Courtrain. »In der Dämmerung werde ich sterben.«

Sie hörten sie von der Ferne. Tausende von Menschen zogen mit ihren Pferden, Schwertern, Lanzen und Bogen gegen die Bresche.

»Laß dich umarmen, Brian«, sagte Courtrain d'Erbil.

»Ich habe dich von Beginn an geliebt, Vater.«

»Ich habe dich immer geliebt, mu fils.«

Brian umarmte auch Robert und Uc. Dann trat er an Courtrain d' Erbils Seite und wartete im Morgengrauen auf das Heer des Kreuzes.

Und das Heer rannte gegen Lavaur wie ein wütendes Meer. Angriffswelle folgte auf Angriffswelle, bis der Durchbruch gelang und Tausende durch die Bresche fluteten. Es war ein erbitterter und erbarmungsloser Kampf, der sich vor den mit Blut getränkten Steinen entspann.

Irgendwann bemerkte Brian, daß Courtrain von zwei Pfeilen in der Brust getroffen war. Dann sah er, wie d'Erbil, gefolgt von Uc, sein Schwert schwang und gegen eine Gruppe von Kreuzfahrern losstürmte. Die Kreuzfahrer waren in solcher Übermacht, daß sie Courtrain und Uc förmlich mit ihren Körpern erdrückten. Brian sah, wie Courtrain, an der Schwerthand getroffen, von einem Ritter an der Schulter verwundet wurde, bevor drei Speere ihn durchbohrten. Der Mann mit dem grauen Bart wollte noch etwas rufen, aber Blut trat aus seinem Mund und ergoß sich über seinen Kettenpanzer. Dann fiel Courtrain auf die zerstörten Steine, fiel auf die Knie, legte seine Hand um einen der Speere, die in seiner Brust steckten, und fiel nach vorne, über den toten Uc, der mit zertrümmertem Kopf und zur Seite gestreckten Armen vor ihm auf dem zerschlagenen Mauerwerk lag.

Brian kämpfte an der Seite Roberts und Aimerigatz'. Die Masse der Kreuzfahrer drängte sie immer weiter von der Mauer ab. Aimerigatz' Leute hielten die Kampflinie, und die etwa zweihundert Männer, die sich langsam zu einem Karree formten, kämpften mit der Erbitterung und Wut von Menschen, die wußten, daß sie zum Tode verurteilt waren. Kaum einer von ihnen war noch unverwundet, während die Kreuzfahrer in immer neuen Wellen auf sie einstürmten und einschlugen. Das Schlachten schien kein Ende zu nehmen, als Trommler auf der Mauerhöhe erschienen und einen Mann von Eisen freigaben, der zwischen sie trat.

Die Kreuzfahrer ließen die Waffen sinken und zogen sich einige Schritte von den Rittern Lavaurs zurück.

»Werft die Waffen weg«, schrie Simon de Montfort, ein blutiges Schwert in den Händen haltend. »Oder es wird ein zweites Béziers geben!«

Aimerigatz senkte seine Waffe. »Gebt Ihr uns Euer Wort, daß Ihr die Bevölkerung verschont, wenn wir die Waffen niederlegen?«

»Du hast mein Wort, Aimerigatz.«

»Was ist mit den Rittern?«

»Kein Pardon für jene, die meiner Gerichtsbarkeit unterstehen.«

»Das heißt, daß Ihr mich töten werdet?«

»Ja, Aimerigatz. Das heißt es. Dein Leben und das Leben deiner Ritter gegen das der Männer, Frauen und Kinder von Lavaur.«

Aimerigatz sah kurz vor sich hin. Dann warf er sein Schwert in hohem Bogen zur Seite, daß es klirrend auf das Mauerwerk aufprallte. »Tut, was ihr für richtig haltet«, sagte er zu seinen Leuten und trat aus der Reihe. Weitere Ritter warfen ihre Schwerter von sich und gingen zu Aimerigatz. Dann kamen noch einige hinzu, die

ihre Waffen niedergelegt oder ihre Schwertgürtel abgeschnallt hatten.
Als Simon de Montfort zu Brian und Robert kam, sagte der Troubadour leise: »Du schuldest mir ein Leben.«
»Welches, Troubadour?« fragte Montfort kaum hörbar.
»Das von Bantrac.«
»Dann bin ich dir nichts mehr schuldig?«
»Nichts«, sagte Brian.
Der Vizegraf des Südens wies auf Brian, der aus einer Armwunde blutete, und auf Robert, dessen eine Wange durchtrennt war. »Bringt sie gesondert in eine Zelle.«

Robert konnte nur mühsam sprechen, und so saßen sie die meiste Zeit schweigsam in dem dunklen, feuchten und schmutzigen Kerker.
»Ich will nicht, daß du deine Freiheit für die meine hergibst«, sagte Robert endlich.
»Montfort wird mir nichts tun«, erwiderte Brian. »Er schuldet mir zuviel.« Er ließ sich seine Zweifel und seine Unsicherheit darüber nicht anmerken.
»Ich hoffe, du weißt das mit Gewißheit, companho.«
»Ja«, sagte Brian, »Ich weiß es mit Gewißheit.« Er schwieg kurz. »Wohin wirst du gehen, wenn Montfort dich freiläßt?«
»Nach Toulouse. Raimbautz Decarra wird wissen, wo ich Theodosia finden kann.«
»Ja. Decarra müßte es wissen.«
»Ich hole dich hier heraus, Brian, wenn Montfort dich nicht freiläßt.«
»Das weiß ich, Robert. Das weiß ich mit der gleichen Sicherheit, mit der ich weiß, daß Montfort mich laufenlassen wird.«
»Gut«, sagte Robert. »Gut.« Sie schwiegen lange; sie schwiegen so lange, bis Robert wieder sprechen konnte, ohne daß sich seine Kehle allzusehr mit Blut füllte.
»Das mit Courtrain d'Erbil tut mir leid, companho.«
»Ich weiß«, sagte Brian. »Ich weiß.«
»Wenn sie uns entsetzt hätten, wäre Montfort verloren gewesen.«

»Aber die Verstärkungen sind nicht gekommen.«
»Nein. Niemand ist uns zu Hilfe gekommen.«
»Es ist vorbei«, sagte Brian unvermittelt. Er hatte sich auf den Rücken gedreht und blickte zum Dunkel der Zelle hoch.
»Vorbei womit?«
»Vorbei mit dem Ritter Brian de Martial. Ich werde nie mehr mein Schwert tragen. Die Kämpfe sind vorüber, Robert. Ich bin diesen Weg zu Ende gegangen, der mich von Jaffa über Konstantinopel an diesen verdammten Ort hier geführt hat. Ich werde keine Kriege mehr führen. Nicht jene der Großen und nicht meine eigenen. Gott wird das verstehen. Denn wenn es einen Gott gibt, so wartet er ab.«
»Gott wartet ab«, wiederholte de Bantrac. »In Lavaur hat er es getan, companho.«

Metall rieb sich klirrend an Metall, als das Schloß zur Zelle aufgesperrt wurde und Simon de Montfort das Verlies betrat. Er steckte die Fackel in die Halterung, die an der Wand befestigt war. Das Licht blendete Brian im ersten Augenblick.
»Ein Pferd steht für dich bereit, Bantrac«, sagte Simon. »Geh, und laß dich nie mehr vor mir blicken.«
Robert stand auf. Blut rann ihm über Wange und Hals. »Kommt er frei?« fragte der Normanne den Vizegrafen des Südens und deutete auf Brian.
»Ja«, sagte Montfort. »Er kommt frei.«
»Gott schütze dich, companho«, sagte der Riese.
»Gott schütze dich, Robert«, antwortete der Troubadour.
Dann verließ Robert de Bantrac die Zelle und das Verlies.
»Ich habe ihm nicht gesagt, auf welche Weise du freikommst, Troubadour. Ob als Leiche oder als freier Mann.«
»Du wirst dich bald entscheiden müssen, Simon de Montfort.«
»Ja«, sagte der Franzose. »Das werde ich.« Er setzte sich zu Boden, Brian gegenüber.
»Lavaur ist gefallen, Brian. Die Occitanie wird bald zur Gänze mir gehören.«
»Um welchen Preis nur?«
»Um jenen, den ihr im Süden zu zahlen bereit seid.«

»Hör zu«, sagte Brian und beugte sich vor. »Ich habe schon einmal einen Mann wie dich gekannt. Richard Löwenherz, König von England und Herzog der Aquitaine. Ich bin sein Gewissen gewesen, so wie ich auch deines geworden bin, Simon. Aber ich kann dir keine Absolution erteilen, Vizegraf. Für nichts von dem, was in Lavaur geschah. Aimerigatz und seine Ritter hingemetzelt. Die Domna Girauda grausam umgebracht. Zweihundert Katharer verbrannt.«

»Ich will der Herr einer rebellischen Occitanie werden, Brian. Ich muß Schrecken um mich verbreiten.«

»Die Occitanie wird dich ausspeien, Simon.«

»Du bist ein Träumer, de Martial.« Er lächelte. »Ein Träumer für die Ehre Gottes.«

»Und wofür stehst du?« fragte der Troubadour. »Für sehr wenig, Simon. Macht. Herrschaft. Besitz. Eine auch nur teilweise katharische Occitanie würde dich nie als ihren Herrn anerkennen.« Brian schüttelte seinen Kopf. »Deshalb, weil du die Ketzer aus eigennützigen Zwecken verfolgst, bist du noch lange kein Löwe der Wahrheit und kein Hammer des rechten Glaubens. Du bist nur derselbe, gottverdammte Machtmensch, der auch Richard von England war.«

»Und dennoch hast du ihn geliebt«, sagte Simon de Montfort.

»Weil er etwas von einem Mann und Ritter an sich hatte.«

»Sei vorsichtig, Troubadour. Du könntest ein Wort zuviel sagen.« Das Fackellicht beleuchtete Montforts markantes und hartes Gesicht.

»Du läßt zu viele Tote hinter dir, Simon«, sagte der Troubadour nach einer Pause.

»Niemand hat deinen Vater und deine Freunde gezwungen, in Lavaur zu kämpfen.«

»Alles, was du verkörperst, hat sie dazu gezwungen.«

Montfort schüttelte den Kopf. »Du warst immer ein Streiter der verlorenen Kämpfe, Troubadour.«

Brian griff sich an seinen verletzten Arm. Seine Wunden bereiteten ihm Schmerzen. »Brennend vor Liebe in der Kühle der Weisheit«, sagte er dann, beinahe zu sich selbst sprechend.

»Was ist damit?« fragte der Vizegraf irritiert.

»So hat Courtrain d'Erbil gelebt.« Brian hob den Kopf. »Und wie lebst du, Simon de Montfort?«
Montfort schwieg. »Wie ein Mensch, der weiß, was in dieser Welt zählt«, sagte er schließlich.
»Wut. Tod. Verderben.«
»Macht. Macht zählt in dieser Welt. Ich kann es nicht ändern.«
»Gott bewahre mich vor den bewunderungswürdigen Taten der Großen«, sagte Brian. »Ich habe sie erlebt. Mein Leben lang.« Er beugte sich vor. »Hör zu, Vizegraf. Ich werfe sie dir vor deine Füße. All diese Begriffe wie Macht, Kampf, Sieg, Triumph und Herrschaft. Heb sie auf, hoher Herr. Heb sie auf: und du wirst nur Staub in deinen Händen halten.«
»Meinst du?«
»Es wird nicht mehr von dir bleiben als ein Name, Simon. Der Name des Henkers des Südens. Alles wird vergebens gewesen sein, Vizegraf. Die Zeit wird dich auslöschen, wie uns alle.«
»Worte, Troubadour. Worte eines Verlierers«, sagte Simon. »Die Verzweiflung klebt an dir wie ein zweites Gewand, Brian.«
»Es gibt keine letzten Siege, Montfort. Irgendwann wirst du eine Schlacht zuviel schlagen, und dein ganzes Reich wird auf zwei Meter feuchter Erde zusammenschrumpfen. Du wirst tot und begraben sein, und niemand wird dich beklagen, Herr des Südens.«
»Du hast aufgegeben, Brian«, sagte Montfort. »Du willst deinen Frieden mit der Mittelmäßigkeit machen.«
»Ich glaube nicht mehr an deine Art von Größe. Dieser Glaube ist in Lavaur gestorben.«
»Du bist in Lavaur gestorben.«
»Nein, Simon. Nur die Träume von glorreichen Kämpfen und heroischem Sterben.«
»Gib zu, daß es vorbei ist, de Martial. Du wirst mich nie mehr bekämpfen. Nie mehr in deinem Leben.« Er schwieg. »Du kannst gehen«, sagte er dann und erhob sich. »Ein Wärter wird dich nach oben bringen.«
»Ich will die Leiche meines Vaters mit mir nehmen.«
»Der Sarg steht bereits auf dem Karren, den ich dir überlassen werde.«
Brian stand schwankend auf. Er und Montfort sahen einander an.

»So sehen wir uns wohl zum letzten Mal«, sagte der Vizegraf.
»Ja, Simon. Zum letzten Mal.«
»Ich bedaure es.«
»Du und die Zeit, ihr habt alles geändert.«
Montfort legte ihm die Hand auf die Schulter. »Im Norden wären wir Freunde gewesen«, sagte er.
»Dein Norden, Simon, ist Welten von hier entfernt.«
Simon de Montfort sah ihn an. Dann nickte er. Er schwieg, als er Brian den Rücken zuwandte und die Zellentüre hinter sich schloß.

Am 5. Mai des Jahres 1211 verließ Brian Lavaur. Er lenkte, auf dem Kutschbock sitzend, das Pferd und den Karren und brachte den Sarg nach Toulouse. Als er bei dem Haus Raimbautz Decarras hielt, erschrak sein Freund, als er ihn sah.
»Wir müssen ihn begraben«, sagte Brian, auf den Sarg weisend. »Wir müssen den Ritter begraben.«
Raimbautz, Galiana und Enricx brachten ihn zu einem Pfarrer, der den Bischof Foulques de Marseille verachtete und keine weiteren Fragen stellte. Am sechsten Mai wurde El Cavalier in einem Vorort von Toulouse bestattet, fernab von dem Glanz der Könige und all ihrer Macht. Bevor noch der Sarg mit Erde überschüttet wurde, legte Brian sein Schwert darauf. Als die Seelenmesse gelesen wurde, warf sich Brian vor dem Allerhöchsten zu Boden. Er lag flach auf dem Steinboden der kleinen Kirche, die Hände dem ewigen Licht zugewandt. Er wußte nicht, warum er das getan hatte. Er fragte sich auch nicht danach. Noch am gleichen Abend verließ er mit einem Pferd, das Decarra ihm geschenkt hatte, Toulouse. Der kleine Troubadour und seine Frau wollten ihn zurückhalten, aber Brian hatte ihnen nur gedankt und war dann auf das Pferd gestiegen. Erst einige Meilen nach Toulouse bemerkte er, daß er hohes Fieber hatte. Ihm wurde schwindelig, und er hoffte, sein Ziel nicht zu verfehlen, nicht jetzt, nicht in diesen Stunden, in denen er Hilfe brauchte. Nach einer kurzen Rast fand er am nächsten Morgen, woran er seit Lavaur gedacht hatte und was er seit über zwei Tagen gesucht hatte.
Das Haus war größer, als jenes in Razès gewesen war. Ein großer, steinerner Hof mit einem roten Schindeldach, wie es im Tolosani-

schen üblich war. Als er den Mann auf dem Feld sah, stieg Brian mühsam von seinem Pferd. Er streckte die Hand nach dem Mann aus und fiel dann auf die Knie. »Alle«, sagte er mühsam. »Alle suchen wir vergebens, companho.« Dann rollte er zur Seite und blieb reglos liegen.

28. Kapitel

GRAFSCHAFT TOULOUSE, GEDEVAN, AGDE
Mai bis Juli 1211

Es war Brian, als triebe er durch eine dunkle Höhle, eine des Schmerzes und der Verzweiflung. Es schien ihm, als wäre diese Höhle auf dem Grund eines tiefen Meeres, fernab vom Licht und einem blühenden Frühling gelegen. Es war die endlose Dunkelheit, der er nicht entrinnen konnte, Dunkelheit, die ihn umgab und die seine Seele zerfraß. Langsam, unendlich langsam näherte er sich dem Licht, das beim Eingang der Höhle sichtbar wurde, als das Meer sich in eine karstige und kahle Berglandschaft verwandelte; in eine von der Sonne verbrannte und auf ewig tote Gegend, die der Helligkeit erbarmungslos ausgeliefert war. Jetzt erschien es Brian, als dürfe er diese Höhle nie verlassen, weil er sonst verbrannt würde, verbrannt von der Unbarmherzigkeit des Lichts und der Erkenntnis. Er stemmte sich gegen den Sog, der ihn aus der Höhle ziehen wollte, kämpfte gegen ihn an, wehrte sich, bis er erkannte, daß alle seine Anstrengungen vergeblich sein würden, daß nichts ihn retten konnte, daß er sich dem Schicksal ergeben mußte. Beinahe träumerisch überließ er sich dieser Strömung, die sich unvermittelt in einen kühlenden Wind verwandelte und ihn über Wiesen und Felder in die Klarheit des Frühlings trug. Ein unendliches Glücksgefühl erfaßte ihn und ergriff Besitz von seinem Wesen. Er wußte, daß er nun doch leben würde, ungeachtet seiner Befürchtungen und seiner Ängste, daß er nun doch sein durfte, trotz aller versengenden Helligkeit dieser Berge, trotz der Dunkelheit und der Verzweiflung, die ihn am Grunde dieses feindlichen Meeres festgehalten hatten.

Er sah Gaelle vor sich und wußte, daß er träumte. Sie stand vor ihm und sah besorgt zu ihm herab. Es war ein guter Traum, und er überließ sich ihm, leicht und ohne Widerstand. Er war zurückgekehrt. Er war in der langen Reise seines Lebens zu sich zurückgekehrt. Zu sich und dieser Frau.

»Du bist zu mir gekommen, mieu amor«, sagte er in seinem Traum. Die blonde Frau nickte und wischte ihm den Schweiß vom Gesicht.

Dann sprach er zu Gaelle, sprach stockend und mit Pausen zwischen den Sätzen.

Er erzählte ihr, daß er ein Leben dazu gebraucht hatte, um zu erkennen, daß er und die Menschen Spiegel füreinander gewesen waren, daß es in Wahrheit keine Getrenntheit zwischen ihnen und ihm gegeben hatte, so wie er auch jetzt keine Trennung zwischen sich und der Natur mehr empfand. Wo ist der Tod, wo kein Anfang, kein Ende und nur Bindung besteht? So war er sein Leben lang auf die Suche nach etwas gegangen, das immer nahe, nahe bei ihm gewesen war. Erst in Lavaur hatte er es verstanden. Nichts konnte sie aus der Ganzheit reißen, wenn sie nur Joi und das Wissen darum nicht verloren. Tag für Tag reisten sie durch die Gärten des Lichts. Immer. Selbst in den Augenblicken seiner Abgründe verließ man sie nicht. Alles war Glanz und Vollkommenheit. Alles war ein Geschenk gewesen. Er, Brian de Martial, hatte es schließlich angenommen. Er, Brian de Martial, hatte es nicht von sich gewiesen.

Gaelle sprach begütigend auf ihn ein und bat ihn, sich nicht anzustrengen und zuviel zu sprechen.

Er stimmte ihr zu und schwieg in seinem Traum, schwieg, bis er sie wiedersah, irgendwann, er wußte nicht, wann, und sie um Verzeihung bat. Um Verzeihung für seine törichten Versuche, das Leben seinen Träumen anzupassen, um Verzeihung dafür, daß er ihr Kummer und Angst bereitet hatte.

Brian sah sie alle wie Lichtpunkte um sich herumtanzen, Jaufre, Saissa, Fays, Robert, Flamena, Flêche und all die tausend anderen, die er gekannt hatte. Sie alle waren Licht, das sich um ihn bewegte, kreiste und zerfloß. Nur einer dieser Lichtpunkte schien unbeweglich zu sein. Brian beugte sich auf ihn zu und sah, daß er das Antlitz Gaelles trug. Er war glücklich, unendlich glücklich mit einemmal, und sagte es der Sonne, die vor ihm aufglühte, groß, größer und immer mächtiger werdend. Dann stand er auf und schritt auf diese goldfarbene Ewigkeit zu. Er hatte heimgefunden. Endlich war er wieder dort angelangt, von wo er gekommen war. Er lächelte dem Licht zu. Er lächelte dem Licht zu und schritt voran, allein und doch mit allem verbunden.

Er sah, wie Gaelle ihm Wasser einflößte und seinen trockenen, rissigen Mund küßte. Sie sagte, daß sie nicht daran geglaubt habe, daß er Lavaur lebend verlassen würde.

Brian nickte und sah zum Himmel auf. Die Sonne war makellos. Er sah den Himmel, den Boden, die Schatten und das Licht. Es war vollkommen. Alles war vollkommen. Gaelle war bei ihm. Endlich und für immer.

Am nächsten Tag war sein Kopf klar. Er fühlte sich matt und glücklich.

Als er die Augen aufschlug, sah er Rotgers Cernars neben dem Bett sitzen, in dem er lag.

»Das Fieber dürfte vorüber sein«, sagte der grauhaarige Joglar.

»Alter Freund«, sagte Brian leise.

»Du hast vier Tage deliriert.«

»Vier Tage«, wiederholte der Troubadour verwundert.

»Du scheinst eine Menge Antworten in Lavaur bekommen zu haben.«

»Ich habe auch eine Menge Fragen gestellt.«

Rotgers lachte. »Du warst nie nur ein Troubadour oder Ritter allein, Brian. Du warst auch immer ein vom Weg abgeirrter Mystiker.«

Nach Gaelle wollte Brian de Martial nicht fragen. Es war ein Traum gewesen. Ein guter Traum. So sollte es bleiben.

Am 16. Mai 1211 erlitt Peire de Gedevan einen Gehirnschlag. Der mächtige Mann des Südens lebte noch zwei Wochen, gelähmt an sein Bett gefesselt und unfähig zu sprechen. Als er starb, wurde ihm ein Begräbnis zuteil, das dem eines Grafen würdig gewesen wäre. Noch im Mai zog Simon de Montfort die Lehen von Ciornac und Gedevan ein und vergab sie an zwei Franzosen, die zu seinem engsten Freundeskreis gehörten.

Brian verbrachte drei glückliche Wochen bei den Cernars. Rotgers brachte ihm die alten, großen Lieder wieder in Erinnerung, und der Troubadour stellte erstaunt fest, daß ihre Wahrheit um nichts geringer geworden war, daß Lavaur und seine Schrecken ihnen nichts hatten anhaben können, weil sie ebenso unsterblich waren wie das Licht, die Sonne und die menschliche Seele.

Mathende kümmerte sich um den Rekonvaleszenten, während ihre Kinder Erzählungen über Richard Löwenherz hören wollten, Berichte über seine Tapferkeit und seine Parage. Die Zeit stand still in dieser Welt, in der die Menschen glücklich waren und sich nicht gegen die Fülle des Lebens wehrten.

Eines Morgens nahm ihn Rotgers beiseite. »Du wirst aufbrechen müssen«, sagte der grauhaarige Joglar. »Raimond de Toulouse beginnt nun seinen Kampf.«

»Wo?«

»Ich nehme an, daß er in der Gegend von Castelnaudary zuschlagen wird. Es ist besser, du weichst dem Laraguais und dem Razès aus. Nimm den Weg über Béziers. Von dort ist es nicht mehr weit bis zu deinem Ziel.«

»Béziers.«

»Die Stadt wird wieder aufgebaut. An die fünftausend Menschen sollen schon wieder in ihr leben.«

»Fremde?«

»Nein. Occitanier. Der Alptraum von Béziers ist vorüber, Brian«, sagte Rotgers.

»Viele Alpträume sind vorbei«, erwiderte der Troubadour. »Dank euch.«

»Geh mit Gott, Brian.«

Sie alle verabschiedeten sich von dem Troubadour, der sie umarmte und küßte. Dann stieg er auf sein Pferd und ritt nach Süden. Raimbautz Decarra hatte ihm sein Ziel genannt: Agde. Agde an der Küste des Meeres.

Auf dieser Reise ließ Brian sich Zeit, trotz aller Ungeduld, mit der er seinen Bestimmungspunkt erreichen wollte. Er wollte kein Morgengrauen, keine helle Stimmung eines sonnigen Vormittags, nicht die Hitze der Mittagszeit noch die kühlenden Stunden des frühen Abends missen. Er wollte im innersten Kreis des Lebens bleiben,

den er so mühsam und auf so beschwerliche Weise wiedergefunden hatte. Er mied alle Stätten, wo Kampfhandlungen gewesen waren, und suchte sich seine Straßen des Friedens inmitten der zerrissenen Occitanie. Sie hatten viel geträumt, er, Courtrain, Jaufre und Al-Tustari. Es war anders gekommen. Der Frühling scherte sich nicht darum. Er zeigte seine Pracht, ungeachtet der Taten und Hoffnungen der Menschen, ungeachtet dessen, ob sie nun in ihrer Puppenwelt Sieger oder Verlierer waren.
Brian suchte Dörfer auf, die er früher nie beachtet hatte, und sprach mit den Menschen. Er vermied es, über den Krieg zu reden, und hörte sich ihre Erzählungen über Geburten, zurechtgeschnittene Obstbäume, die Kälte des vergangenen Winters und über die Üppigkeit der Kräuter in diesem Frühling an. Er trank schweren, dunklen Wein mit ihnen und sang ab und zu ein volkstümliches Lied, das er von Flêche gelernt hatte. Dann ritt er wieder weiter, ritt über grünende Hügel, vorbei an Bächen, deren Wasser glasklar und eiskalt waren, ritt über Ebenen, deren bunter Anblick ihn mit Freude erfüllte. Er liebte das Leben, so wie es war, und wollte keine großen Wahrheiten mehr hören, keine großen Fragen mehr stellen und keine großen Erkenntnisse mehr gewinnen.
Um Béziers schlug Brian einen Bogen und setzte seinen Weg auf der Straße nach Agde fort. Die Landschaft war still, ruhig und ausgewogen in der jetzt schon fast sommerlichen Hitze. Bäume erstreckten sich entlang seines Weges, und kleine schattige Wälder säumten die hellen, leuchtenden Wiesen. Schließlich, von einem Hügel aus, sah er den Ort, nach dem er gesucht hatte. Er ritt zur Küste hinunter und in die Gassen des Städtchens hinein. Er fragte einen Einheimischen, wo sich das Gebäude befände, und der Mann deutete auf eine Anhöhe, auf der sich ein Herrenhaus erhob, langgezogen und mächtig in den Himmel strebend. Der Troubadour ritt zu einer Treppe, die in den Hügel geschlagen war, und band sein Pferd an einer Pappel fest. Dann ging er die Stufen hinauf, durchquerte einen blühenden Garten, voller Rosen und Nelken und Iris. Er betrachtete den Garten und das Meer, das sich blau und weit vor der Küste erstreckte. Dann trat er durch die Türe, die zur Halle des Hauses führte. Er stand dort, unsicher und ungelenk, die rechte Hand auf den schweren Knotenstock ge-

stützt, der ihm während seiner Reise als einzige Waffe gedient hatte.
Gaelle betrachtete ihn. Sie schwieg. Ihre Augen schienen ausdruckslos, ihr Blick beinahe geistesabwesend, als dächte sie an ferne Zeiten, raumlose Gebilde der Erinnerung. Schließlich hob sie die Hände und strich sich über ihr festgestecktes Haar, als wollte sie es glätten.
»Willkommen«, sagte die Frau.
»Es war ein weiter Weg.«
»Du hast zurückgefunden.«
»Ja«, sagte er. »Ich habe zurückgefunden.« Er trat in die Halle und sah sich um. Alles trug das Muster ihres Wesens. Licht und Freude. Licht und Freude und die Liebe zum Schönen. In den Fenstern standen frische Blumen. Blumen. Sie liebte sie, als wären sie eine Erklärung.
»Du siehst müde aus.«
»Ich bin es auch, bei allen Heiligen.« Er lachte. Dann ließ er sich zu Boden gleiten. Er lag auf dem Rücken, Beine und Arme gespreizt, wie ein auf dem Steinboden Gekreuzigter.
»Narr. Komödiant«, sagte die Frau.
Sie ließ sich auf die Knie nieder und bettete seinen Kopf in ihren Schoß.
»Es ist ein Kreis, Gaelle. Geburt, Leben, Tod. Dazwischen ein wenig Possenspiel, Blut, Schönheit und ein Hauch von Traum. Ein Kreis.«
»Und deine Wahrheit? Dein vollkommenes Lied?«
»Meine Wahrheit ist das Dennoch, Gaelle. Seine ewige Fülle und seine ganze Glorie.« Seine Hand berührte sanft ihre Wange. »Das vollkommene Lied, das sind wir und dieser Raum und das Meer, das an die sandige Küste schlägt.«
»Und vieles andere.«
»Ja«, sagte er. »Und vieles anderes.« Er schwieg kurz. »Du warst bei mir, als ich bei Rotgers Cernars um mein Leben kämpfte.«
»Du hast mich gebraucht. Du hattest hohes Fieber.«
»Ich danke dir«, sagte der Troubadour.
»Du hast mich gebraucht«, wiederholte sie.
»Ich habe überlebt. Andere waren nicht so glücklich.«

»Sie sind gestorben, nicht wahr?«
»Alle. Alle, bis auf Robert.«
»Und dich.«
»Ja«, sagt er. »Und mich.« Er schwieg einen Augenblick lang.
»Gaelle«, sagte er dann. »Ich war in einem Kreis gefangen. Ich sah keinen Ausweg. Ich suchte nach Erlösung.«
»Ich weiß.«
»Ich bleibe hier, Gaelle«, fügte er mit einer kaum merkbaren Unsicherheit hinzu. »Wenn du es noch willst.«
»Ich wünsche es mir, Brian.«
»Nimm«, sagte er und ließ den geschnitzten elfenbeinernen König, den er aus seinem Wams gezogen hatte, in ihre Hand gleiten.
»Du hast es nicht vergessen«, sagte die Frau.
»Es ist mein Eid.«
»Narr«, sagte sie. »Mein Narr.«
Der Troubadour drehte sich zur Seite und bettete seinen Kopf noch tiefer in den Schoß der Frau, bis Stirne und Wange die Wärme ihres Körpers fühlten.
»Ich kenne jetzt das Geheimnis der Liebe, Gaelle«, sagte er schließlich.
Seine Stimme klang schläfrig.
Die Frau strich ihm sanft über sein langes und wirres Haar.
»Wie schön«, sagte sie und lächelte leicht. »Wie schön und wie wunderbar.«

Savis e fols, umils e orgulhoos,
cobes e largs e volpilhs e ardits
sui quand s'eschai, e jausents e marrits,
e sai esser plasents et enojos,
e vils e cars e vilans e cortes,
avols e bons, e conosc mals e bens,
e ai de tots bons aips cor e saber,
e quand ren falh, fas'o per non poder.

Weise, verrückt, demütig, stolz,
Habsüchtig, freigiebig, feige, mutig
So bin ich ohne Unterschied

Zufrieden und unzufrieden, fröhlich und langweilig,
Ungebildet und vornehm, flegelhaft und ritterlich,
Mutwillig und ehrenhaft.
Ich kenne das Schlechte wie das Gute
Allem gehört mein Herz und meine Seele.
Wenn ich nicht so bin, wie ihr erhofft habt,
So vergebt mir,
Ich bitte euch.

Glossar

Albigenserkreuzzug: Kreuzzug gegen die Katharer und die Occitanie.
Amor longh: Fernliebe. Liebe zu einer weit entfernten Domna. Auch Sehnsucht nach dem Fernen und Unbekannten.
Basileus: Bezeichnung für den byzantinischen Kaiser.
Bliaut: Mittelalterliches, tunikaähnliches Gewand.
Bouhourte: Turnierartiger Kampf, bei dem keine Waffe verwendet wurde.
Cavalier: Ritter.
Chatte: Belagerungsturm, der auch den Sappeuren, die die Mauern untergruben, Schutz bot.
Clericus: Der Ausdruck Clericus wurde nicht nur auf Kirchendiener, Vorleser und Meßgehilfen angewandt, sondern auch auf alle Universitätsstudenten, alle Lehrer und alle Personen, die als Studenten die Tonsur genommen hatten. Also auch auf Ärzte, Rechtskundige, Künstler und Schriftsteller.
Companho: Freund, Kamerad.
Consolamentum: Katharische heilige Handlung, die von einem Perfectus oder einer Perfecta durchgeführt wurde und die Seele von der Sündhaftigkeit befreite. Das Consolamentum wurde meist den Sterbenden erteilt.
Cortezia: Höfischkeit. Ein Verhaltenskodex, der eine höfische und sittliche Lebenshaltung propagierte.
Crozada: Kreuzzug.
Dernier: Kleinste französische Münze.
Diarium: Tagebuch.
Domna: Herrin.
Faidit: Ein vom Kreuzzugsheer in der Occitanie von seinem Besitz vertriebener, landloser Ritter.

Fin amor: Höfische, vollkommene Liebe. Die Fin amor ist eine Liebe ohne Einschränkungen.

Gai saber: Fröhliches Wissen, als gai ciencia fröhliche Wissenschaft. Kunst und Ziel der Troubadoure. Die lichte Welt der Troubadoure sollte durch Freude und Fröhlichkeit geprägt sein.

Goliarden: Meist arbeitslose, vagabundierende Kleriker, die behaupteten, in einer Wanderzunft zusammengeschlossen zu sein. Als ihren Schutzheiligen erfanden sie eine mythische Gestalt rabelaisschen Ausmaßes, die Golias genannt wurde.

Hombre: (span.) Mann.

Huissier: Transportschiffe, die meist zur Beförderung von Pferden verwendet wurden.

Joglar: Spielmann. Manche Joglare waren auch als Akrobaten ausgebildet.

Joi: Freude. In der Begriffswelt der Troubadoure höchste Erfüllung, Glück und vollkommene Harmonie.

Joven: Jugend. In der Begriffswelt der Troubadoure Jugendlichkeit des Wesens, des Geistes und des Empfindens. Spontaneität ohne Berechnung. Joven ermöglicht Largueza und Proeza.

Langue d'oc: Occitanisch.

Langue d'oil: Französisch.

Largueza: Freigebigkeit. In der Troubadourwelt auch ränkeloses Verstehen und makellose Großzügigkeit.

Loba: Wölfin. Im dreizehnten Jahrhundert noch als weiblicher Vorname verwendet.

Malvestatz: Das Böse, die Schlechtigkeit. Der Quell aller Untugenden.

Megadux: Oberbefehlshaber.

Mêlée: In geschlossenen Verbänden gerittener Turnierkampf.

Mezura: Maß, Mitte, Harmonie. Mezura prägt den Verhaltenskodex der höfischen Liebe.

Occitanie: Südfrankreich, Aquitanien, Gascogne, Katalonien, Provence.

Óme: Mann.

Palander: Transportschiff.

Pastourelle: Lied mit einem ländlichen Thema, das meist die Liebe zu einer Hirtin schildert.

Parage: Ehre, Würde, Anständigkeit. Der Kernbegriff des occitanischen, ritterlichen Verhaltens.

Perfecta: Weiblicher Perfectus.

Perfectus: Priester oder Bischöfe der Katharer. Dieser heute historisch anerkannte Begriff wurde von der katholischen Kirche geprägt.

Proeza: Mut.

Rhomäer: Byzantiner.

Routiers: Söldner.

Senher: Herr.

Sirven: Ein Fehde- oder ein politisches Schmählied.

Tjost: Einzelkampf in einem Turnier.

Troubaritz: Weiblicher Troubadour.

Trouvères: Höfische Lyriker in Frankreich. Die Trouvères entsprachen im Norden weitgehend den Troubadouren der Occitanie.

Waldenser: Von Petrus Valdes gegründete, in der Occitanie entstandene Sekte, die die Bibel in die Langue d'oc übersetzen ließ. Die Waldenser sind in gewißer Hinsicht die geistigen Vorläufer der einige Jahrzehnte später entstandenen katholischen Bettelorden.

Waragäer: Wikinger. Die Waragäergarde der byzantinischen Kaiser, eine Elitetruppe, umfaßte im dreizehnten Jahrhundert vor allem Engländer und Dänen.

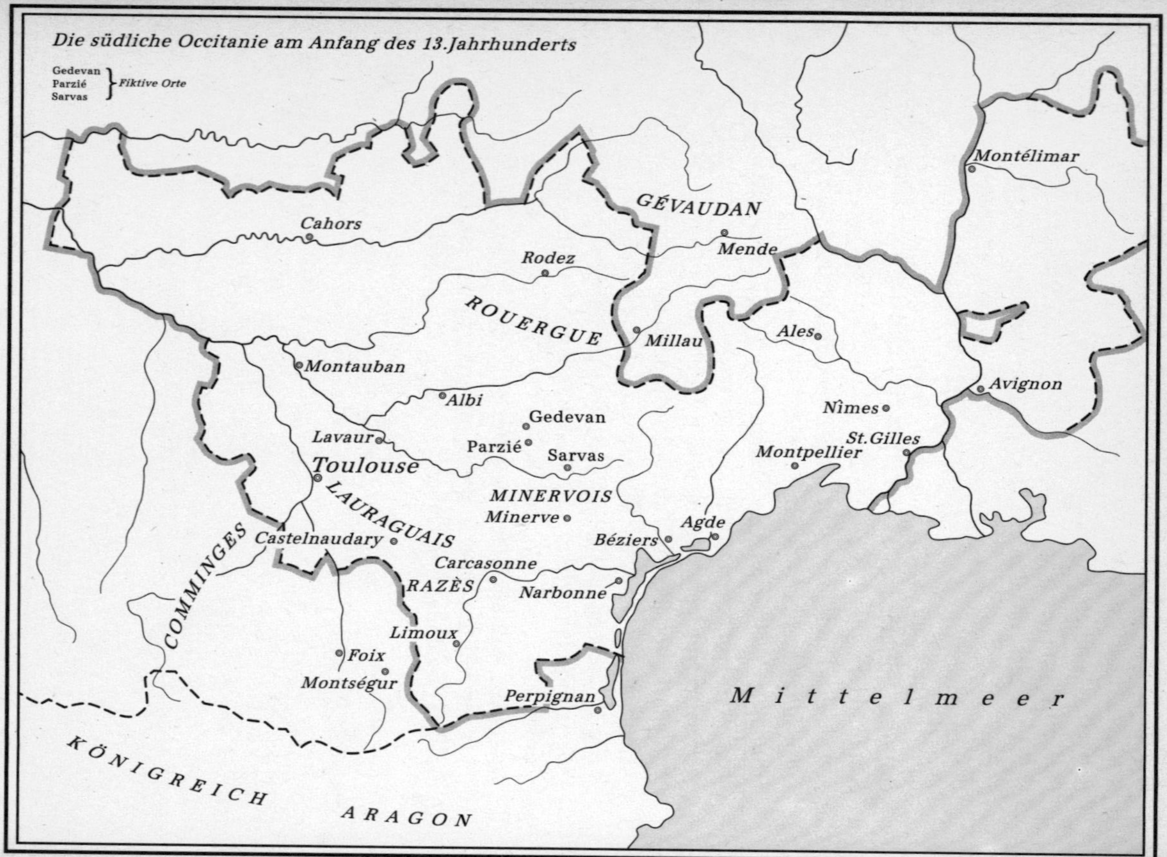
Die südliche Occitanie am Anfang des 13. Jahrhunderts
Gedevan
Parzié
Sarvas
Fiktive Orte
Montélimar
Cahors
GÉVAUDAN
Mende
Rodez
ROUERGUE
Millau
Ales
Montauban
Avignon
Albi
Gedevan
Nîmes
Lavaur
Parzié
Sarvas
St. Gilles
Montpellier
Toulouse
LAURAGUAIS
MINERVOIS
Minerve
Agde
Castelnaudary
Béziers
COMMINGES
Carcasonne
RAZÈS
Narbonne
Limoux
Foix
Montségur
Perpignan
Mittelmeer
KÖNIGREICH
ARAGON

Parage: Ehre, Würde, Anständigkeit. Der Kernbegriff des occitanischen, ritterlichen Verhaltens.

Perfecta: Weiblicher Perfectus.

Perfectus: Priester oder Bischöfe der Katharer. Dieser heute historisch anerkannte Begriff wurde von der katholischen Kirche geprägt.

Proeza: Mut.

Rhomäer: Byzantiner.

Routiers: Söldner.

Senher: Herr.

Sirven: Ein Fehde- oder ein politisches Schmählied.

Tjost: Einzelkampf in einem Turnier.

Troubaritz: Weiblicher Troubadour.

Trouvères: Höfische Lyriker in Frankreich. Die Trouvères entsprachen im Norden weitgehend den Troubadouren der Occitanie.

Waldenser: Von Petrus Valdes gegründete, in der Occitanie entstandene Sekte, die die Bibel in die Langue d'oc übersetzen ließ. Die Waldenser sind in gewißer Hinsicht die geistigen Vorläufer der einige Jahrzehnte später entstandenen katholischen Bettelorden.

Waragäer: Wikinger. Die Waragäergarde der byzantinischen Kaiser, eine Elitetruppe, umfaßte im dreizehnten Jahrhundert vor allem Engländer und Dänen.